I0725737

山色有无中

Color of mountains

董化平 著

Billson International Ltd.

Published by
Billson International Ltd
27 Old Gloucester Street
London
WC1N 3AX
Tel:(852)95619525

Website:www.billson.cn
E-mail address:cs@billson.cn

First published 2025

Produced by Billson International Ltd
CDPF/01

ISBN 978-1-80377-174-8

©Hebei Zhongban Culture Development Co.,Ltd All rights reserved.

The original content within this product remains the property of Hebei Zhongban Culture Development Co.,Ltd, and cannot be reproduced without prior permission. Updates and derivative works of the original content remain the property of Hebei Zhongban. and are provided by Hebei Zhongban Culture Development Co.,Ltd.

The authors and publisher have made every attempt to ensure that the information contained in this book is complete, accurate and true at the time of printing. You are invited to provide feedback of any errors, omissions and suggestions for improvement.

Every attempt has been made to acknowledge copyright. However, should any infringement have occurred, the publisher invites copyright owners to contact the address below.

Hebei Zhongban Culture Development Co.,Ltd
Wanda Office Building B, 215 Jianhua South Street, Yuhua District, Shijiazhuang City, Hebei province, 2207

目录

山色有无中

董化平

太乙近天都，连山接海隅。

白云回望合，青霭入看无。

分野中峰变，阴晴众壑殊。

欲投人处宿，隔水问樵夫。

——唐·王维《终南山》

汉山省秦州市。横亘于中国腹地的龙岭大山，壁立万仞，绵延千里，襟带山河，将秦州市牢牢拥在怀中。龙岭群山亘古无言，却又不怒自威，她低沉浑厚，任由夜色与曙光在身上交替游走，她不仅见证了人间兴衰，也默默承受着大自然的刀雕斧刻，还有不计其数的人为破坏。巍峨起伏的龙岭充满灵性，让人膜拜，大山虽然无法倾吐语言，但是风骨铮铮，她以四季变换的颜色温柔地回馈岁月。当然，温柔之外，她也会对冒犯自己的人显露憎恶，甚至展现肃杀。

汉山省仁城市。从龙岭绵延向南，就是仁城市的第一名山天净山，此时，天净山在烟雾缭绕之中若隐若现，夜间一场小雨将天净山洗刷得苍翠欲滴，山顶寺庙几声梵钟随风传来，天地更显空灵旷远。拔地而起的天净山巍峨凌云，犹如蓄势已久的强弓，要将天地之箭射入更遥远的苍穹。比起龙岭的沉默巍峨，天净山多了几分亲近温和，几点彻夜未眠的灯光点缀山脚，映出一群伏案工作的人影，有人走出房门，对着天净山努力舒展身体，山与人同时迎来了东方第一缕曙光。天净山，还有天净山下昼夜不息的人，都在蓄势待发，准备迎接生命中最重要的时刻。

如果，有一双眼睛，在你想象极限的高度之上，俯瞰着龙岭与天净山，你会发现这两座大山不仅遥相守望，还同呼共吸，用山谷间澎湃的风，还有天上闪烁的星辰，传递着彼此的故事。

大山，有自己的语言，我们人类能听懂吗？

一

2018 年 6 月 20 日傍晚，秦州市。电台播报明天凌晨将有流星雨，一些天文发烧友在朋友圈里呼朋唤友，相约去龙岭山里看流星雨。高耸寂静的龙岭大山在夏季夜间几乎"手可摘星辰"，是观看流星划破苍穹的绝佳之所。

王强驱车奔赴在进山的路上，坐在副驾驶的是他的妻子小鹿。王强是龙岭地区小有名气的登山爱好者，龙岭的大小群峰全都被他踏在脚下，他的攀登目标已经从龙岭转移到了西部地区的雪山，车里遮光板上就贴着一张冰雕般的雪山照片，那是海拔 6000 多米的阿尼玛卿雪山，王强着了魔一样喜欢这座雪山，逢人就说他要征服这座黄河源头最高的神山。妻子小鹿是一个刚入门的摄影发烧友，水平一般，手里鼓捣的不是手机就是相机，走到哪里就拍到哪里，这次拍摄龙岭山区流星雨，就是她缠着王强进山的。小鹿在副驾上和闺蜜周纯如煲电话粥，埋怨她不陪自己一起来拍流星雨。周纯如是小鹿最好的朋友，小鹿本来约她一起来，但是周纯如不愿意打扰二人世界，就推脱自己生病拒绝了。

王强对龙岭大山熟门熟路，带着妻子如履平地来到一处宿营地，这里林深树密，背风幽静，二人扎好帐篷已是晚上九点多钟。山中夜间气温下降很快，山区禁火，王强将一条蓄电池供暖的电热毯铺在小鹿身下，催促她："别看手机了，赶紧睡觉吧，要不凌晨一点你能起来？"

小鹿钻出帐篷，举着手机对准头顶璀璨的星辰一顿拍，嚷道："哎呀，别催我，我再拍几张发朋友圈，对了，我要发给周纯如，这里的夜色简直是人间仙境，她不来肯定后悔死了！"

"等你拍了流星雨再发吧，再嘚瑟小心把狼引来，山里的狼都饿着肚子呢！"

小鹿听说有狼，吓得浑身一阵发冷，赶紧钻回帐篷，紧张地问王强："真要是遇见狼怎么办？"

王强"哼"了一声，故意吓唬她："那就看谁跑得快了，咱俩逃命，落在后面的人肯定不是我！"

"怎么？你还想把我甩了？"小鹿气得揪住王强的耳朵使劲晃，王强疼得直咧嘴。

半夜时分，二人睡得正香，王强突然被一阵怪响惊醒，他赶紧推醒小鹿，小鹿睡眼惺忪不知道发生了什么，王强小声说："有声音，好像有什么东西在外边。"小鹿吓得一激灵，赶紧捂住嘴。惊魂未定的二人以为遇见了猛兽，王强小心翼翼打开帐篷向外观望。

黑暗中，两人发现树林中有三个黑衣人打着强光手电，正在一棵树下忙活着什么。王强长年登山户外旅行，胆子很大，他悄悄从帐篷里钻出来，想摸过去看个究竟，小鹿不放心，赶紧跟在后边。二人壮着胆子偷偷摸近，发现那三个人正手忙脚乱往一棵树上吊东西，由于天黑难以看清，小鹿掏出手机暗中拍下这一幕，在屏幕中放大一看，那三个人竟然在往树上吊一具僵硬的尸体，尸体四肢僵硬，长发凌乱，显然是一个女性。小鹿屏住呼吸，慢慢放大画面，画面聚焦在女人的面部，容貌清晰可见，女人四肢僵硬，半仰着头，眼睛半睁半闭，显然已经死去多时，在强光手电照射下，女人嘴微微张着，舌头半露在外，脖子上一条明显的勒痕，似乎满含冤屈。图片里另一个能看清面目的人正扭头回望，不知是强光手电照射的原因还是那个人表情实在怪异，一张脸上伤痕累累，表情一半僵硬一半狰狞，就像半个人间半个地狱都刻画在这张脸上。

小鹿的手一阵哆嗦，指着死去的女人低声对王强说："这个女人我见过，她好像是周纯如的朋友……"

一听这话，王强大吃一惊，不小心踩断一根枯枝，在黑暗寂静的山林中发出一声脆响，那三个黑衣人不约而同扭头向这边看来。王强按住妻子的头伏身蹲下，但是小鹿手中手机的亮光暴露了两人的位置，三个人放下尸体，慢慢围拢过来。王强见势不妙，赶紧拉着小鹿转身就逃，小鹿跌跌撞撞被绊了一跟头，王强半拖半架着妻子，向黑暗中逃去，三人呈扇形向王强和小鹿猛追过来。

王强和小鹿利用黑暗掩护，在崎岖的树林里钻来钻去，但是一直无法摆脱后边追赶的人。惊慌的小鹿再次被树根绊倒，手机摔了出去，她屏住呼吸在地上一阵摸索才找到手机，握着手机的小鹿眼睛一亮，用颤抖的手打开手机按了几下。手机亮光再度引起追兵的注意，一阵急促的脚步声迫近过来，喘着粗气的王强赶紧拉起小鹿狂奔，奔跑中的小鹿突然脚下一空，她惊叫一声，身体摔了下去，后边的王强眼疾手快，一把抓住小鹿的衣服，小鹿身体悬在空中，原来二人竟然跑到一处悬崖边上，慌不择路的小鹿不慎一脚踩空摔了下去，王强伏在崖边，一手抓住悬在空中的小鹿，一手死死攥住崖边的灌木，身下的泥土和草皮大块滑落，夫妻二人眼看就要摔下万丈深渊。

黑暗中，三道雪亮的手电光慢慢围了过来，齐齐照在苦苦挣扎的王强脸上。

王强满脸都是豆大的汗珠，妻子的身体在他手中一点一点向下滑去，他向那三个人哀求："求求几位，救救我们！"身体悬空的小鹿也发出惊恐的求救声："老公，快拉我上去！上面有人吗，快救救我们！"王强手中的灌木枝越来越弯，咔咔作响，快要撑不住两人的重量。

为首的一个人慢慢走到王强身边，蹲下身去，俯视着王强痛苦的脸，他像一只巨大的黑色猛兽，挡住了身后的亮光，在悬崖边上投射出一个诡异的身影。那人用手电仔细照照王强，又向崖底晃了两下，幽深的山崖吸尽了手电光，深不见底。

一颗流星从头顶的夜空快速掠过，高峻的山崖瞬间笼罩在诡异的绿色之中，山崖上的一切显得虚幻又狰狞，仿佛置身于幽冥空间。身陷绝境的夫妻二人和崖顶的三个人，全都被这诡丽的一幕惊呆了，不约而同仰起头来，看着流星无声地消失在远方的夜空……

不知道这颗如约而至的流星，是否看见了龙岭山上发生的一切？

二

　　天净山自然保护区管理局位于山脚下一处幽静的山坳，低调僻静，很多游人路过门前却不识庐山真面目。管理局的一楼，仁城市主管生态环境的副市长林寒江正站在窗前，双手抱胸眺望着面前夜色中的天净山。

　　林寒江带人熬夜组织申报材料，天净山脚下彻夜不熄的灯光就是他们加班的陪伴。仁城市准备于7月2日在巴林首都麦纳麦召开的第42届世界遗产大会上，申请联合国教科文组织世界遗产委员会审议，将天净山列入《世界遗产名录》。

　　世界遗产大会召开的日期越来越近，林寒江忧心忡忡，他来到院中，使劲呼吸着夜间从天净山上吹下来的凉风，让凉风带走自己心中的烦躁。林寒江身后的一排灯光中，仁城市生态环境局局长顾清云正在带人修改材料，他们已经加班加点干了一个多月，为世界遗产大会准备各种申报材料。顾清云五十刚出头，头发已经雪白，他是个刻板的业务型干部，一旦钻进牛角尖，不达目的誓不罢休。林寒江曾经笑言，在仁城比他自己还死心眼的人只有一个，就是顾清云。

　　林寒江回头冲顾清云喊一声："老顾，歇会儿吧，让大伙儿吃点东西。"

　　顾清云并不领情，一脸的怒气，不抬头回了一句："不吃！连几个破数据都弄不准，还有脸吃东西？"几个正在忙碌的工作人员，听到林寒江让吃夜宵，全都如释重负，起来活动身体，不想被顾清云的一盆冷水泼了回去，只能像撒了气的皮球一样回到座位低头干活。

　　顾清云揪着自己的头发，有些焦急，说："这些数据统计不出来，谁也不许离开，哪怕到明天晚上这个时候，我陪你们挨饿！"顾清云对业务从来都是一丝不苟，尤其这次天净山申遗，每一个数据、每一段话，他都要反复推敲几遍，"有一丝马虎，就是在全世界面前丢脸！"

　　林寒江的好心被撅了回来，他只好苦笑一下，并不吭声，虽然被顾清云当众顶撞，不过他并不在意，他平时在顾清云这里没少吃脸子，知道顾清云的倔脾气又上来了。

　　林寒江进入仕途之前，曾经在科研院所和大学工作过，后来阴差阳错进入仕途，在邻市担任主管生态环境的副市长，因为大刀阔斧整治环境而毁誉参半，虽然生态环境改善显著，但是得罪的人也不少，于一年半前被省委平调到仁城市担任副市长。林寒江来仁城后，将天净山生态保护工作作为重点，向联合国教科文组织世界遗产委员会提出申请，准备将天净山列入《世界遗产名录》。林寒江此举得到了顾清云的大力支持，两人一拍即合，夜以继日地推进天净山申遗各项工作。

　　坊间传言，林寒江在邻市期间曾经遭遇对手暗算，妻子车祸身亡，但是林寒江并未向仁城市任何人提及此事。正因为林寒江的缄口不言，仁城市关于林寒江的各种谣言满天飞，有的说他在车祸中逃过一劫，有的说他遭遇投毒侥幸大难不死，但是身体受到了极大损害，还有人说林寒江担心家人再度受害，将正在上高中的独生女儿留在省城，独身一人前来赴任。

　　也许这些传言并不是空穴来风，因为此时的林寒江腰板确实有些佝偻，头发稀疏且变得灰白，从外表看起来比实际年龄苍老了十岁不止。林寒江在院子里踱了几圈，心里想的都是马上来临的世界遗产大会，在审评过程中可能出现哪些莫名其妙的问题？他转了不知多少圈，突然传来一阵电话铃声，那是他扔在桌子上的手机，深夜还有人打电话给他，难道是天净山里又出问题了？林寒江心里不由一阵发紧。

　　来电话的是汉山省委组织部常务副部长王普，即便是在电话里，林寒江也能感受到王普溢于言表的热情："林寒江同志，祝贺你啊，今晚的省委常委会研究通过了，决定将你调回省生态环境厅任副厅长，厅里缺少你这样的业务领导，上上下下都很欢迎你回去！"

　　林寒江心里却像被人硬塞了一块石头，感觉不舒服，这个消息对他来说并不意外，前几天仁城市公安局长袁凯就私下里透露给他，说省委正考虑把他调回省厅。当时林寒江不相信袁凯的话，还调侃他传播谣言，但是今天的电话证实了袁凯所言非虚，靴子落地了。林寒江有些犹豫，说："王部长，现在天净山正在申遗紧要时刻，而且申遗成功之后还有规划和立法等很多工作，这个时候把我调走，我怕……"

电话那端传来王普的笑声："林寒江同志，不要总是站在仁城市的角度想问题，天净山申遗现在全省都很关注，省委省政府高度重视。把你调回省厅就是对你前期工作的肯定，汉山省比仁城更需要你，你要把天净山的成功经验在全省推广。我告诉你啊，这次是省委陈书记点将让你回来的！"

林寒江暗暗皱起眉头，心想天净山全世界就一个，怎么推广经验？有些领导口中的套话，简直就是僵化的肌肉记忆，但是他并没有表露出来，说："陈书记点将，不是地雷阵就是火山口！"林寒江的话带着几分牢骚，别人若是得到省委书记陈庭坚的看重，只怕原地飘起三尺，但是林寒江深知陈庭坚的风格，八成是又要让自己抱着炸药包去炸碉堡。

"哈哈，陈书记的风格你还不了解？肯定是给你压担子。"王普在电话那端笑道，"你回到省厅，并不是不管天净山的工作了，天净山还是在你省生态环境厅的工作范畴之内嘛，只是换了一个更高的平台、更广的视野。陈书记在常委会上特意强调了，天净山申遗，是全省乃至全国关注的大事，你还是第一责任人！"

林寒江还是有些担心，试探地问："王部长，我能不能等天净山这边申遗工作告一段落，晚一些时日再去省厅报到？现在正是冲刺阶段，我实在放心不下。"

王普电话里的声音变得严肃："天净山申遗工作你还要继续负责，但是报到时间不能拖延，等部里通知吧。"

林寒江放下电话，看着夜色中巍峨耸立的天净山，他长出一口气陷入沉思，心中不知是喜是忧，不知道省委书记陈庭坚这次又要让他闯谁家的"地雷阵"。林寒江有点舍不得离开仁城市，尤其舍不得离开幽深静谧的天净山。他觉得这座大山和他所学的生态环境知识，有种难以言说的契合。他把天净山当成实验田，而天净山则把他当成亲人，就如溪水打磨岩石的棱角，岩石增添溪水的婉转。前几天晚上加班时，林寒江和顾清云等人闲聊，他准备退休后在天净山脚下定居养老。当时顾清云上下打量他一圈，哼了一声，说："抬头看山，低头种菊，你想过那种日子？你还是先照顾好自己的身体吧，我怕你还没来得及种花，人已经进 ICU 了！"林寒江虽然被气得直翻白眼，但是他知道顾清云的话外之意是担心他连续熬夜加班，身体吃不消。

林寒江心里的感觉怪怪的，像什么呢？对了，就像顾清云午饭时自嘲，去年他在女儿婚礼上亲手把宝贝女儿交给那个傻乎乎的黑小子。明明是女儿大喜的日子，顾清云却哭得一塌糊涂。此时的林寒江心中就塞满了这种感觉，天净山申遗在即，他却只能忍痛离开。林寒江回头看屋子里的顾清云，却见顾清云脑袋垂在椅子背上，已经睡了过去，其他几个人正在压低声音吃方便面，生怕惊醒了顾清云。

第二天一大早，林寒江踏着曙光和露水走进保护区内的侗寨。林寒江一年多来，已经几十次穿行这片山区和村寨，他熟门熟路地来到一户山民家前。山民家中的黄狗刚叫了两声，见是林寒江，立刻摇头摆尾地前来欢迎。林寒江弯腰摸摸黄狗的脑袋，黄狗的尾巴摇得像风车一样。

林寒江在院子里喊了一声："老杨大哥，在家吗？"

屋子里传来一个微弱的声音，林寒江径直推门进去，只见一个形容枯槁的人躺在竹床上，床前一个瓦罐里正煮着草药，满屋子都是药香。病人见林寒江进来，挣扎着要起来，林寒江赶紧过去按住他，说："老杨大哥，我这阵子忙着申遗，一个多月没来看您了，医生怎么说的？"

老杨是保护区护林站工作人员，他蜡黄的脸上掠过一丝苦笑，说："还得多谢林市长给联系的城里的医生，人家给我宣判死刑了，说我是肝癌晚期，转移到好多地方，最多还能坚持两三个月，不中用了，唉！"

林寒江一惊，没想到老杨已然是病入膏肓，不由得心中一阵悲凉，他伸手握住老杨的手，说："老哥，你可别被医生吓住，他们的话都是往狠里说，也许还有其他办法呢。"

老杨摇摇头，说："不用安慰我了，我自己的身体自己最清楚，能熬到什么时候我心里有数。我自己的事已经安置妥当了，唯一不放心的就是保护区管理局安排给我的 25 户山民迁出任务，我完成了 23 户，还有两户还留在山里，我心里有愧啊……"老杨情绪激动，一阵剧烈的咳嗽。

林寒江赶紧拍拍老杨的胳膊，安慰他："老哥不要着急，你的任务我来接，那两户我去做工作，你就安心养病吧。"

"林市长，您今天进山，也是不放心这些没迁出的山民吧？"

林寒江点点头，说："申遗大会召开之前，我们必须将保护区内核心区域的山民全部迁出，这是教科文考察组提出的要求，也是我们申遗做出的承诺，不能食言。"

老杨一听，立刻又咳成一团，憋得满脸通红说不出话来。林寒江又安慰老杨几句。老杨愈发不好意思，说："林市长，我在这大山里干了一辈子，从来没耽误过事，没想到临末了，我给上级拖后腿了！"老杨惭愧地捶着自己的腿，又要翻身下床。

林寒江赶紧按住他，说："老哥，千万别这么说，天净山因为有你这样的护山人保护它，今天才能引起全世界的关注，你没完成的任务，我来替你完成，放心吧！"

老杨见拗不过林寒江，打一声呼哨，唤来外面的黄狗，说："我去不了山里，就让花花陪你去吧，路上有个伴儿。"名叫花花的黄狗颇通人性，摇着尾巴过来依偎在林寒江腿边。

从老杨家出来，花花在前边蹦跳着引路，领着林寒江向深山里走去。一路上山色雄奇，溪水潺潺，林寒江却无心观看，他脑子里全是保护区内核心区域百姓迁出的数据。核心区内一共有 140 余户、500 多原住民，大多数都已妥善安置，现在还有 12 家没有迁出。世界遗产大会马上就要召开，这 12 户居民一定要按时迁出，否则就会触碰申遗"红线"。

花花冲着山坡的密林一阵吠叫，叫声中充满警惕，林寒江也不由紧张起来，捡起一根粗树枝防身。天净山保护区内有 2000 余种动物，不乏黑熊和云豹等猛兽，要是遇见一只饿急眼的黑熊那可不是闹着玩儿的。

密林里树枝晃动，竟然钻出来两名身着护林服的人，见是保护区的护林员，林寒江松了一口气。其中一名护林员认识林寒江，隔着山溪喊道："林市长，这是到哪儿啊？"

林寒江回应一声："我到前边不远就回去了！"

"今天公安局在山里缉拿盗猎的，我们帮着布控呢，你一个人进山要小心啊！"

"没事儿，放心吧！我带着保镖呢。"

两名护林员又钻进密林，一阵树枝摇晃，很快就不见了人影。

林寒江来到一户侗民院子外，一个七十多岁的老汉正在院子里洗菜，老汉一人居住，只是偶尔下山，寨子里的人都叫他"老山哥"，他见到有人登门，热情地迎了过来。林寒江说："老山哥，我是替老杨过来的，想问问您迁出的日子定了吗？"

老山哥本来满脸笑容，一听是来动员他搬家的，立刻摔了脸子，骂道："迁，迁，迁你祖宗的！老子就死在这里了，死也不迁！"老山哥把院门重重一关，背着手走回房间，又把房门摔上。

林寒江还不死心，扯着脖子喊："老山哥，是不是迁出有什么困难？和我说说，我是副市长林寒江，我帮您想办法……"

"副市长算个球！"老山哥的骂声隔着屋门传出来，"有什么话，你和它说吧！"

屋门欠开一条缝，一条凶猛的黑狗冲了出来，吓了林寒江一跳。幸好有院墙拦住了它，黑狗龇牙咧嘴冲着林寒江咆哮，花花不甘示弱，也冲着黑狗回叫。两条狗似乎都要为主人争口气，吵得惊天动地，外面山林里的鸟雀惊得四散而飞。看着狰狞凶恶的黑狗，再看看花花瘦弱的小身板，林寒江自知不敌，只好牵着花花悄悄离开。

林寒江又跋涉半个小时，来到第二户拒不迁出的山民家，山民一听是动员自己搬家的，直接一根棍子扔出来，把林寒江和花花吓得一起跳起来。

林寒江在门外自说自话，山民却出来将院门反锁，背着药篓上山采药去了。

林寒江累得一身臭汗，只能悻悻而归。

三

　　林寒江刚把花花送回老杨家，就接到司机小李的电话，说是已经在侗寨村口等他，车只能开到那里，里面的路无法行车。林寒江中午要赶去天净山保护区北端，那里有两家限期取缔的企业。据说企业领导火气很大，扬言要到市政府讨个说法，林寒江便主动约了企业领导面谈。

　　林寒江在组织天净山申遗的同时，还带领生态环境局潜心做了一项工作，邀请专家学者和社会代表共同参与，研究制订了《天净山生态保护条例》。林寒江也参与起草修订工作，对天净山保护与管理存在的一些问题进行立法规范，争取在市人大常委会上表决通过。条例中明确提出："凡是涉及核心区和缓冲区范围内的一切建设项目，一律不立项；凡是对天净山生态环境保护可能有影响的行为，一律严格管控。"在保护条例调研起草过程中，一些保护区域内的企业得到了风声，引起了不小的轰动，准备联合抵制这个条例。

　　小李开车在山路上转过几个弯，突然看见路边有一个人躺在地上，冲着车辆有气无力地挥手，看身上衣服和装备应该是登山的驴友，似乎受伤躺在那里求救。

　　林寒江急忙说："小李，那个登山的好像是受伤了，停下来看看。"

　　小李将车停在驴友身边，林寒江下车去搀扶他。那个驴友却慢悠悠地爬起来，转头面对着林寒江，半张脸上全是烧伤的疤痕，狰狞可怖。那人似乎在笑，却显得十分吓人。他对林寒江说："林市长，我在电视上见过您！"林寒江弯了一半的腰一下子僵硬在那里，不是因为那张吓人的脸，而是他手中的东西，那是一把乌黑的手枪！

　　仁城市副市长、公安局长袁凯此时正带队在天净山保护区缉捕盗猎团伙，这也是配合天净山申遗的重要内容。袁凯站在大树的阴影中，抓起一瓶矿泉水，一口气灌下去三分之二，又甩了一把脸上的汗水，骂道："怎么又让郑恒这个龟儿子跑了？妈的，真给我丢脸！"袁凯脸孔微黑，眉毛像两把刷子一样浓黑笔直。袁凯是军人出身，不仅说话霸气，长相中也带着一股威严。

昨天袁凯得到线索，说是臭名昭著的盗猎团伙头目郑恒流窜到了仁城天净山区。袁凯当即调配警力，在天净山布下天罗地网，想一举擒获狡猾似狐的郑恒。谁知只抓获两个他手下的喽啰，郑恒不知道怎么觉察有异，提前溜了。沮丧的袁凯还要骂人，看见几个干警和护林队员都是汗流浃背，一脸疲惫，又把涌到嘴边的话咽了下去。

一名老警察看来和袁凯比较熟悉，凑到他身边，说："袁局，抓几个盗猎的小毛贼，至于惊动您这大驾？这不是杀鸡用牛刀吗？"

袁凯一瞪眼，说："还小毛贼？还牛刀？那可是'半张脸'郑恒，我一直想会会这个人物，没想到还是让他跑了。我这整张脸啊，都让你们扔在天净山上了！"看到局长怒气不息，老警察赔着笑退到一边，指挥同事将两名盗猎分子塞进面包车。

一个看起来刚入职的年轻警察偷偷问老警察："郑恒是哪路神仙？折腾我们一天一夜大动干戈的。"

老警察低声说："半张脸郑恒以前是我们的同行，后来犯了点事儿被警校开除了，人也进去了。这家伙出来以后在东南亚混了几年，好像是当了雇佣兵，混得挺有名望，听说最近又回来了。"

小警察愈发好奇，追问："原来是我们的同行，他犯了什么事啊？"

老警察声音更低，说："当年那可是轰动省城的一件大案，郑恒本来……"

旁边的袁凯把喝完了的矿泉水瓶扔过来，打断了老警察的话。袁凯道："别白话了，赶紧干活去吧！问问那两个毛贼，郑恒躲进哪个山窟窿去了？"

老警察不敢多言，赶紧带着年轻警察去讯问郑恒下落。袁凯走过来捡起地上的矿泉水瓶，冲着其他正在喝水吃东西的人道："自己祸害的垃圾都给我收拾干干净净的，一个瓶盖也不许扔在山上。这要是让林寒江看见了，他能撵我屁股后面骂！"

　　此时的林寒江，正手足无措地看着眼前的手枪，他和小李哪见过这阵仗，小李一头冷汗，下意识把双手举过头顶。驴友挥一下手枪，示意两人进到车里，两人不敢反抗，赶紧坐在正副驾驶的位置，那个人缩进后排座椅的空间里，但是手枪一直指着林寒江的后脑勺。

　　"警察在路上设卡了，麻烦林市长带我过去吧。"那人狰狞的脸上露出一丝嘲讽的冷笑，因为肌肉僵硬的原因，笑容显得格外怪异，"好多年没回汉山省了，这欢迎我的阵势够可以啊！"

　　林寒江慢慢冷静下来，示意小李按照他的要求发动汽车。林寒江小心试探对方："这位朋友，这里山高林密的，警察只能在路上设卡，你随便往哪个林子里一钻，不比坐车安全？"

　　那人冷笑一声："能坐车离开，我为什么要辛苦自己的双脚？再说了，有您这护身符，他们能把我怎样？"

　　林寒江和小李不敢激怒对方，只能按照他的要求向前驶去。被人拿枪劫持，这只是林寒江以前在电视里看见的情节，没想到今天真的在自己身上变成了现实。林寒江感觉自己脖子后面冒汗，手也有些僵硬，他从没想到自己有朝一日竟然遭到亡命徒挟持。

　　林寒江偷偷向后瞥了一眼，问："警察设卡抓的盗猎分子，就是你吧？"

　　"哈哈，说我是盗猎分子，情报不准，只能算是百分之五十准确。"那人的语气有些不屑，"不过，你们仁城的袁凯局长，看来是一号人物，是我低估了他，竟然把老子逼得落荒而逃。"

　　"为什么说只算百分之五十准确？"林寒江故意和他套话，试图缓和气氛。

　　"说我是盗猎团伙头目，但是我从来没杀过一只动物，从猫到狗，你信吗？"那人伸出手指向林寒江做一个数钱的手势，继续说，"我虽然不杀动物，但是我和钱没仇啊！"

林寒江确实有些诧异，想了想说："你的手下滥杀动物，甚至是国家保护动物，你也要负责的。"

那人缩在后排座椅的缝隙里，用手枪敲敲椅背，说："老子对动物不感兴趣，我只对人感兴趣，杀人才是我的目标！无能的人杀畜生，有本事的人杀人，对吧？"

此言一出，林寒江和小李顿时身上发冷，小李一阵哆嗦，车子在山道上一阵乱晃，几乎冲下山沟。那人觉察到了小李的紧张，又用枪敲敲小李的肩膀，说："小兄弟，不用害怕，我只杀该死的人，不杀好人。"

车里一阵沉寂，林寒江偷偷从后视镜里瞅着对方，那人反而先说话："林市长，你也不用紧张，我只是借你当护身符一用，你以前在外地和如今在仁城的所作所为，我略有耳闻，你勉强算是一个好官，我不会害你的。"

林寒江诧异道："你怎么知道我是好官？"

那人大笑，说："如果大部分人都说这个人不好，甚至联合起来排挤他，那么这个人大概率是个好人！"

林寒江一脸苦笑，不过车里气氛放松下来，林寒江回头瞅了一眼乌黑的手枪，问道："你真的从不杀动物？"

那人透过座椅缝隙冲林寒江微微一笑，说："见识的人多了，就喜欢动物了，这世界上动物比人可靠得多！"

前面山路出现了警察设的卡口，那人使劲缩一下身子，躺在缝隙中，他警告林寒江，说："林市长，你是一个喜欢当英雄的人，不过此时此刻，我劝你还是不要当英雄！"

袁凯坐在路边树底下擦汗，看见林寒江的车从山上下来，笑道："说曹操，曹操真来了！老林，大王派你来巡山啊？"

林寒江将车窗摇下一半，冲袁凯大声道："老袁，我要赶回市里开会，等你抓到盗猎头目，我晚上请你喝一顿！"

袁凯懒得起身，大笑道："能喝着你这铁公鸡的酒，不容易啊，你可不许说话不算数！"他挥挥手，示意拦路的警察赶紧放行。林寒江摇上车窗，轿车一溜烟向山下驶去。

袁凯又灌了半瓶子水，把剩下的水全淋在自己头上，抵挡炎热的阳光，也许冰凉的矿泉水刺激了袁凯，他突然一拍大腿，大喊道："妈的，有问题，林寒江的车里有情况！"

几名警察和护林员顿时惊慌一团，围拢过来，那名老警察问袁凯："袁局，什么情况？"

袁凯手中的空瓶子瞬间捏扁，发出一声脆响，他说："林寒江怎么知道我们没有抓到盗猎团伙头目？还有，林寒江平时滴酒不沾，他怎么会突然约我喝酒？他车里肯定有问题，快，把车开过来，跟我追！"

两辆警车呼啸而出，冲下山来。

那个驴友透过后窗看见盘山道上追来的警车，不由咧嘴一笑，更显狰狞，说："袁凯不傻，林市长你也是人精，你哥俩配合挺好啊！"

林寒江见那人识破了自己的小花招，索性将心一横，扭身面对那张狰狞的面孔，说："你跑不了的，我劝你不要负隅顽抗，缴械投降才是正途，我可以带你去见……"

那人冷笑一声，用枪杆一下林寒江的额头，说："林市长，我不杀动物，可从不吝惜杀人，你再啰唆，别怨我耐不住性子！"冰凉的枪口顶着脑门儿，林寒江只能慢慢缩回座位。

"停车！"那人厉喝一声。

司机小李吓得手脚有些不利索，一阵忙乱，车子总算靠着峭壁边缘停下。那人跳下车，一边整理背包和衣服，一边皮笑肉不笑地和林寒江调侃："林市长，这个世界很小的，你我肯定还有重逢的一天，回见！"说完，他就从峭壁边跳了下去。林寒江和小李跑到峭壁边上俯身下看，只见那人手脚并用，犹如一只灵活的山羊，转瞬间就滑下去十几丈，再在一块突出来的岩石上撑一下，人已经跳进下面郁郁葱葱的丛林中。这家伙身手敏捷，在陡峭的崖壁上如履平地，看得林寒江和小李目瞪口呆。小李脱离了险境，总算敢开口说话："林市长，这家伙会轻功？怎么看着比四条腿的还利索？"

袁凯带着警车呼啸而来，在林寒江身边一个急刹车，轮胎摩擦出一股青烟。袁凯跳下车，见林寒江没事立刻放下心来，说："老林，你没事就好，要是你有个三长两短，我可是百死莫赎，郑恒哪去了？"

"郑恒？郑恒就是刚才那个烧伤了脸的人？"林寒江指着路边的山崖，说："在那下面呢！"

袁凯扑到峭壁边上向下俯望，只见一大团雾气笼罩住崖下的密林，哪里还有郑恒的影子。袁凯失望地跺脚，说："老林啊，你真是命大，根据我掌握的情报，这家伙在缅甸泰国可是有名的煞星，手上不少人命呢！今天要不是我听出你话里的玄机，追了下来，他把你们带到哪条山沟里，咔嚓一下！"袁凯伸手在自己脖子上比划一个割喉的动作，小李立刻吓得一激灵，不由自主摸了一下自己的咽喉，林寒江也是一阵后背发凉。

"谢谢老袁，原来这个疤脸这么可怕，你这是救了我们一命啊！"林寒江由衷地感叹道。

"不用谢我，咱俩扯平了！一年前你不也救过我一回嘛。"袁凯拍拍林寒江的肩膀，既是安慰也是感慨，说："这也是了却我的一桩心愿，不欠你了！"

原来一年前，林寒江到仁城市任职不久，就赶上了"红水河污染"事件。当时袁凯带领警力配合林寒江调查污染源头，却不料所乘的冲锋舟在江中翻船，袁凯水性一般，在湍急的江水中陷进旋涡，呛了几口几乎溺水。危急之时，乘坐第二艘冲锋舟的林寒江赶到，林寒江毫不犹豫跳下江中，将袁凯从漩涡中救出，两人自此结下深厚的友谊。

从那以后，林寒江在仁城市大刀阔斧开展环境整治，袁凯带领公安系统为环境整治工作保驾护航，两人配合无间，给了林寒江强有力的支持，多次重拳出击打击污染案件。两人还一起研究创新，在仁城市建立完善了《应急处置与预防次生灾害工作指挥体系》，得到了应急部和省政府的表扬，仁城市的典型经验在全省推广，袁凯由于工作出色受到省厅奖励，因此对林寒江评价很高。

袁凯使劲捶了林寒江一拳，说："老林，你调回省里了，我还真舍不得，以后再也没有你这么好的搭档了。"

林寒江笑一笑说："放心吧，天净山申遗的事情没有了结，我还会赖着不走的，还有很多需要你支持的工作，你可不许人走茶凉。"

袁凯告辞时，冲林寒江意味深长地一笑，说："老林，也许我们很快就会在省城再度见面的。"林寒江没有听懂袁凯话里的意思，以为袁凯要去省城看望自己，并未多想，两人挥手告别。

四

　　林寒江让生态环境局向市政府提交了一份名单，这份名单包括天净山保护区内勒令整改、停产停建、限期取缔的数十家企业，准备按照限定时间分期分类予以整治。这个消息传出去，在天净山保护区的企业中间引起强烈反响，不少企业高调反对。

　　汉山省排名第一的民营企业唐宫集团名列其中，老板姚新元一天之内就接到十几个电话，有的是通风报信，有的是安慰同情，主动帮他出谋划策对付林寒江的也不乏其人。姚新元多年以前在天净山区投资开办了一家生态旅游公司，当时从天净山村租赁集体土地 1200 亩，租期 50 年。三年前，姚新元将这片土地改建成山地高尔夫俱乐部，投入数亿元巨资，一期工程已经基本竣工。林寒江来到仁城后，立即叫停了这个山地高尔夫项目，要求按生态环境部的规定，以及 2004 年国务院办公厅下发的关于暂停新建高尔夫球场的通知，限期取缔该项目，并协调自然资源局、林业局、农牧局等部门制定山地复绿方案。姚新元见自己的心血要打水漂，当然不甘认输，一年多来调动了各方力量向林寒江施加压力。

　　林寒江刚回到市政府办公室，工作人员就向他报告，姚新元等人在会议室里等他。工作人员忧心如焚，说这些企业家串联一起，以控诉仁城市破坏营商环境为名，联合向市政府施压。市政府办和信访局的领导出面劝解，但是被轰了出来，他们指名要见林寒江。

　　工作人员劝林寒江是不是暂时回避一下，林寒江笑笑摇头，说："躲不是办法，躲得了初一还能躲得了十五？避而不见，只会助长他们的气焰，况且我们才是占理的一方，为什么要躲？"

　　林寒江急匆匆向会议室走去，眼角余光却瞥见走廊拐角闪过一个女子的身影，林寒江的脚步顿时停住了，有些僵硬地退了回来。一个身着西装套裙的女子背对着他，正在吩咐两个年轻的男助手，似乎在为某人安排晚上的接待行程。林寒江站在女子的身后，仔细打量着她的背影。一个男助手见有人靠近，神色警惕地盯着林寒江，女子察觉到身后的目光，也转过身来，与林寒江目光相对，两人同时愣住了。原来这个女人竟然是林寒江以前在邻市的熟人苏娜，当时苏娜是当地电视台的当家女记者，多次采访过林寒江，两人一起在环保活动中出过镜，后来苏娜辞职跳槽去企业，曾经帮过林寒江。林寒江和苏娜不仅熟识，而且在很多问题观点一致，是心有默契的好朋友。

"苏娜，你来了？"林寒江的声音压抑着重逢的惊喜，两人上次分别后，已经有两年未曾见面。

苏娜见到林寒江出现在面前，似乎并不吃惊，语气有些平淡："两年不见，你变老了。"

"是啊，老弱病残，在我身上快齐全了。"

苏娜看着林寒江有些憔悴的容颜，眸子间闪过一丝惋惜和同情，但是瞬息即逝，似乎生怕别人发现。林寒江眼中的苏娜，依然气质高贵，神态冷艳，无论在哪里都是最吸引视线的人。

林寒江问苏娜："你是来看我的？去我办公室坐吧？"

苏娜略微冷淡地摇摇头，说："对不起，林市长，我不是来看你的，我没有和姚总一起进会议室，就是不想在这种场合见到你。"

"姚总？唐宫集团的姚新元？"

苏娜露出一抹职业性的微笑，说："是，这个世界真的很小。我没有告诉你，我现在到了秦州的唐宫集团，姚总是我的老板……"

一个男助手赶紧凑过来介绍苏娜："林副市长，这是我们唐宫集团的副总经理苏娜女士。"

"你们唐宫集团不是在省城秦州吗？这次来仁城，难道是为了天净山的山地高尔夫球场？"

苏娜的微笑慢慢变成了苦笑，无奈地点点头。林寒江看着苏娜有些游移的目光，问她："你知道我在仁城工作，来了也不打个招呼？"

苏娜有些迟疑，说："对不起，我不想卷入你的工作，也不想你因为我……"苏娜止住了自己的话，她知道林寒江一定会理解她的苦衷。

林寒江脸上浮现一丝苦笑，他看着苏娜，心中有千言万语，却都堵在胸口，无法说出口。刚才苏娜连说两句"对不起"，已经清晰地划定了两人的界限，那个曾经与林寒江畅谈生态环保的苏娜，已经有些陌生疏远了。苏娜身为唐宫集团副总经理，因为天净山高尔夫球场的事情来到仁城，却对林寒江选择避而不见，这是她对林寒江最大的帮助了。林寒江独居仁城时，曾经多次想给苏娜发微信，但是每次都是默默放下了手机。今天当苏娜真正站在眼前时，两人似乎已经远隔千山万水。林寒江感到一阵微微的眩晕，这是他中毒后的后遗症，他痛苦地揉揉自己的太阳穴。

苏娜看出他的不适，不由问道："你身体还没恢复？还在每天熬夜写东西？"苏娜表面对林寒江冷淡，其实内心还是很关心他的健康状况，她知道林寒江以前的遭遇，也了解他经常熬夜撰写生态环境方面的专著，那时她还帮林寒江搜集过资料。

"没什么，这两天没睡好。"林寒江向苏娜几人礼貌地笑一笑，转身离去。

姚新元是一个年近六旬的秃顶男人，他平时总是耷拉着眼皮，显得困顿欲睡，但是偶尔睁眼看人却是精芒闪动。姚新元脸上长了不少黑痣，像是一撮芝麻挤在脸上开会，据说这样面相的人非富即贵。姚新元昏昏欲睡，身边几个企业老板众星捧月般将他围在中间，七嘴八舌数落林寒江的不是，求姚新元动用一下关系去找省领导，收拾一下不知道天高地厚的林寒江。

林寒江揉着太阳穴走了进来，众人的嘈杂声立刻平息，几个企业老板不敢正眼看林寒江，悄悄找个位置坐了下来。林寒江强打精神，环视一圈，见这些企业老板基本在整治名单内，立刻体会到他们对自己的敌意，他哈哈一笑，主动挑起话题："原来各位老总都集中在这里呢，怪不得我刚才走访了两家公司，吃了两遍软钉子，都说老总不在。"

姚新元微闭的眼睛突然睁开，闪着精芒的眼睛紧紧盯住林寒江，说："我们是来给林市长道喜来的！"

林寒江故作诧异："我何喜之有？"

"恭喜林市长衣锦还乡，从仁城回到省厅。"

"姚总消息这么灵通，佩服，佩服！"

姚新元目光闪烁，微有一丝自得，慢条斯理地说："唐宫集团深耕省内各市二十余年，得到了各级领导的关爱，说到消息嘛，可能确实比起兄弟企业稍微灵通一点点。"

林寒江自然明白姚新元话中隐含的威胁之意，他并不放在心上，故意哪壶不开提哪壶，说："既然姚总能摸准省市领导的脉搏，那您肯定也会知道，上级对天净山保护区内违反生态规定企业的处置意见了？"他故意把"处置意见"四个字咬得很重。

姚新元的眼睛瞬间眯成一条线，盯着林寒江说："林市长果然人如其名，只讲原则不讲情分，真是一个难得的刚直不阿的好领导。"

林寒江微笑："谬赞了，姚总的夸奖让我惭愧，我还要继续努力。"

"可是林市长为了您的青山绿水，却将仁城的营商环境破坏殆尽，您觉得这么做对吗？"

林寒江故意装出吃惊的样子，说："姚总这话什么意思？难道保护青山绿水，就是破坏营商环境？"

姚新元身边的一名姓张的老板接话，带着怨气说："林市长做事大刀阔斧，把我们这些企业整改的整改、停业的停业、取缔的取缔，难道不是破坏营商环境？"其他老板一起随声附和，会议室内顿时一片嘈杂。

林寒江微微一笑，说："我不敢苟同各位的意见，按照国家环境保护的法律法规，以及《天净山生态保护条例》，我们对天净山保护区内的企业进行分类分级管理，有问题的整改，不符合生态要求的停业，破坏环境的坚决取缔，何错之有？保护一个青山绿水的天净山，难道不是为了更好地建设营商环境？"

张老板有些气急败坏，直接撕破脸皮，说："林市长，实不相瞒，我们这些企业已经将你的所作所为联名投诉到省营商局，而且我们也将这里发生的一切，转告给各个领域的商界朋友，警告大家以后不要到仁城投资发展，你们这是关门打狗，请你三思！"

其他几位老板也气焰上涨，有人大声附和："没错，以后没人敢来仁城投资建项目了！"另外一人更加恼怒，说："怪不得你们汉山省经济滑坡，招商引资的时候求着我们来，现在我们来了，你们又百般刁难！我要让全国人民都知道，投资不到汉山，是有道理的！"姚新元如老僧入定，又耷拉下眼皮。

林寒江脸上笑容更盛，说："如此一来，我倒是要感谢诸位了，感谢你们给我创造一个机会，我可以向省营商局、向全社会、向各个领域的企业家朋友详细解读《天净山生态保护条例》，欢迎那些适合天净山生态保护需求的产业项目落地，欢迎那些敬畏生态保护红线的企业家前来考察投资。"林寒江环视众人，不怒自威，他话锋一转，说："当然了，我也会将在座各个企业对天净山保护区生态的威胁甚至破坏情况，形成详细的专题报告，以案说法，向省营商局和全社会公开，让全社会都来评价一下，到底是谁在破坏仁城的营商环境？"他转向那位姓张的老板，神色威严："张总，要不我首先就从您的酒店侵占保护绿地一案先说起？"

"我……"张老板气得想拍桌子，又忍住了，只好转过半个身子，不去看林寒江。

林寒江虽然语气平缓，但是说的话却直击这些企业的软肋，刚才还咄咄逼人的张老板蔫了下去，因为他的度假酒店属于违规建设，已经被省市多次督办取缔，他哪里敢让自己的名字曝光在聚光灯下？其他几位老板也是各有各的毛病，都慢慢降低了声调，终于一言不发，大家拿余光偷瞄姚新元，看看他如何表态。

姚新元骑虎难下，只能轻咳一声，耷拉着眼皮说："林市长果然言辞犀利，商界朋友都说林市长是一个不按常理出牌的领导，今日细谈，果然受益匪浅啊。”

“不知姚总说的常理，是哪家的‘常理’？”

姚新元睁开眼睛，牢牢盯住林寒江，话带讥讽：“林市长，您马上就要回省厅高就，何苦还盯着天净山不放，得罪我们这些企业呢？”

林寒江苦笑摇头，显然不敢苟同“高就”的说法，他拧开一瓶矿泉水送到姚新元面前，示意他继续说。姚新元毫不客气，又道：“多个朋友多条路，我们这些人多少都有些人脉资源，与人方便与己方便，林市长以后就是省里人了，与仁城没有半毛钱关系，何必一条路走到黑？”

林寒江哈哈一笑，道：“我相信姚总的话，更多的是规劝而不是威胁。”林寒江目光逐一扫过这些人，微笑道：“我就算离开仁城了，但是职责没有离开，法律法规还在，天净山还在，该做的事还是要做！”

“林市长的意思是，就算您回到省里了，还是会盯着天净山不放？”姚新元目中突然精光闪烁，其他人也都盯着林寒江。

林寒江微笑点头：“不错，天净山不单是仁城的，也是全省全国的，我回到省里也不敢丝毫懈怠，肯定要一抓到底！姚总，您的山地高尔夫项目，我劝您别建了，因为国务院办公厅 2004 年就发了通知，禁止新建高尔夫球场！你们唐宫集团这是明知故犯，我请您三思。”

姚新元愤然起身，脸上的黑痣挤成一团，道：“既然林市长坚持己见，我们不打扰了，告辞！”说罢，起身向外走去，那几个老板也跟着起身，故意将椅子碰得叮当乱响。

林寒江依然一脸笑容，起身相送：“对了，姚总，有个消息忘了告诉您，您那个高尔夫俱乐部项目，已经被仁城市通报督办，限期取缔，而且要严肃追究相关人员责任，还请姚总吩咐属下一声，全力配合我们开展工作。”

走在前头的姚新元浑身一震，脸色顿时变得铁青，他略微停了一下，忍住了心中的怒火，一言不发疾步而去。走廊里的苏娜和助手看见姚新元出来，赶紧簇拥过去。苏娜有意无意瞥了一眼站在门口的林寒江，露出一丝难以察觉的苦笑。林寒江神色平静，向这群人的背影挥手，并没有多看苏娜一眼。

苏娜是个冰雪聪明的女子，她已经预料到了姚新元等人与林寒江谈判的结果，她故意避而不见，其实是睿智的选择。

第二天一早，林寒江与小李又驱车来到天净山。今天林寒江与顾清云来陪同国际自然保护联盟（IUCN）专家、美国生态学博士吉姆·桑赛尔考察天净山生态保护区。

一行人来到一处断崖，眺望着周边的山势。"林，天净山就像一个地球上的生态孤岛，有很多物种在里面生存、发展，而它的周边却是人类活动的海洋，稍不注意，人类就会摧毁这个孤岛。"吉姆·桑赛尔感慨道。

这时，顾清云身上的对讲机"呜里哇啦"响了几声，顾清云一脸兴奋地跑过来，说："中奖了，中奖了！对面山上的水青冈树林里发现了黔金丝猴！"此话一出，所有的人都兴奋起来，黔金丝猴可是比大熊猫还要珍稀的物种，很多人一辈子都没有见过野生黔金丝猴的踪影，顾清云在天净山十多年，也不过看见四五回。黔金丝猴喜欢吃水青冈树的叶子，保护区管理局便在水青冈树林附近设立了监控点和红外摄像设备，一发现黔金丝猴就立即报告。

吉姆·桑赛尔举起望远镜，观望着对面山坡水青冈树梢上的十几只金丝猴，惊叫道："林，快看，那群可爱的小生灵！它们可是地球的独生子！"顾清云赶紧向吉姆·桑赛尔做个手势，示意他压低声音，不要惊跑了这群黔金丝猴。

林寒江透过望远镜打量着那群在树枝上蹿来跳去的金丝猴，感叹道："大约 14 亿年前，这片大山就矗立在这里，是我们中国南方最早形成的陆地，她的周边全是人类活动的海洋，她虽然像海洋中漂浮的一座孤岛，但是我们有信心守护这个孤岛不再被侵蚀。"

"林，天净山满足了世界自然遗产生物多样性的标准，展现和保存了中亚热带孤岛山岳生态系统和显著的生物多样性，具备世界遗产所需的'突出普遍价值'，很好很好！"吉姆·桑赛尔称赞道。

吉姆·桑赛尔因为看见野生黔金丝猴群，兴致很高，林寒江一边向他展示手机里储存的野生黔金丝猴视频，一边趁机向他介绍天净山生态保护区正在推进的科研监测和生态宣传情况，天净山在国际上先后与美国圣地亚哥动物园、伦敦动物协会进行科研监测交流与学习，在国内与北京大学、西双版纳植物园等有关单位开展志愿者合作、生态宣传教育、森林群落样地调查等活动。吉姆·桑赛尔很是高兴，连连点头。

山顶传来几声悠扬的钟声，几个身穿僧衣的和尚与一群居士信徒从吉姆·桑赛尔面前走过，令人惊奇的是，居士之中竟然有一个金发碧眼的外国美女，穿着中式的衣衫，显得与众不同。吉姆·桑赛尔拦住她用英语交流起来，原来这是一个来自瑞士的佛教信徒，这次来天净山参加主题为"心灵环保·世界和谐"的生态文明与佛教文化论坛。这次论坛邀请了不少国际友人，一起研讨人与自然和谐相处的生态哲学思想，倡导尊崇自然、顺应自然、保护自然的生态文明理念。

吉姆·桑赛尔顿时大感兴趣，说："林，将生态保护与佛教文化结合，这是你们的一大创举。"

林寒江笑着摇头，说："不是我们的创举，我们中国的佛教文化中，很早就有'众生平等、慈悲为怀'的生态保护理念，也有'人间净土、无住涅槃'的环境保护意识。"吉姆·桑赛尔有些听不懂这些佛教用语，瑞士美女用英语给他解释半天，吉姆·桑赛尔总算弄明白了，冲着林寒江双手竖起大拇指。

林寒江陪着吉姆·桑赛尔等人刚转过一条弯道，就看见坐在路边喘粗气的老杨，原来老杨听说林寒江陪同外国专家进山考察，就拄着拐棍赶了过来。老杨上气不接下气地告诉林寒江："林市长，核心区里最后两户山民，已经答应、答应迁出了，我、我没有耽误事儿吧？"短短几句话，老杨喘了好几口气才说完。原来老杨听说林寒江让山民轰下山去，他便拖着病体去做了一天一夜的劝说工作，结果在老山哥家中吐血晕倒，两户山民被老杨感动，终于答应迁到安置区居住。林寒江心中一阵激动，紧紧地握住老杨的双手。

林寒江向吉姆·桑赛尔介绍老杨，说："桑赛尔先生，这位是天净山的守护者，他是大山最亲密的朋友……"话还未说完，老杨浑身一阵哆嗦，一口鲜血喷了出来，身子软软地倒了下去。

林寒江一把抱住老杨，惊呼："老杨大哥，老杨大哥……"

陪同的顾清云抢上来接过老杨，说："我来吧，林市长你继续陪客人。"顾清云带人抬着老杨向山下医院奔去，林寒江不放心，跟着跑了几步，又慢慢退了回来。

吉姆·桑赛尔不明白中国人为什么会如此拼命工作，他说："林，我们要保护环境，但是更要保护健康，尤其是自己的健康和生命，我不懂你们为什么会为了大山而放弃自己的健康和生命？"

林寒江看着被抬走的老杨，眼眶湿润，他用英语回答吉姆·桑赛尔："这是我们中国人对大山的承诺！"

五

　　林寒江按照省委组织部的要求，如期来到汉山省生态环境厅报到。

　　两个办公室的年轻工作人员刚到省厅工作，并不了解林寒江的底细，一边摆放桌牌，一边低声议论。一个年轻人挤眉弄眼地说："据说这个林寒江是省委陈书记的杀人刀，所到之处是血流成河啊，经常拿自己人开刀。这次他回到省厅，我们也得小心点儿。"

　　另一个人道："夜猫子进宅，不仅是我们省厅不好过，估计省内各市的书记市长都不欢迎这样的人吧？你想，他以前工作的地级市的市长进去了，书记被贬，据说都和他有关。现在那些封疆大吏谁不人人自危？"

　　林寒江在门口接完电话，不小心听到这两人的窃窃私语，只能摸着自己有些稀疏的头发苦笑。

　　厅长张楚黔匆匆走进会议室，张楚黔和林寒江以前共事过，彼此很是熟悉。此刻张楚黔来不及寒暄，拉着林寒江就往外走，说："林寒江，客套话不说了，这些虚头巴脑的仪式也免了，赶紧跟我走，陪我一起挨批评去！"

　　"挨批评？谁批评你？"

　　"还能有谁？陈书记呗，他今天在秦州调研，我预感秦州今天要多云转阴，冰雹闪电！"张楚黔忧心忡忡地说："但愿别劈到我们身上。"

　　坐落于龙岭山下的秦州市是汉山省省会，历史悠久，秦州市的年龄久远到让人目眩神迷。

　　此时，秦州市郊区，秦州市委书记刘军强和市长高峰互相递个眼神，小心翼翼地站在省委书记陈庭坚身侧。今日，陈庭坚来到秦州市调研工业项目，秦州市党政主要领导以及省里发改委、工信厅、住建厅、自然资源厅、生态环境厅等领导一起陪同调研。

市长高峰正指着图纸向陈庭坚汇报，陈庭坚忽然像发现新大陆一样，指着工业项目旁边一座正在建设的高楼，高楼上下机器轰鸣，正在紧张施工。陈庭坚问高峰："高峰，你先等等，我问你，这个高楼是什么情况？"

高峰微微一愣，不过很快反应过来，说："这是新引进的一个五星级酒店，预计年底就要竣工了。"

"酒店？这个酒店占地面积多少平方米？"陈庭坚眯起了眼睛。刘军强一见陈庭坚眯起了眼睛，心知不好，赶紧悄悄后退一步。

高峰不明白陈庭坚葫芦里卖的什么药，他和陪同的省发改委王主任对视一眼，两人一起目测那座酒店，高峰说："大约一万八九千左右，不知道王主任估计多少？"高峰故意把发改委王主任也拽进来，万一陈庭坚的暴脾气发作，至少还有一个陪绑的。王主任支支吾吾说："高市长说的没错，我看也超不过两万平。"

陈庭坚面沉似水，指着图纸上酒店的位置，说："你们自己来看！"高峰和王主任伸过头去，图纸上标注的酒店占地面积只有 1500 平。

"书记，这座酒店已经建了快四年了，中间停工好几次……"高峰的言外之意是这座酒店开工建设的时候，他还没到秦州来呢，肯定不是他审批的。旁边的市委书记刘军强，嘴角抽搐一下，似乎想说话，还是忍住了。高峰试图向陈庭坚解释："陈书记，这可能是图纸标错了，我让人问问情况。"

陈庭坚懒得听他解释，说："你不用解释了，这么大一张图纸就把他家标错了？不是图纸的事，是你们眼睛的事！这是明摆着的违规扩建、侵绿占绿，中央环保督察组马上就要进驻省里，你们这是给我脸上贴金啊？"

高峰和刘军强再次对视一眼，两人眼神里各自闪过一丝不安，陈庭坚今天表面上是调研工业项目，其实是项庄舞剑意在沛公，真实目的在环保督察方面。

"龙岭山区附近这样的违规建设还有多少？你们查没查过？"陈庭坚铁青着脸，有些火气上涌。刘军强和高峰一脸惶恐，连连说马上安排相关部门去排查。刘军强有一些委屈，想要解释几句，张巴几下嘴还是把话咽了下去，毕竟省委书记陈庭坚的火暴脾气是有名的，刘军强不想此时去碰这团火。

"这么明目张胆的违规扩张，违建如此猖獗，侵绿占绿，你们就视而不见？"陈庭坚借题发挥，又把张楚黔和林寒江喊过来，说："你们俩过来，生态环境厅不能当甩手掌柜的，把问题都甩给属地，中央环保督察发现问题，你们也是难辞其咎。"

张楚黔赶紧表态："书记放心，我们会和秦州市一起排查，尽快整改，同时举一反三，对其他市的这类问题也要同步排查。"

陈庭坚瞄了一眼林寒江，说："林寒江，你回省厅了？这个问题是我送给你回来工作的见面礼，你要亲自上手，赶紧给我查清楚，龙岭山区究竟有哪些破坏生态环境问题，必须限期整改，你给我盯好了！"

林寒江不了解情况，不敢多说，只能答应："是，书记，我马上就去落实。"

情绪受到影响的陈庭坚，又抓住秦州市工业产值和固定资产投资指标下滑问题，把两位党政主官一顿批评。张楚黔比较机灵，见陈庭坚冲着经济指标发火，赶紧拉着林寒江闪到一边，躲避怒火。

见陈庭坚火气正盛，刘军强退开几步，离陈庭坚远一点儿，他低声对自己的秘书曹兵发牢骚："他自己当年开的口子，现在让我们去收尾？"刘军强口中的"他"显然是指陈庭坚。

秘书曹兵偷偷将手机屏幕给刘军强看一下，刘军强看完"哼"了一声，低声呵斥道："都什么时候了，还有心情应酬？一群没脑子的东西！"看来屏幕上的消息应该是有人邀请刘军强参加一个酒局，被他断然拒绝。刘军强看了一眼曹兵，有些严厉："我警告你，小曹，你也要和那些人保持距离，要是非分明，不要惹祸上身！"曹兵唯唯诺诺地点头。

那边，心里憋着火的陈庭坚，听到高峰汇报秦州市工业产值因为控制能源消耗强度而下滑时，终于找到了发泄理由，他打断高峰的话："高峰，我问你，国家发改委出台的控制能源消耗的要求，是针对你秦州市一家吗？

是你们自己不努力，不做好能源减控方案，竟然把责任推给国家？"

高峰涨红着脸，不敢再辩解，偷眼向省发改委王主任求援，王主任这次学乖了，低头把手中的图表翻得"哗哗"作响，就是不理会高峰的眼神。

"秦州市的工业产值可是占全省的三分之一，现在大幅度下滑，你们党政领导怎么想的？准备怎么向省委省政府交差？"说到党政领导，陈庭坚才发觉市委书记刘军强已经躲到丈八开外，他更加不快，大声道："刘书记，你不要总是开小圈子会议，过来看看你们的工业产值！"

听到点名的刘军强心里顿时有些忐忑，这种不安不是因为工业产值下滑，而是陈庭坚说出的"小圈子"三个字，陈庭坚肯定不会无的放矢，必然是心中对他有了想法。刘军强赶紧凑到王主任跟前，装模作样去看他手中表格的数字。

"以前秦州市工业产值是全省的一面旗帜，现在是什么？是一堆丢人现眼的数字，在省会城市里已经垫底了，你们准备还要滑到哪里，从龙岭山顶滑进海里？"陈庭坚批评人的时候总是狠辣严苛，高峰的脸已经涨成紫红色，刘军强毕竟是省委常委，沉得住气，虽然挨了批评依然面沉似水。站在旁边的张楚黔和林寒江见到陈庭坚的怒意，也不敢靠前。陈庭坚发了十几分钟火，将刘军强和高峰批得脸上青一阵红一阵，最后总算坐上中巴离开了。随同前来的几个厅局领导宽慰了刘军强和高峰几句，纷纷散去。

市长高峰铁青着脸，让人通知秦州市发改局、工信局等相关部门的领导，要连夜开会调度经济指标。刘军强对高峰雷厉风行的做法未置可否，只是淡淡地说了一句："今天勾起陈书记无名之火的，应该不是秦州的经济指标。"

高峰有些诧异，问："那是什么？"

刘军强背负双手，看着远处的龙岭大山，慢悠悠道："醉翁之意不在酒，惹他发火的应该是这座大山！"

高峰心中早就知道原因，但是故意露出一种恍然大悟的神色，说："陈书记发火，难道是和生态环境督察组有关？因为山里那些违规建设项目发脾气？"

刘军强点点头，没有说话，有时候沉默胜过千言万语。刘军强此时心中想的不是龙岭大山那些违规建设项目，他想的是陈庭坚说的"小圈子"三个字，陈庭坚肯定是了解到自己的一些事情，这个脾气火暴的省委书记，身居高位还没有达到渊渟岳峙、韬光养晦的境界。刘军强心中升起一丝恼火，既有委屈也有不服。

高峰心中也在急速盘算，那些龙岭山里的违建，绝大多数都是自己就任秦州市长之前的事情，就算被追查，自己责任也不大，虽然上下都在批评新官不理旧账，但是这些错综复杂的旧账自己真的理不清啊。

刘军强伸手捂住了自己的胃部，皱起眉头似乎有些痛苦，秘书曹兵过来扶住他："书记，胃病又重了？"刘军强点点头，秘书扶着他上车，刘军强回头对高峰说："老高啊，工作上的事你多费心了，我这身体顶不住了，怕是要歇几天，呵呵，年轻时逞强，年老了遭殃……"

轿车发动，刘军强又想起一件事情，摇下车窗对高峰说："今天你也看到了，陈书记把摸排龙岭山区违建占绿问题交给林寒江了，有机会你和他沟通一下，毕竟我们秦州以后很多问题要通过他来协调解决。"

高峰点头说："我和林寒江同志虽然没有共过事，但是听说他骨头很硬，很讲原则的，应该不会故意刁难我们秦州。"

刘军强苦笑着，欲言又止，按着胃部登车离去。在车上，刘军强一直皱着眉头，似乎胃里翻江倒海。车行良久，刘军强问秘书曹兵："陈书记刚才说的那句话，你听见了？"

曹兵人比鬼精，简直是刘军强肚子里的蛔虫，说："书记，您说的是'小圈子'这句话吗？"

刘军强闭着眼睛痛苦地点点头，不知道是胃疼还是头疼，用近乎呻吟的声音叮嘱曹兵："告诉那些人，都给我老老实实地眯着，尤其在国家生态环境督察组进驻这段时间，别给秦州惹麻烦！"见刘军强语气严厉，曹兵一脸惶恐，使劲点头，偷偷将手机上的信息删了。

留在现场的高峰正在吩咐部下："通知下去，今晚七点我要调度全市工业产值和固投指标，排名后三位的区长要给我一个解释！对了，帮我约一下新来的林副厅长，我要和他谈谈。"

　　秦州市政府。林寒江应高峰之约前来，他在楼内等电梯的时候，有人在后面使劲地拍了一下他的肩膀，他惊愕地回头，竟然是袁凯。

　　林寒江惊讶地问："老袁，你怎么在这里？"

　　袁凯冲他得意地一笑，说："怎么样？我说过我们很快会在省城再度重逢，没想到这么快吧？"

　　林寒江还没反应过来，旁边有人向他介绍袁凯："这是我们秦州市副市长、公安局长，刚刚宣布任命。"

　　林寒江一惊，赶紧握住袁凯的手，祝贺他荣升。因为秦州市是副省级城市，副市长兼公安局长是正厅级，袁凯已经一步跨入正厅领导行列。

　　袁凯使劲握着林寒江的手："老林，分别几天再度相聚，我现在代表秦州市全体公安干警向你保证，我们坚决配合你做好秦州市的环境整治工作！"

　　林寒江的手被紧紧攥住，犹如陷进一块灼热的烙铁，他感受到对方的真诚和力量。林寒江的心瞬间热乎了，他说："谢谢你的理解，有了你们警方的强大支持，我们环保人就不再是孤军奋战。"

　　袁凯笑了，指着自己的警服说："请你放心，我会一如既往，像在仁城市一样支持你的环保事业！我们一起为这个城市扫污除垢，我以这身警服向你保证！"袁凯是一个行动比语言更有魅力的人，他和林寒江说的这番话，不仅坚定地表明他和林寒江的立场一致，还有一层意思是给秦州市公安队伍听的。袁凯的眼角余光发现，陪同他前来的公安局下属，正在飞速记录着这些话，袁凯相信，他的态度很快就会传遍秦州市各级公安队伍。

　　林寒江也笑了，他胸间涌上一股暖流，回到省城的自己并不是单枪匹马，支持环境整治的人就在眼前。自己如果还像祥林嫂那般哀怨，以为走到哪里都是孤家寡人，那就是自己的格局太小了。林寒江再次伸出右手，和袁凯第二次紧紧相握，林寒江带着一种感激，那是在陌生的城市里重逢知己的欣慰，两只手再次紧紧握在一起，使劲晃动着。

还没等两人松开手，一声闷雷般的巨响传来，震得门窗抖动，整栋楼都微微一晃。袁凯的警惕性来自职业习惯，他转身来到窗前，一边推开窗户向外眺望，一边大声问："什么声音？是不是有爆炸？"

六

　　巨响来自秦州城南郊附近，视野尽头升腾起一股白色烟雾，有人跑过来在袁凯耳边低语几句。袁凯浓黑的眉毛立刻拧紧，对林寒江低声道："好像是龙岭区的化工产业园发生了爆炸，我赶过去看看。妈的，这简直是专门迎接我放的炮仗！"说完，袁凯一溜小跑下楼去了。市政府办公室工作人员忙成一团，有的打电话询问情况，有的叽叽喳喳猜测到底是哪里发生爆炸。

　　林寒江听说是化工产业园发生爆炸，不由心中一紧，今天和市长高峰的会面是见不上了。他转身急匆匆向外走去，陪同的秦州市生态环境局局长李彦兵跟在身后，两人驱车赶往现场。路上，李彦兵给龙岭区的生态环境分局局长关金书打电话，让他们去现场等候。关金书并不知道林寒江就在李彦兵身边，在电话里大声向李彦兵嚷嚷："李局，那个林寒江简直是灾星，他刚到省厅，咱们秦州就爆炸。听说他对工作很严格，特别爱挑毛病，一会儿需要我汇报一些亮点工作吗？有什么需要注意的？"

　　林寒江在旁边听得清楚，李彦兵握着手机瞄了林寒江一眼，有些不好意思地压低声音："好了，好了，见面再说。"

　　林寒江接过话茬，提高声音道："那个灾星现在不关心你们的亮点工作，关心的是爆炸现场是什么化学品，有没有人员伤亡，有没有危险化学品泄漏蔓延，有没有毒害性气体飘散？"李彦兵面色发红，握着电话不知道关机还是继续说话，电话那头的关局长顿时悄无声息。

　　林寒江赶到化工产业园爆炸现场，一家名为华强新材料公司的生产车间浓烟升腾，烈火正在吞噬厂房。先一步赶到的袁凯和消防支队的领导，正在指挥十几辆消防车围着烈火喷射水龙，一些警察正在疏散园区企业员工。

　　林寒江大声吆喝："公司经理是谁？负责人在哪儿？"华强公司经理薛平是一个矮墩墩的胖子，满脸熏得焦黑，被人推到林寒江面前，薛平听说这是副厅长，哆嗦着抓住林寒江的手，带着哭腔说："领导，侥幸啊！没有死人，就伤了三个，真是老天爷开恩啊！"

　　原来是华强公司的双氧水车间发生了火情，在疏散过程中发生了爆炸，好在大部分工人都及时逃了出来，落在最后的三个人在爆炸中受伤。林寒江无暇听经理解释爆炸原因，他环视火场周边，指着火场边上的一个大型储存罐，问薛平："那个罐子里是什么？"

　　此时，储存罐受到烈火炙烤，已经冒起了白烟，袁凯就站在罐子底下，正指挥几个消防队员向罐体喷水，防止储存罐爆炸。薛平似乎被炸晕了头，看着烈火炙烤的罐子反应不过来，足足愣了四五秒钟，他才一拍大腿，发出一声瘆人的嘶吼："老天爷！那里面还有半罐子硫酸！"薛平意识到危险性，急得眼泪都要下来了，在原地转圈："刚才就顾着灭火救人，忘了告诉他们了……"

　　林寒江吓了一跳，他立刻意识到如果储存罐爆炸，那就是一场彻彻底底的灾难。罐体在烈火的炙烤下，喷上去的水蒸腾出恐怖的白色水汽。林寒江用外套捂住脸，冲到指挥灭火的袁凯身边，抓住他的胳膊向后拖。袁凯没想到林寒江出现在自己身边，赶紧使劲推着他离开危险区域，两人撕扯在一起。

　　林寒江大喊道："这里面是硫酸，不能这么直接灭火，太危险，赶紧疏散！"他冲着消防队员连比划带喊，消防队员并不认识这个灰白头发的人是谁，压根儿没有人听他的。

　　袁凯也冲着林寒江大喊："该疏散的是你们，我是警察，我不能退！"

　　林寒江比不过袁凯力气大，被他推开，袁凯指挥消防队员继续向罐体喷射水龙，林寒江急得直蹦，因为他知道万一罐子里的硫酸发生泄漏，这种直接喷水会引发灾难性后果。林寒江蓄足了力又去拽袁凯，谁知袁凯脚底下一滑两人一起摔倒在泥水中，林寒江将袁凯压在泥水里吼道："你他妈的昏头了，这里面是硫酸，不能直接喷水！"

袁凯一下清醒过来，骂道："妈的，情报错误，怎么没人告诉我们？"

浑身泥泞的两人爬起来，赶紧调整部署，袁凯命令消防队员不再向储存罐喷水，集中力量扑灭起火车间的火情，专门安排几辆消防车在储存罐和火场中间喷射水幕，用水雾降低罐体温度，防止泄漏爆炸。林寒江让李彦兵带领生态环境局的干部，加快疏散厂区人员和围观群众，打起警戒线，禁止无关人等进入危险区域，同时将华强公司备用的化学防护服、防护面罩等设备发放给现场救火人员。李彦兵说防护服和防护面罩不够，林寒江让他马上向市应急部门求援。

龙岭区生态环境分局关局长站在警戒线边上，手足无措，林寒江一把将他拽过来，说："关局长，你现在的亮点工作就是给我组织一支应急分队，配好防护措施，在警戒线之外立即垒起一道围堰，拦堵污染废水外溢，明白吗？"关局长连连点头，转身去找人，林寒江又喊他："通知你们龙岭区领导，把城管中心和环卫公司的处置废水车辆全部给我调来，火势扑灭以后，立即回收转移废水，防止污染附近水源！"关局长摸出一个小本子，煞有其事地将林寒江的话记下来，林寒江看见他的举动，气得几乎跳脚骂娘。

大火扑灭以后，林寒江和袁凯两人浑身泥泞地坐在警戒线外面，看着远处安然无恙的硫酸储存罐，两人心有余悸。袁凯脱下帽子，甩甩里面的水，叹息道："老革命犯了经验主义错误，看到这种大罐子就以为是储油罐呢，想也不想就领着人喷水，要不是你及时阻止，今天我们和这帮兄弟们没准儿就得殉职了。"

林寒江死死盯着那个储存罐，说："更大的错误是这个公司的领导，还有那些安全检查的人，硫酸本应该采取地下储存方式，他们竟然违背要求弄个罐子随便一装，而且把储存罐和生产车间弄得这么近，这就是在火炉旁边放了一颗大炸弹，草菅人命！"

袁凯铁青着脸，吩咐龙岭区公安分局政委刘一功："把这个新材料公司的责任人控制住了，不仅要追究这次爆炸的原因，还要溯源追查以前的安全生产责任，老子这次越界伸手了，要摸摸这只老虎屁股！"

刘一功见上司袁凯发了脾气，犹豫一下，说："袁局，追究安全生产的责任，是不是会同应急局和消防等部门碰一下……"

袁凯一瞪眼："先把人给我控制住，小心再出一个王天龙！"

林寒江还不知道王天龙是谁，正要问袁凯，李彦兵领着关金书又凑过来，说："好在火势不大，没有波及硫酸储存罐，不幸中的万幸啊。"

关金书连声附和，说："两位领导，昨天我还领人过来检查呢，提示他们做好隐患排查，防止污染泄漏，公司的应急预案制定得还是很详细的……"

林寒江打断他的话，说："既然你说应急预案制定详细，就请你督促企业按照预案做好善后工作，现在说说你的措施吧。"林寒江的话里藏着一丝愤怒，想现场考考这个分局局长的业务水平。

关金书一下子就愣在那里，不知所措，向李彦兵递过去一个求援的眼神，李彦兵帮他解围："林厅长，我已经安排技术人员关闭所有管线，排查有无泄漏源头，对围堰内的泄漏液用蛭石、沙土等进行吸收，消防和环卫的车辆正在进行大量冲水和回收废水。林厅长，你刚才下令垒砌的围堰真的及时，要不是这些废水流进地下管网水系和附近河流，后果真的不堪设想啊。"李彦兵业务精通，既汇报了处置措施，又不忘拍一下林寒江的马屁，看来比那个关金书伶俐多了。

林寒江不为所动，提醒他："还有，别忘了人啊，双氧水爆炸燃烧，凡是公司职工和参加救火处置的人员，立即组织用清水冲洗，尤其裸露部位，至少要冲洗十五分钟以上，要是有感到眼睛、脸和手不适的，立即送医院处置，如果人手不够，要立即请卫生部门调派人员支援。"

林寒江又吩咐关局长："麻烦关局长立即组织消防和应急队员，对火场周边所有的设备进行水洗，要反复冲洗三遍以上，杜绝二次污染。"关金书把头点得鸡啄米一般，暗地里松了一口气，以为林寒江不会再为难他。

谁知林寒江诚心想故意给李彦兵和关金书难堪，说："我想看看秦州市、区两级生态环境部门的大气监控分析工作，双氧水爆炸，肯定会对空气造成污染，你们准备怎么做？"

关金书是个外行，对业务是一知半解，一听这话立刻张嘴瞪眼，下意识地往李彦兵身后躲，李彦兵心中似乎也没有大气监测的预案，一时不知如何回答。袁凯见场面尴尬，就故意打圆场，说："我说老林，你就别犯老师考学生的职业病了，你就说怎么办吧？你安排，他们落实！"

见袁凯这么说，林寒江不好再为难李彦兵和关金书，让他们立即安排技术人员以火场为圆心，在半径五到十公里内按照风向进行布点监控，四十八小时不间断监控分析，如有污染立即预警。

李彦兵和关金书领了任务转身离开，关金书小声抱怨："好多人都说他是灾星，刚到省厅屁股还没坐下就带来一声爆炸，这不，这么多任务，我脑子都乱了，我们又不得清闲了。"

李彦兵瞪他一眼，说："别他妈乱说了，他来了，以后你们都给我紧起来，别再吊儿郎当的，都给我小心点儿，这是一个喜欢拿自己人开刀的领导！"

疲惫不堪的袁凯听了林寒江布置的应急措施，冲他竖起大拇指，说："看来以后遇见这种危化品爆炸，消防、公安部门应该和生态环境部门配合联动，以前只是注重应急处置，救人救灾，预防生态环境的次生灾害往往滞后一步，你刚才布置的几件事，可以当成应急预案的典范，我得让人专门找你们好好学习一下。"

林寒江摇头苦笑："这些都不是我的发明，其实无论哪个城市，处置危化品爆炸的应急预案里都写得清清楚楚，只是执行起来的时候就流于形式。遇见突发事件，我们更多关注生命财产的损失，对生态环境的破坏往往并不关心，或者说只是形式上的关心。"

袁凯擦擦手上的泥水，又一次向林寒江伸出手："老伙计，我又欠你一条命！"林寒江握拳回应，二人拳掌相击，彼此对视一眼，尽在不言中。

市长高峰来到爆炸现场，袁凯和龙岭区领导以及消防、应急部门的负责人围成一圈，依次向高峰汇报情况。很多秦州市的领导并不认识林寒江，一个应急局的年轻人见他浑身泥水，嫌他站在那里碍事，干脆把他扒拉到一边。林寒江只好退到圈外，正好瞥见那个公司经理薛平站在消防车后面，正向一个西装笔挺的中年男人解释什么。

西装笔挺的中年男人是化工产业园的实际控制人王小江，王小江四十出头，身材微微发福，留着寸许的短发，喜欢斜着眼睛看人，他脖子和下颌有一处显眼的刀疤，刀疤时不时跳动一下，显示出他性格里的强悍和狠辣。王小江清楚这次爆炸的利害关系，弄不好要被警方追究责任。此时，他正威逼利诱薛平，要薛平将这次爆炸责任承担下来。

王小江话语里露出一丝狠劲儿，说："薛老弟，你我兄弟多年，这次事故看来不能善罢甘休，你怎么想的？"

"我，我还没想好……"薛平当然明白王小江的话外之音，却又不敢反驳。

王小江拍拍薛平的肩膀，说："还是公司的老规矩，出事了，总得有人挺身而出，你帮公司挡灾，我帮你安排身后事，我办事你放心！"

薛平支支吾吾不想答应，王小江在他耳边说了一句话："薛老弟，以后弟妹和侄女有什么事，全包在哥哥身上！"薛平立刻汗流满面，双腿发软，不由得跪了下去。王小江一把将他拎起来，装模作样地掸去薛平衣服上的污泥，低声说："薛老弟，这次没死人，政府不会把你怎么样的。你扛责任，我出罚款，这样你好我好，你全家都好，明白吗？"薛平低下头，不敢争辩。

这一幕，正好被路过的林寒江看在眼里。嚣张的王小江不认识浑身泥水的林寒江，以为他是园区里的人，挥手让林寒江滚开："你谁啊？滚远点儿，别妨碍老子说事！"

林寒江并不与之争辩，转身走开，身后却传来一个声音："林厅长，千万别生气，不要和这个莽夫一般见识，来，我给你们介绍一下。"林寒江扭头一看，只见一个五十多岁的人正快步赶过来，此人头发花白，清瘦的脸上架着一副硕大的黑框眼镜，给人一种总是忧心忡忡的感觉，原来是龙岭区区委书记陈芝罕，林寒江以前曾经在会议上见过他。两人中间隔着一汪浅浅的积水，陈芝罘明明可以绕开，却径直涉水而过，快步来到林寒江面前，故意弄得皮鞋和裤腿上泥水斑驳，林寒江看到此情，不由皱了皱眉头。

陈芝罘握着林寒江的手，充满歉意地说："林厅长，你回到省厅，我还没来得及祝贺呢。今天这爆炸，刘书记生病住院，特意让我赶来现场，结果我来时，你们已经把火势扑灭了。"

陈芝罘伸手将王小江招来，严肃地批评他："王总，把你那套江湖习气收一收，别张口闭口'老子'的，成何体统？我给你介绍一下，这位是省生态环境厅新任副厅长林寒江，你那些产业十有八九都归他管！"

王小江没想到这个一身泥水，被自己叱骂的人竟是新来的副厅长，立刻一百八十度大转弯，马上伸出双手来和林寒江握手，林寒江没有理他，王小江又掏出定制的手帕亲自给林寒江擦拭身上的泥水，说："林厅长大人不记小人过，鄙人王小江，我和您名字都带一个'江'字，您是大江大河，我只是浅滩浅水的小沟叉子，千江万河都归大海，您我同路中人，以后还请林厅长多关照。"

陈芝罘在旁边帮腔，说："王总，你可要好好感谢林厅长，我听说要不是他刚才阻止了次生事故，这次爆炸的公司可就闯大祸了！"

林寒江拂开王小江的手帕，说："王总是东奔入海的人，我只是眼前一湾江水，既不同流也不同路，还是请王总不要将责任推诿给别人，尤其要防患于未然，老老实实做好以后的整改工作！"

说罢转身离去，将王小江晾在当场。王小江面色铁青，冲着林寒江的背影，低声骂一句："妈的，这货好大的口气，真不识抬举，惹恼了老子……"

陈芝罘赶紧打断他的咒骂，将他安抚一番："好了，你就别再惹事了，这人可是有名的刺头，你名下的化工园、矿场，都在他的管辖范围，这段时间中央环保督察组就要进驻汉山省，你可别让他盯上。"

王小江一脸不屑，说："刺头怎么了，什么官我没见过，老子该摆平不都摆平了？"他转头见陈芝罘一脸尴尬，马上换了口气："陈哥您别介意，我说的不是您，我对您是尊重，绝对尊重……"

七

　　第二天上午，秦州市生态环境局接到举报，有人反映秦州市北部的白云矿场违规开采矿产资源，大肆破坏草原植被。

　　副处长李亮带着两名生态环境执法人员驾驶一辆皮卡执法车，前去白云矿场取证。路上，一名工作人员偷摸捅捅李亮，说："李处，听说白云矿场最近闹得不亦乐乎，我们去了会不会有危险？"

　　李亮是一个三十六七岁的瘦高个，以前在部队当过营长，举止做派飒爽干练，他笑着说："瞅你个熊样子，胆小如鼠的，能有什么危险？"

　　工作人员哭丧着脸说："李处你别不相信，我听说这个白云矿场，为了争夺所有权，矿里已经械斗过好几次了，都是几十人的群殴，每次都有受伤的，捂着不敢报呢。"

　　李亮眼睛立刻亮了起来，说："真的假的？什么年月了，还械斗，没有王法了？什么情况，你给我详细说说。"

　　原来，白云矿场本来有两个大股东，分别是唐宫集团的姚新元和秦州建江集团的王小江，两人前几年合作不错，靠着矿场挣了不少钱，后来因为控股问题闹翻了，有你无我、势同水火，彼此聘请了律师团队对簿公堂，暗地里还豢养一批打手，经常在矿里械斗群殴。双方几年争斗下来，彼此打得头破血流，各有胜负，但是最近王小江得到高人相助，出手更加狠辣，逐渐占了上风，将姚新元一派驱赶出矿场，现在的白云矿场已经是王小江一家独大了。

　　李亮对白云矿场并不了解，听了介绍，问道："他们这么打打杀杀的，公安部门不管吗？"

　　工作人员一脸愤慨，说："秦州老百姓谁不知道，唐宫集团和建江集团都有背后的势力，和公安好着呢。龙岭区分局简直就是白云矿场的看家护院，只要不把事情闹大，不到外面惹事，他们都是睁一眼闭一眼。"

另一个工作人员也提醒李亮："李处，我看这次的举报，八成就是唐宫集团指使人做的，他们这是利用我们给王小江找麻烦呢。要不是白云矿场的问题早就有了，怎么没人举报呢？"同事也点头称是，说唐宫集团用心险恶，故意将祸水引向生态环境局，我们这次去调查取证恐怕凶多吉少。

李亮轻蔑一笑，安慰两个同事："怕什么？难道王小江和姚新元是法外狂徒，还能把我们砍了？白云矿场破坏生态环境，既然是存在的事实，我们不能一直装着看不见吧？"

李亮虽然说不怕，可是当他一进到白云矿场后山的时候，还是被眼前的景象吓了一跳。沙丘后面，方圆十几里的大面积草场全部沙化，十几处地表塌陷像草原上平添了一些黑洞洞的巨口，仿佛要把李亮等人吞噬下去。一条蜿蜒的小河从矿区中间流过，河水里漂浮着五颜六色的油花，悄悄注入远方的玉龙河。

李亮面色阴沉，问同事："这情况，以前就没有人来查过？"同事向他解释，白云矿场坐落在龙岭区区域内，秦州市生态环境局曾经多次责成龙岭区分局前来勘察，但是龙岭区分局都上报称白云矿场没有违规开采和破坏环境问题。李亮气得骂了一句："妈的，看来给白云矿场看家护院的，还不少呢！"

李亮让他们现场打电话询问矿场控制人王小江，电话拨了几次都是无人接听，同事冲李亮晃晃手机，示意没有办法。李亮愤愤地将一块石头踢进河水里，溅起的水花扩散出一股臭气，惊飞了无数蚊蝇。李亮和同事一边操纵无人机起飞，一边说："来，用无人机看看，这个矿区到底祸害到什么程度？"

无人机轻盈地飞到空中，地面上裸露的矿坑、肮脏的河水一一闪过画面。

此时的王小江正躲在龙岭山下一处别墅的密室里，打电话向李彦兵求助："哎哟，老兄啊，怎么招呼都不打，就过来突击检查？"

电话里的李彦兵叫屈，说："王总，我根本不知道这次执法检查的事，是那些小子没请示就擅自行动。"

王小江发怒："少废话，你自己的兵还管不了了？赶紧给我弄走！"

"哎呀，王总你误会了，他们是接到举报电话，对，举报电话！"李彦兵在电话那边解释："有举报，他们肯定要去核实啊。"

"妈的，谁举报的？"王小江语气里透出一股阴狠劲儿。

"不好意思啊，我也不知道，王总你别着急，我让人去查一下。"李彦兵赶紧避重就轻，不敢激怒王小江。

李彦兵的搪塞，惹得王小江扔了电话，骂道："妈的，舔我的时候像条哈巴狗，有事的时候就是无胆鼠辈，推三阻四！"

王小江眼珠转了几圈，打电话命令矿场负责人："派几个工人过去，把他们轰走！"

李亮等人正在操控无人机取证，一群戴着安全帽、拎着铁锹的工人围了过来，为首的一人上来就要夺李亮等人手中的记录仪和无人机，李亮没惯着他，一个别腿摔将他扔了出去。其他的工人扑上来要动手，李亮立刻亮出工作证："我警告你们，都别动手！你们这是妨碍执法，再敢靠近，我马上报警！"

那群工人本就是仗着人多势众，见吓不住李亮三人，也不敢真动手，只能围着三人一顿吵骂，带头的工人爬起来躲到后边给王小江打电话汇报。李亮一边与眼前的工人对峙，一边指着沙丘下面的几台挖掘机，命令道："去，把那几台机器封了！开罚单！"那两个同事立刻顺着沙丘滑下去，在挖掘机上贴封条。

工人头目给王小江打电话，带着哭音："王总，您过来吧，我们吓唬不住他们，他们把机器封了，对，正贴封条呢！"

别墅里的王小江在电话里发狠："废物，你还想在老子这里挣钱糊口，就把这几个人给我撵走，他们不走你就滚蛋！快去！"

工人头目被逼无奈，抄起铁锹，闭上眼睛怪叫着冲李亮扑过来，李亮躲过铁锹，用肩膀轻轻一扛，就把头目撞下沙丘，头目"啊啊"大叫着，顺着沙丘一路滚下去，最后干脆躺在沙地上装死不起来。其他工人见了，立刻作鸟兽散。

李亮拍拍手，对两个同事说："这就是你们担心的危险？我看就是一群不敢咬人的阿猫阿狗。"

一个同事悄悄向李亮晃一下手机，示意他看手机，李亮掏出手机一看，上面五六个未接来电，都是局长李彦兵打来的。李亮皱皱眉头，说："李局长肯定是扛不住压力了，我要是一接电话，这活就干不下去了，不用理他，工作时间没听见！"那两个同事见他这么说，也不去理会那些工人，忙碌起来。

王小江在别墅幽暗的灯光下，慢慢给自己倒了一杯葡萄酒，他的注意力并不在美酒上，而是在桌子上的手机上。过了良久，手机屏幕闪亮，一条微信映入眼帘：给他们一个教训！

王小江如释重负地一口饮下美酒，将酒杯扣在手机上，透过酒杯看着那一行字。

回城途中，李亮坐在副驾驶位置上，用手机拍摄沿途的草场美景，大声感慨着："这样壮丽的风景，不应该坐在车里欣赏，应该骑在马上扬鞭奔驰，那才过瘾呢！"

同事调侃他："李处，你这是诗兴大发了？"

李亮骨子里是一个浪漫的人，他说："我和你们说，最美的风景不应该用眼睛去看，也不是用心体会，而是要把自己融入其中，变成风景的一部分，让别人来看你……"

"啪"的一声脆响，打断了李亮的诗兴，皮卡车挡风玻璃上出现一道裂痕，一块拳头大的鹅卵石砸碎了玻璃，皮卡车刹车不及，冲进路边的水沟，晃晃悠悠翻了过去。大头朝下的李亮向外一看，只见几十名骑马的牧民从公路两侧冲出，团团围住这辆车。李亮刚挣扎着爬出来，后背就挨了一棍，打得他扑倒在地，那两名同事也被拽出来，一顿拳打脚踢。

李亮大声喊道："我们是市生态环境局的！为什么打我们？"他刚掏出工作证，却不知被谁夺了过去，六七只拳头同时向他袭来，李亮寡不敌众，只能用手护住头部，承受雨点般的拳头和棍子殴打。一些插不上手的牧民钻进皮卡车里，不知道在鼓捣什么。

这时，一个领头的牧民突然大喊："误会！误会！我们打错人了，正点子在山底下，快走！"一听打错人了，这群牧民慌忙放开李亮三人，跳上马背，像刮起一阵旋风，向山脚下卷去。原来在山脚处也冒出一股牧民，两股牧民像两条褐色的长蛇，在山脚下缠绕在一起，撕咬开来。

李亮从地上爬起来，吐出口中的沙子，看看两个同事，也都是鼻青脸肿，脸上带血。所幸这群牧民下手不重，三人只是皮肉轻伤。

一个同事恨恨地吐一口带血的唾沫，骂道："误会？我们被打错了？这他妈的怎么回事？"

另一个同事说："听说秦州市与龙岭保护区之间因为边界不清，两地的牧民为了争夺草场经常发生殴斗，我们是不是稀里糊涂地被当成对方的人了？"

李亮钻进车里检查，发现执法记录仪、无人机、案卷、罚单全都不见了，汽车的电路也被扯烂捣毁。李亮摸摸裤兜，发觉手机也让人趁乱摸走了，问问那两个同事，各自的手机也都没了踪影。李亮使劲踢一脚车，骂道："操，还误会个毛？这分明就是奔着我们来的！"

三人站到车上向山脚眺望，刚才还缠绕厮打的两股牧民此时已经偃旗息鼓，分头回家了。李亮摸着自己腮帮子，那里有一颗牙已经呼之欲出，苦笑道："为了我们三个，这出戏费了不少心血，够精彩！"

一个同事从车里搬出半箱矿泉水，说："还好给我们留口水喝，要不这大热天能渴死。"

另一个同事哭丧着脸："这鬼地方连兔子都不拉屎，半天也看不见一辆车，我们只能靠'十一路'回家了。"

龙岭大山的阴影下，李亮三个人犹如三只蝼蚁，互相搀扶着蹒跚而行。

李亮冲着大山，用尽全身力气吼骂："敕勒川，阴山下。天似穹庐，笼盖四野……我去你妈的！"

秦州市龙岭区公安分局，分局政委刘一功正在组织干警开会，面前的电话震动起来，在桌子上来回转圈。刘一功环视一下周围的同事，无奈接起电话，大声道："领导，有什么指示？"

其实电话那头是王小江，他一听刘一功拿腔作调的，就知道他说话不方便，王小江压低声音说："我说兄弟，市生态环境局的人来白云矿场找事儿，我已经安排人教训他们了，但是后续的事儿你得帮我摆平，我可不想节外生枝！"

刘一功稍微有些犹豫，说："领导，这事儿……"

王小江听刘一功不太情愿，话里透出几分狠劲儿，说："怎么？刘政委不愿意帮忙啊？"

这边刘一功眨巴两下眼睛，故意大声说："请领导放心，我一定认真落实，确保不出纰漏！"

刘一功放下电话，看着自己的部下，装出一副无可奈何的样子，说："市领导总是这样，专挑干活的时候打电话，没办法！"

八

　　林寒江回省厅以后第一次公开露面，就被办公室主任急匆匆拉到会议室，让他代表汉山省在部里生态环境视频会议上作检讨发言。汉山省秦州市因为在龙岭保护区内违规建设别墅，受到国家生态环境部和自然资源部点名批评，尤其秦州市违建别墅整治工作因为进展缓慢，已经被部里严令督办。

　　林寒江有些发懵，看着办公室主任塞进自己手里的稿子，埋怨道："这情况我都不了解，怎么不提前通知我准备一下？"

　　办公室主任歉意地笑笑，解释道："本来是张厅长参加这会的，他被省委陈书记找去，只好请您代为参加。"

　　林寒江苦笑："好吧，虽然情况不熟，但是检讨是我的强项，熟门熟路。"

　　中央生态环境督察组即将要进驻汉山省，组长王宬也在关注这次视频会议，他一边在电视上看着林寒江代表汉山省作检讨发言，一边对身边人说："汉山省还真把林寒江当成一个救火队员，哪里起火就让他去哪里灭火，不过这次的火太大，林寒江的小身板儿可能扛不住！"王宬以前在督察工作中与林寒江打过交道，了解林寒江的为人和做事风格，对刚正不阿的林寒江很是欣赏，从他身上看见了一些自己当年的影子。王宬对林寒江欣赏之余，还夹杂了一丝惋惜，因为他知道林寒江业务知识过硬，又敢于任事，工作中必不可免地树敌颇多，步履维艰。王宬自己有过教训，懂得"刚而易折"的道理，所以他虽然欣赏林寒江，但是对他的仕途却并不看好。

　　一个组员向王宬请示："组长，我们在汉山省前期收集的案件已经整理完毕，请您审阅。"

　　组员将收集到的汉山省的生态环境案件制成PPT，在大屏幕上一一展示出来，看着大屏幕上触目惊心的照片和文字、数据，以及会议室里堆积如山的案卷，王戍也不由叹口气，摸着自己越来越白的短发，显得忧心忡忡。

王戍吩咐组里成员："你们再加加班，把他们省里的案件分类整理，按照轻重缓急排出查办序列，等中央一声令下，我们就正式进驻。"

组员们都是久经战阵，立刻忙碌起来，王戍又问："现在排第一的案子是天龙集团那个吧，什么情况了？"

有组员过来递给王戍一沓厚厚的案卷，王戍翻看着案卷，慢慢眯起了眼睛，他掂量着手里案卷的分量，问："就这些了？"

组员苦笑，转身拽过两辆手推车，里面装满了案卷，说："组长，天龙集团的案子都在这里呢，加起来有一百三十多份！"王天龙是汉山省最大的铁合金加工企业天龙集团董事长，天龙集团在全省民营企业榜上位居前十，但是集团的核心企业铁合金加工厂在秦州市郊造成含铬矿渣、电解金属锰工业废水污染，对当地的土壤、河流水系破坏严重。当地百姓联名举报天龙集团，但是被压制多年，一直没有结果，后来国家生态环境部挂牌督办天龙集团的破坏生态环境案件，天龙集团才停产歇业。据说王天龙人脉极广，在省内呼风唤雨，不少官员都与其有利益输送关系，督察组前期已经针对天龙集团和王天龙本人搜集了上百份案卷，足足装满两辆购物手推车。

副组长吴铁臣进来，看见王戍手中天龙集团的案卷，压低声音向他汇报："王组长，我们人还没过去，天龙集团的老板王天龙就跑了，而且是好几天前跑的！"

王戍吃了一惊，问："王天龙跑了，是不是走漏了消息？他是跑到国外还是潜藏在国内？"

吴铁臣摇摇头，说："具体情况，我也不清楚，我们向公安机关请求协助，公安机关已经开始调查了。"

听说王天龙跑路，王戍眯起眼睛陷入沉思，向吴铁臣说："天龙集团可是部里挂牌督办的涉污案件，我们还没出拳，案件的主角就跑了，让我们找谁打？"

吴铁臣也愤懑："是啊，两军还未交战，我们就先输一阵。"

王戌叹道："他们行动真快啊，看来我们得加快速度了！"

"那这个天龙集团还查不查？"

王戌敲敲手中的案卷，说："跑了和尚跑不了庙，王天龙跑了，他留下的那些烂摊子能跑吗？该查还得查！"

当天晚上，生态环境督察组分析案情的同时，秦州市龙岭山下一座高档别墅——这座别墅是唐宫集团的秘密会所，别墅占地百余亩，既有北派建筑气势雄伟的特点，也兼具南方庭院灵秀委婉之美。

此时，别墅中灯光幽暗，寂静异常。别墅地下一层的大会客室正被厚重的窗帘挡得严严实实，会客室里一片漆黑，只有两三支烟头在黑暗中忽明忽暗地亮着。过了许久，会客室墙上的大屏幕突然亮起，上面显示出八个大字：案情分析，挂图作战。

幽暗中，四个人呈半圆形坐在沙发上，只有最边上的唐宫集团董事长姚新元勉强能看出身影，其余三人只能影影绰绰看见轮廓，却看不清面目。过了一会儿，居中那人按熄了一支烟头，沙哑着嗓子说："现在是形势紧迫，黑云压城。今天我被101在电话里劈头盖脸批了一顿，说我们对这次督察重要性认识不足，要求我领着你们重新分析案情，要牢记二十四字准则，就是'挂图作战，倒排时间，分兵把守，各司其职……'"

那人似乎记不起后面的话，挪动一下身子，从兜里掏出一张纸，借着屏幕的亮光努力辨认上面的字："还有两句话，'如有闪失，提头来见！'这可是101的原话，我一字不漏记在纸上。"

那人又重复一遍，"如有闪失，提头来见！"他口中的"101"似乎是一个更有威慑力、具有更高地位的人，黑暗中的其他三人都沉默不敢应声。那人掏出打火机，将那张纸点燃，屋子里腾起一片亮光。四个人有的低下头来，边上的姚新元干脆举起酒杯遮挡面目，似乎都惧怕这一团火焰。火焰渐渐熄灭，那人又沙哑着嗓子说："好吧，开始开会。"

大屏幕上显现出一张干部履历表，拉近一看，竟然是中央生态环境督察组组长王戒的照片，还有王戒的自然情况以及详细的履职经历。镜头下移，还有几张王戒自己在湖边散步以及陪老伴在农贸市场买菜的照片，最后还有一段评语：王戒为人刚直，意志坚强，铁面无私，喜欢微服私访，有"王阎王"之称，官场盛传"宁撞阎王，莫遇老王"。其人缺点是谨慎多疑，对任何人都不信任，执法严苛无情，政敌对头很多，已无进步可能。顽固程度评定为五星级。

镜头再转，是副组长吴铁臣的照片，对他的评语是：吴铁臣为人木讷严肃，不善言辞交际，行伍出身，长年在公安和政法战线工作，对调查办案颇有手段。其人缺点是心思过于缜密，魄力不够，临大事一击致命的勇气不足，其人对仕途较为看重。吴铁臣带人提前进入汉山省，已经进行了一个多月的前期调查。顽固程度评定为四星半。

半个小时后，督察组的所有成员都展示了一遍。屏幕上又显出八个字：知己知彼，百战不殆。

居中那个人咳了一声，问："去省生态环境厅任职的林寒江资料呢？为什么没有他？"

其中一个人解释："大哥，时间紧急，他的资料正在整理，还没有……"

居中那人毫不客气打断他："知道紧急，还不加班加点弄出来？你们的效率太低了，怨不得101发脾气，这个态度和效率，怎么迎战督察组和林寒江？"

那人不敢吭声，有些不安地搓着手。居中那人又点起一支烟，悠悠地道："这个林寒江是什么人，你们应该都有所耳闻，他以前在环保领域可是把几十号人送进去吃牢饭！在仁城，多少企业在他手中停业取缔？老姚，你们唐宫集团高尔夫球场的事，还要我多说吗？现在他回省厅来了，全省的涉污企业、违规企业他都可能伸手过问，他前脚来，督察组后脚就要到，有这么巧合的事？"

那人使劲吸一口烟，又道："林寒江的缺点是什么，软肋在哪里，你们有没有分析？还在磨蹭，难道非要等着火烧眉毛才引起重视？"

那个人低头认错："大哥，您消消气，我这就去落实，晚上十二点前，我连林寒江平时喜欢用哪根手指抠鼻孔都给您整理出来！"

居中那人哈哈大笑，道："老四啊，你这认真的劲头，不仅我喜欢，连 101 也欣赏你，他说这秦州市早晚是你的，哈哈……"

被称为"老四"的人谦恭地给居中那人点上一根雪茄递过去，说："感谢 101 和大哥栽培多年，没有大家抬爱，怎会有我今天？"

被叫作"大哥"那人并不去接雪茄，任由老四的手僵在空中，"大哥"说："雪茄是个好东西，但是我不配抽这个好东西，我们身边的人都是属狗的，狗鼻子！你以为他们闻不出这个味道？我们生活在狗群之中，要想活得长久，就要比他们更加小心，不露一丝一毫痕迹。我们要比他们更高级，比狗更高级的是什么？"

那三个人没人敢应声，老四赶紧把雪茄熄掉，姚新元干脆把酒杯里的红酒悄悄倒在地毯上。"你们中间有的人，穿着订制的西装，喷着法国的香水，叼着古巴的雪茄，你们以为自己低调收敛，岂不知这样做等于插标卖首，把那些属狗的人招惹过来！把别人当傻子的人，自己就是最大的傻子！"余下几个人一声不敢吭，静听着老大的训斥。

老大又沙哑着嗓子说："101 让我转告大家一句话——我们不是涉黑涉恶组织，那些人技术含量太低，民怨太大，我们要远离这种害群之马，斩断与他们的联系，我们要保持自己血统纯正。我们捍卫的是自己的利益，福泽子孙的利益！"

四个人中，除了老大老四，另两个人使劲点头，屋子里一片寂静，沉默了一会儿，老大的沙哑嗓音又说："我也凭自己多年的经验，敬告各位一句话——在中国，最强大的力量还是体制的力量，和体制对着干是以卵击石，真正的聪明人，要利用体制的力量去完成你的事业。"

九

　　龙岭狮子崖，茂密的树林中，一座帐篷里透出隐约的灯光，在黑暗的大山中越发显得诡异。一个半张脸烧毁的中年汉子，借着昏黄的灯光打开手机，正是郑恒，手机屏幕上跳出一行字：

　　"生意顺利，你需要的货物已备齐。"

　　郑恒左边嘴角微微抽搐一下，从神情来看，对这个消息比较满意。屏幕上传来一个文件，点开一看，竟然是林寒江的照片。一段话跳入郑恒的眼帘："此人极不友好，如果他向我们挑衅生事，希望有意外能阻止他！"

　　"意外？妈的，我已经制造出几个意外了？"郑恒嘀咕一句，明显对这个命令不满，左边嘴角又抽搐一下。郑恒右侧脸完全僵化，只有左半边脸会表露情绪，无论喜怒哀乐都是嘴角抽搐一下，看起来狰狞可怖。

　　郑恒以手作枕，看着天上密密麻麻的星辰，喃喃自语："至少需要 500 公斤炸药……"

　　午夜时分，秦州市公安局。

　　秦州市副市长、公安局长袁凯正在召开会议，袁凯一脸怒气责问副局长赵震："老赵，怎么搞的，那个天龙集团的王天龙怎么突然就跑了？"

　　赵震满头白发，还有不到三年就要退休了，加上最近他儿子生病住院，赵震神情很是萎靡，工作有些不在状态。赵震沮丧地说："我也纳闷，省厅让我们监控王天龙，我安排的人刚到他家，就发现早就人去楼空。我们马上就在机场、火车站等地布控，还是晚了一步，具体的情况都在我们调来的视频里。"

　　刑警队长李长风在屏幕上播放视频，视频是赵震通过熟人从机场的监控视频里截取的，时间显示是 6 月 20 日上午，从视频时间来看，王天龙肯定是提前得到了风声，已经潜逃好多天了。

视频里秃顶的王天龙像一只受惊的狐狸，一边打着电话一边钻进机场卫生间，过了十几分钟，一个戴着浓密假发和墨镜的男人从卫生间出来，从步履和神态中依然能辨认出，此人应该是化了妆的王天龙。王天龙谨慎地走进安检口，安检员并未察觉有异，王天龙进入登机口的瞬间，突然回头向后面的监控镜头露出一个意味深长的笑容，伸手做了一个胜利的手势。

赵震拍了一下桌子："这厮是向我们挑衅呢，庆幸自己逃脱了！"

袁凯恨恨地敲一下桌子，问："耽误了好几天我们才知道，太迟钝了！他的航班是飞哪里？"

李长风说："航班是飞往马来西亚。狡兔三窟，这货应该早就在马来西亚安排好窝点了。"

袁凯看眼手表，叹了一口气，说："千般谨慎万般小心，秦州市又多了一个名列红色通缉令的浑蛋，这是我们的失职，大家赶紧组织证据材料，向省厅和公安部发去申请，申请通过国际刑警渠道逮捕引渡王天龙。"

李长风说："好的，袁局，我马上连夜安排！"

袁凯又自言自语一句："跑到马来西亚，天晓得什么时候能逮到这个家伙！"听了袁凯略带讽刺的话，赵震和李长风都是一脸羞愧。

袁凯想了一会儿，吩咐道："这样吧，麻烦老赵通过省厅向公安部、中央反腐败协调小组国际追逃追赃办公室请求援助，做好境外追逃准备；长风你要深查在机场接应王天龙的同伙，我看王天龙进入机场后两手空空，化妆的东西哪来的？肯定有人在暗中给他准备了化妆逃亡的物品，这个人应该还在国内，你给我好好挖一挖！"赵震和李长风连连点头。

散会后，看见李长风等人离去，赵震悄悄问袁凯："袁局，怎么和中央生态环境督察组交代啊？人家交办的事一出手就砸了。"

袁凯也是愁眉苦脸："砸了事小，就怕人家怀疑是我们公安内部出了问题，怀疑我们内部有人涉黑涉恶，充当黑恶势力保护伞。"

说到"保护伞"三字，两人都一脸阴云，因为正在开展的扫黑除恶专项斗争，秦州市公安系统已经立案审查一百多名警察。赵震忧心忡忡地说："全市公安系统现在被立案一百多人，上上下下人心惶惶，都承受着巨大的压力，队伍不好带啊。"

袁凯长吸一口气，说："毒蛇啮指，壮士断腕，这些害群之马不清除出去，以后我们更无法集中精力开展工作。"

赵震满脸沉痛，只能无言地点头。

省委书记陈庭坚让人给省生态环境厅、秦州市委分别转发一份亲笔批示的督办件，原来是国家生态环境部发来的一份内参，有记者暗访秦州北部的白云矿场，内参中说白云矿场近年来被私人收购，大肆破坏生态植被，过量开采，致使周边生态环境急剧恶化。内参后面附带着生态环境部的卫星遥感监测图片，从图片上看，身处龙岭保护区内的白云矿场有十几处深度超过 100 米的露天开采矿址，仿佛一个个黑洞洞的巨嘴，撕裂了草原，嘲笑着天空。

陈庭坚的批示：如此破坏生态环境，简直是在犯罪！要制止恶劣的开采行为，更要深究背后的保护伞！

省委常委、秦州市委书记刘军强把这份内参和省委书记批示转给市局李彦兵，令李彦兵去向林寒江请示下一步行动。李彦兵只好来省厅面见林寒江，请求林寒江出面查办。

林寒江见李彦兵吞吞吐吐的，意识到这案子背后肯定有猫腻，故意问："这是你们秦州市的案子，你们市局不应该去查办吗？"

李彦兵哭丧着脸说："林厅长，求您大驾出面，白云矿场的骨头太硬，我们市局啃不动啊。"

林寒江话中带刺，说："李局长，是骨头硬，还是你们不想啃啊？"

李彦兵面带愧色，说："白云矿场情况复杂，秦州也不比仁城，林厅长去现场看看就知道了。"

"我如果拒绝呢？谁的孩子谁抱，这话我也会说，我完全可以再批还给你们市局。”

李彦兵还真怕林寒江踢皮球，赶紧央求林寒江："林厅长，千万别再踢来踢去了，省委书记和市委书记都过问了，谁敢耽搁？我今天是求省厅支援我们的。"

林寒江见两份省委书记批示绕了一个圈子，最后都集中到自己手中，不由苦笑，说："你们秦州市要是把绕圈子的精力，放在实际工作上，现场早就勘察完了。"

李彦兵再度央求："我们也是没辙，书记批示不能不落实，只好向林厅长求援来了。"

林寒江无奈，说："好吧，我答应去看看这个矿场，正好去拜访一下秦州市的党政主官，这阵子你们秦州市的事情正经不少呢，我得先去打个招呼，否则你们又要埋怨我。"

李彦兵见林寒江答应接过这个烫手的山芋，心中很是高兴，自告奋勇替林寒江去约刘军强和高峰。

秦州市唐宫集团。苏娜带领属下研究别墅营销方案，这个项目是唐宫集团在龙岭山区中建设的高档别墅群，姚新元很是看重，请了一个风水大师给项目起名为"龙墅之心"，想靠这个项目赚个盆满钵满。苏娜等人正在筹划"龙墅之心"的开园仪式，下属汇报了几个方案，苏娜都觉得不满意。

有人进来在苏娜耳边低声说了一句，苏娜一愣，随即放下方案，走出会议室。苏娜的办公室里，一个戴着墨镜和口罩的女子正在焦急地等她。苏娜上下打量着这个包裹严密的女子，有些疑惑地问她："请问，您是？"

女子摘下墨镜，露出一双恐惧的眼睛，她的手停在口罩上，犹豫了一下，又放下来。她说："苏总，原谅我冒昧打扰。你应该不认识我，但是我和您有一个共同的朋友。"

"谁？"苏娜似乎被这个女子传染，语气里也平添了一丝紧张。

女子紧张地看看身后的房门，没有说话，却掏出手机，亮出一张照片，照片上是一个长发女子，神情忧郁，冷冰冰的，似乎与人难以接近。

苏娜盯着照片看了足足有两秒钟，脸上浮出一丝笑容："对不起，我不认识这个人。"

女子有些失望地对苏娜说："苏总，我姓周，是她的好朋友，她应该向您提起过我，她说您是值得相信的人，您有印象吗？"

苏娜的笑容更加礼貌，说："对不起，这位女士，我想您是弄错了，我真的不认识这个人。"

女子还不死心，追问道："苏总，她有没有将什么东西放在您这里？"

苏娜面上立刻罩上一层寒霜，站起身来道："对不起，这位女士，我真的不认识这个人，我很忙，恕不奉陪！"说完，转身向外走去。

那个女子快步跟在苏娜后面，低声道："苏总，她已经失踪好几天了，我怕她……"

走廊尽头，姚新元在几个人的簇拥下走了过来，边走边谈论工作。女子似乎不想被姚新元等人看见，立刻戴上墨镜，低着头匆匆向走廊另一端走去。苏娜转身进了洗手间，拧开水龙头，用水流冲洗着自己的双手，她脑海中回响着女子最后一句话："她已经失踪好几天了，我怕她……"苏娜的手在水流中微微有些颤抖。

姚新元的声音在外面传了进来："天净山的山地高尔夫项目，决不能让林寒江给吓唬住，该推进还得继续推进！我要找上头出面协调，马上给我联系一下。"有人答应着，说马上就去办。

苏娜将水龙头开大，任由水哗哗流淌，她竖起耳朵听外面的声音，姚新元在外边低声吩咐某人："白云矿场的事也该了断一下，不能白白便宜了王小江那个畜生，你去安排一下！"

外面姚新元等人的声音逐渐远去，苏娜关了水龙头，看着镜中的自己，用湿漉漉的手将一缕长发捋到耳后，她盯着镜子里那张有些苍白的面容，久久凝视，似乎在诘问自己什么……

　　林寒江主动来医院拜访住院的刘军强，刘军强躺在病床上，脸色略显苍白，看见林寒江很是高兴，二人寒暄了几句。刘军强问林寒江："寒江同志，天净山申遗的事情进展得怎么样了？省委很重视这项工作，常委会曾专门听取过仁城市汇报，我也很感兴趣。"

　　"申遗大会是7月2号召开，就在后天，我忙完手里的事就赶回天净山，着实有些放心不下。"林寒江答道。

　　刘军强又说："寒江同志你是个闯将、干将，不但把天净山推向国际，而且在任职的两个地级市都做出了很大的成绩。省委有领导评价你，不仅改善了生态环境，而且扭转了当地的干部风气，给全省生态环境整治闯出了一条新路，我很钦佩你啊。"

　　林寒江摇头苦笑："刘书记过奖了，我其实就是一条鲇鱼，不过是让原来藏在水底的东西浮了上来，问题浮上来了，该整治就得整治，没有什么可回避的，至于您说的扭转干部风气，实在不敢当。"

　　刘军强说："其实每个城市都需要你这样的鲇鱼，掀起波浪激浊扬清，但是可惜也有不少人担心波浪太大，那样就形成洪水喽。"

　　林寒江听出了刘军强的话里有话，有些警惕地问："刘书记的意思是，不希望我这条鲇鱼在秦州掀起波浪？"

　　刘军强意味深长地笑笑，说："该掀的波浪还是要掀的，但是最好不要冲毁堤岸，那样你就不是鲇鱼了，是发水的蛟龙。秦州需要鲇鱼，但不需要蛟龙。现在秦州扫黑除恶专项斗争如火如荼，还有政法系统专项整治工作都走在全省的前列，经济工作也是爬坡过坎，压力很大。"说到这里，刘军强语气略微一转，顿了一顿才说："生态环境工作当然也很重要，但是要有成效，也要讲政治。"

　　林寒江心里有些糊涂，听刘军强的意思，生态环境工作没有这些工作重要，不能冲淡了主题，难道整治生态环境就是不讲政治了？林寒江经过几年的打磨，处事谨慎圆滑多了，心中虽有疑虑，还是没有与刘军强当面呛起来。

刘军强让林寒江去市长高峰那里研究一下如何落实省委书记陈庭坚的批示，说："除了陈书记的批示之外，高峰那里还有一件分量更重的批示，需要省厅和市里一起协调联动，你们研究怎么落实吧。"

刘军强的话云山雾罩，让林寒江有些摸不着门路，但是预感到刘军强对他很是提防，明显不欢迎林寒江这条鲇鱼游进秦州。其实，林寒江隐约听到一些传言，说刘军强现在是波涛上的小舟，前途莫测，他自己也偃旗息鼓，只想求平安平稳。有传言说他现在被纪委盯上了，日子不好过，更多的传言则是说他如果能渡过险滩便是一片光明，省委书记陈庭坚卸任，现任省长接任书记，空出来的省长位置很可能就是刘军强的。当然了，在晋升的路上，刘军强不是没有对手，而且对手十分强劲，那个人就是常务副省长常知源，常知源对省长的位置也是觊觎已久，他和刘军强虽然表面上和和气气，但是都把对方视作仕途上的最大竞争对手。刘军强当然知道自己正处在风口浪尖，最近一直以生病为借口，深居简出，很少露面。

十

　　林寒江等了三四个小时，才等到市长高峰从会议室出来。高峰的秘书在门口歉意地向林寒江解释，说："抱歉，林厅长，让您久等了，高市长实在太忙了，他是这个城市里最忙碌的人，平均每天要工作近20个小时。"

　　林寒江暗暗吃了一惊，自己就够勤劳了，也没有达到高峰这样废寝忘食的地步。

　　高峰对林寒江很热情，连连向他致歉："寒江同志，实在不好意思，你上任第一天，就因为秦州的烂事儿被省委书记批评，书记说你们，其实鞭子都是打在我们秦州身上。"

　　林寒江说："高市长不必客气，都是我们该做的工作，不用分出你我。"

　　高峰又说："你本来好好一个报到仪式，被秦州市的事儿冲了，我能不心怀愧疚吗？省委组织部这些蠢材越来越没有头脑了，省委书记几时来秦州调研他们都不掌握，竟然和书记一个时间去送干部，害得我们时间上撞车。这些年轻人，和我们那时候比起来，不靠谱啊。"高峰曾经在省委组织部工作多年，当然有资格批评后辈。

　　林寒江对此并不在意，说："一个送干部仪式，可有可无，我根本没在意。反正我这人走到哪里都不太受欢迎，但是在哪里都不影响我做好工作。"

　　高峰纠正他，说："林寒江同志，你这么说就不对了。秦州市就很欢迎你来指导工作，我这个市长也很欢迎你，秦州的生态环境问题很严重，需要你这样的人大刀阔斧地整治。"

　　两人说了一会儿客套话，提起陈庭坚对白云矿场的批示，高峰让林寒江集中精力把这件事办好。高峰说："老陈头这人记性特别好，他批示过的文件、吩咐过的事情，他记得比任何人都清楚，到了截止时间，不用省委办公厅督办，他自己就会打上门来。"高峰将陈庭坚称呼为"老陈头"，不仅显示他自己曾经在省委重要部门工作过，与省委书记比较熟络，更是向林寒江暗示自己与陈庭坚关系非同一般。

林寒江问："听刘书记说，还有一份'分量更重'的批示，不知道是什么内容？"

高峰愣了一下，随即哈哈大笑，说："这件事我已经安排专人专班负责，你就不要分心了，全力以赴把老陈头批示的事情做好吧。"

外面有人敲门，声音很急，秘书劝阻的声音清晰可闻，见有客人来访，林寒江只好起身告辞。敲门的是秦州市政府退居二线的咨询员肖远征，明年就要退休了。肖远征似乎很着急，不等林寒江出门，就晃着大脑袋从林寒江身侧硬挤进来，把林寒江当成空气一样视而不见，肖远征冲着高峰亮起大嗓门："高市长，这么重要的批示，我一个退二线的人可是没有能力完成！"语气中似乎很是不满。

高峰来不及送林寒江，只得转身安抚肖远征："组织上让你负责这项工作，就是对你工作能力的肯定，我相信，凭老肖你的能力和经验，肯定能圆满完成这项任务。"

肖远征继续嚷："这个生态案件，需要调动秦州市所有的资源力量，涉及很多政府部门，我一个快回家抱孙子的人，哪能调得动？耽误了大事，可是要被问责的……"

房门被高峰关上，余下的话听不见。林寒江因为听到"生态案件"四个字，有些好奇地问高峰的秘书："到底是什么生态案件让肖远征这么生气？"

秘书使劲摇头，说："不好意思，林厅长，我也不清楚。"其实他明明知道，但是高峰没有发话他是不敢告诉林寒江的。

林寒江站在白云矿场的最高处，向下俯瞰整个矿区的情景。他对照手中的卫星遥感监测图片，眼前的实际情形比起图片上更让人惊心。那一个个巨大的露天矿坑仿佛一张张巨大的血盆大口，一起向他无声嘲笑，随时准备吞噬渺小的人类。陪同他前来的秦州市生态环境局长李彦兵向他汇报了前期的查封工作，说是已经依法查封白云矿场，让他们限期整改，不会再出现滥采行为。

林寒江问他："我听同事说，你们市局有人在执法查封白云矿场时被人打伤了，至今还在医院里？"

李彦兵有些尴尬，轻描淡写地说了一句："三名执法人员不是白云矿场的人打伤的，是在回城途中被争夺草场的牧民误伤，都是皮外伤，没什么大碍。"

林寒江看了一眼李彦兵，没吭声。这个李彦兵有些古怪，一般领导这时候都会夸大声势为部下喊冤，这个李彦兵却遮遮掩掩不想提及此事。

李彦兵找个机会悄悄对林寒江说："林厅长，十几公里外的玉龙河上还有很多故事呢，我们去看看？"

林寒江见李彦兵神秘兮兮的表情，知道他说的话必定有所指，两人驱车前去玉龙河。李彦兵驾车沿着玉龙河开了十多公里，最后停在玉龙河一处正在修建的水电站工地上。

林寒江看着机器轰鸣的工地和翻滚的河水，有些好奇："老李，这里有什么故事？"

李彦兵问林寒江："林厅长，你猜玉龙河流域，算上大小支流，一共有多少座水电站？"

林寒江略作思索，伸出一只手掌："5 座？"

李彦兵笑着摇头："不对，你再猜。"

"10 座？"林寒江觉得在一条区域性河流上修建 10 座水电站，已经超出了自己的认知能力之外了。

李彦兵笑嘻嘻地把自己的手掌翻过来，吐出一个数字："5 座的 5 倍，是 25 座！"这个数字吓了林寒江一跳，一下子愣在那里。

李彦兵又说："知道为什么这几年秦州市固投指标一直位居全省第一吗？其实无非是靠着房地产和水电站在支撑。"

林寒江默然，想了一会儿说："这么多水电站虽然可以缓解省内用电紧张情况，但是可能带来违规排污、下泄生态水量不达标等问题，加上周边的十几个煤矿、铁矿的大面积开采，势必造成大范围的草场植被退化、环境污染，甚至地下冻土层破坏等一系列生态问题。论证的时候，没人提出问题吗？"

李彦兵在旁边冲林寒江竖起大拇指，说："林厅长，你不愧是专家型领导，不看材料、图纸，就能知道事情的结果，省市这些领导要是像你一样懂业务就好了。"

林寒江看着车水马龙的水电站工地，问："这么多座的水电站，光是水泥砂石混凝土就是一个不小的数目，是省内厂家供应的还是省外供应？"林寒江想起他曾经看过省内几家水泥厂的生产销售数据，明显支撑不起来这么多水电站的消耗，恐怕需要外省的大量供应，这样的产业链，势必会给外省的治污工作带来压力。

李彦兵苦笑，说："林厅长，你的问题太专业了，我实在没法回答你。"

林寒江并不理会李彦兵的奉承，叹口气说："看来秦州的生态环境问题，要比我想象中的更严重！"

回城途中，公路两侧的房地产广告吸引了林寒江注意力，他问李彦兵："老李，这些房地产广告基本都是别墅项目，而且地址都在龙岭保护区范围之内，那里不是国家公园保护区吗？怎么建了这么多别墅？"

李彦兵一脸苦笑，说："林厅长，今天时间来不及了，哪天有时间我陪你去龙岭国家公园爬山，呼吸一下新鲜空气。"

林寒江沉默下来，他知道李彦兵话里一定别有深意。林寒江发现秦州市的干部说话都很谨慎，而且很多事情并不和你说清楚，故意说得云山雾罩，需要你自行去揣测体会，他有点不太适应。

当天晚上，林寒江从住处出来散步，一直走到五公里外的秦州市人民医院。既然李彦兵不肯向他细说执法人员被打伤的事情，他就准备亲自问个清楚。林寒江在医院门口买了水果，问了两三个护士才找到三名受伤的市局执法队员的病房。

当林寒江来到病房门口时，李亮正和量体温的女护士齐佳搭讪。李亮三十多岁了还没成家，看见美貌的女护士过来，恨不得自己被打得再惨一些，躺在病床上故意哼哼呀呀，装出气若游丝的可怜相："齐护士，我怎么浑身都疼啊？"

齐佳白了他一眼，问："你除了掉了颗牙，还有哪儿疼啊？"

李亮摸着自己的心脏，说："好像、好像这里有点闷，你帮我看看，是不是受内伤了……"

齐佳知道他在套近乎，故意说："你那里是生虫子了，不安好心的虫子！"

李亮正要骗取同情，却一眼瞥见拎着水果进来的林寒江。李亮一激灵，从床上蹦了下来，像军人一样光脚站在林寒江面前，就差立正敬礼了。李亮说话有些磕磕巴巴："林、林厅长，您怎么来了？"听到李亮这么说，另外两名同事也赶紧翻身起来。

林寒江见李亮光着脚，便笑着让他坐回床上，说："一看你的举止做派，就知道你是当过兵的。来，这是我给你们带的一点水果。"

李亮没想到林寒江事先还了解过自己的情况，心中更是感动，却不敢伸手接水果，依然站得笔直："林厅长，怎么敢惊动您来看我们？我们也不是您的兵，中间隔着好几级呢。"

林寒江哈哈一笑，将水果放在桌子上，又和另外两人打招呼，说："虽然不是我的兵，但是事儿却是一家子的事儿，我在厅里听说你们三人执法时挨打受伤，就顺路来看看你们。看你们没什么大碍，我也放心不少。"

旁边的女护士齐佳量完三人的体温，故意调侃李亮一句："这位领导，你这个兵身体好着呢，除了说话有点漏风，没别的毛病！"林寒江和另外两个同事一起哈哈大笑，李亮羞愧得捂住了自己的嘴巴，恼怒地瞪了齐佳一眼，齐佳"哼"了一声，回敬他两颗卫生球，带着器具离开了病房。

林寒江见护士离开，便坐在李亮的床上，三人也围了过来。林寒江说：

"来，和我说说吧，到底是什么情况？"

李亮张口便道："打伤我们的幕后主使，不是那些牧民，是白云矿场的老板王小江！"

另两人也说："没错，肯定是他！"

林寒江问："为什么这么肯定？有什么证据吗？"

"证据？不需要证据！"李亮义愤填膺，说："这就是秃子脑袋上的虱子，我们查封他的矿场，他不仅拒不出面，还指使现场工人阻挠我们正常执法，被我们驱散以后，又指使牧民在回去的路上袭击我们，还说是误会，太气人了！"

一个同事补充道："说到证据，我们搜集的现场资料和执法记录仪，还有我们的手机，都被那些牧民抢走了，他们就是想销毁我们取得的证据。"

林寒江点点头，又问："你们回来以后为什么不报警？"

李亮三人立刻陷入了沉默，互相瞅瞅，都不再说话。林寒江看他们有顾虑，说："难道你们怕受到打击报复？"

一个同事支支吾吾地说："林厅长，我们三个也没受什么大不了的伤，没想惊动警方，不想给自己惹麻烦……"

正在此时，传来一阵敲门声，两名警察带着水果花篮进到病房，向李亮等人敬一个礼，说："打扰了各位，我们是代表龙岭区公安局领导来慰问受伤的执法队员，希望你们早日康复出院。如果伤好了可以去龙岭分局做一下笔录，介绍一下牧民误伤你们的情况，我们警方对伤人的牧民一定依法严惩。"

李亮三人大眼瞪小眼，没人敢伸手接水果花篮。李亮有些不满，说："误伤？把我们的执法设备和资料全都抢走，连汽车都给破坏了，能叫误伤？"

两名警察呵呵一笑，态度和蔼，说："所以要请你们去核实一下情况嘛。"

林寒江有些纳闷，问道："警官同志，他们都没报警，你们怎么得到的消息？你们说是代表龙岭区公安局领导前来慰问，到底是哪个领导吩咐的？"

两个警察不急不恼，笑眯眯地连声说："警民一家亲，慰问因公受伤的执法队员，是我们应该做的，这位同志就不要刨根问底了。"

一个警察问三个人："你们哪位是李亮？"

李亮有些发懵，下意识地举手，说："我就是。"

那名警察轻描淡写地说："你不用紧张，是这样的，矿场几名工人举报你在执法过程中动手打人，如果你能行走，希望你配合一下，去龙岭分局做一下笔录。"

李亮勃然大怒，说："说我动手打人？警官，我那是正当防卫，是正当防卫！别人拎铁锹拍我，我难道不能防卫？"

警察笑容满面，说："至于是正当防卫还是互殴，我们要核实完情况以后才能界定。"

"互殴？"李亮更加怒不可遏，大声说："我他妈的受伤严重，动不了，做不了笔录！"李亮说完，把自己使劲扔在床上，病床发出一声痛苦的呻吟。

两个警察依旧笑眯眯的，说："那就不打扰了，你们好好休养，如果三位同意做笔录，请打这个电话联系我们。"两人留下一个没有姓名的电话号码，客气地敬礼告辞。

警察离开以后，林寒江回头看李亮三人，这三人不再说话，各自回到自己床上，把林寒江晾在一边。

李亮沉默一会儿，扔出一句："林厅长，龙岭区公安分局就是王小江的护院！"

林寒江故意激李亮："分局有问题，不还有市局、省厅吗？你们被打也忍了，不敢再查了？要放弃？"

李亮有些气急败坏，说："林厅长，实不相瞒，秦州的水比你当年经历过的还要黑、还要深，你要是敢查他们，我李亮舍命相陪，你要是不敢碰他们，对不起，哥几个要睡觉了！"

李亮说完干脆盖上被子装睡，林寒江看看三个人不搭理他，只好无奈地走出病房。他用脚后跟都能猜到，那两个警察应该是被人安排在医院的

"眼线"，看见林寒江来到医院，立刻装着慰问伤员也跟着进来，他们的真实目的并不是要做笔录，而是恫吓李亮等人不要乱说话。李亮的话没错，秦州的水着实又黑又深。

林寒江捶捶自己酸麻的腰，自嘲道："我也老了，我也不想沾一身脏水啊。"他站在医院门口，回头看着灯火通明的大楼，露出一丝自嘲的苦笑，想想自己这几年的遭遇，还有那些离开了、倒下了、进去了的人，他不由浑身一阵发冷。林寒江也不想去碰那些又黑又深的水，他内心已经厌倦了那种钩心斗角、尔虞我诈的生活。林寒江想起了留在岳母家里的女儿笑笑，妻子去世后，女儿一直由岳母照料，他真希望女儿永远不要长大，一直停留在学生的年纪里，不要接触社会的黑暗与丑恶。

林寒江掏出手机给女儿笑笑打电话，询问她的学习情况。笑笑自从母亲意外去世以后，郁郁寡欢，学习成绩直线下滑，但是却痴迷于绘画，每天放学以后就躲在房间里忘我地画山画水。林寒江为了缓解女儿的抑郁，便为她报了一个美术班，笑笑自此更加痴迷在颜料堆里消磨时间。

父女两人刚聊几句，医院门前的大街上，一长串警车尖叫着呼啸而去，打断了林寒江和女儿的聊天。这个大阵仗惊动了不少路人，纷纷驻足围观。

不少人在互相询问："这是怎么了，秦州发生什么大案子了？"

十一

秦州警方接到报警，龙岭山中发现两名坠崖身亡的游客。在搜索过程中，距离五六百米外的密林中又发现一名自缢身亡的女子。龙岭山中一下子发现三具尸体，当然是大案子。

秦州市公安局副局长赵震和刑警队长李长风带人仔细勘验两处现场，那对年轻夫妻是从悬崖上坠下活活摔死的，死亡时间在数天之前，而且尸体还遭到山中野兽啃咬，撕扯得惨不忍睹，辨认尸源要费一番心血。密林中自缢身亡的女子，尸体保存相对完整，也是死亡数日之久，死者身上还发现了治疗抑郁症的 SSRI 类药物帕罗西汀。

一个警察向赵震和李长风汇报，现场初步勘验结果表明，这个自缢女子是《秦州晚报》网络频道的记者柳晓京，现在她单位领导和家人正在赶来。电话里证实柳晓京确实患有抑郁症多年，还曾经请假治疗过，单位的同事猜测她这次可能是病情加重，自我解脱了。另两个人目前还没确定身份，从现场来看应该是女子失足坠崖在先，男的弯腰救她，一手抓住女子的衣服，一手抓住崖边小树，但是不幸两人一齐滑落，两人都是内脏破裂出血致死……

赵震抓了一下自己的头发，说："一下子出了三条人命，怎么冤魂都往这个山沟里聚集，赶着来聚会啊？"

李长风一直在弯腰翻检三名死者的遗物，他扒拉半天，站起来长吐一口气说："不对啊，赵局，这三人有问题！"

"什么问题？你小子三只眼，比别人看得准，到底是什么问题？"

赵震是李长风的老师，在刑警队的时候带过李长风几年，经常夸李长风精明心细。李长风脑门正中有一道追捕罪犯时留下的伤疤，恰似脑门上多了一只眼，大家都戏称他"三只眼"。

"这三个人，为什么都没带手机呢？"李长风一句话，让赵震和所有的警察都静了下来。

赵震马上安排警力，在现场再做一次拉网式搜查。结果足足搜查了两个小时，还是没有发现手机。

"长风，为什么这三个人的手机都没有了？难道被人顺走了？"

"这么荒僻的地方，普通的登山者轻易不会来，就算有人来了，谁有胆子从死人身上摸手机啊？"李长风摸着脑门上的伤疤，说："我想，可能有两方面原因，现在只是猜测，还拿不准。"

赵震催促他："你就别卖关子了，快说吧？"

李长风说："第一种可能是拿走这三个人手机的人就是凶手，因为手机里可能有见不得人的信息，凶手为了杜绝消息泄露，杀人灭口之后搜走了手机，这只是一个普通凶手的思维。"

赵震沉思几秒钟，问："普通凶手的思维？难道还有不普通的思维？说说你的第二种可能吧。"

李长风环顾四周的高山密林，说："我有一个大胆的推测，这个凶手拿走被害人的手机，其实是在故意向我们传递消息……"

"传递什么消息？"赵震有些理解不了。

"他是故意提醒我们，这三个人是有关联的，三具尸首同时出现在这片山林里不是偶发事件！"

"提醒？"赵震眉毛挤到一起，说："哪个凶手会这么好心，主动提醒我们？"

李长风说："可以说是提醒，也可以说是挑衅！我感觉，这个人并不怕我们警方！"

死者柳晓京的母亲和单位领导赶了过来，柳母年近六旬，眉眼和柳晓京有几分相像。李长风把徒弟小马喊来，让他向柳母了解一下情况，摸一摸柳晓京的人际关系有什么异常。柳母站在那里呆呆地看着女儿的尸体被抬走，神情虽然悲伤，却并没有过激的表现。李长风见过不少死者家属，大都痛不欲生，呼天抢地，有的甚至晕厥失去意识，但是像柳母这般冷静的人确实少见。

小马问了柳母几个问题，并没有发现异常。柳母悄悄抹去眼角的泪水，轻声说："晓京，妈来看你了，你念叨过的事，终于还是发生了……"

李长风听得真切，过来问她："您是说，柳晓京预料到自己会发生不测？"

柳母又摇头，说："我也不知道，她只是告诉过我，无论她发生什么事，让我都不要难过，也不要去过问。"

"她说过到底是什么事吗？"

柳母茫然地摇头，看来真的不知道女儿遭遇了什么事情。小马在柳母这里一无所获，反倒是在柳晓京单位领导那里了解到不少情况。报社来的领导是一个部门主任，他说柳晓京最近一周正请病假呢，没来单位上班。

小马问他："柳晓京得的什么病？"

主任瞥了一眼远处的柳母，指指自己的脑袋，低声说："应该是这里的病，以前就犯过，病休过一段时间，后来治疗见效，又来上班了。"

小马问："她平时的人际关系怎么样？有没有得罪过的人？"

"人际关系嘛，勉勉强强，和谁都说得过去，和谁也没有特别好的，没听说得罪过谁。"主任又压低声音，生怕被旁边的柳母听见，说："这姑娘有点个性，二十七八了还没有男朋友，所以就有点怪怪的，可以理解。"

"最近她有什么异常吗？"

主任想了想说："没发现有什么异常。对了，6月20号那天晚上，她九点多钟急急忙忙去了一次单位，正好我在排稿子，还问过她，'你请假了，怎么又来单位了？'她看起来急三火四的，没理我就走了。"主任说到这里，掏出自己的手机，调出柳晓京的微博，说："喏，那天半夜她还发了一个微博，我当时看了，还以为她又犯病了，大半夜发神经呢。"

小马接过来看了一眼，又递给李长风，李长风眯起眼睛仔细看，微博上只有一张图、四个字：人不如狗！配的图片是一张龙岭山顶的月亮，凄冷孤单。

主任还在发挥自己的职业想象，绕口令一般说："当时我看了微博还不明白，现在看看，我明白了，估计是这丫头想不明白了……"

……

郑恒坐在漆黑的山林中抽烟，看着山下灯火璀璨的秦州夜景，他的手机突然一阵震动，点开一看，上面显示一个地址：百花公寓 1301。郑恒使劲吸一口烟，把烟头摁熄了，他起身走进夜色之中。

此时，秦州市百花公寓楼内。神色惊慌的周纯如正躲在卫生间里打电话，周纯如就是那个去唐宫集团找苏娜的神秘女子。周纯如声音颤抖地在电话里追问："110 吗？刚才报警的就是我，对，对，百花公寓的，请问警察什么时候能到？"

电话里一个女警察的声音在安抚她，说出警的车辆已经出发了，马上就到。周纯如略微镇定一些，对着电话说："我感觉走廊里有人，有人在监视我，对，肯定是冲我来的，请你们快些赶过来！"

刚放下电话，门铃响起，周纯如吓得几乎跳起来，她踌躇良久，胆怯地蹭到门前，打开猫眼向外观望。一张警官证和一身亮眼的警察制服映入眼帘，周纯如闭上眼睛，手捂着胸口如释重负地长出一口气。惊弓之鸟的她打开门锁，警惕心让她还保留着一条链锁没有打开，她从门缝里问那名警官："让我看看你的警官证。"

一张满是烧伤疤痕的脸从门缝中出现了，嘴角微微抽搐，一半僵硬一半狰狞地看着周纯如，来人正是半张脸郑恒。周纯如似乎认出了这张脸，捂住嘴惊叫一声，转身冲进洗手间，手忙脚乱地锁上门。外面的房门被人一脚踢开，令人惊恐的脚步声停在洗手间门口，绝望的周纯如在里面冲着手机微信喊："小小，不要报警，警察里有坏人……"

一辆警车疾驰而来，停在百花公寓楼下，车里的两个警察正要下车，周纯如像树叶一样从公寓楼上飘下，重重地摔在警车的车顶，鲜血从破碎的玻璃上蜿蜒而下，映红了两名警察惊恐的面孔……

周纯如砸在警车上的巨响，惊动了周围的居民，人群迅速地围了过来，众说纷纭。

人群之外，一棵梧桐树下，有一个年轻的女子目睹了周纯如坠落的过程，她惊恐地捂住了自己的嘴，防止别人听到自己痛苦的哭声，但是失控的泪水却无法遮拦，正越过她的手指，成串地滚落下来。

她肩膀微微耸动，拼命抑制住哭泣，她似乎意识到了危险，低头转身匆匆离去。

……

龙岭山脚一处私密别墅，别墅门口和停车场逡巡着四五个身穿西装的年轻保镖，连后面的树林中也安排了几个警戒的人，如临大敌高度戒备。

别墅中，王小江大马金刀地坐在酒席的主位上，满面春风地和客人打招呼。王小江此人平日里跋扈嚣张，但是能量不小，今天参加他的酒局的人有秦州市生态环境局长李彦兵、自然资源局长王凡，龙岭区区长薛劲草，还有两个是龙岭区公安分局政委刘一功和生态环境分局局长关金书。王小江旁边还空了一个位子，说是给"二书记"留的。

王小江端着酒杯正在劝众人饮酒，他脖子上的刀疤受到酒精的刺激，像一条吸血的蚂蟥蠕动。王小江将半杯茅台一口饮下，向众人亮亮杯底，说："哥儿几个，好几个月没聚了，甚是想念。我张罗了几次，大家都来不齐，我是看明白了，不是你们这些领导忙，是我王小江面子窄，要是那谁在这里，你们还不颠儿颠儿跑来啊？""那谁"分明是指某个领导，王小江虽然没有明说，但是在座的人都是心知肚明。

一身便装的龙岭区公安分局政委刘一功面带忧色，杯中酒浅尝辄止，他说："王总，恕我直言，今天我来参加这个聚会，实在是冒着风险，我们分局的孟局长昨天被带走问话，至今没回来，估计是凶多吉少。"

　　说起这个话题，李彦兵和薛劲草也有些心惊胆战，李彦兵说："王总，最近还是收敛一些吧，扫黑除恶专项斗争没结束，生态环境督察组马上又要进驻，王总的白云矿场这段时间还是关停一段时间吧，等这阵子风声过了再开。"

　　王凡也说："秦州市现在是水火交攻，遍地狼烟，王总还是不要引火烧身。"

　　关金书插嘴帮腔，说："就是，就是，王总这个时候最好不要惹麻烦……"

　　王小江冷眼一扫关金书，冷笑道："关局长，你心里是不是认为我是一个麻烦？"满座的客人中关金书官职最低，王小江当然要拿他撒气立威。

　　关金书见王小江愠怒，连忙摆手："王总误会了，我不是那个意思。"

　　王小江不去理他，举着酒杯环视众人，说："怎么，都怕了？我们这些年什么风风雨雨都见过，还在乎一个环保督察组？扫黑除恶折腾这么久，秦州市进去一百多号警察，你们在座各位，少了一根汗毛没？"几个人面面相觑，有的随声附和王小江，有的心中有话却不敢表露出来，只能端起酒杯掩饰。

　　王小江又说："我知道各位都很忙，而且都很谨慎，今天来了，心里也是揣着一百个不愿意。但是今天的酒局很重要，我王小江今天有事相求，因为我的白云矿场受损失了！"

　　薛劲草问："谁敢让王总受损失，唐宫集团的姚新元？"

　　王小江一脸不屑，说："那个老棺材瓢子，他能奈我何？是生态环境局，把我的矿场封了！"

　　一听这话，关金书登时满脸涨红，紧张地站起来说："王总，我可没有让人做这事啊！"

　　王小江乜斜关金书一眼，说："你紧张什么，我说是你干的吗？你还没这胆量，是李局长的市生态环境局！市局出手，人人发抖！"

　　李彦兵脸色发红，端起酒杯说："王总，这是误会啊，我可没有下令封白云矿场，是李亮他们接到举报，不得不去执法，真正对王总下手的，是那些举报的人。"

王小江眼色冷冽，问道："是谁举报的？"

李彦兵张巴了两下嘴，最后还是咬牙说了出来："不瞒王总，是唐宫集团在背后指使的！"

李彦兵看来很是惧怕王小江，三言两语就把举报人和执法人都出卖给王小江。王小江恨恨地咽下一口酒，姚新元那张布满黑痣的脸似乎就在眼前，他骂道："果然是这个老不死的，看我怎么收拾他，要是落我手里，我把他脸上的黑痣一个个给抠下来！"

李彦兵还不忘洗白自己，说："王总，我那三个挨打的部下此刻还在医院里躺着呢，你放心，我一定尽全力安抚住，不让他们把事情闹大……"

王小江眼睛一瞪，脸上的刀疤几乎跳了起来，恶狠狠地说："他们要是还敢去，我还打！大不了大家一起完蛋，老子怕谁？"王小江这么一发飙，满桌的人顿时都沉默了，人人都盯着自己的酒杯，看来在座的每个人都有小辫子在王小江手里揪着。

王小江是个老江湖，他见气氛尴尬，便主动打破僵局，哈哈笑了两声，说："李局长，这事儿你要感谢刘政委，没有他帮忙，他们挨打了能那么老实？"

李彦兵看了一眼刘一功，满脸尴尬地坐下去，不再说话。刘一功悄悄碰了李彦兵一下，似乎在安慰李彦兵，看刘一功的情形，去医院的两名警察分明就是他安排的。

服务员悄无声息地进来，在王小江耳边说："王总，'二书记'来了。"

进来的人竟然是秦州市委书记刘军强的秘书曹兵，现任秦州市委办公室督查室副主任，秦州官场的人都把他叫作"二书记"。曹兵和在座的人逐一打完招呼，见给他留着居中的位置，假意客套推辞一番，还是欣然落座。在座的都是厅局级和正处级领导，但是主位两个人却是一个商人和一个副处级秘书，二人对这种"礼遇"和巴结显然习以为常，受宠不惊。

曹兵装出一脸歉意，说："不好意思，市委有个会议，我来晚了，先自罚一杯。"曹兵仰头干了一杯白酒，向众人亮亮杯底。

王小江给曹兵夹菜，曹兵在王小江耳边低声说："他让我给你带一句话，生态环境督察组离开之前，不要给秦州市添乱。"

接到指示的王小江略一沉思，再次举杯敬众人，说："我的白云矿场关停一天，就要损失超过三百万的收入，要是关停三个月，就至少损失两亿七千万，还不算人吃马喂的成本，但是为了秦州市的政治大局，为了秦州市的绿水青山，我王小江是一个讲政治的人，我认了！"说罢一仰脖子，一大杯白酒灌了下去。那几个官员中，龙岭区长薛劲草拍掌称赞王小江讲政治、讲大局，李彦兵尴尬地笑着，也陪着干了一杯白酒。

薛劲草凑了过来，一脸神秘地问"二书记"曹兵："曹秘，不知道上头那个批示，市政府那边是什么态度？"薛劲草说到"上头"的时候，用手指着天棚，示意那个批示来头不小。

曹兵故作高深地笑笑，低声说："那边施展拖刀计呢，派了一个退居二线的咨询员肖远征出来应付差事，肖远征虽然嗓门儿大，但是心眼儿不傻，他才不想退休前踩地雷呢。"

"那谁，他对这事什么态度？"

曹兵先是警惕地看了薛劲草一眼，后来又忍不住在薛劲草耳边说："他们憋着，我们就等着，巴不得他们憋出一个惊天大雷呢，最好直接把上面的人也给炸出水面！"

薛劲草顿时明白了，眉开眼笑地敬了曹兵一杯酒，说："谢谢曹秘，你让我知道了那谁的态度，我才能有的放矢地开展工作，大海航行靠舵手嘛！"

那边的王小江已经喝得上头，用白酒逐个打圈，他对曹兵说："'二书记'，你回去告诉领导，我讲政治，损失了两亿七千万，我讲的政治不是秦州的政治，是他的政治，不是给秦州面子，是给他的面子。两亿七千万啊，哪怕我不揣兜里，给在座的兄弟们分了不香吗？"看来这两亿七千万的损失还是让王小江心疼，一直念念不忘。

曹兵见王小江有些失态，便将王小江拽到房间外面，低声问他："上次在这里吃饭的那件事，处理妥当了？"

王小江酒意上涌，大手一挥道："你说的是那个女……"王小江似醉非醉，关键时刻踩住了刹车，大笑道："哈哈，放心吧，钱能摆平的事都不算事儿！我办事你放心！"

曹兵低声道："他今晚不过来，就是被上次那件事闹的，心有余悸。他让你近期也别再圈弄酒局了，避避风头，小不忍则乱大谋嘛。本来今晚我也不想来，但是咱们兄弟之间，我无论如何也得把他的话和你传达一下。"

王小江拍着胸脯："你放心，那谁的话就是圣旨，我无条件执行！"

曹兵又低声问道："他还有件事不放心，天龙集团的王天龙怎么样了？"

王小江说："请他放心，我干爹已经到了马来西亚了，绝不会给秦州添乱子。"

曹兵点点头，叮嘱王小江："现在他是关键时期，凡是给他造成不好影响的，我们都要替他想在前面，能化解的一定要化解，明白吗？"众人话里的"那谁"，曹兵口中的"他"，分明就是刘军强，但是这些人都不肯直呼其名，遮遮掩掩的。

"明白，明白！"王小江又拿出一副谄媚的笑，和曹兵碰杯，此时的曹兵在王小江的眼里就是"那谁"的化身。

刘一功躲到院子里抽烟，正好遇见市自然资源局局长王凡去洗手间，他俩以前是初中同学，十分相熟。王凡主动打招呼："老刘，这个圈子我怎么觉得有些不靠谱呢？大祸临头不自知，还有心思在这儿抢着表忠心？"

刘一功看着王小江等人张牙舞爪的身影，递一支烟给王凡，说："上天欲使其灭亡，必先使其疯狂。老同学，你我还是给自己留一条后路吧。"

王凡一脸诡笑，说："你刚才说的疯狂，是王还是曹？"

刘一功哼了一声："你别和我装糊涂。"

王凡点破他："难道你说的是市委'那谁'？"

刘一功使劲吞了口烟，脸色有些阴晴不定，说："我看今晚这些人，怎么凄凄惶惶如同丧家……"他及时打住，把剩下的话连烟带口水都使劲咽回肚中。

王凡叹气："上船容易，下船难啊！这个酒局，当年秦州的大小官员打破头都想挤进来，现在却人人避之不及。我现在啊，真是后悔啊！"

刘一功使劲摇头，不敢再说，两人一起躲进洗手间。

十二

　　百花公寓楼下，从龙岭山中匆匆赶回的刑警队长李长风看着周纯如的尸身，有些气急败坏，正在怒斥两名出警的派出所警察："你们和凶手擦肩而过竟然没有发现，干什么吃的？"两个警察低着头，不敢反驳。

　　"这个受害人报警时声称她有龙岭山中杀人案的重要证据，证据呢？"李长风不依不饶。

　　两个警察支支吾吾，说："李队，我们来时就这样了。她正好从楼上摔下来，把我们的车都砸了……"

　　"何止车砸了，砸的还是我们公安局的招牌，你们的饭碗！"

　　李长风原地转了一圈，又问："公寓楼的监控呢？能看到什么有用的线索不？"

　　一个警察说："李队，看守监控的物业保安被人打晕过去，监控室里的设备都被破坏了，这个家伙作案经验很丰富，像职业杀手干的。"

　　"你电视剧看多了，哪来那么多职业杀手？死者的家属联系了吗，仔细了解一下情况，看看有什么线索？"

　　"李队，已经通知了，死者的父母已经过世了，只有一个哥哥，正在外省赶回来。"

　　李长风懒得再发火，说："一会儿赵局来了，还不得骂你俩一个狗血喷头？你俩赶快去调取周边街路的监控录像，看看能不能找到有用的线索，将功补过吧。"两个警察不敢怠慢，赶紧离开。

　　李长风进到周纯如房间内，两个勘验现场的法医正在屋中检查。李长风小心翼翼转了一圈，似乎发现了异常之处，他问法医："两位老哥，现场有没有发现被害人的手机？"两个法医一起摇头。

　　李长风狠狠砸了一下自己的脑袋，他感觉这个凶手太嚣张了。龙岭山里那三条冤魂不见了手机，这个摔下楼的女子也是不见了手机，李长风有一种强烈的直觉，这几起案子很可能是同一个凶手连续作案。这些受害者为什么都不见了手机？这些人的手机里很可能传递着什么见不得人的信息，凶手应该是按照信息的传递渠道，逐一杀人灭口。

李长风喊过徒弟小马，说："马上去查周纯如的通话记录和联系人情况，尤其要摸清她死亡前和谁有联系。还有，查清周纯如和山里的几个人有什么联系。"小马赶紧出去打电话，请局里技术支持。过了一会儿小马回来报告，说周纯如和山里坠崖死亡的小鹿是好友，小鹿最后一条微信就是发给周纯如的。

李长风想了想，掏出电话打给赵震："师傅，我看这个案子和山里的案子十有八九是一个人干的，我建议可以考虑并案侦查！"

此时，电话那边的赵震正坐在秦州市人民医院的长椅上，忧心忡忡地看着墙上的屏幕，那上面显示的是他儿子的名字赵晓宇。赵晓宇正在血液净化室里做透析，他的血肌酐指标已经突破1500，肾功能衰竭引发了尿毒症。医生来到赵震身边，告诉他赵晓宇透析效果并不明显，建议赵震抓紧时间联系肾源，尽快给赵晓宇换肾。如果等着医院预约肾源，时间不敢保证，请赵震做好准备。赵震木然地听着医生的嘱咐，脑子里一片混沌，木偶一般连连点头。

医生离去后，赵震痛苦地把脸埋进双手之中。

按照王小江的指令，白云矿场主动停业整顿。矿场负责人朱强来到省厅、市局负荆请罪，声称要坚决按照省市的要求进行整改。白云矿场主动申请停业整顿，态度之好让林寒江有些出乎意料。朱强邀请省厅和市局领导去现场检查指导整改工作，市局李彦兵心知肚明，借口市政府有会推脱不去，让李亮陪着林寒江去矿场勘查。

林寒江带着李亮等人赶到白云矿场，一一查验白云矿场的整改方案和措施。朱强用 PPT 介绍整改措施，巧舌如簧，说得天花乱坠，林寒江仔细翻看矿场的整改方案，却发现压根儿就是照抄邻省腾博矿区的整改方案，其中有的章节连腾博矿区的名字都没改过来。

"朱经理，我建议你这个整改方案还是在腾博矿区念吧，不要在白云矿场念了！"林寒江气愤地将整改方案扔在桌上，起身离开了会议室，把口沫横飞的朱强晾在身后。

林寒江大步流星在矿区里穿行，发现整个工地虽然所有机械都停止了作业，但是没有一丁点儿整改的迹象。林寒江径直来到工人宿舍区，他问看门的老大爷："大爷，矿里怎么这么静啊？人都哪儿去了？"

老大爷正在修理冬季取暖的炉子，头也懒得抬，回道："放假三个月，能有人吗？说是等上级检查完事了再开工。"

林寒江又径直往里走，进到食堂的后厨，看见一个五十多岁的妇女在刷碗，林寒江问："大姐，麻烦问一下，现在有多少人在矿里吃饭啊？"

妇女有些警惕地看着林寒江，反问他："你是谁啊？不像是矿里的人。"

林寒江笑笑："我是王总的一个朋友，他让我给矿里批发一些蔬菜，我来问问有多少人吃饭？"

听说是王总的朋友，妇女登时放下警惕，笑道："矿里通知停业三个月，工人都放假了，现在就剩五六个人看矿，哪里还用批发蔬菜？负责的朱经理在前边，一会儿就能过来，你问他吧。"

这时，朱强才气喘吁吁地追过来，林寒江一脸冷笑地看着他："停业放假三个月，这个'苦肉计'就是你们的整改措施？你们唯一真正动手的就是那份照抄照搬的整改方案吧？"

朱强顿时面红耳赤，不敢再看林寒江。林寒江将李亮喊过来："请你们市局马上发一个通告，白云矿场以虚假整改应付省市检查，要在全市予以通报批评，停业处罚必须严格执行，不能有一丝一毫含糊！"

李亮答应一声："好嘞！"在小本子上飞快地记录。朱强脑门上冒出一排汗珠子，不停地用衬衫袖子擦拭。

"还有，请朱经理转告矿场的实际控制人，就说是我林寒江说的。"林寒江看着朱强，一字一顿地说："如果整改不达标，别说是停业三个月，就是三年也不能放开！矿场如果还想营业，就必须整改达标，否则只能取缔！"

朱强双腿打颤，几乎要坐到地上，他心里清楚，停业三年，王小江能把他粉身碎骨、锉骨扬灰。旁边的李亮一脸佩服，偷偷冲林寒江竖起大拇指。

回城途中，李亮坐在副驾驶上，忐忑不安地前后张望。林寒江看他的紧张样子，笑问："怎么？害怕对方再给你来一次伏击？"

李亮说："林厅长，您千万不要低估有些人的泼皮无赖手段，王小江就是一个秦州市的牛二，他要是撒起野来，什么手段都敢使！"

"看来，你对王小江挺了解的。"

"当然了，我是军人嘛！吃过一次亏，就一定要把敌人研究透，这样才能知己知彼百战百胜。"

林寒江笑道："那你说说看，王小江下一步会怎么做？"

"王小江此时肯定是怒火攻心，摔东砸西、破口大骂，这家伙盛怒之下必生报复之心，因为他在秦州骄横狂妄已久，绝不会容忍别人去摸自己的屁股，所以我断言，王小江此时必然是'面子战胜理智'，决心报复我们，我们必须小心提防。"李亮煞有介事地分析道。

开车的同事调侃他："再指使人把我们打一顿？我怀疑李处你是故意想挨打，这样就可以有机会回医院亲近齐护士，哈哈！"

李亮面红耳赤，还未来得及反驳，就指着前面的拐弯处，惊呼一声："看，又是他们，我说的没错吧！"

林寒江探身前望，拐弯处果然黑压压堵着几十名骑马的牧民，虎视眈眈地看着他们的车。开车的同事赶紧刹车，手忙脚乱地倒车后退，牧民们打着呼哨，纵马呈扇形追了过来。

李亮从座位下摸出一根短棍，紧紧攥在手中，从后视镜中可以看到在后方也冒出一股牧民，准备前后夹击这辆车。李亮恨恨地骂一句："妈的，前堵后截，还是老战术！我这次说什么也要放倒几个！"

林寒江并不惊慌，很是镇定，还有心情逗李亮："军人同志，你的反击武器是什么？就是这不到两尺的棍子？"

李亮有些紧张："我们挨打不算什么，您是厅领导，千万别……"

一阵刺耳的警笛声传来，两辆警车风驰电掣般驶来，穿透牧民马队，一前一后停在这辆车前后，警车上跳下来的是袁凯和李长风等几名警察。

李亮大喜过望："林厅长，原来你已经安排好了后援！"

林寒江微微一笑，说："上次你们挨打，我已经向袁局长反映了情况，所以这次前来，我们在明，他们在暗，暗中保护我们。没有后援，我也不能在矿场里说硬话啊。"

"原来您是想故意激怒王小江，来个引蛇出洞？"李亮又开始分析，林寒江并不理会他，下车和袁凯打招呼。

牧民们看见警察前来，却依然不肯罢休，两股人马合成一处，马队围着几辆车团团乱转，掀起漫天尘土。李长风和几名警察向牧民们大声喊话，请他们尽快离开，却遭到一阵大声讥笑。

一块鹅卵石向站在最前面的李长风砸来，李长风俯身躲过，旋即像一头豹子一样冲了上去，将撒石头的牧民拽下马背，一个过肩摔将对方摔得龇牙咧嘴。另一名牧民从后面用手中棍子砸向李长风后背，李亮在后边大声提醒："后面，小心！"李长风巴不得在两位领导面前表现一下自己的拳脚功夫，转身抓住棍子，将偷袭者拉下马来，一招缠腕别腿，干净利索地将这名牧民扔在地上。

远处的山坡上，郑恒正用狙击步枪的瞄准镜看着这里发生的一切，他在瞄准镜里端详完林寒江，又把镜头套在卖弄拳脚的李长风头上，僵硬的脸上露出一丝嘲笑。

带头打人的两名牧民被警察铐进面包车。李长风站在尘土中，仿佛独闯敌阵一身是胆的赵子龙，大声喝问："还有谁？竟敢公然袭警，还有谁想尝尝手铐的滋味？"带头人被抓，余下的牧民顿时群龙无首，无人再敢闹事，盘旋了两圈，终于裹挟在黄尘中退走。

　　山坡上的郑恒在瞄准镜里看着林寒江和袁凯正在热切地交谈，他将瞄准镜十字中心牢牢套在林寒江的头部，轻扣扳机，一声清脆的撞击声，却没有子弹射出。郑恒脸上再度露出一抹怪异的笑容，看起来像哭一样，他麻利地将狙击步枪拆卸，装进包中，并细心地清理干净自己留下的痕迹，然后像一只猞猁一样悄无声息地离开。

十三

袁凯说："老林，虽然抓住带头打人的牧民，但是不能指望他们能供出幕后指使的人，就是说出来，肯定也是没有证据支持，这次行动只能是震慑一下他们。"

林寒江点点头，他当然明白背后隐藏的故事，幕后指使的人既然胆敢唆使牧民打人，自然有办法不用担心这些牧民出卖自己。袁凯和林寒江都明白这个道理，两人今天精心策划的行动，其实只能敲山震虎而已，袁凯亲自前来，就是向部下传达一个讯息，他说的支持生态环境工作是要来真的、碰硬的。

林寒江长叹一声："看来秦州市也是妖孽横行啊！"

"其实哪个城市都大同小异，有人的地方，必然有利益纠葛，有利益的地方，必然妖孽横行！"袁凯安慰林寒江，说："所谓的河清海晏，只是你没有触动这些人的利益罢了。"

林寒江苦笑："说实话，我有些厌烦和他们斗了，只想老老实实做点事。"

"想做事，你就得与天斗、与地斗、与人斗，否则就做不成事。"袁凯看着林寒江笑道："怎么了，你想躺平？你也不是那种人啊，让你躺下，你自己都得爬起来！"

"好逸恶劳，人之所向，我怎么就不能躺平？"

"就拿这次白云矿场的案子来说，你完全可以甩锅给秦州市局，最后你不也是亲力亲为吗？所以，我说你林寒江，你不是甘愿躺平的人，你骨子里那种想做事的劲头，会让你一刻也停不下来，就算你身体停顿了，这股劲头也会折磨你发疯的。"

"哎，老袁，你怎么研究我这么透？难道把我也当成罪犯了？"

"能让我心里琢磨的人可不多，不是穷凶极恶的犯罪分子，就是与众不同的异类，你属于后者。你这个异类有时候确实挺招人烦的！"

　　林寒江苦笑无语。袁凯又说："和仁城比起来，秦州不仅有大量的植被破坏、地表塌陷、河水污染问题，也有违规采矿、超规建设水电站等问题，当然了，有一些问题更加触目惊心！"

　　"触目惊心？第一次听你用这个词。"

　　"不错，我不知道还有什么词语能形容我的感受。"

　　"麻烦你带我去看看！"

　　"你确定要去？不后悔？"袁凯调侃道："你刚才不是说要躺平吗？"

　　"那我也得看完了，再决定是否'后悔'吧？说实话，'后悔'两个字，有时候确实困扰我，但是有时候我也会忘了怎么写。"

　　"哈哈，说起来容易做起来难，看完了再想抽身可就难了，别说我没警告你。"

　　"我对付不了，不还有你嘛！你答应过为我保驾护航的，难道你要食言？"

　　两人哈哈一笑，一起坐进袁凯的车里，向龙岭保护区公园驶去。

　　身后的李亮和李长风两人也是惺惺相惜，李亮拍着李长风的肩膀，说："兄弟，身手不错啊！"

　　李长风有些小得意，说："一般一般，警校第三！"他扭头上下打量李亮："看你的身形，也练过？"

　　"不敢，就是小时候练过三五年，后来在部队打过散打。"李亮劈空打出两拳，拳带风声，很是干净利落。

　　"原来你也是练家子，哪天找地儿比划比划？"

　　李亮和李长风越说越投机，两人约了时间去市内拳馆较量一下。

　　等林寒江和袁凯气喘吁吁地爬上龙岭山脊，看着山脚处的大片别墅群，林寒江一下子惊呆了，他理解了袁凯说的"触目惊心"的真正含义。

"怎么样？"袁凯扶着树干喘粗气，"是不是很壮观？"

林寒江实在不能相信："龙岭不是国家生态保护区吗？怎么建了这么多别墅？"

"你问我，我问谁？这本来就不该是我们关注的事儿！"袁凯说，"这只是其中一部分，转过这个山头，前边还有几片呢！"

林寒江看着这些嵌在郁郁丛山中的别墅群，感觉绵延起伏的龙岭就是一条奄奄一息的病龙，既像浑身贴满了刺目的膏药，又像被肆无忌惮揭掉了鳞甲，每一处别墅群就是一处疮疤，流淌着难以言说的疼痛。

袁凯说："这些别墅群都是借着文旅休闲项目的名义，日积月累，慢慢蔓延，越建越多，像锈斑一样侵蚀着龙岭。"

林寒江问："这么多年，秦州市没有阻止叫停？"

袁凯摇头，说："文件通知肯定发过，但是别墅群一直在扩张蔓延，这只是肉眼可见的，还有一种蔓延，是肉眼看不见的！"

"你是说违建背后的腐败？"

袁凯"哼"了一声："要不是有这些人作祟，生态公园怎么会成为那些有钱人的私家花园？"

林寒江默然无语，袁凯使劲踢了一脚身边的树，树叶哗哗作响，似乎在宣泄他心中的愤懑。袁凯说："老林，你会不会觉得奇怪，我一个穿警服的，怎么热衷插手你们生态环境的案子？"

林寒江转头注视着袁凯："是啊，莫非你还藏着一个凄婉动人的爱情故事？说来听听。"

袁凯指着几丈开外的一棵两人合抱粗细的松树，说："你去那棵树看看，看树干上有什么？"

林寒江好奇地走过去，绕着松树转了几圈，终于发现树干上刻着两个模糊的字，他凑近了辨认，发现那两个字依稀是"凯旋"。

"好像是'凯旋'，这是什么意思？"

"你不是要听故事吗？我就给你讲一个。"

原来，袁凯就出生在龙岭山下，他是哥哥，还有一个弟弟。1979年3月，袁凯的父亲从对越自卫反击战前线凯旋，为了纪念牺牲的战友，把大儿子改名叫袁凯，小儿子改名叫袁旋，那年袁凯8岁，弟弟6岁。为了让哥俩记住自己名字的含义，袁凯父亲带着哥俩来到这棵树下，刻下"凯旋"二字，希望两个儿子以后能像这棵青松一样，挺拔正直。后来有一天，袁凯带弟弟到龙岭山里玩，弟弟口渴，就跑去小河里喝水，不曾料想，那条山里孩子们经常喝水的小河上游被一家化工厂倾倒的废料污染了，而且还是剧毒废料。袁凯哥俩还没回到家，弟弟就口吐白沫，腹痛如绞，袁凯当时吓慌了，背着弟弟向医院跑去，结果刚到医院，弟弟就不行了……

林寒江叹息一声，那个时代落后的生态保护意识，不知造就了多少悲剧，他想安慰袁凯，却不知从何说起。

袁凯的声音慢慢低沉下去，指着对面山坡的别墅群："后来，老爸把弟弟的骨灰埋在那片向阳的山坡上一棵新发的柏树下面，他在世时候经常来看那棵树，说是和弟弟的年龄是一样的。结果，那里现在就变成这个样子。"

袁凯和林寒江一起眺望那片别墅群，那里的人当然不知道脚下还埋着一个年轻的灵魂。

"从那以后，我就经常做噩梦，梦见我背着弟弟在山路上奔跑，那山路永远也没有尽头，这个噩梦缠绕了我几十年，把我都折磨出神经质了，妈的。"袁凯虽然打着哈哈说自己的故事，但是眼眶却微微泛红。

"所以，从那天开始，我心里就把破坏环境的人和那些抢劫杀戮的罪犯画上了等号，只要我发现了，就不会放过他们！"袁凯向林寒江伸出手，说："老林，我很赞赏你向污染挑战的勇气，秦州需要你这样的人来揭开疮疤！作为一个土生土长的秦州人，我愿意陪你一起向那些破坏秦州生态环境的人宣战！"

林寒江被袁凯的故事勾起了伤感，伸手和袁凯紧紧相握，说："以前，我如果能有你这样的战友，也许我就不会失去最爱的人……"这次轮到林寒江眼眶发红，但是他依然忍住了没有说下去，有些心中隐藏的伤痛，世间已然没有人能够分担。

袁凯告诉林寒江，龙岭山中违建别墅群的问题，中央领导已经数次批示，但是批示件都被省、市领导给"留中"，密不宣示。林寒江当然明白"留中"的含义，他问袁凯："难道是有人不愿意触碰这些违建别墅？"

袁凯提醒他："何止是不愿意有人触碰，你要小心被碰得四分五裂、尸骨无存！"

林寒江苦笑，没有说话。袁凯又说："你知道吗？这些龙岭山里的违建别墅，已经在网上和民间引起了各种谣言，有的说是开发商要沾'龙气'，有的说是境外势力故意坏我国国运，不一而足。"

林寒江叹息一声，说："有些问题被漠视久了，就会衍生出黑云妖雾，百姓口耳相传的谣言，其实就是吐向我们不信任的口水。"

两人下到山底，林寒江再次转身看着郁郁葱葱的龙岭大山，自言自语道："身上背着这么多疮疤，龙岭大山一定很疼！"

袁凯一愣，随即大笑："老林啊，你经历的山山水水，还是没磨掉你身上的书生气啊！"

林寒江扭头看袁凯，也笑："我明白你的意思，你说我另类，那你自己呢？你不也是一个不肯随波逐流的另类？"

十四

　　林寒江回到省厅，让办公室工作人员去查找中央领导关于龙岭山区违建别墅的批示。为了避免引起怀疑，林寒江故意找个借口，说："我上任第一天就向部里作检讨，有点下不来台，我要看看领导怎么批示的，下一步按照中央批示认真整改，尽快落实。"

　　工作人员去问了一圈，得到答复是批示件是机密等级，还在省政府办公厅并没有转发下来。林寒江又央求办公厅熟人去借阅，答复是没有主要领导同意禁止借阅。

　　林寒江想起袁凯说起的"留中"一词，只能无奈地放下电话，有些纳闷地问身边人："中央领导关于工作的批示，又不是涉及国家安全，为什么被层层保密？"工作人员也是摇头苦笑。

　　林寒江正在批改文件，忽然传来敲门声，进来一个二十多岁的女子，原来是田小小。林寒江以前任大学客座教授时曾经辅导过她，而且得到过田小小多次帮助。几年不见，田小小的变化并不显著，依然一副大大咧咧的神情，只是原来的长发换成了齐耳短发，显得成熟一些。林寒江满脸惊疑地看着闯进来的田小小，没想到竟然在这里重逢。

　　田小小抢先发话："怎么？市长变厅长，就不认识你的学生了？"

　　林寒江回过神来，赶紧给田小小让座倒水，问她："小小，你怎么来秦州了？"

　　田小小不客气地坐下，哼了一声，说："你离开学校以后，压根儿就没关心过本姑娘，连我去哪了都不知道，我很生气！"

　　林寒江尴尬地笑一笑，他知道田小小的脾气，一张利嘴得理不饶人，只能赶紧赔礼："是，小小，我检讨，是我太官僚，不接地气，不够交情，这总可以了吧？"

田小小转怒为笑：“好吧，看在你把我想批评你的话都先说了，我就原谅你一次吧。我博士毕业以后，就来到秦州市生态环境科研所工作，和你算是同行。”

林寒江一笑，说：“大博士原来和我是一个战壕的，失敬失敬！”

“我还不是看你整天孤军作战，怪可怜的，就想着帮你一把。得道多助，失道寡助，你说你这个研究生态的，到底是得道还是失道？”

“好吧，别开玩笑了，你今天打上门来，到底是什么事？”

田小小收敛笑容，一本正经地说：“本姑娘无事不登三宝殿，来了就是人命关天的大事！”

林寒江吓了一跳：“人命关天的大事？”他以为田小小又在开玩笑，看看她一脸严肃悲戚，又不像开玩笑，“到底什么事，你发现污染案件了？”

田小小掏出手机，翻出一篇文章，将屏幕转向林寒江。林寒江定睛一看，是一篇《百花公寓发生离奇命案，死者坠楼砸坏警车》的网文，下面还配了一张图片：一辆警车的车顶横卧着一具血淋淋的女尸，车顶砸得凹陷下去，车窗玻璃粉碎，女子长长的头发拖曳在车体一侧，面部打上了马赛克，看不清长相。评论区里的留言千奇百怪，有的说是女子含冤自杀，故意砸毁警车；有的说是被人谋害，砸毁警车是凶手向警方示威。

林寒江浏览了一遍网文，问田小小：“你不是研究生态环境吗，怎么研究上命案了？”

一颗硕大的泪珠从田小小的脸颊滚落，她哽咽着说：“这个人叫周纯如，是我的博士同学，也是我在生态环境科研所的同事，她是秦州本地人，正因为纯如的邀请，我才和她一起到秦州工作。”

林寒江眉毛拧紧，他隐约觉得这起命案可能危及到田小小，所以她才会上门求助自己。田小小哽咽着继续说：“纯如被害之前，曾经给我发过来一张图片。”她从手机里又调出一张图片，林寒江接过来仔细观看。

图片黑黢黢的，清晰度并不高，像是恐怖电影里的截屏画面：三个黑衣人在手电光下将一个长头发的女人正往树上吊，画面模糊恐怖。唯一一个能看清面目的人正扭头回望，不知是光影的原因还是那个人表情实在怪异，脸上布满疤痕，一半僵硬一半狰狞，就像半个人间半个地狱都刻画在这张脸上。林寒江吃了一惊，这张脸给他的印象太深刻了，正是曾经拿枪指着他脑袋的盗猎团伙头目郑恒！

林寒江看着那张照片，听着田小小向他述说周纯如的遭遇，他敏锐地意识到，这张照片不仅事关人命，牵扯到重大隐情，很可能与现在传得沸沸扬扬的龙岭大山多起命案有关，而且最令他担心的是，田小小很可能也身处危险之中。

林寒江拿起电话，说："小小，出了这么多人命，这是重大案件，必须报警！"

田小小一把按住电话，说："我不同意，不能报警！"

"为什么？"

田小小起身把房门关上，然后把周纯如微信发来的最后一句话放给林寒江听，"小小，不要报警，警察里有坏人……"

田小小紧张地看着林寒江："现在你知道我为什么不敢报警了吧？"

林寒江沉思一会儿，说："小小，不相信警察，靠你我二人是无法应对这个局面的。"他指着图片中的郑恒，说："这人我见过，以前是一个流窜作案的盗猎团伙头目，据说手上有不少人命，你绝不能大意！"

田小小身子往下堆，沮丧地撇撇嘴，说："我怎么感觉像美国电影一样，坏人满世界追杀好人，好人没地儿躲。"

林寒江安慰她："小小，靠一个人拯救世界的独行侠是不存在的，还是要相信公安队伍的力量。公安队伍里可能会有个别害群之马，但是绝大多数都是可以信赖的。"

林寒江再度拿起电话，打给袁凯："老袁，你还记得那个盗猎头目吗？还有百花公寓的命案……对对，当事人说你们队伍可能有问题，不敢报警，现在就在我这里，所以麻烦你，不要惊动别人，你最好亲自来一趟。"

不到半个小时，袁凯与李长风两人急匆匆来到林寒江的办公室。

　　李长风见到田小小手机里的照片，不由倒吸一口凉气，说："这就是龙岭山里发现的自缢女尸，谁拍的照片？"他又狠狠拍一下自己的大腿，说："袁局，我明白了，郑恒等人连续杀人灭口，就是为了销毁这张照片！"

　　田小小急问："谁是郑恒？"

　　李长风解释说："这张脸上有疤痕的人，他就叫郑恒，以前是我警校的校友。"

　　袁凯好奇，问李长风："你也认识郑恒？我在仁城和这家伙交过手，被他跑了，老林当时也和他有过接触。"

　　林寒江接过话头，说："我刚才看照片就认出了这个家伙，在天净山里，他用枪顶在我脑袋上，要不是你们袁局及时追来，我这条命啊，没准儿就扔在天净山了。"旁边的田小小没想到林寒江和郑恒有过这种渊源，不由瞪圆了眼睛，气哼哼地看向林寒江，埋怨他刚才不说实情。

　　李长风喝了一口水，向他们讲起郑恒的故事。原来郑恒十多年前在警校里曾是一个很厉害的狙击手，拿过全省警界射击比赛冠军，当时本来要分配到秦州市局特警队，特警队抢着向警校要人，郑恒的前途一片光明，让李长风等校友很是羡慕。但是就在那个时候，郑恒在秦州龙岭山区的老家房子因为拆迁征收，老父亲拒不同意拆迁，和拆除公司的人发生冲突，郑父用铁锹砍伤了一个公司的人，自己也受伤住院。郑恒从警校请假赶回来处理家事，刚开始郑恒很是克制，与对方讲理申辩，但是半夜时分对方摸进家中，扔燃烧瓶恐吓郑家人，结果把郑恒的半张脸给烧毁了。郑恒一怒之下重伤三四个人，其中一人永远走不了路，郑恒因此被判入狱六年。出狱之后郑恒就消失无影，听人说他在东南亚当过雇佣兵，没想到又回到国内当起了盗猎团伙的头目。

　　袁凯看照片，问："长风，你确定这几个人吊的尸体就是死去的那个抑郁症记者？"

　　李长风道："袁局，这几起案子串起来了，应该是郑恒他们杀死了那个抑郁症记者柳晓京，那对露营的小夫妻偶然发现，拍下照片，郑恒等人为了灭口把那对夫妻推下山崖，小夫妻逃跑途中可能是把照片发给了周纯如，郑恒假扮成警察追过来杀了周纯如，而周纯如临死前又把照片发给了你……"

李长风转身指着田小小，说不下去了，他看见田小小的眼睛中已经盈满了泪水。

田小小说："我昨天晚上接到最好的同学周纯如发来微信，就是那张莫名其妙的图片和那句吓人的留言，我给她打了无数电话，却没有人接，我预感纯如可能出事了，就连夜从北京赶回秦州，出了车站，我不敢去公安机关，只能径直来找林寒江。"

田小小抬头看了一眼林寒江，眼中充满了信任："我这些天一直在北京，从网上看见了林寒江调回省厅的消息，整个秦州市我唯一相信的人就是林老师了！"

林寒江弄清楚了事情来龙去脉，不禁以手抚额庆幸道："小小，幸亏你昨天在北京，如果你在秦州，后果不堪设想啊！这些人肯定会顺藤摸瓜去找你……"

田小小大大咧咧的，对自己的安危不怎么上心，但是对袁凯和李长风口中的抑郁症记者很好奇，追问李长风："你们说的记者到底是谁？"

李长风指着照片里的柳晓京问田小小："这个人你认识不？"

田小小似乎有些迟疑，慢慢摇头，说："照片有些模糊，我不敢确定……"田小小说话的时候，眼角微微有些抽搐，显然是努力压制自己的情绪。

李长风从自己手机里调出柳晓京的采访照片，递到田小小眼前，田小小惊叫一声，捂住了眼："哎呀，这个人我认识！"

田小小的惊叫让熟悉她的林寒江一愣，因为他知道田小小的胆量比男人还大，不会看到一张照片就这么大惊失色，这丫头带着一身秘密突然出现，而且说话时明显遮遮掩掩，似乎不愿意吐露心中的秘密。

林寒江端着水杯站在旁边打量田小小，不由心中泛起一些疑问。

田小小说柳晓京最近在她的生态环境科研所泡了好几天，查阅了很多资料，还不时向田小小请教一些环保方面的专业词汇，她曾对田小小说要写一篇调查报告，揭开秦州市生态环境恶化的黑盖子。

林寒江和袁凯对视一眼，不约而同想到柳晓京很可能是发现了什么致命的线索，才引来杀身之祸。袁凯吩咐李长风说："长风，柳晓京的尸检结果是不是该出来了？你问一下。"

李长风立刻打电话给局里的法医老秦，问询柳晓京的尸检结果，那边给了肯定的答复，发现柳晓京尸体的地方不是第一案发现场，可以肯定是被人移尸山中伪装成自杀现场。柳晓京颈间两道勒痕，一道是窒息致死伤，一道是死后吊挂尸体造成，现在还不能马上分辨出柳晓京是自缢而死还是被人勒死。

李长风汇报完法医的检验结果，又吓唬田小小："美女博士，你信这世间有鬼不？"

田小小有点不喜欢这个看着像"马王爷"的痞气警察，狠狠瞪了他一眼，"你是警察，难道你也相信有鬼？"

李长风说："柳晓京的尸体吊在一处密林中，荒僻得很，兔子都进不去，正常情况下一具尸体吊在那里，就是变成白骨精都未必有人发现，别说脖子上两道勒痕，就是二十道也烂没了。谁能想到，这些人正忙活着往树上吊尸体呢，就让那两口子拍照留念了，这边正忙活，那边拍个现场工作照，您说是不是有鬼在驱使这一切？"

田小小嗔怒道："人在做天在看，肯定是老天爷看不过去了，安排人揭发柳晓京的惨死。周纯如说你们警察有坏人，我看你三只眼，就不像好人！"

贫嘴的李长风正要争辩，袁凯制止他，让他赶紧安排人调查这几个死者的社会关系，尤其要注意调查柳晓京到底发现了什么线索。最后，袁凯吩咐李长风："今天的事只有我们四人知道，不要扩散，这个姑娘的安危就交给你李长风了，你要把她保护好了，她要是出了一丝一毫的意外，我拿你是问！"李长风一边敬礼答应，一边冲田小小做个鬼脸。

　　李长风送田小小回去，汽车驶出省厅大院，进入川流不息的主干道，机灵的李长风不时瞄着后视镜，察觉身后似乎有车辆跟踪。在一处红灯前，李长风忽然跳下车来，举着手机对着一辆黑色 SUV 连拍数下，车窗摇下，露出一个长发美女愤怒的面孔，怒斥李长风："你有病！"

　　李长风见自己认错了人，赶紧落荒而逃。不远处，人行道的树荫下，一辆摩托车轻巧驶过，摩托车上的人戴了头盔遮挡面孔，正是郑恒，郑恒隔着马路看着李长风和田小小，慢慢松开油门，向另一个方向驶去。

　　李长风送田小小回到科研所宿舍，他劝田小小找个地方躲几天，田小小严词拒绝。李长风拗不过她，只好安排人手暗中轮流保护田小小。

　　当天夜里，秦州市公安局发布悬赏通告，将郑恒列为犯罪嫌疑人，悬赏捉拿。

　　龙岭山中，狮子崖下面，郑恒噙着冷笑看着手机里的悬赏通告，他一直住在龙岭山中的帐篷里，每天都变换不同的落脚地方，秦州市就算翻个底朝天也找不到他的踪影。

　　郑恒在黑暗中点起一根烟，凝视着炽红的烟头，这团红光让他仿佛看到了十几年前那晚：对方扔出燃烧瓶，火焰四下飞舞，在火光中被人打倒在地的年迈父母，还有蹲在墙角哭泣的妹妹。他自己扑上去与那群恶棍搏斗，对方五个人在他的拳头下一个接一个躺下，发出求饶的哀嚎。带头的一个人点着了燃烧瓶扔过来，燃烧瓶在郑恒身边的墙上爆炸，他的半张脸瞬间被火焰吞没。他带着满身的火冲上去，将那人狠狠摔在台阶上，那人的腰骨发出一声脆响，像一只煮熟的对虾一样缩成一团。后来，郑恒才知道，被他摔成腰椎断裂、终生瘫痪的人是姚新元的亲弟弟姚坤……

　　郑恒用匕首去扎一个秃顶男人的照片，照片中的男人一脸黑痣，正是唐宫集团董事长姚新元。郑恒口中念念有词："姚新元，你害得我家破人亡，连我蹲监狱都不放过我，现在我回来了，我要你也尝尝我受的苦！"

　　姚新元的照片已经扎得千疮百孔，郑恒木然地看着自己手背上的伤疤。

那是姚新元和姚坤令人收买了监狱中的两个亡命之徒，准备彻底除掉郑恒，郑恒在搏斗过程中，手背被对手用磨尖的牙刷扎穿，几乎丢掉性命。

郑恒的心中充满了恨，恨所有改变他命运的人，还有那些麻木不仁的漠视者，那些人都该死。他抓起望远镜，看着对面狮子崖山坡下的别墅群，那里灯火通明。

"爸，妈，妹妹，你们的仇就要报了！"郑恒把烟头狠狠按熄在自己的胳膊上，黑暗中一阵焦臭味弥漫开来。

……

十五

2018 年 7 月 2 日，巴林首都麦纳麦。第 42 届世界遗产大会正式举行，联合国教科文组织世界遗产委员会正在审议，决定是否将天净山列入《世界遗产名录》。

林寒江不敢观看会议直播，他一个人驱车来到天净山下的侗寨，寨中正在举行盛大的芦笙歌舞晚会，庆祝天净山列入世界遗产名录。林寒江在远处聆听着悠扬的芦笙，看着篝火光影里载歌载舞的人们，心中一会儿欢喜，一会儿担忧。他担忧麦纳麦那边会不会发生意料之外的事情，阻挠天净山顺利"撞线"。顾清云陪同新上任的仁城副市长去麦纳麦申遗，先后给林寒江打了三遍电话，告诉他一切顺利，林寒江还是满心忐忑。

顾清云临上飞机之前，曾经在电话里问林寒江："老林，你种的桃子被别人摘了，心里是不是不舒服？"顾清云和林寒江说话从不遮掩，哪怕是往伤口里撒盐。

自己付出一年多的心血，成绩却变成了别人的光环，林寒江当然心里不痛快，但是想想老杨那些一辈子工作在天净山的人，他心里的不快慢慢消融了。当时，身处秦州的林寒江眺望着南方的天际线，几百公里之外的顾清云应该起飞了。比起老杨那些人，他林寒江不配站上领奖台；比起在那里耸立 14 亿年的天净山，自己和老杨又算得了什么？"百代人生皆过客，万古青山是主人。"林寒江心中突然冒出这么一句诗，是书上读来的，还是自己顺口诌来的，林寒江分不清，头脑中又是一阵晕眩。

天净山下的侗寨中欢歌笑语，人声鼎沸，林寒江在人群后面竟然发现了一个秃顶男人的身影，篝火辉映之下看着有几分熟悉，等那个人回过头来，竟是姚新元。姚新元也远远地看见林寒江，马上带着身边的几个人挤了过来，有些戏谑地说："林市长，不，应该叫林厅长，你也参加今晚的芦笙晚会？"

林寒江没想到在这里碰见姚新元，他对这个时睡时醒的人充满了警惕，总感觉他像一条暗中啮人的毒蛇，他说："今天是天净山生态环保里程碑的日子，载入史册的一天，我当然要来。"

姚新元回头看看自己的同伴，语气中不免有几分调侃："听听，林厅长就是站位高、会说话，'里程碑的日子'，看看你们几个，就会说'好日子、大喜的日子'，境界不一样啊。"那几个人发出一阵尴尬的笑声，不知是钦佩林寒江的话语，还是奉承气势逼人的姚新元。

苏娜带着两个天龙集团的工作人员在人群中挤了过来，她看见对峙的林寒江和姚新元，立刻停住了脚步，她不想卷入林寒江和唐宫集团的冲突。上次在仁城见面后，苏娜认识到自己和林寒江只能是两根无法走到一起的平行线，她不想再出现在林寒江的视野里，那样不仅会给林寒江增加压力，也会给自己增添烦恼。苏娜是一个睿智和理智的女人，她做出了自己的选择。

"今天是天净山值得庆祝的好日子，却不知对姚总来说，有什么好事？"林寒江的话外之意也是暗带讽刺，天净山申遗成功，姚新元的山地高尔夫俱乐部只怕也要下马了。

姚新元懒洋洋的眸子中闪过一丝嘲笑，接过手下递来的雪茄，说："林厅长这话就狭隘了，天净山申遗成功，应该是普天同庆的好事，独乐乐不如众乐乐，你们当领导的有了政绩，我们做生意的有了商机，天净山成为世界名山，我的山地高尔夫俱乐部不也水涨船高吗？"姚新元使劲吸一口雪茄，用雪茄的亮光打量林寒江的表情变化。

林寒江瞬间心中雪亮，看来仁城市取缔姚新元的山地高尔夫项目一定是遇到了阻力，这个狡猾的老狐狸必然在背后使了手段，他故意问道："姚总，您的山地高尔夫俱乐部不是要停了吗？"

姚新元使劲吐出一口烟雾，一小半的烟雾喷到林寒江的脸上，林寒江微笑着，并不在意。姚新元故作诧异地说："停？为什么要停，谁说的？林厅长，如果明天上午有时间，我郑重邀请您参加山地高尔夫俱乐部二期工程启动仪式！这几位都是从北京上海赶来参加启动仪式的朋友，天净山申遗成功，我的高尔夫二期正式启动，这叫双喜临门！是不是？"姚新元夸张地伸开双手，转了半圈，那几个朋友在身后齐声附和。远处的苏娜看见这一幕，不忍见林寒江被自己的老板当众嘲弄，干脆扭身回去观看歌舞。

姚新元平日为人沉稳寡言，今日看见林寒江竟然一反常态，言辞充满挑衅，咄咄逼人，足见他内心已经将林寒江恨之入骨。几点烟灰从姚新元的雪茄飘到林寒江身上，姚新元主动帮他掸去，顺便热情地为林寒江整理了一下汗水浸透的衣衫，说："林厅长，老哥我比你多吃了几年盐，有几句话不知当说不当说？"

"但说无妨，我洗耳恭听！"

"前几日，我看了一部电影，里面说的话很像是提醒你的，每一个机构、每一个部门、每一个岗位，都有自己的游戏规则，不管暗也好，明也好，第一步，学会并了解它的游戏规则，第二步，接受游戏规则，在这个基础上才能做好自己，并且力所能及地做点事。"姚新元又是一大口浓烟喷出来，呛得对面的林寒江几乎要捂住口鼻。

林寒江说："感谢姚总的提醒，看来我现在连游戏规则都没学会。"

姚新元大笑："林厅长是聪明人，学会这点规则对你不过是转念之间的事。别忘了啊，明天的启动仪式，恭候大驾！"

林寒江内心涌起波澜，但是仍然微微一笑，说："谢谢姚总邀请，适当的时候我一定会登门拜访您的高尔夫二期项目！"

"好好，一言为定，欢迎拜访！"

姚新元打着哈哈，冒烟喷火地离去，像打了胜仗一样，大声说笑着为那群朋友介绍芦笙歌舞，仿佛整座寨子的欢庆晚会都是为他一个人举办的。

林寒江想打电话给顾清云，问一下取缔山地高尔夫俱乐部的进展情况，但是一想顾清云此时在申遗现场必定无暇他顾，又默默放下了手机。

林寒江无心观看歌舞，一个人借着月色悄悄来到老杨家中。看护了天净山三十年的老杨已进入弥留之际，他看见林寒江进屋，并不感到惊奇。面无血色的老杨哆嗦着，冲林寒江伸出手，喘息着说："我今天下午就预感你会来，没想到、没想到你真的来了……"

看着气若游丝的老杨，林寒江内心一阵酸楚，他坐在老杨身边，紧紧攥住老杨瘦骨嶙峋的手，说："老杨大哥，对不起，是我来晚了！"

"天净山申遗了，我也该走了，我这一辈子没离开过天净山，生在山里死也在山里，能看到它列入全世界的遗产名录，我也放心了，这大山啊，对我不薄。"

林寒江眼眶发热，轻拍着老杨的手背，安慰他："老杨大哥，我知道你和这大山亲着呢，你是我们这些人中，对大山最问心无愧的人！"

老杨气息急促，呛了一下，他爱人拿来毛巾为他擦拭嘴角，老杨断断续续地说："说到问心无愧，我不后悔、不后悔当了一辈子的护林员……"老杨咳了几声，又继续说，"前阵子，我坐在门前看着这大山，心里就在想，乱七八糟地想，想我这一辈子，三十年前我守护的是山，那时候是怕山火怕洪水，二十年前我守护的是人，那时候是怕盗伐、怕盗猎，十年前我守护的是自己，怕我临阵脱逃，那时候是我自己犹豫了，想换个活法，想养家糊口，当时我想放弃这座大山，后来、后来又坚持了下来……"

老杨奋力将脑袋转向窗外，看着黑黢黢的天净山，说："我是一个大山的子孙，我做到了问心无愧，但是我们现在守护的是什么？我不知道，我每天看着大山都空落落的，难道就是为了保护她申遗？"老杨露出一丝无力的茫然，脸色更加苍白，林寒江强忍着泪水，无言以对。

"你们给大山画了一个圈，说是圈里的山民都要迁出去，我们做到了。那些山民靠山吃山，虽然他们住进了安置房，可是以后、以后怎么生活啊？林厅长，要给他们一条活路啊，咳咳！"老杨剧烈地咳了起来，又开始吐血，家人赶紧围过来捶背擦拭。

顾清云打来电话，林寒江看了一眼手机，起身到屋外接电话。顾清云哽咽的声音从万里之遥传来："老林，我们成功了！"

"我们成功了？"林寒江木然地重复着顾清云的话，心中悲喜交集，不知道如何表达。

"老林，我现在就站在麦纳麦国际会展中心，正式通知您——天净山从今日起被联合国教科文组织列入《世界遗产名录》，我们的努力没有白费，我们成功了！"那边的顾清云以为林寒江没有听清，激动得像小学生朗诵课文一样再次重复喜讯。

林寒江握着电话的手微微颤抖，心潮澎湃，他要将这个喜讯第一个告诉老杨。他回头向屋内看去，屋内老杨的爱人却在此时发出一声凄婉的惊叫："老杨！老杨……"

老杨的手慢慢从床沿垂下，这个一辈子守护天净山的人，在喜讯传来之际终于撒手人寰。

林寒江一个人站在山坡上，老杨临终的话在他耳边回响："……我们现在守护的是什么？我不知道，我每天看着大山都空落落的……"

天净山申遗成功的消息，引爆了山下侗寨的热情，寨子中爆发出一阵惊天动地的欢呼声，芦笙更加悠扬，更多的人都涌入载歌载舞的队列。那里有把天净山当成神灵膜拜的朴素山民，也有姚新元这种把天净山当成赚钱工具的投机商人，此时此刻，所有人都在欢呼，都在庆祝，山顶寺院的钟声也适时敲响，尘世之外的寺庙也参与了这盛大的庆祝。

林寒江站在寨子边缘，望着寨中庆祝的篝火，聆听着欢歌笑语，耳边却萦绕着老杨家人的哀泣声，他努力忍住泪水，不敢回头。林寒江抬头望天，天上一轮半圆的月亮正在俯瞰他，"片云天共远，永夜月同孤。"林寒江想起了去世的妻子，想起两人一起在月夜下牵手漫步的时光，空中似乎传来妻子缥缈的问候："林寒江，你现在还好吗？"林寒江的眼泪终于像开了闸的洪水……

身后传来一阵轻轻的脚步声，林寒江抹去泪水，回头一看，黑暗中一个俏丽的身影走了过来，原来是苏娜。

林寒江有些诧异，问她："你怎么来了？不去陪你的老板和客人？"

　　"我喜欢什么样的人，讨厌什么样的人，难道你不知道？"苏娜略带嘲讽的笑容刚绽露一半，却戛然而止，月光下，苏娜看见林寒江满脸的泪水，问："你哭了？因为天净山申遗成功？"

　　林寒江摇头，说："不是，是天净山失去了一个最好的守护者，一个可敬的老大哥。"

　　"守护者？"苏娜有些好奇："我不知道大山还有守护者，他是一个什么样的人？"

　　林寒江看着天上的月亮躲进云彩之中，叹了一口气，说："大山的守护者很多，很普通，也很顽强，和这位老大哥比起来，我们都是天净山的浮云过客，他才是大山的岩石和主人！因为有了他，天净山才永远生机盎然。"

　　苏娜也看着天上的云和月，幽幽地说："在你的世界里，我是岩石还是浮云？"

　　林寒江一愣，转头看着苏娜，苏娜叹了一口气，说："你不必告诉我答案，我也不想知道。你以后尽管去做坚硬的岩石，而我依然去做一只逐利高飞的鸟儿。"

　　林寒江一时不知道说什么，他定定地看着苏娜，月下的苏娜身穿一身淡蓝色的套装，并不是她以前最爱的白色，苏娜从上次见面就给林寒江一种冷漠疏远的感觉，他不知道苏娜为什么会变成这样。

　　林寒江说："我可以问一个问题吗？"

　　"当然。"苏娜的语气有些刻意的冷漠，她心中猜测，林寒江一定会问自己为什么对他态度冷淡。

　　"你为什么不再穿白色衣服了？"林寒江的问题，出乎苏娜的意料，这个眼里只有工作的男人竟然会关心她的衣着。

　　苏娜冷笑，说："白衣飘飘的年代，已经不适合我了。经历了那么多事情，我们还是当初的你我吗？你可以坚守你的初心，但是我呢？我只能向这该死的生活妥协。"

　　两人一起沉默，一起看着天上的云月追逐，苏娜最后终于打破沉寂，说："林寒江，我今天来见你，就是想告诉你，以后你做任何决定，都不必考虑我的存在，我不想成为你的压力和负担。"苏娜之所以这么说，因为她已经预感到林寒江和姚新元早晚会发生冲突。

　　"为什么这么说？"林寒江有些不解。

　　苏娜说："有很多朋友，走着走着就散了，我们也逃不过这种宿命……"

　　"以后，我们不是朋友了？"

　　苏娜并不回答他，看着山顶的月亮，问："林寒江，如果给你一次重新选择的机会，你还会走这条路吗？"

　　林寒江僵在那里，他明白苏娜的意思，苏娜是他的知己故交，看着他舍弃了学术钻研的道路，一步一步走上仕途这条荆棘之路，直至四处树敌，甚至家破人亡。"如果真的有重新选择的机会，我会走这条路吗？"林寒江在心里反问自己。

　　侗寨中的歌舞已经停息，无论多么隆重的欢庆，总有落幕的时候，而欢庆的背后，谁又会在意别人的生离死别？

　　苏娜转身离去，留下林寒江在月下独自迷惘。

十六

　　第二天早上，林寒江请了半天假，留在天净山，他要送老杨最后一程。老杨留下一个多病的老伴和一个身患小儿麻痹症的儿子，后事只能靠护林站那些同事们帮忙料理。

　　一辆灵车孤独地向殡仪馆驶去，林寒江开车跟在后面。车辆刚转过山脚，林寒江从后视镜中发现山坡上浓密的草丛如同利剑划开一般，一条黄色的身影从草丛中钻出，拼命追赶前面的灵车，原来是老杨的爱犬花花，翻山越岭追赶灵车。

　　林寒江鼻子一酸，赶紧停下车打开车门，招呼花花："来，花花上来！"花花认出了林寒江，听话地跳进车门，蹲坐在副驾驶位置上，伸长舌头喘息，花花长途追赶，浑身沾满露水，累得几乎口吐白沫。

　　林寒江发动汽车，对花花哽咽着说："花花，我们一人一狗，送老杨大哥一程……"

　　与此同时，唐宫集团山地高尔夫俱乐部二期项目现场，却是一片欢乐的海洋。这次活动没有致辞、剪彩等俗套程序，而是举办了一个"天净山杯"山地高尔夫精英邀请赛，邀请赛和开工仪式同步启动。因为二期项目开工备受争议，苏娜向姚新元提出建议，对外宣传一律用举办"天净山杯"高尔夫邀请赛的名义，不用二期项目启动等字眼，这样既不刺激生态环境等部门，也避免媒体过度解读。姚新元大为赞赏苏娜的建议，欣然采纳。

　　苏娜出手，必是精品，这次比赛邀请了国内三十余名高尔夫好手参加，比赛奖金总计五百万，在业内轰动一时。丰厚的奖金不仅吸引了众多知名高尔夫选手报名参赛，而且邀请了一大批娱乐明星和网红主播前来助兴，在网上炒得不亦乐乎。

　　高尔夫场地中央的舞台上，开场歌舞之后，仪态万方的苏娜款款走上舞台，数百人的目光和镜头全都对准了苏娜。苏娜微笑着环视下面的人群，以及远在屏幕之后的观众，远处高耸翠绿的天净山与近处喧闹的人群，瞬间都被这个骄傲冷艳的女人吸引。苏娜是一个天生适合生活在聚光灯下的女人，只有在万众瞩目的焦点中，她才会将自己的美丽与优雅绽放出来。苏娜向台下微微鞠躬，立刻赢得一片掌声。

　　台下最忘乎所以鼓掌的是一个坐在轮椅上的中年男人，他虽然西装领带，但是眉目之间隐约有一股阴鸷之气，要不是双腿残疾，估计他早就冲上舞台向苏娜大献殷勤。这个人就是姚新元的弟弟姚坤，自从苏娜来到唐宫集团，姚坤就成了苏娜的铁杆粉丝，整天为她神不守舍。

　　姚坤不拘礼仪地大呼小叫，引起旁边姚新元的不满，斜眼看了他一眼，姚坤却毫不在乎，反而凑了过来，说："哥，你们唐宫集团的宝贝不是你那些破烂别墅，不是这个高尔夫球场，而是这个女人，她才是你们集团的无价之宝！"

　　"你的兴趣又从古玩转到女人身上了？"

　　"哥，美女如名画，苏娜就是千载难逢的传世名画！遇见她，算是我捡了大漏！"

　　姚新元"哼"了一声，说："你还在安排人每天给她摘一束龙岭山上的野生芍药花？"

　　"是啊！"姚坤得意扬扬地说："只要芍药花不绝，只要龙岭山不倒，我肯定能送到她钟情于我！"

　　姚新元冷笑一声："省省吧，你不是她的菜，她半个眼皮也没看上你！你送的那些花儿，她全都扔进垃圾桶，物业部还得安排人天天去收垃圾！"

　　姚坤毫不气馁，反而嬉皮笑脸地凑得更近，说："哥，你和我说实话，她是不是你的女人？要是的话，让给我怎么样？哥，我就这一个要求，你说什么也得……"

　　姚新元没有心情和姚坤胡扯，转身去招呼另外的客人，姚坤看着台上的苏娜，又开始张牙舞爪大呼小叫，试图引起苏娜的注意。

当年姚坤在龙岭山下带人烧毁郑恒家房子的时候，被郑恒摔断了腰椎，成为一个只能靠轮椅度日的残疾，姚新元对弟弟的遭遇心怀愧疚，这些年一直努力补偿他，无论姚坤提出什么要求，姚新元都是满口答应。姚坤成了残疾之后，并不参与唐宫集团的业务，而是独辟蹊径，利用姚新元给自己的金钱，开办了一家工艺美术品商行，挂羊头卖狗肉，暗地里专门倒腾古玩字画。姚坤本来是打打杀杀的社会混混，残疾之后性情大变，反而削尖脑袋往艺术圈子里钻，秦州的古玩界都忌惮姚坤的凶狠霸蛮和身后唐宫集团的财大气粗，没人敢去招惹他。

自从苏娜来到唐宫集团以后，姚坤惊为天人，天天挖空心思要接近苏娜。苏娜对这个活在轮椅上的阴鸷男人，从来都没正眼看过，视姚坤如空气，姚坤每天让人采摘来的野生芍药，苏娜连碰都不碰，唯恐脏了自己的手，直接让物业部保洁阿姨收走。有一次，姚坤在电梯里遇见早晨上班的苏娜，刚想套几句近乎，苏娜直接一杯咖啡兜头浇在姚坤身上，姚坤的保镖大熊见主人受辱，上来要教训苏娜，却被姚坤赏了一个大嘴巴子。

秦州化工产业园的爆炸，让袁凯寝食难安。袁凯征求市长高峰的意见后，邀请林寒江带领省厅相关处室来到秦州市，与秦州市应急局、消防支队、公安局、生态环境局等部门联合执法，在全市危化品领域开展生态环境隐患大排查和整改工作。林寒江正要将仁城市的《应急处置与预防次生灾害工作指挥体系》作为模板，在全省推广，接到袁凯的邀请，立即来到秦州市开展联合执法行动。

令人侧目的是，上次爆炸的秦州市化工产业园压根儿没有整改自身的隐患，此次再度排查出 21 处安全与污染隐患，其中重大隐患 6 处。林寒江有些生气，问李彦兵和龙岭区分局的关金书："上次这个化工产业园爆炸，险些给秦州市酿成大祸，怎么丝毫没有整改？"

李彦兵解释道："原来的负责人薛平经理因为爆炸事件已经被警方羁押，

正在走司法程序，可能是没有了负责人，产业园里就没了主事的人，所以暴露出这么多问题。"

关金书在旁边帮腔："对对，是这么回事，产业园里现在群龙无首，我们分局三天两头来检查督办，但是都找不到能负责的人……"

袁凯在旁边冷笑一声，说："照这么说来，错误是我们公安局的了？我们抓了负责人，所以才造成产业园出现这么多污染隐患？"

副市长发脾气，李彦兵和关金书不敢反驳，只能默不作声。林寒江向关金书伸出手，说："既然关局长说三天两头来检查，那么请把你们的检查记录给我看看吧？"

关金书有所准备，让人赶紧把执法检查记录拿过来，笑呵呵地说："林厅长，这化工产业园一直是我们执法检查的重点，不敢有丝毫松懈。您看这记录，平均每三天就来一次。"

林寒江翻看着记录，只看了两页就将记录还给关局长，微笑着说："关局长，下次让人补写记录的时候，最好多换几种笔迹和墨水，否则一个人补写下来，就和复印的一样。"

关金书的脸顿时成了紫茄子，站在那里手足无措。李彦兵气急败坏地将他拽到一旁，压低声音训斥他："没检查就说没检查，谁让你造假？你这脑子啊，就是酒精灌多了，泡臭了！"

李亮抱着一沓材料过来，说："给各位领导汇报一下，刚才我查阅资料，发现这个化工产业园的污水处理系统有重大问题！"

林寒江问："什么问题？"

"他们的污水处理系统没有经过环评验收。"

林寒江顿时眉毛拧紧："运营这么多年，怎么会一直没有验收？"

李亮点点头，补充说："化工产业园已运营八年多时间，一直没有环评验收，而且从落地以来从来没缴过排污费，一共欠缴排污费 1.3 亿多。"

林寒江顿时脸色铁青，说："你们说的平均三天检查一次，就是这么检查的？连环评是否验收都不知道？欠缴排污费都不知道？"关金书不敢和林寒江对视，抱着检查记录躲到李彦兵身后，想让李彦兵帮忙解释。李彦兵张巴几下嘴，最后还是把话咽了回去。

林寒江面向袁凯和李彦兵等人，说："秦州市的各位领导，我认为这个化工产业园必须关停，至于什么时候复产经营，要看它的欠费罚缴情况，还要依据隐患整改评估情况再定。"

袁凯当即表态："我赞成！今天的隐患，就是明天的事故，绝不能姑息！"见副市长这么说，李彦兵阴沉着脸不再吭声，关金书则是如丧考妣，似乎关停的是自己家的产业。

林寒江和袁凯等人离开以后，李彦兵一脸怒气地训斥李亮："李亮，我问你，你到底是省厅的人还是市局的人？"

李亮一时愣住了，说："李局，我怎么了？"

"你自己屁股坐在哪儿不知道吗？"李彦兵怒火升腾，拂袖而去。

李亮看着自己局长的背影，一脸委屈："化工产业园这么大事情，你们一直掖着藏着，就是对了？我给端出来，反倒是我做错了？"

十七

　　林寒江刚回到厅里，就遇见三个退休老干部组团前来上访。为首的老人满头银发，精神矍铄，自称叫齐广德。原来这三个老同志都是秦州市卫健局的退休干部，退休以后因为喜爱钓鱼，隔三岔五搭伙一起去玉龙河上游钓鱼。最近几个月，他们三人发现玉龙河经常会出现大量的死鱼，而且河水还会泛出一股化学药水的味道，三人觉得河水可能受到了污染，就向秦州市生态环境局反映，秦州市生态环境局将此事转交给龙岭区分局，让他们实地勘察。龙岭区勘察以后，将齐广德三人请去局里，向他们解释河中死鱼是因为玉龙河上游正在建造的水电站所致，造成玉龙河生态环境受到破坏，但是因为水电站是省里重点工程，市区无法干涉。

　　齐广德是一个很固执的老人，他不认可龙岭区生态环境分局的解释，又将此事反映给秦州市环保协会，没想到环保协会兜兜转转，再次把此事转给龙岭区生态环境分局。齐广德等三人见秦州市上下推诿，互相踢皮球，干脆来到省厅，点名要向新来的副厅长林寒江反映玉龙河污染情况。

　　听完齐广德等人的述说，林寒江不由苦笑。秦州市生态环境局和龙岭分局的工作态度，以及他们的业务能力和责任心，林寒江在化工产业园连续发生的事情上已经深有体会，生态环境系统的干部如果本身就不干净，你又怎么指望他去净化环境？

　　"林厅长，我们三个人是听说你以前整治环境的事迹，才决定来找你反映问题的。玉龙河水污染，绝不是上游修建水电站那么简单，他们都拿水电站当借口，不去追查实情。玉龙河关系上千万人口的饮用水还有百万亩良田的灌溉，可不是小事情啊！"齐广德老人显得忧心忡忡。

　　林寒江说："我明白三位老人家的心情，这件事我会亲自过问，请您们放心！"

"可不能再交给秦州市生态环境局了，他们会像踢球一样，踢来踢去，最后拖个不了了之。"齐广德再次叮嘱，还是放心不下。

另一位老人说："是啊，他们办事就和男足一样，一脚把球踢到爪哇国去了。"

林寒江点点头，安慰三位老人："放心吧，我会用我自己的方式去调查，一定给您们一个满意的答复。"

齐广德老人仔细端详林寒江一番，就如给人相面一般，把林寒江看得浑身不自在。老人说："林厅长，外面人都说您清正刚直，不徇私情，走到哪里都是一个勇士，让那些坏人瑟瑟发抖，在老百姓心目中，您可是声名显赫。"

林寒江有些不好意思，连连摆手："老人家千万不要听信那些道听途说的话，我不过是做了点本职工作，谈不上清正刚直，更不是声名显赫。"

齐广德摇头："林厅长误会了，我不是拍您马屁，而是担心。正因为老百姓对您口碑很好，我才一直犹豫，是不是应该把玉龙河污染这件事拜托给你？"

林寒江一愣："为什么犹豫？难道不相信我？"

"不是这个原因。"齐广德摇头，说："我只是担心你是为'清官之名'做事，不是为'民疾之实'做事。"

林寒江心中一凛，对这个面相普通的老人肃然起敬，齐广德看问题的深度已经远超普通人。林寒江马上起身，恭恭敬敬地给齐广德递上一杯茶，说："老人家所说的'清官之名'与'民疾之实'，莫非是指书中的典故？"

齐广德微微一笑，说："我这糟老头子，前阵子读刘鹗的《老残游记》，他说'清官自以为我不要钱，何所不可，刚愎自用，小则杀人，大则误国。'如果做事以求名为出发点，便会忽略了民疾之苦，那就不是真正的为人民服务了，不知我这糟老头子说的可对？"

林寒江略一沉吟，说："居官人，清而不自以为清，乃为真清。不求名，只求实，清而不刻，清而宽方为尽善。老人家，我这样回答，您是否满意？"

齐广德慌忙站起，杯中茶水外溢，洒在腿上，老人却并不在意，说："林厅长，您果然深有见地，与其他的领导不一样，刚才的问题，是我这糟老头子多虑了。"

齐广德三人告辞，林寒江将三人一直送到楼下。另外两个伙伴听不懂齐广德和林寒江话里意思，低声问齐广德："你俩清啊浑的，说些什么呢？"齐广德没有理会，转头劝相送的林寒江留步："林厅长，玉龙河的事儿交给您，我们放心了。我这老头子说话不中听，多活了几年，总喜欢倚老卖老，林厅长，以您之才，委屈在这里实在是太可惜了……"

林寒江哈哈一笑，说："既然我不求名，又怎么会在意在哪里工作？能踏踏实实做成几件事，就知足了。"

齐广德等人走出省厅，他对两个同伴说："刚才我故意以刘鹗的话问林寒江，他竟然以朱子和康熙皇帝的话应答，出乎我的意料。我原来以为他只是一个专业型领导，刻意求名才去挑战那些污染的案子和贪腐的恶人，没想到他并不是为求名，是真心想做实事。"

一个同伴听不明白，问齐广德："刘鹗？刘鹗是哪个单位的领导，我怎么没听说过？"

齐广德摇头叹息："前阵子，央视播出的电视剧，里面主人公是个职位不低的领导，竟然连张载的'横渠四句'都不知道，你说这样的人怎么能为老百姓做事呢？"

另一个同伴说："现在这些领导不知道'横渠四句'，没什么奇怪的，你看看他们，爬到那么高的位置，是能著书立言，还是能提笔赋诗啊？"

三人正在路边发牢骚，一辆摩托车疾驰而来，硬生生从三人中间挤过，将齐广德撞倒在地，随后两个戴着头盔的人跳下来，对齐广德的同伴拳打脚踢，将他们全都打倒，一个戴头盔的人又狠狠踢了齐广德一脚，骂道："老不死的，让你们多管闲事！"

路边行人见三位老人遭到流氓殴打，大声吆喝阻止，几个行人跑了过来，那两个歹徒见激起众怒，赶紧跳上摩托车，一溜烟逃走了。三位老人鼻青脸肿，倒在地上呻吟，行人们拨打 120，将三位老人送到秦州市人民医院。

市人民医院正在病房值班的女护士齐佳跌跌撞撞跑进急诊室，扑到齐广德身上，哽咽着问："爸，您怎么了？谁打的？"原来那个嘲笑李亮掉了一颗牙的护士齐佳，正是齐广德的女儿。

齐广德捂着胸口，强颜作笑，安慰女儿："没事儿，就是遇见两个臭流氓，小事一桩……"

齐佳抹去泪水，埋怨老爸："爸，是不是你们老哥几个，天天研究玉龙河死鱼的事，左找右找的，得罪什么人了？"

齐广德和两个同伴面面相觑，不敢肯定，说："不能吧？我们几个都不知道是谁污染了玉龙河，能得罪谁？"

"我可求求你们老哥几个，别再管闲事儿了，别再惹祸上身！"齐佳不与他们争辩，急三火四地和同事们将三个老人推去检查。

与此同时，宿醉醒来的王小江让司机把车停在秦州市委后门的一条小巷子里，他用手机不知给谁发出一条微信，然后在车里闭目养神。司机给他打开车载音响，播放的不是音乐，而是鬼故事。今天播放的故事是《雨夜女鬼》。恐怖的音乐在车里弥漫，王小江享受至极，闭着眼睛打个响指，司机知趣地离开，躲到远处抽烟。

王小江有个怪癖，每次与人谈事前，都喜欢听段鬼故事，越恐怖越过瘾。王小江自己曾经说过："和我打交道的人，十之八九都是鬼，我宁愿相信鬼，也不相信人！"

过了一会儿，一个人影来到车前，敲了敲车窗，王小江打开车门，溜进来的是"二书记"曹兵。音响里正讲到女鬼吐着血舌噬人的情节，吓得曹兵一激灵。曹兵回过神来，苦笑道："王总，你这爱好真是重口味，一般人享受不了啊。"

王小江向曹兵伸出一只手，问："拿来了？"

　　曹兵从包里掏出一份带着红头的文件，神秘兮兮地笑道："王总，这可是按照你的指示精神，重新修改过的市政府会议纪要，我找了市政府办公室的小兄弟，好说歹说，他们才给了我这个老大哥一点面子，冒了不少风险呢。"

　　王小江接过会议纪要，乜斜了曹兵一眼："时间、内容都对得上吧？别让林寒江那厮看出破绽，那家伙不好糊弄。"

　　曹兵拍着胸脯保证："放心吧，这个纪要八年前正是我在秘书处起草的，现在完全按照你的要求修改了，无论是电脑里的、还是存档的，都已经给调整了，万无一失！"

　　王小江哈哈大笑，使劲拍着曹兵的肩膀，说："好兄弟，哥哥我就喜欢和你做事，爽快！"

　　一张银行卡很自然地滑进曹兵的口袋里，曹兵也不推辞，悄无声息地推开车门离去。此时，《雨夜女鬼》也播放至结尾，车里再度塞满让人汗毛倒立的音乐。

　　李彦兵和关金书来到林寒江的办公室门前，关金书犹犹豫豫不敢敲门，李彦兵将他扒拉到一边，亲自敲门。林寒江一见两人联袂来访的神态，就猜到他们的来意，十有八九是为了秦州化工产业园的事来的。

　　果不出所料，李彦兵一张口，就是求林寒江不要处罚秦州化工产业园。李彦兵说："林厅长，秦州化工产业园欠缴的 1.3 亿排污费，企业现在也是等米下锅，难以为继，能不能……"李彦兵说话总是喜欢在关键时刻急刹车，让对方自己揣摩。

　　关金书在旁边帮腔，说："是啊，是啊，企业现在太难了，我们要是不帮一把，他们就要关门大吉了。"

　　林寒江没有理会关金书，微微一笑，问李彦兵："李局长，追缴企业欠缴的排污费，正是你秦州市生态环境局的职责，你怎么反倒替企业求情呢？让我有点角色错乱了。"

听了林寒江略带调侃的话，李彦兵顿时有点挂不住，红着脸说："林厅长，您误会了，我不是替企业求情，这件事其实是我们政府理亏啊。"

"此话怎讲？我们理亏在哪里？"

李彦兵将一份秦州市政府会议纪要递给林寒江，林寒江接过来仔细端详，上面写着八年前秦州市招商引进化工产业园项目，秦州市政府从打造营商环境和发展经济角度出发，为了鼓励该项目尽快落地达产，协商降低化工产业园的环评标准。同时，秦州市给予化工产业园一定扶持政策，同意缓征排污费，以减轻产业园的资金压力。

林寒江看完会议纪要，沉吟了一会儿，问道："照会议纪要上说的，八年前化工产业园落地的时候，你们秦州市是将环评标准和排污费当成扶持政策了，答应企业网开一面？"

关金书连连点头，说："对的，对的，八年前我就在龙岭区环保局，当时市政府确实是这么定的。"

李彦兵说："林厅长，企业负责人拿着会议纪要找到我们了，说我们破坏营商环境，典型的政府失信行为，他们说这是'关门打狗'！我们没有办法了，只能求您拿个主意。"

林寒江气极反笑，说："政策法规到了你们这里，竟然成了招商引资的砝码，简直是胡闹！"

李彦兵和关金书赶紧装出一副痛愧状，说："那时候嘛，领导要求大干快上，此一时彼一时，现在没人敢了。"

林寒江掂了掂手中的会议纪要，看着对面的李彦兵和关金书，李彦兵神态自若，关金书却是目露胆怯，不敢与林寒江对视。林寒江心中一动，便故作严肃地敲打一下关金书，说："关局长，既然你八年前就是当事人，你能确定当时这个会议纪要真是这么定的吗？"

关金书把头点得鸡啄米一般，连说："确定，确定，我能确定！"

林寒江故意露出一丝疑惑，说："我怎么看这个纪要像是刚刚打印出来的，纸张都是崭新的。"林寒江从自己的打印机里抽出一张A4纸，和会议纪要放在一起比对，冲着阳光仔细端详。林寒江表面上是比对纸张，其实是透过纸张的缝隙，打量李彦兵和关金书的神态。李彦兵低头看手机，显得毫不在意，关金书却有些紧张，双手攥得紧紧的，瞪大眼睛盯着林寒江的一举一动。看到关金书的神态，林寒江心中已经有了初步的判断，这份会议纪要八成是有猫腻。

关金书急忙解释："林厅长，这个纪要是企业留存的，可能是事关重大，企业当成宝贝一样保存，保存得好，保存得好，哈哈！"

林寒江将会议纪要放下，说："这样吧，这件事既然是你们秦州市政府答应的，最后还得由你们秦州市政府拍板，是追缴欠费还是遵守承诺，由你们市政府拿主意，我建议你们申请市领导开会研究一下，省厅会充分尊重你们市政府意见的。"

李彦兵和关金书对视一眼，略有失望，他们二人本来希望林寒江亲口答应不再追究化工产业园的欠费，但是林寒江将皮球踢还给秦州市政府，并且说尊重秦州市的意见，秦州市政府大概率会按照会议纪要允诺的条件执行，彼此心照不宣，已经是给足了他们面子。

李彦兵和关金书起身告辞，关金书伸出双手讨要那份纪要，说："林厅长，那个纪要……"

林寒江笑笑，说："哦，这样吧，既然这次整治是省市联合执法，我们省厅也参与了，这个会议纪要我就交给政法处，做个备案吧，就算不处罚也得有个依据嘛。"

关金书连连点头，说："对的，对的，是要留个备案，现在万事都要留痕嘛。"

李彦兵和关金书走出省厅，关金书摸一把自己的后脑勺，心有余悸地说："李局，这个林寒江戴着个破眼镜子，眼光怎么恁毒呢，一眼看出来纸张新旧不一样。"

李彦兵低叱他："险些露馅，你就不会做得仔细一点？"

关金书一脸委屈，冲着李彦兵的背影抱怨，说："李局，你说得轻松，我上哪儿找八年前的纸啊？"

"行了，赶紧回去准备上市政府会吧，那边还有一群老狐狸呢，尤其高市长那时候还没来秦州，他这人最不爱替前任领导担责，我们得想办法做做工作。"

李彦兵和关金书急匆匆离开，林寒江在自己办公室窗前看着两人的身影，陷入沉思。

十八

　　林寒江抽出时间回到仁城市，直接闯进顾清云的办公室，得知顾清云此时正在天净山上检查工作，林寒江便马不停蹄追到山上。

　　顾清云见到林寒江很高兴，以为他是来听天净山申遗成功的情况，便向他汇报麦纳麦之行的收获。谁知林寒江对申遗大会并不感兴趣，而是直接驱车将顾清云拉到唐宫集团的山地高尔夫俱乐部。

　　高尔夫球场上，近处是稀稀拉拉的几个人影正在挥杆击球，远处的山林边上，有几台作业车辆正在平整地面、运送土方。看来真的如姚新元所说，山地高尔夫项目不但没有关停，而且二期项目已经上马施工了。顾清云看着眼前的一切，明白了林寒江的来意，一脸的兴高采烈顿时化作满天乌云。

　　林寒江指着远处的施工车辆，问顾清云："老顾，说说吧，什么情况？"

　　"林市长，不，林副厅长，"顾清云情急之下有些口误，说，"我明白你的来意，你是不是怀疑我？"

　　"怀疑你什么？"

　　"怀疑我被人拉拢，变质腐败，以权谋私，与那些人沆瀣一气。"

　　"你真是这么认为我的？一件事就会改变我对你的评价？"林寒江淡淡地说，"其实，我今天是来听你诉苦的，帮你解决问题的，我知道你肯定遇到了难处。"

　　顾清云有些感激地看着林寒江，林寒江离开仁城市以后，他没有了挡在前面的盾牌，天净山后续的工作压力都压在他身上，他确实感到步履维艰。顾清云一屁股坐在地上，哭丧着脸说："既然你这么问，我就实话实说吧。天净山申遗成功之后，加上你又调回省里，现在很多人都觉得可以马放南山，刀枪入库，原来那些标准自然就可以放宽了，甚至降低了，所以现在很多工作都阻力重重，几乎推不下去了。"

“你所说的阻力，主要是那些需要搬迁甚至取缔的企业吧？”

顾清云点点头，说："尤其那个唐宫集团的山地高尔夫球项目，你没离开的时候已经决定了要取缔这个项目，复绿植绿修复植被，但是现在风向变了，他们不但没有关门，竟然还拓建了二期工程，现在别的企业都以唐宫集团马首是瞻，无论搬迁还是取缔，都寸步难行。"

“是仁城市政府支持他们拓建二期工程？”

顾清云摇摇头，伸出一根手指向上指去，说："支持他们的人在上头呢。"

林寒江一惊，问："你说的上头难道是我们省厅？"

顾清云的手指并没有放下，还在作势向上指去。林寒江更加惊疑，说："难道是省里的领导？"

顾清云的手指终于放了下来，低声说："你知道山地高尔夫二期项目开工那天，省里谁来参加开工仪式吗？"林寒江摇摇头，头脑中却浮现出那天晚上侗寨中姚新元得意扬扬的神态，原来他真的搬出了省里领导撑场面。

“那天常务副省长常知源带着省发改、工信、文旅等几个部门的主要领导，先去调研唐宫集团设在仁城的物流产业园，中午时分集体出现在山地高尔夫二期项目场地上，说是参加什么'天净山杯'山地高尔夫邀请赛启动仪式。你明白没？是高尔夫邀请赛启动仪式，不是二期项目开工仪式！"

“姚新元这只老狐狸，偷换概念！真是成了精！"林寒江怒极反笑。

“常务副省长来了，仁城市党政主要领导肯定要陪着，那天我正在从麦纳麦往回赶，电话里安排了副局长带着执法人员前来阻止开工仪式。结果副局长给我汇报，说一大群省市领导来参加高尔夫邀请赛启动仪式，并不是项目开工仪式，不知道怎么执法。这件事弄得我们全局都和猪八戒照镜子一样，里外不是人。"

林寒江瞬间脑补那天的画面，耿直的顾清云虽然不在现场，但是必定左右为难，饱受羞辱，而且此举必定在那些企业中造成连锁反应，唐宫集团的山地高尔夫项目不取缔，其他企业又怎会乖乖关停或搬迁？

顾清云又说："你有时间可以上网看一下，常省长参加'天净山杯'山地高尔夫邀请赛启动仪式的新闻，大炒特炒，各个网媒都在报道，连《香江经济导报》都跟着凑热闹，但是在这些新闻稿件里，你就会发现端倪，高尔夫邀请赛和二期项目开工是捆在一起的。这些省市领导和媒体，都被唐宫集团利用了。"

林寒江默然，姚新元有苏娜这种媒体高手做副手，专门负责协调媒体、营销策划，炒作一个开工仪式简直易如反掌。林寒江有些疑虑，问顾清云："常省长是不是不了解这个高尔夫项目的情况？毕竟唐宫集团是省里名列前茅的民营企业，到企业调研和参加比赛启动仪式也是正常，常省长可能无意之中被姚新元这只老狐狸利用了。"

顾清云苦笑，双手一摊，说："这里面的内幕我是不知道，反正现在其他企业都在观望，有的放出风来：山地高尔夫项目不取缔，我们为什么要走？喏，僵局一个！"

林寒江问："既然他们建二期工程，有立项手续吗？"

顾清云点点头，说："常务副省长支持，有的部门不敢不批，有的部门就当没看见。"

林寒江也感到棘手，说："仁城市政府是什么意见？不准备动这些企业了？"

"这倒没有，市里意见还是统一的，围绕天净山制订的生态环境保护条例必须执行，不能打折扣；国务院办公厅发布禁止建设高尔夫球场的通知也不能违背。但是，这个时候贸然出手，等于打了常省长和省里那几个部门的脸，谁都不愿意出头当那个恶人。"顾清云一脸无奈，看着林寒江，"你是我的领导，你教我一个招法，怎么破这个局？"

"你的意思是让我去当那个出头的恶人？恶贯满盈还是无恶不作？"林寒江苦笑着问顾清云，"反正我也不是好人，当个恶人驾轻就熟。"

顾清云斜着眼看林寒江："拉倒吧你！你还嫌自己树敌不多？走到哪里都惹是生非，姥姥不疼舅舅不爱的，刚到省里，你就准备狠狠打常省长的脸？你看人家袁凯，同样是从仁城市副市长出去的，你俩资历能力都相当，你是平调副厅长，人家可是一步就跨进正厅行列，据说下一任副省长兼公安厅长就是他。"

林寒江知道顾清云是替自己打抱不平，赶紧制止他的牢骚："哎哎，打住！说山地高尔夫呢，怎么扯上袁凯了？"

顾清云的抱不平既然开了头，就刹不住车，又说："林厅长，都知道你是省委陈书记点的将，可是陈书记眼瞅着就要到站了，那时候你可怎么办？你这些年得罪的人多了去，要小心还乡团反攻倒算哦！"

林寒江哈哈一笑："老顾，你这么一提醒，还真给我开了窍，我得谢谢你啊！"

"开了什么窍？"顾清云没弄明白林寒江话里的意思。

林寒江看着高尔夫球场上的施工车辆，使劲揪着自己的下巴，说："老顾，恶人不等于蠢人，既然当恶人就要当一个狡猾的恶人，不能总是把自己当炮弹发射出去，蠢人扭转不了乾坤，对不对？"

顾清云一头雾水地看着林寒江，还是不懂他的意思，只能嘲讽他一句："恶人蠢人的，我看都是神经病！你也差不远了。"

晚上，秦州市"极真武道"拳馆里，戴着头盔护具的李长风，用红色拳套使劲锤击自己胸口几下，准备向对面的李亮发起进攻。李亮是一身蓝色装备，他使劲向空气击出几记刺拳，嚯嚯声响，气势上看来丝毫不弱。两人上次在白云矿场相识，知道彼此都是练家子，颇有惺惺相惜的味道，李长风便主动约了李亮来到朋友的拳馆切磋一下。

裁判手势一挥，两人迅速凑到一起，李长风先声夺人，闪电般的拳头直向李亮头部攻来，李亮左挡右架，灵活地躲闪对方的攻势。李长风一阵暴风骤雨般的快拳攻击，并未击倒李亮，又用扫腿攻击李亮下盘，李亮抬腿提膝挡住对方的横扫，噼里啪啦几下碰撞以后，双方都感觉自己的腿一阵酸麻，心知遇见了劲敌。李亮顶住了李长风的一波攻击，迅速展开反击，不断跳跃着变换方位，用刺拳袭扰李长风，李长风则用双拳护住头部，寻找机会靠近李亮，企图用自己的重拳重腿一举击倒对手。

两人你来我往，正斗得势均力敌，台下突然传来一阵电话铃声，一个人举着电话冲李长风喊道："李队，别打了，紧急情况！"

李长风急忙摘下拳套，接过电话，神色顿时焦急起来，骂道："蠢货，怎么搞的？要是出了问题，看我不捶死你！"李长风一边手忙脚乱地扯下拳套，一边冲着电话喊道："快给我发个地址，我马上赶过去！"

李长风换完衣服，才想起和李亮道个歉："好兄弟，实在对不住，出了紧急情况，我得赶过去！"没等李亮回话，李长风已经旋风一样走了。

切磋不成，李亮只好苦笑着摘下拳套，拿起手机找女护士齐佳套近乎，李亮自从上次住院，就将自己的主攻方向锁定为女护士齐佳。

十九

李长风亮着警灯，风驰电掣地开到秦州市中心的万达广场，他一身大汗地跑进熙熙攘攘的商场大厅，刑警队的小马羞愧地迎了过来，说："师傅，我就是在这里把人跟丢了，你骂我吧。"

李长风虽然平时对部下很严厉，有时甚至骂骂咧咧的，但是真正到了关键时刻，他从来不往部下身上推卸责任，都是和他们一起挨骂挨批，甚至把责任揽到自己身上。小马是刚进入刑警队的新同志，年轻正直，但是欠缺工作经验，李长风让他跟踪保护田小小，没想到被田小小给甩了包。

田小小早就厌烦小马这条尾巴，她故意跑来人群密集的万达广场，进到一家烤鱼店大吃大喝。外面的小马让田小小牵着鼻子转了大半天，早就饥肠辘辘，见田小小大快朵颐，他只能咽口水充饥，后来实在忍不住了，就到隔壁的肯德基店里买个汉堡，结果回头就发现田小小不见了。小马找了一圈，也没找到田小小的影子，情急之下，只能向队长李长风求助。

李长风脸色阴沉，因为他清楚田小小身上担负的重大干系，万一发生意外，后果不堪设想。李长风让小马守住出口，他跑到监控室查看商场视频。很快，李长风在监控中发现了田小小的身影，她并没有离开商场，而是乘坐观光电梯上了顶楼，李长风和小马立刻向顶楼奔去。

其实，田小小此时正坐在顶楼的咖啡厅里，一边悠闲地喝着咖啡，一边透过玻璃窗俯瞰着楼下跑来跑去的李长风和小马。她见李长风奔跑时几乎撞倒一个正在自拍的美女，被美女一通怒斥，李长风没时间分辨，只能向对方鞠躬致歉。田小小见到李长风的狼狈相，忍不住偷笑。

田小小始终认为警察队伍中有"内鬼"，她不愿意与警方合作，一直寻找机会甩掉跟踪保护她的小马，小马哪里知道她的心思，大意之下，终于上了她的当。田小小见李长风和小马向顶楼奔来，便戴上帽子和墨镜，迅速溜进旁边的消防通道。田小小喝咖啡的时候已经为自己盘算好了脱身路线，她从消防通道步行下楼，为了防止商场外面还有警察接应，她决定从商场地下二层的货运出口溜走。

刚进到地下二层，田小小就感觉一股凉气将自己包裹住，让她浑身一冷，忍不住打了个哆嗦。田小小本来是抱着恶作剧的心态甩掉小马，但是冷飕飕的地下车库空荡无人，只有自己的走路声音在回响，让她瞬间有了一丝惧意。田小小双手环抱在胸前，紧张地四下打量，今天的地下车库格外漆黑，只有零星的几盏灯有气无力地亮着，勉强能看清道路。田小小隐约听到有轻微的脚步声在跟随自己，她急速回头，却什么也没有发现。田小小心中的惧意越来越浓，她不禁加快了脚步，向前边的亮光处跑去。

一只手突然从柱子后面伸出，搭在田小小的肩上，恐惧的田小小像被蛇咬了一样，发出一声惊叫，叫声把身后的人吓了一跳，赶紧捂住田小小的嘴巴。来人小瞧了田小小，没有料到她竟然会临危反击，田小小挣出手来，用防狼喷剂劈头盖脸地向身后的人喷去，那人痛苦地呻吟一声，捂住自己的右眼跳到一边。

"是你？三只眼？"转过身来的田小小吃了一惊，因为被她喷了一脸防狼喷剂的人是李长风。

李长风捂住右眼，只能用左眼愤怒地瞪着田小小，他虽然吃了大亏，却并没有还击，让举着喷剂的田小小愣住了。李长风一手捂眼，一手伸出食指放在嘴上，向田小小做一个噤声的手势，他龇牙咧嘴地用左眼四下扫视一圈，迅速把田小小拉到一辆轿车后面蹲下。田小小不解他的用意，正要发声斥责李长风，但是看到李长风如临大敌的样子，又把嘴边的话咽了下去。李长风凑近田小小的耳边，低声呵斥道："不想死的话，就把你的嘴闭上！"

平时总是说话占上风的田小小，第一次遇到有人这么斥责她，当即柳眉倒竖，大叫道："三只眼，你敢这么和我说话？我偏不……"

李长风赶紧伸出手去捂田小小的嘴，田小小愤怒之下，抬手一耳光扇在李长风的脸上，猝不及防的李长风一个趔趄。这时，一阵尖锐的轮胎摩擦声音传来，李长风迅猛地扑过来抱住田小小的腰，鱼跃飞出，两人在地上使劲一滚，滚到柱子后面，一辆黑色的越野车幽灵一般驶来，擦着李长风的肩膀冲了过去，飞驰的车身在柱子上蹭了一下，发出令人心悸的撕裂声。田小小这才明白，李长风是来救自己的。

黑车一闪而过，李长风大声喊道："小马，小马，注意！他奔你去了！"

瘆人的轮胎摩擦声音在远处的黑暗中突然消失，整个二层地下室瞬间寂静下来，仿佛被人抽成了真空的瓶子，只剩下几盏照明的灯光，摇摇晃晃地闪烁着。压在李长风身下的田小小听到自己快要窒息的心跳声，一滴黏糊糊的液体滴到田小小的脸上，是李长风的血，原来刚才那辆鬼魅般飞驰而过的越野车，还是在李长风后肩上剡开了一条口子。

李长风顾不得自己的伤情，拔枪跳起来，将田小小护在身后，冲着黑黢黢的远处喊道："小马，小马，你还在吗？怎么样了？"

地下室里一片静寂，吞没了李长风的喊声。李长风抓住田小小的手，利用车辆和柱子的掩护，小心翼翼地向前摸过去，田小小虽然胆子很大，此时却像一只可怜的小羔羊一般，踉踉跄跄地跟在李长风后面。

一声枪响传来，李长风头顶的照明灯瞬间熄灭，玻璃碎片洒了两人一身，李长风大吃一惊，想也没想就将田小小挡在身后，举枪瞄准数十米开外的柱子。一个冷森森的声音从柱子后面传来："李队，我这一枪准头如何？要是瞄准你脑门儿，你就成了真的'三只眼'了！"

李长风并不惧怕，厉声喝道："郑恒，是你吧？躲在暗处伤人，不是好汉所为！"

一张满是伤疤的脸，慢慢从远处的柱子后面露出来，正是半张脸郑恒，他干笑一声："你小子挺灵光，竟然认出我了！"

"我虽然没见到人，可是这枪法我还是认得的。当年警校的第一神枪手，没想到今天却堕落成杀人凶手！"

郑恒冷冷一笑："你他妈的再敢和我提警校的事，我就让他老爸老妈多领四十个月的工资！"郑恒从柱子后面拖出一个人，正是小马，郑恒将手枪顶在小马的太阳穴上，小马的脸登时吓得煞白。

李长风执枪的手一抖，喊道："郑恒，你要是敢杀他，就是与我们秦州市全体警察为敌，我就算追到天涯海角也不会放过你！"

田小小在李长风身后低声问："三只眼，他说的多领四十个月工资什么意思？"李长风全神贯注地执枪瞄准郑恒，没有搭理田小小的问话。

郑恒将小马挡在身前，喊道："李队，咱俩做个交易如何？"

"什么交易？"

"我用这个笨小子换你身后的傻丫头，怎么样？"郑恒用枪杆一下小马的脑袋，小马的脸色更加惨白。这边李长风也感觉到，攥在自己掌中的田小小的手明显地哆嗦了一下。郑恒又喊："这个傻丫头对你连踢带打，留她有什么用？你救回同事，我完成任务，两全其美不好吗？"

还没等李长风回答，枪口下的小马愤怒地喊一声："李队，开枪！我不怕死……"

郑恒不怒反笑，一把掐住小马的咽喉，让小马发不出声来，郑恒骂道："你这个傻缺！临死还想逞英雄，有点像老子当年，妈的，傻得透腔了！"郑恒用枪狠狠杆一下小马的太阳穴，作势要扣动扳机，吓得田小小惊呼一声。

李长风此时反而不慌，声音格外沉稳，喊道："小马，别怕！他要是敢动你，秦州市所有的警察都与他不共戴天！"

郑恒冷笑："别他妈在老子面前提警察，老子现在最讨厌的就是警察，你以为穿身警服就代表正义啊？我还真就和你们秦州市警察叫板了！"郑恒露出一副凶相，作势又要扣动扳机。

田小小颤声喊道："放开他，你要杀的是我，我在这里……"郑恒的凶狠虽然让田小小声音发颤，却激起了她的侠肝义胆，她从李长风身后一步迈出，李长风大惊，干净一把将她拽到柱子后面。郑恒惊诧于田小小的勇敢，冷冷一笑，将枪口转向田小小身前的柱子。

枪口下的小马突然怒吼一声，猛然转身双手攥住郑恒的枪，大喊道："李队，开枪啊……"

小马的暴起反抗，似乎早在郑恒意料之中，他一拳击在小马的后脑勺上，小马顿时软绵绵地瘫软下去。李长风的枪口虽然牢牢套住了郑恒的头部，却没有扣下扳机，他在准星里眼看着那张吓人的脸又缩回了柱子后面。

田小小平时胆大包天，但是从没经历过这种生死惊魂的场面，小马倒下去的同时，她也双腿一软坐在地上。李长风双手端枪，快速冲了过去，柱子后面已经没有了郑恒的身影，只剩下倒在地上的小马。李长风摸了一下小马的气息，见他只是晕了过去，并无大碍，这才放下心来。

郑恒冷酷的声音从出口处传来："李队，看在校友的情谊上，今天我不想杀人，这次只算是警告。咱俩赌一场吧，我看你能保护她到几时？"

李长风气恼地大喊："有我在，你休想动她！"

"哈哈，下次再见！"

……

警笛声响起，副局长赵震带着增援的警队同事赶到。原来李长风在咖啡厅发现田小小逃跑时，已经向局里报警请求增援。今天正好是赵震值班，他立刻率人赶来。赵震见李长风和田小小安然无恙，小马也苏醒过来，铁青的脸上不由露出一丝笑容，指着李长风骂道："小兔崽子，我说你什么好，怎么这么莽撞呢？行动之前，不知道和局里汇报一下啊？单枪匹马，个人英雄主义，你也不想想，半张脸郑恒是这么好对付的？"

李长风满脸涨红，张嘴想为自己申辩几句，又使劲咽了回去。

"怎么？心里委屈，不服气？"赵震依然怒气冲天。

"不是，是我错了。"李长风痛快地认错。

醒过来的小马摸着自己后脑勺上鹅蛋大的肿块，有种劫后余生的兴奋，红着脸说："赵局，这个郑恒这么厉害呢？我连人影子都没见到，就被他摸到身后，一下子就……"

赵震"哼"了一声："这次没闹出人命，算是你们三个的造化！"

李长风阴沉着脸，没有说话，似乎还在为郑恒逃脱而懊恼，毕竟犯罪嫌疑人劫持了自己的搭档，又从眼皮底下大摇大摆地逃脱，对李长风来说是奇耻大辱。过了一会儿，李长风低声说："师傅，你的话没错，今天要不是郑恒手下留情，我和小马，包括田小小三条性命，都要扔在这个地下车库里了。"

田小小帮李长风包裹肩上的伤口，好在伤处只是刮伤，并无大碍。可能是田小小包扎的劲儿大了些，李长风疼得"哎哟"一声，叫道："你这傻丫头胆子大，手劲儿也大，将来怎么找婆家？你还不得家暴你老公啊？"

见李长风又开始贫嘴，和郑恒一样说自己是"傻丫头"，田小小气得一巴掌拍在李长风的伤口上，李长风疼得惨嚎一声，这回可是真的疼。

赵震吩咐部下去调取车库的监控视频，李长风揉着伤口，叹口气说："师傅，别费那个劲了，郑恒做事，肯定不会留下影像的。"他指了指棚顶的监控摄像和照明灯，说："早就让郑恒破坏了，剩下的几盏灯都是他故意留下的，方位和角度都是提前算好的，他能看见别人，别人看他却要逆着光，狙击手的天性，厉害！"

原来李长风刚才和郑恒持枪对峙的时候，已经觉察到这些细节，所以迟迟没有开枪。赵震和小马等人都抬头观察那些监控摄像和照明灯，果然都是动了手脚。

田小小吃惊地瞪大眼睛，有些不服："喂，三只眼，你是不是故意夸大你的对手啊？"她指着自己的鼻子说："本姑娘是临时起意才要走地下车库的，那个半张脸，他怎会知道我要来这里？"

李长风一把将田小小拽到自己眼前，狠狠地瞪着她的脸，说："这说明什么？说明郑恒已经观察你很久了，他能算准你脑子里想的，算进你的心里去，能预判你的临时起意！你自以为是的聪明，在他眼里只是一个小透明、小傻瓜！"

田小小第一次看见诙谐幽默的李长风发怒，一时被他吓住了。李长风怒气未消，又冲她吼："我警告你，傻丫头田小小，你要是再不相信我们警察，再敢任性妄为，下次没人能救得了你！"

　　田小小惊恐地看着暴怒的李长风，过了良久，突然传来"嗤"的一声轻笑，原来田小小和李长风两人近在咫尺，田小小忽然发现李长风右眼又红又肿，显然田小小准备的防狼喷剂不是假货，而且李长风腮帮子上五根手指印迹清晰可见，他的同事肯定都看在眼里。田小小这一声轻笑，像用针扎破了李长风鼓起来的气球，他心里的怒气顿时没了踪影，想发火也发不起来。

二十

李长风上了警车，田小小跟在他后面，乖乖地坐在李长风的对面，神色中似乎还有一些疑问，却又怕招惹了李长风，不敢张嘴问他，只好用一双大眼睛使劲瞪着李长风。

警车驶出地下车库，闭目假寐的李长风终于受不了田小小的折磨，懒洋洋地说："趁我还没睡着，有什么问题赶紧问吧。"

田小小如蒙大赦，问道："哎，三只眼，刚才我明明看见你向顶楼咖啡厅跑过去，你怎么知道我去了地下车库？"

李长风依然闭着眼睛，说："我去查看监控视频的时候，已经吩咐保安了，要是发现哪里的监控摄像出故障了，就赶紧通知我，因为耍心眼儿的人和被耍的人，很有可能就在那里！郑恒出现的地方，他肯定会破坏监控设施。"

李长风的话让田小小茅塞顿开，可是她还有些不服气，问："好吧，算你机智。可是我还是不能理解，那个人怎么会猜到我会从地下二层的车库溜走？"田小小不是一个傻丫头，而是一个犟丫头，她对想不明白的事情，一定会打破砂锅问到底，弄不清楚誓不罢休。

李长风想了想，说："当你在商场里甩掉了小马的时候，这一切肯定都落在郑恒的眼里，你躲在顶楼咖啡厅喝咖啡，他应该就在某个地方观察着你，你从消防通道溜出去的时候，他就已经预判出你的去向，提前到地下二楼设好埋伏等你了。"

田小小没想到自己悠哉悠哉喝着咖啡时，郑恒那张恐怖的脸一直在暗处盯着自己，不由有些浑身发凉，说："可是我要是从一楼出去呢？他岂不是堵不着我，白费了力气。"

李长风说："我若是郑恒，我一定会将一楼消防通道的出口锁死，我至少能想出十种方法将你逼进埋伏圈！"

"那他能想出多少种方法？"田小小还是不服气。

"他至少能有一百种方法。"

"这么说，你是承认不如他了？"田小小故意刺激李长风，看他能假寐到什么时候。

李长风虽然不睁开眼睛，但是有些不服气，说："我和他的最大区别就是，他杀过人，而我没有！他杀人，我救人，我俩不是一个路数，没得比！"

田小小气哼哼地上下打量着闭目假寐的李长风，她虽然脸上装出一副不屑的表情，其实心里已经暗暗竖起了大拇指，这个平时看起来嬉皮笑脸的警察，其实心思缜密，计谋百出，而且临危不乱。

田小小又问："对了，刚才那个人说的四十个月工资是怎么回事？"

李长风突然睁开眼睛，很严肃地看着田小小，说："四十个月工资，加上二十倍年度社会平均工资，就是我们因公牺牲警察的价值，是警察一条命的价钱！郑恒他知道这些，而你们这些看不起、不相信警察的人，你们知道吗？你今天的任性，差点造成两个家庭失去儿子，他们的亲人要去领这四十个月的工资，这是我们当警察最忌讳的事！你懂吗？"

田小小被李长风的严肃吓了一跳，以为他又要发火，使劲往后靠去，她怯生生地说："对不起，是我错了。"

李长风也疲惫地靠在座位上，又闭上了眼睛，说："你心里藏着的事情，还不肯对我说？"

田小小犹豫一下，说："谢谢你今天救了我，如果我真的有秘密需要向警方坦白，我一定会第一个告诉你，我发誓！"

田小小的感谢并没有掀开李长风重如千钧的眼皮，他疲惫地说："不用谢我，这是我们警察的职责。要说感谢，应该是我要谢谢你，你今天的任性，无意中帮了我一个忙，可能让我发现了一个……"李长风的声音渐渐听不清，响起了鼾声。

"发现？发现了什么？"田小小的好奇心又涌了上来，刚在鬼门关上走了一圈的她，立刻又瞪大了眼睛。

对面的李长风没有回答她，田小小伸出手要推醒他，最后却改了主意，只是帮他轻轻整理一下肩膀上的纱布。

在李长风等人生死惊魂的时候，从拳馆出来的李亮却抱着一束漂亮的红玫瑰花，兴冲冲地来到秦州市人民医院。李亮上次住院时认识了女护士齐佳，立刻对她展开猛烈的追求，李亮在军校里学来的战术，全都活学活用在追逐爱情上。出院的当天，李亮就在微信上用甜言蜜语隔空"炮击"，不到一周，他就展开正面进攻，直截了当地提出要请齐佳吃饭，那些迂回穿插，还有刺拳游斗的战术，李亮认为没有效率，全部舍弃。"闪电攻击，火力轰炸，实力碾压！相信你是最棒的，最帅的！"李亮对着医院玻璃门整理头发的时候，还不忘自言自语给自己鼓劲。

今天是齐佳第一次主动给李亮打电话，说是有"重要的事商量"，让李亮去医院找她。李亮运用他的军人大脑一通分析："重要的事商量？不会是要和我商量谈婚论嫁的事儿吧，这推进速度是不是太快了？"一阵莫名的幸福涌来，让李亮走路都变得轻飘飘的。

齐佳看见李亮递过来的红玫瑰，似乎有些意外，不过还是红着脸接过了花。齐佳抱着花儿向走廊尽头的病房走去，李亮乐颠颠地跟在后面，还不忘调侃齐佳："在病房里约会？新鲜事儿，我还是第一次遇到！"

齐佳推开病房的房门，李亮一下子愣在门口，屋里三个穿着病号服的老人一起扭头盯着李亮看，神态也有些发懵。齐佳红着脸走到一个老人面前，低声说："爸，这位是我和你提过的李亮，这是他给您们带来的花儿……"

齐广德看着眼前鲜红欲滴的红玫瑰，下意识地接了过来，不过脑子还转不过弯来，自言自语地说："他来看我们，送红玫瑰？"

齐佳将李亮使劲儿推到前面，说："这位就是李亮，是市生态环境局的，还是副处长呢。"李亮如坠云里雾里，看着齐广德怀里的红玫瑰，不知道怎么开口，只能配合着齐佳的话连连点头。

三位老人一听是市生态环境局的，以为李亮是为了他们反映的玉龙河污染问题来的，三张老脸齐刷刷阴沉下来。齐广德生气地说："市生态环境局的，没一个好东西，他来干什么？"

齐佳知道他们为什么发怒，赶紧解释，说："爸，两位叔叔，李亮和他们不一样，真的不一样！"

"一丘之貉！能有什么不一样？"一位老人摸着自己隐隐作痛的肋骨，气哼哼地骂。

齐佳赶紧解释："李亮和你们有相同的经历，为了查那些环保案子，他也挨过打！"

"挨过打？"三位老人异口同声地问。

齐佳推了李亮一把，说："你倒是说说啊，别像木头一样傻站着。"

李亮有点明白过来，摸着自己的腮帮子苦笑道："我是挨过打，在查封白云矿场时，被人打掉了一颗牙。"

三位老人彼此对视一眼，脸色慢慢由阴转晴，齐广德拍拍自己的病床，说："来，年轻人，我们是不打不相识，你过来坐。"

女朋友的老爸发话，李亮不敢不听，凑过去有些拘谨地坐了下来，他的目光还盯着齐广德怀里的红玫瑰，只敢坐实了半个屁股。齐广德笑眯眯地看着李亮，问他："年轻人，你去过玉龙河上游没？"

摸肋骨的老人插话："年轻人，你喜欢钓鱼不……"

另一个老人干脆直截了当地问："别绕弯子了，我问你，你认识齐佳俚女儿多久了？"

李亮尴尬地张巴着嘴，不知道先回答谁的问题，身后的齐佳羞红着脸，蹑手蹑脚退出病房，把房门紧紧关上。

秦州市政府，市长高峰正在召开办公会。会议室外面，龙岭区生态环境分局局长关金书正在焦急地转来转去，不时悄悄地凑到会议室门前，竖起耳朵听里面的声音。市政府办公室的一名工作人员走了过来，他并不认识关金书，见关金书的神态鬼鬼祟祟的，就严肃地提醒他："这位同志，您是哪个单位的？如果是参加会议的，请您遵守会议纪律，先到候会室等候。"被人呵斥的关金书满脸羞愧，连连点头，赶紧躲进候会室。

会议室里，李彦兵正在向高峰汇报秦州化工产业园的处罚情况。李彦兵将省市联合执法检查的情况简略介绍了一下，然后将那份会议纪要的复印件交给高峰。上次在林寒江那里险些露了马脚，这次关金书学乖了，将那份由曹兵篡改的会议纪要弄成复印件，这下再毒辣的眼睛也看不出纸张问题了。刚才关金书在门外偷听，就是担心高峰等人发现这其中的猫腻。

高峰看完会议纪要，并未看出有什么毛病，他随口问了一句："八年前引进的项目，市政府常务会议出的纪要，那时候市长是谁？"

常务副市长王鹏飞在旁边说："八年前的市长正是现在的市委刘书记，那时候是他刚到秦州市担任市长，我那时候在市发改委，没少挨他训。"

高峰环顾一圈，问："八年前定事儿的市政府班子成员，现在没有了吧？"

王鹏飞摸摸自己稀疏的头发，颇感沧桑地说："早都换好几遍了，八年前，我是发改委主任，参与过化工产业园项目落地洽谈，但是这扶持政策嘛，我就没有参加，不太了解具体情况。那时候我被刘书记训怕了，远远躲着呢，哈哈！"

高峰也笑笑，说："刘书记那脾气，八年前肯定比现在火爆多了，在座的还能有没被他训的？"他掂了掂那份会议纪要，说："新官必须要理旧账，既然是八年前刘书记定的，我没有反对意见，只是……"

高峰故意停住话题，看着李彦兵，李彦兵不由得心中一紧。高峰慢悠悠地说："既然这次是省、市联合执法行动，那省厅是什么意见？"

李彦兵赶紧解释："市长，我前期已经请示过省厅林副厅长，他也看了这份会议纪要，说充分尊重秦州市政府的意见。"李彦兵把最后一句话说得格外重。

高峰点点头，说："看来省厅和林寒江还是很通情达理的，充分相信我们。不过……"高峰又故意拉长了语音，看着对面汇报席上的李彦兵，李彦兵再次心中暗暗发毛。高峰略一沉吟，又说："我有一个意见，毕竟是一个多亿的资金，还事关生态环境案件，按照'三重一大'的原则，这件事要上一次市政府常务会，你们准备一下提报材料，让各位副市长和相关部门领导充分讨论一下。还有……"

随着高峰的语气，李彦兵的心又是一揪，几乎不敢直视高峰。高峰轻咳一声，说："李局长，你最好还是请省厅给我们秦州市出一个正式的意见，省厅尊重我们的意见，我们也要按照省厅的意见落实嘛。"李彦兵只好连连点头。

见李彦兵走出会议室，关金书赶紧凑过来，低声问："李局，怎么样？"

李彦兵骂了一句："妈的，都是老油条！跟他开会，说话一顿一顿的，全是急转弯、大喘气，我心脏病都要犯了！"

关金书庆幸地说："没看出破绽就好，我这心呐！"

李彦兵一脸担忧地看着关金书："我怎么觉得这事儿邪性呢？弄不好我们要被玩儿了。"

关金书安慰他："李局，你别疑神疑鬼的，'二书记'那边弄得妥妥当当的，他拍胸脯说的，绝不会出差错，出了差错他负全责！"

"他还真把自己当成大领导了，他能负什么责？"李彦兵有些怒火中烧，忍不住发牢骚："当年一不小心，被你们拉上贼船，现在倒好，冒着天大的风险给你们擦屁股！我值得吗？"

关金书也是牢骚满腹，说："就是，就是，你说我们到底是图什么啊？你还行，至少当上了市局一把手，我呢，十年了还在原地踏步。"

李彦兵阴沉着脸叹口气，没有再说什么，低着头向外走去，关金书紧紧跟在后边，亦步亦趋，生怕李彦兵把他甩了。

二十一

回到公安局的李长风，刚进楼门，就看见柳晓京的母亲目光呆滞地坐在大厅里，不用问，肯定又是来催问案子进程的。李长风叹了一口气，喊道："小马，小马，你死哪去了？快来接待一下老人家！"

自从那天在龙岭山里认尸之后，柳母每隔两三天必定来公安局，比上班的人还准时，她不哭不闹，只是呆呆地坐在大厅里，一坐就是两三个小时，刚开始小马还很认真地给她介绍案件进程，后来小马受不了这种无形的压力，干脆躲起来不敢见面。

小马被李长风喊出来，一脸委屈地坐在柳母面前，说："阿姨，对不起，案子还没有明显进展，我们正在努力调查……"柳母冷静又略显呆滞的眼神，越过了小马，追随着李长风的背影，一直看着李长风消失在楼梯。

其实，李长风也不敢面对柳母的眼神，他只能逃也似的离开。回到办公室的李长风像换了一个人一样，他将自己反锁在屋里，把龙岭山里发现的三具尸体照片逐一放在贴板上，又将血淋淋的周纯如照片放上。李长风骑坐在椅子上，将下巴放在椅背上，盯着四张照片看了半天，李长风眉头几乎拧在一起，不时揪着自己的头发。

让李长风苦恼的是一张尸检报告，李长风回到市局后，第一时间去了法医老秦那里，老秦向他出具了柳晓京的尸检说明。报告上面清楚写着柳晓京颈间两道勒痕，致柳晓京死亡的是第一道勒痕，并无外力勒毙迹象，确实是她自缢死亡的所造成，第二道勒痕颜色较淡，应是她死亡2-3小时后，被人用绳子缠绕颈间吊在树上所致，而且两种绳子的材质纤维和编织方法明显不一样。

李长风向老秦提出疑问，会不会是柳晓京被人绑住手脚，投进绳套活活吊死的？老秦否认，向李长风展示了柳晓京遗体的手脚部位，没有任何绑缚的痕迹。李长风又质疑，柳晓京完全可能是因为药物麻醉或打击昏迷而失去意识，然后被人吊死。老秦再度否定他的推测，说柳晓京浑身上下没有任何可以致人昏迷的伤痕，并且体内也没有检测出任何药物成分。李长风提醒老秦，柳晓京随身携带抗抑郁类药物，老秦再次摇头，说柳晓京虽然带着抗抑郁药物帕罗西汀，但是根据她血液内的药物检测，证明她死亡前至少 72 小时之内没有服用任何药物。而且老秦详细检查了柳晓京的舌骨，根据她的舌骨断裂程度、舌头外露和受力痕迹来看，她应该是上吊自缢身亡，并非被人勒毙。

听了老秦的介绍，李长风开始拼命挠头，说："老秦，你的意思是说，这个女记者是自己乖乖把脖子伸进绳套，把自己活活吊死的？"

老秦双手一摊，说："不是我说的，是尸体说的！"

李长风还是不相信："老秦，我才不相信这姑娘是自杀的，明明是那些凶手害死她的！照片都被人拍下了嘛！"李长风拽着老秦，"老秦，还有没有其他可能？你解剖的死人比我看过的活人都多，再帮我想想……"

老秦脾气也上来了，把李长风推出法医室："我没空儿和你磨牙，到底是谁害的她，那是你的事，该干嘛干嘛去，还有好几具尸体等着解剖呢，走吧走吧！"

李长风攥着尸检报告回到刑警队，懊恼地把自己关在办公室里。他原来的推测被这一张报告全部打乱了，如果不是郑恒等人杀死了柳晓京，那他们为什么要把她吊在密林的树上？李长风百思不得其解。

外面的小马端着餐盘敲门："师傅，吃饭了！"

李长风置若罔闻，没心情搭理小马，小马也是死脑筋，还在敲个不停，李长风烦躁地抓一个本子砸在门上，说："不吃，别烦我！"

小马冲同事吐吐舌头，说："听见没？这是犯病了，不知道又和谁较劲儿呢！"

同事劝他："李队想案子的时候，你别去招惹他，反正也饿不死。他说过，吃饭影响思路，饭菜能帮助凶手逃跑。"

"饭菜帮助凶手逃跑？什么逻辑？怪胎！"小马撇撇嘴，端着餐盘走了。

屋里的李长风慢慢又将半张脸郑恒的照片放在贴板正中间，从四具尸体的照片分别引出一条线，在郑恒的照片处汇合。李长风挠挠头，又将一张照片放在最下方，照片上是杏眼圆睁的田小小。看着怒气冲冲的田小小，李长风下意识地摸摸自己的腮帮子，仿佛那一巴掌还在隐隐作痛。李长风从郑恒的照片引出一条线，延伸到田小小的照片。李长风眯起眼睛想了半天，在田小小照片旁边画了一个大大的问号。

"这个傻丫头，你到底和这些死者有什么关系？郑恒为什么死追你不放？"李长风自言自语。

过了许久，李长风从屋子里探出头来，喊："小马，小马，你死哪里去了？"

小马一阵风般刮了过来，兴奋地问："师傅，案子想明白了？给我安排点啥任务？"

"袁局让我们调查的王天龙潜逃的案子怎么样了，有没有线索？"

小马有些惭愧，小声说："还能怎么样？跑了呗。"

李长风有些不满："机场里接应王天龙的人，查到了吗？"

小马使劲摇头："师傅，一点线索也没找到……"

"你去把王天龙从机场逃跑的视频，给我找出来，我要看看。"

小马立刻回办公桌找到一个U盘，递给李长风。李长风一看标签，又甩给小马，说："我不要这个，这是剪辑过的，我要王天龙逃跑那天机场全套的监控视频，全套的，明白不？"

小马嘟囔道："这可是赵局求机场的熟人，从视频里抠出来的，看着一目了然，多省事啊！你要看全套的，还不得把眼睛累瞎啊？"

小马磨蹭了半天，终于把机场监控视频拿给李长风。小马见李长风在查王天龙的案子，有些兴趣大减，发牢骚道："师傅，不是查那四具尸体的案子吗？怎么换成那个秃头逃犯，太没意思了，人早都跑马来西亚去了。"

李长风用笔敲他一下："跑马来西亚就安全了？我告诉你，就算他躲到太平洋底下也得逮回来！"

小马听到这里，眼珠子一转，又来了精神，高兴地问："哎呀，师傅，您是不是要派我去马来西亚追逃啊？这个我愿意去！"

李长风眼睛一瞪："少给我啰唆，快去干活！"

小马刚转身，李长风又喊住了他："等等，给我弄点饭来，饿死我了，吃饭也不喊我一声，真是的……"

李长风一边往嘴里扒拉米饭，一边盯着机场的监控视频，把视频定格在王天龙登机前的画面，反复看了几十遍。视频里戴着假发和墨镜的王天龙冲着他挑衅地伸出两根手指，做出一个胜利的手势。

"王天龙，胜利大逃亡啊？看把你得意的！"李长风把下巴搁在椅背上，一遍又一遍播放视频，从进入机场到洗手间，从洗手间到安检入口，再到登机口那个挑衅的手势。

"这货为什么要做出这个挑衅的手势呢，他在挑衅谁呢？"李长风绞尽脑汁也想不明白，脑子里乱得像泥石流爆发，一阵困意不可阻挡地袭来，他终于沉沉睡去，电脑里的监控视频还在无声地播放……

不知过了多久，小马进来帮他收拾餐盘，把一件上衣盖在李长风身上，李长风瞬间惊醒，抹一把嘴角的涎水，说："妈的，我做噩梦了，梦见我开车从山崖上掉下来了……"

小马安慰他："师傅，你就是压力太大了，钻进这些案子里了。"

李长风起身，扫了一眼电脑里的视频，突然呆住了，他手忙脚乱地靠近电脑屏幕仔细地看，脑袋撞上了屏幕，发出"咚"的一声。李长风把那段视频仔仔细细地看了三遍，猛然一拍桌子，把身后的小马吓了一激灵。

"哈哈，王天龙！你这老狐狸，你把我们所有人都骗了，都骗了！"李长风高兴地大笑。

小马不知道发生了什么，冲着李长风嘀咕一句："哎，可怜，被人骗了还能笑出来，这病情越来越重了！"

"小马，你不是要任务吗？任务来了！"李长风冲着小马下命令，"立刻，马上！去外地给我调查一件事情！"

"哪儿的外地啊？"小马一头雾水，以为李长风又发神经了。

此时，田小小正站在一栋住宅楼下面，死去的柳晓京就住在这栋楼里。

田小小正要进楼，突然止住了脚步，在地下车库遇袭之后，她警惕多了。田小小警觉地四下张望，"他能算准你脑子里想的，算进你的心里去，能预判你的临时起意！"李长风的话，让田小小浑身发冷。

拐角处，两个老太太坐在那里天南海北地唠嗑；巷子里，是一个身穿工装的环卫工人在低头打扫；住宅楼侧面，是几个年轻人在打篮球；街对面的路边，是一个男子在扫码准备骑走单车。田小小一瞬间把周围环境看了个遍，她认出了那个扫码单车的人，那应该是李长风派来的警察，他和小马轮流跟踪保护自己，这已经是他第三次出现了。

田小小当机立断，没有进楼，而是转身向外面的巷子走去，果然那个骑单车的男子慢慢跟了上来。

田小小和跟踪保护她的警察都没有发现，远处的便利店里有一个买水的人，正背对着外面，通过店里的镜子观察着田小小的行踪。见田小小和保护她的警察走远了，他喝了一口水，戴上头盔，慢慢发动摩托车离开。

秦州市人民医院，换了便装的赵震看起来有些疲惫，他带着儿子赵晓宇来做透析。赵震努力挤出安慰的笑容，目送赵晓宇慢慢走进血液透析室，看着儿子关上房门，赵震立刻一脸阴云，身形也有些佝偻，他缓缓走到长椅边上，按着腰吃力地坐了下去。赵震掏出手机，连续给两个朋友打电话，都是询问联系肾源的事情，赵震脸色越来越沮丧，看来得到的答复都令他失望。赵震双手抱胸，疲惫地靠在墙上昏昏欲睡。

有人悄悄地走了过来，坐在赵震身边，赵震职业的警觉性让他瞬间惊醒，来人是李长风。李长风递给他一袋薯片，两人也不说话，在那里闷着头"咔嚓咔嚓"地吃着薯片。

眼看一袋子薯片都快吃没了，赵震才拍拍手上的残渣，说："不吃了，这么大岁数的人，还吃小孩子的玩意儿，让人笑话。"

李长风还在袋子里搜刮残余，说："当年，我刚进刑警队的时候，你晚上带我执行任务，抓一个流窜杀人犯，咱俩就是靠一袋薯片充饥的。"

"是啊，想起来了，你就是那天晚上额头受伤了吧？本来你是天庭饱满、地阁方圆，是个当大官的面相，结果破了相，这辈子只能这样了。"赵震不胜感慨，说，"一晃眼，这么多年过去了，我老了，你也开始带徒弟了！"

李长风捏起最后的薯片渣渣放进嘴里，回味无穷地嚼着，问："师傅，晓宇弟弟的肾源有着落了吗？"

赵震苦笑，说："哪有想的那么简单？要是能匹配上，我都想割只肾给晓宇。"

看着愁眉苦脸的赵震，李长风也找不到什么理由安慰他，只能把薯片袋子团成一团，扔进垃圾桶。

李长风说："师傅，我有一个问题想请教您，方便不？"

赵震一愣，说："你小子一正经，肯定没好事，还请教？我看是来坑我的吧？"

李长风正要说话，旁边的赵震忽然慌忙站了起来，有些手足无措地向一个人伸出双手，那人也是身穿一身病号服，笑眯眯的，很是和蔼，他和赵震热情地握手，攥着赵震的手久久没有松开。李长风见师傅对那人如此恭谨，也知趣地站了起来，他觉得那人很是面熟，却因为身着病号服，一时认不出来。

赵震攥着对方的手摇了好几下，声音有些激动："刘书记，您怎么也在这里？"旁边的李长风恍然大悟，这个身穿病号服的人正是秦州市委书记刘军强。

刘军强拉着赵震的手坐在长椅上，说："哎呀，胃病犯了，几十年老毛病了，在这里隔三岔五住院治一下。今天听说你也在这里，我就过来看看。"

赵震感动地说："老领导，您日理万机，身子又生病，竟然还能亲自来看我，我……"

刘军强打住赵震的话，笑道："你这就见外了，咱俩多年老交情了，你的儿子有病了，我来看看难道不行吗？"

李长风在旁边发愣，自己这个师傅还有不到三年就退休了，从来没听说他还和省委常委、秦州市委书记有交情，李长风见两人唠得眉飞色舞，只好按下心中的问题，悄无声息地溜走了。

刘军强和赵震的交情可以追溯到十八年前，那时候赵震刚刚当上秦州市公安局刑警队长，而刘军强是刚上任的秦州市委常委、政法委书记，两人在打掉秦州市臭名昭著的焦二爷涉黑团伙时，结下了深厚的情谊。

当时的焦二爷团伙罪大恶极，在秦州市建立起一张庞大的犯罪网络，暗中进行赌博、贩毒、卖淫等犯罪活动，不仅控制了秦州市的建筑、洗浴、娱乐等行业，还拉拢腐蚀了一批公职人员，为非作歹，民愤极大。当时的秦州市百姓私底下把焦二爷称作"牛二爷"，说他比《水浒传》的泼皮牛二还令人痛恨。刘军强在公安局坐镇三个多月，带领赵震等人抽丝剥茧调查取证，终于将焦二爷团伙成员一网打尽。但是在最后收网关头出了意外，焦二爷拼死挣扎，最后一搏，准备与专案组同归于尽，他带领自己的一个死党，深夜埋伏在公安局门口，准备利用运沙子的大货车撞击刘军强的座车，企图除掉刘军强。当时，刘军强的轿车被撞翻，司机当即昏迷，刘军强被卡在车内无法脱身，对面的焦二爷和死党驾车再次撞来，危急时刻，赵震犹如神兵天降，驾驶着警车向大卡车迎面撞去，焦二爷被赵震舍生忘死的气势吓怕了，手脚不听使唤，紧急拐弯时大卡车失控，一头栽进附近十几米深的建筑基坑，摔断了腿的焦二爷只能乖乖就擒，名噪一时的焦二爷团伙就此灰飞烟灭。不久之后，刘军强就由政法委书记重用为市委副书记，一年后又调到地级市担任市长、市委书记，经过几年锤炼后，刘军强终于跻身副省级领导，回到秦州市先后担任市长和市委书记。比起刘军强的一帆风顺，赵震的仕途就黯淡多了，这十八年来，只从刑警队长往前挪了一步，当了近十年的副局长。赵震不是一个攀龙附凤的人，自从刘军强调到外地后，赵震就和他没有了联系，等刘军强重新回到秦州主政，两人地位相差悬殊，赵震更是远远地躲了起来。

刘军强拍着赵震的手背说："老伙计，要不是当年你驾车冲向焦二爷的大货车，哪有今天的我啊？老哥我早就变成照片挂在墙上喽！"

"好汉不提当年勇，都是命啊，命中注定您会走到今天的位置，我不冲过去，也会有别人救您的。"

"老伙计，你可变了，怎么这么宿命呢？不像当年的你啊，是不是被晓宇的病情给你折磨的？弟妹去世太早，这些年你既当爹又当妈，不容易啊。"刘军强关切地问。

赵震被触到了痛处，鼻子有些发酸，他看着血液透析室的门，哽咽着说："是啊，医生说了，要是能及时换肾，晓宇还能多活个十年八年，否则、否则只能维持几个月了……"

刘军强抓住赵震的肩膀，使劲摇几下："老伙计，振作起来，只要人还在，总会有办法的，我今天就是为这事来找你的。"

赵震有些诧异地看着刘军强，刘军强脸上是一抹淡淡的微笑，这抹微笑让赵震突然有了信心。刘军强轻声说："你好好陪护晓宇，剩下的事，我来帮你想办法。"

赵震感动得手足无措，双手紧紧抓住刘军强的胳膊，说："老领导，今天我才知道什么是疾风劲草，患难情义，我都不知道该怎么感谢你……"

刘军强站起身来，说："我不是说过了嘛，只要人还在，总会有办法的。晓宇还在，老哥我还在，你不用担心。"

赵震的电话响了起来，是袁凯打来的，袁凯洪亮的声音从电话里传出来："老赵，什么时候回局里一趟？王天龙的案子出现重大转机，我们赶紧研究一下！"赵震忙着接电话，刘军强见他来了任务，便向赵震做个手势，示意赵震赶紧忙工作，他要回去了，赵震只好一边在电话里和袁凯说话，一边送刘军强离开。

二十二

　　白云矿场。六辆沙漠风暴汽车鱼贯驶入场区，故意卷起一溜黄色尘土，然后潇洒地停成一排。车上跳下二十名精壮的年轻小伙子，一水儿黑色西装、白色衬衣。为首的年轻人来到最前面的沙漠风暴车前，恭敬地打开车门，车里立刻传出来一阵令人汗毛倒立的音乐声，里面正是闭着眼睛听鬼故事的王小江。

　　王小江懒洋洋地问了一句："姚老鬼来了吗？"

　　年轻人恭恭敬敬地说："王总，他们已经在里面等着您呢。"

　　"不着急，听完这段，这吊死鬼正要扑人呢，姚老鬼、吊死鬼，都是鬼！"王小江掏出一个木梳，精心地梳理一下自己的头发。

　　矿区里面的厂房中，半睡半醒的姚新元正大口吞吐着雪茄，他脸上的黑痣愈发密集，雪茄的烟雾在他周围形成一个乳白色的烟圈，让人看起来有种自带光环的威严，姚新元似乎很喜欢这种效果。姚新元的身后也是站着一排年轻人，人数大约有二十左右，不过并没有王小江手下那般整齐划一。

　　王小江的属下精神抖擞地走了进来，在姚新元面前排成整齐的两排，双方的人像斗鸡一样，互相瞪视着对方，生怕眨一下眼就输了气势。王小江梳着头发，慢悠悠地跟了进来。姚新元一见王小江的打扮，登时"噗"的一声笑出来，原来王小江身上是名贵的全套订制西装衬衫，脚上却偏偏穿了一双酒店客房里的一次性拖鞋，似乎是出门时忘了换鞋。王小江丝毫不在乎对手的讥笑，他一脸戏谑地坐在姚新元对面，故意晃动着脚上的拖鞋，脖子上的刀疤也挑衅地跳了几下。

　　"小江，衣服很漂亮，显得年轻不少哦！"

　　"老姚，你脸上的黑痣越来越招人爱了，是不是财运桃花运都撞一起了，后宫没闹起来？"

王小江对付别人的讥笑，从来都是用更强烈的讥笑回击过去，他是一个喜欢不择手段攻击别人的人，别人打他一拳，他必定十拳百拳回击。两人沉默下来，姚新元一口一口地抽雪茄，左吐一口，右吐一口，仿佛在用烟雾给自己编织一个护身金钟罩。王小江梳完头发，干脆又掏出了指甲剪修理手指甲，看这架势，他是准备给自己来个全套护理。两人各演各的戏，都不开口说话，两人身后的随从依然在怒目圆睁，大眼瞪小眼，似乎在参加瞪眼睛比赛。

过了良久，姚新元抽完雪茄，终于开口了，说："小江啊，我今天约你来，是想把你我关于白云矿场的事了断一下，好好谈谈，别再没完没了地纠缠了。"

"我说老姚，白云矿场和你有关系吗？"王小江哈哈一笑，使劲跷起二郎腿，抖个不停，说："你说怎么谈？咱俩当年从矿场的会议室谈到律师事务所，再从律师事务所谈到秦州市中级法院，法院判决了，还是一笔糊涂账。今天你我又绕了一圈回到这里，依我说，别他妈的再谈了，打吧，按照白云矿场的规矩，打他一个爹妈不认！谁赢了，这白云矿场就归谁！怎么样？"

一听王小江嘴里蹦出一个"打"字，他身后的随从立刻跃跃欲试，捋臂揎拳，显然早就是有备而来。姚新元的随从也不含糊，群情激愤，双方剑拔弩张，一通吵骂，眼看就要动武。

姚新元冷笑一声，回头呵斥自己的人，说："都什么年代了？还舞枪弄棒的，还真拿自己当黑社会呢？没素质！"姚新元这句话，当然是说给王小江听的，嘲讽王小江一身黑社会习气。

王小江丝毫不以为忤，回头呵斥自己的人："姚老板不比以前了，现在是文明人，你们都学着点儿！"王小江伸手向脑后，有一个随从立刻递上来一支香烟，王小江很严肃地看了一眼他，把香烟弹到随从的脸上，骂道："还给我递烟？混账，不长记性的蠢货！"随从低着头，不敢吭声。王小江怒火未熄，向随从勾了勾手指，随从乖乖低下头来，王小江一把抓住他的头发，在他头上狠狠敲了几下，说："化工产业园起火爆炸的事，都忘了吗？我帮你长长记性，以后谁再敢在我的厂子里抽烟，我扒了他的皮！"那名随从疼得眼泪都流下来，却一声不敢吭。王小江打完人，又向脑后伸出手，第二名随从立刻递上一块崭新的手帕，王小江接过来，仔细地擦擦自己的手。

王小江发泄完怒火，转过头来对着姚新元，立刻又换上一副笑脸，说："老姚，我的属下疏于管教，见笑了。外面人都说我是坏蛋，可是坏蛋也得守规矩，安全第一，禁止抽烟，不能在自己的家里坏了规矩做坏事，对不对？"王小江因为抽烟打人，当然是项庄舞剑意在沛公，骂的是抽雪茄的姚新元。

姚新元说："既然你说要守规矩，你为何不把白云矿场百分之六十的股份还给我？"

一听到"股份"二字，王小江笑嘻嘻的眼神里立刻露出一股杀气，咬着后槽牙说："还给你？那是你的吗？老姚，不要以为你的脸皮长在黑痣下面，就可以不要了！"

白云矿场创立于二十多年前，当时由天龙集团王天龙和姚新元共同出资买下所有权，王天龙占股百分之六十，姚新元占股百分之三十，其他小股东合占百分之十。刚开始几年，王天龙和姚新元还能同舟共济，赚得盆满钵满，但是随着国内煤炭市场紧缩，加上矿场经营不善，白云矿场亏损得厉害，尤其那些小股东赔得血本无归，天天闹着撤股。王天龙和姚新元商量之后，就暂时将矿场关闭歇业。就在此时，王小江从南方来到秦州发展，因为当时生意上要仰仗天龙集团这棵大树，王小江就与王天龙叙了族谱，干脆认王天龙为"干爹"，当时王小江送了王天龙省外一单大生意，王天龙大手一挥，就将荒废数年的白云矿场送给了王小江。当时，合伙人姚新元认为白云矿场已是荒地一片，包袱沉重，并未干涉。谁知王小江此人财运亨通，接手白云矿场第二年就适逢国内煤炭紧张，大批煤贩子带着成箱的现金来白云矿场买煤，王小江数钱数到手抽筋，荒废的白云矿场起死回生，而王小江凭借白云矿场的财力迅速在秦州市打出一片自己的天地。

王小江羽翼丰满之后，逐渐不将王天龙和姚新元放在眼里，而王天龙和姚新元也开始后悔，两人联手向王小江施压，想收回富得流油的白云矿场，王小江当然不肯吐出已经咽到嘴里的肥肉，三人迅速分崩瓦解，成了不共戴天的仇人。王、姚想驱逐王小江，索回白云矿场，但是此时王小江的翅膀已经硬了，在秦州市势力做大，反而想一口吞了干爹王天龙和姚新元的产业。

姚新元说："小江，按照当年我和你干爹的协议，他退出之后，白云矿场的百分之六十股份应该自动转归我的名下，这是我们哥俩当年约定好的，现在你抢了不还，说不过去吧？"

王小江三角眼一瞪："你和我干爹的协议？来，拿来我看看，你上下嘴唇一碰就想捡便宜，便宜都让你占了？我还说，根据我和我干爹的协议，你的百分之三十应该归我！怎么，有人反对吗？"

姚新元气得脸上黑痣一块儿跳舞，王小江这种泼皮无赖作风，让他恨得牙根痒痒，却又无可奈何，秀才遇见了流氓，有理也说不清。姚新元自嘲地笑笑说："小江啊，不要目无尊长，要是你干爹在这里，断然不会这么和我说话的……"

"哈哈，目无尊长？我何止是眼睛里没有尊长，我心里也没有啊！"王小江狂妄地大笑，拍着自己的胸脯，说，"我是真的没有啊，有本事你把我干爹找来，我们来个三方对质，你们赢了，我给你二位跪下说话！"王小江说出这话，显得有恃无恐。

"你明知道你干爹早就跑路了，还在这里说风凉话？"姚新元眯起眼睛，透过烟雾仔细打量着王小江的神色，似乎在旁敲侧击探听王天龙的下落，但是王小江并不上当。

"风凉话怎么了，难道还想让我说拜年话？其实，不瞒你老姚，我一看见你就想说吊丧话！"王小江一脸挑衅地看着姚新元，对着姚新元使劲晃脚上的拖鞋，险些把拖鞋甩出去。

姚新元虽然神色未变，但是他身后的一圈人可是炸了锅，有一个矮壮小伙子跳出来指着王小江大骂："王八蛋，你别给脸不要脸，老子弄死你！"说着，就冲着王小江扑来。

王小江这边也跳出一个年轻人，正是刚才被王小江爆锤的那人，此时在老板面前急于表现，奋不顾身冲出去拦住了对方，两人抱摔滚在一起。一见有人动手，双方立刻倾巢而出，像一群野狗一般捉对儿厮杀。

王小江和姚新元气定神闲，端坐不动，依然端详着对方，王小江是嬉皮笑脸，姚新元则是皮笑肉不笑，仿佛那些打得吱哇乱叫的人根本不存在。

姚新元摇头："唉，年轻人火气太大，非要拿拳头说话。"

王小江也学着摇头："唉，年轻人有点火气是好事，总强过有的人暮气沉沉，躺进棺材才想起发火，火得起来吗？"

王小江这边的人年轻有力，加上王小江平时还请来散打教练训练这些打手，人人都会几下搏击功夫，所以在打斗中很快就占了上风。但是，姚新元并不慌张，又点上一根雪茄，开始喷云吐雾。

"叮当叮当"一阵响声传来，王小江斜眼一看，只见一个粗壮有力的光头汉子，手执一根金属甩棍从远处的车间里走出来，边走边用甩棍敲打着旁边的铁栏杆，铁栏杆上火星闪烁，似乎昭示着来人非同寻常。

王小江故意装出一副害怕的模样，说："哎哟喂，一路火花闪电的，牛逼人啊，让我好怕怕！老姚，你啥时候弄了这么一个人物？"

姚新元轻蔑地吐了一口烟圈，说："你有底牌，我也有底牌，就看看谁的点数更大！"

光头汉子冲进战圈，瞬间就把王小江两名手下打翻在地。看到光头汉子勇猛过人，王小江连忙把椅子转过来，一边拍手鼓掌，一边冲着光头汉子挥拳加油，喊道："兄弟，加油！我看好你！"

姚新元没想到王小江竟然给对手加油，欣赏光头汉子痛击自己的手下，他不屑地冷哼一声："怪胎！"

姚新元见王小江手舞足蹈的，忍不住提醒他："小江啊，我们可有言在先，打哭了不能找警察，不能坏了咱们白云矿场的规矩，有问题自己解决！"

　　王小江不屑地撇撇嘴，说："老姚，你还不了解我？我可是拜关二爷的！打掉牙，和血吞！"

　　白云矿场自建立以来便立下一个不成文的规矩，"能动棍子不动刀，和血吞牙不报官"，如有矛盾冲突只能在矿场内部解决，拳头能摆平的事，就不要招惹警察和法律。从王天龙和姚新元开始，再到现在的王小江，矿场管事的人都遵守这条"窝里斗"的规矩。

　　姚新元这张底牌确实战力强悍，一根甩棍上下飞舞，加上重拳硬腿，指东打西，挡者披靡。几个回合下来，王小江带来的二十名年轻人已经躺了一多半，剩下的吓得连连后退。原来前几次白云矿场内部械斗，每次都是姚新元这方吃亏，让王小江的属下打得大败亏输。虽然双方都投鼠忌器，不敢惊动警方，但是姚新元忍不下这口气，让人从香港请了一个金牌打手过来，一直要找机会给王小江一个教训。据说这个金牌打手以前是综合格斗职业选手，积分排名不低，最近因伤退役，姚新元重金邀他前来助阵。

　　眼看自己的属下被姚新元的金牌打手打得人仰马翻，哀嚎不已，王小江竟然兴奋异常，又是拍掌又是加油的，忙得上蹿下跳。王小江那些西装领带的手下看着咋咋呼呼，但是遇见综合格斗职业选手，简直就是一群手无缚鸡之力的小学生，不堪一击。金牌打手收拾完这些小虾米，终于把目光转向了王小江，正在手舞足蹈的王小江立刻停止表演，整理了一下衣服和头发，正襟危坐，似乎要坦然接受一顿毒打。金牌打手见到王小江的神态，有些迟疑，手举着甩棍看了一眼姚新元，询问是否要继续动手。姚新元吐出一口大大的烟圈，面无表情，将雪茄按在面前的烟灰缸里，似乎没看见这一幕。金牌打手顿时心领神会，一脸狞笑地举起甩棍。

　　王小江端坐如泰山，一脸坏笑地并起食指和中指作手枪状，向金牌打手虚开一枪，只听一声枪响，金牌打手的甩棍应声断成两截，全场的人瞬间惊呆了，金牌打手怔怔地看着手中只剩半截的甩棍，愣在那里。王小江装模作样地吹了一下手指，又用手指作枪冲着姚新元，口中发出"砰"的一声，只见姚新元眼前的烟灰缸应声跳起来，玻璃碎片和烟灰溅了姚新元一脸一身，姚新元像被毒蛇咬了一样，蹿起老高，身手敏捷程度远远超出他的年龄。

姚新元和金牌打手等人全都惊恐地四下张望着，再愚钝的人也知道王小江在这里埋伏了狙击手，这才是王小江的底牌。王小江终于不再装神弄鬼，趿拉着拖鞋走到姚新元面前，姚新元面如死灰，脸上的黑痣惊恐地挤成一团。姚新元低估了王小江，他以为请来一个功夫过硬的格斗选手就能降服王小江，没想到王小江早非吴下阿蒙，而是玩得更阔气，埋伏了真刀真枪的狙击手。

王小江凑近有些哆嗦的姚新元，用手帕擦擦姚新元溅在脸上的烟灰和玻璃碎屑，笑嘻嘻地说："老姚，要玩我们就玩大的，狠的！小孩子过家家的把戏，没意思。"他指着那些被金牌打手打得龇牙咧嘴的属下，说："我今天带这些废物来，不是靠他们赢你的，是给你解闷的。要想赢你们，一个人就够了！"

"王小江，算你狠！"姚新元说这句话的时候狠狠咬住了后槽牙。

"老姚，这个人也是你的老相识了，听说今天是对付你，他免费给我出趟差，一分钱不要！"王小江神秘兮兮地说，"想不想见见他？"

王小江伸手向天空打个响指，只见那个车间的屋顶上，慢慢站起来一个身穿吉利服的人，怀抱一杆狙击步枪，他趴在屋顶上简直和彩钢瓦混为一体，这边几十号人竟然没发现。更令人惊疑的是，这个车间就是金牌打手藏身的地方，金牌打手在那里躲了半天，丝毫不知道头顶上还埋伏着另一个人。

二十三

那人从屋顶跳下，慢慢走了过来，来到姚新元面前，揭去迷彩帽子，露出一张涂满油彩的狰狞的脸，正是郑恒。

姚新元第一次这么近距离面对郑恒，看见郑恒盯着自己狠毒的目光，血液里的恐惧迅速弥漫，竟然紧张得说不出话来，郑恒骨子里的仇恨迅速克制住了狡猾的姚新元。

郑恒围着姚新元转了一圈，朝地上吐了口痰，说："姚老板，实话告诉你，有那么一瞬间，我瞄准的是你的脑门儿，我想在你脸上加一颗最大的黑痣！"

姚新元听了这话，浑身顿时一阵颤抖，他是真怕郑恒失去理智，给自己来一颗花生米。姚新元身后那些喽啰，包括那个金牌打手，都被郑恒的气势所慑服，谁也不敢吭声。

王小江在后面拍掌笑道："哈哈，在老姚脸上加一颗最大的黑痣，这个想法太好了，我喜欢！"

郑恒并没有理会王小江的胡闹，他指着自己的脸，说："姚老板，我现在变成这个人不人、鬼不鬼的样子，都是拜您所赐，您就没想到会有报应吗？"

刚才还气定神闲的姚新元，此时在郑恒面前却有点大脑缺氧，有气无力地说："我弟弟，不也被你……"

郑恒眼中喷出怒火，厉声喝道："就算你弟弟一辈子长在轮椅上，他能换回我家人的三条命吗？"

姚新元顿时咽下剩余的话，额头冒出汗来，不敢与郑恒那双吃人的眼睛对视。郑恒慢慢冷静下来，说："姚老板，我如果今天在这里宰了你，那是太便宜你了！"

"那……你想怎样？"姚新元的声音虚弱得像一片落叶。

"我要把你这几十年的所作所为做个清算，让你的心血，也是你的罪行，陪你殉葬！"郑恒的话是贴近姚新元耳朵说的，虽然声调不高，却如同在姚新元脑袋里扔下一颗炸弹，让这位赫赫有名的秦州富豪顿时浑身发抖。姚新元这一生遇到无数人对他飙狠话，包括王小江，他都不放在心上，唯独这个郑恒，姚新元知道此人言出必践，所以他一见到郑恒，就如同陷入猫爪之下的老鼠，胆怯又绝望。

姚新元毕竟是驰骋商界几十年的老江湖，见郑恒眼下并无伤害自己之意，迅速稳定心绪，试图同郑恒攀谈几句，他换上一副笑脸，说："郑老弟，我们能不能找个时间坐下来，坐下来谈谈……"

"谈什么？"郑恒不等姚新元说完，就截断他的话，冲他亮出自己手背上被牙刷刺穿的伤疤，说："我在监狱里的时候，你就已经找人和我谈过了，你约我谈谈，谈的还是我的命吧？"

姚新元顿时哑口无言，双手有些痉挛，下意识地去摸雪茄。王小江又凑了过来，将雪茄盒扔在姚新元脸上，骂道："姚老鬼，你长长记性，以后这是我的厂区，白云矿场是我王小江的！我的厂区禁止吸烟！禁止吸烟！记住了吗？"姚新元脸上的黑痣乱七八糟地一阵抽搐，却没有胆量出声反驳。

王小江又向后伸手，有人立刻恭恭敬敬地递上一份草拟好的协议书，协议里要求姚新元无条件让出他所拥有的白云矿场百分之三十股份，看来王小江早就把这次谈判谋划妥当，连协议都提前拟定好了。

王小江用协议书拍打着姚新元的脸，威胁他说："老姚，签字吧！今天你要是想全须全尾地离开白云矿场，就得把这个签字给我留下来，从今以后，你的百分之三十股份归我了，白云矿场和你一毛钱关系都没有！"姚新元的脸色顿时像紫茄子一样难看。

见自己的老板饱受羞辱，那名重金聘来的金牌打手站了出来，职业打手毕竟恪守职业操守，他鼓起勇气说："姓郑的，我在香港听说过你的名字，敢不敢和我公平比试一下？"

"你是在向我挑战？"郑恒斜眼看着金牌打手，语气中有些不屑的味道。

"不错，我向你挑战！一对一，公平比试！"金牌打手挺起胸膛，又向前迈了一步。

"赢了怎么样？输了又怎么样？"

"我若赢了，放我老板离开；我若输了，随你们处置！"

"像条汉子！好，我答应你！"郑恒放下狙击步枪，慢慢脱下吉利服，"你想文斗，还是武斗？"

金牌打手移动着脚步，用双拳护住面门，围着郑恒绕圈子。"我选文斗！"

"你是怕死？"郑恒冷笑一声。

"我不怕，但是我要留一条命回去，我要照顾我的妹妹。"

"哦，你也有妹妹？"郑恒晃晃脖颈，发出"咔咔"声响，转身面对着金牌打手。

原来在这些职业打手和雇佣兵中间有一个不成文的规矩，"文斗"就是单纯地比试拳脚，打赢即可，轻易不伤人性命；"武斗"则是可以不限武器，不择手段，不死不休。

那边王小江见二人要比武，立刻秒变比赛裁判，如同打了鸡血一般，大声喊着将两方人马向后驱赶，腾出一片空场。姚新元遭人连番羞辱，威风扫地，瞬间老态毕现，手下给他搬来一把椅子，扶着他坐在一边观战，其实姚新元心里也盼着金牌打手打败郑恒，给自己找回一点面子。

金牌打手双脚有节奏地移动，如同踩着鼓点韵律，郑恒瞄了对方的双脚一眼，淡淡地说："原来你是练泰拳的。"金牌打手突然腾身跳起，提膝向郑恒面门撞来，郑恒浑身软绵绵地向后滑步躲过，金牌打手又一记重拳轰向郑恒下颌，郑恒继续后退躲避，金牌打手势大力沉的右扫腿带着风声踢向郑恒左肋，郑恒轻巧地一个跳步，对方的脚尖擦着自己衣服扫过。金牌打手的三板斧进攻，虽然逼得郑恒连连后退，却连郑恒的汗毛也没碰到。

王小江在场边看得着急，大喊："郑恒，干他啊！打出人命，我出钱摆平！"王小江见郑恒一味退避，以为他是担心伤了人无法善后。

金牌打手三板斧试探进攻无果，知道遇见了劲敌，也放缓了攻势，两人像斗鸡一样，谨慎地靠近，都在寻找对方的破绽。金牌打手见郑恒靠上前来，闪电般击出两记刺拳，劲道不重，只是用来保持距离，谁知这两拳"噗噗"两声全部命中郑恒下巴，打得郑恒上身一晃。金牌打手大喜过望，以为郑恒大意之下挨了两拳，他迅疾扑了上去，准备抱颈撞膝，一举击倒郑恒。金牌打手刚抱住郑恒脖子，只觉自己双眼一痛，顿时眼前一片漆黑。原来郑恒故意卖给对方一个空门，挨了不轻不重两拳，却趁机并指如刀，划过对方双眼，让金牌打手瞬间不能视物。金牌打手中计受伤，本能地捂眼踉跄后退，郑恒不容他喘息，像蛇一般缠住他，牢牢擒住他的左臂，腾身而起，右腿膝弯绕住金牌打手的脖颈，然后用力向后一滚，瞬间形成"十字固"。金牌打手脖颈被郑恒压在腿下，左臂反关节受制，拼命挣扎了几下，眼见不能摆脱郑恒的控制，只能用右手使劲拍地，示意自己服输。

郑恒用"十字固"控制住对手，冷笑道："你既然有胆量替你老板出头，总得留下点记号！"说罢，郑恒用力一扳，只听"咔嚓"一声，掰断了金牌打手的左臂。金牌打手闷哼一声，惨白的脸上登时滚落豆大的汗珠。郑恒起身放开对手，冷然道："你玩的是比赛套路，老子玩的是杀人技！算你识相，没有选'武斗'，否则老子今天很想杀人撒气！"郑恒在东南亚当雇佣兵的时候，向军中高手潜心学习近身格斗术和桑搏术，加上他原来的传统武术底子，已经把自己变成一台浑身都是杀气的复仇机器。

郑恒环视众人，姚新元手下连连后退，生怕这个煞神拿自己开刀。一见郑恒目光扫来，坐在椅子上的姚新元也满心恐惧，赶紧颤颤巍巍起身，挤出一副老态龙钟的可怜相。

浑身发抖的金牌打手扶住左臂，他双眼眼角被郑恒指尖划破，鲜血顺着脸颊流下，甚是恐怖，他却向郑恒深深鞠躬致谢："谢谢你手下留情，饶我一命！"

郑恒背起狙击步枪，大踏步向外面走去，王小江想要追上去夸他几句，谁知郑恒看都不看他一眼。王小江当然不能忘了那一份比命根子还重要的协议，他把协议拍在姚新元面前，阴阳怪气地说："老姚，机会我给了，这次没话说了吧？快，拿笔来，让我欣赏一下老姚的签名！"几个随从围了过来，虎视眈眈地看着姚新元。

被逼无奈的姚新元接过笔，在协议上胡乱画上自己的名字，王小江如获至宝，一把抢了过来，使劲亲了一下姚新元的签名，说："老姚，我他妈的爱死你了！我要把这个协议贴在公司的墙上，不，刻在大理石上，要让所有人都看得见！"

张狂至极的王小江给姚新元来一个拥抱，姚新元铁青着脸并没有拒绝，却在王小江耳边说了一句："小江，你有没有想过，要是有一天你干爹王天龙突然回来了，怎么办？"王小江大笑的嘴巴瞬间像是塞进一块寒冰，僵在那里。姚新元这个老江湖，在王小江得意忘形的时候，不忘在他心里放进一条毒蛇。姚新元眯缝着的眼睛闪过一丝嘲讽的晶光，又说："你干爹此次如丧家之犬狼狈出逃，是你在背后捅的刀子吧？是你把你干爹的老底掀给中央环保督察组，对吧？他要是回来了，岂能善罢甘休？"

王小江眼眸中也闪过一道吓人的寒光，瞪着姚新元说："老姚，你不要叽叽歪歪，我是流氓我怕谁？你们那些后台啊、背景啊、规矩啊，在老子这里屁都不是，我就是要用我的流氓手段全给推平，谁挡我的路，我就干谁！王天龙敢回来，我照干不误！老姚，实话告诉你，郑恒不是我的底牌！"

王小江掏出手机，点开一段视频，送到姚新元眼前，说："看看，这才是我的底牌，我的底牌就是你在美国读书的儿子！"视频中像是一条国外的街道，路灯照耀下，一个二十多岁的年轻小伙子正在躬身骑着自行车，他很享受骑行锻炼的快感，丝毫不知道有人在暗中偷拍他。

"怎么样？老姚，今天算你识相，老老实实签字，否则你就会收到来自美国的紧急电话！那时候，我会让你跪着舔我的拖鞋，对了，今天这双拖鞋是为你才穿的！"王小江冲姚新元抬起一只脚，脚尖上的拖鞋戏谑地晃来晃去。

姚新元顿时面色惨白，一声不吭，他知道王小江这个流氓，说到做到，今天他若不让出白云矿场，他在美国的宝贝儿子很可能就会遭遇不测。恶人自有恶人磨，姚新元那些计谋策略，在王小江这里毫无用处，王小江一出手就拿捏住了姚新元的七寸。

姚新元像斗败了的公鸡一样，脚步虚浮，带着属下登车而去。穿着拖鞋的王小江站在汽车尾尘里，不停地冲着姚新元的车队送上飞吻。

姚新元的车队慢慢消失在戈壁深处，他向后面扫了一眼，身后的白云矿场已经变成一个小小的黑点，本来身形佝偻的姚新元长出一口气，在座位上慢慢又挺直了身体，就像撒了气的气球重新鼓足了气，充盈起来。

姚新元掏出手机，拨通一个号码，说："大哥，我已经按照您的吩咐，将白云矿场都让给了王小江那个流氓……"

"做得好！"电话里的声音不吝夸赞，说："新元啊，你是一个做大事的人，要懂得壮士断腕的道理，能舍才能得嘛！"

"大哥，白云矿场陪我几十年，要说不心疼，那是骗人的，尤其让给一个泼皮无赖，我实在不甘心！"

"新元，实话告诉你，白云矿场现在已经是一个烫手的山芋，此时脱手，其实是救了你，生态环境部和省委已经盯上了白云矿场，下一步中央环保督察组进驻，必查白云矿场！天雷地火，就让王小江去扛吧！"

"我明白了，谢谢大哥点醒！"姚新元突然变得有些吞吞吐吐，说："大哥，您和那位、那位 101 答应我的条件……"

"放心吧，新元，我们现在不过是甩出一块肉饵，让王小江这头狼替你去闯陷阱，用他来祭督察组，以后白云矿场还得重归你唐宫集团！"

电话里的声音沉稳有力，让姚新元瞬间又满血复活，耷拉的眼皮突然睁开，眼中精光闪烁。原来，刚才白云矿场里的冲突角斗，看着是王小江的建江集团大获全胜，其实都落进唐宫集团和他幕后主谋的算计之中，姚新元这只老狐狸不过是陪着王小江演了一出戏而已。

姚新元感激地说："大哥，还是您高瞻远瞩，雄韬伟略，您说过的话，我永远都铭记不忘！"

"哦，什么话？"电话里的人被大拍马屁，也有些得意。

"您说过，'和体制对着干是以卵击石，真正的聪明人，要利用体制的力量去完成你的事业！'"

两人同时发出一阵大笑。

二十四

袁凯、赵震和李长风三人挤在电脑前，六只眼睛一起盯着屏幕上的机场监控视频。镜头中，戴着假发和墨镜的王天龙正在登机，李长风指着王天龙那个挑衅的手势，说："两位领导，你们注意看时间，这是王天龙登机离开的时间。"李长风指向屏幕角上的时间显示，是 6 月 20 日上午 9：55 分。

"有什么问题吗？"赵震一头雾水，伸手去摸烟，却发现烟盒早就空了。

李长风在电脑上滑动鼠标，监控视频一阵眼花缭乱地变幻，李长风最后将镜头定格在机场洗手间前面，只见一个戴着假发和墨镜的矮胖男人慢慢从洗手间出来，穿着打扮和王天龙几乎一模一样，他警惕地四下环视一圈，然后扭头向机场大厅方向走去。

赵震有些惊疑："咦，长风，这家伙和刚才那个王天龙那么像呢？怎么又出来一个王天龙？"袁凯摸着下巴没有说话，神色凝重地看着镜头中的男人。

李长风不断切换监控镜头，镜头中的矮胖男子没有进到安检通道，反而穿过大厅熙熙攘攘的人群，消失在机场外面。李长风又将镜头调回男子从洗手间出来的时间，屏幕上显示的是下午 14：30 分。

"出现两个王天龙，一个登机飞往马来西亚，一个躲在洗手间里。"袁凯明白了王天龙的把戏，冷笑一声。

"不错，这个家伙真有耐心，在机场洗手间里演了一出金蝉脱壳的好戏，假的登机而去，真的在洗手间里足足藏了四个半小时，就是为了躲过我们的调查视线，误导我们的侦查方向。"李长风有些佩服地说。

赵震也是大感意外，说："真没想到，出现两个几乎一模一样的王天龙，我见过王天龙本人，没听说他还有以假乱真的双胞胎兄弟啊？"

　　李长风的电话响起，是小马打来的，原来李长风发现监控视频的端倪之后，立即将小马派到王天龙在邻省的老家核查情况。经过小马与当地公安部门核查，走访村子中老人，得知王天龙在农村老家还有一个同父异母的弟弟王海龙，王海龙与王天龙在外形上有百分之七八十的相似度。王天龙在秦州发迹以后，并没有将弟弟带出来发展，而是在老家为弟弟投资建了一个农家乐民宿，虽然王海龙经营不善，但是王天龙一直没有断过资金投入。据小马调查，从王天龙出逃那天开始，王海龙在农家乐民宿也消失了，对外宣称是去海外帮哥哥打点生意。

　　袁凯说："明白了，王天龙其实就是给自己养了一个替身，关键时候来一个李代桃僵、金蝉脱壳。"

　　赵震也点头："看来王天龙是未雨绸缪，早就想好了这招'李代桃僵'的计谋，险些把我们蒙混过去。"

　　李长风说："现在可以断定，登机去马来西亚的是弟弟王海龙，哥哥王天龙应该还藏在秦州市！请两位局领导批准，我们马上开始缉拿王天龙！"

　　袁凯沉思一会儿，看着赵震，问："老赵，王天龙能逃而不逃，却冒着风险留在秦州，到底有什么企图？"赵震摇摇头，去看李长风，李长风也是猜不出原因。

　　袁凯说："这样吧，马上开始缉拿王天龙，但是不要大张旗鼓，要让王天龙和他的党羽以为我们还蒙在鼓里。"

　　赵震和李长风同时答应，赵震使劲拍了一下李长风，夸赞道："行啊！'三只眼'就是和常人不一样，看东西都入木三分！"

　　李长风谦虚地一笑，说："还不是师傅您教得好，当年有一次我看监控视频，漏过了罪犯，您把我骂了足足半个小时，我在队里好几天不敢抬头见人。"

　　"哈哈，现在你是后浪把我这前浪拍死在沙滩上了！"赵震笑得有些赧然，说："我这次犯了经验主义错误，太轻易相信机场分局送来的监控视频，为了节省时间还让他们做了剪辑，险些被王天龙给耍了，经验主义加懒惰思想要不得啊！"

李长风安慰赵震，说："师傅你最近心思都在晓宇身上，我们都知道你的难处。"

见李长风提到儿子晓宇，赵震神情更是沮丧，长叹一口气，转身走了出去。

李彦兵再次来找林寒江，将市长高峰关于化工产业园的处置意见转达给林寒江。林寒江听完，不由苦笑，秦州市政府不明确表态，却要省厅先出具意见，明摆着是要省厅替他们出头，让自己背上得罪省委常委、秦州市委书记刘军强的黑锅，看来高峰也是一个精明的人，不动声色地将皮球踢回省厅。

林寒江并不感到意外，这几年在地方政府的磨炼，让他早就明白一个道理，做成一件事最大的阻力并不是来自外部，往往是来自于内部的内耗与掣肘。林寒江将李彦兵好言劝走，答应他在晚上下班前，省厅的正式答复一定会摆在他的案头。李彦兵有些将信将疑，只好先行离开。

林寒江之所以将李彦兵支走，其实他是在等仁城市的顾清云。

中午时分，气喘吁吁的顾清云赶到省厅，将一沓材料交给林寒江。他有些不放心地对林寒江说："老林，按照你的吩咐，材料我都给你弄齐全了，这是仁城市生态环境局的，我签字的；这是天净山自然保护区管理局的，主要领导签字的；这是天净山附近村民代表的签字，都是原件，我不放心，没让网上传件，就亲自给你送过来。"

林寒江感激地握着顾清云的手，说："老伙计，没有你的帮忙，这件事我是有心无力啊！"

顾清云问他："你为了天净山，真的准备当恶人了？"

林寒江冲他眨眨眼，意味深长地笑笑："不止是天净山，还有秦州市，毕竟我现在是省厅的副厅长，视野不能只局限于仁城市嘛！"

"你啊，我真替你担心！"顾清云一脸担忧，说，"你这脾气，不是洪水滔天就是火烧连营！你想过后果没？万一砸了，你在省厅可是岌岌可危！"

林寒江叹口气，说："危就危吧，谁让我和你都在这个位置上，我也想图个眼不见心不烦，找个清闲地方读书写字，可是不给我这个机会啊。"

顾清云想了想，说："老林，箭在弦上，我支持你！大不了你被人一脚踢回仁城，我被人一脚踢回天净山，我俩继续搭档，盘踞天净山做点实打实的事！"

林寒江哈哈大笑，使劲拍着顾清云的肩膀，说："盘踞天净山，你要当山大王？我是没有办法才出此下策，既然有盘根错节的掣肘，麻绳团团解不开，我们就搬来尚方宝剑，一剑劈开麻绳团团，简单省事！"

……

当天傍晚，省厅的正式答复传到秦州市生态环境局。李彦兵看着答复件，上面清楚地写着："建议秦州市依法追缴秦州市化工产业园所欠排污费，并严格按规定对违规企业予以处罚。"

李彦兵见愿望落空，气恼地将文件扔在地上，破口大骂："好你个林寒江，口是心非的小人，你自己装着清正无私，最后还是逼我们去当坏人，竟然偷偷摆了我们一道！"李彦兵在屋子里转了两圈，转念一想，又俯身将答复件捡了起来，小心地掸去纸上的灰尘。

办公室主任敲门进来，说："局长，省厅还传来一份案例，请您过目，我给您打印出来了。"

"案例？"李彦兵气不打一处来，"什么案例？"

办公室主任把案例恭敬地放在李彦兵面前，原来是 2007 年某地的海螺水泥厂拖欠巨额排污费，最后被国家环保总局督办追查、追缴欠费的案例。李彦兵等办公室主任出去，忍不住低声骂一句："林寒江你奶奶的，这是杀鸡儆猴还是指桑骂槐？拿海螺水泥厂案例吓唬我们，看来要逼我们上梁山啊？”

李彦兵正生气的时候，李亮进来了。李亮向李彦兵汇报，说："李局，我们接到投诉了，您看我们是不是去查一下？"

李彦兵有些不耐烦，挥挥手，说："去吧，去吧，日常工作也来向我请示，你们业务处室有分管副局长呢，你们就研究决定吧。"

李亮见李彦兵不想过问，有点喜出望外，当即答应："好咧，李局，我这就去落实！"

李亮的喜形于色，让李彦兵顿时心生警惕，他喊住李亮："你小子给我站住！和我说清楚，到底是哪里的投诉，具体是什么情况？"原来上次李亮在白云矿场执法检查，查封了白云矿场，给李彦兵惹了一身不是，遭到王小江的羞辱，李彦兵回到局里大发雷霆，要求以后执法检查任何企业都要事先向他请示，要端到局党组会研究。

李亮见李彦兵较真起来，只好向他如实汇报，近期玉龙河上游多次出现大面积死鱼，怀疑河水遭到不明物质污染。李亮和处里同事研判之后，认为很可能在玉龙河上游的帽儿山牧区存在污染源，他们处室想去帽儿山一带找出污染河水的源头。

李彦兵在地图上的帽儿山牧区画了一个红圈，帽儿山牧区与白云矿场、玉龙河水电站毗邻，位于龙岭大山北麓，那里已经是秦州市最北的区域，与邻省接壤。李彦兵沉思一会儿，说："你们认为污染源在帽儿山牧区一带？"

"没错，我们想去沿河查看一下，到底是哪里出了问题？"李亮谨慎地回答，他见李彦兵在地图上勾画，就猜到了李彦兵的心意，十有八九是不会同意这次检查。

果不其然，李彦兵把铅笔扔在地图上，说："没事找事，玉龙河出现死鱼的问题，我曾经问过龙岭区分局，关局长已经正式递交报告上来了，是玉龙河水电站施工造成的，你们给老百姓解释一下，不要大惊小怪！"

"李局，我觉得还是实地勘察一下为好，看看污染源到底……"

"我看你们是闲得没事干，玉龙河水电站是经过国家批准，省里的重点工程，那么大的一个拦河大坝，能不造成鱼虾死亡吗？你们还能给封了不成？"李彦兵拉下脸来，说："秦州的几个夜市现在都有大量的噪声、油烟扰民问题，在民生诉求平台上积累了上百件案子，市里的民生诉求平台给我们局几次亮红灯，你们赶紧给我处理一下，到本月月底，红灯必须全部取消！"

"是，李局放心，我这就安排处里给您灭灯去！"李亮见李彦兵不同意自己去查玉龙河，眼珠儿一转，凑近李彦兵低声说："李局，我还有一个私事求您恩准。"

"什么事？"

"我想请三四天假，回趟老家看看老爸，老爷子最近摔了一跤，腿受伤了，我给送点药回去，顺便带他检查检查……"

李彦兵一听是回家看望父亲，马上换上一副宽厚的脸色，说："去吧，我批准了，三四天哪够？我给你一周假，抓紧时间回去尽点孝心，替我给老爷子问好啊。"李彦兵巴不得李亮从自己眼皮底下消失，少给自己惹麻烦。

李亮从办公室出来，冲着房门使劲撇了一下嘴，满脸的不屑。其实，李亮早就意料到李彦兵不会同意自己去玉龙河勘查，所以汇报之前就制定了第二套方案，以回家探亲为名请假，自己一个人去帽儿山牧区勘查污染源。李亮的第二套行动方案，还有一个人知晓，就是林寒江。

李亮从市局出来以后，掏出电话打给林寒江："林厅长，向您报告一个不幸的消息。"

林寒江的声音并没有惊诧，反而有些低沉："我们的打赌，是你赢了？"

"哈哈，是我赢了，我要出发了！"李亮冲着电话说，"看来这个结果您早有预料，说明您其实也是认同我的推测的！"

林寒江在电话里沉默了一会儿，说："是，是我低估了他们，我同意你的第二种方案。"

李亮依然大大咧咧的，说："放心吧，林厅长，我是侦察兵嘛，这种事情正对我的专业！"李亮的诗兴又发作："林厅长，有了您的支持，我这次要在黑暗的玉龙河畔点亮一支火把！"

林寒江在电话那端苦笑，一语双关地说："黑夜里行走，注意安全，安全第一！你要记住，一支火把是驱不散黑暗的！"

上次齐广德三人来找林寒江之后，林寒江在电话里对李彦兵说过玉龙河的事情，想请秦州市生态环境局对玉龙河进行一次污染情况调查，但是李彦兵既不抗命，也不执行，而是说已经安排龙岭区分局组织技术人员前去调查，李彦兵采取了一个"拖"字诀，阳奉阴违，准备把这件事拖黄。

林寒江不便直接越过秦州市生态环境局调查玉龙河，正一筹莫展的时候，李亮主动前来求见林寒江。原来，李亮从齐广德等人口中了解情况后，便谋划了一个主意。

李亮是带着玉龙河流域图来找林寒江的，两人在一起反复查看玉龙河区域图，李亮向林寒江提出自己要独自勘查玉龙河污染源的计划。林寒江刚开始并不同意，批评李亮是不相信组织，头脑中有个人英雄主义在作祟。但是李亮并不同意林寒江的批评，他认为自己之所以无法依靠组织，是因为市局局长李彦兵和龙岭区分局长关金书两人沆瀣一气，这几年一直对白云矿场所造成的污染问题视而不见，甚至刻意帮助白云矿场掩盖真相，李亮怀疑他们早就被王小江拉下水。李亮认为，此时的秦州市和龙岭区两级生态环境部门已经陷入腐败的漩涡，无法相信，所以他才向林寒江寻求支援。

李亮和林寒江打了一个赌。他先向李彦兵正式汇报玉龙河污染事件，看看李彦兵会不会同意他勘查玉龙河，如果李彦兵同意了，说明自己是杞人忧天，如果不同意，说明李彦兵等人肯定在回避遮掩什么问题，那样李亮就要独闯玉龙河，找出污染源到底在哪里。

林寒江听完李亮的推测，联想到上次自己在白云矿场执法时，李彦兵有意无意将自己引到玉龙河水电站去，加上李彦兵和关金书拿来的会议纪要，心中也是充满疑问。

林寒江曾经问过李亮，此次玉龙河的污染，是否和白云矿场有关？但是李亮指着地图说，应该不是白云矿场的问题，因为白云矿场位置远离玉龙河，并无大的水系注入玉龙河，这次一定是出现了新的污染源。李亮认为，白云矿场的生态环境问题，已经被国家生态环境部的卫星图片发现，是谁也无法遮掩的事实，这次他们所遮掩隐藏的，一定还有新的污染源。

巍峨的龙岭大山在地表上投下一大片阴影，李亮的车沿着玉龙河风驰电掣，正在一点点驶出龙岭大山的阴影。

李亮冲着车外的风景大喊："敕勒川，阴山下。天似穹庐，笼盖四野……"

二十五

　　深夜，田小小坐在电脑前，她仔细地查看着邮箱中的邮件。她点开一份邮件，那是柳晓京生前发给她的资料，田小小在资料最后一页找到一个电话号码。田小小看着那个号码，沉默了半天，最后终于下了决心，拿起了手机。

　　电话接通了，田小小的声音有些颤抖："您好，请问您是？"

　　那端没有人说话，但是田小小似乎听到了对方紧张的呼吸声。电话挂断了，田小小握着电话愣在那里。

　　过了一会儿，田小小再次拨通电话，这次她不等对方挂断电话，径直说道："请不要挂断电话，我知道您在听，我是柳晓京的朋友，我能不能和您见一面？"

　　电话那端依然静默，田小小飞快地说："明天中午十二点，柳晓京经常写稿子的那个地方，我等您！请您务必前来，很重要……"

　　对方挂断了电话，田小小呆呆地看着电脑屏幕。柳晓京的话回响在她耳边："小小，我担心自己会出意外，我会把最重要的资料交给一个朋友保管，这是我信得过的人，万一我真的有事，你一定要找到这个人！"

　　田小小有些胆怯地看着漆黑的窗外，露出了恐惧的神色，紧张地抱紧了双臂，缩在椅子中。这个天不怕地不怕的姑娘即便面对着郑恒的枪口，也没有这般恐惧，她到底在怕什么？

　　田小小和柳晓京到底是什么关系？两人究竟发现了什么秘密？

　　秦州市政府，市长高峰召开政府常务会议。李彦兵将省生态环境厅的答复向各位市领导汇报。听完省厅的答复，高峰沉下脸来，问李彦兵："你不是说省厅尊重秦州市的意见吗？现在答复让我们依法追缴欠费，还要依法处罚，为什么又变卦了？"

李彦兵惶惑地低下头，不敢回答高峰的问题。高峰环顾各位副市长，问："你们怎么看这件事？"

其他副市长都把目光陷到手中的材料里去，不敢接茬，只有常务副市长王鹏飞咳了一声，说："这个事情嘛，还真的很棘手。省厅要求我们依法追缴，还要处罚，态度明确。企业嘛，手里攥着我们当年的会议纪要，说是秦州市当年答应了协商降低化工产业园的环评标准，同时要给予化工产业园一定扶持政策，同意缓征排污费。各说各的理，这事儿是挺挠头，要不李局长你再和省厅、企业分别沟通一下？"王鹏飞的意思是想把这个案子拖延下去，谁也不得罪。

没等李彦兵说话，袁凯在旁边插话，说："李局长，化工产业园手里的会议纪要是不是这个？"袁凯从文件夹中拿出一张纸，向李彦兵展示一下。

李彦兵吃了一惊，急忙戴上花镜仔细端详，看清楚之后，他连连点头，说："是，袁市长，确实是这个会议纪要。不过，它怎会在您手里？"

袁凯微微一笑，将会议纪要又放回文件夹，说："八年时间，说长不长，说短不短。但是，是非黑白，不能任由一些别有用心的人随意颠倒，混淆事实。"

李彦兵的脸色顿时变成了猪肝色，急切地问："袁市长，您的意思是？"开会的十几个人，目光也全都集中到袁凯身上。

袁凯冷笑一声，说："这份会议纪要，压根儿不是八年前的，它的打印时间连八天都不到！"原来，上次林寒江接待李彦兵和关金书之后，察觉到会议纪要可能有问题，就借故将原件留了下来，然后遣人将会议纪要送给袁凯，请公安技术部门做个鉴定，鉴定打印时间不超过一周。袁凯知道这些人竟然涉嫌伪造公文之后，非常愤怒，决定在会议上公开揭露这件事。

高峰闻言吃了一惊："老袁，你说这纪要是假的？"

袁凯说："纸张年份肯定是假的，内容是不是假的，我暂时不敢说，我已经安排人员正在调查，但是我想不是什么难事，只要将发文的市政府办公室、存档的市生态环境局、获利的化工产业园，三方的文件一对照，很快就可以知道是谁在造假，是谁昧着良心在说假话，是谁在幕后操控这一切。还有，当年参加会议的人，大都还在人世吧？找来问问，不是难事吧？”

对面汇报席上的李彦兵如坐针毡，额头冒汗，急忙为自己辩解：“高市长、袁市长，是我们生态环境局工作疏忽，企业拿来的会议纪要，我们没有核实就端了上来。八年前，我还没到局里，确实不了解情况，我检讨，我回去就查实！”

高峰怒不可遏，一掌拍在桌子上，厉声道：“伪造公文，可是要负刑事责任，情节严重的，判你一个三年五载都有可能！李局长，你们就是这么工作的？”

李彦兵几乎都要哭出来了，说：“高市长，真的不关我们局里的事，这会议纪要是企业报给我们的，我们只是太相信企业了，我这就回去查实……”

高峰哼了一声，说：“袁市长，这件事我看不用大张旗鼓调查，请李局长直接向刘书记请示，好在刘书记还没离开秦州市，请他介绍一下当年到底是怎么定的扶持政策，三言两语就能一清二楚，很简单的一件事嘛！”

李彦兵听高峰给自己指点一条明路，赶紧连连点头，说：“请市长放心，我马上就去向刘书记请示。”

高峰环视其他人，问：“这件事就等刘书记意见明确以后再定吧，其他人还有什么建议吗？”参会的其他人都沉默不语。

袁凯心中雪亮，高峰不赞成大张旗鼓调查这件事情，其实是不想市政府办公室和生态环境局的人牵扯其中，而是想让化工产业园的人来担下罪名，同时，高峰又举重若轻地将矛盾引向市委书记刘军强，令人挠头的追缴处罚问题由刘军强拍板，这样高峰既不得罪刘军强，又能袒护一批干部。袁凯一瞬间就把高峰的心思理解透彻了，他看着高峰瞥过来的眼神，意味深长地笑笑，没有说话。

李彦兵浑身冒汗地从会议室出来，外面忐忑不安的关金书赶紧凑过来打探消息。李彦兵将关金书拽到无人的角落里，说："我们都上了林寒江的当了，那个王八蛋口是心非，竟然将会议纪要偷偷交给了市公安局去鉴定，新来的公安局长袁凯也是一个心狠手辣的，今天要不是高市长大事化小，你和我都能被袁凯收进去！"

关金书也被吓了一身冷汗，后怕不已，说："高市长为什么要帮咱们？"

李彦兵叹口气道："领导之间的博弈平衡，我们就不懂了，也许是高市长顾及刘书记的面子吧，不想伤了和气，才帮我们逃过一劫。"

关金书还在琢磨，李彦兵拽着他去找曹兵，说："你不是说'二书记'要负全责吗？现在出事了，请他出来善后吧！妈的，收好处时他拿大头，遇到风险他跑得比谁都快……"

中午，秦州市图书馆。戴着帽子的田小小警惕地在书架中穿行，她再次甩掉了保护自己的警察，换了几路公交车来到图书馆，心有余悸的田小小，不时在帽檐下面偷偷打量前后左右的人。

田小小电话里说的"柳晓京经常写稿子"的地方，就是秦州市图书馆，柳晓京喜欢在图书馆一边查阅资料，一边撰写新闻稿件，图书馆阅览室角落里的一张桌子，就是柳晓京最喜欢的位置，因为这里不仅安静，而且还可以欣赏到外面的一株山茶花。此时，山茶花盛开正艳，在轻风中微微摇曳，而曾经与它隔窗相对的柳晓京却已阴阳两隔。田小小忍住悲伤，坐在那张桌子后面，痴痴地看着盛开的山茶花。

图书馆里的时间总是比外边慢一些，田小小看看时间，已经是中午十二点半，看来那个神秘人没有前来赴约，田小小叹了口气，转身走出阅览室。田小小来到院子里山茶花前，以前她曾和柳晓京在花树下自拍发朋友圈，她闭上眼睛去嗅最大的一朵茶花，"喵喵"两声猫叫从田小小脚边传来，一只黄褐色的虎皮小猫凑过来，亲昵地蹭她的裤脚。

"山本太君！"田小小惊喜地叫道，一把抱起虎皮小猫。这只小猫是图书馆的"馆猫"，柳晓京和田小小每次来都要喂它好吃的，柳晓京带火腿肠，田小小带饼干。柳晓京说小猫咪的胡子长得像日本人，干脆给它起名叫"山本太君"。田小小手忙脚乱地在包里翻好吃的，结果只找到一块曲奇饼干，她正要捏碎饼干喂猫，突然觉得身边一暗，一个头上裹着纱巾的女人悄悄站在她身边，女人的面部被一副大大的墨镜遮住，外人根本看不清容貌。

女人轻轻摘下墨镜，又迅速戴了上去，田小小惊疑地捂住了嘴："苏姐，是你？"那个女人把自己裹得严严实实，要不是主动摘下墨镜，田小小根本认不出她，她正是苏娜。田小小在齐江读书的时候就认识苏娜，没想到柳晓京所说的那个人竟然是苏娜。

苏娜点点头，转身向图书馆大楼后面走去，田小小快步跟了过去。田小小问："苏姐，晓京是不是有个东西拜托你保管？"苏娜并不回答，加快了脚步。

田小小和苏娜并不知道，离二人不远的街上，马上就要展开一场惊心动魄的龙虎斗。马路对面的商场门口，郑恒慢慢掀开摩托车头盔的面罩，眯起眼睛眺望着二百米外的田小小和苏娜。田小小可以甩掉保护自己的警察，却没有甩掉郑恒，郑恒没有惊动田小小，只是远远地跟在她的后面，他也想要知道是谁前来和田小小见面。当那个包裹严密的女人出现在郑恒的视线中，郑恒皱起了眉头，他并不知道这个神秘女人是谁，正要凑近了细看，忽然从摩托车后视镜中发现一辆白色的大众车正在慢慢靠近自己。

"你小子，还真是死缠烂打！"郑恒冷冷一笑，慢慢发动了摩托车。

螳螂捕蝉，黄雀在后，郑恒盯着田小小和苏娜的时候，有人也在盯着他，白色大众车里的人正是李长风。田小小自以为得意甩掉了跟踪人员，其实是李长风故意吩咐部下放水，李长风见田小小死活不肯吐露心中的秘密，只能另辟蹊径找出幕后的真相，他知道田小小露面的地方，半张脸郑恒十有八九会如影随形地出现。李长风心里藏着一种不服输的自负，上次让郑恒在眼皮底下逃脱，他就一直想单枪匹马擒获这个厉害的对手。

郑恒的目光挑衅地在后视镜里注视着李长风，他冲李长风竖起了中指，李长风毫不示弱，立即摇下车窗，竖起中指回应郑恒。郑恒"轰"的一声松开油门，摩托车似一匹脱缰野马，咆哮着向快速干道冲了过去。后面的李长风毫不犹豫，将油门踩到底，风驰电掣追了上来。快速干道入口处，郑恒突然一个急拐弯，竟然冲上逆向车道，后面的李长风一咬牙，也跟着冲了过来。快车道上顿时大乱，行驶的车辆纷纷鸣笛躲避这两个不要命的人。

苏娜在图书馆大楼的阴影里突然停住脚步，田小小收势不及，几乎撞在苏娜身上。

苏娜的声音出奇的冰冷，说："对不起，小小，我不能将晓京的东西交给你！"

"为什么？"

"因为这个东西，死了太多的人，我不想再让它害死无辜的人。"

"苏姐，我不怕！我可以用它让晓京沉冤昭雪，她死得太冤了！"田小小的声音有些哽咽。

"给了你，你只会成为第二个柳晓京。"苏娜的声音依然冰冷，"我不想看着你白白送死。"

"苏姐，如果我们都胆怯逃避，晓京的死还有价值吗？我们能眼睁睁看着她白死吗？"

苏娜慢慢转身，看着田小小，说："小小，我知道你勇敢，不怕死，可是你想过没有，你把这东西交出去，死的不仅是你，还有我，甚至包括你寄托希望的那个人，你想过没有？难道你想看到你寄托希望的人，倒在他们的阴谋诡计之下吗？"

田小小顿时无语，苏娜口中说的那个人，也是田小小寄托希望的人，正是林寒江。苏娜之所以不把东西交给田小小，是不希望林寒江面临危险。

"小小，我们都想改变这个世界，可是我们力量太渺小了，坏人太多，太强大了！小小，放弃吧。"苏娜说完，转身就走。

田小小看着她的背影，泪水夺眶而出，大声道："苏姐，你走了，晓京的冤魂就永远飘荡在龙岭山上，回不来了……"

苏娜的脚步顿了一下，略一犹豫，还是头也不回地走远了。

田小小捂住脸蹲在地上，大滴的泪水顺着指缝流下。那只名叫"山本太君"的小猫咪凑过来，贴着田小小的腿蹭来蹭去……

郑恒压低身子伏在摩托车上，摩托车加大到最大速度，犹如离弦之箭，他不时扭头看看后面的李长风。大众车里的李长风紧张得豆大的汗珠滚滚而下，在快速干道上逆向行驶，左躲右闪，摩托车要比轿车更加灵活。眼看着郑恒的摩托车越来越远，李长风一咬牙，猛踩油门，大众车怒吼着追了上去。前面的快速干道并入一座高架桥，李长风追了上来，与郑恒并排行驶，郑恒扭头冲李长风戏谑地笑笑，李长风几次企图别停郑恒的摩托车，郑恒都灵巧地躲过。郑恒突然一个急转弯，在桥上调头向回行驶，轮胎发出刺耳的摩擦声。李长风也跟着调头，大众车轮胎摩擦出一股白烟，险些与一辆货车相撞，吓得货车司机紧急刹车，将车横在桥上，阻住了来往的车辆。

李长风刚调过车头，只见前边的郑恒已经停在高架桥的最高处，冲着他又做出一个挑衅的手势。郑恒加大油门，摩托车轰鸣着，在原地猛烈地摆尾，犹如一头发狂的猎豹，正要腾空扑向猎物，而猎物正是李长风。李长风毫不胆怯，也慢慢将刹车和油门同时踩到底，大众车低沉轰鸣着，似一头猛虎向对面的猎豹示威。

此时，高架桥上车辆全部停行，司机们都下车远远观望着摩托车和大众车的对决，有些好事之徒遇见这个罕见的场景，拿出手机摄录即将发生的碰撞，准备发在抖音或快手上，赚一波流量。

郑恒狞笑着，突然松开刹车，摩托车腾空窜出，直向大众车撞去，对面的李长风一咬牙，也驱动着大众车迎头撞来。围观的人一阵惊叫，以为双方肯定是车毁人亡，甚至是同归于尽。就在摩托车即将撞上大众车挡风玻璃的瞬间，郑恒突然松开车把，腾身一跃，竟然像一只敏捷的猿猴一样向桥下跳去，李长风收势不及，撞飞了摩托车，又斜刺里撞上水泥护栏，大众车发出一声哀鸣，安全气囊瞬间弹出，将李长风挤压在座位上。等头晕目眩的李长风从安全气囊中挣扎出来，踉跄着扑到桥边，只见郑恒正单膝跪在一辆厢式货车的车顶，顺着高速公路疾驰而去。原来郑恒在高架桥上调头的时候，已经想好了脱身之计。远去的郑恒又冲李长风做一个手势，不是挑衅的中指，而是夸赞的大拇指。

精疲力竭的李长风双腿一软，顺着护栏慢慢坐倒，喘着粗气嘟囔一句："半张脸郑恒，你险些害死老子！"

二十六

　　此时，李亮正在玉龙河水电站的下游岸边。他看看上游水电站建设工地一片繁忙，往来穿梭的施工车辆，又看看脚下浅水处漂浮的几条死鱼，皱起了眉头。李亮走进浅水，用玻璃试管采取水样，看着试管中有些浑浊的水样，李亮心中有些动摇，自言自语说："奶奶的，难道真的是水电站施工造成河水污染？"李亮涉水上岸，小心翼翼地将试管装进背后的包裹。

　　李亮继续驱车向水电站上游驶去，河边的路越走越崎岖，车跑得一蹦一跳的，没过多久，后轮一声爆响，轮胎爆了！这已经是车里的备用胎，再无轮胎可换，李亮下来无奈地踢了两脚车轮，只好背起沉重的登山包步行。

　　烈日炙烤下，浑身大汗的李亮坐在河边树荫下喘粗气，他掏出手机，只见信号若有若无，无法拨打电话，只好以翻腾的玉龙河为背景，给自己来一张自拍。李亮刚放下手机，突然愣住了，前边的河水回旋处，赫然又飘着几条死鱼。李亮回头打量着来路，这里是水电站工地上游，至少距离有三十公里，此处发现的死鱼断然不是水电站工地造成的。李亮站到河边高处，四下眺望，只见一片荒芜的滩地，既无人烟村落，更无企业厂房。

　　"这荒郊野岭的，河里的鱼怎么会死呢？"李亮挠挠头皮，有些纳闷。

　　李亮采集完水样，刚要起身，"啪"的一声，一块拳头大的鹅卵石落进河里，溅起的水花喷了李亮一身。李亮定睛一看，只见十几位牧民骑着马悄无声息来到身后，扔石头的牧民看着眼熟，正是上次在白云矿场路上截击林寒江、李亮等人，被警方拘留的牧民。李亮吃了一惊，没想到冤家路窄，在这空旷无人的帽儿山牧区竟然遇见仇人。

　　扔石头的牧民一脸坏笑，向身边一位年长的老牧民控诉李亮："二叔，就是这个小子，害得我上次拘留了一个礼拜！"老牧民还未说话，其他的牧民一阵鼓噪，几块鹅卵石又向李亮砸来，李亮站在水里，只能双手抱头躲避石头，连连后退，眼看就要退到深水区。

李亮大喊："各位朋友，误会，误会！我是调查玉龙河死鱼来的，不是来……"

领头的牧民似乎觉得不解气，双腿一夹胯下黑马，黑马径直向李亮奔来，黑马人立而起，两条前腿在李亮头顶一阵胡乱比划，李亮见碗口大的马蹄子在面前飞舞，要是在自己脑袋上刨一下，自己的脑袋可就保不住了，他只能踉跄后退，不料脚下一滑，人竟然栽进深水里，湍急的玉龙河水卷着李亮，向下游冲去。那些牧民大呼小叫，纵马沿着河岸追来。

李亮后背的硕大背包，在水中就像一座山似的压在他身上，等他露出头来，已经呛了好几口河水。李亮扔掉背包，却立刻想到里面装着辛辛苦苦采集来的水样，他手脚并用，拼命划水又追了上去，将背包牢牢抱在怀中。玉龙河水流极其湍急，水下还有凶险的暗流，李亮虽然略识水性，但是抱着沉重的背包在水中无法划水，只能亦浮亦沉地被河水卷着向下游漂去。

李亮伸出一只手，挣扎着向岸上的牧民做了一个求救的手势，张嘴呼喊："救我！"一股激流涌来，李亮又被呛了一大口河水，人已经陷入半昏迷状态。

岸上的老牧民吆喝一声："把他捞上来！我看他不是来捣乱的……"

这是李亮昏迷之前，听到的最后一句话。

龙岭山下，王小江别墅中，曹兵蹑手蹑脚地走进来，客厅中摆着一尊真人高的关公雕像，王小江正在关公像前闭目膜拜，看来王小江说自己是拜关二爷的，还真不是玩笑话。

等王小江敬完了香，曹兵将化工产业园欠缴排污费的省市决定和会议内容，添油加醋地讲给王小江听，添加的"油醋"当然都是针对林寒江，似乎不是他们篡改了会议纪要，而是林寒江篡改了他们的获利协议。"二书记"曹兵是一个很会讲故事的人，在他有鼻子有眼的描述下，是这个林寒江有针对性、有预谋地针对王小江等人，蓄意破坏他们的规矩，刻意地剥夺他们的利益。

王小江听完曹兵的描述，气不打一处来，一扬手将红酒杯摔在对面墙上，王小江破口大骂："林寒江，我日你祖宗！我和你没完！"

曹兵见成功地勾起了王小江的怒火，立刻又开始安慰他："王总，消消气，气大伤身，不值得为了这点小事生气。"

王小江眼睛一瞪，说："小事？一个多亿的真金白银，不心疼啊？关停白云矿场我已经损失了好几个亿，现在还要罚我一个多亿，难道老子的钱是大风刮来的？"

"是啊，都怨那个林寒江，盯着王总名下的企业不放，实在是欺人太甚！"曹兵又开始煽风点火。

王小江眼珠子转了几转，问："那谁，是什么意见？"

屋子里虽然没有第三个人，曹兵还是警惕地环顾一下周围，低声对王小江说："他的意见是你们企业出一个人，先把伪造会议纪要的事顶下来，别惊动那个新来的袁凯继续调查，一是官商勾结伪造公文，传出去不好听，二是这个公安局局长袁凯据说和林寒江关系很铁，不要把火烧大了，不好收场。"

王小江定定地看着曹兵，戏谑地问："我说'二书记'，其实最害怕的人是你吧？这事闹起来，你可是吃不了兜着走啊！"

曹兵被点破心事，涨红着脸赶紧辩解："王总，我向天发誓，真的是他的意见，我可不敢假公济私！"

"哼！最后还是我替你们背锅。"王小江鼻子里哼一声，又问："他对追缴欠费和罚款的事怎么说的？"

曹兵背诵课文一样开始复述："他说当年招商引资为了加快促进项目落地，政府确实答应免缴三年排污费，后面的五年，企业该缴还是要缴的，罚款也要遵循法律规定，谁都不能违法，不能破坏生态环境。"

王小江冷笑："说得冠冕堂皇，反正钱是我出，是从我身上割肉！难道我不想做一个遵纪守法的企业家？这些年打点你们的好处，我要是用来缴费，岂不平安无事？"

曹兵脸涨得通红，张口结舌说不出来。王小江自知言重，阴沉着脸想了一会儿，说："好吧，这事我认了。还是那句话，我王小江讲政治、给面子，这个关键时期绝不给他添乱！"

如蒙大赦的曹兵站起身来，向着王小江深鞠一躬，说："还是和王总谈事爽快，大气，不磨叽！"曹兵见王小江答应了，赶紧就坡下驴，告辞离去。王小江假意相送，经过那尊高大威猛的关公像时，曹兵忍不住夸了一句："王总，这尊关二爷像太霸气了，是金的还是铜的？"

王小江故作神秘地笑笑，并未回答。

送走了曹兵，王小江回来绕着关公像转了几圈，不时用衣袖擦擦雕像上的灰尘，自言自语说："关二爷，他们都拿我当莽夫，给我煽风点火，想让我出面去干掉林寒江，我可不傻，没好处凭什么替他们除掉拦路虎？韩信尚且能受胯下之辱，罚点小钱算什么？只要白云矿场攥在我手里，我能在林寒江胯下来来回回反复地钻，钻到他劈叉！"

李亮苏醒过来时，已是黑夜，他努力搜寻自己的记忆，依稀记得老牧民吆喝的那一嗓子，看来是那些牧民将自己从河里捞了上来。李亮环顾着身处的环境，发现他躺在一顶小帐篷之中，身上的湿衣服已经换成了一件油腻的牧民袍子，李亮揉揉脑袋，四下寻找背包，发现背包完好无损地躺在帐篷角落，李亮急忙打开背包查看那些试管里的水样，试管依然都放在密封盒子中，原封未动，李亮长出了一口气。

李亮从帐篷中出来，外面点着一堆篝火，那些牧民正围着篝火席地而坐，篝火上面吊烤着两条羊腿和羊排，发出诱人的香味，李亮的肚子发出咕噜声响，他才意识到已经饿得前心贴后背。老牧民见李亮出来，便拍拍自己身边的石头，示意李亮过来坐下，李亮也不客气，过去刚坐下，手里便塞过来一只酒碗。那个纵马将李亮逼进河里的牧民依然一脸挑衅的坏笑，歪着头问他："朋友，敢喝酒吗？烧刀子酒！"

李亮没有理他，自己伸手抓起面前的酒囊，倒了满满一碗酒，双手端碗敬那位老牧民，说："老哥，谢谢您们把我从玉龙河里捞出来！我先干为敬！"李亮看出来那位老牧民是这些牧民中的长者，虽然不怎么说话，但是其他牧民对他十分敬重。

老牧民眯着眼睛看李亮，见李亮一口干了烧刀子，竟然面不改色，不禁有些惊异，问他："你真的是为了河里的死鱼来的？"

李亮抹抹嘴角的酒，说："玉龙河现在受到严重污染，已经危及下游的数座城市和近千万人口，我这次来就是想找出污染源。"

那个纵马吓唬李亮的牧民在旁边阴阳怪气地说："你们这些当官的，和王小江那些人勾结在一起，滥采盗采煤炭，挣的钱能装满火车皮，现在还有脸说为了玉龙河来的？"

李亮正色反驳他："被王小江拉拢下水的官员，毕竟是少数，无论是白云矿场还是玉龙河，我们都不希望它们遭受破坏，也不希望它们成为污染源头。"他转头看着那名牧民，说："我若是猜得不错，你们两次帮助王小江阻挠我们在白云矿场执法，殴打执法人员，破坏证物，你们是不是也收受了王小江的好处？"

牧民登时变了脸色，站起身来要与李亮动手，旁边的老牧民呵斥一声："石头，你给我坐下！这是我们的客人，客人来了，迎接他们的是美酒肥羊，不是拳头！"

那名叫石头的牧民乖乖坐下，使劲瞪了李亮一眼，说："王小江每年春天会送一百头马驹给我们，让我们帮他护卫白云矿场，帮他教训那些来捣乱的人。我们可以帮他打架，但是我们也不喜欢他，他把草原弄得乌烟瘴气，臭烘烘的！"

另一个牧民接口道："是啊，白云矿场那一片，本来是最好的草场，现在全部荒废了。"

另一个牧民说："我的马儿现在都不敢去玉龙河喝水了，隔三岔五就会有死鱼漂上来，不知道是什么原因。"

李亮心中恍然，怪不得每次来白云矿场执法都会受到牧民阻挠，原来都是王小江在背后指使。这些豪爽仗义的牧民虽然帮助王小江做了一些阻挠执法的事，但是并不支持王小江破坏草原的行为，毕竟这里是他们牧马放羊的家园。

李亮问石头："你们帮王小江阻挠执法的事情，警察拘留你的时候，你怎么不说出来？"

石头使劲摇头："我石头不是出卖朋友的人，况且王小江说了，警察和他们是铁哥们儿，我要是说出原因，警察就会牵走我们的马，这几年马驹都已经繁衍到几百匹，不能让他们牵走！"

李亮苦笑，没想到狡猾的王小江竟然用这个招数，将这些质朴的牧民和自己捆绑在一起。李亮又问石头："石头，那你为什么对我说这些事？"

老牧民在旁边接过话，说："在你昏睡的时候，我们正在商量这件事，大家意见一致，从明年春天开始，我们不会再帮王小江了！"

李亮一拍大腿，又举起酒碗敬这些牧民，他向牧民们解释，白云矿场由于破坏生态环境，已经被省里严令查封整改，正在研究处罚措施，他向牧民们保证，白云矿场以后肯定不会再臭烘烘地危害草原了。牧民们一片欢腾，一袋子烧刀子就瞬间消灭大半。

两三碗酒下肚，李亮和石头已经成了好朋友，两人共用一把小刀割羊肉吃。李亮向牧民们求助，现在最着急的事情是找到玉龙河污染源头，否则这条草原母亲河很快就会成为一条脏河、死河。

牧民们七嘴八舌讨论玉龙河出现死鱼的原因，有的说是邻省境内的玉龙河源头被污染了，波及这片水域；有的说是白云矿场污染了地下水，渗透到玉龙河；有的说是下游修建水电站，不但污染了水质，还可能得罪了河神；石头的想法最离谱，他煞有介事地猜测，可能是国外敌特偷偷越境过来，在玉龙河里投毒！

李亮听完这些人的分析，不由哈哈大笑，他使劲拍着石头的肩膀，说："特务偷偷过来投毒？石头，你的警惕性很高啊！"

老牧民吧嗒一口烟，说："投毒，我看未必，但是要是有人深更半夜偷偷往河里倒东西呢？"

李亮一惊，赶紧求老牧民给他详细说说。原来，老牧民近期牧马时为了寻找好的草场，偶尔向北多走出几十公里，在野地里过夜，有几次凌晨两三点钟，他发现在一处废弃的煤矿旧址中，经常灯火通明，而且有一些大型货车驶入矿洞，不知道在里面做些什么。等到天亮的时候，这些货车和人又消失得无影无踪，简直和海市蜃楼一样。老牧民曾经靠近查看过一次，矿洞洞口有留守人员看门，他进不去，但是却发现了一些车轮痕迹和人的脚印通向河边，那里距离玉龙河只有五六百米。

李亮顿时心中疑云大起，问老牧民："老哥，那个矿洞在什么位置？"

老牧民抬手指向天空的北斗星，说："向着北斗七星斗柄的位置，距离帽儿山大约二十公里，玉龙河东岸有一处小山包，矿洞就在小山包的后面。"

李亮兴奋地站起身来，顿时有些头晕眼花，原来是酒劲儿涌了上来，他努力睁大眼睛眺望着北斗星，北斗星下面是一片深邃的黑暗，黑暗之中到底藏着什么呢？北斗七星在李亮眼中一阵旋转，变成了一个无垠的黑洞，李亮歪歪斜斜地向后倒去，他终于喝醉了……

二十七

　　秦州市政府向省生态环境厅发出邀请，建议与省厅一起会商研究龙岭违建别墅和化工产业园追缴处罚问题。林寒江上任之初就因为龙岭违建别墅问题在视频会议上检讨发言，加上省委书记陈庭坚的雷霆震怒，所以他一直十分关注这项工作。然而，秦州市始终态度暧昧，对工作进展讳莫如深。这次秦州市政府主动邀请会商，令林寒江喜出望外，当即带着相关人员来到秦州市政府。

　　一般来说，省厅领导来秦州市研究工作，市政府派出对应的副市长就可以，但是这次会议市长高峰异常重视，亲自参加。看见高峰急匆匆走进会场，林寒江着实有些意外。两人握手寒暄后，高峰开门见山，先向林寒江等人通报了化工产业园欠缴排污费的处置意见，经市委市政府研究，决定对秦州市化工产业园免除前三年排污费，追缴后五年排污费，并依照相关规定予以处罚，共计 1.1 亿元。同时将化工产业园的案例与省厅转来的海螺水泥厂的案例，印发给全市各个行业，广泛学习借鉴，查找不足。

　　林寒江插话问："高市长，化工产业园同意这个决定吗？他们会不会拖延甚至抵制市里的处罚决定？"

　　高峰笑笑说："企业肯定是有意见的，一个多亿，不是小数目，一般企业可能真拿不出。为了做好企业的工作，既要依法追缴处罚，又要保生产保稳定，我们已经责成市生态环境局局长李彦兵带领专班在产业园现场办公，什么时候追缴到位，什么时候撤回来。"林寒江环视参会人员，果然不见了李彦兵，原来高峰安排他去当收费员了。林寒江见高峰这么说，也不好再问了。

　　高峰在通报处置意见的同时，一直在用眼角余光观察林寒江的反应，见林寒江并没有明确反对意见，高峰又说："在这次问题处置过程中，暴露了我们秦州市有关部门工作疏忽、档案缺失和责任心懈怠等问题。化工产业园个别工作人员受利益驱使，竟然篡改会议纪要，现在公安部门已经介入，正在调查追究相关人员的法律责任。这件事给我们秦州市政府敲响了警钟，我已经严令所有部门开展自查自纠行动。"

这个处理意见，林寒江来秦州市政府之前，袁凯已经在电话里和他通过气了，袁凯本想令人追查政府办公室、市生态环境局内部参与人员，但是刘军强和高峰都分别暗示他，不赞成继续深查下去。袁凯作为新来的公安局长，只能见好就收。

副省级的秦州市市长亲自出马向一个副厅长汇报工作，态度谦逊，而且汇报内容多是整改、检讨，令参会的人员都感到诧异。林寒江也是百思不得其解，心中一直在想着袁凯在电话里说的话，林寒江理解袁凯的难处，在电话里安慰他："虽然暂时放过了'内鬼'，相信这个'内鬼'早早晚晚会浮出水面的。"

袁凯抛出一个问题给林寒江，说："老林，就算揪出来'内鬼'，充其量就是一个小喽啰。我想不明白的是，高峰和刘军强一直面和心不和，虽然没有势同水火，但是也没有道理去帮对方灭火啊？这次化工产业园的事，明摆着和刘军强有莫大关系，高峰为什么帮他想方设法过关，不知道这里有什么猫腻？"

高峰又开始介绍龙岭违建别墅的情况，林寒江迫切想知道龙岭山中到底有多少栋违建别墅，但是高峰在介绍中只是含糊其词，说正在摸排过程中，暂时没有准确的数字。林寒江的注意力很快被面前复印文件上的一段话吸引——"务必高度重视，以坚决的态度予以整治，以坚决的行动遏制此类破坏生态文明的问题蔓延扩散。"这是中央领导对龙岭违建别墅问题的严厉批示，措辞之严厉，让林寒江震惊不已。原来这就是自己到处寻找的中央领导批示，今天才见到批示原文，口气竟然如此严厉。

高峰刚介绍完情况，一同参加会议的市政府咨询员肖远征就叫嚷起来，说："高市长，请您重新考虑一下，这项工作如此重要，中央领导都已经批示了，我这个马上就要退休的糟老头子实在难以胜任，恳请高市长重新部署工作，选一个能干的市领导接替我。”

肖远征在省厅的人面前敲响退堂鼓，让高峰有些下不来台，他阴沉着脸说："老肖，让你牵头负责这项工作，是市政府常务会决定的，市委刘书记也是同意的，怎么能关键时刻退缩呢，我们要有斗争精神……"

肖远征丝毫不给高峰面子，直接打断高峰的话，说："高市长，我给您解释一下，龙岭违建别墅要涉及前期摸排底数、中期确定产权、后期清理整治以及信访稳定等诸多问题，涉及市里的自然资源、生态环境、城建、房产、执法、信访、城市更新、公安和属地的两个区政府等几十个部门。"肖远征扒拉着手指头，一一数着，说："这项工作，几乎是调动全市的行政资源来做这件事，这么大的工程，怎能是我一个快退休的咨询员能解决得了的？我何德何能，能担此重任？"

高峰被肖远征当着林寒江的面一顿抢白，脸上更下不来台，他忍住怒火，说："好，老肖，既然你说担不了这个重任，我给你加强力量，我再给你配个能牵动全市的领导。"

林寒江以为高峰会亲自挂帅来抓这项工作，因为是中央领导批示，市委书记和市长应该亲自牵头，分管副市长具体抓落实，这项工作在省里一直是由生态环境厅牵头调度，顺理成章应该由主管生态环境的副市长抓落实。没想到的是，高峰环视一圈参会的各位副市长，竟然将这项工作拍给了常务副市长王鹏飞。

高峰说："这项工作确实极为重要，我看就请鹏飞同志为组长，负责全面工作，肖远征同志为副组长，负责日常工作调度，其他部门全力配合。"

常务副市长王鹏飞没想到砸在自己头上，有些发懵，王鹏飞毕竟是老油条，马上辩解说："高市长，我也是刚知道中央领导的批示内容，既然是生态环境的问题，而且省里对应的也是生态环境厅，是不是应该由生态环境部门来具体操作。"王鹏飞也不想接这个横空飞来的"锅"，想推到分管生态环境的副市长身上。

分管生态环境的副市长吓了一跳，刚想说话，高峰直接接过话题，说："你们不要推来推去了，就这么定了！鹏飞同志你要以大局为重，因为这项工作是拆除违建工作，由常务副市长调动城管、执法、城市更新以及公安等部门比较适合，你们去执行吧！"见高峰脸色难看，王鹏飞和肖远征等人也不再说什么了。

林寒江从秦州市政府出来，他想不明白高峰面对中央领导的批示，为什么这样部署工作？高峰不仅自己不出面牵头，又绕过主管生态环境的副市长，把不相干的王鹏飞和肖远征推了上去。林寒江猜测，高峰这么部署工作，最大的可能就是想绕开省生态环境厅和自己，而绕开省厅和自己的目的又是什么？难道秦州市是想把中央领导批示的"破坏生态文明问题"，偷梁换柱变性为"违章建筑问题"？

林寒江看着手中的中央领导批示，似乎有点明白高峰无法明说的用意。

秦州市公安局成立了"6·20专案组"，将最近发生的龙岭命案和百花公寓坠亡案并案侦查，由赵震任组长，李长风任副组长。同时，还成立了"王天龙追逃专案组"，由李长风牵头负责。

李长风这两天连续去田小小的宿舍，找她了解案情，惹得田小小心烦不已，田小小故意装出生气的样子，说："不要以为你救了本姑娘，我就对你感恩戴德，惹恼了本姑娘，我再给你那边脸来一下！"

李长风已经和她混熟了，又拿出自己的痞劲儿，说："上次你打我，我还能原谅你的无心之失，你要是再敢打我，我就以袭警罪名给你带回局里，省得你天天乱跑，你都不知道自己招惹了多大危险！"

"哎呀，我知道了！知道你为了保护我，险些和那个人在桥上同归于尽。"田小小一边啃苹果，一边翻看着自己的手机，在抖音里调出一个视频，展示给李长风看："喏，这就是你的英雄事迹，我虽没有亲临现场，但是网络都帮你记载了，千秋不忘！"

李长风看了一眼视频里的白色大众车，心有余悸地叹口气，说："你说，我为了你这个不听话的傻丫头，差点儿就领了四十个月工资，我来找你了解情况，还要看你的脸色，水也不给喝一口，苹果也不给吃一个……"

田小小嚼着半块苹果，使劲瞪着李长风，吓得李长风把剩下的牢骚话咽了回去，田小小"哼"了一声，说："好吧，看在你忠心护主、救驾有功的份上，我就给你洗个苹果！"

趁着田小小去厨房洗苹果的空当，李长风迅速观察了一番田小小的卧室，他轻轻翻看书桌上文件盒中的资料，都是一些科研所的工作材料，他又伸手轻轻拽一下书桌的抽屉，所有的抽屉都上了锁，别看田小小平时大大咧咧的，其实她是一个很谨慎的人。李长风的目光扫过窗台上摆放的一排多肉植物，最后停留在一堆报纸杂志上面，那上面放着一个台历，是非常流行的故宫博物院台历，有些日期被红笔醒目地圈了起来，李长风拿起台历仔细翻看着，他发现最近三个月里红笔圈起来的日期特别多。

李长风思索一下，掏出手机将这三张台历拍了下来，不料"啪嗒"一声，一张照片从台历里掉了下来，李长风捡起来一看，是一张用照片自制的日历，照片中三个女孩子聚在一起自拍，旁边一行字写的是："三个干吃不胖的死党！"

李长风盯着那张照片，瞬间瞪大了眼睛，照片中举着手机自拍的女孩子正是田小小，身后一个伸手做"V"字手势的正是百花公寓坠楼死亡的周纯如，最后一个女孩子看起来并不热衷自拍，很自然地用一本书挡住了自己半张脸，但是从她的头发和眉眼，李长风一眼就认出她就是神秘死亡的柳晓京，柳晓京吊在树上的那张照片李长风足足看了上百遍，即便有书本挡住脸，李长风还是一眼就认出了她。上次在林寒江办公室，田小小明明说自己和柳晓京并不是很熟悉，看来她在撒谎！

李长风大脑飞速旋转："田小小究竟和这两个惨死的女子是什么关系？这三个女子究竟遭遇了什么事情？"

田小小端着洗好的苹果回来，李长风装模作样低头玩手机里的游戏，打得"砰砰"作响，田小小偷偷瞄了一眼，原来玩的是一款射击游戏。田小小撇撇嘴，说：“多大人了，还玩这么幼稚的游戏？给，奖你一个苹果！”

李长风接过苹果，一口咬掉半个，说：“平日里没有开枪的机会，只好在游戏里过过瘾，这叫时刻保持战斗状态！”

“怪不得你那天面对郑恒，比划半天不敢开枪，原来是自己枪法不行啊！”

“你懂什么？”李长风怎肯在田小小面前示弱，说：“郑恒曾经是警校学生，虽然没有正式加入警队，但他是不会轻易伤害警察的，那天我是不想激怒他，我赌他一定会对小马手下留情。”

“我还以为你赌他枪里没有子弹呢！”田小小白了他一眼，用电视剧里的台词嘲笑他，说：“所以，你那天在高架桥上，也是赌他不会跟你同归于尽？”

李长风点点头，说：“当时我虽然没有想那么多，但是事后回想，我发觉郑恒可能并不想与我们警察为敌，也许他骨子里还残存着警察情节。”

“如果柳晓京、周纯如和那对夫妻都是郑恒杀的，你还说他骨子里残存着警察情节吗？”田小小冷笑，说，“在我看来，他就是一个从地狱里放出来的恶魔！他对你们警察可能会网开一面，但是对我们这些普通人，他可没有丝毫的怜悯。”

“这些人是不是郑恒杀的，现在还没有定论，如果真是郑恒所为，他一定逃脱不了法律的制裁。”李长风安慰田小小，说：“小小，我们玩一个游戏，我给你变个戏法儿。”李长风右手在田小小眼前一晃，慢慢翻开手掌，露出那张三人合影的日历，田小小一下子愣住了。

李长风很严肃地问她：“小小，你和她们两人到底是什么关系？郑恒为什么一直追着你不放？你到底藏着什么秘密，为什么不告诉我？”

田小小见到照片做的日历，立刻变了脸，怒叱李长风：“三只眼，你竟然敢翻我的东西，你有搜查令吗？”她扑过来要夺回日历，李长风灵巧地一躲，田小小扑个空，几乎摔倒在地，李长风只好扶住了她。

田小小夺不回日历，干脆连珠炮般反问李长风：“三只眼，你怎么不去调查公安局的'内鬼'？怎么不去调查柳晓京到底发现了什么线索？为什么像狗皮膏药一样天天粘着我？"

李长风毫不生气，笑着说："我来保护你，是袁局长安排的任务，万一你这大美女出事了，我的脑袋也得被他揪下来，保护你就是保护我自己。"

田小小没心思和李长风斗嘴，她冷静下来，说："三只眼，我知道你是一个好警察，可是你能保证你身边的警察都是好人吗？"

李长风顿时僵在那里，他不知道怎么回答这个问题。田小小把李长风向门外推去，说："三只眼，你要是真的想保护我，就赶快抓到杀害柳晓京、周纯如那些人的凶手，不要在我这里浪费时间了！"

李长风还是不甘心，抵住房门不让田小小关门，嬉皮笑脸地说："小小，你不把心里藏着的秘密告诉我，我怎么抓凶手啊？"

"你说的没错，我是有秘密，但是我的秘密只能告诉秦州市我唯一相信的人，你快走吧！"田小小使出全身力气去推房门。

"咦，小小，你唯一相信的人难道不是我吗？"李长风此时的无赖劲儿，与地下车库里的冷静沉着简直判若两人。

"你撑死了只能算半个值得相信的人！"田小小终于将房门关上，她用肩膀使劲顶住房门，"你们不找出'内鬼'，我打死也不会说的！"

李长风无奈地摊摊手，他知道田小小说的"唯一相信的人"是谁，那个人是林寒江！

听着李长风离去，田小小贴着门板滑下来，慢慢坐在地上，大串的泪水从脸上滚滚而落，田小小抱住自己的膝盖，颤抖着，她终于放声痛哭。

二十八

　　李长风说的没错，田小小确实有秘密。田小小和死去的柳晓京、周纯如并非一般朋友，而是三个志同道合的战友，三人的共同目标就是要揭开秦州市生态恶化的黑幕。

　　大约两年前，田小小和周纯如在生态科研所工作时，两人联合写了一篇《秦州市草场沙化的情况分析与复绿建议》，在《秦州晚报》网络频道刊登。文章虽然发表了，但是在秦州市却如泥牛入海，并没有引起社会关注，除了一个人，这个人就是《秦州晚报》网络频道的记者柳晓京。柳晓京主动找到田小小和周纯如，原来柳晓京正在调查龙岭保护区内矿产资源野蛮开采、植被环境遭受破坏的问题，调查的重点企业就是白云矿场。柳晓京向田小小和周纯如请教专业知识，三人年龄相当又三观相近，一见如故，慢慢成了无话不谈的好朋友。

　　今年四月初的一天，柳晓京来找田小小、周纯如去美食街吃水煮鱼。席间，柳晓京问田小小："小小，你听说过十几年前龙岭山上的狮子崖跳崖案吗？"

　　田小小摇头："这事儿你得问纯如，她是本地人，我一个外来户，能够不迷路找到美食街就不错了。"

　　周纯如想了想，绘声绘色地说："这事儿，我还真的有印象。那时候我刚上高中，好像那天傍晚下着瓢泼大雨，电闪雷鸣，班主任看天气不好，就取消了晚自习，让我们提前回家。我出来一看，那闪电就在狮子崖上转来转去的……"

　　田小小白她一眼，说："哎呀，纯如，你就别讲鬼故事了，怪吓人的，你们晚上都有家回，我还要住宿舍呢。"

　　柳晓京却听得津津有味，追着周纯如问："快说说，后来怎么样？"

周纯如故作神秘地说："第二天早上，就听到学校的老师和同学私下里议论，说是狮子崖下面摔死了一个女孩子，死相极惨。关键是这个女孩子还是我们的学姐，本来学习成绩很好的，学霸一枚，后来说是家里出了什么变故就辍学了，挺可惜的。"

田小小其实也在竖着耳朵听，不由得问："哎，纯如，那她是自己跳崖的还是被人谋害了？"

"警方调查了很长一段时间，还来我们学校查了呢，找了不少同学问这问那，看看是不是情杀，后来给的结论就是自杀，排除了他杀的可能。"

柳晓京有些纳闷："一个豆蔻年华的女孩子，好端端的为什么跳下百米山崖呢？"

田小小趁她俩说话，已经消灭了半盆鱼，说："晓京，你不研究生态环境了？怎么研究起陈年旧案来了，要当刑侦记者报道凶杀案？"

周纯如见鱼肉大都被田小小给吃没了，赶紧捞了几筷子，说："哎呀，小小，你属猫的啊，吃得太快了！晓京，你怎么研究起这个案子了？这个案子听说挺惨呢，死的人可不止一个！"

不仅柳晓京吃惊，连田小小都瞪圆了眼睛，催促周纯如："你别卖关子了，赶紧往下说啊！"

周纯如不紧不慢吃了两块鱼肉，又喝一口饮料，才开口说："当年，我听一个高年级同学说过，这个女孩子好像姓郑，名字记不住了。在她辍学之前，她家的房子因为征收的事被人点了一把火，她哥哥出手把对方打伤致残，自己也被关进了监狱，她母亲因为儿子入狱的事，心梗发作住进了医院，抢救了几次还是没保住性命。更凄惨的是，她父亲怒火攻心，在她母亲去世的第二天，脑血管'轰'的一下，爆裂了……"周纯如说到这里，双手做了一个夸张的爆炸手势，把柳晓京和田小小吓了一跳。"所以，我得提醒你俩，人不能脾气太大，脾气大就容易血压飙升，就像小小你这样的霹雳火性格，说不定……"

田小小见她把话题拐到自己身上，操起筷子敲了周纯如一下："住嘴，扯到我身上干嘛？快说，后来怎么样了？"对面的柳晓京也听得入迷，咬住筷子等着周纯如讲下去。

"后来，我也不知道，反正家破人亡了。"周纯如摇摇头，说，"这件事当年在秦州轰动挺大，但是慢慢也没了下文，悄无声息就过去了。"

"妈的，这是灭门惨案啊！"田小小把筷子拍在桌子上，眼睛瞪得更圆，问柳晓京："晓京，你这个无冕之王，是不是该伸张正义？把这案子捅出来，太他妈气人了！"怒气冲冲的田小小忍不住爆了粗口。

柳晓京说："我之所以关注这个案子，是前天我采访过程中，遇见一个秦州老人，他说狮子崖下面闹鬼了，可能是当年那个跳崖的女孩子回来报仇来了。"

"闹鬼？"田小小和周纯如异口同声问道。

"是啊，有人经常在半夜看见狮子崖下面的密林中有鬼火一样的亮光，忽明忽暗的，有好事的人去查看，却什么也没发现。"

周纯如有些相信了，说："难道真的是她的鬼魂回来了？"

"闹鬼我是不信的，但是这个案子牵扯到唐宫集团在龙岭山里前些年的野蛮征收的旧账，以及后来他们建设的一批违建别墅，还有大面积的毁绿破坏植被问题，我想以这个案子为突破口，调查一下那些违建别墅的前世今生。"

周纯如连连点头，表示支持。田小小还在气头上，又使劲拍一下桌子，说："晓京，我支持你，我帮你干！我要是那个女孩子，我才不去跳崖，我会拿把大砍刀，喊里喀喳一顿砍！"田小小的声音很大，手里拿着筷子胡乱比划，不仅吓到了柳晓京和周纯如，连邻桌用餐的客人都扭头看这三个女生。三人吐吐舌头，赶紧收拾东西逃离餐厅。

从那天开始，三人达成一个约定。柳晓京和田小小分头去调查龙岭山区里的违建别墅情况，以及以白云矿场为重点的保护区内野蛮开采矿产资源的问题，周纯如负责为二人收集、整理资料，三人定期在市图书馆会面，商讨下一步调查计划。三人准备适时将调查成果通过《秦州晚报》网络频道刊登出去，让秦州市老百姓知道秦州市现在得了什么病。

柳晓京遇害前一周左右，有一天晚上十点多钟突然来找田小小。哈欠连天的田小小刚把房门打开一条缝，柳晓京就一脸紧张地挤了进来，田小小给她倒水的时候，柳晓京还把耳朵贴在房门上听外面的动静。

"怎么了？遇到跟踪的色狼了？"田小小见柳晓京紧张的神色，还和她开玩笑。

"小小，可能要出事了！"

"什么事？"田小小把水杯递给柳晓京，还故意调侃她，"是不是你老妈又催婚了？"以前柳晓京曾经被老妈逼着去相亲，跑到田小小这里躲了好几天。三人之中，唯独柳晓京是一个不婚主义者，她说自从小学五年级目睹父母离婚，双方闹上法庭，她就对婚姻有了一种深深的恐惧，一辈子都不想碰这个东西。

柳晓京坐在田小小对面，双手捧着水杯微微有些颤抖，田小小看着她紧张的神情，慢慢也收敛起笑容，她知道柳晓京一定是遇见了让她感到恐惧的事情。

柳晓京沉默一会儿，说："小小，我们写的那些生态环境的稿子，晚报领导都给撤了下来，不让发……"

"嗨，我还以为出了什么大不了的事儿，不让发就不发呗，原来也没指望他们有胆量做这事儿！"田小小放下心来，大大咧咧地说："《秦州晚报》那些小官僚，他们要是敢刊发出来，我才眼镜碎一地呢！"

"小小，我担心的不是这个，是、是有人跟踪我！"柳晓京终于说出自己心中的担忧。

"跟踪？你确定？"田小小也有些吃惊。

"是，这两三天总有人偷偷跟着我。"柳晓京偷瞄一眼房门，说，"无论我上班，还是出去采访，身后总有尾巴跟着，今天来你这里，我故意多绕了半个小时才甩掉他们。"

　　"为什么跟踪你？"田小小不理解，"难道是我们调查的那些事情得罪人了？"

　　柳晓京说："我也这么想的，可能是我们碰了某些人的痛处，他们肯定不希望我们调查的事情露出水面。"

　　"所以，这些人一边派人跟踪你，一边向你单位领导施压，撤下那些稿子？"

　　柳晓京无奈地点点头，说："撤稿子倒没什么，我担心这些人狗急了跳墙，会做出什么出格的事情。"

　　"晓京，再发现有人跟踪你，立刻报警！"田小小立时杏眼圆睁，说："还有没有王法了？秦州市不是这些人一手遮天的地方！"

　　柳晓京苦笑，说："我已经报警了，可是、可是如果跟踪我的人就是警察呢？"柳晓京有些吞吞吐吐。

　　怒气填膺的田小小立刻怔在那里，她瞬间明白了柳晓京恐惧的原因。原来，柳晓京昨天采访途中发现有人一直在跟踪自己，就故意来到单位附近的派出所报警，等她从派出所出来，却意外地发现跟踪自己的人正坐在一辆警车里，那个人身边还有一个身穿制服的警察，两人互相开着玩笑，头顶头在车里吃方便面。跟踪的人似乎没有料到柳晓京这么快就出来，有些惊慌，当即拉低帽檐挡住面孔，柳晓京没有敢声张，只能加快脚步离开，那个人知道引起了柳晓京的警觉，只好保持距离，远远地跟着柳晓京。

　　田小小也紧张起来，如果那些人连警察都能利用，说明背后的实力绝不是她们三个弱女子所能应付的。田小小看着柳晓京，柳晓京也看着田小小，房间里一阵寂静，两个女孩子没有说话，彼此心里都感到了一阵莫名的恐惧。

　　"小小，最近这段时间，我们彼此之间不要用电话、邮件什么的联系了，我一会儿再去纯如那里告诉她，我担心我们已经被人监听了。"

　　田小小点点头，问柳晓京："晓京姐，那我们以后怎么办？不查了？"

　　柳晓京已经从刚开始的慌张惊恐，慢慢冷静下来，她转动着水杯，慢慢说："其实，刚才在来的路上，我就已经想过这个问题，在敲响你房门之前，我心里想的也是算了吧，明哲保身，当个老实人，不去招惹那些人。我拿不定主意，想听听你的想法，是否放弃这些危险的调查……"

"现在，你改变主意了？"

"我如果先去找周纯如商量这件事，会是什么结果？"柳晓京喝了一口水，难得一见地露出了笑容。柳晓京平时为人沉郁寡言，不爱张扬，加上又比周纯如和田小小大了两岁，是三人中的大姐和主心骨。田小小虽然风风火火，什么事情都爱抢个上风，但是心中对柳晓京还是很尊敬的。

"会是什么结果？"田小小思索一下，说，"纯如最不喜欢做得罪人的事，她多半会劝你撒手不管，劝我们放弃调查。"

柳晓京点点头，说："纯如一定会劝我放弃的，所以，我先来找你了。小小，我们三人中你虽然年纪最小，但是最具正义感，我先来找你商量，不是寻求你的安慰，是需要你的支持！"

田小小握住柳晓京的手，说："晓京姐，纵然有危险，但是我不想放弃，其实你心里也没有想过放弃，对吧？"

柳晓京说："是，秦州市这块遮羞的布，总要有人给扯下来，让人看看她腐烂的疮疤。"柳晓京也紧紧握住田小小的手，说："看见你，我就知道怎么选择了。"田小小一阵激动，再度用力握紧柳晓京冰凉的手，柳晓京的手慢慢温热起来，田小小的态度无疑给了她巨大的支持。

柳晓京说："小小，我从朋友那里得到一个消息，明天晚上在龙岭山里的别墅区，白云矿场的老板王小江会举办一个很重要的聚会，听说还邀请了重要人物，我想偷偷去看看。"

"会不会有危险？你要多加小心。"

"没事的，我就当是跟踪娱乐明星了，深挖八卦新闻，本来就是网络媒体的主责嘛，我的工作任务。"

"晓京姐，我们下一步怎么做？"田小小问柳晓京，还没等柳晓京回答，田小小眼睛一亮，大叫道："对了，晓京姐，我有一个主意，我听说中央生态环境督察组要回头看，马上就要进驻秦州了，我们可以把调查材料寄给他们！”

柳晓京伸出食指放在嘴唇上，“嘘”一声，示意田小小说话小点声，不要惊动了别人。柳晓京看着兴奋的田小小，露出一丝苦笑，说：“这个主意我早就想到了，而且已经先后两次将调查材料寄给负责我们省的督察组，但是没有结果，没有任何人和我联系……”

“晓京姐，这件事交给我！我后天有一个到北京培训的差事，本来我推给别人去了，现在我要主动申请去北京，我亲自去送材料！”

“你要学杨三姐告御状？”

“告御状怎么了？秦州市没人管，我不信督察组也不管？”

“万一，老百姓说的那句话灵验了呢？”

田小小诧异，问：“什么话？”

“我在调查时，有人说‘天下乌鸦一般黑’，督察组即便来了，也不会真的动秦州市的疮疤。”

田小小使劲摇头，说：“晓京姐，你放心吧，这次督察组组长是那个‘王阎王’王戚，我知道他以前的所作所为，厉害着呢！晓京姐，我这次一定亲手将材料交给他！”

柳晓京犹豫了一会儿，最后还是从包里取出厚厚一沓材料交给田小小，这是柳晓京近期写完的调查报告，还有很多实地拍摄的图片和证言材料，足足有三四百页。田小小接过材料时，手竟然微微颤抖。

柳晓京说：“小小，如果你说的督察组和王戚也不能拯救秦州，我就要用我的方式去做这件事。”

“你的方式？什么方式？”田小小略感惊诧，柳晓京看似文静柔弱，其实早就有了自己的计划。

柳晓京突然笑了，笑得很自信，说：“小小，你不要有压力，万一我们告御状不成，我也做好了准备，给我们留了一个后手，一定要把秦州这些隐藏的疮疤揭露给全国百姓看看！”

那天夜里，柳晓京离开的时候已经是午夜十二点，田小小趴在窗户上目送她的背影，柳晓京站在楼下路灯亮处，转身冲田小小挥挥手，柳晓京再次露出难得一见的笑容，她的笑容其实很漂亮，只是她一直吝啬去绽放自己。

这是田小小和柳晓京最后一次见面，没想到竟然成了永别。

那天夜里，柳晓京一个人走在秦州的街头，深夜的秦州依然繁华，街上霓虹闪烁，车水马龙，柳晓京彳亍的背影显得格外孤独，她不时回头看着自己走过的路，那些路在她身后一点一点儿隐入黑暗，让柳晓京倍感凄凉。

一家亮着灯的商铺吸引了柳晓京，她不自觉走了过去，店主是一个帅气的小伙子，他以为柳晓京是外地来的游客，热情地过来招呼："这位女士，欢迎您来到'未来时光'邮局。"

"未来时光？"柳晓京看着彬彬有礼、干净帅气的小伙子，突然心中涌起一阵愉悦感，就像一只灵巧的手指轻轻拨动她内心的弦，也许在不远的未来，找一个自己喜欢的人，谈一场风轻云淡的恋爱，应该是很美好的事情，那样才不辜负自己的时光。

柳晓京终于开心地笑了，笑靥如花。

……

二十九

　　田小小梦见自己在一处浓雾笼罩的山巅，四下里无路可走，她小心翼翼地向前挪去，却发现脚下赫然是万丈深渊。她惊惶地向后退去，一只苍白的手搭在她的肩头，她惊叫回头，竟然是长发覆面的柳晓京，柳晓京白色的衣服上沾染着点点血迹。柳晓京僵硬地向田小小招手，似乎要带她离开浓雾。田小小恐惧地向旁边躲去，又看见浑身是血的周纯如漂浮在白雾之中，向田小小挥手，她也要田小小跟自己走……

　　田小小尖叫一声，从噩梦中醒来，发现自己还靠着门板抱膝坐在地上，不知道昏睡了多久，脸上泪水汗水汇流在一起，黏糊糊的，她挣扎着站起来，发现已经将近半夜十二点。田小小之所以在林寒江和李长风面前撒谎，假装和柳晓京并不熟悉，其实是想从警方口中探听柳晓京被害一案的线索，如今李长风揭穿了她的谎言，她已经没有必要再掩饰下去。田小小端详着镜子中自己哭肿的双眼，用冷水洗了把脸，她下定了决心，慢慢拿起一件黑色的运动卫衣套在身上。

　　田小小与柳晓京分别之后，第二天晚上赶去北京，但是她在中央督察组驻地并没有见到王宬，工作人员说王宬正在南方出差，田小小在北京等了两天也没有等到王宬。

　　6月20日夜里，田小小在手机上看见柳晓京发出的最后一条微博："人不如狗！"当时，她心中就惊慌起来，立刻给柳晓京打了数通电话，却无法打通，田小小预感到柳晓京可能发生了意外，她攥着手机整夜未眠。第二天一早，田小小将调查材料留给督察组，她千叮咛万嘱咐工作人员，一定要把材料亲手交给王宬。

　　田小小乘坐动车返回秦州，在动车上，周纯如给她打来电话，告诉她柳晓京失踪的消息。因为柳晓京曾经说有警察跟踪自己，所以当时田小小没敢报警。回到秦州的田小小知道事情危急，急忙约周纯如见面，周纯如担心出事，已经躲到了外地哥哥家，要过一阵子才回秦州。过了几天，周纯如回到秦州，两人约好了见面的日子，谁知田小小刚赶到周纯如家楼下，就见到周纯如从楼上坠落身亡。联想起柳晓京曾经对她说起"跟踪自己的人可能是警察"，再加上周纯如死亡之前的语音提醒，田小小更加不相信秦州市警察，包括李长风等人在内，她都没有对他们说出事情的前因后果。

现在的秦州市，能够让田小小相信的人只有一个——林寒江，但是苏娜的话给田小小敲响了警钟，"难道你希望你寄托希望的人，倒在他们的阴谋诡计之下吗？"田小小不知道是否应该将这一切告诉林寒江，告诉林寒江以后，他又会面临怎样的危险？田小小现在内心挣扎痛苦，她多么希望"三个干吃不胖的死党"能像以前一样坐在一起，帮她拿主意。

田小小掀开窗帘向外偷看，楼下停着一辆车，隐约可见司机位置上坐着一个人，似乎正靠在座椅上睡觉，这个人应该是李长风派来保护她的，此时已过半夜，这个人早就架不住又累又困，谁能想到田小小像一只猫咪一样，轻手轻脚地溜出来。

田小小确定身后无人跟踪，悄悄打车来到柳晓京住处，那是一栋居民楼的五楼。田小小手里有柳晓京家门的钥匙，轻车熟路地打开房门。柳晓京没有和母亲住在一起，平日里只是偶尔回到母亲家中，大多数都是自己居住，所以她的房间也是田小小的第二居所。进到房间的田小小不敢开灯，只能用手电扫视着屋子，这是一处两室两厅的房子，屋子里的东西和柳晓京办公桌一样乱糟糟的，柳晓京在整理家务方面远远不如她写稿子那样干净利索，尤其房间里还被警察搜查过一遍，显得更加零乱。

田小小坐在客厅的台式电脑面前，接通电源，看着电脑发出一声轻响，屏幕亮了起来。柳晓京平时出去采访时会带着笔记本电脑，回到家中却喜欢用台式电脑，这个习惯和田小小不一样，田小小在哪里都是用笔记本电脑，有时候甚至躺在被窝里看电影。柳晓京多次提醒她不要躺着看电影，否则那双水汪汪的大眼睛就要变干变瞎了。

田小小想着以前和柳晓京的打趣，不觉心中怆然。电脑弹出一个密码输入窗口，田小小熟练地输入密码，她和柳晓京的电脑密码两人彼此都知道。电脑嗡嗡启动着，各种菜单显现出来，田小小用手电照亮屏幕，凑近了仔细查看柳晓京的文件。

田小小记着柳晓京的话，"……万一我们告御状不成，我也做好了准备，给我们留了一个后手，一定要把秦州这些隐藏的疮疤揭露给全国百姓看看！"这些天，田小小一直殚精竭虑要找出柳晓京留下的"后手"，她查遍了柳晓京留下的各种资料，都没有找到，最后她想到了柳晓京住宅中的台式电脑，也许在电脑中能找到蛛丝马迹。

田小小没有想到的是，此时一个黑影慢慢出现在厨房的门后，带着一丝冷笑看着电脑前全神贯注的田小小。田小小在电脑里搜索文件，而黑影却借着微弱的亮光在观察房间内的家具摆设，他在寻找位置，似乎要给田小小设计一个合理的"归宿"。黑影慢慢挪进房间，离田小小更近了。

田小小打开柳晓京的邮件箱，在那里发现了一封 6 月 20 日晚上寄出的邮件。"6 月 20 日晚上，那天正是晓京说的去龙岭山中别墅调查王小江举办聚会的时间，难道是她在聚会上发现了什么？"田小小疑云顿起。

邮件是加密的，和以前的密码都不相同，看来柳晓京对这封邮件一定十分重视，所以特意设置了别的密码，田小小试了几次都没有打开，她知道这封邮件很可能就是柳晓京留下的"后手"，田小小兴奋起来，将手电叼在嘴中，双手在键盘上"噼里啪啦"地操作着。

黑影已经毫无声息地站在田小小的身后，犹如飘浮的鬼魅一般，他也充满好奇，定睛等着田小小打开这封邮件。田小小突然全身肌肉僵硬，像是被定住了一样，她闻到了身后传来了一股浓浓的香烟味道，还有那个黑影身上散发出来的冷酷的气息，那种气息犹如一个人在暗夜孤身走进阴森无垠的密林，蔓延到身上的阴冷与恐惧。

浑身僵硬的田小小一动不敢动，冷汗像蛇一样慢慢钻出发髻，在脖子上蜿蜒游走，冰凉又绝望，她不敢回头，眼睛却拼命向后瞥去，想看看身后究竟是谁？黑影的目光也在田小小身上游走，像是老猫观察小白鼠一样，戏谑又残酷，他的目光最后停留在田小小流着冷汗的后颈，他已经想好了"处理"这个女孩子的办法。田小小感觉到了有泪水在慢慢渗出眼角，在死亡的气息中，没有人能不害怕，这种气息正在一点一点摧毁她的意志，她开始浑身颤抖。黑影露出了一丝满意的冷笑，他的脸慢慢从黑暗中露了出来，正是郑恒！

田小小突然大叫一声，猛然跳起来向外冲去，她的求生欲望终于战胜了恐惧，但是她的身子刚刚弹起，郑恒的手已经像锤子一样敲在她的后颈上，田小小立刻软绵绵地瘫了下去，手电在地板上滚了几滚，屋子里光影错乱变幻，最后将郑恒的身影投射在天花板上，像一个巨大的黑色恶魔向下俯瞰着。

等田小小醒过来的时候，她已经被郑恒绑在椅子上，面前的郑恒正弯腰在电脑上操作着什么，郑恒戴着黑色的手套，一只手举着手电，一只手操作键盘，键盘发出爆裂般的声音，他一只手的速度竟然比田小小的双手还要快。柳晓京电脑里的文件在一个接一个地消失，最后屏幕的亮光徒劳地挣扎了一下，终于完全熄灭。

"住手，你这个半张脸的恶魔！"田小小大骂，却发现只是传来呜呜的几声呻吟，原来郑恒用胶带封住了她的嘴巴。田小小拼命地扭动着身体，连人带椅子一起摔在地上，却依然无法挣脱绳索。田小小的挣扎，郑恒根本不屑回头看她一眼，因为他知道自己从盗猎分子那里学来的捆绑方法，即便是几百斤的黑熊也无法挣脱，何况是弱小的田小小。

郑恒销毁了电脑里的所有文件，又拽出电脑主机，熟练地拆下硬盘，在手中掂了两下，塞进自己的背包。柳晓京留下的所谓"后手"，终于灰飞烟灭。

田小小现在唯一能做的就是瞪圆双眼，怒视着郑恒的背影，如果眼中的怒火能烧死一个人，郑恒现在早就化为灰烬了。田小小不争气的泪水滚滚而下，此时她的泪水并非恐惧，而是绝望，因为柳晓京处心积虑留下的证据，终于毁在这个恶魔一样的男人手里，田小小这些天所做的挣扎努力全都付诸东流。

郑恒走了过来，蹲在田小小身前，用手电仔细照着田小小的脸，郑恒带着戏谑的笑，说："你叫田小小？长得还不错，没想到你竟然是一个认死理儿的傻丫头，不过，你可要比你那同学讲义气多了。"田小小干脆闭上眼睛，不去看郑恒那张吓人的脸。

"告诉我，接收邮件的人是谁？"郑恒粗暴地扳过田小小的脸，迫使她看着自己，田小小闭着眼睛使劲摇头。

"傻丫头，我只给你一次机会，告诉我，这个人是谁？"郑恒一字一顿地问，摇着田小小的头。

田小小睁开眼，怒视着郑恒狰狞的脸，恨不得咬他一块肉，如果不是嘴被胶带封住，田小小此刻肯定一口唾沫吐在郑恒的脸上。

"不说？好吧，我自己也能顺藤摸瓜查出来。本来呢，我是想用这屋子的煤气把你化为灰烬，但是讲义气的女孩子比较少见，所以我可以给你一个优待。"郑恒又说："周纯如摔得血肉模糊，死相太难看，柳晓京至少还保留了全尸，这样吧，我就送你一个她的死法吧。"田小小口中发出呜呜的声音，不知道她在用什么话语咒骂郑恒。

郑恒站起身来，从包里掏出一条绳子扔在吊灯上，轻巧地打了一个套圈，说："女孩子上吊身亡，最好要配一个好看的绳套，我那些做脏活的朋友把这种结法叫'相思扣'，好听吧？'相思扣'，你心里有没有念念不忘、最想见的人？"

田小小又发出一阵呜呜的声音，她是在质问郑恒："你就是用这种方法杀了柳晓京？"

郑恒叼着手电，将田小小从椅子上解开，将那把椅子放在吊灯下面，田小小明白，他是又要制造一个自杀现场，而自己的生命也走到了尽头。田小小用尽全身的力气，在地上滚动挣扎着，郑恒冷笑一声，伸手抓住田小小的胳膊，就像抓小鸡一样将她拎起来，郑恒抱起田小小将她的脑袋向绳套中塞去，田小小拼命晃动着脑袋，躲避死神一样的"相思扣"。

就在危急之时，只听一声巨响，房门被人一脚踹开，一个人影破门而入，大喊道："郑恒，放下她！"

来人正是李长风，李长风举枪欲向郑恒射击，郑恒弯腰躲在田小小身后，李长风投鼠忌器，只能抬高枪口，一枪打在客厅的墙壁上。郑恒反应也快，将手中的田小小与手电一起抛向李长风，李长风不敢开枪，只能伸手去接田小小，黑暗中的郑恒乘机猱身而上，一拳打掉了李长风的手枪，顺势又一拳重击在李长风的脸上，李长风一个趔趄，但是双手紧紧抱住了田小小，他从田小小的身下飞踢一脚，正中郑恒的侧腹，阻住了郑恒的连攻。郑恒后退的瞬间，李长风抱着田小小顺势一滚，将田小小推到沙发后面，还没等李长风站起身来，郑恒的拳头带着风声击向他的太阳穴，李长风右臂一格，同时左拳奋力还击，却同样被郑恒挡住，电光石火之间，李长风来不及变换招式，干脆拼力向前一扑，合身撞在郑恒身上，两人一同摔倒在地。此时，屋子里唯一的亮光——手电已不知道掉在何处，屋中顿时一片漆黑，黑暗中李长风和郑恒缠斗在一起，拳拳到肉，打得砰砰作响，两人此时全没了招数套路，只能像两只野兽一样凭着本能在搏斗。

门外楼梯传来嘈杂的脚步声，还有小马的呼喊声："师傅，你在哪儿？"

李长风听见来了援兵，登时精神大涨，黑暗中连环两脚踢向郑恒的胸肋，谁知第一脚踢个空，第二脚竟然踢在一个硬物上，疼得李长风几乎失声大叫，原来郑恒捞起了刚才那把椅子挡在身前，李长风全力一脚竟然踢弯了金属椅腿。李长风抱着脚跟跄后退，此时小马等人已经冲到门口，趁着外面手电光照射进来的瞬间，郑恒抓起背包，一个鱼跃翻进厨房，关上房门。冲进来的小马冲着郑恒的背影"砰砰"两枪，却都打在门上。

等小马撞开厨房房门，只见窗户上只剩下一条摇晃的绳索，小马抓着绳索向窗外俯瞰，郑恒正像一只大鸟一样，凌空扑向下面留守的警察，小马惊呼一声："小心，他跳下去了！"楼下留守的警察刚一抬头，就被扑下来的郑恒一拳击倒。郑恒在地上一个翻滚，轻巧地站起身，他挑衅地向五楼窗户前的李长风和小马做个手势，迅疾消失在黑暗中。

屋中灯光亮起，只见李长风不仅瘸了一条腿，而且右眼青肿，嘴角滴血，显然他和郑恒的贴身肉搏，并没有占到便宜。

原来，发现柳晓京的尸体后，李长风曾经让人搜查了这处住宅，但是当时并没发现什么异常。李长风得知田小小曾经在这栋楼下逡巡，便知道这里肯定有猫腻，他特意安排属地派出所，派出警力日夜监视这所住宅。今天晚上的巡查的警察发现屋中有亮光闪动，便第一时间通知了李长风。李长风知道肯定是田小小又闯祸了，他一边飞车赶来，一边让小马去田小小住处查看，随后赶来增援。

田小小又一次在鬼门关前晃荡回来，她扯掉嘴上的胶带，来不及感谢，第一句话就是："柳晓京最后发出的邮件是一个加密邮件，我打不开，现在硬盘已经落在郑恒手中！"

"加密邮件？"

"我不知道内容，但是柳晓京和周纯如的死，肯定和这封邮件有关！"

惊魂未定的田小小告诉李长风："我打不开邮件，但是我知道邮件发给了谁！"

"发给了谁？这个人现在肯定身处险境，有生命危险！"正在揉脚的李长风立刻跳了起来。

"快，三只眼，快带我去找他！"

"找谁？"

"林寒江！"

三十

　　此时，李亮正趴在一座小土丘上，四肢着地匍匐前行，他在部队里学到的各种本领，此刻终于有了用武之地，李亮眼前的小土丘似乎已经变成了一处布满碉堡、地雷、火力点的敌人阵地，他在其中隐蔽穿插、匍匐前进，绕过了并不存在的铁丝网、堑壕，终于来到了土丘顶端的一块巨石边上，李亮掏出小望远镜，仔细观看着对面山包下面的矿洞，这个小望远镜是李亮观看演唱会的时候买的，此时在这里继续发挥余热。

　　李亮已经足足观察了那个矿洞五个多小时，一直到半夜时分，那个矿洞才隐约传出一线灯光，在广袤的草原夜空中就像一点飘浮的鬼火。李亮自言自语："看来这个洞子里面真的有人！"

　　李亮透过小望远镜仔细观察着矿洞，矿洞黝黑深邃，但是洞口很宽，足可以并行驶入两辆重型卡车，在洞口稍微靠里面的地方，似乎还有几间简易彩钢房蜷缩在角落里，应该就是看守矿洞的人居住的地方。李亮看不清楚里面的情况，心下焦急，便从小土丘上潜行下来，慢慢向矿洞摸去。李亮并不知道矿洞里面是否有人瞭望值守，他担心被人发现，动作很是小心，拿出自己侦察兵的本领，狐行兔伏，慢慢接近矿洞。

　　就在李亮摸到矿洞洞口，正要潜进去的时候，外面却突然传来一阵卡车轰鸣声，李亮回头一看，只见五辆大卡车像一条长龙一般，向洞口驶来，雪亮的灯光将洞口照射得一览无遗，同时彩钢房也打开了房门，出来两个身背猎枪的壮汉。李亮伏在洞口前面进退不得，情急之下他只能一个鱼跃跳进旁边的土沟之中，将脑袋紧紧贴在地上。

　　卡车轰鸣着从李亮藏身的土沟上方驶入矿洞，震得泥土簌簌而落，李亮吐了一口嘴里的泥土，借着车灯的光亮向矿洞深处窥探，驶入矿洞的五辆大卡车都用苫布挡得严严实实，看不清车厢里装的是什么。五辆车在里面宽敞处，逐一掉头卸下装载的东西，随着"轰隆隆"的声响，一阵烟尘飞扬，几乎将矿灯遮住，苫布下面藏的竟然是普普通通的泥土。李亮伸手在路上捏起一小撮掉落的泥土，放到鼻子下面闻闻，没有发现什么端倪，又伸出舌头舔一舔，也没发觉有什么怪异的味道。正在这时，李亮藏身的土沟下面突然传来一阵震动，好像有什么东西正在他身下的泥土中奔涌而出，那种来自地下的震动和声音既像是开闸的洪水，也像是一条蠕动的巨蟒在土中寻找出路，随时要破土而出。

李亮顾不得藏身，起身查看地底下到底发生了什么。那个神秘的震动和声音是从矿洞中涌出来，在地底下一路向远处的玉龙河奔去。李亮连滚带爬跟随着这股震动向河边跑去，途中被石头绊倒了两次，但是李亮毫不在意，就像弯腰冲过敌人的封锁线一样，一口气跑到玉龙河边。只见河堤的中间腰部位置，突然涌出一股巨大的褐色水流，带着刺鼻的硫酸味道，咆哮着冲入玉龙河中。

李亮跳下堤岸，冒着飞溅的泥水，贴近褐色水流观察。原来堤岸中间隐藏着一个直径一米左右的排污口，出口位置用树枝草皮遮掩，如果不是正好赶上排水，根本发现不了这个隐秘的排污口。从矿洞里引出来的排污管道，埋在泥土之下，足足有几百米长。李亮刚才跃入土沟，正好趴在排污管道上面，感受到了泥土中巨蟒一般的水流涌出，他循声追来，终于发现了排污口。

"原来玉龙河的污染源就在这里！"李亮兴奋地捶了自己一拳，"在深更半夜时分偷偷摸摸排泄污水，怪不得没人发现！"

排污口找到了，但是矿洞里面到底是什么东西在制造污染？那些大卡车运来的泥土又是什么东西？

李亮拽着树枝爬上堤岸，准备回去再次探看那个神秘的矿洞，谁知他刚刚站到堤岸上，身体就僵在那里，只见堤岸后面站着四个人，两人打着强光手电照住李亮，另两个人手执猎枪，黑洞洞的枪口对准了李亮的前胸。

……

凌晨两点，林寒江被田小小和李长风从睡梦中叫醒，他穿衣服的时候，脑子还没清醒过来，不知道发生了什么紧急事件。

田小小和李长风竹筒倒豆子一样向林寒江叙述晚上发生的事情，林寒江越听越一脸凝重，眉头紧紧拧在一起。"你是说，柳晓京最后的加密邮件是发给了——发给了苏娜？"林寒江说出"苏娜"这个名字时，有些将信将疑，他万万没有想到这起连环命案竟然把苏娜拽了进来。"柳晓京和苏娜怎么会牵扯上关系，她们认识吗？"

田小小使劲点头，说："晓京姐曾经和我亲口说过，当年苏娜从电视台辞职之前，柳晓京就在她手下工作过，后来苏娜离开电视台，柳晓京也辗转来到《秦州晚报》工作。"

田小小又补充说："而且，我刚才在柳晓京的邮箱里，亲眼看到那封邮件的收件人是苏娜，我认得她的英文名字！"

"所以，那个郑恒肯定会循着邮件去找苏娜，下一个受害人很可能就是苏娜。"李长风有些担忧，说："我已经安排人连夜赶去保护苏娜，但是还想请林厅长亲自和苏娜说一下……"

田小小嫌李长风说话太客套，把他扒拉到一边，焦急地对林寒江说："柳晓京肯定是给苏娜留下了什么东西，我曾经当面问过苏娜，她不想交出来，所以这个工作还得你亲自去做！"

"为什么是我？"林寒江不解，李长风也纳闷儿，他并不知道林寒江和苏娜是什么关系。

田小小知道林寒江在苏娜心中的重要性，她斩钉截铁地说："林老师，整个秦州市，如果有一个人能改变苏娜，这个人只能是你！"

林寒江苦笑："你觉得苏娜能听我的话吗？"

伶牙俐齿的田小小丝毫不给林寒江留情面，说："是你从来没有正视自己在苏姐心中的分量，她心高气傲，却为你的一意孤行舍弃了高薪职位，为成全你的事业打碎了她自己的梦想！你又为她做了什么？现在，我告诉你林寒江，苏娜的生死就攥在你的手里，如果你还犹犹豫豫的，你就是罪人！"

林寒江生怕田小小那张利嘴又说出什么让自己尴尬的话来，赶紧掏出手机拨打电话。林寒江按键的时候，发现自己竟然紧张得不行，双手微微有些颤抖，林寒江宁肯自己被郑恒用枪顶着头，也不想苏娜直面凶残的郑恒。

电话那边是一连串的盲音，在凌晨的夜里显得更加清晰。李长风和田小小一脸失望，面面相觑，连打了四五遍电话的林寒江终于放弃了努力，焦急地看着窗外的沉沉黑夜，说："苏娜说自己是一只逐利高飞的鸟儿，她早就不想和我再有交集，或许她就是故意不接我的电话……"

李长风恼怒地拍了一下受伤的腿，说："我这就赶去她的住处，一定要抢在郑恒前面！"说罢，他一瘸一拐地向门外奔去。

林寒江和田小小异口同声说："我们也去！"

此时的苏娜，正在房间内盯着电脑屏幕上柳晓京发给她的邮件，这个邮件最近几天苏娜已经反复看了无数次，却始终没有弄清缘由。

邮件打开，似乎是一张宴会酒桌上的照片，几个人举杯敬酒。照片好像隔着玻璃拍摄的，无法看清人物面目。苏娜在电脑上放大照片，仔细辨认着照片中的人。苏娜看着照片陷入沉思，手指在鼠标上滑来滑去，最后她终于下定了决心，点击打印键，桌子上的打印机轻快地响起来。

苏娜的电话屏幕闪亮，是林寒江正在拨打她的号码，苏娜拿起电话看看，想了一会儿又默默地将电话扣在桌上。

电脑屏幕上的照片突然破碎了，像一堆碎玻璃一样哗然而落，最后只剩下一个嘴角滴血的骷髅头。苏娜惊恐地捂住嘴，看着狰狞恐怖的骷髅头，她好像明白过来，在键盘上一顿敲击，却再也无法打开柳晓京的邮件。应该是有黑客远程操作，销毁了柳晓京的邮件。

柳晓京的邮件里到底藏了什么秘密，现在只有苏娜知道，她为什么会发给苏娜，苏娜是否也会面临杀身之祸？这张照片是唯一留下来的证据，苏娜拿着打印出来的照片，四下打量着自己的房间，努力寻找可以藏匿照片的地方。

寂静的夜里，突然响起一阵敲门声，苏娜惊恐地站起身来，紧张地看着房门，不知道外面是恶魔还是猛兽。

"苏娜，是我，林寒江！"林寒江的声音清晰地传进来。

苏娜捂着胸口，双腿一软，几乎坐在地上，她从来没觉得林寒江的声音如此悦耳。

……

第二天清晨，李长风在市局会议上，将最近秦州市一系列命案进行了梳理，向袁凯和赵震作了一个详细的汇报。

现在案情已经基本清晰，柳晓京在调查秦州市生态环境时，因为发现了不为人知的秘密而被郑恒等人灭口，郑恒在实施犯罪过程中被王强和小鹿夫妻无意撞见，小鹿认出死者是自己闺蜜周纯如的好朋友，所以在逃跑过程中，小鹿将偷拍的照片发给周纯如，但是不幸的是，王强和小鹿难逃毒手，被人推下悬崖摔死。郑恒等人在现场拿走了王强和小鹿的手机，发现了小鹿发出的照片，又抢在警察之前追到周纯如家中，将周纯如从阳台推下摔死，而周纯如在临死之前将照片和提示语音发给在北京的田小小，田小小回到秦州之后，又连续遭到郑恒的跟踪与追杀，虽然幸免于难，但还是被郑恒抢在警方之前销毁了柳晓京发出的邮件。所以，柳晓京最后的邮件到底是什么内容，可能只有苏娜知晓。目前，警方在林寒江的配合下，昨晚已经开始对苏娜采取了保护措施。

李长风补充说："现在田小小经历过几次险情，加上林寒江的劝说，她已经表态愿意与警方合作，她承认自己与柳晓京、周纯如三人暗中对秦州市的生态环境开展调查，她愿意配合我们进行调查。另外，根据昨天晚上田小小的遭遇，还有我在现场与郑恒的搏斗，以及郑恒遗留在现场的绳索与柳晓京身上的绳索对比，完全一致，可以断定郑恒就是这一系列案件的嫌疑人，他就是凶案的实施者！"

听完李长风的分析，赵震说："根据案情来看，郑恒为什么屡次杀人，应该和几个女孩子的调查内容有关，目前涉及的田小小、苏娜二人都有生命危险，如果不尽快抓到郑恒，可能还要有命案发生。"

袁凯点头同意，刷子般的眉毛一扬，说："这个半张脸郑恒，越来越胆大妄为，从仁城作乱到秦州，从盗猎动物发展到杀人，我们必须予以最严厉的打击！"

赵震有些质疑，吩咐李长风："长风啊，为什么柳晓京秘密调查的事情，还有无辜目击者的线索，最后都在田小小这个小丫头身上汇集，有这么巧的事？她说愿意和我们合作，为什么态度转变了，是不是还有什么事情隐瞒着我们？还有那个苏娜，柳晓京发给她的邮件到底是什么？我要亲自和她谈一谈。"

李长风笑道："师傅出马，一个顶俩！您这老警察亲自来审一个弱女子，肯定是牛刀小试！"

赵震纠正他："什么老警察，我最不爱听。第一，我不老，还能再干两三年；第二，我不喜欢'警察'这个词儿，我是公安，人民公安！"

李长风赶紧点头称是。赵震叮嘱李长风："要重视对田小小、苏娜的保护措施，只要没抓住半张脸郑恒，什么情况都可能出现，这个案子绝对不能再有无辜的牺牲者出现！"

袁凯最后决定，一是要加强对苏娜和田小小的保护措施，决不能让郑恒钻了空子；二是要立刻将苏娜和田小小找来询问，她们这些人到底开展了什么秘密调查，引来郑恒追杀，柳晓京的邮件中到底藏了什么秘密；三是全市通缉郑恒，再次发布郑恒的画像，提升悬赏金额到十万元，鼓励市民提供线索，务求尽快抓捕！

唐宫集团办公楼，因为副总经理苏娜被公安局找去问话，原定的集团业务会议不得不推迟，这让姚新元有些恼火。姚新元现在对警方的一举一动十分敏感，颇有些风声鹤唳、草木皆兵的感觉。苏娜让警方带走，他以为警方要对自己下手，赶紧让秘书去打探警方带走苏娜的原因。秘书在电话里向姚新元汇报，苏娜是因为旧日同事被杀一案配合警方调查，与唐宫集团并无关系，姚新元才暗暗松了一口气。但是秘书的一句话又让姚新元火冒三丈，原来秘书发现姚新元的弟弟姚坤私自带着保镖溜出庄园，来到公安局找人为苏娜疏通关系。

上次姚新元在白云矿场受到郑恒羞辱之后，回来立即警告弟弟姚坤，不让他出庄园半步，在庄园里给他增派两个保镖，因为他知道郑恒肯定不会放过姚坤。姚坤听说警方带走苏娜，觉得自己表现的机会来了，赶紧带人赶到公安局忙前忙后，姚坤意乱情迷之下，哪里还记得哥哥的叮嘱？

此时，苏娜坐在副局长赵震对面。赵震老谋深算，苏娜聪慧过人，两人互相打量了十几秒钟，都没有开口说话。

赵震笑眯眯地看着苏娜，慢慢将一张打印出来的新闻稿件推到苏娜面前，说："苏女士，这是我们找到的你和柳晓京以前共事的图片，当时你们一起报道河流污染的案子，看来你们那时候就关心生态环境问题。"赵震一张口就封住了苏娜的退路，让她无法否认曾经与柳晓京共事过。

苏娜微笑着说："工作需要，此一时彼一时，我与柳晓京只是普通的同事关系。"她压根儿不去看那张图片。

赵震依然笑眯眯的，问："普通的同事关系？普通到她在生命最后一刻还要给你发电子邮件？"

"赵局长，您看秦州电视台《早间新闻》吗？"

赵震一愣，随即摇摇头，说："我很少看新闻。"

"今天早上，有一个中年人上班，他在街边的小吃摊上吃了一碗馄饨，和老板闲聊了几句，然后他路过马路的时候，不幸惨死在一辆货车车轮下，请问赵局长，死者和小吃摊老板是什么关系？"

赵震本以为苏娜口中的死者会和柳晓京一案有牵连，听得十分仔细，没想到苏娜只是拿来做个比喻，证明自己和柳晓京没有过多交往。

赵震说："苏女士，你的意思是说，柳晓京和你并无特殊的交往？"

"当年我们那些媒体人分开后，彼此很少有联系，尤其是我，我不太想见当年的同事。"

"为什么？"

"因为我得罪了某些人，是被迫辞职的，自己感觉很伤心吧，不想回首往事。"苏娜淡淡地说。

赵震凝住笑容，说："苏女士，柳晓京给你发的最后邮件，在你邮箱里很长时间了，你应该看过了吧？"

"看过了！"苏娜回答得很爽快。

"什么内容？"面对苏娜的爽快承认，赵震有些出乎意料。

"一堆乱码而已。"苏娜略微耸耸肩膀，毫不在意，"我的邮箱没有秘密，你们随时可以检查。"

"你看的时候真的是乱码？"赵震双目如炬，盯着苏娜的神情。

"刚打开的时候就是乱码，然后就变成了一个吓人的骷髅头，我到现在还不明白柳晓京为什么给我发这个东西。"苏娜面不改色地说："我怀疑柳晓京的邮箱感染了病毒，或是被人盗号，给她有联系的人都发了这种病毒邮件。"

"你确定柳晓京没有交给你什么东西？"赵震面对苏娜滴水不漏的回答，颇有些无奈。

苏娜微笑着摇头，说："赵局长，请您放心，我是一个守法的好公民，如果我能对破案有什么帮助，我一定不会隐瞒不报的。"

"苏女士，我警告你，如果你知情不报，或者对我们故意隐瞒实情，后果的严重程度，你应该是知道的！"赵震像威吓凶犯一样严肃地盯着苏娜，试图从她脸上发现一丝一毫的犹豫和紧张。

在赵震的压力下，苏娜的眼睛眨了几下，故意装出一副楚楚可怜的神态，她似乎有些畏惧地看着赵震，脸上却慢慢地露出职业化的微笑……

三十一

另一间问询室内，李长风坐在田小小的对面。田小小看见李长风一身威严的警服，颇为好奇，笑呵呵地问他："哎，三只眼，这身衣服挺帅的，你肩膀的伤好了吗？"

李长风敲敲桌子，一本正经地说："田小小，你这是在配合警方调查，严肃点儿！"

"哼，和我装！"田小小扔给他一个白眼，说："问吧，本姑娘心情好的时候，就是知无不言，心情不好的时候，就是闭口不言！"

"你和柳晓京、周纯如两人，到底在调查什么内容？"

"哎呀，都和你说了好几遍了，无非就是一些夜市噪声扰民、大气污染指数、空气优良天数，还有土壤沙化这些问题，说了你也不懂。"

"这些问题，能让柳晓京和周纯如送命？能让郑恒屡次追杀你？"李长风见田小小又在要赖敷衍，有些不满意。

"郑恒为什么要杀人，你去问他啊？干嘛问我？"田小小斜眼看屋角的摄像头，更加气不打一处来，说："你有本事把那个郑恒抓来审问，为什么审问我？"

见李长风在本子上飞快地记录，田小小反问李长风："喂，三只眼，我把害死柳晓京的凶手照片交给你了，你不去追捕凶手郑恒，难道还要我一个弱女子去把他擒住，你们就是这么破案的？"

李长风吓唬她："配合公安机关调查是每一个公民应尽的义务，你知情不报，其实是在帮犯罪嫌疑人，很可能还会造成其他无辜的人送命。"

"我怎么知情不报？照片给你们了，柳晓京最后的邮件发给谁，也帮你们找到了，还要我怎么做？现在就差我单枪匹马去把那个郑恒抓来，再给你们送进这个屋子。"

"你好好想一想，郑恒为什么要追杀你们三个人，到底是什么原因？"

"我不知道。"田小小使劲摇头。

"昨天晚上，你还亲口答应愿意配合警方调查，怎么今天就开始抵赖？"

"昨晚我受了惊吓，忘了很多事，我答应过你吗？"田小小故意撇撇嘴，开始耍无赖。李长风气得把笔扔在桌子上，刚要发火，却见田小小眼神总是有意无意往摄像头那里瞥，顿时明白了她矢口否认的原因，她还是坚信公安局有"内鬼"，不肯说实话。

"田小小，你不要疑神疑鬼的，你说我们警方内部有'内鬼'，有证据支持吗？"

"周纯如的临终语音难道不是证据？"田小小反唇相讥。

"经过我们查实，周纯如那天所说的'内鬼'，应该是身着警服上门作案的郑恒，郑恒假扮警察，这就是周纯如口中所说的'内鬼'。"

田小小见自己三番五次暗示，告诉他自己不想在这里说出实情，李长风根本没有领悟，还是坚持认为"内鬼"就是假扮警察的郑恒，不由火冒三丈，说："三只眼，你不去调查'内鬼'，还在我身上浪费时间，莫非这个'内鬼'就是你李队长？"

李长风气得一拍桌子，说："田小小，你……"

"我怎么了？我看你脑门上多了一只眼睛，十有八九不是好人！"田小小故意激怒李长风。

李长风说不过伶牙俐齿的田小小，被她气得直翻白眼。

李长风出来，喊来小马，让他将柳晓京的邮箱号码交给局里技术中心的网络专家追查，让他们尝试恢复邮箱并查出最后一封邮件的内容。

小马和网络技术人员鼓捣了半天，小马哭丧着脸回来找李长风，说："我的亲亲的师傅啊，您这是招惹了哪国的黑客高人啊，不但彻底销毁了邮件，而且还在邮箱里植入了反追踪病毒。"小马在李长风面前演示，输入柳晓京的邮箱号码，立刻在屏幕上显示出一个嘴角滴血的骷髅头，骷髅头空洞的眼窝似乎在向李长风挑衅："你能奈我何？"

"妈的，还有这一手，看来郑恒这雇佣兵没白当啊！"李长风低声骂了一句，把电脑合上。

小马还在喋喋不休："技术中心那帮兄弟们说了，要是再追查下去，全局的电脑都得拿这骷髅头当屏保了。"

李长风怒斥他："你少说几句吧，麻溜干活去！"

小马挠着头皮嘟囔："不就是一个命案嘛，怎么搞得谍战大片一样？"

苏娜走出公安局，姚坤早就在外边等候多时，他兴奋地摇着轮椅凑过来，说："妹妹，他们没有难为你吧？"

苏娜见是姚坤，勉强微笑一下，算是回应，径直向院外走去。姚坤将轮椅摇得飞快，跟了上来："妹妹，哥哥请你喝咖啡吧，给你压压惊……"还没等他说完，苏娜已经招手叫停了一辆出租车，坐上车一溜烟走了，把姚坤晾在街边。

姚坤望着出租车，笑道："有个性，有难度，老子喜欢！"

姚坤的贴身保镖大熊过来，将姚坤推上商务车，姚坤低声说："走，不要让别人看见，送我去'黄金海岸'歌厅。"

大熊一愣，说："坤哥，'黄金海岸'可是我们的死对头王小江的地盘？"

"少废话，赶紧去！"姚坤又叮嘱一句，"长点心，注意有没有尾巴。"

大熊驾着商务车绕了几个圈子，最后驶向快速干道。大熊没有发现一辆黑色的摩托悄悄跟了上来，骑车的人正是郑恒。

"黄金海岸"歌厅的私密包房里，王小江正左拥右抱和两个陪酒美女调情，这个歌厅是他的产业之一，专门招待生意场上的朋友。王小江的秘书进来在他耳边低语几句，王小江立刻挥挥手，包房里的陪酒女和服务员都知趣地退了出去，王小江又看了一眼站在后边的秘书，秘书赶紧退出去，把房门紧紧关上。

过了一会儿，包房的侧门打开，姚坤摇着轮椅进来，慢慢停在王小江对面。王小江摇着手中的红酒，眼皮都不抬，问："你是找我讨赏钱的？"

姚坤咧嘴一笑，说："谈钱太伤情谊了，我是来祝贺的！白云矿场终于归王总您一人所有，难道不开心吗？"

"这么说，我是要好好谢谢你，谢谢你给我透露的消息。"王小江将一杯红酒递给姚坤，"敢喝吗？"

姚坤接过酒，一仰头吞了下去，将酒杯还给王小江。王小江大笑："好，好，你小子比你哥有胆量，那个老狐狸要是来了，绝对不敢喝我倒的酒！"姚坤也跟着一起哈哈大笑，笑得浑身发抖。

"你把你哥哥在白云矿场的底细告诉了我，又把你哥哥的儿子，也就是你的亲侄子在美国的视频发给我，你到底想要什么？"王小江眯着眼睛问姚坤，他也揣摩不透这个残废男人心里到底是怎么想的。

姚新元主动约王小江在白云矿场谈判，王小江不仅提前埋伏了郑恒，又用他儿子的视频威逼胁迫，最后只能签字让出股份，原来竟然是姚坤在背后捣鬼。

姚坤笨拙地给自己倒酒，说："白云矿场，对我哥哥来说不过是一块鸡肋，我只需要稍微帮你一下，你就可以火中取栗，拿下白云矿场，何乐而不为？"

"鸡肋？"王小江不太理解，说："难道老姚真的想从白云矿场抽身？"

"不错，我哥和他身后那一条线的人，都想借机会把自己摘出来，他们准备把环保督察组当成漂白剂，把自己以前的烂底子漂白了，然后让你去背黑锅！"姚坤晃动着酒杯，带着一丝嘲笑，一饮而尽。

王小江故意装作很感兴趣："你能告诉我，你哥哥身后都是哪些人吗？"

姚坤透过酒杯看着王小江脸上的刀疤，反问他："那你能告诉我，你在白云矿场的真正买卖是什么吗？"听姚坤的话，王小江执意不放白云矿场，必定另有深意。

两人目光交锋，彼此都心照不宣，"叮"地碰一下杯，同时一饮而尽。

王小江抹抹嘴巴，指着姚坤笑道："我知道了，你出卖你哥哥的用意，是不是喜欢上了那个姓苏的花瓶？你为了得到这个美女，所以不惜在你哥背后捅一刀子！"

王小江和姚坤一起仰头大笑，笑得下流猥琐，不过姚坤突然脸色一变，说："王总，不要让我低估你的智商，否则我会认为我今天找错了人！"姚坤冷冷地看着王小江，拍拍自己的腿，"你觉得我一个坐轮椅的人，即便是人间绝色对我还有意义吗？"姚坤的话语冰冷无情，他终于褪下自己的面纱。

王小江的笑声慢慢平息，他看着姚坤的眼神也变得凝重，不再是戏谑调侃，而是冷静和警惕，就像有人把他的眼神慢慢压成锋利的刀片，也许这才是王小江藏在泼皮无赖面具之下的真实面目。

王小江盯着姚坤问："你假装贪恋美色，在那个女人面前像没脑子的哈巴狗一样，你天天和古玩假货贩子混迹一起，从不插手唐宫集团事务，你所做的一切，就是为了让你哥哥姚新元轻视你、低估你？"王小江故作沉吟，说："我要是猜得不错，你要的是唐宫集团！"

姚坤冷冷一笑，说："道上的人都说，秦州最聪明的坏人就是王总，最擅长扮猪吃老虎，我今天总算没有白来。"

"说吧，你今天找我究竟是什么目的？"王小江坐直了身体，面向姚坤，把自己身体坐得笔直，就是王小江重视对手的表现。

"我是向您学习来的？"姚坤的话格外恭敬。

"学习？"王小江着实有些诧异，"你想学什么？"

"我想向您学习一件事，就是您怎么把干爹王天龙逼走的？您一定有您的渠道和资源，我想请您帮我利用一下这些渠道和资源，帮我拿下唐宫集团！"姚坤笑得阴险而神秘。

"所以，你才主动暗中帮我？"王小江噙着冷笑，转动手中的酒杯。

"所以，白云矿场就是我的投名状！"

姚坤说得轻描淡写，但是王小江的眼中闪出一片寒光，他问："你想搞掉亲哥哥姚新元？"

"不错，没有了他，唐宫集团才能属于我！"

王小江看着姚坤，放肆地大笑。

……

姚坤离开之后，王小江把自己关在包房中，一个人靠在沙发上假寐。包房的侧门再次悄悄打开，王小江睁眼一看，进来的是郑恒，郑恒显然对这里熟门熟路。郑恒坐在王小江对面，王小江递给郑恒一杯酒，郑恒摇摇头，并没有接酒杯。

王小江问他："办妥了？"

郑恒点点头，说："那个女记者的电脑我已经销毁，邮箱我已经植入病毒，谁也打不开。只是……"

"只是什么？"王小江有些不安，问："难道有纰漏？"

"最后一封邮件在那个姓苏的女子手里时间不短了，但是她既没有报警，也没有声张，不知道葫芦里卖的什么药？"

"要不要把她……"王小江用手指在自己脖子上比了一个抹脖子的动作。

郑恒冷笑一声，似乎懒得看王小江，说："如果她给发到网上，你还能把全中国的人都给杀了？现在她既不报警也不声张，说明事情并非我们想的那样。"

王小江更加紧张，说："兄弟，警察可是把这两个女的都找去了，她们会不会已经交给警方了？"

郑恒见王小江的神色，嘲笑他："王总，每临大事有静气，不用紧张。你在公安的朋友不是说了嘛，那两个女的什么都没说，可能是真的不知道。而且，我也做了预防。"

"什么预防？"

"警方的网络技术人员，肯定会追踪女记者以及收件人的邮件往来，我给稍稍处理了一下，现在不仅在网上再也查不到那封邮件，而且这些所谓的网络专家都在忙着清理病毒、恢复数据呢！"

王小江大喜过望，向郑恒伸出两个大拇指点赞，说："专业，专业！这就是专业人的素质！"王小江从怀中掏出一张银行卡，推给郑恒，说："五百万，你的酬劳！"

郑恒看一眼银行卡，摇了摇头，往后一躺，舒服地靠在沙发上，似乎五百万没有身后的靠垫值钱。

"怎么，嫌少？"王小江有些不解，"我这人奖罚分明，你帮我夺回白云矿场，又帮我平息那个该死的女记者惹出的乱子，我必须重奖你！你若是嫌少，我再加三百万！"

郑恒冷笑一声，看着天棚说："我帮你做事，不是为了钱，这是我们合作时的约定。"

"那你想要什么？"

郑恒斜眼看着王小江的脸，一字一句地说："我要你矿场里面的炸药，500 公斤炸药！"

郑恒的话把王小江吓了一跳，刚要问郑恒索要炸药的用处，却被郑恒阴冷的目光吓得咽了回去。郑恒坐直身体，紧盯着王小江，气势如巨石一般倾轧过来，王小江脖子上的刀疤跳了几跳，不由自主吞了一口唾沫，说："好，我答应你！"

"王总，还有一件事请教，可以吗？"放松下来的郑恒若无其事地问，眼睛却看着自己的手掌上的疤痕。

"当然可以，你我是好兄弟，随便问！"王小江挤出一脸的笑容。

"姚坤来找你，是什么事？"

王小江笑笑，说："你真的想知道姚坤的来意？"

郑恒点点头，王小江再次把酒杯递给郑恒。郑恒接了过来，并没有喝，只是木然地端详着杯中的酒。

王小江不敢对郑恒隐瞒，说："姚坤想联合我，做掉姚新元，他要独霸唐宫集团！"

郑恒冷哼一声，说："你俩达成什么协议我不管，但是姚新元，他是我的！”

王小江慢慢品一口酒，说：“姚新元是你的，姚坤呢？他可是逼死你妹妹的凶手，他比姚新元更坏！”王小江的眼神又变成冰冷无情的刀片，故意用姚坤刺激郑恒。

王小江的话，刺痛了郑恒，他烧毁的脸一阵痉挛，沉声问：“姚坤不是刚刚和你达成盟约吗？你转身就要出卖盟友？”

王小江起身，端着酒杯在屋内踱了几步，说：“盟友，不就是拿来出卖的吗？在秦州市，我希望我的敌人是一只狡猾的狐狸，而不希望敌人是一条‘过山风’毒蛇！姚新元是狐狸，姚坤却是致命的毒蛇，咬人一口就死，我到今天才看清他的真面目，以前真是低估了这个残废。”

郑恒冷笑：“不是你低估姚坤，是姚坤低估了你！”

郑恒的嘲讽，王小江并不在意，说：“姚坤今天和我合作，明天就一定会反咬我一口，所以，我一定要抢在他前面，先下手为强！”

“你是想借我的刀除掉这条毒蛇？”郑恒的话永远都是简短有力，直奔要害。

王小江递给郑恒一张小纸条，说：“这是姚坤的住址、保镖和经常去的地方，你仔细研究一下，什么时候动手我会通知你。”郑恒接过纸条，看了几眼，默默揣进怀里。

王小江又说：“兄弟，这几件事你都帮我做成了，我还是要给你重奖，替我做事不拿钱，我心里不踏实！”

“除掉这种人渣，我免费！”郑恒将杯中酒倒在自己手背的伤疤上，看着酒水慢慢从手背滴下，流进地毯，然后起身离去。

走到门口，郑恒转身说：“王总，你除掉姚坤的真实目的，不是担心他的毒牙，而是担心他抢了你背后的资源，危及你自己，对吧？”

等郑恒的身影消失在门口，王小江突然暴怒，将酒杯摔个粉碎，又过去狠狠地踩上几脚，郑恒的话犹如他的狙击枪一样精准，击中了王小江的心中秘密，他背后的隐藏的资源才是他最大的财富，怎能和姚坤这种毒蛇分享？

　　姚坤以为与王小江联手是投其所好，其实是与虎谋皮。姚坤自以为聪明，主动找王小江联盟，意欲扳倒自己的亲哥哥，但是他在王小江面前，还是太幼稚了，他想引虎驱狼，没想到王小江心思更狠，他想将这兄弟俩一网打尽。

三十二

中央生态环境督察组正式进驻汉山省，汉山省召开动员大会。

常务副省长常知源主持会议，省委书记陈庭坚在大会上庄重表态发言，严令各市、各部门必须高度重视这次生态环境督察工作，要利用此次契机，在全省牢固树立生态文明理念和绿色发展理念。

督查组组长王戌坐在主席台中央，威严地向下看着参会的人员，副组长吴铁臣和王戌正好相反，他坐在王戌身边一直低头翻看会议材料，从始至终没去看下面的人。

在王戌威严的审视下，坐在会场前几排的领导们，尤其那些地市主官几乎都不敢与他对视，纷纷低头回避王戌的目光。今天这个大会，会场气氛凝重，参会的领导不是面色阴沉，就是心中忐忑不安，因为大家都心知肚明，督察组前期已经派人在各市进行了暗中调查，据说发现了不少问题。督察组组长王戌人称"王阎王"，早就威名赫赫，听说在上一个督察的省，查出了一大堆生态环境问题，又从环境问题中揪出了一大批贪腐、渎职、不作为的官员，全省累计处分各级干部三百余人，所到之处鬼哭狼嚎。

林寒江坐在会场的第三排，却感觉主席台上的王戌一直在盯着他，那意味深长的神态让林寒江有些不托底。林寒江装模作样在本子上记了几句话，抬头一看，小老头王戌的目光还在盯着自己，林寒江心中更是忐忑。

会后，林寒江等在门口，准备和王戌说几句话，谁知他刚走到门口，就被省委书记陈庭坚派人叫了回去。陈庭坚身边围着常知源和刘军强、高峰等一群人，看这些人的脸色，林寒江就知道陈庭坚肯定又发火了。

果不其然，陈庭坚看见一溜小跑过来的林寒江，立即将怒气撒到他身上，他张口就问："林寒江，你给我说说，我在白云矿场的案子上是怎么批示的？"

林寒江赶紧回答："书记，您的批示是'要把白云矿场的案子严查到底，揪出保护伞，绝不能敷衍塞责'。"

"绝不能敷衍塞责，好，你说一下，你现在是敷衍，还是塞责？"

"书记，我们现在已经要求白云矿场停业，依法整改，整改不达标决不能……"

"林寒江，停业就可以应付我了？"陈庭坚依然不满意，问他："一个简单的停业，是我们工作的目的吗？我问你，幕后的保护伞呢，查过没有？是没去查，还是不敢查？你给我解释一下！"

林寒江被省委书记当众厉声批评，顿时脸涨得通红，低头不语，陈庭坚身边的人也是表情各异，刘军强脸色肃然，看不出喜怒，反倒是高峰有些胆战心惊，偷偷看向常务副省长常知源，试图求常知源缓和一下气氛。

常知源果然出来打圆场，说："书记，您别硬逼林寒江，他刚刚回到省厅，很多事情都压在身上，也是分身乏术，白云矿场停业了只是第一步，后面的事情还得给他点时间，我也会帮他们协调一下公安和纪委监委的力量，不能孤军作战。"

陈庭坚多少还是给常知源一些面子，说："生态环境问题决不能只看表面的污染，还要深挖污染的根源，更要深挖造成污染的腐败根源，我们要治理环境，也要治理干部队伍！"陈庭坚又转向林寒江，"林寒江，除了白云矿场，还有龙岭山区的违建别墅，我也是给你下过任务的，军令如山，完不成任务，我这人的脾气你是知道的。"

这回还没等林寒江解释，刘军强在旁边接过话，说："请陈书记放心，违建别墅的事我们秦州市会密切配合省厅和林寒江同志，迅速展开摸排、分类和整治工作。"

旁边的高峰也连连点头，说："陈书记，我们秦州市已经抽调精兵强将组成了专班，现在就在山里逐户摸排，弄不清楚情况，不解决问题，我们绝不收兵。"

陈庭坚见几个副省级领导都帮林寒江打圆场，也略微有些诧异，说："林寒江，如果说你事杂分心，进展缓慢，我还能理解，但是你如果把精力用在别的地方，犹犹豫豫束手束脚，耽误了工作，我绝不会轻饶你！林寒江，你记住，我调你回省厅，是要你大刀阔斧打开局面、攻克难关的，不是给你升官发财搭桥架梯子的！"

林寒江被批得面红耳赤，当着这么多省领导的面，他恨不得找个地缝钻进去，但是他细听陈庭坚的话，又好像对自己另有所指，似乎在旁敲侧击警告自己，至于具体是什么意思，林寒江一时想不明白。林寒江偷偷看常知源、刘军强和高峰等人，他们几人也是神色沮丧，似乎陈庭坚批林寒江的话，同样也砸在他们身上。

林寒江不仅弄不明白陈庭坚话里的意思，今天对这几个副省级领导也有点看不懂，陈庭坚说起白云矿场的时候，是常知源和高峰帮着化解，说起龙岭违建别墅的时候，又是刘军强出面表态，帮着解围。可是林寒江隐约听说，高峰和建设龙岭别墅的唐宫集团走得很近，而刘军强则是秦州市百姓传言中白云矿场老板王小江的后台。陈庭坚的板子打向甲，乙出面解释，打向乙，甲帮忙斡旋，林寒江满头雾水，有些迷糊，分不清甲乙阵营。陈庭坚这番话，明着是批评林寒江，暗中又是敲打谁呢？林寒江实在弄不懂这些大领导们之间的说话和权谋艺术。

陈庭坚匆匆离去，这些人才彼此松了一口气，常知源过来拍一下林寒江的肩膀，说："林寒江同志，你不要上火，能让陈书记批一顿，至少是陈书记心里看重的干部，否则他才不会浪费口水。你以前的环境治理干得不错，大家有目共睹，现在回到省里了，要戒骄戒躁，尤其要注意团结同志，继续努力，省委省政府会给你最大的支持。"

"谢谢常省长，是我工作没做到位，挨陈书记批也是正常的，给各位领导添堵了。"林寒江感激地和常知源握一下手，觉得常知源比陈庭坚平易近人多了，至少不会不问青红皂白就赏人一顿"冰雹"。

等各位省领导离去后，王戍才夹着皮包从会场里面出来，他看见门口等候的林寒江，并不吃惊，似乎预料到林寒江会在那里等他，王戍让林寒江陪他去附近的公园散步。

见身边无人，王戌问林寒江："林寒江，你有没有想过，这次为什么在天净山申遗的紧要关头，把你调回省厅？"

林寒江一愣，说："省里都传说是陈庭坚书记点名让我回来的。"

王戌说："他点将是一方面，另一方面是我向他推荐了你，因为你们省生态问题严重，实际情况又错综复杂，已经引起了中央领导关注，需要有一个人扛起破冰的重任。"

林寒江恍然大悟，怪不得陈庭坚在督查组进驻大会之后，当着众多人的面把自己一顿批，原来还有这层缘由，陈庭坚敲打自己的原因，恐怕是要提醒自己不要站错了队伍。

林寒江正要开口致谢，王戌摆手拒绝，说："你千万不要谢我，说实话，让你回省厅，说不定是我害了你，是我逼你扛着炸药包去炸碉堡，吉凶难料啊。"

林寒江苦笑："反正到哪里我都是这个命，不是地雷阵就是炸碉堡，我也羡慕那些轻轻松松、官运亨通的人，可惜没那福气。"

王戌说："我要提醒你，别看你以前在两个城市都全身而退，这次你扛的炸药包可是凶险万分，说不好把你自己都要炸得粉身碎骨。"

林寒江有些莫名其妙，问："您说的炸药包和碉堡，藏在哪儿呢？"

"你到现在还没看清凶险在哪里，这就是凶险所在！"王戌说："这次国家对你们省的生态环境问题高度重视，矛盾主要聚焦在秦州市的龙岭保护区私建违建别墅问题，还有保护区矿场生态环境恶化问题等方面，中央领导已经做了几次批示，力度前所未见。你作为省厅的分管领导，还懵懵懂懂，不知道问题的严重性，难道不是凶险？"

听完王戌的话，林寒江顿时后背一阵发凉，他回到省厅一个月了，只见到一次中央领导批示私建别墅问题，其他的批示内容至今还没见到，林寒江想起袁凯说的"留中"一词，难道是省里有人故意压着不发？

王戌提醒林寒江，说："我们督察组在前期调查过程中发现，现在秦州市的生态环境问题，不仅中央关注，也是全国人民关注的焦点，但是汉山省和秦州市并没有雷厉风行地进行整改，反而有敷衍塞责的苗头，把你调回省厅，就是希望你能迅速改变这个局面。"

林寒江点头，说："请王组长放心，我马上就重新梳理这几个重点问题，不达目的决不罢休。"

"不是请我这个小老头放心，我这个小老头去日无多，还能操多久的心？是要让秦州市和汉山省乃至全国人民放心，让后代子孙放心！"王宬纠正林寒江的观点，说，"虽然你在齐江和仁城市做得很好，但是现在省里和秦州市错综复杂，多方博弈，你也要把握好自己，要有斗争性、原则性，更要讲责任和智慧。"

听了王宬的分析，再加上刚才陈庭坚批评自己时，常知源和刘军强、高峰等人的奇怪表现，林寒江隐隐觉得自己已经陷进一个巨大的漩涡之中，督察组、省里、秦州市三方面势力博弈，都想拿他做开路先锋，他将再次扮演一枚问路的石子。林寒江不由想起当年老师王清源评价自己的话——"难道你林寒江不是棋子？"

林寒江自嘲地说："我就是一个惹麻烦的人，走到哪里都不受欢迎，秦州市的党政领导对我都是谨慎地欢迎，更多的是提防。"

王宬安慰他："你不要有顾虑，真正做事的人哪个不是惹麻烦的人？想激浊扬清，又不想得罪人，可能吗？就像刚才的大会，别看陈庭坚那个老杂毛嘴上说的冠冕堂皇，其实他也不想我们督察组给他找过多的麻烦，就算想整治环境问题，最好问题也是在他能接受的范围内。"

林寒江想了想，有些无奈地说："说实话，王组长，我有些厌倦了，如果单是治理生态环境我并不畏难，但是偏偏在生态环境之下，还有着盘根错节的利益争斗，让我不胜其烦。如果我当年坚持去教书育人，又怎么会身陷这些旋涡？"

王宬看着林寒江略显沮丧的神态，说："你也想躺平了？"

林寒江没有回答，王宬说："和当年的你相比，你现在确实是眼中少了锐气。但是，林寒江你要记住，做一件事最难的不是勇气，而是坚持，不是斗志，而是牺牲！”

　　林寒江默然，王宬的话让他想起自己这些年的遭遇，在车祸中丧生的妻子，骨灰撒在天净山上的老杨，还有那些默默无闻的同事，自己能坚持到今天，也许正是这些人在背后默默支撑着自己。

　　“古人说‘黄河清，圣人出’，老祖宗早就认清了这个道理，生态环境与丰衣足食、政治清明本就是互为依存的，破坏了哪一个都会遭受恶果。”王宬语重心长地说：“林寒江，不要放弃，放心大胆地去做，督察组和我会全力支持你！”林寒江慢慢地点点头，神色肃然。

　　林寒江叹息一声，他知道自己的点头，答应的不仅是王宬，还有自己一度彷徨的内心，以及那些站在他身后的人。

　　王宬从皮包中抽出几份材料，递给林寒江，说：“这是你的手笔吧？一个省生态环境厅副厅长，向中央督察组反映自己分管的领域存在的生态环境问题，自己举报自己，林寒江你是国内第一个！”

　　林寒江脸上一红，有些赧然，赶紧接过材料，这份材料正是他自己报上去的。王宬冷笑一声，说“督察组的副组长吴铁臣接到了你们的反映材料，本想通过正式渠道将这些材料批复回省里，我说不用了，既然我们已经进驻省里，我就当一回信差吧。林寒江，你这是想借我们督察组的尚方宝剑，为你砍掉拦路石。我知道你的为人，明白你的用意，可是你们省领导呢？他们会以为你吃里扒外，当一个举报告状的小人！”

　　林寒江笑笑说：“无论是小人还是恶人，这个事总得有一个愚人去做。我在办公室里犹豫了好几天，掐着手指头数来数去，全省怎么看都是我最适合做这事。”

　　原来，这就是林寒江和顾清云暗中策划的行动，将天净山的山地高尔夫项目毁绿占绿、白云矿场违规开采破坏环境、秦州市化工产业园欠缴排污费等案件主动报给中央生态环境督察组，督察组肯定会高度重视这些问题。有了督察组的批示或督办意见，就可以对付省内那些明的、暗的势力。

　　“挟天子以令诸侯，林寒江，你是学得越来越坏了！”王宬无奈地笑着说，"好吧，你这次如愿了，我在这几个案子上都作了批示，怎么落实，就是你的事了！林寒江，以前都是别人利用你，拿你当枪使，现在你反戈一击，开始利用我这老头子了，扯我的虎皮做你的大旗！"

林寒江干巴巴地赔着笑几声，不知道是暗中得意还是不好意思。王宬又说："你就没想过，如果换一个人接到这些材料，或者我干脆把材料扔给你们的省领导，你会是什么下场？"

林寒江眨巴一下眼睛，难得地露出一丝狡黠的微笑，说："这不是跟你学的？知己知彼百战百胜，如果不是提前知道是你带队督察，我也不会出此下策。我也不能总是像不要命的愣头青一样，真的去舍身炸碉堡，既然有您这老虎坐镇，我还不能狐假虎威一下？"

王宬冷冷地说："不要以为扯我的旗号，我就对你网开一面，你既然敢于自曝家丑，我就要看你的整治结果，整改时间、整治效果、群众是否满意，缺一不可，达不到督察组的要求，我还是要依法依规问责的，包括你！"

林寒江苦笑，说："您能不能别这么铁面无私，我这好歹算是自己坦白，双手把问题送到您眼皮底下，如果真没有整改达标，多少给我一个从轻发落啊！"

"你忘了我的外号了？我可是'王阎王'！"王宬说，"你别和我玩小聪明，小心我让你搬起石头砸自己的脚！"

林寒江还要再磨王宬几句，突然微信响起，他摸出电话一看，立刻皱紧了眉头。

三十三

当天夜里，时钟刚到十点，田小小的宿舍便响起闹钟的声音。

躺在床上装睡的田小小一跃而起，她掀起窗帘，偷偷观察楼下保护她的两个警察，车里的小马和另一个警察蜷在座位上，已经沉沉睡去。田小小套上黑色的运动卫衣，背起登山包，模仿着电视里的特工，避开监视车辆的视线，贴着墙根悄悄溜了出来。田小小蹲在绿化带后面，见小马两人并没有发觉自己的踪迹，不由得意地一笑。

田小小先是来到工作单位楼下，开走了她的迷你库珀，然后又开车来到林寒江住处，轻按两声喇叭，一身运动装的林寒江从楼门口出来，原来他早在那里等候多时。白天林寒江接到的微信就是田小小发来的，说是要带他见识一下白云矿场的"真面目"。田小小在微信里特意嘱咐：此事性命攸关，绝不要告诉别人，在秦州市我只能相信你！

林寒江心中一直对白云矿场持怀疑态度，当时他略一思索就答应下来，陪田小小夜探白云矿场。

田小小见林寒江的装束，还不忘打趣他："林大厅长，你这身打扮看着像是个梁上君子呢。"

"那我回去换一下西装衬衫领带，再带上工作证？"

"好啊，你一会儿到了矿场，亮出身份，就说是来检查工作的副厅长，再让矿场负责人出来，来，给我汇报一下你们半夜三更干的见不得人的勾当！"田小小一边调转车头，一边模仿林寒江工作时的说话语气。

"见不得人的勾当？"林寒江有些纳闷。

田小小不再理他，专心开车，将迷你库珀开得飞快，箭一般驶向秦州市北部。

等到了白云矿场附近，田小小将车停在树丛后面，然后拽着林寒江在野地里深一脚浅一脚地往前走，看来她对这里熟门熟路。林寒江刚要打开手电，就被田小小一把夺了过去，低声呵斥他：“你不要命了？被他们发现了，能把你活埋在矿场里！”

“你说什么？活埋？”林寒江大吃一惊，“白云矿场敢活埋人？”田小小的话瞬间震碎了林寒江的认知，他还要再问，但是看见田小小冷峻的表情，觉得这个丫头并不是在开玩笑。

田小小拽着他爬上矿场附近的一座山坡，二人藏在草丛中，向下眺望着灯火通明的矿场。十几台大型机械正在露天矿坑中挖掘，五辆大卡车整齐地停在坑边，雪亮的灯光犹如怪兽的眼睛，将黑夜的草原烫出巨大的窟窿。

林寒江一拳砸在身下的泥土上，气愤地说：“原来他们白天假装停工，其实晚上来暗中施工采煤，给我们演了一出暗度陈仓的戏。”

田小小冷笑一声，说：“林寒江，你这个榆木脑袋！真相摆在你面前，你都没看出来！你的脑袋当官当傻了，白天停业整顿，晚上偷摸施工，你以为你的对手就这点伎俩？”

林寒江傻呵呵地问：“不然呢，他们还有啥？”

田小小恨不得给林寒江一巴掌，咬着牙说：“他们是赤裸裸地在犯罪，这么肆无忌惮的犯罪行为你都没看出来！”

“犯罪行为？”林寒江张大了嘴，使劲揉揉眼睛，一眨不眨地看着下面忙碌的车辆。

“他们是在盗采稀土！”田小小悄悄对林寒江说，“白云矿原来的煤炭资源早就接近枯竭，但是这里还有稀土。王小江和姚新元为什么打得死去活来，非要争夺一个枯竭的矿场，就是因为他们都知道这里的秘密！”

林寒江吃惊地看着眼前的一切，他实在无法想象这些人竟然胆大包天到这种程度。

“王小江动用幕后资源，从他干爹王天龙和姚新元手中抢下矿场所有权之后，早就私自扩大矿区范围，靠盗采稀土资源谋利！”田小小恨恨地说，“这个秘密是柳晓京最先发现的，她带我也来过两次，这些人是每周的二、

四、六在这里盗采，然后是三、五、日在秘密提炼基地进行提炼，每周只有周一休息。"

李长风在田小小家中发现的用红笔标注日期的台历，其实就是柳晓京和田小小掌握的这些人盗采、提炼的时间。

林寒江心中一动，说："小小，是不是柳晓京因为发现了这个秘密，所以才被人杀害？"

田小小摇摇头，说："这个秘密除了柳晓京，我和周纯如都知道，白云矿场里的不少人也应该知道，还有那些幕后的保护伞可能也知道，他们如果是为了灭口，杀得过来吗？"

林寒江愕然，他一时半会儿还是接受不了眼前的现实，又问："这么大规模地盗采国家矿产资源，管理部门难道不知道吗？"

田小小冷笑一声："林厅长，这事儿应该是我问你才对，你不要问我这个老百姓！"

矿坑边上的五辆大卡车已经装满矿土，此时正轰鸣着驶离矿场。田小小拽着林寒江连滚带爬从山坡下来，跑到迷你库珀前，田小小跳上车，催促林寒江说："快点，我们得跟上他们！"

林寒江跑得呼哧带喘，说："还要去哪儿？"

"他们的秘密提炼基地！"

田小小灵巧地驾驶着迷你库珀，跟上那几辆大卡车，向北部的草原驶去。田小小不敢开灯，只能瞪大双眼，借着大卡车的余光，小心翼翼地跟在后面行驶。林寒江在旁边用手机软件测算时间和方位，心中暗暗估算秘密提炼厂的距离和位置。

大约一个小时后，大卡车来到玉龙河边的一处山包，五辆车一字长蛇驶入一个废弃的矿洞，茫茫草原上顿时失去了光亮，陷入一片黑暗。原来这个矿洞，正是李亮发现的污染玉龙河的源头。

田小小手忙脚乱地将车停在一处洼地，她和林寒江下车向矿洞摸去。刚进到矿洞洞口，林寒江就闻到一股浓烈的硫酸气味，味道正是来自李亮上次发现的暗渠，此时暗渠又开始轰鸣着向外排泄废水。

　　林寒江和田小小悄悄摸进矿洞深处，只见里面很是宽敞，五辆大卡车在排队倾倒稀土，七八个头戴安全帽的工人正在里面忙活。因为大卡车驶入，原来洞口值守的人也进来帮忙，所以让林寒江和田小小趁机摸了进来。

　　田小小附在林寒江耳边，告诉他矿洞里面隐藏的就是稀土提炼基地。这个秘密提炼基地采取的是浓硫酸焙烧工艺，将稀土精矿与浓硫酸在回转窑中焙烧，然后注入水析出浸出液，最后加入碳酸氢钠，使稀土以碳酸盐沉淀下来，过滤后就得到了碳酸稀土，然后批量卖给下家，王小江数年间正是以此牟取巨利。

　　林寒江偷偷拿出手机，拍了数张照片，低声说："这帮家伙简直丧心病狂，不但盗采稀土，还在这里私自加工，将硫酸废水和矿渣直接排进玉龙河，长此以往，玉龙河连鱼虾都要死绝了！"

　　也许是林寒江的手机拍照时弄出了声响，引起了工人们的注意，有一个头目模样的人警觉地回头看向洞口，吆喝了一声："洞口怎么有动静？黄老三，你去看看，是不是那个小子又闹事了？"

　　一个工人走过来查看，林寒江拉着田小小赶紧后退，躲在洞口的彩钢房后面，两人刚刚在阴影里蹲下，就听到彩钢房里一声大骂："你奶奶的！老子渴死了，快给我拿水喝！"正是李亮的声音，原来李亮昨天在河边被人捉住后，就关在洞口的彩钢房里。

　　林寒江听到李亮的声音，又惊又喜，没想到在这里遇见李亮。那个叫黄老三的工人过来查看一圈，并没发现躲在暗处的林寒江和田小小，他打开彩钢房门锁，看见捆得像粽子一样的李亮，正在地上滚来滚去，便骂了一声："挨千刀的杂碎，等老板过来，肯定把你剁碎了，扔进河里喂鱼！"

　　李亮扯着嗓子大喊："老子渴啊！给我口水喝吧，我就不问候你祖宗十八代！"

　　黄老三骂骂咧咧地锁上门，又回去干活了。林寒江赶紧摸过来，从地上摸起一根钢筋，和田小小一起使劲撬开门锁。李亮借着微弱的亮光，见到进来的人竟然是林寒江，不由大喜过望，几乎要喊出声音来，林寒江赶紧让他噤声，田小小躲在门口放风，林寒江手忙脚乱解开捆绑李亮的绳索。

李亮低声问："你怎么也到这里来了？"

林寒江没时间和他解释，三人猫着腰从洞口溜出来，李亮知道林寒江的来意，干脆拉着他们二人一溜烟跑到河边，指着堤岸中间隐藏的排污口给林寒江看。林寒江凑近排污口嗅一下，闻到一股刺鼻的浓硫酸味道，立刻就明白了这是他们采取的浓硫酸焙烧提炼排出来的废水。三人正在排污口低声说话，矿洞口那边大卡车鱼贯开出，工人们发现李亮逃跑，一群人借着灯光，手里拿着铁锹吆喝着搜寻过来。

林寒江拉着李亮和田小小就要逃跑，李亮说："这么跑肯定会被追上，我去引开他们！"李亮不顾危险，反而迎着大卡车跑去，他攀上第一辆车的驾驶室，一拳将司机打晕，然后驾驶着大卡车一个急转弯，将第二辆卡车撞进排水沟。那些工人呼喝着向李亮驾驶的大卡车围来，李亮猛踩油门，大卡车像怪兽一样在野地里乱冲乱撞，工人们跳上后面的三辆卡车追了过去。

李亮这个侦察兵确实有一身真本领，昨天赤手空拳被人抓去捆成肉粽子，心里正憋着气呢，现有了用武之地，将卡车开得左摇右晃，戏耍着追兵，将他们向东边引去。

林寒江和田小小趁机跑回汽车那里，田小小驾车沿着玉龙河边的简易公路狂奔起来。不知跑出多远，田小小正要减慢速度，忽然车身一声巨震，一辆没有开灯的越野车幽灵一样出现在身后，竟然直接撞向田小小的车。田小小猝不及防，小车几乎被撞进玉龙河，副驾驶的林寒江险些撞上挡风玻璃，田小小急忙狠打方向盘，迷你库珀躲过越野车的第二次撞击。

越野车上正是郑恒，他噙着冷笑，脚下的油门慢慢踩紧，越野车再次撞击迷你库珀的车尾。林寒江在副驾驶上探出脑袋，向后张望，想确认越野车中的人，郑恒故意伸出头，戏谑地和林寒江打个招呼："林厅长，别来无恙啊！"

看清是郑恒，林寒江不由一阵紧张："小小，是郑恒！"

田小小几次从郑恒手里侥幸逃生，听说是郑恒追来，顿时心中发慌，手脚不听使唤，越野车把迷你库珀挤到路边，两车摩擦得火星四溅，连续几次挤撞后，迷你库珀终于不是越野车的对手，一声巨响，径直冲进湍急的玉龙河里。

三十四

　　湍急的河水中，林寒江拼力踹开车门挣扎出来，他游到另一边，试图将田小小拉出车门，但是车门无法打开，安全带死死勒住田小小。迷你库珀在湍急的河水中翻滚着，田小小连呛了几口水，人已经昏迷过去。林寒江屏住呼吸，摸起一块河底卵石，用尽全身力气敲碎车窗玻璃，终于将田小小拽出车门，可怜的迷你库珀慢慢沉到黑漆漆的河底。

　　林寒江拽着田小小浮出水面，水流湍急，冲得林寒江不由自主向下游漂去。林寒江一只手抱住田小小，一只手拼命划水，两人冲出去几十丈远才靠近河边。河岸陡峭难以攀登，林寒江只能一手拉着田小小，一手抓住河边的岩石，湍急的水流几乎要将二人冲走。林寒江喘着粗气，将昏迷的田小小拉出水面，使劲喊着她的名字，试图让她苏醒过来。

　　"小小，你怎么样？快醒一醒！"

　　陡峭的河岸上，一双登山鞋慢慢走近悬在水面上的林寒江，正是一脸狞笑的郑恒。郑恒蹲下身来点亮打火机，凑近林寒江照着他的脸。林寒江一手抓住岩石，一手抓着昏过去的田小小，随时要坠进河中，他有些绝望地仰头看着逼近的郑恒。

　　郑恒对林寒江说："林厅长，只要你松开手中的女人，我就把你拉上来，怎么样？"

　　"你休想！"

　　"这个女人自己在作死，她没有活下去的理由，而你林寒江没有必要为她陪葬。你放下她，这一切就结束了！"郑恒的话充满诱惑，林寒江对郑恒怒目而视，苦苦支撑。

　　"林厅长，我可是给你机会了，掉下去别怨我。"

　　林寒江反问郑恒："你杀柳晓京和那几个无辜的年轻人的时候，也给过她们机会吗？"

"你说错了，那几个人都不是我杀的。我曾经是一名警察，我的双手不想沾上好人的血。"

"你玷辱了警察的名字，你不觉得心中有愧吗？警方已经掌握了你杀人的证据，还是去自首吧。"林寒江已经摇摇欲坠，他手中的田小小咳了两声，吐出一大口河水，慢慢醒了过来。

"林厅长，当天龙岭山中那对小夫妻，他们也是这般挣扎着，吊在我眼前，哀求我。"郑恒微笑着说，他的笑容在烧毁的脸上绽放开来，让人心生恐惧。"他们两人是在逃跑过程中女的失足坠崖，男的也像你这般拉着她，他求我救他们，我当然不会伸手，我救了他们，就是把自己出卖给警察。换成你，你会救他们吗？"

"柳晓京和周纯如呢，难道不是你杀的？"

郑恒使劲摇头，说："柳晓京是自己上吊自杀的，我们只是帮她挪个地方。周纯如是趁我不备跑到阳台上，想从阳台翻到隔壁逃跑，不小心落了下去，谁知恰巧砸在警车上，结果传来传去，变成我向警方挑战，我可没有故意侮辱警察的意思。"郑恒将几起命案说得轻描淡写，脸上依然一片麻木。

"郑恒，你这个没有人性的冷血杀手，你休想给自己找借口……"林寒江怒骂郑恒，却已没有了力气说下去，他的身体已经快要被撕扯成两半，攀住岩石的手颤抖着。

下面的田小小听到郑恒述说柳晓京和周纯如的死因，不由破口大骂："郑恒，你这个冷血杀手，你就是个人面兽心的畜生！你害死的那些人，他们不会放过你的！"

"冷血杀手，人面兽心？兽心，我承认，但我这脸还算人面吗？"郑恒摸着自己的脸苦笑，"他们烧毁我脸的时候，逼得我父母含冤去世的时候，算不算是冷血？他们凌辱我妹妹，害得她跳崖自尽的时候，他们是不是杀手？"

林寒江和田小小吊在空中，田小小半身还浸泡在水里，两人已经摇摇欲坠，此时郑恒只需伸出一根手指，就能将两人戳进波涛翻滚的玉龙河。

田小小感觉到林寒江的身体在颤抖，拉着自己的手臂已经开始痉挛，他支持不下去了。田小小在下边哭喊："林老师，你放手，别管我了！"林寒江无力回答，只能咬紧牙关坚持着。

远处突然响起警笛声，一辆警车飞一般驶来，车内是李长风、小马和李亮。田小小自以为聪明甩掉了警察，岂不知那两个警察在她下楼时就已经向李长风报告了，李长风和小马一直远远地跟着二人。警车的红蓝车灯在漆黑的暗夜中闪烁，让绝境中的林寒江看到了一丝希望，他使出最后一丝力气，将田小小又拉高一点。

跟踪而来的李长风和小马看见矿洞大乱，就驾车冲了过去，先是救下李亮，吓退了那群工人，然后沿着玉龙河边追赶林寒江和田小小。

郑恒看一眼越来越近的警车，他不屑地冲着警车吐口唾沫。"我说的话，你们也许不信，可是这就是事实！"郑恒不慌不忙站起来，"林寒江，我一直关注你在仁城和秦州的作为，你算是一个好官，我不杀你。"

郑恒跳上越野车，回头说："林寒江，看在你的面子上，我放过这个女人，让她以后别再作死了……妈的，如果当年我妹妹跳崖的时候，我能有机会这样拉着她，我也不会放手的！"

越野车像一道幽灵一样驶进黑夜，转眼就和无边的黑暗融为一体。岩石下面，苦苦支撑的林寒江已经是汗流满面，浑身剧烈地哆嗦，他的身体已经支持不住，拉着田小小的手正在慢慢松开。这时，手电光亮照来，一只手从岸边伸了下来……

李长风和李亮合力把林寒江和田小小二人拉上来，见二人并无大碍，才放下心来。李长风说："田博士，这回该相信我了吧？我如果真是内鬼，只要我晚来三两分钟，一切都无声无息消失了。"

田小小虽然心里早就认同李长风不是内鬼，但是嘴上不肯服输："三只眼，你少邀功，要不是林老师拼命拉着我，你们只能来得及赶来打捞尸体！"

浑身脱力的林寒江软瘫在地上，喘着粗气对李长风说："李队长，请你帮个忙，我想看看郑恒一家当年的案卷。"

"郑恒一家当年的案卷？"李长风以为自己听错了。

"不错，我想看看他一家当年到底遭遇了什么？"

林寒江又转向田小小，仔细端详她一番，见她确实没有受伤，不由笑着说："小小，你的体重是不是和学历一样，持续增长啊？"

田小小虽然再次死里逃生，但是当着几个大男人的面，被林寒江调侃，她的脸"腾"一下红了，用双手捂住了脸不敢看人。饱受田小小欺凌的李长风见有人替自己出气，冲林寒江竖起大拇指，夸赞道："林厅长，你说话太精准了，一语切中要害啊！我佩服之心如玉龙河水……"还没等他拍完马屁，田小小抓起一把沙子扬在他身上。

远处再次传来警笛声，一长串车队在警车的引领下，穿过黑漆漆的草原正在驶来。李亮拍一下李长风的肩膀，说："伙计，这是你喊来的援兵？"李长风挠了挠头皮，也弄不清楚这大阵仗是谁找来的，他回头看看坐在地上的林寒江，有些明白了。原来，林寒江在发现白云矿场的秘密后，就果断打通袁凯的电话，请他带人过来增援，彻底捣毁这个盗采稀土资源、非法提炼污染河流的团伙。袁凯不仅带来了增援的警力，还通知了自然资源局、生态环境局、城管执法局的执法队伍以及作业车辆，正在陆续赶来。

袁凯跳下车，李长风赶紧过来敬礼，袁凯劈头盖脸一顿训："李长风，我应该停你的职！你为了破案，竟然置这么多人的生命安全于不顾！胡闹！"

"袁局，我以为只是暗中跟踪，能发现一些有益于破案的线索，没想到一下子摸到贼窝里来了，是我错了！"李长风赶紧检讨。

"说轻了，你这是个人英雄主义，说重了，你就是无组织无纪律！"

"袁局长，这事不怪李队长，是我没有对他说实话，他没有办法只能跟踪我，你要想骂人就骂我吧！"田小小见李长风挨批，立即挺身而出，说："袁局长、李队长，以前是我不相信你们，没有说实话，是我不对，我向您们道歉！"田小小说完向袁凯和李长风深深鞠一躬。

李长风没想到田小小能主动为自己解围，不禁大感诧异，他偷偷去看田小小，谁知田小小也在偷偷瞪着他，低声威胁他："三只眼，你竟然敢利用我，你等着瞧吧！"

袁凯转向田小小，很严厉地说："田博士，我知道你一直认为我们的队伍之中有害群之马，对此我并不否认，但是我想说的是，惩恶扬善，维护社会平安稳定，还要靠这支队伍，你们想弘扬正义，这是好事，但是要想彻底铲除丑恶和犯罪，还是要相信和依靠集体的力量！"

不仅田小小羞愧地低下头，就连李亮和李长风都觉得脸皮发烧，他们知道袁凯的话也包括了自己。

袁凯吩咐李长风："李长风，回局里后，你要向局党组递交一份深刻的检查。现在我命令你，立即去组织队伍，把他们的盗采人员、设备，还有这个非法的提炼加工基地，给我全部端了，跑了一个，我唯你是问！"

"是！"李长风敬个礼，一溜烟跑到队伍前面，李亮也撒开腿跟了过去，两人分头指挥警力和执法人员，一队进入那个矿洞进行检查，一队向白云矿场奔去。

袁凯走过去，将脱力的林寒江从地上拉起来，埋怨他："老伙计，你怎么也和年轻人一样胡闹，多危险啊！"

浑身水湿淋漓的林寒江苦笑："李长风说的没错，一不小心摸进了贼窝子，不过因祸得福，把他们这个犯罪团伙一网打尽，没有废话快刀斩乱麻，也是好事！否则要是按照程序来，又是调查又是取证，还得开会研究讨论，猴年马月也弄不完！"

袁凯看着林寒江，也是一脸苦笑，说："老林啊，你就没想过，你虽然一刀砍掉了毒瘤，但是也捅翻了马蜂窝！"

"马蜂窝？"

"白云矿场明是采煤，暗是盗卖稀土，已经形成了一条黑色产业链，这些年估计是养肥了不少人，你今天打翻了马蜂窝，这些人对你肯定要群起围攻，你可要小心了！"

林寒江自嘲地一笑，说："这个后果我还真没做好准备，不过现在已经打翻了，我也不能一只只马蜂再收回来？你帮我出出主意吧。"

袁凯使劲捶了林寒江一拳，笑骂道："你别和我装了，你还能没想到这点？你给我打电话的时候，肯定心里都已经盘算好了，这是天赐良机！你是拿中央督察组当尚方宝剑，乱中出剑，一剑砍在对方七寸上！绕开了秦州市的领导，直接把我当成了你的棋子来调动。今天晚上，我们是不能睡觉了，但是秦州市内睡不着的人更多！"

林寒江让袁凯猜透心思，故意装出一副傻乎乎的样子，叫屈道："老袁，你这是高看我了，我有那么多花花肠子吗？"

袁凯指着林寒江，说："你啊，你啊！你是学得越来越坏了，你不仅和秦州市领导玩心眼儿，听说还向督察组举报省里的一些生态环境问题，敢和省领导玩心眼儿，我可警告你，你现在有'黑化'的倾向啊！"

林寒江愈发叫屈，道："我哪有这么大的胆子？都是你们瞎分析的。"

"你以为省委陈书记为什么批你一顿？你把省里的问题曝光给督察组，陈书记能不知道？那是给你一鞭子，让你小心点儿！"

林寒江默然，袁凯说的不无道理，陈庭坚白天当着那么多人劈头盖脸批自己一顿，肯定是对自己的举动有所了解，除了王戎的警告之外，恐怕还有其他的意思，林寒江心里一直在琢磨，现在袁凯说出来了，陈庭坚果然是在故意敲打他，警告他不要任性胡来。

袁凯数落完林寒江，又向他伸出手："作为你利用我的回报，我还是向你表态，我会一直支持你，盗采稀土，污染玉龙河，在我心里和杀人放火没什么区别！"

林寒江感动地握住袁凯的手，两人不仅握手，还使劲撞一下肩膀，那一瞬间，林寒江疼得叫出声来，原来他刚才拼命拉住田小小的时候，胳膊韧带已经严重拉伤。

三十五

在李长风和李亮带着人清理矿洞的时候，远处的山包上，郑恒眯起眼睛用望远镜看着这边鼎沸的人群。夜风吹拂之下，郑恒的眼角慢慢溢出一滴眼泪，郑恒的泪水不是为稀土提炼基地被摧毁而伤心，而是想起了他的妹妹。

当年，郑恒失手伤人入狱以后，他的母亲和父亲不久也相继过世，而最惨的却是他的妹妹，也就是周纯如所讲的故事里的主角。当时姚坤因为被郑恒摔断腰椎，对郑家人恨之入骨，必欲除之而后快。姚坤知道郑恒的妹妹无依无靠，便让大熊带着一个流氓，经常去欺凌她，郑恒的妹妹只能忍气吞声，学校老师和街坊邻居也都敢怒不敢言，大熊和那个流氓却越来越肆无忌惮。终于有一天深夜，两人按照姚坤的指示，对她做出了令人发指的事情，大熊和流氓强奸了她以后，又拍了不少裸照，要以此逼迫她去卖淫赚钱，妹妹不从，结果被打得鼻青脸肿无法见人。郑恒妹妹骨子里有几分哥哥的狠劲，第二天晚上，那个流氓喝醉了又来欺负她，妹妹趁机捅了他几十刀，刀刀致命。杀了人之后，她跑到龙岭山中的狮子崖上，大哭一场，一跃而下。

等郑恒出狱之后，已是家破人亡，郑恒在父母和妹妹的坟前跪了很久，用刀划破自己烧毁的脸，歃血为誓，一定要替家人报仇。

刚才，郑恒看见林寒江拼命拉住田小小，不肯放手让田小小坠入江中，郑恒突然心生恻隐，眼前苦苦挣扎的二人，让他想起了跳崖的妹妹……

凌晨三点左右，失魂落魄的白云矿场的负责人朱强，来到王小江的别墅拼命敲门，睡眼惺忪的王小江从卧室出来，朱强"扑通"一声跪在他面前，带着哭音喊道："王总，完了！那个白云矿场，还有矿洞里的提炼基地，都被林寒江他们给毁了！"

王小江顿时如五雷轰顶，一屁股坐在沙发上，脖子上的刀疤剧烈地抖动，跪在地上的朱强顿时心惊肉跳，因为他知道王小江这是起了杀心！朱强怕的是王小江盛怒之下，第一个就拿自己开刀。

王小江双手颤抖，拨打李彦兵的电话，无人接听，再打关金书的电话，还是无人接听。王小江又打给市自然资源局局长王凡和龙岭区公安局政委刘一功，依然无人接听。其实这几个人都知道了今夜白云矿场发生的事情，但是听说林寒江和袁凯亲自带队执行任务，而且林寒江手中还有中央督察组的督办意见，没有一个人敢出面，所以面对王小江的电话，谁也不愿意接听，不敢将祸事引到自己身上。王小江又拨打曹兵的电话，依然是无人接听，他又翻出了刘军强的电话，端详着那个号码半天，却慢慢放下了手机。

连吃闭门羹的王小江怒极反笑，骂了一句："妈的，这群势利小人，墙头草随风倒，终有一天你们要知道老子的厉害！老子还没倒，你们这群猢狲就吓跑了！"

王小江转了几圈，给牧民头领石头打电话，想让牧民故技重施去骚扰执法人员，电话虽然接通了，但是那边石头喝得烂醉如泥，舌头都不利索，王小江鸡同鸭讲说了半天，石头也没听清楚，最后手机里只是传来石头雷鸣一般的鼾声。其实王小江刚放下电话，装醉的石头就一骨碌爬起来，来到帐篷外打个呼哨，叫醒同伴们圈马赶羊，趁着黎明时分转移牧场。

气怒攻心的王小江在屋子里转圈，朱强亦步亦趋地跟在他后边，王小江脸色铁青，又抓起电话，这次他拨打的是郑恒的号码，但是刚拨了一半，王小江再次慢慢放下电话，他转头盯着身后一脸可怜相的朱强，眼神慢慢变得冷酷。看着王小江的眼神，朱强吓得连连后退，一直退到那尊关公像跟前。

"朱强，你女儿今年几岁了？"王小江咬着后槽牙问朱强，对面的朱强顿时脸色惨白，全身一阵摇晃，"扑通"一声又跪了下去。

朱强跪在地上，膝行过来抱住王小江的腿，哀求道："王总，您可怜可怜我吧，我上有老下有小，盗卖稀土的事儿太大了，我扛不起啊！"朱强涕泪横流，泣不成声。

"化工产业园的经理薛平，你知道吧？"王小江的声音出奇地冷静。

"我知道，我知道……"朱强的眼泪鼻涕已经淌到了王小江的拖鞋上。朱强焉能不明白王小江的用意，上次化工产业园双氧水车间爆炸起火，王小江将责任一股脑儿推到经理薛平身上，结果薛平移交司法机关，案件正在审理过程中，律师说可能要判有期徒刑两年以上。此次盗卖稀土的事情爆发了，王小江准备故技重施，让朱强替自己顶罪。

朱强再度哀求王小江，说："王总，我女儿刚上小学，家中还有七十多岁的老父老母……"

王小江低头看着可怜兮兮的朱强，眼神冷酷如刀，他拿起手机狠狠砸在朱强头上，一下两下，动作很慢，直至将手机砸得粉碎，朱强的额头血流如注，他却不敢躲避，只能闭着眼睛任凭王小江狠砸自己的脑袋。

王小江打累了，又狠狠踢了朱强一脚，说："你既然懂我的意思，还他妈的非要让我说出来？"

朱强蜷缩在地上，不敢吭声，王小江指着他大骂："我告诉你，朱强，你要是不把这件事扛下来，你女儿明年的今天就是她的祭日！你不但要扛下来，还要扛利索了，不能洒出来一滴水！听明白了吗？"王小江说完，又踢朱强两脚，结果把拖鞋踢飞了，王小江单腿跳着去捡拖鞋，一不小心滑倒，摔了个四脚朝天。

"妈的，我的心血啊！一年十几个亿啊！"王小江四仰八叉躺在地上，开始大声嚎哭，嚎了几嗓子把朱强吓住了，抱着脑袋斜眼偷看王小江。"林寒江，我日你祖宗！我要弄死你！"王小江躺在地上咒骂林寒江，此时的林寒江如果在面前出现，王小江一定毫不犹豫扑过去拧断他的脖子。

"朱强，从今天开始，你的父母就是我的父母，我给养老送终，你女儿就是我的女儿，我养她到大学毕业……"王小江爬过来，换了一副嘴脸哄劝朱强。面对王小江的甜枣加大棒，朱强不敢吭声，只能抱着头躺在那里瑟瑟发抖。

王小江嚎了一阵子，突然爬起来，连滚带爬地来到那尊关公像面前，跪在地上"嘣嘣"磕了两个响头，说："关二爷明鉴，我本来不想被人当枪使去和林寒江为敌，现在是林寒江不给我活路啊！求关二爷保佑！"

朱强在旁边偷偷看着王小江，王小江把剩下的一只拖鞋砸到他脸上，骂道："妈的，还不快滚？"朱强赶紧抱头鼠窜离开王小江的别墅。

……

林寒江在省厅召开会议，部署落实中央督察组的督办要求，将涉及的秦州市、仁城市两位生态环境局局长一起请来。林寒江将督察组组长王戌的批示，交给对面的李彦兵和顾清云。两人接过批示的表情天渊之别，顾清云是兴高采烈，而李彦兵却是如丧考妣。

顾清云拿着批示，乐呵呵地说："林厅长，我这就回去叫停山地高尔夫球项目二期工程，立即恢复绿地。"

"如果这次又有一个省领导站在球场上呢？你准备怎么办？"林寒江故意调侃顾清云。

"有了这个，谁来也不怕！"顾清云晃晃手中的批示件，"就算真的有人出头，我也立即叫停！"

林寒江纠正他，说："老顾，我提醒你，这可绝对不是叫停二期项目那么简单，而是严格按照国务院办公厅的通知要求，一、二期项目全部取缔，全面复绿植绿，可能还要追究前期一些审批部门的责任，要处分人的，任务艰巨啊！"

顾清云笑笑说："放心吧，再艰巨还能有天净山申遗那么艰巨？"

"说到天净山申遗，我还真有一件事耿耿于怀，就是那些保护区内百姓的生活问题，以前他们是靠山吃山，现在我们把大山保护起来了，还要帮他们谋划一条出路，不能申遗成功了，老百姓却变穷了！你们先谋划着，我这几天就过去一起研究一下。"

林寒江的担忧，让顾清云也神色凝重，他和林寒江握手告别："林厅长，我在天净山等你！”

林寒江和顾清云有说有笑，把李彦兵扔在一边，让李彦兵很是尴尬，等林寒江送客回来，李彦兵吸着鼻子说：“林厅长，中央督察组批示了我们秦州两件案子，白云矿场已经被您查封了，我们马上按照批示的要求，向市政府汇报请示，组织开展矿场的生态恢复工作，这没有问题，只是……”

“只是什么？”林寒江端起水杯喝水，故意瞄一眼李彦兵的表情。

“只是这个秦州市化工产业园，欠缴的排污费和罚款怎么又涨到了 1.8 亿，比原来的 1.1 亿多出 7000 万，我们没法向企业交代啊。”

林寒江早就预料到李彦兵会在这个问题上叫屈，说：“你们秦州市政府说曾经答应企业免缴三年排污费，可是又没有证据，企业手中的会议纪要又被公安局证实是伪造的，只能按照化工产业园的实际运营年限计算了。”

李彦兵哭丧着脸，说：“林厅长，这个追缴金额，市政府都研究通过了，现在多了 7000 万，能不能通融一下？”

林寒江笑眯眯地看着李彦兵，说：“这是省厅经过仔细计算得出的金额，上报国家生态环境部复核的，李局长要是觉得有疑问，可以请省厅和部里再派人去企业复查，好好计算一下，怎么样？”林寒江把“好好计算一下”六个字咬得很重，话外之意不言而喻，派人一查，肯定能查出更多的问题。

李彦兵当然明白其中轻重，只能连连摆手：“不用了，我们再回去做企业的工作吧。”

看着李彦兵仓皇告辞的背影，林寒江鄙夷地冷笑一声，他现在完全同意李亮的分析，这个李彦兵真的沦落成了王小江“看家护院”的走狗。

李长风接到一个电话，是位于秦州市龙岭区的落雁湖派出所打来的，他们称接到群众举报电话，在城乡结合部的出租屋附近发现了王天龙的行踪。李长风大喜，立即带领小马等人赶了过去。

李长风关掉车上警笛，警车悄悄地驶入一片密集的出租房，狭窄的通道阻住了警车，只能远远地停下。落雁湖派出所的邵所长已经安排警力将这一片地区封锁，见李长风等人赶来，连忙迎了上来，向李长风介绍情况。

小马看见严阵以待的阵容，在旁边低声说："邵所长，至于这么大动干戈吗？对付一个干巴老头子，咱俩进去，给他薅头发拖出来，对了，他没头发……"

虽然李长风心里也觉得邵所长有点小题大做，但是并没有说出来，他批评小马说："别贫嘴，邵所长稳重着呢，你得多学着点儿！"

到了一间出租屋附近，邵所长用手指了指房子，意思说人可能还在里面。莽撞的小马立刻就要闯进去，被李长风揪住后领子一把拽回来，他将小马拽到自己的身后，低声警告小马："你别大意，做我们这行的，小心驶得万年船，我们经不起翻船，一次都不行！"他指指自己脑门上的伤疤，说："命硬的，能留个伤疤，命不硬的，只能留个照片！"

李长风拔出手枪走在前边，小马吐吐舌头，不敢再调皮，拔枪掩护李长风向出租房摸了过去。李长风竖起耳朵在门板上听了一会儿，屋内似乎只有电风扇的"嗡嗡"转动声，李长风向小马做个手势，小马后退两步，一个助跑撞向房门，房门应声而开，但是里面空无一人，只有一台老式电风扇，正在摇头晃脑地吹着风。地上的零食包装袋、外卖餐具扔得到处都是，塑料袋被电风扇吹得堆积在角落里。

李长风见没有危险，收回手枪，问邵所长："老邵，不是说人在这里吗？"

邵所长也是一脸纳闷，说："我们接到举报电话，说王天龙就藏在这间屋子里，我们没敢轻举妄动，一直等你们来……"

"这么说，你们也没有亲眼看见王天龙？"李长风边问边查看这间房子。

邵所长有些尴尬，说："是，我们确实没亲眼看见，但是王天龙是秦州市的名人，认识他的人很多，应该不会有错！"

小马说："电风扇还转着呢，这老贼肯定没跑远！"小马将床上的被褥和枕头都扔到一边，翻看床垫下面是否藏着东西，一个黑乎乎的东西从枕头下面掉了出来，小马捡起来一看，竟然是一个假发套，他将假发套在自己头上比试一下，对李长风说："师傅，这个玩意儿，我怎么看着眼熟呢？

是不是王天龙在机场里戴的那玩意儿？"

李长风没有搭理他，盯着转动的电风扇看了一会儿，又打量一番屋子里的东西，吩咐小马："再仔细找找，看看有什么可疑的东西没？"

小马和老邵合力抬起床垫，在下面发现了一张电子入门卡，上面写着"潜龙庄园"四个字，小马小心地将入门卡和假发套装进证物袋，老邵说："这个潜龙庄园我知道，是龙岭山里的一处旅游度假庄园，应该是唐宫集团名下的产业，难道王天龙躲在那里？"

李长风点点头，说："既然发现了线索，我们肯定要去查看一下。"

其实，李长风进到屋子里的第一时间，就已经起了疑心，屋子里虽然电风扇在转着，扔了不少生活垃圾，但是根本没有发现洗漱用品。李长风仔细检查一下抽屉和冰箱，没有找到任何药品和储藏的食物，哪怕用过的药品盒子和零食都没有。李长风在前期调查时了解，王天龙患有严重的高血压和哮喘病，走到哪里都是药不离身，尤其是哮喘类药品，如果王天龙藏在这里多日，怎能不留下一点药物的痕迹？李长风再次环视房间，这里根本不像是一个潜逃的人躲藏的地方。这间出租屋里开着的电风扇，以及发现的假发套、入门卡还有生活垃圾，肯定是有人故意布置好的线索，目的就是将警方的注意力引向潜龙庄园。

小马和老邵等人拿着王天龙的照片，在附近的出租房向居民询问，果然没有人说见过王天龙。李长风心中虽然起疑，但是没有声张，这个潜逃的王天龙看来很不简单，背后一定还藏着更多内幕。李长风吩咐小马，将屋内的假发和一些生活垃圾带回去化验，看看能否发现王天龙的 DNA 痕迹。

李长风倒退着从出租房出来，饶有兴趣地眺望着远处的龙岭大山山麓，那里就是潜龙庄园的位置。"既然你们把我这个猎人当成了猎物，那我就以猎物的身份去闯一下，看看你们在潜龙庄园布下了什么陷阱？"

三十六

　　根据现场找到的电子入门卡，李长风和小马等人很快在龙岭潜龙庄园找到了一处荒草萋萋的小别墅。这栋别墅在潜龙庄园里最为靠边的位置，已经很久没有人居住了。李长风站在别墅前面察看周围的地形，这里是庄园探入山中密林的前端，只需翻墙而出就会钻入莽莽龙岭，确实是一个藏人的好地方。

　　小马悄无声息地用入门卡打开别墅的房门，李长风拔枪，背靠墙壁，闪身进入房间。进到房间，李长风发现这个别墅压根儿就没有人居住的痕迹，所有的家具都蒙着白色的防尘罩，地板上落满了灰尘，连个脚印都没有。李长风正在屋内查看，忽然听到小马在后院叫道："师傅，快来！"

　　李长风以为小马遇险，赶紧冲到后院，只见小马紧张地指着杂草丛中一堆烧得焦黑的灰烬，说："师傅，你看，这是什么？"

　　李长风见那堆焦黑的灰烬，以及灰烬中残留的部分骨骼，顿时心中一紧，这分明是一个焚烧尸体的现场。"妈的，这像是个焚尸现场，烧得没剩多少了，这么大的火，肯定是有人泼了助燃物。"

　　小马指着灰烬中仅剩的两三块骨头，说："师傅，王天龙那秃头不会被人烧了吧？"

　　李长风吩咐小马说："保护好现场，你快去通知法医老秦他们！"

　　小马跑去打电话，李长风绕着灰烬转了一圈，果然在附近的草丛里找到了两个空的汽油桶。他蹲在那堆灰烬边上细看，发现骨骼和灰烬中似有一长条金属状物体，李长风小心地用树枝夹出金属物，仔细辨认，这个长条金属物似是一枚钛钉，已经被烈火烧成淡蓝色。李长风眯起眼睛看着钛钉良久，这种钛钉是通过外科手术植入人体骨骼的，但是这具尸体几乎全部化为灰烬，一时难以断定是哪个部位所植入的钛钉。

　　"难道在机场玩了个'李代桃僵'的王天龙，最后竟然在这里变成了一堆灰烬？"李长风心中的疑问，就和院子里丛生的杂草一样，"如果出租屋里的线索，是故意引诱警方来到潜龙庄园，那么是谁将这个焚尸现场故意暴露给警方？他的目的是什么？"

　　回到市区后，李长风让小马火速去调查王天龙是否做过钛钉植入手术，并央求法医老秦确定灰烬中的骨骼是否为王天龙，他自己则赶去田小小单位。

　　李长风始终觉得田小小对警方隐瞒了什么，这个丫头几次在死神镰刀下逃脱性命，却一直没有胆怯，不但坚持去单位上班，还总是偷偷摸摸做点让人心惊肉跳的事儿出来，让李长风既恼火又钦佩。巧合的是，李长风刚赶到田小小单位，正赶上两个陌生人来请田小小上车，李长风拦住两人，亮出工作证阻止对方带人，对方却微微一笑，说自己是中央生态环境督察组的工作人员，受组长王宬的委托，请田小小前去面谈。

　　田小小有些意外："王组长为什么要见我？"

　　工作人员回答说："具体情况我们也不清楚，但是您是王组长来秦州以后要见的第一个体制外的人。"

　　李长风阻拦不住，只能悻悻地退开。田小小见李长风被冷落在一旁，摇下车窗冲李长风眨了眨眼："要见本姑娘，你官太小，排队吧！"

　　李长风气得无计可施，但是他又担心田小小的安危，一路跟随田小小来到督察组驻地，门口的警卫将李长风拦下，他只能眼睁睁看着田小小进到宾馆里面。

　　督察组和公安局同时来请田小小，把环境科研所的领导和同事脸都吓绿了，不知道这丫头惹上了什么通天的官司。田小小离开以后，科研所的同事还在议论纷纷，有些人敏感地猜到督察组来请田小小，可能和前段时间科研所同事周纯如的离奇死亡有关。周纯如去世后，个别科研所的同事曾经私下询问过田小小，因为田小小是周纯如的好友和同学，一定知道周纯如遇害的原因，但是田小小对同事守口如瓶，始终没有透露她们的秘密调查情况。

中央督察组驻地宾馆。满头银发的王戌走进谈话室，他给田小小带来一杯咖啡，这个贴心的举动，一下子消除了田小小不少戒心。田小小接过咖啡，偷偷观察着王戌。王戌并不急于开口，他从包里拿出一个档案袋，仔细地将档案袋里的资料摆放在桌子上。田小小看见档案袋和资料，眼睛一下子亮了起来，因为这个档案袋以及里面的资料，正是她在北京亲手送到督察组的。

王戌坐在田小小面前，一边翻看着柳晓京写的材料，一边询问柳晓京和田小小、周纯如三人的调查情况。田小小详细向王戌介绍了她们三人秘密开展的关于秦州市生态环境的调查工作，并直言柳晓京和周纯如的死因就是她们的调查内容触动了某些人，以及这些人身后的秘密利益，所以才引来了杀身之祸。

王戌神色肃然："这些资料都是你们三个姑娘搜集、整理来的？"

"王组长，您看的这些资料，其实都浸着柳晓京和周纯如的血……"看着王戌翻动的一页又一页的资料，田小小的眼眶不由泛红，"我们只是为了一个单纯的愿望，想把秦州市生态环境的疮疤揭开给人看看，可是、可是我们没想到，我们揭开的不是疮疤，是一个吞人的黑洞，而且是深不见底的黑！"田小小泪如雨下，她用手捂住了脸。

王戌的手抖动了一下，他停止翻动那些资料，仿佛那些纸张上面真的沾染着鲜血。"小小姑娘，你认为你们三人是在调查哪些问题时，招来了杀身之祸？"

田小小想了想说："我们最后调查的是白云矿场的盗采和提炼稀土案子，还有龙岭山里违建别墅群、破坏保护区生态环境的案子，对了，还涉及那些别墅十多年前的野蛮征收的问题。"

王戌的眉头皱成一个"川"字，问："小小姑娘，你确定是因为这两起案子，触怒了某些隐藏的势力和利益，才让你们身陷险境？"

田小小肯定地点点头，说："没错，肯定是这两起案子，但是到底是得罪了谁，我还不敢肯定。王组长您想，我们调查的其他案子，像土壤沙化、大气污染，再严重也不至于把我们杀了灭口吧？"

王戌慢慢拿起面前的资料，说："可是在这些资料里，压根儿没有你所说的这么严重的问题。"王戌将资料推到田小小面前，说："你看，这里没有任何提及龙岭保护区违建别墅群的问题，也没有破坏保护区生态环境和野蛮征收的片言只字。白云矿场倒是提及了，但是只是描述白云矿场违规露天开采、破坏植被的问题，然而对于这些问题生态环境部早已通过卫星图片所掌握，已经严令省里督办整改，并不是什么秘密。"

田小小顿时脸色苍白，她站起身来，一把抓过那些资料，翻看的时候手指竟然颤抖。过了一会儿，田小小抬头问王戌："王组长，这些资料除了您，还有谁看过？"

王戌有些诧异，不清楚田小小话里的意思，田小小颓然坐回椅子，说："王组长，这些资料是我亲手交给督察组的，但是没想到……"

"没想到什么？"

"最重要的部分都没有了！"田小小稍微犹豫一下，还是说了出来，"尤其是涉及白云矿场盗采稀土和龙岭保护区内违建别墅群的调查，所有的资料和图片都没有了！"

王戌闻言顿时愣住，因为田小小的话指出了一个严重的事实，那就是他身边的人出问题了。王戌内心一时不敢接受这个事实，但是理智又提醒他，对面的田小小并没有骗他，王戌看着那堆资料，陷入了沉思。

田小小的心中却涌起一股无法言说的悲凉，她把最后的希望寄托在督察组和王戌的身上，没想到却是这样的结果。督察组的人出了问题，王戌还值得相信吗？

良久，王戌才打破沉默，问："小小姑娘，你说的那些调查资料，难道没有留下副本吗？"

田小小苦笑，将郑恒追踪自己到柳晓京家中，自己险些送命，柳晓京电脑硬盘被郑恒夺走，邮箱被植入病毒的事情叙述一遍，其中惊险之处，让王戌也紧张失色。田小小沮丧地说："看来他们不仅销毁了我们手中的证据，还把手伸进你们督察组里，不知道还有什么事情是他们做不到的？"

王戌默然无语，他想起田小小说过柳晓京曾经两次寄来调查资料，连忙喊来工作人员，让他火速找出那两份资料。看着工作人员小跑的背影，田小小嘴角浮现一丝嘲笑，说："王组长，你觉得他们会犯这么明显的错误吗？"

"处心积虑的人轻易不会犯错误的，犯错误的人是我们这些懵懂麻木的人！"王戌叹息说："包括我，经常也犯类似的错误，因为我们总习惯于用行政的思维和逻辑去思考对手，但是对手中间却藏着狡猾的狐狸，甚至吃人的狼！"

"王组长，您知道我此时此刻心里怎么想的吗？"田小小怒极反笑，一字一顿地问面前的王戌，此时的王戌面容憔悴，但是满头的银发根根直立，不知道是他此时心中是义愤填膺，还是被这猝然一击打得信心崩溃。

"你肯定是想，原来督察组也和这些人是一丘之貉，沆瀣一气！"

田小小不再掩饰自己的怒火，她气愤地瞪着王戌："公安局里有他们的人，我不能相信他们；现在督察组里也不干净，你让我们老百姓还能相信谁？这世间还有没有干净的地方？"

王戌无言以对，他心中翻腾如浪，材料失窃证明了一件事，就是他身边的工作人员已经被人渗透了，而更为可怕的是自己竟然对这件事毫无觉察。

工作人员很快回来，将柳晓京寄来的两份调查材料放在王戌面前，不出田小小所料，里面的要害部分全部被抽走了，和王戌手中的那份一模一样。

王戌问工作人员，这种举报材料寄到督察组以后，组里都有哪些人经手？工作人员并不知道哪里出了纰漏，解释说这种举报材料每天至少能接到数百份，数量很大，组里人手不够，只能全员上阵，分班轮流进行登记分类整理，几乎所有的人都会经手。王宬无奈地叹了口气，窃取材料的人一定是抓住了督察组工作上的漏洞，在最后一道关口上出手截留，将柳晓京等人的心血毁于一旦。

对面的田小小冷哼一声，抓起背包转身就走，她本来还想和王宬说一下柳晓京发给苏娜的邮件，但是她此时对督察组信心全无，半个字也不想说。工作人员还想拦住田小小，但是王宬阴沉着脸冲他摆摆手，只能眼睁睁看着田小小扬长而去。

王宬叫来副组长吴铁臣，将督察组内部出现的问题向他通报一下，吴铁臣也大吃一惊，没想到组里的人竟然被人收买。吴铁臣将信将疑，问王宬："王组长，会不会是有人故意散布的谣言？我觉得督察组应该不会有问题的。"

王宬摇摇头，说："现在国内一些巡视组、督察组出的问题还少吗？不能掉以轻心。"

吴铁臣沉默一会儿，主动向王宬检讨，说是自己工作疏忽，一心只想着查办案子，忽视了组里的安全防范。王宬也检讨自己的轻敌，以为对手都在门外虎视眈眈，没想到已经神不知鬼不觉潜进到卧榻之侧。两人低声商议一番，吴铁臣认为问题很可能出现在前期暗中调查过程中，当时他带队在汉山省各地调查生态环境案子，因为人手不足，就从秦州市生态环境局抽调了三名干部到组里帮忙，这次的漏洞应该就出在这三个人身上。

王宬想了想，问道："老吴，既然你这么肯定，看来你是有怀疑目标了？"

"不错，王组长您刚才一说，我心里就对上了号。"吴铁臣胸有成竹地说，"八成是那个叫常林的年轻人，因为他专门负责整理投诉件，而且还跟随督察组返回北京工作一段时间，无论是任务分工还是时间，完全对得上！"

"常林？"王宬阴沉着脸，在本子上记下这个名字，又在名字外边重重地画上一个圆圈。

等在门口的李长风见田小小怒气冲冲地出来，赶忙迎了上去，田小小也不客气，直接坐进李长风的车子，说："三只眼，是不是还要带本姑娘过堂去？"

李长风可不敢招惹这个暴脾气的姑娘，赶紧赔着小心说："看你说的，没事就不能护送你回家吗？"

"没事就别说话，本姑娘心烦！"

李长风从后视镜里看一眼田小小，见她神色异常，不敢再逗她，只好闭嘴开车。上次赵震亲自出马询问苏娜，却一无所获，看见师傅在苏娜这里栽了跟头，李长风自然不服气，他后来又到唐宫集团找到苏娜，想问出柳晓京最后的邮件到底是什么内容，但是苏娜以忙于工作为借口，三言两语就告辞离开。李长风决定求助田小小，让她和自己一起去说服苏娜。

李长风挠破脑袋也想不明白，本来田小小最近遭遇过几次险情后，对自己心存感激，一直是有说有笑，结果从督察组出来之后，不仅换了一副冷若冰霜的脸色，竟然坐在后面暗自饮泣。

李长风抽出一张纸巾向后递去，关心地问："怎么了，谁招惹了大博士？督察组那些人给你气受了？"

田小小接过纸巾擦擦眼泪，怒斥李长风："三只眼，你少说风凉话，你不去抓你们的'内鬼'，又来磨我干什么啊？"

"哎哟喂，你以为'内鬼'脑门上贴着标签呢，张牙舞爪站在那里，等我去铐他啊？"

"三只眼，我看你贼眉鼠眼的，最像是'内鬼'！"田小小把心中的怒火都发泄到李长风身上，说："我知道你想要我去劝苏娜，可是我现在改变主意了，我要提醒她，如果真的有秘密，一定不要告诉任何人，无论是你们这些穿警服的，还是那些督察组的，谁都不能相信！"

"我的大博士，督察组怎么着你了？受什么刺激了？"李长风一头雾水。

田小小的泪水还在不停地流下来，哽咽着说："我后悔了，后悔不该鼓动柳晓京和周纯如一起搞什么调查，后悔去北京送材料，后悔来这个城市，这是一个伸手不见五指的城市！"

"哎，你可别一棍子打翻一城的人啊，至少我没那么黑吧？"

"我好后悔！那次晓京来找我，我应该劝她罢手就好了，这个城市不值得我们去拯救！"田小小越说越悲伤，恨恨地踢了一脚李长风的椅背，说："三只眼，停车，我要下去！"

李长风本不想停车，但是架不住田小小的犟脾气，他的座椅挨了好几脚，只能慢慢贴着人行道停了下来，田小小跳下车，对着李长风呵斥道："三只眼，你以后再也不要来烦我了，除非你抓到那个'内鬼'！我现在还是信不过你们，包括你！"

看着田小小的身影慢慢消失，李长风摸出电话："小马，我让你调查的钛钉那件事怎么样了？"

三十七

秦州市公安局。今天的市局例会上，袁凯大发雷霆，当着全局中层干部的面，就白云矿场的案子质问龙岭区分局政委刘一功："刘一功同志，我代表市局党委安排的彻查白云矿场的任务，怎么到你这里就卡壳了？请你给我解释一下！"

会场上的刘一功脸色像紫茄子一样难看，他支吾着解释："袁市长，是这么个情况，白云矿场的股权特别混乱，责任人不是很明晰，现在我们正在逐一调查，还有一些情况，我们正和自然资源部门协商研究……"

"还协商研究？"袁凯一掌拍在桌子上，震得茶杯一晃，对面的刘一功吓得一激灵，当时鬓角就沁出了汗水，袁凯厉声说："刘一功同志，我来秦州不久，就听老百姓传言，说龙岭区分局就是白云矿场的'护院队'，我现在想请你证明给我看，你们到底是白云矿场的'护院队'，还是人民警察？"

刘一功脸上的汗水已经淌到脖子，他挣扎着说："请袁市长放心，我这就回去落实您的指示，马上开展行动！"

袁凯沉声说："好，请你立刻回去开展行动，我等着你的结果，后面的会议你不必参加了！"

袁凯这么说，几乎是把刘一功逐出会场，全场的人都把目光集中在刘一功身上，包括赵震和李长风，他们从来没见过袁凯如此发怒。刘一功面色苍白，步伐凌乱，都不知道自己是怎么起身离开会场的。神色冷峻的袁凯偏偏不放过刘一功，盯着他的背影，又扔出一块巨石："刘政委，你们龙岭分局局长正在纪委交代问题，我不希望你也步他的后尘，请你好自为之！"可怜的刘一功如遭重击，腿脚发软，踉踉跄跄地离开会场。

李长风目送刘一功离开，偷偷在手机里给赵震发个微信："师傅，您觉得王小江这次能落网吗？"

赵震回了四个字："你认为呢？"

李长风嘬着冷笑，在手机上飞快地打出几行字："我敢打赌，这货肯定能逍遥法外！对付这种烂人，常规手段没有用。"

赵震又给他回了四个字："认真开会！"

龙岭区公安分局。垂头丧气回到局里的刘一功，立刻按照袁凯的要求召开会议，部署对白云矿场非法盗采、提炼稀土一案进行彻查，参加会议的几个科长、队长大都知道刘一功和白云矿场关系匪浅，此时全都装糊涂，低头不语，彼此用眼角余光打量着对方。

刘一功有些着急，用手指敲着桌子说："拜托了，同志们，白云矿场这次捅了大娄子，省市领导都在关注这案子，大家都打起精神，别再稀里糊涂了！"

有一个科长鼓起勇气问："刘政委，大家伙儿打起精神没问题，但是稀里糊涂的不是我们吧？"

听到部下话里有话，刘一功立刻反问："那你说，稀里糊涂的是谁？难不成是我，还是省市领导？"

科长说："白云矿场的案子到底怎么办，还是请你们这些领导指明方向吧，别到最后又埋怨我们抓错了人。以前我们在白云矿场身上吃的亏，足足能装满一火车皮了。"其他几个人也是连声附和，建议刘一功把省市领导的态度弄准了，否则下一步工作很难开展。

刘一功见部下意见很大，又敲桌子，说："白云矿场非法盗采稀土，暗中提炼，严重破坏玉龙河生态环境，案情重大，按照上级要求，对涉案人员必须严惩不贷，该抓的人一个不能放过！"

"请刘政委指示，到底谁是该抓的人，我们这就出发抓人，绝不含糊！"那个科长寸步不让，咄咄逼问刘一功，看来他以前似乎在白云矿场身上吃过暗亏，前车之鉴，耿耿于怀。

　　刘一功被部下逼到墙角，却又不敢点名让部下去抓王小江，他深知王小江身后的关系网很深，惹怒了那些人，可不是他这个分局政委能担得起的。面对部下的质问，刘一功只能装聋作哑和稀泥："所以，你们要调查清楚嘛，不能冤枉好人，更不能放跑坏人！"

　　此时的刘一功是风箱里的老鼠，前后受气。那天夜里，袁凯亲自带人关停了白云矿场和提炼稀土的矿洞，责成龙岭分局对相关责任人马上立案审查，但是刘一功以"正在调查核实情况"为借口，对这件案子一直搪塞推诿，没有及时采取行动，终于让袁凯雷霆震怒，所以才有了例会上的一幕，袁凯将刘一功从会场赶了出去。

　　刘一功正被部下逼得进退维谷，忽然有一个警察进来报告，在刘一功耳边低声说："刘政委，王小江带着涉案人员来投案自首了！"

　　"你说什么？"刘一功吃惊地张大了嘴。

　　"王小江，他带着人来投案自首了！"警察大声说道，会议室里的人顿时寂静无声，大家面面相觑。

　　次日，袁凯来到林寒江的办公室，适逢林寒江开会回来，夹着材料匆匆而归。林寒江诧异地看着站在门口的袁凯，说："什么风把你这个大忙人吹来了？"

　　"我是夜猫子进宅，无事不来！赶紧给杯水喝，渴死了！"

　　"说吧，你这只夜猫子带来啥坏消息？"林寒江给袁凯倒茶水，袁凯并没有马上回答，他一边喝水，一边打量着林寒江的书柜，说："老林啊，你是我认识的领导干部中，唯一把办公室书柜当成资料收藏柜的人，你骨子里还是个搞学术研究的人啊。"

　　"那其他人的办公室书柜都是什么样子？"

　　"百分之九十九都是拿来作秀摆样子的，摆满了一页都没有看过的书，对那些人来说，书柜和花瓶是一个作用。"

　　"你的话可是打击一大片，那你的书柜是什么样子？有时间我去检查一下！"林寒江被袁凯逗乐了。

"欢迎检查，我的书柜从不摆书，我不爱看书，但是我喜欢搜集各类案件资料，所以我的书柜就是一个小型的案件陈列馆，国内发生的重大案件，我多多少少都有搜集。"袁凯显然对自己的爱好颇有些自得，毫不掩饰自己的成就。

"快说吧，到底为了什么事找我？"

袁凯将一份案件情况推到林寒江面前，这是龙岭区分局对白云矿场盗采稀土一案做出的调查。袁凯说："白云矿场盗采稀土、污染玉龙河的案子，全让那个矿场负责人朱强扛了下来。"

林寒江仔细看了一遍，冷笑着把材料扔到一边，说："意料之中，王小江精擅此道，安排别人替他顶罪，上次化工产业园爆炸案，他不也是这么逃脱法律制裁的吗？"

袁凯说："这小子是一招鲜吃遍天，屡试不爽，我满心以为这次能揪住他的皮毛，没想到他还是滑不留手。"

林寒江不解，说："你们警方难道束手无策，看着他逍遥法外？"

袁凯苦笑，向林寒江解释王小江是如何操控白云矿场盗采稀土资源，自己却利用法律规则规避风险。昨天晚上，袁凯见到刘一功报上来的案件情况，以为刘一功仍然在敷衍自己，又把刘一功批了一顿。后来，袁凯仔细研究白云矿场与建江有限公司的关系，才发现他们都低估了王小江的狡猾程度。

原来，王小江先是在开曼群岛上成立了一家翔龙有限公司，他是公司唯一的股东。然后王小江利用翔龙有限公司在秦州市投资发展，成立了吉翔有限公司，接着又由吉翔有限公司的股权成立了祥江有限公司，最终再由祥江有限公司成立了建江有限公司，真正展现在秦州市民面前的就是这个建江有限公司，老百姓习惯把它称为"建江集团"，和姚新元的唐宫集团鼎立对峙。建江有限公司掌控了白云矿场百分之六十的股份，最近又将唐宫集团姚新元的百分之三十的股份控制在手中，成为名副其实的第一大股东。但是真正关键的是，王小江除了第一个翔龙公司之外，其余的几家公司无论是董事长、总经理或法定代表人，都不是王小江，也就是说王小江和这几家公司没有任何法律上的关系。虽然人人都知道这些公司是王小江的禁脔，但是没有任何证据能证明这些公司是受王小江的操控。

王小江昨天带着矿场负责人朱强，主动来龙岭区分局投案自首，朱强不仅承认了一切罪行，而且来往合同、账目上的签字也全是朱强，让办案的警察也无计可施，明知道狐狸就在眼前，却抓不到把柄。

虽然袁凯讲得很细，但是林寒江还是被这些公司的名字绕得头晕脑涨，这些名字故意起得含混接近，未尝不是一种扰乱调查人员心神的策略。林寒江问："老袁，你浪费了这么多口舌，就是想告诉我，从法律上很难抓到王小江盗采稀土、污染环境的证据了？"

袁凯指着材料中的一个公司名字，说："这个公司位于王小江企业链条最关键的一环，他可以漂白王小江，你知道企业负责人是谁吗？"

林寒江满脸疑虑，仔细端详着那个名字，问："我哪里知道是谁？你别卖关子了，快说吧。"

"是一个长年卧床的植物人，现在还在英国的医院里躺着呢！"

林寒江抬起头，看着袁凯的眼睛，有些不服气："真的？"

"真的！"袁凯点点头，说："我们现在所做的一切调查，都在王小江的意料之中。"

"我不信这个流氓有这么狡猾？就没有别的办法？"

"那你帮我出出主意，怎么才能逮住这只狡猾的狐狸？"

"那个朱强，就这么死心塌地为王小江背锅扛罪？你们完全可以从他身上找到突破口啊。"林寒江知道这个结果，心中有些不甘。

袁凯摇头，说："我来的时候，副局长赵震还在审他呢，我在外边观察了一会儿，这家伙铁了心扛下罪名，问什么都承认是自己干的。"

林寒江气得狠狠拍一下椅子扶手，说："明知道王小江才是主谋，怎么就没办法呢？这个家伙一副小人嘴脸，我以为他就是一个流氓，没想到竟然是一个公司运作的高手，真是看走了眼！"

袁凯吹一口冒着热气的茶水，淡淡地说："你没有看走眼，只是没看透而已！"

"什么意思？"林寒江一惊。

袁凯注视着水杯中起伏的几茎茶叶，说："如果王小江只是一个舞台上的傀儡呢？"

"你是说，王小江身后还另有他人？"

"不错，王小江虽然狡猾如狐，但他本质上还是一个打打杀杀的流氓，能设计出这么复杂的资本运作计划，规避可能出现的风险，说明他身后一定藏着一个高人！"袁凯严肃地看着林寒江，说："这个人，才是我们以后真正的对手！"

林寒江默然不语，头脑中拼命搜索谁才是这个幕后高人。袁凯瞥了一眼林寒江的表情，知道他在想什么，故意打断他的思绪，说："别瞎想了，你想到的人，我也琢磨过了。"

林寒江眼睛一亮，问："莫非是你们那个……"

袁凯赶紧把茶杯塞到林寒江手里，说："行了，心里知道就得了，不用说出来！"

林寒江捧着烫手的茶杯，问："老袁，下一步你想怎么办？你不会碰着硬骨头，就想明哲保身了吧？"

袁凯慢悠悠地说："这一次虽然没有抓住王小江，可是也不算坏事，至少端掉了他们的盗采和排污据点，也弄清楚了他们明的暗的势力，就像猎人一样，看清了狐狸窝的位置。"

林寒江把茶杯在桌子上一顿，说："老袁，你少给自己找借口，什么猎人啊狐狸啊，还不是干瞪着眼拿王小江没办法？"

"你这个同志怎么这么沉不住气呢？"袁凯并不生气，笑嘻嘻地安慰林寒江，"老哥我和你说啊，与人的斗争千变万化，和你那些生态案子不一样，要有耐心、有策略，猛冲猛打有时于事无补。"

林寒江摇摇头，说："我只认一个道理，对待环境的破坏和人的腐败，都是一样的，都要挖掉它的源头，姑息纵容，它还会死灰复燃！"

"好，说得好！"袁凯故作夸张地冲林寒江竖起大拇指，说："我今天来，主要就是为了你这句话，你要是一心除恶，我肯定陪你挖地三尺，你要是避恶保身，我肯定也比你提前一步躺平。"

林寒江看着袁凯的眼睛，两人相视一会儿，不约而同大笑，林寒江笑骂说："你这家伙，还说别人是狐狸，你才是一只成精的老狐狸，原来是来摸我的底来的！"

袁凯摸摸自己刷子一样的眉毛，故意撇嘴说："既然选择和你联手作战，我总得知道你的立场吧？万一你中途叛变，打我的黑枪呢？"

林寒江冷笑一声，说："你别瞎扯了，说吧，下一步我该怎么做？"

"你如果想彻底清除污染的根源，就要寻找到他们的命门所在，一击毙命的那种。"袁凯说："现在，还不到时候！"

林寒江有些沮丧，说："你这话算是鼓励我，还是敷衍我？"

袁凯笑笑，并未说话，他戴上帽子起身告辞，他抓住门把手，转身对林寒江说："别的话你可以不听，但是今天我来是为了提醒你一句话，你断了别人的财路，他们一定会找你的麻烦，你要小心了！下一步，见招拆招吧。"

听着袁凯的脚步声在走廊里消失，林寒江看着眼前的茶杯，陷入沉思。袁凯提醒他的话没错，那些人现在一定把自己恨得咬牙切齿，一定会用更恶毒的办法反击他。

"他们会怎么对付我呢？"林寒江自己现在孑然一身，浑身病痛，可是他知道，自己这个多病之躯比起当年弃教从仕的时候更为坚强，那时候他有妻子，有家庭亲人牵绊，还不是铁板一块，但是当他经历那些背叛与阴谋以后，他内心虽然厌倦这种尔虞我诈的生活，却并不惧怕任何对手。

"我真的没有弱点了吗？真的不怕他们吗？"林寒江心里问自己，他隐隐觉察到一丝不安，却说不准这一丝不安来自哪里。

林寒江现在唯一放心不下的就是女儿笑笑，他给笑笑打电话，询问她的情况，笑笑正在收拾画具，不爱搭理他。原来美术老师要带领笑笑等几个学生去龙岭山里写生，笑笑一直想看看名闻天下的龙岭大山，想把这座大山在画纸上呈现出来。

"爸爸，老师给我的创作设想起了个名字，叫《山色》，说要是画好了，她要推荐去参加画展……"

听说女儿的作品可能要参加展览，林寒江也高兴起来，大声说："好啊！只要你画完了，爸爸重金收购，挂在我办公室的墙上，天天看！"

"那你告诉我，怎么才能把龙岭大山的'山色'画出来？"

"山色？"林寒江抬眼瞥向城外的龙岭群山，突然语塞，他也不知道龙岭大山的"山色"是什么样子……

三十八

秦州市公安局。

李长风和小马穿过一楼大厅，一起去找法医老秦。小马边走边向李长风汇报，原来王天龙七年前因为车祸造成腿部骨折，确实在秦州市人民医院做过手术，当时在腿部植入过一枚进口的钛钉。

李长风骂了一句："妈的，看来那个潜逃的王秃子，真的可能变成一堆灰烬了！"

小马有些沮丧："追来追去，那个王秃子让人烧得只剩几块骨头。师傅，你说谁能害他？"

"我哪知道？"李长风瞪一眼小马，"秦州城里，想要王天龙消失的人，能排到龙岭山根底下！对了，那个柳晓京的母亲，还来吗？怎么好几天没看见了？"

小马四下打量一下，没发现柳母，也有些纳闷儿，说："也是啊，老太太是不是死心了？"

二人进到法医老秦的工作间，老秦的工作台上放着几块小小的黑色残骨，正是那堆灰烬中所剩无几的骨骼，那枚被烈火烧成淡蓝色的钛钉躺在一边。

李长风问老秦："老秦，这些骨头是王天龙的吗？"

"你就那么盼着王天龙死？"老秦从眼镜上边瞥了一眼二人，慢条斯理地说，"就靠这么几块烧剩下的骨头渣子，确定不了。"

李长风很是失望，又问："那个钛钉呢，小马从市人民医院查过了，王天龙确实做过手术，曾经植入过钛钉，有没有办法核实一下？"

老秦依然慢悠悠地说："别着急嘛，听我说完。"老秦故意卖个关子，慢腾腾转身去找自己的水杯，小马赶紧把水杯塞进他手里，催他："老秦叔，您就快点公布答案吧！"

"嗯，还是年轻人懂礼貌，比你那师傅强多了！"老秦喝了一口水，指着那几块黑黢黢的残骨，说："这几块骨头渣子，肯定不是王天龙的！"

李长风和小马对视一眼，两人都有些意外，李长风又问："那是谁的？"

"我上哪儿知道？"老秦把水杯拧紧，小心翼翼地放回原来的位置，嘴里嘟囔道："被你们这些愣头青弄碎三个水杯了，也没人赔我一个。你们给我弄来几块羊骨头，还非要让我找出王天龙的下落，我可没这本事！"

"羊骨头？"李长风和小马同时吃了一惊。

"没错，你们出去吃烤羊排烤羊腿，剩的也是这玩意儿！"老秦一本正经地拨弄着焦黑的骨头说。

李长风感到纳闷儿，问："老秦，你会不会弄错了？谁家的羊身上打着钛钉啊？"

老秦冷笑，又从眼镜上边看一眼李长风，说："怎么？在一个灰堆里发现的，就一定是同一把火烧的？"老秦用镊子夹起那根钛钉，说："傻小子，这根钛钉的型号被人磨掉了，而且它所经历的燃烧温度，要比这只'烤全羊'高不少呢，所以才会变成这种蓝色。"

小马恍然大悟，说："老秦叔，是有人故意把烧过后的钛钉扔进羊骨头里？"

老秦说："羊骨头冒充不了人骨头，这个人煞费苦心制造了一个假的焚尸现场，可能就是引诱你们发现这根钛钉，至于目的是什么，我就不知道了。"

李长风问："老秦，现在这根钛钉可能是王天龙的，也可能不是他的，对吧？"

老秦点了点头，把钛钉扔给李长风，李长风接过那根钛钉，说："我有点明白了，这个人从出租屋的入门卡开始，到'潜龙庄园'别墅里发现的钛钉，他一直故意在给我们暗示。"

“暗示什么？”小马有点摸不着头脑。

“暗示王天龙的下落和唐宫集团有关系！”李长风拍一下小马，说：“走，跟我去拜访一下唐宫集团！”

秦州市政府。

市长高峰召开办公会，常务副市长王鹏飞和咨询员肖远征向高峰汇报，他们已经将龙岭自然保护区内违建别墅的数量摸排出来，一共是202栋，目前逐一登记在册，已经组织专班人员逐一上门做好宣传和解释工作，准备分批分期拆除这些违建别墅。

高峰皱着眉头，盯着材料上数据，问：“你们核实准确了？确实是202栋？”

王鹏飞和肖远征对视一眼，肖远征眨巴两下眼睛，干脆假装咳嗽，捂住了自己的嘴。王鹏飞见肖远征咳起来没完，只好硬着头皮解释：“高市长，情况是这样，这些数据是经过龙岭区政府和市自然资源局、生态环境局共同摸排的，而且与前期我们上报省委督查的数据是吻合的。”

王鹏飞并没有正面回答高峰的问题，却强调与上报省委数据吻合，高峰自然听懂话中深意，他拧紧的眉毛慢慢舒展开来，笑道：“老肖啊，前阵子你还有畏难情绪，今天来看这工作不是进展很顺利吗？事虽难，做则可成嘛！”

肖远征停止咳嗽，也陪着笑，却笑得比哭还难看，说：“还是高市长指导有方，王市长调度有力，我就是一个帮忙敲鼓的。”

高峰说：“这项工作，你们落实迅速，行动有力，完成得很好，还要再接再厉！”高峰表扬完两人，又责成各相关部门加大联合执法力度，务必要将202栋违建别墅全部拆除。高峰还要求以市政府名义，抓紧时间将此项工作向省里和中央督察组反馈。

龙岭保护区内的别墅摸排情况很快反馈到林寒江面前，林寒江看着材料里的数据，心中存疑，因为袁凯那天带他看的违建别墅群，数量足有五六百栋，绝对不止 202 栋。

林寒江拨通袁凯的电话，问道："老袁，你们秦州市报来的龙岭山区 202 栋违建别墅，到底是什么情况？"

袁凯在电话里的声音很大，透露出愤怒，他说："老林，据我了解，这 202 栋违建别墅的数字，其实是两年前省生态环境厅督办此事，秦州市进行了一轮摸排调查，最后上报的数据就是 202 栋违建别墅，这叫前后一致，你明白吗？"林寒江顿时恍然大悟，秦州市政府是拿两年前的摸排数据来忽悠搪塞省里甚至中央督察组。

林寒江问袁凯："两年前，高峰已经就任秦州市长，他知道这个事情吗？"

电话那端的袁凯高深莫测地笑了几声，说了一段绕口令："两年前高市长刚来秦州，可以说知道，也可以说不知道，到底知道不知道，只有他心里知道。"袁凯又说："至于王鹏飞和肖远征，这两个老油条让高峰架在火上烧烤，还真给烤出了智慧，他们二人拿出这个数据，既说明自己行动迅速，又替市长高峰缓解燃眉之急，更重要的是他们没有得罪任何人，没有触碰任何人的痛处，实在是高啊！我以为我是聪明人，现在看起来，谁都不傻！"

袁凯气哼哼地挂断电话，林寒江坐在那里沉思，他终于明白了高峰上次当着他的面将这项任务安排给王、肖二人的用意，高峰绕开生态环境部门，将任务交给王鹏飞和肖远征，其实就已经预料到了这个结果，而这个结果应该是高峰和其他人都乐于见到的。

林寒江苦笑着拍拍自己的脑袋，和这些老油条斗智斗勇，他觉得自己的智商和情商远远不够。

秦州市唐宫集团。秘书向姚新元汇报，说是市刑警队的李长风队长求见。半睡半醒靠在沙发上的姚新元，一听是刑警队来访，登时打了一个激灵，眼中充满警惕之色。

"他们来找我？什么目的？"

"说是在调查王天龙潜逃的案子，要向您了解情况。"秘书小心翼翼地说，生怕触怒了姚新元。

听说是调查王天龙的事，姚新元心中暗暗松了口气，又恢复那副半睡半醒的神态，冷笑道："王天龙是死是活，关我们唐宫集团什么事儿？不见，就说我不在，你让苏娜出面应付一下吧。"秘书领命而去。

李长风和小马在会客室里等了半天，不见姚新元出来，最后出来接待他们的是略显疲惫的苏娜。苏娜并不知道李长风的来意，一见到他，苏娜脸上的微笑像是冻住了，她以为李长风又来问她邮件的事，神情中立刻多了几分戒备。

李长风和小马问了几个关于王天龙的问题，王天龙潜逃后是否与姚新元等高层保持联系，是否藏在唐宫集团名下的"潜龙庄园"等等。这些问题全部被苏娜冷言冷语给搪塞过去，苏娜像一个新闻发言人一样，机警又狡黠，反复声明唐宫集团是一个懂法守法的企业，愿意配合警方开展调查，目前警方通缉的王天龙与唐宫集团没有任何关系，警方发现的线索很可能是有人暗中栽赃陷害唐宫集团。集团也会高度关注警方的工作进展，对那些破坏唐宫集团形象和声誉的人，必要时会采取法律手段维护自身权益。

苏娜的回答滴水不漏，和二人绕起了圈子，令李长风和小马无计可施。有些不耐烦的李长风冷冷地注视着眼前这个漂亮女人，这个女人自带一种神秘感，尤其卷入连环命案后，她的镇静与优雅令李长风颇为惊叹，冷酷的郑恒一路循迹追杀，为什么在她这里戛然而止？此时，在李长风心中，王天龙的谜团正在慢慢萎缩，而苏娜的神秘正在急剧扩散。

"苏总，我可以问你一个问题吗？一个与王天龙无关的问题。"李长风合上本子，郑重其事地问苏娜，他心中好像有一只小猫爪子，在撩拨他的疑虑，他不能不问一个清楚。

李长风的话令苏娜心中一紧，仿佛有一只看不见的手触碰了她设下的警铃，但是苏娜不动声色，她微笑着看向李长风，说："当然可以，无论什么问题我都愿意回答。"

李长风挠了挠头皮，说："苏总，那个郑恒，就是涉嫌杀害柳晓京、周纯如的犯罪嫌疑人，他有没有接触过你，或者说是威胁过你？"

苏娜笑容更加优雅，说："李队长这个问题，您的同事应该更有发言权，上次把我找去调查之后，你们不是一直有人跟踪保护我吗？他们应该知道有没有人接触我或是威胁我。"

李长风没有得到答案，心有不甘，他故意吓唬苏娜，说："苏总，我提醒您一句，您面对的郑恒是一个杀人如麻的国际雇佣兵，他手上血债累累，如果不能尽快将他绳之以法，再严密的保护，早晚也会被他找到漏洞趁虚而入，那个后果您是懂的！"

苏娜轻轻掠了一下头发，说："谢谢李队长的提醒，现在我还能坐在这里，说明你们的保护措施卓有成效，我把安危交付给你们，证明我对你们是信任的。"

"如果苏总真的信任我们，交给我们的不仅是安危，还有你心里的秘密。"

李长风和苏娜两人都面露微笑，凝视着对方，似乎彼此都知道对方心里的想法。苏娜说："我心里的秘密已经记录在你们的审讯记录上，李队长可以随时去查看。"

"苏总，您真的不知道柳晓京最后的邮件写了什么吗，或是您知道却不想说？"李长风收起了笑容，有些咄咄逼人。

"李队长，这已经是你第二个问题了，我可以不回答吗？"苏娜轻描淡写地化解对方的问题，"不过，我可以告诉你，上次赵副局长也问过这个问题，我已经回答过了。"

"苏总，您应该很清楚，那个邮件可能是一个炸弹，有人希望它炸响，有人希望它消失，也有人希望用它制衡，不知您是哪种人？"

苏娜淡淡地道："我希望从来没有人给我发过那样一封邮件，它把我的生活都打乱了。"

　　"也许您希望用它来制约某些人，达成某种平衡，可是我还是要提醒您，您可能是在与魔鬼做交易，万分危险！"

　　苏娜并不为所动，看了看腕表，歉意地说道："对不起，李队长，我还要赶去仁城市处理公司事务，失陪了。"

　　苏娜款款离去，把二人晾在那里，小马看着苏娜的背影，悄悄问李长风："李队，你说郑恒是不是不忍心对这个漂亮女人下手啊？"

　　李长风戴上帽子，嘲笑小马："你以为谁都和你一样见色起意啊？人家都下逐客令了，走吧！"

　　小马还是满心疑惑，问："师傅，这个女人是不是真的和某些人在做交易？"

　　李长风看着苏娜的背影，眯起眼睛说："我见过很多聪明漂亮的女人，她们都以为自己能与魔鬼周旋下去，可惜……"李长风惋惜地摇摇头，仿佛已经预见了苏娜的未来。

　　"对，师傅说得对！"小马大声赞同，说："女人太聪明漂亮，一定就会骄傲自负，骄傲自负就会一意孤行，一意孤行就会，就会……"小马的脑筋卡住了，怎么也想不起那个词。

　　前面的李长风已经走出老远，小马头脑中那个词终于冲破堤坝，喷涌而出："……就会红颜薄命，对，红颜薄命！"小马使劲攥了一下拳头，对自己总结出这么精辟的话，似乎十分得意。

　　李长风和小马驾车离去，唐宫集团的楼顶平台上，一辆轮椅停在太阳伞下，姚坤模仿着姚新元的动作，悠闲地点燃一根雪茄，看着二人的车汇入熙熙攘攘的车流之中，姚坤得意地向着太阳吐出一口烟圈。

三十九

　　苏娜所说的去仁城市处理公司事务，并非完全是托辞。唐宫集团在天净山的山地高尔夫俱乐部已经接到了仁城市政府的通知，限期取缔整个高尔夫项目。

　　唐宫集团对此极度愤怒，姚新元一边命令集团的法务部门做好准备，扬言要将仁城市政府告上法庭，一边明里暗里双管齐下，疏通关系进行协调。苏娜此去仁城市，就是与有关部门协商：唐宫集团可以做出让步，停止二期项目建设，但是希望保留原来的高尔夫球场。

　　顾清云上次在林寒江面前立下军令状，回到仁城后，他将督察组的批示向仁城市委市政府作了汇报。仁城市委责成市纪委监委部门介入调查，组建了多个部门参与的工作组，溯本清源，彻底弄清楚天净山保护区内山地高尔夫项目的来龙去脉。

　　经过工作组调查，已经基本认定山地高尔夫项目是一起严重的违规建设、侵绿占绿的破坏生态环境案件。它不仅在立项审批等环节存在违规问题，而且违背了当年与项目所在地村委会所签协议，违规开发建设高尔夫项目。2010年，唐宫集团以建设山水田园生态旅游产业园为名义，租赁天净山云水村集体土地1200亩，租期50年。在建设此项目中，唐宫集团违规开发高尔夫项目，2011年9月该项目被国土部责令整治，但是在国土部下达清理整治的通知后，唐宫集团仍顶风建设。此次，中央生态环境督察组将其列为督办案件，省委和仁城市委市政府高度重视，要求务必限期取缔完毕。仁城市委对负有责任的国土、发改和所属村镇相关负责人进行了撤职处分，目前已经有多名干部被纪委监委立案审查，案件正在进一步审理过程中。

　　仁城市的整改力度和决心出乎林寒江的意料，他向厅长张楚黔汇报以后，匆匆赶到仁城市。林寒江此去仁城市，一方面是给顾清云支持，另一方面是要与天净山保护区研究，发展绿色生态产业的问题。

林寒江在天净山高尔夫球场看到，仁城市为了保障取缔高尔夫球场工作，成立了由纪委监委、政府办、发改、自然资源、生态环境、林业、农牧、水务、住建、信访、宣传等部门组成的工作领导小组，抽调精兵强将进驻球场，限期一个月时间，确保山地高尔夫球场取缔完成。顾清云任现场副总指挥，他制订了详细的工作方案，要求各项工作责任到人，加强现场督办，严格按照期限要求取缔落实，彻底消除灯杆、草坪、沙坑、果岭等高尔夫球场特征。同时，林业局和农牧局等部门组织作业车辆进场，负责完成林地复绿和耕地复耕工作。

看着忙前忙后的顾清云，林寒江仿佛看到了当年自己在齐江市时的影子，一腔热血，知难而上，颇有点"愣头青"的感觉。有的部门领导担心得罪人，躲在后面察言观色，而顾清云却不惧艰难，主动把责任揽在自己身上，所以唐宫集团的怒火也直接向他喷射而去。

浑身散发着冷峻之气的苏娜，站在高尔夫球场边上，她代表唐宫集团向顾清云提出三点交涉意见：一是唐宫集团对仁城市深感失望，决定将集团在仁城市所有投资项目全部暂停；二是唐宫集团近年来在山地高尔夫项目投入巨大，希望仁城市予以适当补偿；三是山地高尔夫俱乐部共有二百余名就业人员，都是天净山附近居民，请仁城市政府妥善安置这些人的去留。

顾清云不敢擅自作主，立即向在指挥车里督战的仁城市领导和林寒江请示。苏娜顺着顾清云的身影，发现了林寒江也在现场，两人的目光越过高尔夫球场相遇，相顾无言又颇有些尴尬。

顾清云与仁城市领导商议如何答复唐宫集团提出的条件，林寒江不便干预，便信步向高尔夫球场走去，对面的苏娜也款款而来，二人在一处果岭之上相遇。

虽然心中满是怒火，但是苏娜依然不失优雅地向林寒江微微一笑，说："不好意思，刚才我和您的部下发脾气了，我已经很久没有这样和别人说话了。"

　　林寒江反倒是有些尴尬，不知道怎么应对苏娜，说："我是真的不知道你会在这里，否则我会退避三舍的。"

　　"你退避三舍，这事情就不存在了？"苏娜苦笑摇头，说："这个世界很小，能逃避的地方更少，既然我们在这里遇见，彼此还是不要回避矛盾了。"

　　"苏娜，对不起，你们集团违规建设山地高尔夫球场这事，我实在……"林寒江语气里有些歉意，对面的苏娜不等他说完，立刻摇手打断了他的话。

　　"你误会我的意思了，我不会公私混淆，用我们之间的情谊求你慷公家之慨的，你林寒江是什么样的人，我难道不了解？"

　　林寒江苦笑，他最怕与苏娜在这种情景下相见，在这种生态环境案子中，他和别人可以据理力争，义正词严，但是遇见苏娜他却有些放不开手脚。命运的机缘巧合将两人撞在一起，但是两人的自尊和对友情的珍惜，却又默契地避开那些矛盾。林寒江是一个公私分明的人，为了坚持原则，他只有闭口不言甚至避而不见。苏娜也从没有求他网开一面，她的高傲不允许玷污自己和林寒江的友情。

　　见林寒江一脸无奈的神情，苏娜说："我说过，我不会成为你的压力和负担。你做你该做的，我也做我该做的，我们彼此不要有愧疚，不需要为了对方而改变自己。"

　　林寒江和苏娜站在果岭上说话的时候，有工作人员悄悄提醒顾清云，说林寒江是不是在和唐宫集团协商交易什么？顾清云摇摇头，否决了部下的疑虑，他站在远处默默看着林寒江和苏娜，顾清云听说过，当年苏娜为帮助林寒江做出了很大牺牲，他当然也清楚林寒江此时心里承受的压力，不过他相信林寒江在原则面前是不会迷失自己的。

　　在另一侧的树林后面，一辆迈巴赫轿车中，姚新元正眯着眼睛，叼着雪茄，吞云吐雾地打量着林寒江和苏娜。天净山的高尔夫球场是姚新元起家时的项目，是他用来与各方权贵打交道的风水宝地，他当然不希望被中央督察组的一纸督办就悄无声息地取缔，他十几年苦心孤诣的心血岂能被天净山吞没？姚新元表面上安排苏娜出面与仁城市政府交涉，其实他自己也悄悄来到天净山高尔夫球场，他支开司机，一个人躲在车里打电话向那位"大哥"求救，同时又安排亲信鼓动唆使那些高尔夫球场的工作人员，聚集到仁城市政府门口，以集体示威的方式向市政府施压。

姚新元苦等的"大哥"领导看来并不想暴露在督察组面前，接到姚新元的求救迟迟没有消息。反倒是那些集体示威的人给姚新元带来了惊喜，一个带头闹事的马仔将自己泼了一身汽油，跳上一辆汽车，威逼市政府不仅要给予巨额赔偿，还要安置这些失去工作的人进入国企工作，否则就要当众自焚。此举果然引起众多网媒关注，在网络上迅速发酵，仁城市委市政府不敢怠慢，迅速启动应急措施。

李长风和小马驾车飞驰在高速公路上，李长风一边催促小马加快速度，一边看着手机上的讯息，李亮随时向他通报天净山高尔夫球场员工闹事的情况。

"小马，好戏开场了，你这车开得乌龟一样，去晚了可就看不着好戏了！"

"好嘞，这可是你说的！"小马将油门踩到底，警车不断地超越旁边的车辆。"师傅，我们这回擅自赶去仁城，会不会闯祸？"

"肯定会闯祸，你怕不怕？"李长风干脆闭上眼睛，语气中满是不在乎。

"你都不怕，我还能怕？我这叫舍命陪师傅！"

姚新元让手下故意把事情闹大，就是想通过网络媒体和社会舆论，给仁城市政府泼污水，阻挠取缔高尔夫球场。姚新元冲着后视镜，摸摸自己脸上的黑痣，对着电话吩咐手下人："你们坚持住！当我们自己的问题无法解决时，最好的办法就是把它扩散成全社会的问题，一方有难八方同当嘛，我们难受，他们也别想好！"

球场边上的几辆工程车辆一起轰鸣着，冒着黑烟驶入绿草如茵的球场，这些工程车辆就像轧在姚新元的心上一样，他脸上的黑痣一块儿扭曲跳动。姚新元知道高尔夫球场已经保不住，但是他希望事情闹得越大越好，既然撕破脸皮，那就两败俱伤！他做好了玉石俱焚的打算，无论是林寒江还是别人，只要从他姚新元身上割肉，都得付出相应的代价。姚新元吩咐手下："不择手段，不计后果，只要你们能闹到全国瞩目，我们就赢了！"

仁城市政府门前，两辆警车和一辆消防车呼啸而来。正在围堵政府的高尔夫球场工作人员，有些惊慌地看着警察和消防人员向那个身上泼满汽油的马仔围了过去。那个马仔本来就是在装腔作势，哪敢和警方对抗，见到几名警察过来，他赶紧将手中的打火机扔到一边，双手抱头蹲在地上，消防人员为了防止意外，喷了他一身泡沫，随即马仔被警察塞进警车。带头的人被警察拘留，其余的人群龙无首，顿时安静下来，工作人员引导他们到信访局进行登记劝解，姚新元的手下没能如愿"坚持住"，他导演的这一场闹剧很快就云消雾散。

得到消息的姚新元气得在车里大骂，骂林寒江，骂顾清云，还骂那些关键时刻不肯出面帮自己的领导。姚新元高估了自己和唐宫集团的影响力，他并不知道，在他发飙的同时，仁城市纪委监委重拳出击，以前一直给山地高尔夫球场提供"方便和保护"的仁城市发改局、自然资源局等部门的领导，分别被纪委留置审查。仁城市官场的小型地震，当然第一时间就传到省城秦州，那位姚新元尊称为"大哥"的领导，怎么可能在此时为姚新元以身犯险？

姚新元沮丧地看着手机上的拨出号码，依然是一阵盲音，他摇下车窗，一股浓烈的雪茄烟雾喷出车外。姚新元看着远处林寒江的身影，恨恨地扔掉雪茄，拨通了弟弟姚坤的电话，说："告诉大熊，让他给我找两个以前的老伙计，要可靠一点儿的！"

电话里传来姚坤笑嘻嘻的声音："哥，你要对付谁？"

"你不要管，让大熊把人给我安排好，最好是以前为我们干过活的，可靠些。"

“哥，这种事以前都是我做的，我有经验，你还是让我来安排吧。”

姚新元沉吟一会儿，说：“仁城的山地高尔夫保不住了，我实在咽不下这口气！”

“我明白了，这就去安排！”姚坤满不在乎的声音瞬间变得冷酷，“谁让我们兄弟咽不下这口气，谁就得吐一口血！”

姚新元不肯认输，他要亲自赶去仁城市政府，组织员工重整旗鼓，再次向仁城市施压，林寒江和顾清云既然钉在山地高尔夫俱乐部不撤，姚新元准备“围魏救赵”，再组织人手在仁城市大闹一场。姚新元已经想好了，就在市委门前的大街上，他让二百名员工齐刷刷跪成一片，不信不轰动全国。

姚新元冲着电话发火：“国内不是有百姓集体一跪，就让市长丢了乌纱帽的先例嘛！今天，你们就让林寒江和仁城的市领导尝尝下跪的滋味！”

车子正在调头，这时有两个人径直走了过来，拦住汽车，为首那个人向姚新元敬个礼，亮出警察证件，问：“您是唐宫集团董事长姚新元？”

姚新元警惕地点一下头，反问道：“你们是哪里的？找我什么事？”

“我们是秦州市公安局的，现在有人反映您窝藏逃犯王天龙。”来人正是李长风和小马，李长风紧盯着姚新元的反应，一字一顿地说：“现在请姚董事长回秦州市局，配合我们调查。”

姚新元吃了一惊，脸上的黑痣相互碰撞，他一脸的难以置信，叫道：“我窝藏王天龙？这是哪跟哪啊！你怎么不说我窝藏恐怖分子呢……”

原来，秦州市公安局凌晨接到一封举报信，说失踪的逃犯王天龙被唐宫集团姚新元窝藏起来，信中详细列举了落雁湖出租屋、潜龙庄园两个窝藏地点。李长风和小马见到举报信都感到诧异，因为知道这两个地点的人肯定了解内情。要么真如写信的人描述的那样，姚新元将王天龙窝藏起来，为了逃避警方追捕再三转移窝藏地点；要么写信的人就是暗中策划之人，企图将姚新元推到警方视线之下，栽赃嫁祸给他。李长风和小马接到举报信，急忙从秦州赶到仁城，将姚新元带回市局，以防出现意外。

李长风和小马将怒气冲冲的姚新元带走，赶回秦州市公安局协助调查，帮了林寒江和顾清云一个大忙。唐宫集团在山地高尔夫俱乐部和仁城市政府门前的两帮人马，顿时没了主心骨。李长风此时带走姚新元，犹如在摇摇欲坠的唐宫集团身上轻轻踢了一脚，成为压倒这个庞然大物的最后一根稻草。唐宫集团群龙无首，军心涣散，苏娜等集团高管都以为警方强势出手，顿时树倒猢狲散，无心再在资金赔偿、安置就业等问题上与仁城市政府纠缠，慌忙偃旗息鼓离开现场。

林寒江和顾清云并不知道唐宫集团的突发变故，两人摆开了架势要和唐宫集团进行一场拉锯战，没想到对方雷声大雨点小，并没有接战，两人见苏娜等唐宫谈判人员匆匆离开，不禁面面相觑。

随着作业车辆入场推倒高尔夫球场各种标志，在天净山保护区内违规运营了十几年的山地高尔夫俱乐部终于寿终正寝。

"就这么结束了？"顾清云几乎不敢相信，纳闷地问林寒江："是不是你暗中找省里领导给唐宫集团施加压力了？我还准备打一场旷日持久的口水战呢！"

林寒江也是满头雾水，说："你觉得我有操控省领导的能耐？"

"那他们怎么突然就放弃纠缠了？既不逼迫我们答应条件，也不见他们的后台出面干涉，没道理啊？"

林寒江其实心里也塞满了疑问，说："唐宫集团的董事长姚新元一直没有露面，看来他们内部确实是出问题了，不管怎么样，只要他们不阻挠取缔高尔夫球场，就是好事。"

顾清云还是不放心，说："我怎么觉得不靠谱呢？是不是有什么事情我们不知道？"

"别猜疑了，难得我来一趟天净山，陪我去看看那些保护区内的人吧。"

林、顾二人驱车沿着江岸向天净山驶去，沿途如画的景致并不能引起林寒江的兴趣，他一直惦记保护区里群众的生活。"申遗成功以后，那些搬离大山的群众出来以后怎么生活？没有搬离的少部分群众怎么维持收入？”保护区里的群众能否与自然和谐相处，这是 IUCN 专家关注的一个重点，不能简单地为了保护环境而"赶走群众"，必须寻找出一条人与大山和谐、和睦、和美相互依存的途径，而找到这条途径，就必须以鼓励发展绿色生态产业实现突围，达到山美人富的双赢效果。林寒江有些疲惫地想着这些问题，一阵头痛袭来，他用手使劲揉揉太阳穴。

顾清云和林寒江心有默契，知道林寒江为什么事发愁，他一边开车一边指着外边的江岸，说："老林，你看，这条路线就是我们现在重点打造的天净山沿江旅游观光路线，从天净山至仁城主城区的百里黄金旅游观光带，和天净山、仁城主城区景点组成的'一带双核'精品旅游线路……"

林寒江闭着眼摆手，说："你别和我显摆那些名词、概念，我不感兴趣，忽悠外人还行，别忽悠我。老顾，我现在真的担心，申遗成功了，保护区里的人怎么生活下去？千万不能为了荣誉，伤了老百姓的心。"

顾清云从后视镜里看一眼林寒江，笑道："你一个管生态环境的，怎么开始操心民生了？"

林寒江正色道："以前，我们习惯把职责划分得很清晰，自扫门前雪，井水不犯河水。其实生态保护到了一定阶段，必然要把环境与民生统筹起来考虑，不以保护生态为出发点的民生一定是空中楼阁，而不以百姓福祉为落脚点的生态保护必然是无源之水。这个问题，我是想明白了，可是有的领导明白了还在装糊涂。"

"为什么装糊涂？"

"很简单，他们只为自己的进步考虑，时间短、见效快、成绩多，轰轰烈烈，引人注目，时间一到拍马即走，谁还管你后来发生什么事？"

顾清云深有同感，叹口气说："说来说去，还是我们的干部选拔机制有问题，干部队伍的生态，自然环境的生态，都是决定社会进步的重要环节，决不能割裂开来。"

林寒江也被触发腹中牢骚，接口说："是啊，我们选拔了太多只想当官的人，却伤害了潜心做事的人……"

　　林寒江突然看见路边一家民宿门前，站着两个身穿税务制服的工作人员正和店主交谈，他急忙拍拍顾清云肩膀，示意他停车。原来这两个税务工作人员是来天净山保护区向商家宣传减税降费政策，仁城市政府为了鼓励天净山保护区的百姓创业致富，实行绿色生态发展，加上创业扶持，推出了一系列绿色生态产业税收优惠政策。

　　林寒江和顾清云站在税务工作人员后面听了一会儿，林寒江忍不住插话问民宿店主："老板，您这民宿开了多久啊？"

　　店主是个皮肤黝黑的小伙子，笑着说："没多久，就是天净山申遗成功那天，我赶个喜庆，注册了一个民宿酒店。"

　　"这房子是自己的？现在生意怎么样？"林寒江打量着身后的民宿，这是一个四层吊脚楼风格的建筑，古香古色，看着颇有少数民族风味。

　　"房子是我岳父的，我和妻子一起经营，生意挺好！预约房间的游客已经排到两个月以后了！"

　　林寒江又问税务工作人员，按照优惠政策这个民宿一年能减免多少税收，工作人员回答说大约能减免两到三万。小伙子高兴得合不拢嘴，说要把这些钱全部用来改善民宿的食宿条件和购置酒店用品。

　　林寒江和顾清云继续前行，车子欢快地沿着江边滑行。林寒江又随机走访了一家养蜂场和一家绿色农业观光采摘基地，业主以前都是保护区里的山民，抓住了天净山申遗的机遇，开始探索自己的创业致富之路，都对天净山的未来充满了信心。在这些人的笑容感染之下，林寒江的心情也慢慢愉悦起来，一缕微笑悄悄爬上他的脸颊。

　　顾清云见林寒江不再忧心，故意调侃他："老林，这几个地方可都是你自己选的，要是我带你来，你肯定怀疑是我提前安排好的。"

　　林寒江是一个不喜欢把愉悦展现出来的人，他说："山积而高，泽积而长。申遗和发展绿色生态产业是一个好的开端，但是也仅是开端，现在保护区里的百姓创业致富的积极性刚刚被激发，很多业态仅仅是尝试阶段，距离构建一个成熟的绿色生态产业体系还有很远的路要走啊。"

四十

顾清云见天色已晚，就邀请林寒江去保护区管理局住一宿，就像筹备天净山申遗那段时间一样，两人可以秉烛夜谈，明天上午再去参观一个新成立的天净山茶叶和农产品销售中心。林寒江欣然答应，他想趁此机会，明天早上去老杨的墓地看看。

晚上，顾清云端着茶水来到林寒江的房间，向他详细汇报了仁城市政府围绕着天净山保护区规划的几条绿色生态产业链条，有天净山旅游观光产业链，有少数民族特色餐饮产业链，有民俗文化娱乐产业链，有特色养殖产业链，有绿色农产品销售链……看着顾清云数着手指的样子，林寒江不由想起数年前的自己，那时自己刚到齐江，也是这般热血和执着。

"老林，等天净山这些绿色生态产业都发展起来了，我和有关部门还提出了一个设想，就是把天净山周边的乡村百姓都发动起来，搞一个绿色的、纯粹的、没有商业化的文体娱乐活动，以村镇为单位，组织百姓打篮球、踢足球，让天净山的老百姓不仅生活富足，还要玩得开心快乐，活得健康向上，他们把名字都想好了，叫'村 BA'……"

林寒江忍不住泼一盆凉水过去，说："你别给我画那么远的大饼，先把眼前的绿色产业一一落实吧，我可是要把这些都要纳入天净山生态环保考核体系里去的，我不仅现在来看，天寒地冻旅游淡季的时候我还要来看，看看你是言出必践还是吹牛吹上天……"

外面传来几声狗叫，顾清云站起来向外望去，纳闷地说："这么晚了，还有人来管理局？"

林寒江也循声向外看去，只见一辆快递厢式货车停在大门口，似乎想进院里来，让门卫阻止了。林寒江说："是送快递的，都不容易啊，深更半夜也不歇着。"

顾清云见林寒江脸露倦意，就让他先休息，自己回屋里看书，顾清云是典型的夜猫子，往往都是后半夜两三点钟才熄灯睡觉。

外边树荫下面，那辆快递货车并未离去，而是静静地停在树丛后面，驾驶室里的黑影中，有人点亮了一根香烟，幽幽地盯着楼上的灯光。

当天夜里，苏娜的车缓缓开进地下车库。从仁城赶回秦州的苏娜忙于处理集团业务，直到深夜十一点才回到家中。这阵子郑恒销声匿迹，踪影全无，负责保护苏娜的警察也逐渐放松了警惕，任由苏娜自由来去。

苏娜进到电梯中，刚要关闭梯门，突然一只戴着黑色手套的手伸了进来，随之一顶登山帽露了出来，最后是一张布满伤疤的脸，赫然正是郑恒。

苏娜惊恐地后退两步，紧紧靠在电梯墙壁上，她瞬间就明白了来人的目的。在电梯的狭小空间里，她只能放弃反抗，静静地看着郑恒。郑恒并没有看苏娜，而是背对着她，替苏娜按下楼层键。

电梯的冰冷从苏娜后背传递过来，这种感觉让苏娜镇静了下来，她声音有些颤抖，问郑恒："你，就是那个人？"

郑恒并没有回答，只是通过面前电梯壁上的反光看了苏娜一眼。电梯轻柔地上行，郑恒慢慢地说："你活着，可能会让有的人做噩梦。"

苏娜身体微微一震，但是慢慢镇静下来，她冷冷地说："我若是发生意外，你们的秘密在 12 个小时之内就会遍布全网，让全天下都知道，我保证！"

"我相信。"郑恒依然背对着她，冷冷地说："别人若说这话，我会当成恫吓，但是你不会，因为你是一个善于保护自己的女人！"

苏娜看着郑恒的背影，一字一顿地说："你不是来杀我的？"

郑恒依然盯着反光中的苏娜，说："我来，是证明我的能力，我不杀你，是证明你的价值！"

"我的价值？"

"你是唯一能将秦州市的天捅个窟窿的人，你不觉得这里的天太黑了吗？"

"你为什么放过我？"

"在这局棋里，你们太弱小了，我不喜欢看一边倒的比赛！"

电梯"叮"的一声，停了下来，郑恒闪身而出，瞬间就没入黑暗之中。电梯中的苏娜双腿一阵打颤，她紧紧抓住自己的衣领，靠在电梯上大口地喘着气，一串冷汗顺着她的鬓角滑落。刚才在这个电梯中，如果郑恒心念反转，苏娜必然横尸于此，苏娜只觉一阵晕眩不可抗拒地袭来，几乎要窒息过去。

第二天一大早，林寒江悄悄从管理局后院出来，独自爬上山坡，来到老杨的墓地前。老杨去世后安葬在一处小山坡上，这里是他第一次当护林员时爬上瞭望角楼值守的地方，而且向山下俯瞰，能看到他住了一辈子的竹屋。浑身露水的林寒江采摘了一束野花，他俯身把野花放在墓碑前面。林寒江心里想，老杨一辈子没有离开天净山，现在终于和天净山融为一体，每天在这里看着日出日落，聆听鸟鸣流水，该是他最喜欢的生活吧？

"……我是一个大山的子孙，我做到了问心无愧，但是我们现在守护的是什么？我不知道，我每天看着大山都空落落的，难道就是为了保护她申遗？"老杨临终的话在林寒江耳边响起，林寒江困惑地抬起头，正赶上第一缕朝阳穿透林荫，直直地射在他的脸上，他本能地抬手遮挡阳光，又慢慢放下了手。让他心中不安的不是刺眼的阳光，而是老杨的临终遗言。

一阵穿林打叶的声音传来，夹杂着几声急切的吠叫，林寒江回头一看，只见一道黄色的影子劈开草丛飞一般奔来，一头撞进林寒江怀里，险些将林寒江撞个趔趄，原来正是黄狗花花。花花在山下的家中看见林寒江来到主人墓前，立刻疯了一般冲上山来，抱着林寒江撒欢儿。林寒江看见花花，心里的烦恼立刻烟消云散，他摸摸花花的脑袋，心里有些明白了老杨为什么将自己的墓地选在这里，原来他还是割舍不下自己惦记的家和花花啊。

秦州市公安局。姚新元耷拉着眼皮，伸开双臂，身后的秘书和律师赶紧过来帮他套上衣服，秘书又把点燃的雪茄塞进他的嘴里。姚新元狠狠吸一口雪茄，拿腔作势演足了戏，才把目光转回对面的赵震身上，赵震满脸歉意地对他笑笑，说："姚总，实在不好意思，是我们办案心切，考虑不周，给您和唐宫集团造成不便，我在此表示歉意……"

唐宫集团的律师跨前一步，说："赵局长，对于你们没有真凭实据就将姚董事长请来调查，这种行为给姚董事长及唐宫集团的形象造成巨大伤害，我们已经向省市主要领导如实反映，并保留下一步付诸法律的权利。"赵震脸色发黑，只能苦笑着点头。

姚新元故作爽朗地大手一挥，说："哎呀，不要伤了和气嘛！我和老赵相识多年，不会计较这些鸡毛蒜皮的小事的，算了，算了！"

赵震冲旁边的李长风使个眼色，示意他赶紧向姚新元道歉，但是李长风铁青着脸，视若不见，站在边上一动不动，让赵震有些下不来台。

"年轻人嘛，立功心切，听信一些片面之词，就把我这把老骨头抓来过堂，我是真老了，现在秦州的年轻人都不把我放在眼里喽。"姚新元不忘敲打一下李长风，他自嘲地笑笑，脸上的黑痣跳动起来，说："不过也是好事情嘛，至少证明了我是一个守法的商人，和潜逃的王天龙没有关系嘛！"

赵震赶紧打圆场，说："姚总雅量，当然不会和年轻人一般见识，我们袁局长正在市里参加会议，要不他一定会前来致歉的，袁局特意委托我向您解释一下……"

姚新元见火候已到，赶紧就坡下驴，笑道："袁局那么忙，就不要麻烦他啦，以后我会和他当面聊的。只是请赵局以后约束一下年轻人，调查什么事情都要讲证据、讲程序的，毕竟你们也是代表着秦州市全体警察的形象嘛。"

姚新元的目光从耷拉的眼皮下面扫过李长风，李长风把头扭过一边，赵震只好尴尬地赔笑。姚新元向外面走去，秘书和律师亦步亦趋跟了上去，赵震客气地出门相送。

　　一直铁青着脸的李长风把双脚架在桌子上，气恼地把手里的笔录扔在地上，小马给他端来一杯咖啡，刚要安慰几句，忽然瞥见一个人影出现在门口，慌忙立正敬礼："袁局，您来了？"

　　李长风赶紧起身，袁凯已经笑眯眯地进来了，李长风看着袁凯的笑容，心里更加忐忑，说："袁局，您还是别笑了，您一笑，我心里没底儿。"

　　袁凯弯腰捡起地上的笔录，翻看了几眼，递给李长风，问："你当警察都快成精了，怎么犯这么蠢的错误？凭一封举报信就擅自做主，远赴仁城把姚新元带回来调查？"

　　李长风涨红了脸，摸摸后脑勺，说："局长，对不起，是我大意了。"

　　"大意？"袁凯盯着李长风的眼睛，问："我怎么觉得你是故意犯这个错误呢？我可警告你，你这错误可大可小，给你扣一顶大帽子一点都不冤枉你！"旁边的小马惊疑地看着两人，不明白袁凯话里的意思。

　　李长风使劲眨巴几下眼睛，露出一丝耍赖般的神色，说："局长，我真的是想快点找到王天龙的下落，没有别的意思。"

　　袁凯不去理他，慢悠悠地说："我听说林寒江他们在仁城为了取缔高尔夫球场，和唐宫集团剑拔弩张，结果两军对峙之时，姚新元突然被人带回秦州调查，唐宫集团顿时土崩瓦解，挺奇怪哈！"袁凯背着手，在李长风面前踱了两步，似笑非笑地问："你敢说，这事儿和你没关系？"

　　李长风站得笔直，说："报告局长，绝对没有关系！"

　　"那好吧，既然没关系就算了，仁城市公安局长老刘，也就是我的继任者，刚才来电话表示感谢，说多亏了秦州市及时出手，帮助他们消弭了一场危及仁城颜面的突发事件，他要亲自来表示感谢呢！"

　　李长风把身体站得更加笔直，故意大声说："请局长放心，我李长风查案就是查案，至于那些环保的事，我弄不懂，也不关心！"

　　袁凯严肃地点点头，说："那我就放心了，不过，我来就是给你下达任务的，王天龙是死是活，你必须找到答案，还有那几起命案到底是不是郑恒做的，真凶是谁，你也要给我查清楚！"袁凯看看墙上的日历，说："我给你十天时间，我的耐心就只有十天，否则我新账旧账一起算，后果你自己去想！"李长风和小马不敢怠慢，一起敬礼应是。

看着袁凯要转身离开，李长风弱弱地问一句："袁局，我把姚新元带回局里，是不是上面有人给您施加压力了？"

袁凯扔下一句话："办你的案去，我哪天没有压力？"

小马见袁凯走远，凑过来问李长风："师傅，你是不是真的故意犯错，暗中在帮那些人？"

李长风一瞪眼，学着袁凯的腔调叱道："办你的案去，我哪有那么复杂？"

其实，李长风在没有确凿证据的情况下，就突然将姚新元从仁城带回秦州市公安局调查，确实是在暗中帮林寒江。李长风和李亮现在已经是志趣相投的好朋友，他从李亮那里得知不少生态环境领域发生的大事，二人从白云矿场一案后，一直想找机会为林寒江摇旗助威。这次取缔天净山保护区高尔夫球场，李长风和李亮从头到尾关注着事件的进展，在紧要关头李长风适时地出现带走了姚新元，一下子打乱了唐宫集团的阵脚。由于此举冒着不少风险，二人仅是在电话中商议，并没有提前告知林寒江。李长风知道自己此举必然惹来麻烦，没想到在袁凯那里云淡风轻地化解了，并没有责难李长风，让李长风对袁凯不由心生敬意。

姚新元车里。秘书见姚新元雪茄即将抽完，殷勤地又递来一支，姚新元摇摇头，将手中的雪茄摁熄，沉声道："回去安排人查一下，那封举报信到底是谁写的？"

秘书连连点头，试探着问一句："姚总，是不是王小江那边故意给您添堵……"

姚新元眼珠子转了转，断然摇头，说："不是那个畜生的做派，一条咬人的狗，龇牙咬人没问题，你让它握笔写信，它做不出来！"

姚新元恨恨地又骂了一句："妈的，故意把屎盆子扣到我脑袋上，这个人说不定就在我们集团内部，甚至就是我们身边的人，把他给我找出来！"

秘书从后视镜里偷看姚新元一眼，有些畏惧，他已经很久没见到姚新元露出这种狠毒的表情了。

姚新元掏出手机，打给姚坤："你安排的人，到位了吗？"

山
色有
无中

四十一

天净山的晨雾一团一团涌来，林寒江和顾清云驱车向农产品销售中心驶去，由于能见度不高，路边一面是怪石嶙峋的陡崖，一面是深不见底的深谷，顾清云车子开得很慢。后面的雾气中传来一阵不耐烦的喇叭声，后面的车辆对顾清云的慢速行驶很是不满，催促他赶紧避开让行。林寒江回头瞅了一眼，只见一辆涂着快递标志的厢式货车紧跟在后面，车里的司机正冲着前车比划着手势，不知道在骂什么难听的话。

林寒江心头突然闪过一丝疑虑，让他顿生不祥，这种疑虑仿佛有人在冥冥之中示警，他问："老顾，这辆车怎么看着眼熟啊？是不是昨晚那辆？"

"昨晚是哪辆？我也没注意啊。"顾清云无暇回头，全神贯注地握着方向盘。林寒江又回头仔细看那货车，却并没有发现什么异常，他只能悻悻地转过头来。

山路狭窄，顾清云只能紧贴着路边护栏行驶，将道路让给后面的货车。谁知，就在货车超车的瞬间，货车突然急打方向盘，向顾清云的车挤撞过来，顾清云猝不及防，车子被挤到路边护栏上，车身冒出一串火星，发出刺耳的摩擦声。顾清云和林寒江大吃一惊，没想到货车司机竟然痛下杀手，试图将二人挤落悬崖。怪物一般的货车再次挤撞过来，顾清云眼疾脚快，一脚跺在刹车上，车身擦着护栏发出一声瘆人的摩擦声，在悬崖边上停下，货车撞了个空，将顾清云的车灯刮掉，收势不住，超到前边去了。

后边的车辆见到货车故意挤撞小车，险些造成车毁人亡的惨剧，而且堵住了道路交通，几个司机都鸣笛示警，一起抗议货车的行为，那辆货车的司机见激起了公愤，立刻加速离开，转眼就消失在远处的山雾中。

顾清云费力地推开车门下来，看了一眼车身上的摩擦痕迹，又看一眼云雾缭绕的山谷，只觉手脚酸软，靠在车上说不出话来。坐在副驾驶位置的林寒江推了几把车门，车门被护栏挤得变形，无法打开，他只得挪到另一侧，才能跳出车来。林寒江见顾清云安然无恙，只是脸色煞白，冷汗涔涔，他才放下心来，伸手摸摸自己的后脖颈，也是满手的冷汗。

顾清云和林寒江一起扶着栏杆，看着下面时隐时现、黝黑险峻的山谷，不由一阵后怕，两人对视一眼，彼此心中明白，刚才这个货车分明是要把他们两个人置于死地，若非顾清云那脚刹车踩得及时，躲开货车的全力一撞，此时两人很可能已经葬身谷底了。

"妈的，这是故意谋杀！我记下了货车的车牌，老子现在就报警！"捡回一条命的顾清云，难得一见爆了粗口，他掏出手机拨打电话报警。

林寒江并没有阻止他，他捡起一块石头扔下山谷，半天才隐约听到回声，他按捺不住心中的怒火，也骂了一句："妈的，这个地方还真是杀人灭口的好地方。"说到杀人，林寒江一下子想起惨死在车祸中的妻子，顿时心中一阵撕裂般的疼痛。"难道是你不想我死在车祸之中，前来救我脱险的吗？"林寒江想起刚才的心中突然泛起的警觉，不由喃喃自语，他捂住胸口，望着山谷缭绕升腾的云雾黯然出神。

打完电话的顾清云，听见林寒江失魂落魄地自言自语，知道他是想起了往事。顾清云轻声道："老林，看来是有人不想放过我们啊。"

林寒江点点头，说："昨天在高尔夫球场，我就有些纳闷儿，怎么一点阻力没有就让我们取缔了，那可是他们经营多年的摇钱树啊！"他想了想，又说："昨晚，我俩住在管理局宿舍，那时候这辆车就在门口，其实对方早就暗中盯上我们了，我俩的警惕性真够差的。"

"你说，是唐宫集团干的？"顾清云又爆粗口："妈的，原来是在这里等着我们呢！姚新元这只老狐狸，一会儿警察来了，我必须把唐宫集团好好说道说道！"

林寒江苦笑着摇头，说："证据呢？这些都是你我的推测，半点证据都没有。我猜你记下的车牌，不是假的就是套牌，报警也没有办法。"

山上雾气更浓，往来的车辆都打亮了大灯，山路上的能见度越来越差，二人靠着护栏站在那里，身前是越来越浓的迷雾，身后是深不见底的山谷。

林寒江有感而发，提醒顾清云："老顾，以后你也要多留心，有些人坏起来，会让你瞠目结舌的！"

顾清云踢一脚自己伤痕累累的车，问："这几年，你就是这么熬过来的？"

林寒江再次苦笑摇头，又使劲点头，说："不要轻视我们的对手，他们可以尝试很多次，但是我们不能，我们失败一次就再也没有机会了！"

一阵山风从谷底鼓荡而上，将山路上的浓雾吹得一干二净。天净山的雾，来时气势汹汹，去时却慌不择路。保护区里的派出所接到报警电话后，很快赶了过来，勘查现场，又询问了一些情况，简单做了笔录就匆匆离去，说是要查看道路监控录像。

顾清云钻进车里，重新发动汽车，汽车轰鸣几声，终于发动起来，顾清云问林寒江："走不？那个销售中心，你还看不看？"

林寒江看着顾清云，两人不约而同苦笑一下，林寒江说："当然去啊，好几百公里，我来一趟容易吗？"

顾清云叹口气："我这个长工命啊，该干活还得干活，地主老爷，请上车！"

林寒江费劲地拽开车门，重新坐到副驾驶上，汽车"吱吱嘎嘎"地向前驶去……

回到秦州的林寒江，看见自己的案头摆着一沓材料，原来是李长风将郑恒的案卷情况以及法院判决书复印出来，让小马给送了过来。

在材料的最后，李长风给林寒江用红笔圈出一个信息：十多年前与郑恒一家发生冲突的拆除公司，就是一个专门承接唐宫集团业务的外包小公司。那起案件发生后，征收工作逐渐走上法制化轨道，唐宫集团已经成长为秦州市最大的房地产公司，而这个外包公司却因为惹上了法律官司，早就已经注销了。林寒江翻看着复印件，他发现当时这个小公司的负责人就是现在唐宫集团董事长姚新元的弟弟姚坤。

　　林寒江沉思着，在姚新元和姚坤的名字下面慢慢画上一个问号，他知道，矢志复仇的郑恒肯定不会放过这兄弟俩。这次自己和顾清云在天净山遇险，很可能是姚新元这只老狐狸在幕后主使的。天净山的遭遇，林寒江并不意外，唐宫集团表面上波澜不惊，暗地里猝然一击，看似凶险万分，但是恰恰证明姚新元已经有些乱了阵脚。

　　林寒江在去天净山的同时，已经让部下加班加点将秦州市的生态环境问题梳理清楚，主要集中在白云矿场及周边小煤矿的滥采、盗采矿产资源，破坏草原生态环境问题，玉龙河流域污染问题，水电站超标建设问题，还有龙岭保护区的违规建设别墅群等问题。林寒江命人将这些问题以督办单的形式发给秦州市，要求秦州市限期整治。

　　秦州市生态环境局局长李彦兵因为关停白云矿场以及处罚金额的问题，与林寒江产生龃龉，面对一连串的督办单，李彦兵故技重施，干脆高挂免战牌，以治病为借口躲进了医院。

　　晚上，"极真武道"拳馆。上次李长风和李亮的比武半途而废，没有分出高低，今天两人再次约在拳馆里切磋。两人戴着护具和拳套，打得"砰砰"作响，汗流浃背，依然不分胜负，虽然有头盔护脸，两人的额头和腮帮子都有些青肿。比赛终止，两人头顶头躺在拳台上，李亮把一只拳套扔在李长风肚子上，问他："哎，看你耷拉着脸，你把姚新元从仁城带回来，给林寒江和仁城解了围，是不是把麻烦惹到自己身上了？你要清楚，唐宫集团能量不小，不会轻饶你的。"

　　李长风闭着眼睛喘粗气，他今天打拳确实有些走神，让他心乱的不是逍遥法外的郑恒，而是他内心在犹豫衡量，是否应该出手帮助林寒江。

　　李长风问李亮："你说我得罪汉山省最牛掰的民营企业老板，去帮助一个点头之交都算不上的林寒江，到底值不值得？"

　　李亮从地上坐起来，身后的汗渍印下一个人形，他反问李长风："那你先告诉我，你为什么就那么莽撞出手带走姚新元？"

　　"当然是办案需要，有举报线索，我不得重视……"李长风话还没说完，李亮把另一只拳套也砸在他身上，嘲笑他："你少和我来这套伟光正的说辞，说真心话！"

李长风闭目沉吟一会儿："你小时候，有没有遇见让你敢怒不敢言的坏蛋？要是遇见了，你会怎么做？"

李亮用脸上的汗水搓脸，说："我不是那种没脑子的愤青，不会正面硬刚，我会迂回攻击！"说着，李亮一拳护脸，一拳使个上勾拳的动作。

李长风依然闭着眼睛，说："念初中的时候，学校有几个小混混，勾结街头小霸王，经常偷偷欺凌学生，他们人多势众，我单挑不是对手，有一天晚上下了晚自习，我就躲在墙后面，一砖头让领头的小混混脑袋缝了七八针……"

"哈哈！猫在墙后撇砖头！"李亮大笑，说："堂堂刑警队长，当年居然用黑砖头砸人！失敬失敬！"

"其实，今天的姚新元就和当年的小混混一样，在秦州无人敢惹，我十几年前还没有从警校毕业，就知道姚氏兄弟的所作所为，将大好年华的女孩子逼得跳崖自杀。那时候我就想，将来只要有机会，我一定要和姚氏兄弟过过招，不是撇砖头那种，是真刀真枪较量一番！"

李亮兴趣来了，捅一下李长风，说："哎，和我说说，当年姚氏兄弟怎么逼死人的？"

李长风乜斜他一眼，说："你一个搞环保的，研究这些陈年旧案干啥？八卦之心！"

两人背着护具向拳馆门口走去，李长风突然问："你说，林寒江到底是个什么样的人？他为什么要向这些集团啊、坏蛋啊挑战呢？当个太平官不好吗，他要是不惹这些人，肯定升迁得更快！"

李亮说："我也说不准林寒江是什么人，但是我知道，他挑战的不是这些人，他挑战的是这些人背后的那些乱七八糟的东西！"

李长风叹息一声："林寒江这样的人，我看很难有好的结局，他手无缚鸡之力，一身空门，却站上擂台向对手发起挑战，结局只能有一个！"

李长风斩钉截铁地说："结局只能是他悲壮地倒下，KO 出局！"

"既然你不看好他，为什么还要帮他？"李亮问。

"谁说我帮的是林寒江？我帮的是所有站上擂台的勇士！"李长风转头问李亮："你不觉得我们身边，敢站上擂台的人越来越少了吗？我们平时都习惯了忍气吞声，偷偷观望，大多数人盼着别人替自己出头，妈的，这个社会怎么越来越龌龊了！"

"死道友不死贫道。"李亮也叹口气："确实如此，我这个搞环保的感触更深，我们能治好看得见的污染，可是那些看不见的污染，我觉得快没过头顶了，让人喘不上气……"

林寒江从李亮那里得知秦州市生态环境局的不合作态度，虽然有些生气，但是为了不耽误工作进程，他从省厅、市局抽调几人组建了一个专班，特意将李亮调进专班牵头负责。李亮带人连夜形成了一个详细的工作方案，将秦州市的生态环境问题一一列举出来，并根据中央精神和督察组要求，制定了整改措施和挂图作战时间表。林寒江信心满满地将这份工作方案转给秦州市政府，并在电话里向高峰进行了汇报，恳请高峰抓紧时间在政府常务会上审议，督促生态环境局和相关部门加快整改。市长高峰虽然电话里满口答应，但是在审阅会议议题的时候，他大笔一挥将这项议题剔除。

林寒江得知消息后，又去找市委书记刘军强，刘军强刚从医院出来，第一天回到市委工作就被林寒江堵个正着。刘军强翻看林寒江递过来的材料，刚看了几页，刘军强本来就蜡黄的脸色更加难看，叹口气说："林副厅长，看来我没说错，你还真是一条蛟龙啊！"

林寒江想起自己第一次和刘军强谈话时的情形，刘军强对自己是心存提防的，不希望自己在秦州市掀起大的风浪，尤其在生态环境督察组进驻汉山省的关键时刻，此时秦州的安稳直接影响到刘军强未来的发展。省委常委的愠怒，林寒江自然明白，他解释说："刘书记，并不是我故意要让秦州难堪，而是秦州这些问题已经引起了督察组的关注，不解决是不行的。"

　　刘军强轻轻哼了一声，说："林寒江同志，听说你近期的工作重点都是围着督察组的指挥棒来转，和他们配合得很密切。"刘军强称呼林寒江很亲切，话说得很婉转，但是话外之意是指责林寒江唯督察组马首是瞻，故意将秦州市乃至汉山省的毛病揭露给督察组。

　　面对刘军强不露声色的指责，林寒江胸中升腾起一股怒火，他很想当面反驳刘军强，但是他看看对面书柜玻璃上自己憔悴的影子，还是把这股怒火忍了下来，说："刘书记，秦州市这些生态问题确实十分严重，不但督察组点名督办，秦州百姓也是高度关注，民间和网上批评的声音越来越高，我们不能再敷衍推诿度日了，问题一天不解决，这种督办和批评就一天不会停止。"

　　对面的刘军强眸子闪过一丝恼怒的神色，但是转瞬即逝，刘军强为林寒江递来一杯清茶，笑着说："林寒江啊，你也知道，秦州市生态环境方面确实存在很多问题，有些浮出了水面，有些还没有被发现。但是这些问题很多都是历史遗留问题，盘根错节利益交错，短时间很难理清。我作为秦州市委书记，当然希望秦州市的生态环境青山绿水、和谐友好，可是需要时间啊，解决这些问题总不能让我一蹴而就吧？"

　　"刘书记，事虽难作则必成，我希望市委市政府可以按照轻重缓急，细化责任，抓紧时间整治这些问题，比如说白云矿场的案子……"

　　林寒江刚说到"白云矿场"，刘军强哈哈一笑，接过话题，说："林寒江啊，你可能还不知道，白云矿场盗采稀土、污染玉龙河的案子，虽然你和袁凯在前边冲锋，但是千钧重担都是我为你们扛着呢。"刘军强换了一个舒服的坐姿，略显疲惫地说："那个王小江岂是一个善罢甘休的人？你们查封了白云矿场，虽然白云矿场和王小江在法律上没有关系，但是他怎能坐视不管？他到我这里投诉你们过度执法，破坏营商环境，我做了三四个小时的思想工作，才把他安抚住，承认错误，甘愿受罚。那天，王小江就坐在你现在的位置，黑的白的都甩出来，要赖不成又威胁我，外面的工作人员担心他闹事，连警力都安排好了，以防万一嘛，哈哈。"

　　林寒江有些诧异，王小江跑来市委闹事，他并不知道，但是看刘军强所说的这个情节，看来情况必然属实。外界都传言刘军强是王小江后台，但是此刻刘军强坦然诉说王小江对自己威胁利诱，看来外界的传言也不尽然都是真的。

　　林寒江为自己的猜疑有些愧疚，说："刘书记，是我们工作不细致，给您和秦州市委添麻烦了。"

　　"林寒江啊，你们都是一些闯将，在前面开疆拓土，冲锋向前，可是总要有人为你们打扫战场，默默为你们提供粮草，对不对？"刘军强大度地笑道："成功的光环套在你们闯将身上，责任和风险却只有我这种人来扛喽。"

　　听了刘军强的话，林寒江只能尴尬地赔笑，刘军强又道："清除白云矿场这种疮疤，我是双手赞成的，而且也支持你们除恶务尽，治理环境的同时必须揪出腐败分子。"刘军强的话义正词严，林寒江连连点头，刚要表态，但是刘军强话锋一转，说："林寒江，你也要明白，一个城市或地区的工作，千头万绪，不是只有一项生态环境要考虑的，稳定与发展是鸟之两翼，我们都要兼顾的。"

　　林寒江有些疑惑，问："刘书记，您的意思是不希望环境治理工作影响到秦州市的稳定发展？"

　　刘军强微微一笑，并没有正面回答，说："这样吧，你的方案，我会带着市委常委和相关部门仔细研究学习，尽快落实，给督察组一个满意的答复。"

　　林寒江从刘军强办公室出来，刘军强客气地送他到门口，语重心长地说："林寒江啊，一个人在处于劣势的较量当中，洞察局势又隐而不发才是最后的强者，逞口舌之快或者匹夫之勇，往往会一败涂地。这是我多年得出的经验，你要慎记啊！"

　　林寒江在走廊上回头看了看刘军强的房门，满心疑惑地离开了市委，他到现在也弄不准，市委书记刘军强到底是支持秦州市大刀阔斧地治理环境，还是想拖延应付督察组的批评。

看着林寒江离开，刘军强的秘书曹兵鬼鬼祟祟地掩上房门，掏出手机给王小江报信："那个灾星走了，放心吧，不能什么事都由他说了算……您放心，我会帮您盯着他的！"

电话那边，正在听鬼故事的王小江关了音响，满屋子的啾啾鬼哭消失了，王小江用脚尖挑起拖鞋，自言自语道："林寒江啊林寒江，你说我是给你一个机会呢？还是和你刺刀见红呢？"

三天后，刘军强答应林寒江的"研究落实"，依然没有任何消息。

面对秦州市的敷衍推诿，林寒江气怒交加，带着工作方案来到督察组驻地，他亲自向王宬和吴铁臣两位督察组领导作了汇报，寻求督察组的支持。

王宬肯定了林寒江的负责任态度，但是也批评他又是书生意气，自由主义上头，越过了秦州市和汉山省直接向督察组汇报，等于变相告状。林寒江坦承自己也是被逼无奈，他此举不是对自己的乌纱负责，而是对秦州市的百姓负责，他实在不想在推诿拖延中浪费时间。林寒江说，他也不想做惹麻烦的人，但是此时他不站出来，那些真正的麻烦就会被忽略甚至隐藏。

王宬让林寒江再次陪他去公园里散步。王宬告诉林寒江，经过这段时间工作以及前期的调查摸底，汉山省的生态问题和背后的政治问题已经逐渐浮出水面。现在省委书记陈庭坚和省委常委、秦州市委书记刘军强之间矛盾很尖锐，陈庭坚明年卸任省委书记，应该会去全国人大任职，现在的省长李天成可能会接任书记，而刘军强正在觊觎省长的位置。刘军强是土生土长的秦州人，在省内拥有厚实的人脉资源，而且他还有前任省委书记的支持，此人在汉山甚至国内都极具影响力。刘军强有了此人的支持，在汉山省一直和陈庭坚分庭抗礼，形成两个派系，秦州市的干部也各自站队，山头主义严重。现在的省长李天成、常务副省长常知源等人夹在中间，态度很是暧昧，这些人基本是坐山观虎斗。这次中央督察组重点关注的几个生态环境问题，和这几个大员之间的矛盾造成工作掣肘、滞缓有直接关系，可以说汉山省的生态环境问题的根源是人祸。

王戓认为，陈庭坚抓住刘军强为白云矿场等涉污企业提供便利的问题，试图借助督察组的力量一举击倒政敌。刘军强等人则抓住中央领导批示龙岭违建别墅的契机，反击陈庭坚在担任省长期间发生的违建别墅群、扩建水电站等问题，准备挤走甚至搬倒这个"一把手"。双方各有把柄，互相攻讦，但是彼此又投鼠忌器，生怕一着不慎卷入漩涡，自身难保。

林寒江忧心忡忡地问王戓："难道陈庭坚，陈书记也变质了？"

王戓叹了口气回答他："现在还不确定，很多事情都是我的分析和猜测，但是事情都是发展和变化的，什么情况都有可能发生，你说过的一句话很有道理，就是铁钉子那句话，怎么说的？"他歪头问林寒江。

林寒江苦笑，接口道："铁钉子埋在污泥里，时间久了也会烂的。"

王戓负手在树林间慢行，他是了解陈庭坚的，将陈庭坚以前的历史讲给林寒江听。陈庭坚当省长的时候，为了多出政绩，大干快上，不仅批准了为数众多的水电站项目，也为龙岭山中的别墅群蔓延开了第一道口子，这件事陈庭坚难辞其咎。现在中央领导批示这个问题，陈庭坚为人傲气霸道，轻易不会低头认错。王戓分析，陈庭坚督促林寒江查办白云矿场，既是想搬倒对手，也是想转移中央督察组的视线，减轻龙岭山区的违建别墅问题的压力。

林寒江听了沉默半晌，他试探着问王戓对这件事的态度，王戓说："在我眼中陈庭坚和刘军强没有区别，谁犯错了我都是一视同仁，我只关注破坏生态环境的案件，谁让我是'王阎王'了？要治污，先治人，人的问题治不好，污染问题就无法杜绝。"

四十二

　　龙岭山下，姚新元那处占地百亩的私人别墅里，上次的几个人再次坐在黑影里，看着对面的大屏幕，屏幕上是一张硕大的林寒江照片，照片上边是一行会标——"应对督察组检查工作推进会议"。姚新元习惯性地点燃雪茄，火苗刚刚闪亮，谁知竟被黑影中的"大哥"一杯水泼了过来，姚新元半身水湿，捏着雪茄"腾"地站了起来，刚想发作，却又忍了下来，低着头坐了回去。

　　"大哥"骂姚新元，说："告诉你少抽那玩意儿，我说的话你当是放屁吗？"

　　姚新元看来十分畏惧这个"大哥"，忍了一口气，赶紧换一副笑脸解释："是我错了，我以为是你们要注意这个，我一个做生意的，就没往心里去，呵呵，我以后肯定改！"姚新元虽然言语服软，但还是委婉地声明自己与他们身份有别，不应该一视同仁。

　　另外两个人也被"大哥"的怒火震慑住了，看着姚新元挨骂，都不敢吭声。"大哥"说："不要以为你是商人身份，就可以任性而为，你看看国内那些曝光的案例，哪一起案子不是从你们商界找到突破口的？"他环顾其他几个人，说："我们都是在暗影里做事的人，要想在危险中幸存，必须比别人谨慎十倍百倍！一丝一毫的懈怠，都可能是我们的致命伤！"

　　姚新元等三人赶紧点头，"大哥"又转头冲着姚新元呵斥道："我给你一点教训，不是因为你管不住那张抽雪茄的嘴，而是你管不住你那蠢蠢欲动的心！"

　　姚新元故意装出一脸委屈，似乎有些不明白被人呵斥的原因。旁边黑影里有人问一句："大哥，老二怎么了？"

　　"大哥"沉声说："老二，你以为你在天净山做的事没人知道？你想得太简单了，制造一起车祸送走林寒江？"

听"大哥"这么一说，姚新元立刻惶惑地低下头，不敢辩解。"大哥"余怒未消，指着屏幕上的林寒江照片说："蠢货，你以为制造一起车祸，神不知鬼不觉为你出口恶气？这是短见，是胡闹，是引火烧身！林寒江要是死了，督察组、省里，还有所有的警察都会盯上你的唐宫集团，盯上我们这些人！要不是我替你收尾，让警方按下此事，你的一时之快，会把我们所有人都推进火坑！"

姚新元一脸惶惑地耷拉下脑袋，那两人见"大哥"震怒，也是大气不敢出。"大哥"说累了，往沙发深处一窝，叹了口气，语重心长地说："你们几个一定要记住我说的话，我们一定要利用体制的力量去对付对手，而不是愚蠢到去和体制对抗！"

屋子里静悄悄的，沉浸在黑暗中，只有林寒江的照片在幽幽发光，无声地看着这几个人。"大哥"喝了口茶水，说："林寒江果然是一个刺儿头，来了不久就到处点火，如果不是我使劲压着，他恐怕已经对我们的项目'找茬'了。"

最边上那个老四果然很长记性，没敢给"大哥"递雪茄，而是递来一支香烟，火焰亮起，那个被称作"大哥"的人终于露出面目，竟然是秦州市长高峰，另两个一直隐藏在暗处的人依次是秦州市委常委、组织部长楚天林，龙岭区委书记陈芝罘，陈芝罘就是那个"老四"。

楚天林从始至终没有说话，只是下意识地扭头避开亮光。陈芝罘却刻意巴结高峰，他伸手捅捅姚新元，埋怨他："二哥，这么大的事你怎么不和我们商量一下？险些酿成大错。"

姚新元长叹一口气，说："各位兄弟，我心里这口气实在是忍不住啊。林寒江先是盯上白云矿场，你们说丢卒保车，我把矿场让给王小江；他又取缔天净山高尔夫球场，你们说不要和督察组对着干，我又忍了，偃旗息鼓退了回来；现在他又要逼着我们拆了那些龙岭山里的别墅，还让我割肉，我的肉还剩多少啊？"

姚新元痛彻心扉的话，高峰也只能拍拍他的肩膀，安慰他说："老二，现在就像两军打仗一样，白云矿场和高尔夫球场只是辅助阵地，虽然暂时放弃了，但是等风头过了，我们还可以再抢回来。现在，我们要全力以赴保住我们的核心阵地，就是龙岭山区里的别墅楼盘。"

姚新元毕竟是一个商人，对高峰的话总是心有疑虑，小心地问："大哥，那个白云矿场和天净山的高尔夫球场，还能回来吗？龙岭山区的别墅不也是要开始拆了吗？"

高峰神秘地一笑，说："101 让我转告你，再忍耐一阵子，督察组就会离开，有他暗中调度，他答应的事你就放心吧，龙岭山区里的别墅我已经安排联合执法队拆除一批违建，既不伤及你们唐宫集团的筋骨，又能应付过去，你大可安心。"

高峰口中的"101"显然是一个隐藏更深的人物，这些人明显对此人心怀畏惧。姚新元不敢反驳 101，只是小声嘀咕："我们还得忍耐到什么时候啊？再忍下去，我的家底都要败光了。"

高峰不容许别人质疑 101，立即呵斥道："忍耐就是最好的进攻，不忍能有转机？能有最后的胜利？老二，现在咬牙忍耐的人，不止你一个，还有我！他们两个，不也在等待时机？"

姚新元不敢再吭声，只有闷头喝酒。高峰的话很明白，他们这些人都在隐忍等待时机，不想在这个时候被督察组盯上。尤其高峰，现在正处在一个很微妙的时期，市委书记刘军强现在褒贬不一，不知是进是退，但是无论刘军强下场如何，秦州市里最盼着刘军强离开的人就是高峰，只有刘军强挪出位置，高峰才能接任书记，进入省委常委行列。而楚天林和陈芝罘两人，将自己的前程和高峰捆绑在一起，当然是一荣俱荣、一损俱损。

善于察言观色的陈芝罘赶紧上前，说他已经安排好了，只等高峰一声令下，龙岭区的拆除队伍、设备马上进场施工，至于唐宫集团的项目，他已经特意关照过了，施工队伍会躲着走，让姚新元放心。高峰叮嘱陈芝罘一定要大造声势，各路媒体都要大造宣传攻势，雨点未必多但是雷声一定要响。

姚新元还是有些担心，他怀疑林寒江一直盯着唐宫集团的别墅群不放，甚至还安排市生态环境局的人来摸排别墅数量，集团的保安发现了这个人，将他拒之门外，后来这个人就跑到半山腰，居高临下地查别墅的数量。

姚新元说："各位，这个林寒江阴魂不散盯着别墅不放，你们是不是采取点措施？"

一直不吭声的楚天林终于说话："林寒江确实是一个专业刺头，不容易对付，不过我的建议，专业刺头最好还由专业流氓去对付！"

姚新元没听懂话里意思，高峰却听懂了，点头称赞道："还是老三想得周全，很多事情不需要我们自己出面的，专业的事情还是由专业的人去做吧。"

得到高峰的表扬，楚天林并没有将得意显露出来，他只是抛出一个话题，然后就缩回了沙发角落。楚天林是一个讷于言勤于思的人，一直是这个小团伙的军师角色，每次他说的话，作为"大哥"的高峰都极为重视。

高峰问："你们说秦州市最专业的流氓是谁？"

陈芝罘接口道："当然是白云矿场的王小江啊！"

姚新元纳闷："王小江不是我们的对头吗？"

楚天林冷笑一声，说："对头的对头，有时候也可以当朋友的。"

姚新元还是有些不信："王小江会为我们卖命？"

高峰大笑，说："王小江不过是一条狗，有时候狗会忘了自己站的山头，只盯着眼前的骨头，我们先扔出林寒江这根骨头，这条疯狗就会主动去咬林寒江，它要是咬不动，我们再用体制的力量……"

高峰故意顿住下面的话，陈芝罘赶紧接过来，说："大哥的至理名言，'最强大的力量还是体制的力量，真正的聪明人会利用体制的力量去完成你的事业'！"

楚天林和陈芝罘一起陪着高峰大笑，只有姚新元一脸愁苦，低头看着手中的杯子。高峰拍着姚新元的肩膀，大笑着说："老二，想想你的死对头王小江，他现在可是比你难受多了，他是败在你的手里吗？不是，他就是败在这种力量之下！"

姚新元表情凝重地点点头，陈芝罘赶紧带头拍起了巴掌。高峰若有所思，将林寒江的照片在屏幕上再度放大，林寒江看不出喜怒的脸，几乎塞满了屏幕，在幽暗的灯光下与几人对视。

高峰仔细端详着林寒江，问："你们觉得林寒江，他到底是个什么样的人？我怎么有点捉摸不透他？"

几个人沉寂下来，似乎都觉得林寒江有些难以揣测，良久，楚天林开口说："我吧，还真就暗中观察过他，研究过他，林寒江年轻的时候脱不了书生意气，爱出风头，敢于表达自己的观点，甚至有些哗众取宠，现在年纪大了，经历过很多变故，变得低调不少，喜欢隐藏锋芒，连开会的时候都喜欢选择靠角落的位置，平时很少主动说话，但是内心嘛，看不出软弱，就像埋在泥土之下的一块巨石。"

"他是不是变得佛系了，或者屡受打击，想躺平了？"陈芝罘问。

楚天林使劲摇头，说："错了，他不是这样的人，只能说仕途、名声、钱财、美色都不是他追求的目标，这些都引不起他的兴趣。"

高峰也感到好奇，问："那他追求什么？"

陈芝罘嘿嘿一笑，拍着姚新元的肩膀，调侃道："二哥，这样的人酒色财气全都不好，岂不是活着没意思？"

姚新元看着林寒江的照片，低声说："这个人没那么简单，不要小瞧了他。"

楚天林点头赞许姚新元的话，说："我猜测，林寒江也许是想成为'四知先生'杨震那样的人，他是一个用所谓的'良知'驱使、鞭策自己的人。"

陈芝罘一脸茫然，问："杨震是谁？"

高峰不满地"哼"一声，接过话茬："杨震的出生地离我们秦州不远，就是时间远了点，东汉时期的人，快两千年了！"

陈芝罘顿时一脸羞愧，不敢再说话。高峰慢悠悠地说："老四啊，你那个位置，放在过去也要两榜进士出身才能坐上，诗词歌赋不难为你了，你总该懂些历史掌故吧？以后你少些钻营，多用点心思看看书，将来不要被别人讥讽'只会当官，不通文墨'……"

暗影里的陈芝罘脸皮涨红，拼命点头，几乎要在地板上找条缝隙钻进去。

……

夜色凄迷，从龙岭大山中吹来的风越来越强，别墅前后的树在黑暗中张牙舞爪地摇晃，不时传来几声夜枭的啼叫，此时已是后半夜一点多，高峰等人的车辆终于鱼贯离开姚新元的别墅。这一行人来去都是小心翼翼，生怕别人发现，正如高峰自己所说的那样，"我们都是在暗影里做事的人，要想在危险中幸存，必须比别人谨慎十倍百倍！"

高峰等人的车灯在弯曲的山路上逐渐消失，别墅外边的一片松林中却突然亮起一朵微弱的火苗，那是有人在车中点燃了香烟，向着高峰等人离去的方向用力喷出一口烟圈。车灯打亮，穿透松林暗影，车里的人是姚坤和他的保镖大熊。

姚坤冷笑一声，说："原来这些吸血鬼就是大哥的底牌，呵呵，姚老大这么多年忍辱负重，既当财神爷也当龟孙子，拿自己的血喂养这些吸血鬼，可惜依然没能为唐宫集团找来一个更强大的后台，没出息！"

旁边的大熊有些担心，说："坤哥，姚老大正在集团内部秘密调查谁写的那封信，不少人都被找去问话，会不会查到我头上？"

"你怕了？"姚坤龇牙冷笑一声，用力拍打一下轮椅扶手，说："放心吧，等真的查到你，他也该交出唐宫集团了！"

"坤哥，您真的确定失踪的王天龙是姚老大给藏起来了？"

姚坤咬着后槽牙说："我得到的消息，那天王天龙从机场玩了个金蝉脱壳，偷偷回到秦州就是为了见姚老大，毕竟他俩是一起打天下的老哥们儿嘛！"

大熊有些怀疑，说："我们这么栽赃嫁祸，引诱警方去找姚老大的麻烦，姚老大不也安然无事？坤哥，是不是您的消息有误啊？"

姚坤怒叱一声："放屁，那天是老子亲耳听到姚老大和王天龙电话联系的，你说不是姚老大藏起了他，还能是谁？"

姚坤和大熊的对话，证明了出租屋、潜龙庄园以及匿名举报信的线索都是他们故意泄露给警方的。姚坤和大熊处心积虑设计这些陷阱，就是想利用警方的力量替他们除掉姚新元。

姚坤骂骂咧咧地说："这些笨蛋警察，我这么暗示姚老大藏起了王天龙，他们还是找不到。大熊，你说姚老大能把这个老秃子藏哪儿了呐……"

王小江从"二书记"曹兵和李彦兵那里听到了消息，说林寒江得到了督察组的支持，要彻底关停白云矿场之后，还要深入追究盗采稀土、污染玉龙河的罪行，对幕后牵扯的人员追查到底，曹、李二人都有些忐忑，央求王小江赶紧动用关系向林寒江施压，以免殃及自身。王小江虽然丢卒保车将朱强送了进去，但是也害怕这件事情闹大，连带他自己也吃不了兜着走。这段时间，王小江表面上偃旗息鼓，其实暗地里找了不少人疏通关系，从中央部委一直到秦州市，已经有不少位高权重的人暗中给林寒江传递消息，希望林寒江见好就收，给人留一条活路，但是林寒江始终没有答应。

秦州市化工产业园双氧水车间发生爆炸事故以后，袁凯一直在谋划一个全市范围的突发事件应急处置演习活动，包括生态环境次生灾害预防内容。袁凯做事既细又严，还讲究仪式感。这次活动模拟某化学厂车间突发燃爆，不仅组织了应急、消防、公安等部门进行应急演练，还要求生态环境、自然资源和城市建设与管理部门参加，演习人员足有数百人。袁凯邀请林寒江代表省生态环境厅参加演习，林寒江因为工作忙，本不愿意来，但是架不住袁凯电话里软磨硬泡，只好前来化工产业园观摩演习。

演习场上，李彦兵正通过对讲机指挥人员围堰防止化学物泄漏，同时以爆炸现场为圆心设立大气监测点，忙得满脑袋淌汗。林寒江刚到现场时，遇见了李彦兵，故意问他的病情，李彦兵支吾两句就躲开了。林寒江心里明白，李彦兵的病因就是自己，他对自己安排的任务以生病为借口抗拒执行，但是对副市长袁凯组织的演习，李彦兵没有理由不好好表现。

看着忙前忙后的李彦兵，林寒江和袁凯在观摩台上低声交流，袁凯问林寒江：“这位李局长，是不是和某些企业交往得太热切了，有些出格了？”

林寒江微微一笑，说：“你是公安局长，既然你这么说，肯定是有证据了？”

“我怎么感觉有些鱼要跃出水面了？”

林寒江问：“鱼跃出水面，不是大雨，就是地震，你说的是哪种？”

“反正跃出水面的鱼，大都自寻死路，不是说‘风浪越大鱼越贵’嘛！”袁凯一脸坏笑地回答林寒江。

二人在这里窃窃私语，却不知远处一辆车中，有一个人正举着望远镜，远远观望林寒江和袁凯，这个人一脸不屑地叼着一根牙签，正是王小江。看见镜头中的两人谈笑风生，王小江皱着眉头咬断了牙签，吩咐司机：“机会难得，靠近点儿，就是今天！”

演习结束后，袁凯带领各部门负责人复盘研讨演习情况，林寒江不想打扰袁凯，向他挥手告别，直奔面前的商务面包车，那辆面包车顺滑地打开车门，和林寒江配合得天衣无缝，林寒江毫不犹豫登上车，他脑子里都是明天工作调度会上的部署内容，一进车门就只顾低头翻看材料。直到面包车驶出化工产业园大门，林寒江才发现自己上错了车，因为有一个人在后排座上笑眯眯地看着自己，这个人笑起来的时候脖子上的伤疤都在放光，正是王小江！

四十三

林寒江吃了一惊，慌忙说："哎呀，不好意思，我上错车了，赶紧停车，我下去……"

王小江一把攥住林寒江的胳膊，大笑道："林厅长，没错，没错，我平时请都请不来您，今天喜从天降，我是特意来请您去参观我的新企业。林厅长，不瞒您说，为了支持您的环保事业，我在秦州投资建设了一家专门修复草场沙化的公司。"

"修复草场沙化？"林寒江眯起眼睛盯着王小江，压根儿不相信王小江能做出这种事。

"没错，白云矿场犯了错，就得积极改正。我今天就是请您给我们公司指导一下的，林厅长您是专家，我们都是外行，非常需要您的指点。"

林寒江略一沉吟，还是拒绝了王小江的忽悠，他可不想与这个奇葩人物搅和在一起。林寒江说："对不起，王总，我还有一个很急的会议，只能下次再去参观了……"

林寒江起身要下车，王小江却用双手攥住林寒江的胳膊，露出一丝诡异的微笑，说："林厅长，不忙走，这次我不但邀请了您，还邀请了一位特殊的朋友。"

"谁？"林寒江警惕地问。

王小江的笑容越发神秘，说："去了您就知道了！"

林寒江还是摇头，说："对不起，我实在是没时间……"

王小江松开林寒江，打开手机，一张照片闪现在林寒江面前，正是一身素装的苏娜。

"她怎么会在你的企业？"林寒江一头雾水。

"林厅长，多条朋友多条路嘛！今天的参观，只请了您和苏女士参加，您放心，就是简单的参观，绝不会有任何额外的事情。"

王小江为了缓解林寒江的疑虑，拍着胸脯向林寒江保证。林寒江弄不准王小江葫芦里卖的是什么药，他此刻心中也突然泛起一丝好奇，想看看王小江到底能弄出什么花样。

商务面包车风驰电掣，已经驶上环城高速。

田小小悄悄来到唐宫集团，还想找苏娜询问柳晓京最后邮件的内容，但是工作人员告诉她，苏娜今天没有来上班，不知道去了哪里。田小小失望地离开，没想到刚出院子，就看见李长风坐在车里笑嘻嘻地看着她，两人上次吵架后，已经好多天没有见面了。

面对李长风的嬉皮笑脸，田小小则是气鼓鼓地瞪着李长风。李长风问她："你还没死心？还想找苏娜问那封邮件？"

田小小立刻反讥他："你不也是没死心？"

李长风笑道："案子没破，凶手没有落网，我当然不死心。"

田小小冷笑道："你应该把跟踪我的时间，都用在捉拿凶手上，不要不务正业！"

"你就是我案子的主角，我来找你，怎么是不务正业？"

田小小一把拉开李长风的车门，毫不客气地坐了进去，一双大眼睛直盯着李长风，把李长风看得浑身不自在。田小小问："三只眼，你和我说实话，你是不是喜欢我，想追我？"

面对大胆的田小小，李长风虽然面对罪犯的枪口都不眨眼，但是这一瞬间却红了脸，手足无措，因为田小小一语道破了他的心事。被人戳破秘密的李长风不敢正眼看田小小，却还在做最后的挣扎，说："你别公私混淆啊，我这个人分得很清的……"

田小小依然冷笑，说："哼，不要以为你喜欢我，我就会原谅你的愚蠢，你一天抓不到杀害柳晓京、周纯如的凶手郑恒，我就一天不原谅你！"

李长风苦笑，说："郑恒最近消失得无影无踪，我们把秦州市地皮都翻过来了，也没找到他。再说了，他到底是不是杀害二人的凶手，现在还没有确切证据……"

田小小不听李长风解释，吩咐他说："走吧，陪我去见一个人。"

"大小姐，我可是在工作。"

田小小眼睛又瞪圆了，说："去不去？我有言在先，这个人可是能让你快速破案的人！"

一听是能帮助破案的人，李长风立刻发动了汽车。

商务面包车停在王小江的龙岭山下私家别墅内。王小江抢先跳下车，殷勤地为林寒江打开车门。林寒江下车环眺周围山景，只见青山环抱之间，错落有致地建起了几栋富丽堂皇的独栋别墅，显得有些格格不入。

林寒江故意问道："听说龙岭山里的别墅大都是唐宫集团姚老板开发的产品，莫非王总摒弃前嫌，也愿意为唐宫集团捧场？"

一听唐宫集团姚新元，王小江马上竖起了眉毛，不服气地说："林厅长，我王小江是志士不饮盗泉之水，怎么能和那种人同流合污？这龙岭山里的别墅又不止唐宫集团一家，我钱再多也不会买他们一砖一瓦！"

王小江殷勤地引领林寒江进到别墅中，林寒江一进到豪华的客厅，立刻被那尊高大的关公像吓了一跳，情不自禁围着关公像转了一圈，称赞道："嚯！好威武的关二爷！"王小江见林寒江喜欢这尊关二爷像，脸上的笑容更盛。

林寒江在沙发上坐下来，问王小江："王总，苏娜什么时间到？"

林寒江此时心中已经有了准备，猜想这个王小江肯定是多方托人求情无果，他探听到自己和苏娜关系匪浅，不知背后用了什么手段，要挟苏娜当他的说客。

王小江没有答话，径直来到林寒江面前，"扑通"一声跪在林寒江面前，把林寒江吓得跳了起来。王小江膝行两步，抱住林寒江的双腿，痛哭流涕地说："林厅长，求您高抬贵手，放过我一马吧！"王小江的眼泪仿佛没关阀门的自来水，说来就来，来了就止不住，眨眼间泪水就漫过他脖子上的伤疤。

林寒江虽然吓了一跳，但是瞬间冷静下来，王小江自轻自贱的表演，反而更加让林寒江警惕起来。王小江俨然是一个经商耽误的戏精，人前是威风凛凛的亿万富豪，人后可以磕头当孙子，此人平时故意装成匪气很重的混混样子，就是让别人看轻他、低估他，真实的王小江能屈能伸，绝对不是普通的暴发户。林寒江心里明白，王小江今天把自己诳到这里来，迎接自己的肯定不是一场简单的"鸿门宴"。

林寒江一脸严肃地推开王小江，在客厅正中的沙发慢慢坐下，面前是一个用布罩着的茶几，他将手中的公文包放在茶几上，问："王总，您说的修复草场沙化公司呢？苏娜副总呢？"

"林厅长，您听我解释。"王小江爬起身来，凑到林寒江身边，说："林厅长，我确实是忽悠您了，就是为了请您来寒舍坐坐，没有别的意思。"

"王总，我认为你这种行为是绑架一位副厅长，我若报警，这个罪行可以让你锒铛入狱！"

听了林寒江的恫吓，王小江立刻配合起来，眼泪鼻涕一大把，像一个小孩子一样抱着林寒江的胳膊，哀求说："林厅长，求您给我一条活路吧，只要您手下留情，不再追查白云矿场的事，眼前的这 2000 万就是您的！"

说罢，王小江伸手抓住眼前茶几上的罩布，像魔术师一样用力一扯，林寒江眼前露出一个用一沓沓的钞票垒成的"茶几"！

看着这个用钞票堆砌成的"茶几"，林寒江心中着实吃了一惊，但是他脸上并没有表露出来，反而轻蔑地一笑，把目光转移到那尊关公像上。王小江见林寒江并不正眼去瞅眼前的钞票"茶几"，却看向那尊关公像，伸手向林寒江竖起大拇指，称赞道："林厅长，您真是好眼光，慧眼如电，兄弟服您，一眼就看出我这里最值钱的东西！"

王小江来到那尊真人高的关公像前，伸手拍拍关公的帽子，又摸摸那把青龙偃月刀，说："这是我请国内名家用纯金打造的，黄金价值 6000 万，算上名家手艺，有人曾经出到一个亿，我没卖！只要林厅长您喜欢，您可以立刻扛走！我说话算话，绝不含糊！"

林寒江大笑，说："我怕关老爷半路上一刀砍了我！王总，咱们打开天窗说亮话，你就不要用钱啊、黄金的收买我了，我这个人天生穷命，不太喜欢这些玩意儿，要了这些乱七八糟的东西会把我烧死的！"

王小江听了林寒江的话，摸索关公像的手停了下来，他沉默了足足五秒钟，才转过身来，表情有些狰狞地看着林寒江，说："林厅长，今天是个巧日子，也是大日子，更是鱼死网破的日子，你不让我活，我就拽着你一起死！"

林寒江毫不畏惧，冷笑反问："你是准备把我埋在矿场里还是淹死在河里？到了你的地盘，你尽管下手！"

王小江脸色变来变去，圆睁着一双小眼睛瞪着林寒江，两人对视几秒，王小江慢慢又变成嬉皮笑脸，凑到林寒江跟前，说："林厅长，我是一个商人，我的信条很简单，就是什么事都可以谈交易！干脆我俩做一个交易吧，你放我一马，我放她一马！"

"你说的是谁？"林寒江不解。

王小江露出诡异的笑容，再次掏出手机，说："苏副总虽然没来，可是这么重要的场合怎么能缺了她？"

王小江打开手机视频，屏幕里苏娜正独自开车驶进一处隧道，隧道入口上方闪过"龙岭"二字，林寒江认出那里正是进出龙岭保护区的隧道。视频应该是跟随苏娜的车辆所拍，前面驾车的苏娜还一无所知。

王小江声音冷酷地对着电话下命令："五分钟！五分钟以后，我要是不打电话，你就给我撞死她！"

林寒江一惊，他实在没想到王小江竟然猖狂到这个地步，十足一个亡命徒。王小江狰狞地看着林寒江："林厅长，你是想秦州市多出一起交通事故，还是想放过我一马，大事化小小事化了？"

林寒江咬紧牙关，鬓角的汗水不知不觉流了下来，他一瞬间想起当年妻子惨死于车祸的往事，不由双目赤红。王小江目光阴冷，嘴角挂着一丝狠毒的冷笑，脖子上的伤疤剧烈跳动。两人像一对势均力敌的斗鸡，互相瞪着对方，既是威慑彼此，也在寻找对手的弱点……

李长风没想到田小小竟然把他领到了秦州市人民医院，田小小在走廊里走得飞快，李长风紧赶慢赶跟在后边，他纳闷儿地问："怎么？你说的人在医院工作？"

田小小并不搭理他，径直来到普外科的重症病房，只见一个形容枯槁的中年妇女躺在病床上，乱发覆面，浑身插满了管子，似乎还没有完全清醒过来。田小小轻轻地走到妇女床前，俯下身来替她整理一下凌乱的头发，李长风在后面看清了妇女的面貌，登时吓得吐一下舌头，赶紧溜到房间外面。

原来，这个刚做完手术的中年妇女正是柳晓京的母亲。柳母为了追查女儿的死因，每隔两三天就到公安局询问结果，她坐在那里虽然不哭不闹，但是给李长风和小马等人极大的心理压力，每次看见她都要绕着走。最近一段时间，李长风在局里没有看见柳母，以为她放弃了努力，李长风和小马还暗自松了一口气，没想到她是因为胃癌晚期做了大手术。

李长风站在走廊里，他明白了田小小带自己来医院的用意，他觉得脸皮烧得厉害，似乎每一个擦肩而过的人都在嘲笑他。一向心高气傲的李长风不敢抬头看人，只能恼怒地揪住自己的头发，低声骂道："妈的，该死的郑恒，你到底在哪里？"

李长风从门外看见柳母苏醒过来，田小小正在轻声和她说话，他没脸进去相见，疾步下楼来到医院外边的超市，将货架上能看见的营养品和陪护用品装了满满一大包，此时的他只希望能用这些物品弥补自己心中的愧疚。

李长风正在结账，忽然有人拍了一下肩膀，他猛然回头，竟是李亮。李亮一脸惊奇，问他："哎，你怎么在这里？"

李长风支吾半天，说来医院看望一个朋友，他的目光转到李亮身边的女生身上，原来是护士齐佳。李长风顿时明白了两人的关系，他一语双关地笑道："你小子，进攻速度很快嘛！"

李亮得意地向他挥挥拳头，提议道："上次打得不过瘾，再约个时间，好好比划一下？"

李长风摇头拒绝，说："不行，你现在人多势众，我孤家寡人，打不过你！"

李亮哈哈大笑，一脸得意地揽过齐佳，说："放心，我带的是随军护士，无论你我谁受伤了，她都一视同仁，我保证下手一样黑！"

齐佳一脸娇嗔地捶了李亮一拳，埋怨他："天天就知道打打杀杀，老爸吩咐做锦旗的事，你又给忘爪哇国去了！"

李亮说："玉龙河的事，她老爸很是满意，命令我给林厅长和你们袁局长分别订制一面锦旗，老爷子要亲自送去！"李亮冲李长风眨眨眼，说："等你有时间啊，再比划一次！"

李长风只好答应："等我逮到了郑恒，我们一定好好比划一场，庆祝一下！"

李长风目送李亮二人离开，正要回到医院，余光却发现远处有一个熟悉的人影，正是身穿便衣的赵震。赵震即便是在人群密集的医院门口，也没有忘记自己的职业特性，他警惕地四下观察，似乎是在寻找什么人。超市里的李长风想起了什么，停下了脚步，并没有现身与师傅打招呼。

赵震寻找的人很快就出现了，是身穿病号服的刘军强，刘军强从医院大厅出来，路过赵震身边的时候，并没有任何表示，赵震点一下头，小心地跟在刘军强身后，钻进一辆轿车，旋即消失在车流中。

李长风拎着一大包东西，站在赵震刚才的位置，有些茫然地看着身边的人群。

龙岭山下，王小江别墅中。王小江阴恻恻地笑着，他似乎摸准了林寒江的心事，阴阳怪气地说："林厅长，当年你在外地一意孤行的时候，听说尊夫人就是这般没了的，我劝你……"

　　林寒江被人触及痛处，他不等王小江说完，猛然一掌拍在"茶几"上，那个钞票堆起来的"茶几"被他一掌拍塌，林寒江怒叱道："王小江，要是敢动苏娜一根毫毛，我绝不会放过你！"

　　王小江大笑："不放过我？怎么个不放过法儿？你俩变成鬼魂，半夜一起来掐我脖子？"他演戏一样掐着自己的脖子，夸张地倒在那堆钞票上，在钞票堆上肆意地翻滚。

　　林寒江看着戏精上身的王小江，有一瞬间他几乎控制不住自己，想挥拳痛击王小江那张得意扬扬的脸，他眼前甚至浮现出王小江满脸鲜血匍匐在地上的景象。林寒江双拳捏得咯咯作响，手背上青筋暴跳，但是他长吸一口气，慢慢冷静下来，他知道自己如果硬来，今夜不但自己性命不保，只怕无辜的苏娜也会凶多吉少。

　　王小江看看手表，冷笑着提醒林寒江，说："林厅长，还有最后一分钟！"

　　林寒江看着王小江，他的神色已经平静不少，向后靠在沙发上。

　　王小江目不转睛地盯着林寒江的变化，慢慢把手机举到嘴边，说："林厅长，还有最后三十秒，三十秒！"

　　"王小江，我想告诉你，这个世界上有一种人是你收买不了的。"林寒江看着躺在钞票堆上的王小江，一字一顿地说："很不幸，今晚你遇见了！"

　　"如果苏娜之外再加一个人呢？"王小江脸上冷笑之意更甚，他再度从手机调出一张照片，伸到林寒江面前。

　　林寒江一看那张照片，顿时如五雷轰顶，浑身僵硬地站了起来，他戟指王小江："姓王的，你他妈卑鄙，你要是敢碰她一下，我……"林寒江罕见地爆出粗话，他浑身哆嗦，说不下去。原来那张照片中的人正是林寒江的女儿笑笑，笑笑此时正跟着美术老师在龙岭山中采风，没想到王小江竟然派人尾随她们，拍下了照片。照片中笑笑正和老师同学赤足涉过一道山溪，几个同学互相撩水嬉戏，浑然不知身后的树林中藏着噬人的野兽。

　　"林厅长，你说几个学画画的学生，不小心失足落水，冲到不见人烟的地方，再让山中的野兽啃了又啃，生还的概率有多大？"王小江的声音冷酷又戏谑。

　　林寒江像是被人抽掉了脊梁骨，瞬间腰身佝偻下来，他慢慢坐回沙发，沉声道：“好，我答应你，你想怎么交易？”

　　王小江得意地大笑，立刻像皮球一样从钞票堆上弹起来，说：“怪不得人说，林寒江不贪财不好色不惜命，但是有两个弱点，就是女儿和这个叫苏娜的女人。唉，我是真好奇啊，你和苏娜到底是什么关系？朋友？知己？情人？可是我让人查过了，你俩一年半载也不联系一次，弄不明白！”

　　林寒江面色平静，看不出喜怒，道：“说你的条件吧。”

四十四

　　王小江模仿电影里小马哥的动作，抽出一张钞票点燃香烟，使劲吐出一股烟雾，道："答应我的交易，就是我的朋友和兄弟，很简单，一句话——从今以后，你我井水不犯河水！"他伸开双手转了一圈，似乎颇为欣赏自己的模仿，接着道："我不给你添麻烦，取缔白云矿场的损失，我可以忍痛，包括你发现的稀土加工基地，我也可以割爱，但是前提就是你要高抬贵手，做人留一线，我不想我的朋友招惹官司，你别把我逼上绝路就行。"

　　林寒江冷笑道："你是为了你朋友的安全，才冒险威胁我？王总，没想到你竟然是一个为朋友两肋插刀的人，失敬啊失敬！"

　　王小江也冷笑："保护好朋友才能保护自己，林厅长，你成了我的朋友，我也会保护你的！"

　　林寒江认真想了想，说："我答应你！从此井水不犯河水，你打电话放过苏娜，更不许碰我女儿一根汗毛！"

　　王小江大笑，将巴掌拍得山响，大声道："爽快，爽快！我就喜欢你这样的人！和你做交易，痛快！"

　　进来一个王小江的手下，用托盘端上来两杯红酒，王小江递给林寒江一杯，道："林老哥，你是我遇见最难收买的一个人，我佩服你！"林寒江答应了王小江的条件，王小江立刻对他变换了称呼，显得很是亲昵。

　　王小江环顾着别墅的豪华客厅，夸张地做出一个拥抱客厅的姿势，说："在这间客厅里，你林老哥已经创造了最高价！秦州市的最高纪录！"

　　林寒江有些不明白，问他："纪录？什么纪录？"

　　王小江立刻从嬉皮笑脸换成睥睨天下的豪气，说："我在秦州最成功的产业，不是矿场，不是化工，而是和你们这些官员的交易，不，不应该说交易，是交情！我为了这种交情，就在这间客厅里创下了秦州市的纪录！"

　　"原来是收买的纪录。"林寒江恍然大悟，他端着酒杯，端详着杯中的酒，却没有喝，他问王小江："以前的纪录是谁创造的？"

　　"按规矩，这是商业机密，我不该告诉你，但是现在我们是朋友嘛，朋友之间是没有秘密的。"王小江闭着眼睛品一口酒，说："那人也在秦州，比你官大，我只用一个'茶几'就搞定了，不需要关二爷出场！"

　　林寒江再次催促王小江，让他赶紧打电话确保苏娜的安全。王小江拿出电话，眼睛却一直盯着林寒江，他笑嘻嘻地对着电话那端的人吩咐："兄弟，今晚不见血，任务完成了！以后要对苏女士客气一些，你自己玩去吧。还有，你通知一下山里的伙计，林厅长的女儿要是摔破一块皮肉，我断他双手双脚……"

　　听到这句话，林寒江紧绷的神情终于松弛下来，几滴汗水从颈后悄然滑落。

　　此时，苏娜将车停在秦州市图书馆。她慢慢走进阅览室，在一个角落的位置坐下，正是柳晓京平时写稿子的地方。苏娜将墨镜放在桌子上，忧郁地那看着窗外的山茶花，山茶花已经凋谢，一朵枯萎的茶花挂在枝头，毫无生气，苏娜突然悲从中来，因为她想起了死去的柳晓京。

　　多年前，白衣如雪的苏娜刚刚担任电视台新闻频道总监，她在演播大厅里面试前来应聘的记者。应聘的人是一群朝气勃勃的年轻人，几名面试评委向应聘者提出各种刁钻的问题，而苏娜只是低头浏览应聘者的履历，很少抬头去看这些年轻人，直到一个略显稚嫩的女生声音传来，"我选择当记者，因为这是一个可以说真话的职业，是一个可以用良知揭露丑陋的职业！"

　　苏娜抬起头来，看见一张忧郁又带点儿倔强的脸庞，她身材消瘦，给人的第一印象是弱不禁风，可是眼神中却似乎隐藏着一种若有若无的坚韧，让人轻易不敢去怜悯她。

　　苏娜禁不住问她："你知道说真话的代价吗？"

"我知道。"女生略一沉吟，说："因为说真话，你会被孤立、疏远、敌视，甚至抛弃！"

"抛弃什么？"

她认真地想了想，回答道："抛弃你拥有的一切。"

女生说话的时候，看着苏娜微微一笑，笑容中甚至露出一丝骄傲，苏娜也以笑容回应她。突然，苏娜若无其事地问道："你说的一切，包括你的生命吗？"

全场寂静，目光聚焦在苏娜和那个女生身上，大家都被苏娜的提问震惊，包括那个女生。女生有些紧张局促，她的自信和骄傲被苏娜淡淡的一句话击碎，她下意识地捏着自己的衣襟掩饰不安，沉吟良久才回答道："当然，当然包括生命。"

苏娜低下头看她的履历表，那上面写着她的名字：柳晓京。

两年后，苏娜因为调查环保案件被迫辞职。一身白衣的苏娜端着自己的物品，面无表情地走过办公室和演播大厅，绝大多数的同事站在自己的工位上，目送苏娜离开，有的惋惜同情，有的幸灾乐祸，只有柳晓京追了上来，她接过苏娜手中的物品，陪着苏娜向外走去。

苏娜问柳晓京："现在，你知道了说真话的代价吧？"

柳晓京神色中难掩凄凉，她说："苏姐，希望有一天我也能成为像你那样的人……"

"你错了，成为我这样的人并不重要，重要的是你要对得起自己。"

"说出真相，不就是对得起自己？"

苏娜笑笑，没有回答，在柳晓京的视线里越走越远……

一滴泪水悄悄从苏娜的眼角流下，苏娜收回自己的思绪。窗外，那只黄褐色的虎皮小猫在山茶花树下打滚嬉闹，独自惬意，无忧无虑，幸福得让人羡慕。也许，它在别人眼里是一道愉悦的风景，而别人在它眼里不过是不曾存在的虚无。

苏娜叹了一口气，重新戴上墨镜，悄悄离开了阅览室。

王小江的别墅中，气氛已不像方才那般紧张。

"就这么简单？"林寒江问王小江，"你的条件对我来说很容易达到，毫不费力，毫无损失，难道你不想留下一点证据，比如协议什么的？"

"我是商人，每笔交易我都核算利润，和你做朋友，就是买了一只长期股票，我相信我不会吃亏的！"王小江哈哈大笑，主动和林寒江碰杯，"林老哥，你是君子，我是小人，我不相信白纸黑字，但我相信心照不宣，相信一言既出驷马难追，因为我是信奉关二爷的人，这杯酒就是我们的签约仪式。"

王小江得意扬扬地向林寒江举起酒杯，林寒江有些踌躇，最后还是举起酒杯勉强和王小江碰了一下，水晶杯的回响之音清脆悦耳，王小江大喜，一饮而尽。林寒江闭起眼睛呷了一小口，表情有些痛苦。

王小江满脸堆笑地凑近林寒江的耳朵，说："林老哥，你我既然是朋友了，明人不说暗话，苏女士那个视频，其实吧，其实是昨天拍的……你我朋友，我再赠送你一个消息，姚新元的弟弟姚坤看上了这位苏女士，你再不行动，那个人渣就要得手了！"

林寒江面色微变，慢慢把杯中剩下的酒倒在王小江胸前的白衬衫上，说："王小江，你真卑鄙，竟然用这种手段威胁我？"

王小江哈哈大笑并不躲避，说："我如果用常人的手段对付你，林老哥你不觉得自贬身价吗？"

"你说姚坤是人渣，那你又是什么？"

"哈哈，我和他是秦州市最渣的两个人，别人望尘莫及，人渣和人渣之间，他忌惮我，我也提防着他！但是有一点我比他强，就是我对朋友仗义！"

面对厚颜无耻的王小江，林寒江冷笑一声，不再说话，把手中的酒杯向后一抛，却并没有传来碎裂的声音，原来是那一堆厚厚的钞票接住了水晶杯。

王小江大笑，说："签约完成，你我以后就要恪守约定！林老哥，你可以拿走你的'纪录'！"

林寒江傲然摇头拒绝，道："我要是拿一分钱，就是自己破了自己的纪录，我要保持我的纪录！"

林寒江向外走去，到了门口又回身道："我也希望你恪守约定，我女儿和苏娜要是有一丝一毫意外，我会亲自动手拆了你这个别墅！"林寒江也模仿王小江的动作，夸张地比划着整个别墅大厅。

看着林寒江离去的背影，王小江冲他竖起大拇指，一挥手把红酒瓶子砸在关二爷像上。关二爷身上掉了一小块漆，露出金灿灿的亮光，果然是纯金打制的。

龙岭大山慢慢融进夜幕之中，山中的夜幕显得比外边更黑，如墨一般浓稠。王小江坐在客厅前，品酒欣赏眼前的黑暗；而登车离去的林寒江则从后视镜里看着黑黢黢的大山阴影，他知道自己已经身陷黑暗的陷阱，黑暗中等待他的不知还有什么凶猛野兽。

林寒江从商务车下来，站在秦州市的车水马龙之中，他做的第一件事就是给女儿打电话，确认笑笑平安无事后，他抬头向天，拼命呼出胸中的闷气。

黑暗，未知，这是林寒江也害怕的东西……

当天夜里，林寒江径直去了公安局，他闯进袁凯的办公室，说："袁局长，我是来报警的！"

听完林寒江的陈述，袁凯也是气怒交加，他没想到王小江竟然敢胁迫威胁国家公职人员，明目张胆要挟一名厅级干部，简直无法无天。

林寒江说："他以苏娜的性命威胁我，让我不再追查他们的案子，难道你们警方就能坐视不管？"

袁凯坐在那里沉思，用手指敲打着桌面，显然也是极力压抑心中的愤怒，他反问林寒江："你想我怎么管？派人把他抓过来？可是那货你也知道，必然会矢口否认这一切，推得一干二净，老林，你拿得出证据吗？"

林寒江沉默不语，袁凯的话点出了一个不能回避的问题，就是王小江从始至终没有留下任何证据，无论是跟踪苏娜的视频，还是他和林寒江心照不宣的碰杯喝酒"签约仪式"，都抓不到他任何把柄。王小江说自己信奉关二爷的冠冕堂皇的说辞，其实就是避免给自己留下麻烦，此人看似嚣张无赖，其实异常狡猾，实在是一个难缠的对手。

袁凯又告诉林寒江一个情况，白云矿场的事情余音未息，上次生态环境、自然资源、公安等部门联合执法捣毁了他们的稀土提炼基地，王小江虽然表面上偃旗息鼓，但是在幕后做了不少工作，暗中聘请了国内一个非常出名的律师团队，针对相关部门执法过程中的漏洞，搜集了不少证据，已经把袁凯、林寒江等人起诉到省高法，而且王小江还雇佣了一批网络写手和水军，在网上污蔑袁凯和林寒江利用生态环境案件，联手敲诈勒索民营企业家，谋夺民营企业资产，目前省纪委已经开始着手调查。

林寒江气得一拳砸在椅子扶手上，说："我们揪出了盗采稀土和污染环境的贼，怎么到头来抓贼的人反而成了贼了？"

袁凯安慰林寒江，说生态环境厅和公安局比起来，还算是净土，自己在公安系统被人污蔑的事，早就习以为常了，他劝林寒江不要生气，清者自清，这时候试图解释或有其他举动，只能引来更大的火力。这件事据说已经惊动了省领导，常务副省长常知源分管营商环境，在找袁凯了解情况后，已经安排人向省高法、省纪委做了解释。

常务副省长常知源是中央空降下来的干部，原来是某央企掌门人，比较熟悉经济和科技工作，又先后在两个省任职锻炼。现在外面流传的接任省长人选中，他的呼声很高。林寒江与常知源很少接触，没想到常知源竟然主动替自己出面撑腰，不由心头一阵感激。

林寒江很是气愤那些律师和自媒体人员，为了谋利不惜歪曲事实甚至造谣污蔑，他骂道："妈的，有钱能使鬼推磨，现在鬼都会一条龙服务了！

真是应了那句话，'当金钱站起来说话的时候，真理都会沉默'。"

袁凯也愤然，说："没办法，现在的舆论环境下，我们的身份在百姓眼中本就是有罪的一方，稍有差池，口水就能把我们淹死！你要是明哲保身吧，很可能放跑元凶首恶，连带着一批魑魅魍魉也逃脱法网；你要是坚持原则吧，很可能被人拖下深渊，甚至身败名裂。"

林寒江说："我们两个人，竟然被王小江这种流氓牵着鼻子走，玩弄于股掌之间，说来可笑！"

"王小江一面利用法律和宣传武器向我们施压，一面用重金拉拢我们，其用意就是想把水搅浑，免得水里的鱼鳖虾蟹暴露出来，他要挟你手下留情，其实目的是想保护身后的人。"

"难道我们拿他没有办法？"

袁凯胸有成竹地笑一笑，说："谁说我没有办法？王小江这种像泥鳅一样在法律边缘游走的人，你这样的书生对付不了他，还得我出马，我是人民公安嘛！"

"这么说，你们准备要对王小江动手了？"林寒江不禁有些好奇。

"这是机密，不该问的别问。快则三五天，迟则十天八天，会有消息的。"袁凯给林寒江吃了一颗定心丸，然后不客气地往外轰他，"你赶紧回去吧，今晚我还要督战两个行动呢，没空儿陪你。"

……

四十五

　　林寒江从公安局出来，急匆匆赶去苏娜的住处，林寒江要亲眼确定苏娜平安无事，他才能安心。

　　林寒江轻轻敲门，敲门的瞬间，他心里想过无数种可能，最担心的就是王小江那个流氓食言，他不希望苏娜因为自己而发生意外。当苏娜警惕的询问声穿过房门，进入林寒江耳中，他不禁有种脱力的疲惫，长出了一口气，扶着墙壁几乎说不出话来。

　　身穿睡衣的苏娜打开房门，看见一脸疲惫的林寒江，她吃惊不小，问："发生什么事了？"

　　林寒江强颜作笑，说："没什么，只是想请你喝一杯咖啡。"

　　看见林寒江佝偻着腰的疲态，苏娜心知必然是发生了重大事情，像她这般聪慧的女人自然不会开口追问，而是匆匆换完衣服，和林寒江来到楼下的咖啡馆。

　　品尝着咖啡，林寒江和苏娜有些沉闷，也许是阅尽沧桑的心境，也许是日渐疏远的隔阂，两人没有了以往唇枪舌剑的斗嘴，像陌生人一般拘谨。

　　林寒江终于打破沉闷，问："和我说说吧，为什么选择了唐宫集团？"

　　苏娜摇头笑笑，低声细说这段时间的过往。苏娜之所以到秦州唐宫集团工作，就是想彻底摆脱以前的生活，摆脱原来电视台的人，摆脱所有以前认识的人，包括林寒江，没想到因为柳晓京，她还是被牵扯进旋涡。

　　说到柳晓京，两人都是一阵唏嘘。林寒江问苏娜："你，真的没见过那个邮件？"

　　"你不相信我？"苏娜语气中有些恼怒的火气。

　　林寒江默然，轻轻搅动杯中的咖啡。苏娜冷笑一声，说："原来你不相信我，要不要再把我带回审讯室，严刑拷打一番？"

林寒江赶紧赔礼道歉，说："我不是这个意思，你说没见过，我自然相信你！我只是担心那封邮件，会给你带来危险。"

苏娜看着林寒江，神情从愤怒变成幽怨，她离开电视台以后，又多次跳槽，曾经满心希望林寒江也会逃离体制的羁绊，两个人可以一起闯出一片天地，但是没想到林寒江在漩涡中越陷越深。

苏娜看着林寒江稀疏的头发，怜惜地说："我刚认识你的时候，你不是现在这个样子的。"

林寒江惶惑地摸着自己的头顶，自嘲说："岁月是把杀猪刀，可能砍我的时候，多砍了几刀。"

"你中的毒，现在怎样了，还有什么后遗症吗？"苏娜虽然在言语上从不轻饶林寒江，但是在心里还是十分关心他的健康情况。

林寒江苦笑，说："我早就麻木了，不知道它会在哪里发作，不过，我想此时此刻体内的毒素，应该是在我的心里汇聚吧？"

苏娜吓了一跳，以为林寒江病情加重，但是随即明白他另有所指，问他："为什么这样说？"

"因为和以前相比，我觉得我没了信心，以前无论遇见什么样的挑战，我从来没觉得自己会输。"

"现在你觉得你赢不了？"

"不是，是支持我去赢的动力变弱了，我牵挂的事情越来越多，弱点也越来越多，我担心，有一天我也会沦落为一个好好先生，没有勇气再去得罪人。"

苏娜上下打量着林寒江，说："那你告诉我，支撑你现在没有放弃的原因是什么？"

林寒江一时不知如何回答，只能端起咖啡杯轻啜一口，掩饰自己的尴尬。苏娜略带嘲笑地问："你不会告诉我，你还有仕途寻求上进的心思吧？了解你的人都知道，你是那种不会规划前途、不会投入资源的干部，只能被人驱使干活，干完活大概率会被踢到一边去，呵呵，卸磨杀驴，你就是那头驴。"

苏娜的话，让林寒江脸上的苦笑超负荷运行，他无法否认苏娜的评价，想了想说："可能是我的良知吧，它还在支撑我没有放弃。"

苏娜似乎很不喜欢"良知"这个词，她将手中的餐布扔在盘子上，冷笑说："林寒江，我最烦你在我面前提这两个字，你不过是给自己的愚钝和不合时宜找个借口。"

林寒江诧异地看着苏娜，不知道自己口中的"良知"一词为什么会触怒她。苏娜眼中慢慢涌满了泪水，她诘问林寒江："为了你的良知，当年你已经葬送了你最爱的人，如今在秦州，你准备把谁葬送在这里？是我吗？"

愤怒的苏娜起身离席，林寒江一把拽住苏娜的胳膊，但是又慢慢松开了手，他诚恳地说："苏娜，以后要注意安全，无论你出行、工作还是回家，注意提防每一个试图靠近你的人，包括你熟悉的人！"

面对林寒江真心真意的关心，苏娜内心涌过一阵暖流，她很想重新坐回位置，但还是忍住了，她侧头说："林寒江，你有没有想过，如果我真的知道那封邮件的内容，为什么不告诉你？"

林寒江顿时愣在那里，苏娜的话，让他震惊，更多的是迷惘。苏娜头也不回地离开，两人不欢而散。

林寒江握着一瓶矿泉水，颓废地坐在街边长椅上。

时过午夜，喧嚣过后的秦州显露疲态，街上人车稀疏，慢慢归于平静。一个身穿绿色马甲的老人，推着一辆环卫清扫车缓缓而来，距离林寒江十几米停住，坐在那里看着林寒江。林寒江从老人的眼神中明白了他的来意，他是担心林寒江将手中的水瓶乱扔，却无法用言语提醒，只能坐在那里默默等待，等待林寒江手中的瓶子落地。这一片街区大概是老人负责清扫的区域，虽然时过午夜，但是老人仍然勤于职守，不让别人弄脏自己的领地。林寒江忽然从心底涌出一阵感动，他大口将瓶中的水灌下，走过去恭敬地将瓶子放进老人的车中。老人没有说话，只是宽厚地笑一下，起身推车而去。

林寒江放下了手中的瓶子，心中似乎也卸下一副重担，拖着长长的身影，在路灯下轻快地离开。

袁凯准备回家的时候，已经是凌晨两点半。疲惫的袁凯走下楼来，见司机在值班室里睡得正香，便没有叫醒他，自己向外面的停车场走去。

停车场漆黑一片，袁凯一边疾走，一边在包里翻找钥匙。袁凯忽然心生警觉，多年的职业警惕性让他立刻止住脚步，闪身躲在一辆面包车后边，他闪电般伸手按在自己的腰间，却发觉自己并没有配枪。

"谁？"袁凯以面包车为掩护，向黑影深处厉声喝问："谁在那里？快点出来！"

黑影里传来一阵磕磕碰碰的声音，看来那里确实藏着人。袁凯继续大声喝道："快点出来，再不出来我开枪了！"

"别，别啊！袁局，是我！千万别开枪！"袁凯的恫吓收到了效果，黑影中摇出一辆轮椅，是笑容满面的姚坤。

"深更半夜的，你怎么躲在我车后面？"见是姚坤这个残疾人，袁凯略微放松了警惕。

姚坤摇着轮椅来到袁凯面前，一脸谄笑，说："袁局，别误会，我在这里等您好几个小时，我有重大的事情向您举报……"

"举报？什么重大事情？"袁凯立刻拧紧了眉毛。

"袁局长，有人想弄死林寒江！"

"弄死林寒江？"袁凯大吃一惊，"是谁？"

……

早上，苏娜来到唐宫集团，她进到电梯里刚要关门，一束带着露水和香气的山茶花从门缝里挤了进来，一直举到苏娜的鼻子下面，想让苏娜闻一闻山茶花的香气。苏娜对这突如其来的惊喜却不屑一顾，似乎早就习以为常，她"哼"了一声，并不理会鲜花，将头扭到一边。

送花的人正是姚坤，苏娜的反应他也习以为常了，姚坤熟练地摇着轮椅挤进电梯，保镖大熊紧紧跟在他身后。电梯里本来还有两个年轻的集团员工，见到姚坤献殷勤遭拒，生怕姚坤将怒气撒在自己身上，两人慌不择路离开电梯。大熊按下关门键，苏娜并不惊慌，冷眼看着姚坤。

姚坤看着苏娜淡紫色的套装，说："苏妹妹，哥觉得你还是穿白色衣服好看，那叫一个飒！飒！"姚坤似乎对自己想出来的形容词很是满意，连说了两遍。

"我穿什么颜色的衣服，需要你操心吗？"苏娜连眼角余光都懒得赏给姚坤，只是抬头盯着不断变化的楼层数字。

"坤哥对你有情有义，你别不知道好歹……"旁边高大魁梧的大熊见苏娜对自己的主人如此无礼，忍不住出声提醒她，但是姚坤立刻挥手制止了大熊。

苏娜"哼"了一声，满脸不屑地瞥一眼大熊，那神情仿佛在看一头会说话的四足动物。

电梯停止，苏娜昂首而出，大熊推着姚坤紧紧跟在后面。走廊里一些唐宫集团的同事纷纷和苏娜打招呼，但是当这些人看见跟在后面的姚坤时，都闭紧嘴巴，不约而同贴着墙壁让出道路。姚坤视而不见，似乎陶醉于手中的山茶花，闭着眼睛不停地嗅花瓣上的香气。

苏娜打开自己办公室的房门，将拎包扔在桌子上，身后的大熊推着姚坤，一路紧随也进到房间。苏娜回身冷嘲道："既然两位这么清闲，那就帮我干点活儿吧！"她环顾室内，将办公桌下面的垃圾桶拿出来，递给姚坤，说："昨天的垃圾没倒，辛苦了！"

姚坤没有去接垃圾桶，却目视大熊，示意他去倒垃圾，大熊虽然不情愿，但也只能伸出大巴掌接过垃圾桶，转身向外面走去。姚坤摇着轮椅在办公室里转了一圈，替苏娜打抱不平，说："苏妹妹，以你的能力和对集团的贡献来说，这间办公室太小了！"

苏娜冷冷地回敬他一句："这事你做不了主，得你哥说了算！"

姚坤笑笑不语，将手中的山茶花仔细地插进花瓶中，简单地做了个造型，又像捧宝贝一样将花瓶放在茶几上。姚坤整理着山茶花的造型，突然冒出一句："要是我做得了主呢？"

对面的苏娜一下子愣住了，她放下手中的资料，慢慢戴上眼镜，打量着对面的姚坤。姚坤还在专心致志地摆弄山茶花，似乎对各种造型都不满意。苏娜心下恍然，姚氏兄弟之间肯定是出了不为人知的嫌隙，联想到姚新元被人写信诬告，以及最近集团内部风声鹤唳地排查举报人，苏娜断定此事十有八九是姚坤在背后搞鬼。

姚坤终于将山茶花摆弄妥当，他兴奋地摇动轮椅绕着茶几欣赏自己的杰作，毫不理会苏娜审视的目光。

苏娜轻声说："你们兄弟阋墙，最好不要把我这个外人卷进来。"

"如果唐宫集团以后真的是我做主呢？"姚坤的目光还在山茶花上，但是全部的注意力都在观察苏娜的神色。

"谁做主，对我来说没有区别，我只是一个打工的。"苏娜并不为所动。

"如果，下一任唐宫集团总经理是你，你为自己打工呢？"姚坤的声音很轻，但是却如一块巨石在苏娜心中掀起狂澜。

大熊拎着垃圾桶，呼哧带喘地推门进来，姚坤头也不回地怒斥一声："出去！"大熊就像一个机器人一样，立刻关门退了出去，把自己站得像一尊门神，守护在苏娜的门前，走廊里路过的人都好奇地打量着大熊和他手里的垃圾桶。

姚坤终于转身面对苏娜，说："今天，我到这里找你，除了亲手为你送花，还想告诉你三句话，刚才只是第一句。"

"剩下两句是什么？"苏娜终于被姚坤勾起了好奇心。

"那你要先答应我，不要再把我送的花扔出去。"姚坤像小孩子一样，神情一本正经，好像这束花比命还值钱。

苏娜轻哼一声，未置可否，姚坤的轮椅慢慢悠悠来到苏娜桌子前，说："第二句话，姚老大让我安排人，计划在天净山用车祸除掉林寒江，但是我让人手下留情，没有真的要林寒江的命，只是给了他一个小小的警告。"

"你说什么？"苏娜听到林寒江几乎被人谋害，激动得一下子站了起来，"你们胆大妄为，没有王法了吗？"

姚坤冷笑，说："王法？王法只是给遵守它的人制定的，命都没了，拿什么遵守王法？"

苏娜用手指着姚坤，气得浑身发抖，质问姚坤："因为林寒江取缔了天净山高尔夫球场，你们就要除掉他？"

姚坤并没有回答，笑着问苏娜："你不必激动，林寒江现在不是安然无恙嘛。第三句话，你不想听了？"

苏娜依然怒目瞪着姚坤，如果对面不是一个坐在轮椅上的残疾人，苏娜很可能已经将桌子上的水杯砸了过去。林寒江的安危就是苏娜心中的底线，她不会容许任何人伤害林寒江。苏娜的怒火在姚坤的意料之中，他早就了解苏娜和林寒江的友情，所以有信心以此事激怒苏娜，将她争取过来，成为自己的盟友，即便苏娜不会亲口允诺，也能在她和姚新元之间制造出一道裂痕。

"第三句话，我从朋友那里得知，林寒江昨天被王小江胁迫，答应和他成为盟友，林寒江屈从的原因，就是你！"

苏娜突然感到一阵头晕，她颓然坐倒，瞬间明白了林寒江昨天深夜为什么找自己喝咖啡，以及最后叮嘱自己那番话的深意。苏娜喃喃自语："林寒江，你这个浑蛋……"

姚坤在苏娜面前果然是一个遵守诺言的人，他说完三句话，立刻退出苏娜的办公室。大熊推着主人得意扬扬地穿过办公区，唐宫集团的职员们小心地和姚坤打着招呼，姚坤心情大好，笑容可掬，向每一个遇见的人致意。姚坤知道，他已经在唐宫集团平静的水面下引爆了一枚深水炸弹，炸弹的冲击波很快就要将姚老大掀下王座。

唐宫集团终于不再受那些吸血鬼欺凌，因为马上将迎来一个新的主人。姚坤感觉自己的双腿似乎涌过一股热流，像触电一样，他怀疑自己有能力重新站立起来。

四十六

　　唐宫集团大楼。姚新元的办公室雄踞大楼最高层，整整一层都是他的办公区域，站在落地窗前，东望巍峨龙岭大山，西眺如带玉龙长河，北枕莽莽无垠草原，南抱繁华秦州市区。

　　姚新元此时站在窗前，呆呆地眺望着龙岭大山，在那座连绵起伏的大山之中，藏着他毕生的心血，也是他的屈辱和荣耀，他之所以在高峰等人面前奴颜婢膝，只是为了保全他的心血。数月前，姚新元站在这里远眺龙岭大山时，还是豪气勃发，胸怀睥睨天下的壮志，而此刻姚新元看着玻璃上自己的身影，他知道自己的脸色极为难看，这一切都是因为那个阴魂不散的林寒江，还有高悬达摩克利斯之剑的中央生态环境督察组。

　　总裁秘书和集团律师两人敲门进来，姚新元并没有转身，他不想被人看见自己的沮丧和颓废，秘书凑在姚新元耳边低声说了几句，姚新元看见玻璃中自己的脸色涨红，这不仅是他发怒的标志，也是他血压升高的预兆。

　　"真的是大熊写的举报信？"姚新元有些不敢相信，再次问秘书。

　　"已经核对过了，确认无误。我们找的是公安局痕迹检验科的朋友，无论是笔迹还是纸上的指纹，都是大熊的。"秘书字斟句酌地说。

　　"大熊胸无点墨，能把自己的名字写对已是不易，他怎么会写我的举报信？"姚新元脸色铁青，但是迟迟没有吐出"姚坤"二字。

　　秘书和律师对视一眼，都不敢主动捅破这层窗户纸。过了良久，姚新元终于咬着牙问："难道是阿坤主使的？"

　　律师凑了过来，说："刚才他们二人来到集团，和苏副总密谈了许久，还主动和一些员工打招呼……"

　　秘书补充说："老板，核查笔迹的时候，我就怀疑，写信的人压根儿就没有隐藏自己身份的念头，要不这年代了，谁还用钢笔写举报信啊？"

"你到底想说什么？"姚新元转身瞪着秘书，不仅双目赤红，脸上的黑痣也争先恐后扭动起来。

秘书鼓足勇气，说："老板，我觉得他们是在故意宣战，是逼宫，想要您的位置……"

姚新元身子一阵摇晃，踉跄着走回自己巨大的板台旁，坐进那把被姚坤觊觎多年的座椅里，座椅发出一声痛苦的呻吟，仿佛不堪承受姚新元的重量。姚新元挥挥手，秘书和律师知趣地退了出去，姚新元双手覆面，他实在想不到，在他和唐宫集团最艰难的时刻，自己的亲弟弟竟然在背后痛下杀手，姚坤选在这个时候宣战，自然也是窥准了姚新元最虚弱的时候。

姚新元思考良久，终于拨通了高峰的手机，低声说："大哥，我需要101的帮助，能不能让我见他一次？"

电话那端的高峰沉吟一会儿，问："你确定要见他？"

"是，我需要他的帮助。"姚新元咬着牙说："事关唐宫集团的生死存亡，事关你们的摇钱树！"

龙岭山下，王小江别墅。凌晨时分，正在酣睡的王小江被电话惊醒，他翻身坐起，摸索着抓起电话。听完电话，王小江并没开灯，他在黑黢黢的客厅里踱步，走了几圈，最后站在关二爷像面前。王小江在黑暗中和关二爷对视着，内心之中似乎在做什么决定。终于，王小江拨通了电话，手机屏幕幽蓝的光芒照亮了王小江狠毒的脸，也照亮关二爷的凤目长髯。

龙岭山中，狮子崖下。手机的蓝光照亮狭小的帐篷，郑恒翻身坐起，接听电话。王小江的声音在山林静夜中格外清晰："那条毒蛇忍不住了，它要出洞伤人了！"

"你确定？"

"你要是再不动手，可就报不了仇了！"王小江的声音带着几分急迫。

"我知道了！"郑恒满是伤疤的脸上看不出丝毫喜怒，他慢慢关掉手机，抬头看着满天星河。

　　高耸的狮子崖在星河之下，显得异常巍峨，让人敬畏之余又带着一丝阴森恐惧。郑恒点燃了一根香烟，只抽了两口，他将炙热的烟头狠狠按在自己的胳膊上……

　　李长风阴沉着脸从商业街走了出来，后面跟着小马，小马可怜巴巴地瞅着师傅，不敢离远了，也不敢靠太近，远了近了都要挨骂。

　　李长风上次在医院受了刺激，回来之后下令专案组全员加班，不分昼夜，掘地三尺，必须找到郑恒的下落，务必将龙岭山中三条命案和周纯如坠楼案查个水落石出。小马等人和各区县公安分局连夜梳理线索，核对悬赏举报信息，忙得不亦乐乎。

　　今天，小马接到分局传来的消息，说是在中心城区的商业街发现了疑似郑恒的踪迹。等李长风率人赶到时，却发现是几个自媒体网红在搞恶作剧，选了一个人故意模仿悬赏通告中的郑恒，拍摄视频赚取流量。李长风兴师动众，结果扑了一个空，虽然恼怒，却也无计可施，只能将几个网红交给属地派出所批评教育。

　　李长风正要率队返回市局，忽然接到一个陌生电话发来的一段视频，李长风点开一看，竟然是自己和小马刚才在商业街上的影像。李长风立刻警惕地四下环顾，只见远处立交桥上一个头戴头盔的人正在注视着自己，虽然距离很远，但是李长风马上认出此人正是郑恒。郑恒见李长风发现了自己，气定神闲地冲李长风挥挥手，然后跨上摩托车飞驰而去，等李长风和小马追到立交桥上，早就不见了郑恒的身影。

　　"妈的，这个半张脸，一直在戏耍我们！"小马忿忿地骂道。

　　李长风看着自己的手机，忧心忡忡地说："这家伙越来越邪乎了，连我的号码都能弄到，看来我们以后通讯要多加小心了！"

　　回到市局的李长风将郑恒的号码交给技术中心的技术专家，让他们追查郑恒的下落。技术专家是一个憨态可掬的小胖子，听说是追踪郑恒，他心有余悸，问李长风："李队，不会又查出一个滴血骷髅吧？上次的病毒可是把我们技术中心害惨了，吭哧瘪肚折腾了一个多星期才算消停。"

李长风没心情和小胖子废话，一个劲儿催促他干活。谁知道小胖子刚把号码输进笔记本电脑，屏幕上就自动跳出一段链接，小胖子小心翼翼地点开链接，映入眼帘的竟然是李长风在医院里气喘吁吁地拎着一大包东西，然后是他和田小小在 ICU 病房门口说话的镜头，镜头中的李长风一副讨好田小小的神态，像一个小跟班似的。李长风登时满脸通红，"啪"的一声将小胖子的笔记本电脑合上，吓了小胖子一跳。看来郑恒早就料到了李长风会追查他的号码，故意将李长风向田小小献殷勤的视频传了上来。

李长风暗骂一声，对小胖子说："不查了，我还有事，先走了！"说完，慌忙逃离技术中心，他知道，郑恒不仅黑进了警队的通信网络，还黑进了整个城市的监控系统，所以无论怎么追缉郑恒，他都能先知先觉警方的动态，抢在警方前面躲过甚至抹掉自己的踪迹。郑恒发出的这段医院监控视频，就是对李长风的警告，再追查下去，没准儿李长风赤身裸体洗澡的视频都能被放出来。

身后的小胖子叼着笔，无可奈何地看着李长风的背影，双手一摊，说："惹谁不好，非要惹一个雇佣兵黑客？李队火花闪电地追人家，现在反过来被人家追踪了……"

秦州市政府。市长高峰刚回到办公室，就看见陈芝罘在走廊里等他。高峰在走廊里当着秘书等人的面训斥陈芝罘："陈书记，你们能不能提高点工作效率？龙岭保护区里的违建别墅，中央领导都批示了，你们准备什么时候动手拆除？再这样拖下去，我可要挥泪斩马谡……"

陈芝罘点头哈腰地跟在后边，一个劲儿地解释："请市长放心，我们把这项工作当作政治任务来完成，绝不敢怠慢，现在已经开始动工了……"

看见秘书把房门关上，高峰立刻换了一副神态，变得和颜悦色，说："找我有什么事？"

陈芝罘凑近了，压低声音说："北江省周副省长的朋友，在秦州市投资了一个小项目，想请您关照关照。”

听到这个名字，高峰立刻意识到陈芝枭口中的“小项目”绝不是普通的小项目，肯定是令人挠头的难题，他不由心中暗生警惕，但是高峰并不能果断拒绝对方的请求，因为高峰欠着对方的“人情”。

三年前，高峰夫人的侄子大学毕业，考上了选调生，因为担心在汉山省引人注目，高峰便安排他去了北江省，成为北江省的一名基层公务员。当时高峰通过陈芝枭的沟通，请求北江省周副省长帮忙照顾，周副省长说到做到，在他的关照下，这名年轻人很快调进北江省发改委工作，随后快速提拔为副处长，最近又准备下派到某个县区担任领导职务，前途一片光明。周副省长是帮过高峰大忙的人，此时有事相求，高峰自然要投桃报李，竭力照顾好人家所托的项目。

高峰暗暗皱了一下眉，让陈芝枭把项目的情况介绍一下。陈芝枭喝口水，一五一十地向高峰汇报，周副省长的朋友是做水泥生意的，掌控了秦州和邻市 4 家水泥厂，产量超过汉山省 70% 的市场份额。前几年，玉龙河流域建设了不少水电站，水泥需求量激增，这个朋友赚得盆满钵满，但是随着中央对生态环境领域加强督察，整个水泥行业日益萎缩，现在已经到了入不敷出的地步。所以这个朋友就找到周副省长，希望周副省长帮忙协调秦州市领导，想在玉龙河流域再择址建设一座水电站，由他负责提供建设所需的水泥和混凝土，以此盘活他的产业链条。

听了陈芝枭的介绍，高峰有些迟疑，对方说的“小项目”，其实是个撼山填河的大工程。水电站项目需要从地方到省、到国家部委层层审批，不仅需要发改部门的立项，地质水利部门的勘测，电力部门的审核，还需要通过生态环境系统的环评，需要沟通协调的部门多如牛毛。陈芝枭看出高峰的为难，说周副省长特意嘱咐了，秦州市帮他们协调解决“择址”“立项”和“环评”三个问题就可以了，其他的事项他们自己负责解决。

高峰说：“这么大的工程，我这个市长都不敢轻易尝试，一个水泥商人就能撬动得了？此人和周副省长到底是什么关系？”

　　陈芝罘笑得很暧昧，说："这我们就不知道了，尤其还涉及国家部委和其他领域之间的协调，恐怕单凭周副省长一个人揽不了这个瓷器活儿，我猜幕后肯定有更厉害的高人。"

　　高峰想了想，说："有道理，我要是猜得不错，这应该是个庞大的系统工程，环环相扣，大小齿轮一起转动，周副省长和水泥商人就是带动我和你转动的齿轮，至于真正的发动机在哪里，还有哪些领域参与其中获利，恐怕水电站竣工了，我们都未必能知道。"

　　陈芝罘连连点头，称赞说："大哥，还是您站位高，格局大，一下子就把问题看得清清楚楚。"

　　高峰叹口气，说："我能看不清楚吗？在这个系统里，我要是说一声不，恐怕屁股下面的位子就要换成别人来坐喽。你以为不犯错就能驶得万年船？多少人把你看成绊脚石呢，恨不得一脚踢开你！"

　　陈芝罘尴尬地笑笑，不敢说话，但是心里不得不佩服高峰的聪明，一眼就看透了问题的核心。水泥商人能搬出周副省长来使唤高峰，说明他们早就把其中的利害关系研究得清清楚楚。至于还有没有别的"水泥商人"和"周副省长"这样的人参与其中，陈芝罘也不知道。

　　高峰目视陈芝罘，问："这个工程，我们秦州市能得到什么好处？"

　　陈芝罘说："那个水泥商人和我谈过，为了让我们师出有名，申报时顺利过关，他不仅负责请来最好的团队设计规划，还承诺帮我们秦州市大幅度提升税收和固定资产投资指标。"

　　高峰点点头，但是依然有些顾虑，说："这些年玉龙河流域的水电站太多了，尤其还赶上督察组进驻的时期，这时候操作，要冒很大风险的。"

　　陈芝罘说："他们也知道督察组在秦州，这个时期要注意影响，不能顶烟上，先期只是筹备立项和环评等工作，他们准备再等一两个月，督察组离开以后，就可以上马施工了。"

　　高峰点点头，看来这个"系统"内部确实是有高人在指点，懂得进退取舍，并不是为了追求利益而莽撞乱干。高峰喜欢与那些有谋略的人打交道，厌嫌那些暴发户嘴脸的人，这也是高峰选择扶持姚新元，打压王小江的原因。此时的高峰虽然面色平淡，但是心里却突然冒出一朵火花，他很想结识一下这个"系统"幕后的高人，争取真正融入到这个"系统"之中，说不定对自己的仕途有莫大帮助。高峰心想，对面笑眯眯的陈芝罘，恐怕也是抱着这个想法，没有利益诱惑，他岂能为这个风险极大的"小项目"鞍前马后地跑？

高峰仰头靠在椅子上，闭上眼睛沉思，他在盘算这个"小项目"的风险与利弊。良久，高峰对陈芝罘说："择址问题由你来负责吧，就放在你们龙岭区，你请专家来解决技术上的问题。"陈芝罘点点头，这在他的意料之中。

高峰又问："你想过没有？'立项'和'环评'两个环节，有什么难度？"

陈芝罘认真想了想，说："省市发改部门问题不大，如果说有难度，恐怕省生态环境厅阻碍不小……"

高峰插话说："你是说林寒江吧？"

陈芝罘点点头，看来两人想到一起了。高峰叹口气，摸摸自己的头发，骂道："妈的，林寒江这个刺头儿，骨鲠在喉啊！"

陈芝罘向高峰建议："要不要找 101 出面做做工作？或者想个什么办法绕开林寒江？"

高峰摇摇头，拒绝了陈芝罘的建议，说："如果有一个人敢把铁棍伸进那些转动的齿轮中间，撬停这个'系统'，那么这个人一定是林寒江！说实话，在这点上我很佩服他！但是，我们为什么要阻止林寒江伸出这根铁棍呢？"

陈芝罘眼睛一亮，随即双手竖起大拇指，称赞高峰："大哥，我懂了，让林寒江直接面对这个'系统'，他愿意伸出铁棍就由着他，无论林寒江成败，我们都是获利的一方。这就是大哥您常说的，运用体制的力量！"

高峰笑笑，并没有向陈芝罘解释自己内心的想法。高峰其实想得更远，在这个"系统"面前，高峰并不甘心为对方出面承担风险，"择址""立项""环评"等烫手的山芋，他可以答应做，但是要做得合法合规，不能留下被人诟病的把柄。同时，高峰更不想得罪"系统"幕后的高人，得罪人的活儿就由林寒江去做吧。而且，高峰内心深处巴不得林寒江出面阻止这个"小项目"，到那个时候高峰再出面帮助"系统"解决林寒江这个难题，他甚至希望林寒江制造的难题越大越好，千难万难才能显出他高峰的重要性，隐居在幕后的高人自然会重新评估他的价值。

高峰心里决定了，他要等到林寒江伸出铁棍撬停齿轮之后，再出手解决问题，把水电站和林寒江作为自己融进"系统"的投名状。想到此处，高峰露出满意的笑容，陈芝罘不明所以，还以为高峰下了决心，于是也跟着笑。高峰之所以没有对陈芝罘说明其中的利害关系，是因为他担心陈芝罘可能已经投入了"系统"的怀抱，他所有的言行，都可能被陈芝罘传到"系统"。

"利益面前，没有朋友。"高峰在心里提醒自己。

四十七

　　白云矿场法律意义上的负责人朱强，此时正羁押在看守所，法院很快就要宣判了，据说至少是十五六年的有期徒刑。朱强在公安局熬过了赵震等人的审问，将一切罪名都扛了下来。当时，袁凯和赵震虽然明知朱强是替人背锅，但是苦于没有证据，也拿他没有办法。

　　王小江以为自己计谋得逞，逃过一劫，岂不知袁凯一直盯着他呢，尤其是这次王小江鬼鬼祟祟在背后捣鬼，妄图将袁凯和林寒江弄得一身污水，真正惹怒了袁凯。在袁凯眼中，王小江的种种所为就像是一条滑不留手的泥鳅，在法律的栅栏之间穿梭游走，现在，袁凯想在栅栏之间布下一片渔网，网住狡猾的王小江。

　　袁凯的突破口就选在朱强身上，袁凯坚信，没有任何人是愿意为别人顶罪的，除非他是没有意识的傀儡。前天，袁凯已经来看守所提审过一次朱强，面对袁凯提出的争取立功减刑的条件，朱强依然以沉默延续自己的顽抗。袁凯离开时，意味深长地笑笑，说给他三十个小时的时间考虑，这是朱强最后的机会了。

　　袁凯走了以后，朱强三十个小时不吃不喝，一直面对着墙壁坐着。

　　今天，朱强再一次面对袁凯，他不仅神色憔悴，而且胡子邋遢，双目赤红。朱强看清袁凯身后站着的人，突然泪如泉涌，原来袁凯让人将朱强的妻子和女儿接了过来。

　　袁凯猜到了王小江用什么威胁朱强，他要反其道而行之。袁凯仔细看过上次赵震审问朱强的笔录，他认为赵震并没有找到朱强的弱点，致使朱强为王小江顶罪成功，蒙混过关。袁凯认为，对付朱强这种人，只有攻心为上，王小江能用家人要挟朱强，他也能用家人软化朱强。

　　进到审讯室之前，袁凯弯腰拍拍朱强女儿的脸蛋，柔声说："小家伙儿，大大教你的话，记住了吗？""嗯，我记住了！"小女孩儿使劲点头，说："大大，我说了真的能救爸爸吗？"小女孩儿的母亲在旁边赶紧捂住了她的嘴，不让她问下去。

袁凯仔细端详一下朱强的变化，心中更加有数。"朱强，你还不知道，你父亲因为你的事急火攻心，得了急性心梗，送进手术室抢救，昨天才脱离危险。"袁凯话不多，但是每一个字都重击在朱强心里。朱强双手颤抖起来，不由望向后面的妻子，妻子哽咽着点点头，一手牵着女儿，一手掩面流泪，证明袁凯的话确有其事。

"爸爸，我的同学说我是盗窃犯的女儿，他们合伙儿欺负我……"女儿稚气的声音饱含着委屈，她扬起糊满了鼻涕眼泪的小脸儿，看着朱强，似乎期盼爸爸亲口否认，"爸爸，我想你告诉我，这不是真的！"

朱强心疼地看着天真的女儿，他内心还在做最后的挣扎。

"爸爸，妈妈说要给我转学了，回农村老家上学，我不想回去……"

朱强痛苦地垂下头，使劲捶打着桌子，警察要过来制止他，被袁凯制止了。"朱强，你好好想想，否则等你出来的时候，你的女儿大学已经毕业了，她这些年的时间，要一直背负着盗窃犯女儿的名声，你觉得对她公平吗？"袁凯的话如同街坊邻居在唠家常，但是却将朱强心里最后的防线刺穿。

朱强痛苦地将脑袋磕向桌子，发出"咚"的一声，吓得妻子和女儿一起惊叫起来，坐在对面的袁凯依然沉稳，冷冷地看着朱强。

朱强慢慢抬起头，额角流出鲜血，他终于开口说："袁局长，盗采倒卖稀土这件事，你们确实抓不到王小江的证据，因为他早就做好了一切准备！"

袁凯眼睛一亮，追问道："那你告诉我，哪件事儿可以抓到王小江？"

朱强咬紧牙关，双手紧紧抓住桌子边沿，终于大声说："五年前白云矿场曾经发生过矿难，露天矿坑塌陷，死了不少人，矿里出了很多钱，又找来一群亡命之徒恐吓利诱矿工，总算安抚住了，当时王小江签过字，他有一个秘密保险柜，专门放这些'安静协议'，现在矿里还有一两个证人知道这件事……那时候王小江刚接手矿场，经验不足，从那以后，他就再也不签字了！"

袁凯眯起眼睛，问："你说的那次矿难，到底死了多少人？"

"不是一次，是三次！我知道前后足足死了 30 多人！"

袁凯一掌拍在桌子上，霍然站起，怒道："这么重大的案件，你们竟然隐瞒不报，草菅人命，你们对人命就没有一星半点敬重吗？"

朱强看着怒火升腾的袁凯，反唇相讥："这么重大的案件，你们如果还不能将王小江绳之以法，这世间还有一星半点公平吗？"

……

袁凯叫来李长风，让他秘密安排人将朱强和家人单独保护起来。袁凯立即以秘密视频会议形式向秦州市主要领导，以及省委政法委、省公安厅的领导同时汇报此事。袁凯之所以采取视频会议集中汇报，目的是防止分头汇报时遭遇某些领导阻挠。会上决定对具有重大涉黑涉恶嫌疑、盗采矿产资源、破坏龙岭保护区生态环境的王小江团伙进行收网，重拳出击，一举歼灭。

为了防止泄密，在召开视频会议的同一时间，袁凯命令李长风紧急抽调刑侦、经侦等 30 多名警力，分头进入建江集团大楼和白云矿场，当场控制了王小江以及多位集团高管，将涉案的电脑、文件、票据等资料全部带走。此次行动，袁凯要求对市公安局内部严格保密，防止走漏消息，连几位副局长都没有通知。李长风的主要任务就是按照朱强的供述，在王小江的办公室找到那个专门存放"安静协议"的保险柜。

建江集团的员工们措手不及，他们从来没有想到会被查封办公室，驱出办公楼，而且是毫无征兆地突袭，所有员工都一头雾水地围在办公楼门口，看着他们的董事长王小江被李长风等人带出来。

王小江脚上依然穿着一双拖鞋，他看见门口的员工，脸上拼命挤出一丝笑容，但是笑容却变得异常狰狞，他大声说："你们不用怕，我会回来的！"

李长风推了王小江一把，厉声喝道："赶紧走，还想来个告别演说啊？"

王小江像咬人的狗一样盯着李长风，恶狠狠地说："李队，等老子回来的时候，我要你给我舔鞋！"

李长风不和他斗嘴，使劲拽着他前行，王小江一个趔趄，脚上的拖鞋掉了一只，王小江挣扎着要去捡鞋，李长风冷笑道："等你回来再捡吧！"不由分说将王小江塞进警车带走。

直到警车消失，建江集团的员工们才终于确定，他们的董事长真的被警方突袭带走了。一个男员工大着胆子，将王小江掉落的那只拖鞋轻轻踢到台阶下面，另一个小女生带头拿出手机，战战兢兢地开始发朋友圈，其他人立刻纷纷效仿。

网络上立刻炸了锅，"建江集团董事长王小江被警方带走！"大小网络媒体争相转载，整个秦州市都轰动了，纷纷猜测王小江到底是因为什么罪名被捕，还有不少人相信王小江很快就会再次逃脱法律的制裁，依然平安无事。

会议室内，袁凯将王小江盗采提炼倒卖稀土资源，多次瞒报重大矿难，并操控涉黑组织故意伤害、敲诈勒索、寻衅滋事、强迫遇难矿工家属签订所谓"安静协议"等罪行一一汇报。最后，省委政法委和省公安厅的领导先后部署，要求秦州市依法关停白云矿场，马上调派人力组建"白云矿场矿难事故调查专案组"，核实历次矿难情况，逐一调查走访遇难矿工家属，不仅要深挖案件真相，还要追查安全生产、矿产资源、生态环境等方面的监管失职失责问题，并报纪委监委调查隐藏的腐败问题。鉴于案情重大，省委政法委和省公安厅将向省委进一步汇报。

会议过程中，秦州市长高峰始终铁青着脸，一言未发，不知道他对袁凯的先斩后奏是满意还是恼怒。市委书记刘军强此时正在外地出差，他接到曹兵的消息后，急忙赶回秦州市委，正好赶上视频会议散场。刘军强没有回自己的办公室，而是默默坐在会议室角落里的椅子上，看着工作人员关掉了视频屏幕，打扫会场。

看见刘军强来到会场，高峰和袁凯赶紧过来，一起向刘军强汇报会议情况，刘军强面无表情，边听边点头，只是淡淡地说了一句："既然会议开完了，就按照省里的要求落实，至于下一步怎么开展工作，等省委的意见吧。"

袁凯向刘军强告辞的时候，刘军强透过镜片上沿冷冷地扫了一眼袁凯，目光中的深意让久经沙场的袁凯浑身一凉。袁凯知道，自己此举是彻底得罪了刘军强。其实，袁凯选择这个时机突袭建江集团和白云矿场，就是瞅准了刘军强不在秦州的空档，来个先斩后奏，木已成舟，刘军强此时就算想要袒护王小江，也无法张口了。

得知消息的林寒江，赶紧给袁凯打电话，语气中难掩兴奋："老伙计，还是你有办法，一下子就将王小江这块烂肉连根剜出来！"

"不是我有办法，是撞大运了，谁知道这小子背后竟然挂着几十条矿难的人命呢！"袁凯冷静地说："别高兴太早，捅掉马蜂窝不算胜利，还要准备迎接马蜂的反扑！"

"你是说王小江试图保护的那些人？"

"拭目以待吧，魑魅魍魉该现身了！"

烦躁的刘军强在办公室里转圈，秘书曹兵把药和水端进来，立刻被他挥手赶了出去。曹兵本想探听一下风声，见刘军强如此恼怒，自然不敢开口。

刘军强心中泛起了强烈的不祥的感觉，袁凯这次突袭，从行动开始到上报省里，分明是快刀斩乱麻，故意绕开自己。"是谁给了袁凯这么大的胆子？高峰吗？"刘军强慢慢摇头，"高峰虽然觊觎自己的位子，但是还没有这个实力，他断然不敢和自己公开翻脸，看来袁凯一定是另有倚靠，才敢针对自己下手。"

刘军强又想："难道是督察组授意袁凯这么做的？也不像，督察组如果针对自己，自己没有理由得不到消息。"刘军强最后将怀疑目标锁定为省委书记陈庭坚，只有陈庭坚的魄力和威望，才会让袁凯有猝然突袭的勇气。

“这个老杂毛，还是对我动手了！”

刘军强感到胃部一阵剧痛，他将胃药一口吞下，事情突然到了这个地步，他绝不甘心坐以待毙，刘军强拿出手机，拨通了一个电话：“晚上有时间，来我这里坐会儿……”

李长风从建江集团回到市局，已是晚上七点多，餐厅里只有一些剩菜剩饭，他正在往嘴里扒拉米饭，突然手机发出震动的声音，屏幕上传来一条信息：凌晨两点，有胆量一个人来狮子崖下，请你看一场好戏！

李长风一惊，嘴里的饭粒掉在衣服上，这是郑恒上次戏弄自己的号码，郑恒竟然敢公开挑衅自己，约自己去狮子崖下面，难道要单打独斗？

“小马，你过来！”李长风喊来小马，正要让小马安排人和自己一起去狮子崖，忽然转念一想，郑恒约自己一个人去，人多了恐怕会惊动这个家伙不敢现身。

“师傅，又有什么好活儿想起我了？”小马端着餐盘边吃边凑过来。

“省厅来电话，说是马来西亚那边有了王海龙的消息，你吃完饭去了解一下。”李长风话到嘴边，又改了主意，将小马派到省公安厅，他准备一个人夜探狮子崖。郑恒所说的“一场好戏”，也许就是几条人命的关键，李长风不想失去这个机会。李长风和郑恒交手几次，他有种强烈的感觉，郑恒虽然凶狠，但是并不愿意与警察为敌，他约自己去狮子崖，一定是有他的目的。

“黄金海岸”歌厅，王小江名下的销金窟。一个城市里的知名人物的沉浮兴衰，风月场所应该是消息最灵通的据点，也是见证“城头变幻大王旗”最前沿的阵地。此时，因为王小江被抓，“黄金海岸”一片鸡飞狗跳，不少王小江麾下的马仔预知大事不好，已经分头跑路。往日灯红酒绿人头攒动的歌厅，现在门可罗雀，连门口的灯光都忽明忽暗。

姚坤坐在商务车里，看着“黄金海岸”惨兮兮的情形，不禁大喜过望，吩咐大熊："过几天，让人把这个歌厅盘下来，多好的地方，别浪费了，王小江的遗志，我还得帮他发扬光大嘛！"

大熊问："坤哥，王小江刚出事，您就接受他的产业，会不会遭来道上的非议啊？"

"你懂个球！"姚坤敲一下大熊的后脑勺，得意地说："将来的秦州，姚老大的唐宫集团是我的，王小江的建江集团也是我的！"

大熊问："坤哥，您说今晚要庆祝一下，是不是得换个地方？我看这里连小姐都跑没了。"

"废话，没小姐庆祝个屁！"姚坤今夜兴致很高，吩咐大熊："走，换个地方。唐宫集团马上易主，王小江身陷囹圄，老子今晚必须玩个通宵！"

大熊驾驶着商务车兜个圈子，上了中央大街，不料旁边有一辆摩托车冲到他们前头，堵住了他们前行的路。大熊按了几声喇叭，摩托车依然不紧不慢在前边左晃右晃，大熊火起，摇下车窗怒骂："你他妈找死啊？懂不懂规矩？"

摩托车骑手扭过头来，冲着商务车竖起中指。大熊还要骂人，姚坤今天心情很好，劝他："算了，算了，注意身份，一个小流氓而已，不和他一般见识！"

大熊继续驾车前行，摩托车不依不饶，喝醉酒一般跟在后边画龙，时不时贴近商务车故意寻衅。姚坤冷笑一声，他现在心境已经不和以前一样，他想的是以后在秦州市如何呼风唤雨，壮大唐宫集团，吞并建江集团，岂会与这般市井混混一般见识？

"咣"的一声脆响，商务车的玻璃竟然被那个小混混砸了一砖头，玻璃碎裂，外面的风呼啸灌入。姚坤瞬间火冒三丈，从宏图大业的梦想中清醒过来，怒喝道："妈的，找死！追上去，撞死他！"

摩托车骑手砸碎玻璃，立刻冲下主道夺路而逃，大熊一边骂着一边驾车追来，摩托车歪歪扭扭竟然闯入一条小巷子中，前面是一片建筑工地的围挡，分明是一条死路。摩托车骑手一个旋转，将车子扔了出去，摩托车在地上滑行出老远，溅出一片火花。

　　骑手转身面对着商务车，慢慢摘下头盔，在昏黄的路灯下露出一张满是伤疤的脸，正是郑恒！

四十八

姚坤一见那张吓人的脸，立刻意识到这是一个圈套，他没了魂一样尖叫："大熊，是他！快走！"

大熊手忙脚乱地倒车，郑恒已经鬼魅一般欺了上来，一拳轰碎驾驶座的玻璃，抓住大熊的脖子向外拉去，大熊身材魁梧，自然不甘束手就擒，抡起熊掌大小的拳头奋力抵抗。但是郑恒一拳击在大熊的颈动脉上，大熊瞬间就软瘫下来，郑恒抓着大熊硕大的脑袋，在车门上重重撞了几下，大熊满脸鲜血晕了过去。

郑恒擦擦手套上的血迹，慢慢打开后车门，看着轮椅上惊恐的姚坤，问他："姚坤，咱俩有多少年没见了？"

姚坤上下牙齿打架，说不出话来，轮椅流下一摊液体，原来姚坤已经吓得小便失禁，这个摔断他腰椎的人，是姚坤命里的克星，天生对他血脉压制。姚坤挣扎着发出一声哀鸣，声音怪怪的："郑哥，有话、有话好商量……"

"办事之前有句话我得先说清楚，以防忘了，王小江王总，他让我向你问个好！"郑恒一本正经地向姚坤说道。

"他？王小江这畜生怎么知道……"姚坤又怕又慌，有些语无伦次，央求道："郑哥，万事好商量，我们能不能……"

郑恒闻到尿臊味，皱皱眉头，他轻轻拍一下姚坤的头顶，顺手抽走姚坤的手机，说："好说，我带你去个地方，好好商量商量！"郑恒重重关上车门，将大熊扔到副驾驶座位上，启动商务车向着城外的龙岭大山驶去。

凌晨两点，李长风悄悄来到狮子崖下。狮子崖下面密林丛生，山路陡峭，根本不通道路，李长风将车子停在山路上，打着手电穿林涉河，一路摸索而来。

此时，龙岭大山山风呼啸，松涛阵阵，头顶不时传来夜枭的啼叫，饶是艺高胆大的李长风也是心悸不已。忽然，前方密林之中隐约闪现一点亮光，李长风警觉起来，立刻关掉手电，掣出配枪，慢慢向亮光摸去。亮光的地方是一座小小的帐篷，透出微弱的亮光，李长风轻手轻脚靠近，用枪指着帐篷，喝道："郑恒，你在里面吗？"

李长风连问两声，并没有人回答，他凑了上去，全神戒备用手枪挑开帐篷，里面空无一人，只有一盏充电的汽灯在摇来晃去。李长风站起身来，用手电四下扫了一圈，帐篷周边的草丛被人踩平，一些树枝也修理过，帐篷后面有一个黄色的塑料袋，装满了方便面盒子等垃圾，看来有人在这里生活了很长时间。李长风心中恍然大悟，原来这里就是郑恒藏身的地方，警方在秦州市内悬赏通缉郑恒，几乎挖地三尺，却一直没有找到郑恒的下落，谁能想到郑恒竟然在深山老林中悠哉悠哉地过着日子。

郑恒从东南亚雇佣兵集团回国以后，一直和盗猎团伙厮混在一起，山地露营和野外生存对他来说简直就是家常便饭，既能隐藏行迹，又能确保安全。郑恒夜间在狮子崖下的灯光，曾经被秦州市民发现过，这些疑神疑鬼的市民将多年前的跳崖案联系起来，于是便有了狮子崖闹鬼的传说，郑恒正好利用这种神秘感，一心一意筹划为他的妹妹和父母复仇。

李长风正在四下寻找郑恒遗留的线索，隐约一阵笑声传来，然后又是一阵凄惨的哭声，在漆黑的夜空中令人毛骨悚然。李长风举起手电到处寻找，周围依然空无一人，忽然一块石子从天而落，砸在李长风身边，狮子崖顶传来郑恒的声音："李队长，如约而至，好胆量！"

李长风举枪向上，抬头仰望，只见巍峨高峻的狮子崖几乎要倾倒砸在自己身上，他连忙退后十几米，才仰望到山顶郑恒的人影，狮子崖大约有百米之高，郑恒的身影从下望去，只能隐约看见半个身子。

李长风喊道："郑恒，你说的好戏呢？"李长风的喊声在山风中显得虚弱无力，不知道郑恒是否听见，李长风憋足了力气，又高声喊了一遍。

崖顶的郑恒探身向下，大喊道："少安毋躁，好戏开演了！"

　　此时，郑恒身后的石头上，姚坤正在艰难地爬行，他的轮椅早被郑恒远远踢开，姚坤拽着石头上的野草和树根，用尽全身力气想爬离崖顶。郑恒将姚坤和大熊弄到狮子崖顶，姚坤已经猜到了郑恒的用意，多年前，郑恒的妹妹就是从这里跳下山崖的，郑恒必然是要用同样的手段为妹妹复仇。

　　此刻的姚坤恨不得变身成壁虎，逃离郑恒的魔掌和这片山崖，可惜他用尽了气力，也只爬出去两三米，姚坤抓住一丛野草，咬着牙想将自己挪过去，却觉得后脖颈一紧，已经被郑恒拎了起来，姚坤双手在空中游泳一般胡乱划拉，哀嚎道："郑哥，饶命啊，饶命啊！大熊，快救救我！"姚坤将最后的希望寄托在大熊身上，满头鲜血的大熊让郑恒用枪逼着，用尽九牛二虎之力扛着姚坤爬上崖顶，到了崖顶郑恒嫌他碍事，一枪柄将他又砸晕过去。此刻大熊刚刚苏醒过来，见姚坤被郑恒拎在手里，立刻熊吼一声，爬起来晃晃脑袋向郑恒撞来，大熊明知不敌，却拼命护主，看来确实忠心。郑恒将姚坤重重摔在石头上，闪身跳在大熊身后，一肘砸在大熊后脑上，大熊立刻倒地。郑恒狞笑着，用脚踩住大熊的后脖颈，抓住大熊的胳膊，使劲一拧，"喀喇"一声废了大熊的胳膊。

　　摔得七荤八素的姚坤见最后一丝希望破灭，干脆张嘴大哭："郑哥啊，行行好吧，您就饶了我这残废吧，留我一条烂命……"

　　郑恒不为所动，故意狞笑看着姚坤，手下用劲，又将大熊另一条胳膊拧断，大熊几乎疼死，惨叫声响如惊雷，传到山崖下面李长风耳中，李长风大喊道："郑恒，你在干什么？"

　　李长风用手电转圈照亮，想寻找上崖的路，狮子崖山势如一尊雄狮的头颅，突兀高耸，与周边山峦并不相连，若想从李长风立足之处登崖，至少要绕行三四个小时。郑恒将李长风约来狮子崖，又故意留下帐篷和灯光将李长风引到崖底，就是让李长风只能困守崖底，眼巴巴看着郑恒行事，却无法干涉。李长风气得跳脚，捡起一块石头向崖顶掷去，石头飞不到一半，又慢悠悠地坠了下来，险些砸到自己。李长风掏出手机想呼叫后援，却发现这一地区因为被险峻的山峰阻挡，手机根本没有信号。郑恒藏身于狮子崖下，将自己的手机做了改进，可以和外界保持联络，李长风到此却无计可施，他不敢远离崖底，不知道上面能发生什么事，只能举着手机在附近深一脚浅一脚地到处寻找信号。

"知道这是哪里吧？这是狮子崖，当年我妹妹跳崖的地方！"郑恒掏出登山绳将大熊捆成玩具熊一样，姚坤一边哭得撕心裂肺，一边又像蜗牛一般偷偷爬行，试图逃脱郑恒的控制。郑恒在大熊的胖脸上正反抽了十几个耳光，打得他鼻青脸肿，嘴角流血。

郑恒问大熊："当年，你对我妹妹做了什么？"

鬼哭狼嚎的大熊立刻止住了嚎叫，胆怯地看着郑恒，说："是，是坤哥让我做的，不是我……"

那边的姚坤立刻尖叫起来："你胡说，明明是你们两人强奸了他妹妹，和我无关！"

"坤哥，当年是你说的，你自己动不了，让我们替你做，你说你喜欢在旁边看，我不想做，你还骂我……"

郑恒一拳砸在大熊的嘴上，打掉他一排牙齿，舌头也咬断半截儿，满嘴鲜血的大熊"呜啦呜啦"不知在说些什么。郑恒走到姚坤身后，将他一脚踢到大熊身边，姚坤自知死期将近，反而露出一脸恶毒的笑容，说："姓郑的，下面那个人是警察，你想当着警察的面杀人？"

郑恒点燃香烟，吐出一口烟雾喷在姚坤脸上，说："姚坤，你知道这个警察是怎么来的吗？是我请他来的，请他来干什么？是给我做个杀人的见证！"

郑恒伸出手来，姚坤尖叫一声试图躲开，郑恒只是替他拿掉脸上的草叶，郑恒说："姚坤，我在监狱的时候，从你兄弟二人收买的杀手手里活了下来，我在东南亚丛林里打仗的时候，身中三枪在枪林弹雨中活了下来，你知道吗，每一次我死而复生，我都知道这是老天爷赏命，不让我死，要留着我这条命，回来找你们兄弟！"

"姓郑的，那些事都是姚老大的主意，与我无关！冤有头债有主，你该找他去！”姚坤此刻只想活命，姚新元如果在眼前，他能毫不犹豫地将亲哥哥推到郑恒手里。

“姚坤，你让大熊和那个流氓，两个畜生强奸我妹妹，逼得她跳崖自尽，也是姚新元的主意？”郑恒狠狠吸了一口烟，将炽热的烟头按在姚坤的脑门儿上，烫得姚坤嚎叫一声。

李长风在下面扯着脖子喊：“郑恒，你不要伤害无辜，我劝你悬崖勒马，放了他们！”声音飘到崖上，已然绵软无力。

“无辜？”郑恒冷笑一声，并不理会李长风，“他们要是无辜，这世界上就没有罪人了！”

郑恒转到一块巨石后面，拿出两桶汽油，姚坤和大熊一见到汽油，立刻明白郑恒要做什么，两人争相高声哀求，拼命翻滚着逃避，结果两人在地上滚到一起，都想把对方拱到上面，替自己延缓一点儿时间。

郑恒把大熊拖过来，将一桶汽油从头到脚浇在他身上，他不管大熊的哀求，点燃打火机，凑到大熊鼻子前，说：“自作孽，不可活！我不杀禽兽，但是不会放过你这种人！”一团蓝色的火焰在大熊惊恐的眼神中绽放开来，瞬间弥漫到他的脸、脑袋和脖子……

郑恒拖着大熊的双脚，将这具扭动挣扎的庞大躯体拽到悬崖边沿，一脚将他踹下山崖。“啊，啊……”大熊在空中绝望地大叫，火借风势，一大团火焰迅速包围了他的全身，如火流星一般从天而坠。

李长风正在下面仰头观望，突然见到这团扭动嚎叫的火焰当头落下，他急忙闪避，一声巨响，浑身着火的大熊重重摔在李长风面前。李长风冲过去，试图用外套扑灭火焰，却发现火焰中的人早就摔成了肉饼，破碎的肢体、流淌的鲜血，血液之上的火焰依然在燃烧，空气中弥漫着浓浓的焦臭味。

李长风举枪向崖顶开了一枪，子弹不知道飞向哪里，他大喊道：“郑恒，快住手！你不能为了报仇而杀人，你没有权利宣判他们的死刑……”

狮子崖上面，郑恒拍拍手上的泥土，转身踱到姚坤面前，姚坤双手撑地，拼命向后挪动身体，郑恒将他拎起来放进轮椅中，用登山绳仔细地将他捆在轮椅上。姚坤此时明知必死，便不再哀求，反而是恶毒地诅咒郑恒："姓郑的，老子下了地狱，还去找你妹妹，我还要把她……"

郑恒一阵狂风暴雨般的耳光，打得姚坤骂不出声来，郑恒捏开姚坤的嘴，将一大把泥土砂石塞进他的嘴中，姚坤连憋带呛，险些翻白眼儿晕过去。郑恒将剩下的一桶汽油全部倒在姚坤身上，然后点燃打火机，此时的姚坤已经魂飞天外，郑恒在他耳边说："姚坤，你到了阴曹地府，在那里等着你的还是我，老子还会再一次摔断你的腰！"

郑恒全力踹出一脚，姚坤带着轮椅燃起熊熊烈火，像一条火龙一般，从狮子崖上飞坠而下！

"李长风，我约你来，就是让你看看，这才是我郑恒杀人的手段！"郑恒的怒吼，如滚雷一般落在狮子崖下面。

崖底的李长风举枪向天空射出一枪，无奈地大喊："郑恒！你这个浑蛋，我绝不放过你！"但是，枪声和李长风的喊声很快消散在山风中……

秦州市区里有人望见狮子崖坠下的火光，争相传告："狮子崖又闹鬼了！以前冤死的女学生真的显灵了……"

四十九

　　督察组组长王戍召开专项工作会议，专门听取了王小江威胁林寒江的经过，以及秦州市公安局对建江集团和白云矿场开展的抓捕清查行动。除了林寒江、袁凯之外，省委纪委监委、政法委、公安厅以及秦州市的政法和公安部门，还有生态环境和自然资源部门也参加了会议。督察组决定从省生态环境厅和部分市局抽调专人组成工作组，由林寒江带队，在公安部门的配合下，对建江集团长年把持的秦州市化工产业园、白云矿场进行彻底清查，弄清楚建江集团这么多年对秦州市生态环境的破坏程度，同时要深挖问题背后的腐败根源和保护伞。

　　督察组开会的同时，李彦兵正在自己办公室里惶惶不可终日，如丧考妣。他身为秦州市生态环境局局长，竟然没人通知他参加会议。李彦兵已经预感到了末日来临，躲在办公室里紧急处理自己的一些物品。

　　李亮敲门进来，向李彦兵汇报，省厅决定抽调他去参加工作组，负责对建江集团进行清查。李彦兵此时心烦意乱，哪有心思操心这些事情，挥挥手让李亮赶紧离开。

　　李亮刚到门口，李彦兵又叫住了他："小亮子，等一等。"

　　李亮很是诧异，因为李彦兵从来没有这么亲切地称呼过他，他回头问："局长，还有事？"

　　"小亮子，你从部队转业回来就和我一起工作，对吧？"李彦兵突然和李亮套起了近乎。

　　李亮点点头，李彦兵又说："小亮子，这些年大哥待你不薄吧？"

　　李亮脑瓜儿转得快，瞬间就明白了李彦兵必然是有求于自己，他说："局长，您是有事？"

　　"小亮子，是这么个情况，你到了工作组以后，有些事情多帮着大哥留意一下哈。"李彦兵亲昵地拍着李亮的肩膀，说："大哥耳目闭塞，总是跟不上节奏，你以后得多帮帮我！"

李亮心下雪亮，笑着说："局长放心，该留意的我一定帮您留意！"

秦州市公安局。审讯室里的王小江充分展示戏精天赋，面对着预审员，一会儿犯了心脏病，一会儿癫痫发作，一会儿嚷着自己有糖尿病综合征，需要扎胰岛素。任凭预审员怎么询问，王小江就是拒不回答，最后干脆往地上一躺，说自己身体支持不住，必须住院治疗。

袁凯、赵震和李长风隔着玻璃观察王小江的丑态，袁凯冷笑道："身家上百亿的企业家，能躺在地上打滚撒泼，估计全中国也找不到第二个吧？"

李长风说："袁局，千万别被这个人迷惑，这家伙像狐狸，像泥鳅，像毒蛇，反正是个大杂烩，他自己活不了了也会反咬别人一口！"

"为什么这么说？"

"昨天姚坤被郑恒杀死之后，我们在检查姚坤的车辆时，发现姚坤在车里留有一张纸条，说是王小江指使郑恒杀他。王小江早就想除掉姚坤，只是他没想到自己也会身陷囹圄。"

原来，昨夜郑恒劫持姚坤的商务车后，姚坤虽然无法逃脱，却趁隙在车中留下一张纸条，写着王小江将他出卖给郑恒。郑恒当着李长风的面杀死姚坤和大熊后，并没有销毁车辆，李长风等人随后发现了这张纸条。

袁凯转头问赵震："老赵，你认识王小江多年了，你觉得怎么才能撬开他的嘴巴？"

赵震一脸苦笑，说："王小江此人确实是秦州市的一个奇葩，别看他是一副流氓暴发户做派，他进来了，估计秦州市不少领导干部要睡不着觉了！"

"这么严重？看来我还真小瞧了他。"袁凯想了想，问赵震："老赵，你是预审出身，要不你再辛苦辛苦，啃下王小江这个滚刀肉？"

赵震连连摆手，说："袁局，您可饶了我这把老骨头吧，让长风他们年轻人担重任，再说了，我儿子这几天要换肾，我实在没心思啊。"

听赵震这么说，袁凯也不好勉强他。正在此时，有个警察进来汇报，说是唐宫集团的董事长姚新元来局里，认领姚坤的尸身。袁凯让李长风出面接待一下，他避而不见。

法医室里，姚坤和大熊躺在解剖台上，用白布蒙得严严实实。揭开白布一看，两人都是摔得粉身碎骨，而且烧得焦炭一般，死状极惨。

姚新元的秘书看到这吓人的惨相，忍不住躲出去干呕。姚新元站在姚坤面前，一脸悲戚，不知是真的心痛还是演戏，眼中挤出了几滴老泪。

"凶手真的是那个郑恒？"姚新元擦擦眼泪，问李长风。李长风只是点点头，并没有过多解释。

姚新元又问："郑恒是王小江雇佣的杀手，这一切莫非是王小江指使的？"

李长风并不想透露案情细节，淡淡地说："姚董事长，具体情况我们正在审问王小江，郑恒也在缉拿过程中，等案情明了，我们会通知您的。"

姚新元一脸悲愤，说："李队长，我和王小江只是生意场上的竞争对手，虽然有些过节，但是没想到他这么卑鄙狠毒，竟然对我弟弟下手，请李队长一定要严惩凶手，给我弟弟申冤啊！"

李长风说："请姚董事长放心，我们一定不会放过凶手。姚董事长如果有线索，还请主动和我们联系。"

姚新元诧异道："我有什么线索？"

"姚董事长，您兄弟和王小江的过节，以及和郑恒的恩怨，我们想仔细了解一下，请姚董事长方便的时候多多配合。"李长风说得轻描淡写，但是话里有话，郑恒为什么对姚坤和大熊下狠手，其中的原因姚新元比谁都清楚。

姚新元一听李长风想要调查自己兄弟二人的陈年旧事，立刻变了脸色，匆匆告辞离去。李长风装模作样地送到走廊上，还不忘敲打姚新元一下："姚董事长，最近您要注意安全啊，那个郑恒还在龙岭大山里转悠呢。"姚新元一听到这话，脸上的悲戚立刻变成了恐惧。

等姚新元走远，李长风喊来小马，让他立刻牢牢盯住姚新元，郑恒已经开始复仇行动，他杀了姚坤之后，下一个目标必是姚新元无疑。

姚新元的恐惧不单是因为郑恒，还有那个神秘的101。姚坤最近紧锣密鼓一直在谋划，准备利用警方的力量搬倒姚新元，眼看就要得手。危急关头，姚新元通过市长高峰向隐居幕后的101求助，但是101拒绝了姚新元的见面请求，只是让高峰传话，他要姚新元偃旗息鼓，静观事变，事情很快就会出现转机。姚新元以为对方是敷衍自己，没想到"转机"这么快就来临，那个密谋要篡夺唐宫集团的亲弟弟姚坤变成了一具零碎的焦尸，那个处处占尽上风的王小江变成了一个生死未卜的阶下囚。这样的"转机"，让姚新元不寒而栗，他想想就后怕，如果"转机"有一天降临在自己身上……

走出公安局的姚新元，虽然头顶上就是炙热的太阳，但是他却觉得遍体生寒，他小心翼翼地四下打量一番，似乎有无数双眼睛在暗中盯着自己。姚新元一阵晕眩，赶紧钻进车里溜走。

审讯室里，预审员拒绝了王小江喝红酒的要求，王小江又一次躺在地上撒泼装病。王小江在地上滚了半天，突然蹦起来："报告政府，我有重大线索举报，我承认，我有保护伞！"

"你的保护伞是谁？"审讯人员问。

"林寒江！省生态环境厅副厅长林寒江！"王小江以手指天，显得义愤填膺，"这是一只隐藏极深的蠹虫，我要揭发他！我有他收受2000万贿赂的照片，就在秦州银行我的私人保管柜中。"他冲天拱拱手，说："林寒江，对不住了，你不仁在先，我不义在后！"

纪委和公安等办案人员火速赶到秦州银行，在王小江的保管柜里真的搜出一张照片，照片里林寒江和王小江面对面站在一堆钞票上面，手举着酒杯正在碰杯……

照片是从监控视频里截取的，完整的监控视频已无法找到。

……

王小江在审讯室里信口雌黄，把污水泼向林寒江，林寒江并不知道。纪委到银行搜查照片的时候，林寒江正带领工作组召开调度会，他要求工作组不仅要迅速查清白云矿场和化工产业园的问题，还要督促龙岭保护区的违建别墅清查和治理工作。

让林寒江始料不及的是，袁凯并不赞成工作组此时针对龙岭山区违建别墅展开行动，他认为应该集中兵力，第一时间解决白云矿场和化工产业园的系列问题，在社会舆情集中关注的隐瞒矿难和破坏生态环境方面，迅速拿出整治成果和处理意见，拖延下去很容易发酵成重大舆情事件。

这是袁凯第一次在工作中没有和林寒江保持一致，确实令林寒江有些意外。会后，两人私下交流一番，林寒江认为，秦州市政府在整治龙岭保护区生态环境问题上，一直是敷衍推诿，这次借助中央督察组的"尚方宝剑"，正好可以砍开这块久拖不决的"坚冰"。袁凯并不这样认为，他觉得工作组越过秦州市，直接插手龙岭保护区的违建别墅问题，是不信任秦州市委市政府，以后在实施整治过程中，工作将会举步维艰。

林寒江问袁凯："我记得是你告诉我的，秦州市政府一些领导对待龙岭山区违建别墅的敷衍态度，摸排出来的数据都是虚假的，难道我们能相信他们会真的支持拆除那些违建？"

袁凯说："不错，你说的是实情，但是有问题的是某些领导，而不是整个秦州市委市政府，尤其是我作为秦州市副市长，我相信秦州市会积极解决龙岭保护区的生态问题的。"

林寒江说："我并不是完全不相信秦州市委市政府，而是不能再这么拖延下去，我听说中央领导已经对龙岭保护区再次批示，我们不能无动于衷！"

袁凯还是不同意，说："白云矿场隐瞒矿难的事情，现在已经成为全网全国都在关注的事件，我们必须在最短时间内给出令人信服和满意的答复，我们实在拖不起啊！"

两人还在争辩，袁凯接到局里的紧急电话，说王小江交代出了自己的幕后保护伞，袁凯意味深长地看了一眼林寒江，急匆匆赶回局里。

回到厅里的林寒江，遇见秦州市政府一位副秘书长在等他，副秘书长送来了秦州市在玉龙河流域准备修建一座水电站的请示。龙岭区区委书记陈芝罘展现了超高的工作效率，上次和高峰密谈完后，连夜向市政府递交了请示，高峰也是第一时间签批同意，安排市政府副秘书长和李彦兵一起到省厅解释汇报，争取省厅同意，但是李彦兵最近焦头烂额，不敢见林寒江，就把任务推到副秘书长身上了。

林寒江只看了一眼标题，就断然拒绝了。他说："玉龙河流域现在已经有大大小小 25 座水电站，对整个流域的生态环境造成巨大压力，还有的水电站尚未竣工，此时还要上马再建一座，省厅绝不同意！"

副秘书长满怀信心而来，结果兜头被泼了一盆凉水，他只是奉命沟通协调，对业务上的事情解释不清，见林寒江态度坚决，没有商量的余地，只好讪讪告辞。回到秦州市后，副秘书长添油加醋地描述一遍，把林寒江说成态度蛮横、骄傲跋扈之徒。高峰听完汇报，并不生气，只是淡淡一笑，这一切都在他的意料之中，林寒江如他所愿，果然不假思索就把自己当成铁棍撬停了那个"系统"，至于"系统"如何对付林寒江，高峰也是拭目以待，他要看看这个"系统"到底有多大能量。

晚上，李长风陪田小小来到医院照顾柳母。李长风买来馄饨，田小小坐在床边喂柳母进食，李长风夸赞柳母手术后恢复很快，柳母说："我不能倒下，我一定要看着你们抓住杀害晓京的凶手……"

李长风的脸皮顿时像被火烤了一样，说："阿姨，晓京生前调查过的王小江，现在已经被缉拿归案了，我向您保证，很快就会把他们一网打尽的……"

柳母听到案情有了进展，情绪激动，忍不住咳了起来，田小小嫌李长风多嘴，扒拉他一把，说："天天一网打尽，在哪儿呢？你别在这里碍事了，出去买点水果吧。"

李长风如蒙大赦，赶紧从病房溜出来，刚出房间就接到一个电话，是局里技术中心的小胖子打来的，小胖子语气中带着几分惊喜："李队，好消息，我发现了郑恒的踪迹！"

李长风一惊，问："什么情况？在哪儿发现的？"

原来，上次郑恒利用柳晓京的邮箱植入反追踪病毒，用滴血的骷髅头黑了技术中心，最近又黑进监控设施，将李长风谈恋爱的视频发给技术中心，技术中心的人连遭郑恒两次羞辱，自然不甘心，小胖子一直暗中追踪郑恒使用过的IP地址和电话号码。今天晚上，小胖子捕捉到郑恒一闪即逝的踪迹，他立刻通知了李长风。

李长风心中一阵激动，在追捕郑恒的战斗中，并不是只有自己在努力，还有很多同事也在默默付出。李长风没时间说感谢的话，让小胖子立刻把地址发过来，他来不及向田小小告别，跳上车就冲出医院大门。

郑恒的信号是在秦州市北郊的墓园发现的，李长风一边狠踩油门，一边纳闷儿郑恒为什么大晚上在墓园出现呢？

北郊墓园，最荒僻的墓园角落。头戴摩托车头盔的郑恒静静地站在墓碑之前，微弱的月光下，他面前的三座墓碑上分别刻着他的父母和妹妹的名字。郑恒双膝跪倒，将一瓶白酒洒在父母墓前，又点燃三根香烟，慢慢插在泥土中，他摘下头盔，重重地磕了几个响头，砂石磕破他额头的皮肤，一缕鲜血慢慢流过他的眼皮，他的眼前又浮现出那个改变他全家命运的夜晚……

五十

　　一阵轻微的脚步声在郑恒身后响起，一个人来到郑恒身后，站在不远处的黑影里，这个人头上的帽子遮住了大半张脸。郑恒并没有回头，因为这个人就是他约来的。郑恒将一束从山里摘来的野花放在妹妹墓前，哽咽着说："妹妹，害你的恶人，我已经送他们去了地狱！以后，哥哥不能再在狮子崖陪你了…………"

　　黑影里的人轻声问郑恒："你没有听我的劝，还是杀了姚坤两人，你已经不想回头了。"

　　郑恒蹲下来去拔妹妹墓碑前的杂草，说："回头？这个世界给过我回头的机会吗？那年他们把燃烧瓶扔向我的时候，我就无法回头了！"

　　黑影里的人沉默无语，看着郑恒细心地拔掉妹妹墓前的每一根杂草。郑恒说："谢谢你，老师！我这辈子从没这么真心感谢过一个人，谢谢你将我父母和妹妹安葬在此处。"

　　那个被郑恒称作"老师"的人并没有说话，月光如水般洒在他脚前，他又往后退了一步，缩进树荫下的黑影里。当年郑恒入狱后，父母和妹妹相继去世，是这个人暗中替郑恒操办了家人后事，将三人安葬在北郊墓园角落的位置。

　　郑恒打开那束野花，将每一枝花仔细地倚在墓碑上，说："那时，我在闷热潮湿的丛林中，每天晚上看着星星，我都在谋划如何回到秦州报仇杀人，爆炸、放火、机枪扫射、暗中投毒，我不仅想要姚氏兄弟鸡犬不留，我还要杀了那些助纣为虐的人全家老小，甚至把整个秦州毁灭了我也在所不惜！"郑恒的话在阴森幽暗的墓地中回响，让人不禁毛骨悚然。郑恒抓起墓碑前的一块碎石头，狠狠扔向远处的夜空，似乎把心中的如海仇恨全都刻在这块石头上，他说："因为老师你替我将家人安葬在一起，我大哭一场，才知道自己还有一点点理智和温情……"

那人叹了口气，说："我知道你的冤屈，但是那时候我没有能力为你申冤，只能尽一点微薄之力。"

郑恒站直身子，依然没有回头看那人，说："老师，你曾经劝我相信法律，可是在缺少公平的世界里，法律必将沦为助纣为虐的武器。我现在相信因果，相信自己的双手，我的双手能实现因果报应，能扫除这个城市的垃圾！对不起，老师，我让你失望了。"

那个人站在黑影里，一言未发，郑恒这番话似乎打动了他，郑恒已经决意用自己的方式进行复仇，没有人能改变他的决心。

月光之下，郑恒低头看着墓碑，无限惋惜地说："老师，如果没有当年的事，你说，我会不会是一个好警察？"

那个人沉思一会儿，淡淡地说："可惜啊，命运无法倒退，如果真的能倒退，我相信所有人都会痛改前非的。"

"老师，你说我无法回头了，那你呢？"郑恒终于转过身来，面对着黑影里的人，说："王小江已经穷途末路，他在里面势必会像疯狗一样，把和他有关联的人都咬出来，你做好准备了吗？"

那人默然，显然郑恒的话触到他心中的痛处，那人在黑影里苦笑，说："你说的因果报应，我也在劫难逃，做了错事，总要付出代价的，该来的就让它来吧。"

郑恒说："王小江虽然雇我做过见不得人的活，但是在我眼里，他不过是一条有钱的狗，案板上的肉。只要你点头，我可以为你除了他，永绝后患！"

那人在黑暗中摇摇头，冷笑道："你这么做，是为了报答我安葬你家人的恩情？"

"不错，受人滴水之恩，自当涌泉相报！秦州市里，能让我报恩的人，只有你！"

那人再次冷笑，说："我让你除掉王小江，和我自己动手有什么区别？

唆使别人杀人，你觉得我是那种人吗？我的问题，还是我自己来解决吧……"

那人话未说完，墓园的入口突然闪过一道灯光，传来汽车的声音，原来是李长风的车已经驶入墓园。黑影中的那人见到有车前来，立刻转身向黑暗深处奔去，郑恒反应也快，戴上头盔，抓起登山包，向另一个方向跑去。

李长风在车灯光亮里看见分头逃窜的两人，向南跑去的那人身穿风衣，头戴一顶黑色的帽子，帽子上有一个耐克标志；向北跑去的人头戴摩托车头盔，身背登山包。李长风跳下车，毫不犹豫就奔着戴头盔的人追去，因为他知道此人必是郑恒无疑。

郑恒身手敏捷，在墓地中高蹿低跃，眨眼就来到了墓园边缘的铁栅栏下面，郑恒将登山包扔过铁栅栏，纵身一跃，人已经翻上铁栅栏。就在此时，身后传来一声怒喝："站住，再动一下，我就开枪了！"郑恒悬空的身子立刻僵住了，像一只大蜘蛛吸附在铁栅栏上。

李长风在下面用枪指着郑恒的后背，他有点不敢相信，这个声名显赫的雇佣兵竟然这么容易被自己抓住。

郑恒突然开口："李队，杀了我，你就不可能知道柳晓京、周纯如的死因了！"

李长风枪口的准星牢牢套住郑恒，只要他轻扣扳机，悬赏多时的郑恒纵然不死，也要乖乖落入法网，但是李长风却犹豫着没有扣下扳机，他心中一直觉得在这几起诡谲的案件中，郑恒是迷雾的焦点，哪怕那天晚上郑恒潜入柳晓京家中，企图杀掉查找邮件的田小小，李长风认为郑恒更像是在玩一幕"杀人游戏"，目的不过是恐吓田小小。以郑恒的身手，杀掉田小小不过是一瞬间的事，大可不必大费周章用什么"相思扣"来吓唬她，那天晚上的郑恒，很可能已经猜到了李长风会跟踪而来，他是在演戏给李长风和田小小看，也可能是给指使他的人看。

"郑恒，跟我回局里，把你知道的真相都说出来！"李长风喝道："如果人不是你杀的，你为什么要逃？"

郑恒冷笑："李队，这世界上不会有束手就擒的郑恒！"

李长风的枪口微微下移，瞄准了郑恒的腿，正要扣动扳机，郑恒又说："是我杀了姚坤，还有姚新元在等着我，我不会放弃的！李队，王天龙的下落，你不想知道吗？"

李长风一愣，没想到郑恒竟然知道王天龙的下落，郑恒仿佛猜准了他这瞬间的犹疑，腰腹用力，手攀足蹬，"唰"的一声翻过一人多高的铁栅栏，顺着外面的山坡滑进黑暗之中。李长风一枪打在铁栅栏上，火星四溅，声震墓园。

远处，警笛鸣响，两辆警车呼啸而至，那是小马带着同事赶来增援。等小马进来，发现李长风疲惫地坐在那三座墓碑前，看着地上摆放整齐的野花，不知在想着什么。

林寒江坐在李亮的车上，来到龙岭山里的违建别墅拆除现场，龙岭区区委书记陈芝罘、区长薛劲草正在现场等候，见到林寒江到来，不知道谁发出信号，登时机械轰鸣，一堵别墅的墙壁轰然倒塌，尘土飞扬，场地中旗帜挥舞，哨声此起彼伏，人流车辆往来穿梭，好不热闹。

陈芝罘整整头上的安全帽，和薛劲草热情迎接林寒江，林寒江打量着二人的安全帽，感到有些滑稽，不过还是忍住没有开口。握手寒暄完毕，薛劲草向林寒江介绍拆除进展情况，林寒江问他一共摸排出多少栋违建别墅，薛劲草煞有其事地汇报秦州市和龙岭区如何重视这项工作，说了半天也没有说出一个准数。

林寒江有些不耐烦，问他："薛区长，到底是多少栋？你们准备什么时候拆除完毕？"

薛劲草见糊弄不过去，只好说："林副厅长，一共摸排出 202 栋，我们准备到这个月底全部拆除！"

听到薛劲草信誓旦旦地说出这个数字，林寒江和李亮对视一眼，心里已经知道龙岭区在唱哪一出戏了。林寒江低声问薛劲草："这个数据里藏了多少水分，薛区长心里有数吧？"

　　薛劲草的脸瞬间涨红了，他是第一次遇到林寒江这种直截了当的上级领导，竟然当面戳破他的假话，薛劲草尴尬地笑笑，也压低声音说："既然林副厅长知道其中的玄机，当然能理解我的苦衷，嘴虽然长在我脸上，但是说出的话却不是我的。"

　　"你不怕中央下来检查？不怕督察组来山里核实？你现在说一句谎话，可能将来就要用一千句谎话来圆，你怎么想的？"

　　陈芝罘在旁边见二人低声交谈，便有意无意地凑了过来，薛劲草瞥见陈芝罘过来，只能苦笑着说："触怒天庭是死，得罪领导也是死，林副厅长，你我若是易位而处，你又如何？"

　　陈芝罘咳了一声，走过来岔开话题，他对林寒江说："林副厅长，听说建江集团的王小江进去了，上次是您冒着危险查封了白云矿场，这次还是您的功劳？"

　　林寒江赶紧摇头，说："此事与我无关，是你们秦州警方的功劳，我可不敢贪功！"

　　陈芝罘大笑，说："王小江那流氓终于进去了，真是大快人心，只是可惜啊，估计秦州市很多人都睡不安稳了。现在秦州什么最流行？睡不着觉最流行！"

　　听陈芝罘这么说，林寒江也大笑，薛劲草退后一步，铁青着脸挤出一丝笑容，笑得皮肉分家一般，让看的人心里难受。三人笑声很大，却表情各异，都是各怀心腹事。

　　一群老年人走了过来，为首的老者正是老当益壮的齐广德，齐广德手捧一面锦旗，径直向林寒江走来。林寒江一见齐广德手中的锦旗，就明白了这群老人的来意，赶紧摆手拒绝。原来齐广德等人已经去过一次省生态环境厅，但是林寒江不想接受锦旗，让人劝退了这些老人。这次齐广德从李亮那里得知林寒江要来龙岭区，早早等候在这里。林寒江见无路可退，只能示意李亮将齐广德等人拦下，可是李亮在准岳父面前，当然明白轻重，反而笑嘻嘻地将林寒江推到前面。

齐广德展开锦旗，上面写着"绿水青山，人心所向"八个金字，林寒江觉得在拆除工地上接受锦旗，颇有些作秀的感觉，连忙摇手拒绝。正在推辞之时，走过来四个西装衬衫、胸戴党徽的人，径直来到林寒江面前，为首一人问林寒江："你就是省生态环境厅副厅长林寒江？"

林寒江讶异道："我就是林寒江，你们是？"

四个人瞅瞅林寒江面前的锦旗，互相对视一眼，为首那人说："我们是省纪委五室的，现在有些问题想请您核实，请林副厅长配合一下。"

林寒江听到这几句话，突然感到一阵晕眩，不知是心情激荡还是以前中毒的后遗症，他觉得周围的嘈杂声突然消失了，耳中一阵轰鸣，什么都听不见。林寒江慢慢抬头，看一眼头顶绚烂刺目的太阳，他没有感觉到阳光的炙热，反而是一种令人空洞的黑暗。林寒江长出一口气，把目光移向龙岭大山的山顶，那里飞翔着一只孤独的鸟儿，仿佛静止在天空中。

林寒江移回目光，整整衣衫，故作轻松地对省纪委的人说："好吧，我跟你们走。"

原来，省纪委对王小江的举报十分重视，负责办案的省纪委副书记亲自打电话给张楚黔，要求生态环境厅派人护送林寒江来省纪委配合调查，但是因为林寒江前去龙岭区拆除现场，省纪委的工作人员为了防止出现意外，便直接来到拆除现场，将林寒江带回省纪委办案中心。

看着林寒江被省纪委的人当众带走，不仅李亮愣在当地，就连面和心不和的陈芝罘与薛劲草二人也是表情各异，薛劲草心里猜测林寒江可能是和王小江案子有利益牵连，而陈芝罘想得更远，他觉得是林寒江因为拒绝建设水电站惹怒了那个神秘的"系统"，肯定是他们暗中出手，拔掉这个刺儿头。

送锦旗的齐广德等人更是摸不着头脑，谁能想到锦旗没送出去，反倒把人给送进去了，齐广德愣在那里不知道怎么办，老伙伴们过来拽着他离开，那面锦旗不知道被谁碰掉在地上，齐广德刚想要去捡，已经有好几只脚乱哄哄地踩了上去……

　　林寒江被省纪委在拆除现场带走，成为秦州市乃至汉山省当天最轰动的新闻。尤其省市各个部门的人都在议论林寒江被带走的原因，有的人说林寒江与王小江沆瀣一气，收受贿赂充当保护伞；有的人猜测林寒江是在仁城市时期与某些企业官商勾结，接受企业的利益输送，时至今日终于爆雷。秦州市大街小巷流言纷起，不少老百姓慨叹，一个靠查办环保案件出名的官员，终于自己也倒在"污水"之中。

　　当天夜里，省生态环境厅接到正式通知，林寒江停职接受调查。厅长张楚黔虽然心痛不已，但是仍然召集厅里中层干部连夜开会，传达组织决定。张楚黔宣读决定时声音微微发颤，他是比较了解林寒江为人的，知道林寒江此次必定是被人故意泼脏水，但是外界的猜测传言，他又无力解释和制止。张楚黔不知道，清高孤傲的林寒江该如何面对这个决定？

　　龙岭山下，姚新元私家别墅。高峰等四人再次聚首，高峰和陈芝罘兴致很高，两人有说有笑。姚新元虽然在唐宫集团内部清除了姚坤的威胁，稳固了自己的宝座，但是姚坤毕竟是一奶同胞，他从姚坤惨死这件事认识到自己刀刃加颈的处境，一直有些胆战心惊。四个人中，只有不阴不阳的楚天林，一如常态地缩在角落里，看不出喜怒。

　　高峰破天荒地提出要抽一根雪茄，说："今天是个好日子，老二你是不是把私藏的雪茄拿出来，让我尝尝？"

　　萎靡不振的姚新元还没反应过来，陈芝罘已经抢在他前面给高峰送上一盒古巴雪茄。高峰把雪茄放在鼻子下面闻了闻，陈芝罘殷勤地帮他点燃，室内立刻弥漫一股雪茄香气。

　　高峰使劲吐出一口烟雾，叹道："驱虎赶狼，林寒江这只老虎本来还想多用几次，没想到和一头狼，不，是和一条疯狗同归于尽了，可惜啊！"

　　陈芝罘使劲点头，说："不错，象棋里这是用车兑了对方一匹马，有点赔了。"

　　楚天林在角落里摇头，他不这样认为，说："王小江虽然是流氓，但是盘踞秦州多年，手里握了不少人的把柄，这次兑子表面上是亏了，但是林寒江已经成功地把对方的冰山撞出一道裂纹了。王小江那边虽然人多势众，我估计会有很多人都要惶惶不可终日了。"

陈芝罘笑嘻嘻地问高峰："大哥，刘军强那边什么动向？王小江出事，他怎能脱得了干系？"

高峰喷出一口烟雾，说："他不是一个轻易服输的人，尤其是在这个关键时期，我猜他一定会营救王小江的，不能眼看着王小江这条疯狗把一船人都打翻！"

楚天林在角落里说："刘军强此事如果处理不好，恐怕就没有进步的希望了，所以说，王小江突然身陷囹圄，最紧张的人应该是他，我们用林寒江和袁凯的力量将了他一军，这在象棋里，应该叫'弃子强攻'。"

"不错！ 101 称赞我们这是'神之一手'，一下子将刘军强逼进墙角。"高峰慢悠悠地说："即便他能管住王小江那张嘴，也揩不净自己身上的屎了！"

陈芝罘凑过来讨好高峰："刘军强倒了，大哥你的机会就来了！"

"俗气！"高峰虽然心中暗自高兴，但是仍然正色道："我们不要揣度组织上的意图，要相信组织，更不要封官许愿，犯那种低级错误。"

这几个人在谈论官场上的事，姚新元闭着眼睛只听不说，似乎全部注意力都在品尝雪茄。楚天林突然问了一句："这件事，如果没有袁凯突然出手拿下王小江，是不会对他们造成实质性打击的，袁凯为什么会这么做？"

姚新元终于开口，说："林寒江和袁凯在仁城市的时候就是一对铁搭档，据说林寒江还救过袁凯的命。"

陈芝罘赶紧补充，说："对，对，化工产业园爆炸那次，林寒江不要命了一样，把袁凯从硫酸罐前拖走，我亲眼看见的！所以说，林寒江和王小江硬磕，袁凯肯定会全力帮助林寒江。"

"原来是这样，看来我们计划的时候少算了袁凯这个因素。"高峰若有所思地说："不管怎么样，结果对我们有利，优势在我们！"高峰说完，扭头和楚天林对视一眼，两人心照不宣，他们对袁凯还是有所疑虑，不过都藏在肚子里没有说出来。

五十一

　　此时，李长风和小马正在提审王小江。李长风进审讯室的时候，故意眼光向下扫视，打量一下王小江的鞋子，李长风问："王总，出去的时候还让我舔鞋不？"

　　王小江赶紧换上一副笑脸，连声说："气话，我那是一时气话，李队别往心里去，千万不能当真！"

　　"知道我来问你什么事吧？"李长风拉长了语音，故意将手中的笔和本子扔在桌子上。

　　王小江翻翻白眼，说："还不是矿难的事？矿上死人了，他们那些兔崽子怕给我惹事，私下里拿钱摆平了，我哪儿知道呢？我一年到头大都在英国，在秦州住不了几天，真不知道啊。"

　　"王总，你就别和我打马虎眼了，我问的不是矿难的事……"李长风故意提高声音："我问的是，你是不是雇佣郑恒为你杀人？"

　　王小江浑身使劲儿一哆嗦，把头摇得拨浪鼓一样，说："李队，您可别吓唬我，我懂法，偷点稀土，排点污水，矿难死几个人，判不了我死刑，您说的事可是掉脑袋的！"

　　"龙岭山里的王强夫妇、柳晓京、周纯如四条命案，是不是你让郑恒干的？"李长风笑眯眯地盯着王小江，但是眼神却像锥子一样直刺王小江的心脏。

　　王小江拼命摆手，说："李队，您可别什么帽子都往我头上扣！您说的这些人我一个都不认识，听都没听过，郑恒是谁？我和他很熟吗？"

　　"你豢养的那些打手，已经指认你和郑恒关系密切，他暗中替你做脏活！你还想抵赖？"

　　王小江往后一靠，习惯性地架起二郎腿，却立刻醒悟自己的处境，又放下了腿，他一脸委屈地说："李队，人走背字儿的时候，路边的狗都恨不得咬你两口，我现在是阶下囚，那些平日里恨我的人，连美国双子塔都能说是我炸的。你说的那个郑什么，可以喊来和我对质啊！"王小江猜到警方没有捉住郑恒，所以并不担心李长风的恫吓。

"王总，你是不见棺材不落泪啊！"

"李队长，捉奸捉双，拿贼拿赃，'莫须有'的罪名我可不敢认！"

王小江死猪不怕开水烫，拿出一副无赖相，拒不承认与郑恒有关联。李长风又追问他几句，王小江突然脸色发白，直冒冷汗，歪歪斜斜地瘫在地上，李长风以为他又故技重演，懒得理他，喝令王小江起来，谁知王小江面色越来越白，浑身抽搐起来。隔壁的一名女警察急忙进来，给他注射一针胰岛素，王小江的脸色才慢慢恢复正常，躺在地上直喘粗气，原来王小江自称这个病那个病，只有糖尿病是真的，每天要定时注射胰岛素。李长风见状，只好悻悻地停止审问。

此时的郑恒，正站在龙岭大山深处一处隐秘的山洞前面。郑恒从登山包拿出一柄折叠军工铲，铲掉洞口掩盖的树枝和砂土砾石，清理出一条容人侧身通过的缝隙。郑恒打亮手电，钻进山洞中，手电光在黝黑深邃的洞中晃动，惊飞几只栖宿的蝙蝠，幽灵一般从郑恒头顶掠过，郑恒视若未见，将手电光照在洞壁边上的五只木箱子上，然后用军工铲撬开一只箱子，箱子里是码放得整整齐齐的油纸包，他撕开一个油纸包，里面赫然是一盒一盒的炸药！

"王小江，你这个人渣死不足惜，不过你确实是一个言而有信的人渣！"郑恒将手伸进箱子缝隙，掏出一把包裹得严严实实的狙击步枪。

郑恒钻出山洞，举起狙击步枪瞄准黑沉沉的远方，透过瞄准镜的十字，他看见了灯火辉煌的秦州……

高峰案头，放着中央领导予以龙岭违建别墅问题的第五次批示——"对此类问题，就要扭住不放、一抓到底，不彻底解决，绝不放手。"

批示的措辞愈加严厉，犹如一块烫手的烙铁，高峰有些不敢直视批示内容，下意识地将批示压在报纸下面，他不知道刘军强那边是怎么面对这个批示的，也不知道省里陈庭坚等人看见这个批示是什么心情。高峰郁闷地在办公室里踱了几圈，他有些惴惴不安，心中有种不祥的预感。

高峰最后下定决心，拨通了那个"101"的电话。电话里的人声音低沉，问高峰现在拆除了多少栋违建别墅，高峰说只拆除了 20 多栋，阻力大、成本高，工作很难开展。那人在电话里发火了，批评高峰没有政治敏锐性，没有危机意识，只想着明哲保身，只顾着山头争斗，是目光短浅的表现。最后，那个人在电话里要求高峰，半个月之内必须将 202 栋违建别墅全部拆除，不计成本不惜代价，否则无法向中央交差。

秦州市公安局。一连几天，李长风每天都来提审王小江，两人僵持拉锯。今天，两人正在审讯室里软磨硬泡，小马出现在门口，冲李长风勾了勾手指，李长风来到门外，小马在他耳边低语几句。

原来小马通过省公安厅查到王小江原名王又乾，原籍南方某省，多年前曾经因为严重伤害罪被判入狱 15 年，但是其家族有钱有势，他仅在监狱里服刑 8 年，就以保外就医的借口出狱了。家里人担心王又乾在老家继续惹是生非，便通过关系将他送到汉山省，王又乾来到汉山省以后，用大把的钞票开路，买通了各路关系，更名改姓变成了王小江。王小江认了王天龙为义父，逐渐扩张势力，不但收购了秦州市化工产业园，还不断侵吞白云矿场的股份，最后成功变成了白云矿场的幕后老板。

"王又乾！你还有 7 年刑期没有服完呢！"李长风将一本档案拍在王小江面前，王小江一惊，顿时汗就下来了，他抹一把脖子上的汗，作势又要晕倒。

"我警告你，别在我面前演戏！"李长风指着王小江说："你的把戏我都看腻了，底细我也摸清了，你还是老老实实交代问题吧。"

也许是被人揭穿真实身份，对王小江心理造成的冲击，这次他不再演戏抵抗审讯，王小江罕见地陷入了沉默……

李长风看着防线动摇的王小江，露出一丝冷笑，他从本子上扯下一张纸，快速写下几行字，写完后又认真地看了几遍，然后仔细地叠好装进衣兜。李长风转身出了审讯室，喊来小马。

小马还在为查出王小江的真实身份兴奋呢，乐颠颠地跑来："师傅，怎么样？这家伙快扛不住了吧？"

李长风严肃地盯着小马，说："正经点儿，回答我一个问题。"

"什么问题？"

"我能相信你吗？"李长风的问话，把小马吓了一跳。

"师傅，出什么事了？你又魔怔了？"小马怔怔地看着自己的师傅，说："你当然能相信我，我是向警徽宣过誓的！"

李长风掏出那张纸，递给小马，说："这上面有三个问题，你马上去帮我调查核实。"

小马瞥了一眼那张纸，立刻吓得一哆嗦，问："师傅，为什么让我调查他？有没有搞错？"

李长风摇摇头，严厉地说："此事天知地知，你知我知，不要向任何人提及，明白吗？"

见李长风如此严肃，小马也紧张起来，庄重地敬礼，说："请队长放心，我一定查个水落石出！"

省纪委办案中心。

一脸倦容的林寒江走出办案中心大楼，外面的阳光依然刺眼，他以手遮眼，抬头看向太阳，蓝天微云，秋光澄澈，真是一个好天气。

陪同林寒江出来的省纪委工作人员，客气地和林寒江握手，叮嘱他："林寒江同志，案件还没有结束，请您近期不要离开秦州市，我们还会随时找您了解情况，请您理解。"

林寒江木然地点头，他站在马路边上挥手打车。一辆越野车停在林寒江面前，车窗摇下，是戴着墨镜的李亮，李亮笑着说："免费的出租车，准备去哪儿？"

林寒江看着李亮，嘴角泛起一丝微笑，李亮为他打开车门，问："要不要找个地方大吃一顿？"

林寒江摇头，坐到副驾驶位置，轻声说："这个时候敢来接我的人，是不是很傻？"

李亮大笑："我这个傻子，至少不会认错路！"

"我听说，龙岭山里有一条风景很美的国道，一直想去看看，现在终于有时间了，愿意陪我去走一走吗？"

李亮看着林寒江凌乱而灰白的头发，突然有种想哭的感觉。他转过头戴上墨镜，遮住泛红的眼睛，说："出发，免费的出租车，免费的导游。我听说，那条国道附近还有一株周朝时期的银杏树，活了四千年了！"

"四千年了？"林寒江喃喃自语，"不知道它是怎么熬过来的？"

"是啊，四千年，怎么熬过来的？"李亮打开车载音响，踩下油门，越野车风驰而去。

"你放的是什么曲子？"

"《天使之城》，我开车时最爱听的曲子！"

"你相信有天使吗？"

"不信，因为魔鬼太多了！"

龙岭山中的国道上，车窗外面莽莽群山一一掠过，林寒江并没有看见这壮丽景色，他靠在车窗上沉沉睡去……

秦州市公安局。李长风正朝审讯室走去，忽然三个人迎面堵住了他，领头的人是秦州市委政法委副书记何建设，何建设一脸笑容地向李长风伸出手，李长风疑惑地和他握一下手。原来，何建设是受"白云矿场矿难事故调查专案组"委派，要将王小江带到专案组询问情况。李长风当即拒绝何健设提出的要求，说王小江正在审讯的关键时刻，不能移交。何健设佛然不悦，拿出领导做派，要求李长风遵守专案组的命令，否则他将上报政法委书记和市委主要领导。李长风依然不答应，让何健设把两位领导请到市公安局来，不要狐假虎威。

眼看僵持起来，何健设气哼哼地打电话把副局长赵震喊下楼。赵震不敢怠慢，赶紧下楼，他和何健设是老熟人，听了何健设的要求，赵震开始和稀泥，劝李长风把王小江移交给专案组，不要伤了兄弟单位的和气。但是，出人意料的是李长风犟脾气上来，连师傅赵震的面子也不给，堵在审讯室门口，坚决不同意何健设带人。何健设祭出市委主要领导当大旗，企图压服李长风，李长风情绪激动，与何健设吵得脸红脖子粗，无论如何不答应放人。赵震只好两头劝，夹在中间左右为难。

几人正在争执不下，袁凯从市里开会回来，听明白情况，袁凯当即拉下脸来，狠狠批评李长风："李长风，我看你这个刑警队长是不想干了！王小江这么重要的嫌疑犯，你怎么能让无关的人在门前吵吵闹闹？出了问题，我唯你是问！"

李长风虽然挨了批，却听明白了话里的意思，他兴奋地敬礼回应："是，局长，我马上改正错误！"

袁凯指着李长风训斥："我再次重申一遍，也是最后一遍，王小江的安全不能出一点纰漏，不是我们指定的办案人员，谁都不能见！"

袁凯虽然训斥李长风，其实指桑骂槐，说的是何健设，老好人赵震只好尴尬地冲何健设笑一笑，何健设见袁凯脸色铁青，只能讪讪地退到一边，借着给领导打电话请示的机会，悄悄带人溜走。何健设其实是受刘军强的命令，想抢在王小江松口之前将他从市公安局带走，没想到遇见了不讲情面的李长风和袁凯，只能悻悻而归。

按照袁凯的要求，李长风重新部署了对王小江的看管措施，一旦王小江招供，马上转移到备用的办案地址。这时，李长风的手机突然响起，是一个完全陌生的号码发来的信息，但是只扫了一眼内容，李长风就知道是郑恒发来的。

"枪下留情，无以为报，送你一个礼物！"信息后面是一个链接地址。

李长风和技术中心的小胖子头顶头凑在电脑前，两人小心翼翼地打开郑恒发来的链接，有了前两次的教训，两人都不知道链接后面能钻出什么妖魔鬼怪。

看着小胖子犹犹豫豫不敢点开链接，李长风催促他："你倒是麻溜儿点开啊！"

小胖子扫一眼左右，说："李队，万一又是你……"

李长风故意装出不在乎的样子，说："怕什么？我又没干坏事，身正不怕影子斜。"

"你最近和女朋友约会，没什么过火的场面吧？万一窗帘没拉好，被人再来一个直播……"小胖子还是不放心。

李长风给了小胖子一巴掌，抢过鼠标，点开了链接。随着链接打开，是一段有些模糊的夜间视频，应该是行车记录仪拍摄的，只见在漆黑的荒地里，车灯追着一个气喘吁吁的人，那个人身材矮胖，从背影和动作来看年纪似乎不小，正深一脚浅一脚拼命奔跑，他虽然努力左右变换方向，还是跑不出车灯照射的范围，终于那个人脚一软摔倒在地，躺在地上拼命喘气。

汽车慢慢驶近，雪亮的车灯几乎顶在那人的秃脑袋上，那人在灯光中惊恐地回头，竟然是潜逃的王天龙！

五十二

李长风和小胖子对视一眼，有些惊愕，两人知道郑恒这次并没有羞辱他们，而是真真正正送来了宝贝！

视频中王天龙好像崴了脚，挣扎着向前爬去，从车上下来一个人出现在视频中，此人扛着高尔夫球杆，慢悠悠来到王天龙身边，从背影看正是王小江。王小江将高尔夫球杆横架在脖子上，用脚使劲踢了一下地上的王天龙，两人不知道交谈着什么，看情形王小江得意忘形，而王天龙却是苦苦哀求。过了一会儿，王小江忽然暴怒，挥动球杆狠狠地砸在王天龙头上，视频中只看见王天龙的右手伸在空中，拼命想抓住什么东西，最后终于软瘫下去，王小江用球杆连续砸了十几下，视频里的球杆已经明显变弯……

小胖子原来叼在嘴上的笔掉了下去，他吃惊地遮住了眼，不忍直视视频中的惨状。两人没想到这段视频竟是如此凶残的杀人场面，李长风目不转睛地看着视频里的画面，他突然指着那人的头部，说："停，把这个画面放大！"

随着画面放大，那个杀死王天龙的人转过头来，果然是一脸凶相的王小江，王小江将砸弯的高尔夫球杆扔在地上，掏出一方手帕擦去手上的血迹，然后冲着车灯的方向挥一下手。画面里出现了一个身影，依稀是郑恒。郑恒把一桶汽油倒在毙命的王天龙身上，然后点燃一根香烟，将打火机扔在王天龙身上，视频里一片炙热的亮光，王小江和郑恒的身影几乎看不清……

"李队，你们到处找王天龙，原来他早就被人焚尸灭迹了！"小胖子兴奋地说："怪不得搜遍秦州城也找不到他的踪迹，谁能想到已经化成灰了！"

李长风盯着视频右下角的一行数字，那上面显示的时间是 6 月 20 日 23 点 35 分，李长风清楚地记得，王天龙是 6 月 20 日白天在机场让弟弟王海龙假扮自己，登机去了马来西亚，吸引警方的注意力，没想到他在机场洗手间里藏了几个小时，金蝉脱壳，费尽心思潜回秦州市，竟然死在干儿子王小江手里。

"王天龙大费周折逃回来，为什么去见王小江？"李长风盯着小胖子，心中涌上很多疑问，忍不住问他："王小江为什么杀了王天龙？"

小胖子知道李长风又钻进案子里了，伸手在他眼前一晃，说："喂，李队，你是不是把我当成王小江了？你现在有了证据，有什么问题直接去问他啊！"

李长风醒悟过来，摇摇头说："虽然有了证据，但是王小江轻易不会说实话的，有些问题我还是没想通，你帮我联系一下郑恒，我要直接问他！"李长风指着电脑吩咐小胖子："不管你用什么办法，帮我联系上郑恒，就说我有问题要当面问他！"

小胖子吓了一跳："你要见他，不怕出危险？"

李长风很坚决，说："秦州这几起命案，郑恒是最关键的人物，我一定要见到他，当面问个清楚。你给他留言，问他有无胆量见我？"

李长风来到审讯室，将平板电脑放在王小江面前，示意王小江自己去看里面的视频。当王小江看到自己扛着高尔夫球杆出现在视频中时，又惊又怒，抬手就要砸平板电脑，李长风比他快一步，抢先将电脑拿走。

李长风嘲笑道："王总，这可是毁灭证据，你不想再多加一条罪名吧？"

"这是假的，是有人陷害我！"王小江又开始耍赖。

李长风冷笑："你都没看完，怎么知道这个人就是你啊？万一打人的是我呢？"

王小江脸色阴晴不定，呆呆地看着对面的预审员手里的笔，半天没有说话。李长风冷眼观察王小江的神态，知道他的心理防线已经摇摇欲坠。

"王小江，你为什么要杀死你义父王天龙？"

王小江没有回答。

"王小江，姚坤死前说是你出卖了他，你是怎么出卖他的？"

王小江还是没有回答。

过了一会儿，王小江突然开口说："我坦白，我确实有保护伞！"

李长风继续给他施压，说："你不是说你的保护伞是林寒江吗？"

"不是他，是秦州市生态环境局局长李彦兵！"王小江一字一顿地说，生怕把李彦兵的名字说错了。

李长风眼睛一亮，王小江这个滚刀肉终于开口了。

在医院照料柳母的田小小被生态科研所喊了回去，科研所的党委书记要找她谈话。书记正式通知田小小，科研所党委会经过研究，鉴于田小小和周纯如长期利用生态科研所名称和资源进行个人行为的调查，不仅破坏了科研所形象，干扰单位正常工作，而且造成周纯如死亡的严重后果，决定对田小小予以解聘。

自柳晓京和周纯如死后，田小小早就预料到会有这个结局。书记刚说完，田小小就掏出辞职书，放到书记面前，说："书记，谢谢您，我知道您这段日子承受的压力不比我小，我也不好意思再给您添麻烦了，再见！"

看着田小小潇洒离去的身影，书记坐在那里脸色红一阵白一阵，攥着茶水杯半天没起来。

田小小离开书记的房间，看似洒脱，其实心中万分悲苦，她强忍泪水回到办公室收拾东西。有两个女同事听说她辞职了，来到办公室门口看看她，但是她们生怕惹祸上身，欲言又止，看了一眼就匆匆离开，田小小就当没有看见她们。收拾完东西，田小小来到周纯如留下的办公桌前，空荡荡的桌上只摆着一张周纯如的照片，田小小端详良久，将照片放进自己的箱子。

正在此时，有人在身后敲门，进来一个阳光帅气的小伙子，冲着田小小一笑，露出洁白的牙齿，他说："您好，田女士，我是'未来时光'邮局的员工，这里有一封三个月前写给您的信，写信的人让我今天亲手交给您！"

"信？谁写的信？"田小小纳闷儿，这个年代还有人用写信这种老套的联络方式？

小伙子依然笑得彬彬有礼，拿出一支笔请田小小签收，田小小接过信的瞬间，就像遭遇电击一样，因为那上面是柳晓京的笔迹。

"小小，生日快乐！原谅我不能为你庆祝生日了。"信中第一句话就让田小小湿润了双眼，因为她都没记得今天是自己的生日。

"……当你读到这封信的时候，我大概已身遭不测。我只希望，你可以安然无恙，穿过黝黑的深巷，躲过恶人的攻击，延续我们当初最卑微的梦想……"

田小小感觉一阵头晕，不知道自己怎么坐倒在椅子上，窗外一阵秋风乍起，卷来龙岭山中的潮气，密集的雨滴敲打在窗户上。田小小木然地看着窗外，心想这场突如其来的秋雨，大概是和柳晓京一起回到秦州城的。

"小小，不必追究我身受何种不测，不必执着为我申冤，因为你我都深陷泥沼，无力挣脱脚下的污泥与头顶的黑暗。当我们想撕碎头顶笼罩的黑暗穹庐，却忘了自己卑微渺小，自不量力，我们撕碎的是自己的生活，甚至未来……"

田小小一滴泪水落在信纸上，洇湿了"撕碎"两个字，她泪眼模糊，坚持着读下去。

"小小，感谢你给我最大的支持，支持我走到今天。我本已动摇，但是你的正直与坚持，让我相信世间总有一些东西可以坚守。明天，会发生什么，我也不知道，我以为自己是哭着熬到明天，但是因为你予我的鼓励，我是笑着走向明天……"

田小小用一只手紧紧捂住嘴，抑住自己痛哭的声音，她没有想到自己和柳晓京最后一夜的谈话，竟然改变了柳晓京的命运。

"小小，善良与正直是你的大敌，不要相信自己之外的任何人。在这个寡淡的世上，你要继续深情而勇敢地活下去。"

"小小，当你无人可信的时候，不要忘了'山本太君'。还有那些我未曾体验过的美好，拜托你了。"

"小小，谢谢你我相伴数年，这趟旅程我先下车了，若我真的离去，来日坟前黄花青草舞动，便是我来见你了……晓京于 6 月 19 日深夜。"

信笺飘坠于地，田小小终于掩面放声痛哭。6 月 19 日深夜，正是柳晓京来找田小小的那天夜晚，柳晓京回去路上经过"未来时光"邮局，她自知第二天生死难卜，所以在邮局中给田小小留下这封信，作为最后的生日礼物。

柳晓京写信的第二天就是 6 月 20 日，为什么那么多事情都集中在这一天，那么多人都死在这一天？ 6 月 20 日，到底发生了什么？

科研所的同事们被田小小的哭声惊动，人人侧目，都以为她是因被解聘而痛哭。众人围在二楼窗口，看着田小小抱着箱子，一个人走进绵绵秋雨。一个男同事拿出雨伞，想要追下楼去，书记只是淡淡地看了他一眼，那个男同事立刻做错了事一样，将雨伞悄悄藏在身后。

田小小知道身后集聚了很多目光，但是她没有回头，为了死去的柳晓京和周纯如，她不能放弃支撑她的骄傲，那种骄傲是来自三个人，是"三个干吃不胖的死党"！

田小小离开的背影很骄傲，但是心中却是泪雨倾盆，打在脸上的每一滴雨水，都是以前她们三人开心玩闹时的影子，如今被现实撕碎了，掷还给她……

失魂落魄的田小小抱着箱子，一路冒雨走到林寒江的单位，林寒江是她唯一能相信的人了，她想马上见到林寒江，向他倾诉满腹的委屈。工作人员看见田小小浑身湿透，又神情呆滞，以为她是来上访的，就将她带上楼，指着走廊尽头的林寒江办公室，大声告诉她："林寒江停职检查了，不知道什么时候才能回来！"

田小小木然地看着那扇紧锁的房门，她心中最后一丝希望也破灭了。

她慢慢站起身来，再度走进秋雨之中……

　　秋雨之中，林寒江正行走在天净山下的村寨中。林寒江打着伞，一身休闲便装，像一个好奇的游客一样，东瞅瞅西转转，他是来考察村寨中的旅游休闲业态，上次顾清云给他介绍的几条绿色生态产业链，他一直放心不下，因为此事关乎天净山保护区申遗成功后的发展，关乎当地居民的生活改善问题，他不相信别人的汇报，只相信自己的眼睛。林寒江单手打伞，蹲在地上，将本子放在膝盖上写着什么东西，本子上记下了他很多考察心得，顾清云所说的绿色生态产业链还有很大的拓展空间，在绿色生态的前提下，村民们的智慧加上市场化的选择，才能更符合保护区产业发展的方向。

　　考察过程中，林寒江特别留意了村民家中的农作物种植情况，他走了几个村寨，发现一个奇怪的现象，这些村寨的村民们都在冒雨砍玉米。林寒江很是纳闷，现在还没有到收玉米的季节，村民们为什么要提前把未成熟的玉米砍了呢？林寒江问了几户村民，原来是上级的命令，说是要消灭低效作物玉米，换种高效的经济作物。

　　林寒江有些吃惊，天净山方圆几百公里都是山区，没有平原，石多土少，玉米是最适合的作物，现在不让村民种玉米，那么让村民们吃什么？

　　林寒江打通了当地县长的电话，询问砍玉米的原因，县长知道林寒江已经停职了，现在却来天净山地区管闲事，言语中颇有些不满。县长说，自从天净山申遗成功后，经常有外省领导和专家前来考察，有一天，上面某位领导陪一位国内著名专家来天净山地区，专家对《天净山生态保护条例》中的"优化产业结构"很是赞赏，他认为当地种植玉米属于低产值作物，种玉米不划算，农民要致富，实现快速脱贫目标，只能改种具有"高效"价值的经济作物。听了专家的建议，那位领导当即命令各地区组织农民"砍了玉米，换种经济作物"，而且派出督导组监督各地落实情况。

　　县长把对领导和专家的不满发泄到林寒江身上，认为林寒江在保护条例中提出的"优化产业结构"设想，可能就是诱发这一闹剧的导火索，导致现在农民千百年来的种植习惯都被带偏了。

林寒江问县长："你既然知道这是错误的，为什么不向上级领导解释清楚？"

县长在电话里苦笑，说："解释什么，领导和专家怎么会错呢？错的只有我们这些干活的人。解释来解释去，我要么被痛批一顿，要么和你一样，找个理由调离现职，甚至停职调查！"

林寒江心中满是委屈，说："当初提出的'优化产业结构'，并不是禁止农民种植玉米，是他们的理解出了问题，僵硬固执、官僚主义……"

县长打断林寒江，说："我现在只能是'兢兢业业做错事'，还敢怒不敢言，老百姓们只怕把我们的十八代祖宗都骂遍了。"

林寒江放下电话，看着雨中巍峨的天净山，不由苦笑，实施脱贫攻坚战略，搞产业结构调整固然没有错，但关键要实事求是，要因地制宜，不能盲目蛮干，不能搞一刀切。林寒江想起老杨临终的话："……我们现在守护的是什么？我不知道，我每天看着大山都空落落的……"现在守护天净山的人们，他们以为自己很努力，但是他们并不懂大山。

林寒江想起顾清云曾经问过他一个问题——如果你面对两个官员，一个能力出众，魄力超群，做事大刀阔斧，工作成效显著，给当地发展做了不少实事，可惜他利欲熏心，收受贿赂 1 个亿，不择手段为自己和家人实现了"小目标"，罪行确凿，归案伏法，人人皆曰可杀；另一个平庸油滑，不愿做事承担风险，擅长走领导路线，研究领导关注的"政绩"工程，平均一两年就会平步青云升迁一次，本人确实两袖清风，屡次升迁直至身居要职，但是却在身后留下决策失误的烂摊子，给当地发展造成超过 100 亿的损失。你说这两个官员之中，哪一个更可恨？

顾清云还曾经对着玉龙河借题发挥，说玉龙河下游两个县，只要玉龙河进入汛期，这两个县都会有抗洪防汛的危险，其中一个县长每年未雨绸缪，加固河堤，排查隐患，多年相安无事，所以这个县长就一直原地踏步，而另一个县长平时不管不顾，到了汛期就大张旗鼓、条幅飞舞、人山人海，在河堤上轰轰烈烈抗洪抢险，所以这个县长一路提拔，最后成为另一个省的副省长。那么，这两个县长到底孰优孰劣？

当时，面对顾清云的问题，林寒江一时不知如何回答，官员的"私德"与"公德"之论，从战国时期商鞅的"军功二十爵制"开始，到明朝张居正的"考成之法"，再到今天连篇累牍的考核选项、指标、打分、评议、民主推荐，似乎都没有很好解决官员"才"与"德"的问题。

顾清云还问他一个问题，为什么在体制内，"能干事"的官员基本竞争不过"会当官"的官员，最后"能干事"的人越来越稀少、越来越寒心，而"会当官"的人越来越成为风气，越来越人多势众。那么，我们的体制是在培养选拔"能干事"的人，还是在为"会当官"的人营造土壤和生态？

林寒江无法回答，只能笑骂顾清云这个书呆子研究问题跑偏了，但是此时此刻，林寒江却突然觉得顾清云的质疑很有道理，干部队伍的"生态"，也应该是构成社会大生态的一个重要环节。

林寒江这次被停职调查，他虽然自知清者自清，但是心中还是有些萧索郁闷，他本来已经打定主意，待调查结束恢复清白以后，他准备向组织申请改任非领导职务，或者申请去学校或科研机构，继续他的课题研究，远离是非圈子。但是这次天净山之行，却又深深刺痛了他，在错误和斗争面前，如果人人都缄口不言，甚至转身逃避，那么最后真理必将被错误吞没，良知必将被怯懦抹黑。破山中贼易，破心中贼难，林寒江悟出一个道理，扫除环境上的污染并非难事，难的是自己心中的黑暗与软弱，治理环境只是第一步，治理人心才是路远且恒。

林寒江站在山脚下，抬头仰望高耸入云的天净山，山顶之上，云雾缭绕，密集的雨滴落在林寒江的脸上，他长出一口气，这个世界无论如何，总要给说真话的人留有一席之地……

省纪委工作人员带走李彦兵的时候，他已经将自己办公室收拾得干干净净，连手里几件未完的工作他都做好标注，整整齐齐放在桌子上。李彦兵在留置通知书上签字的时候，禁不住流下眼泪，对局里的同事说："一失足成千古恨，你们以后遇到诱惑的时候，就想想我的下场吧。"

李彦兵的落马，如同在秦州市的堤坝上溃开一处蚁穴，人人都知道更大的崩塌将会接踵而至。秦州市上上下下，都在观望着……

五十三

　　王小江虽然崩溃了，但是他还在负隅顽抗，每天只挤出一点"牙膏"给李长风。他第一次交代出了李彦兵，拖了两天又交代出市自然资源局局长王凡，第五天还没等王小江交代，龙岭区公安分局政委刘一功主动投案自首。听闻刘一功投案，当天下午龙岭区生态环境分局局长关金书痛哭流涕地前来自首。又拖了两天，龙岭区区长薛劲草拎着一兜子人民币前来投案。这几人都坦白收受过王小江的贿赂，为他的盗采倒卖稀土资源、隐瞒矿难事故、破坏生态环境等行为提供庇护。

　　督察组一直关注王小江案情的进展，王宬专门听了省纪委和赵震、李长风关于此案的汇报。省纪委办案人员向王宬通报了林寒江停职检查的事情，王宬没有任何表态。

　　王宬总结时说，虽然"牙膏"挤得慢了点，但是说明王小江的心理防线已经崩塌了，现在只是拖延时间。王宬鼓励秦州市公安局再接再厉，一定要将王小江背后真正的黑恶势力和保护伞挖出来，严惩不贷。

　　王宬问："你们有没有想过，王天龙和王小江都是这次督察的重点对象，他们本是义父子关系，为什么要自相残杀？这里面有什么不为人知的秘密？"赵震和李长风一边在本子上记着王宬的问题，一边对视一眼，这个问题也同样困扰两人，但是却没有找到答案。

　　督察组副组长吴铁臣提出一个看法，他认为王小江每隔两三天吐出一个人，一方面说明他心理崩溃，拖延时间；另一方面可能他是在向外界传递信号，避重就轻，逼迫外面的人赶紧搭救他。王小江现在吐出的是"小鱼"，此举很可能是投石问路、敲山震虎，向外界释放信号，最后能吐出什么东西来，谁也不知道。如果真的是这种情况，秦州警方很可能钓到了一条轰动全国的"大鱼"。平日里很少说话的吴铁臣出身政法系统，比较了解犯罪嫌疑人的心理，他将王小江的意图分析得十分到位。

李长风兴奋地碰一下赵震的胳膊："师父，好几个厅局级干部都算是'小鱼'，那要是'大鱼'得多大啊？难道是鲸鱼？"

赵震在王宬和吴铁臣面前略显拘谨，不像李长风那样大大咧咧，他低声警告李长风："你少贫嘴，赶紧回去干活。"

两人告辞时，吴铁臣很是热情，一直送到楼下，他拉着赵震的手，两人唠起了不少政法系统的熟人。吴铁臣邀请赵震有时间过来叙旧，但是赵震显得心神不宁，匆匆告辞。上车后，赵震让李长风赶紧送他到市人民医院，原来他儿子的病情又加重了，再不换肾可能撑不过这个月底了。

汉山省省委。省委书记陈庭坚主持召开省委常委理论中心组学习会议，专题学习中央领导针对龙岭保护区违建别墅的数次批示，会议专门邀请了中央生态环境督察组组长王宬、副组长吴铁臣参加。

会上，陈庭坚严肃地传达了中央领导先后五次对龙岭保护区违建别墅的批示。陈庭坚传达批示的时候，参会的常委都是认真聆听，虽然人人面沉似水，但是王宬注意观察，发现有的人表情各异。陈庭坚眉头紧锁，强忍火气，显然压力很大；刘军强却是忧心忡忡，显得有些心不在焉；而有的常委则是面色冷淡，颇有些与己无关，甚至幸灾乐祸的意味。

刘军强率先表态发言，他检讨自己作为秦州市委书记，对这项工作没有给予高度重视，在排查底数和拆除违建过程中，有畏难情绪，担心触及以前领导所做的决策和遗留问题。现在中央领导将龙岭保护区违建别墅作为破坏生态文明的典型案件，不仅是给自己，也是给秦州市敲响了警钟，秦州市一定知耻而后勇，坚决肃清龙岭保护区的生态问题。

常务副省长常知源也跟着表态，说这项工作受到了中央领导三令五申的批示和批评，说明我们工作中存在推诿扯皮和敷衍塞责的问题，要在工作作风上刀刃向内，查找根源，迅速整改。为了确保中央领导的批示不打折扣地落实，常知源主动提出下沉到秦州市，协助秦州市委市政府推进龙岭保护区违建别墅清理整治工作，协调省、市力量形成合力，加快推动这项工作落地落实，给中央一个满意的答复。

常知源的主动请缨，不仅让刘军强感到诧异，连省委书记陈庭坚也深感意外。大家都知道清理整治龙岭保护区违建别墅工作不仅被中央领导高度关注，多次批评批示，而且在实际过程中盘根错节，牵扯广泛，上挤下压，阻力巨大，是一个出力不讨好的差事，常知源主动将任务揽在自己身上，确实出乎大家的意料。陈庭坚略一思索，点头同意了常知源的建议。

陈庭坚说，龙岭保护区违建别墅问题，现在已经是中央领导高度关注的生态文明问题，大家务必要从政治高度予以重视，深挖问题根源，加快整治力度，对推诿敷衍现象必须严惩不贷。汉山省要以龙岭保护区为鉴，举一反三，共谋人与自然和谐共生现代化的有效途径。陈庭坚随后进行自我批评，说龙岭保护区的违建别墅最开始的源头是自己担任秦州市委书记时期，当时为了开发龙岭山区旅游资源，开了不该开的口子，致使一些文旅和度假休闲设施进到龙岭保护区，后来自己虽然离开了秦州市，但是这种情况却愈演愈烈，终于被中央严厉批评批示。现在痛定思痛，必须壮士断腕，坚决按照中央的要求，不打折扣地清理整治龙岭保护区的生态问题，牢牢守好发展和生态两条底线，切实做好绿水青山就是金山银山这篇大文章。

王戎补充发言，他肯定了陈庭坚等人承认错误和承担责任的决心，必须以更高站位坚决扛起重大政治责任，把生态文明摆在全局工作的突出位置，在全省形成共识：生态环境是关系党的使命宗旨的重大政治问题，也是关系民生的重大社会问题。王戎话锋一转，指出在错误面前，有的领导干部是真心认识错误、承认错误，勇于改正错误；有的领导干部却是明哲保身、隔岸观火，甚至期盼着坐收渔人之利；更有甚者，有的领导干部企图利用错误作为攻击别人的工具，实现自己不可告人的目的。王戎希望汉山省委在陈庭坚书记的领导下，能勇于担起责任，消除成见隔阂，直面问题，扎扎实实地将龙岭保护区的生态问题解决好。

王戎的话当然有所指，听在不同的人耳中效果是不一样的，他之所以不怕得罪人，当众敲响警钟，就是想给某些人一个警醒。但是在座的人都是久经考验的老江湖，轻易不会在众人面前暴露自己的内心想法。

王戎暗中观察众人，陈庭坚和刘军强也是如此，每个人说的话都是义正词严、滴水不漏，但是心中的波澜只有自己知道。王戎端起茶杯，不经意间发出一声脆响，响声吸引了在座所有人的目光，王戎蹙着眉头喝一口茶，心知这一声脆响就如久冻的冰面开裂，汉山省很多藏在冰层下面的事情就要暴露出来了。

田小小在秋雨中浇个透心凉，得了急性肺炎，高烧三十八九度，几乎昏迷过去，孤苦伶仃的她不得已向李长风电话求助。半夜十二点多，李长风将田小小送进秦州市人民医院急诊中心救治。看见田小小挂上点滴，在病床上昏昏沉沉地睡去，李长风略微放下心来，来到医院大厅里的长椅上休息一会儿。

李长风困极欲睡，忽然瞥见一个熟悉的人影从走廊尽头匆匆走过，李长风一激灵，顿时睡意皆无，起身蹑手蹑脚跟了过去。那人竟然是赵震，赵震心事重重，根本没有察觉李长风跟在身后。赵震径直来到医院后院的凉亭中，这个凉亭位于水池岸边，三面邻水，水池中开满了荷花，景致不错，平时很受住院患者的欢迎，许多患者喜欢聚在这里乘凉赏花。此时已是午夜，凉亭中只有一个孤零零的人，赵震走过去，坐在那人的旁边。

李长风借着路灯远远眺望，依稀辨认出那个人正是秦州市委书记刘军强，刘军强近日胃病再度复发，白天坚持工作，晚上就来到医院治疗。赵震则是因为儿子病情加重，晚上来医院陪护。李长风知道这两个人是老相识，见两人低声交谈，自然不好打扰，他站在暗影里沉思一会儿，悄悄退去。

李长风回到急诊中心，一进门就僵在那里，因为昏睡过去的田小小床前坐着一个人，一身黑衣，头戴摩托车头盔，李长风顿时如坠冰窟，此人正是神出鬼没的郑恒。李长风下意识地摸向腰间，郑恒一手虚悬田小小头上，一手竖在嘴边，做了一个噤声的手势。李长风投鼠忌器，右手按在腰间，不敢再有动作。李长风知道，郑恒若是想置田小小于死地，至少有几十种办法，他不能拿田小小的安危冒险。

"请原谅，和警察见面，我必须有一个护身符！"郑恒摘下头盔，慢慢伸开虚悬在田小小头顶的手掌，那是一个闪着红灯的微型引爆器。"在这间屋子里，我有把握只炸飞这张床，而另一张床纹丝不动！"

李长风知道郑恒所言非虚，他快速扫了一眼田小小的床铺，只见一个黑色的塑料袋放在床下，看不清袋子里的东西，但是正好处于田小小头部下方的位置。李长风看着昏迷不醒的田小小，只觉得后背汗津津的，只好慢慢放下悬在腰间的手。

郑恒见李长风放松下来，干脆大大咧咧靠在椅子上，示意李长风也坐到对面的空床上，李长风不敢违拗他的意思，全身紧绷坐了下来。郑恒饶有兴致地看着床头柜上的一堆零食，那是李长风买给田小小的，郑恒从零食里挑出一袋薯片扔给李长风，说："这个对你的胃口吧？"郑恒自己选了一袋锅巴，"嘎巴嘎巴"地嚼了起来，他还催促李长风品尝薯片，仿佛他才是这些零食的主人。

郑恒说："你知道吗？我在丛林里的时候，曾经靠着一袋锅巴挺了七天七夜，现在每次吃锅巴，都像是在救我的命。"郑恒语气轻松自然，仿佛和老朋友聊家常，李长风一直紧盯着郑恒，慢慢撕开包装袋，捻起一块薯片放进嘴里，却全然不知是什么味道。

"你让人在网上给我留言，说要当面见我，还问我有无胆量前来，警察约逃犯见面，挺有意思。现在我如约而至，算是有胆量吧？"

"你约我去看杀人，我约你前来，只想问你几个问题。"

郑恒点头，说："嗯，还算公平。问吧，给你十分钟时间，你有什么问题需要我解答？"郑恒几口就消灭了半袋锅巴，拍拍手上的渣滓，在手表上按下计时设定。

　　李长风从紧张中冷静下来，迅速理清思路，他问郑恒："你为什么要杀死姚坤和他的保镖？"

　　"因为他们该死！"郑恒的声音瞬间变得冷酷。

　　"因为他们害了你妹妹，你是为你妹妹报仇？"

　　郑恒冷笑，说："姚家兄弟官商勾结，草菅人命，我是在替你们警察在做应该做的事！"

　　"姚坤为什么留下纸条，说是王小江出卖了他？"

　　"想杀死姚坤的人，除了我，还有王小江。"郑恒冷笑说，"当然也包括姚新元，他们兄弟俩其实都巴不得对方快点死！"

　　"能和我具体说一下吗？"

　　郑恒说："这很简单，姚坤虽是一个残疾，但是一直觊觎掌控唐宫集团，他暗中与王小江勾结，准备搬倒亲哥哥姚新元，他向警方诬告姚新元藏匿逃犯王天龙，又唆使他在警方的朋友，故意向你们提供王天龙的假线索，企图利用你们除掉姚新元。同时，他还故意模仿王小江将王天龙焚尸灭迹的手法，向你们警方提示，所以……"

　　李长风恍然大悟，接过话来："所以，王小江和姚新元，一个狗急跳墙，一个露牙咬人，他们都想姚坤死！"

　　郑恒咧嘴一笑，说："所以，我要抢先下手，不能让姚坤死在别人手里。"

　　李长风手里的薯片被捏碎了，他说："有一个问题，姚坤在'潜龙庄园'烧了一只羊，扔进一枚钛钉，向我们暗示王天龙的死法，他是怎么知道王小江和你把王天龙焚尸灭迹的？"

　　郑恒狰狞的脸上突然露出一丝狡黠的笑容，说："你信不信，王小江、姚坤和姚新元都在彼此身边安插了自己的眼线，而且他们在你们警察队伍里都有自己的朋友。李队长，你身边有鬼的！"

　　李长风眯起眼睛，紧盯着郑恒脸上的伤疤，说："我约你来，就是想知道这个鬼是谁？"

　　郑恒微微一笑，并不回答。

李长风又问："这个鬼，是不是那天在墓园里和你见面的人？"

郑恒依然微笑，说："李队长，将来有一天你会发现的，你身边的鬼，并不只有一个，而且永远不会断绝！"郑恒抬腕看一下时间，提醒李长风，"还有三分钟，希望你不要浪费在我不想回答的问题上。"

李长风立刻问道："你下一个目标是姚新元？"

郑恒一脸失望地讥笑，说："这个问题，秦州市的流浪狗都知道答案！"

李长风心里有无数个疑问，此时恨不得一起扔给郑恒，期待他的解释，"王小江为什么要杀他的义父王天龙？是抢夺资产还是别的原因？"

郑恒很严肃地摇摇头，说："这个我真不知道，毕竟王小江对我也是严加提防，很多事情不会让我知道。视频你也看到了，王天龙是他亲自动手杀的，我只是帮他处理后事。"

"王天龙的尸骨在哪里？"

郑恒嘿嘿一笑，说："处理尸骨的地方，你们已经去过了，就是帽儿山的矿洞，王小江提炼稀土的地方，王天龙烧剩下的骨头都扔进了硫酸池，然后冲进玉龙河。王小江说了，他不希望在地狱里遇见全须全尾的义父。"郑恒的话让李长风脊背一阵发凉，这对义父子之间的关系，恐怕还有很多不为人知的秘密。

李长风又问："林寒江和王小江到底是怎么回事？"

郑恒说："李队长，你查你的案，我报我的仇，你和我都不是玩政治的人，至于这些当官和经商的人，他们是好是坏，是死是活，何必操心？"

李长风摇头，说："林寒江不是这样的人，他也不该是这样的结局。"

郑恒说："林寒江有软肋，被王小江拿捏住了，死不足惜。"

李长风说："你错了，这个城市里有林寒江，至少还能留下点好官的种子。"

郑恒再次抬腕看表，说："一分钟，最后一分钟！"

李长风看一眼昏睡不醒的田小小，问："你还会对小小和苏娜下手吗？"

郑恒冷笑："废话，她们活着就是最好的回答！最后三十秒！"

话音未落，李长风的问题已经脱口而出："柳晓京、周纯如和龙岭山里的王强夫妇，到底是不是你杀的？"

郑恒叹了口气，按停秒表计时，说："你总算问到正题了，我以为你第一个问题就会问这个，真让我失望，好吧，我再赠送你三分钟。"

李长风目光炯炯地盯着郑恒，郑恒一本正经地说："你听好了，柳晓京并不是死在我的手里，她是怎么死的，你将来会知道的。那对露营的夫妇，他们是摔落山崖的倒霉鬼，当时我只是没有伸手救他们而已。至于周纯如嘛，你们都低估了这个女人。"

"低估？"李长风很是诧异，眼睛眨也不眨地看着郑恒冷笑的脸，他们两人都没有注意，旁边床上田小小的睫毛忽然抖动了一下。

五十四

"周纯如是我见过的第二个有心机的女人，她把两个好朋友都出卖了，可笑她俩却还蒙在鼓里。"郑恒淡淡地说，似是对周纯如也是佩服不已，"柳晓京三人的暗中调查，其实早就被周纯如透露给王小江了，她是否还透露给别人，我不清楚。从她们几人调查白云矿场那时候开始，王小江就对她们的行踪了如指掌，包括柳晓京给督察组寄去的举报材料，你这个女朋友上北京送去的材料，要不是有人提前透露消息，能拦截得下来吗？"

"这些都是周纯如透露给你们的？"

郑恒轻蔑地点点头，说："包括柳晓京最后一夜的行踪，没有她的帮助，我们怎么会那么快就找到柳晓京？严格来说，是她害死了柳晓京！"

"你是说，是周纯如出卖了柳晓京，最后导致她被害？"

郑恒冷哼一声："我已经给你们提示了，我用柳晓京的手机，在她的微博上发了四个字——'人不如狗'！那个微博是我发的，说的就是周纯如这个女人！"郑恒说这话的时候，旁边的田小小眼角悄无声息地淌下一大滴泪水。

李长风追问："那她最后怎么又坠楼身亡了？"

"贪婪、多疑，最后送了周纯如的命！"郑恒说："据说王小江暗中给了她不少钱，那对露营夫妇把柳晓京吊在树上的照片发给她，她以此要挟王小江，想要一笔钱然后移居国外，王小江假意答应，却让我想办法除掉她。周纯如躲了几天，思前想后终于想明白了，她意识到王小江肯定会杀她灭口，又改变主意向警方报警，结果很不幸……"郑恒略带遗憾地摊摊手，说："王小江在警方的朋友提前通知了他，所以我就抢在你们前面来到周纯如的家中。"

"所以，你就把她推下楼摔死？"李长风冷冷地问。

"错，不是我推的。"郑恒摇头，说："我不是什么人都杀的，哪怕她是一个心思恶毒的女人。"

时间倒流，回到周纯如家中。

周纯如逃进洗手间，蜷缩在浴缸里对着手机喊："小小，不要报警，警察里有坏人……"一声巨响，身穿警服的郑恒踹开洗手间房门，冲了进来，周纯如吓得尖叫一声，手机掉在地上，抱头不敢看郑恒。郑恒弯腰捡起手机，重放她刚才发出的语音信息，"小小，不要报警，警察里有坏人……"郑恒反复听了两遍，然后把手机揣进衣兜。

"可惜，可惜。"郑恒蹲下来，凝视着周纯如藏在散乱头发下面惊恐的眼睛，"你如果懂得见好就收，怎会有今天？"

周纯如双手抱头，歇斯底里地哀求："不要杀我，不要杀我！我可以帮你们，帮你们找到柳晓京最后的东西……"

郑恒故意挤出吓人的笑容，说："柳晓京说她把东西交给你了，她会每天夜深人静的时候来看你，看你这个好朋友！"

周纯如抱着脑袋惊恐地呻吟一声，仿佛柳晓京就站在面前，她哀求郑恒："真的，我真的可以帮你们找到那个东西，我知道她交给谁了，你们需要我……"

郑恒冷笑的声音像刀锋一般冰冷："你错了，在这个世界上，我更希望消失的是你，不是那个东西！"

周纯如吓得怔住了，咬着手指头，在浴缸里缩得更深，她终于体会到在死亡的激流中，手里的救命稻草突然消失的恐惧。郑恒不去管她，起身检查周纯如家中的电脑和手机。周纯如见郑恒不再注意自己，突然起身向房门冲去，想趁机逃出去，谁知郑恒进来以后，已经将房门反锁，周纯如急切之间打不开，只能尖叫一声，转身又向阳台跑去，郑恒双手抱胸坐在电脑桌上，冷冷地看着周纯如没头苍蝇一般寻找逃生的机会。求生的本能驱使着周纯如爬上阳台栏杆，颤颤巍巍想攀爬到隔壁阳台上。郑恒慢悠悠走过来，靠在门框上向周纯如吹一声口哨，周纯如以为郑恒要抓她，脚底一滑，险些踩空，吓得她双手死死抓住墙上的凸起部分。

"柳晓京来看你了，就在你身后！"郑恒很轻松地对周纯如说了句话，恰巧此时，楼下传来警车的声音，周纯如低头一看，顿时头晕目眩，手上无力，她尖叫一声，像一片落叶一样向下坠去……

郑恒讲完周纯如坠楼的经过，重新启动手表上的计时设定，说："还有最后五秒钟，你最想问的问题，说吧？"

李长风微微沉吟，问郑恒："你为什么把真相告诉我？"

郑恒冷笑，手表上的计时设定发出一阵蜂鸣，他说："时间到。你想林寒江平安无事，给秦州城保留点儿好官的种子，而我更希望善恶有报，给秦州城多铲除几个坏人的种子！"

郑恒说完，冲李长风微微一笑，突然一个翻身，人跃上了窗台，左手腕一晃，一枚小巧的钢制绳钩从衣袖中弹出，牢牢勾住窗沿。李长风见郑恒要跑，掏枪在手，一个箭步冲了过来，喝道："郑恒，站住！跟我回……"

郑恒人已经悬在窗外，他向李长风晃晃手中的起爆器，李长风举枪对准了郑恒，却不敢逼近。郑恒一脸坏笑地将起爆器扔向李长风的身后，自己向楼下急速坠去，起爆器在空中划出一个抛物线，直向病床上的田小小落去，李长风像一个守门员一样腾空而起，在空中将起爆器抓住，但是身体却重重地落在田小小身上。

李长风砸在田小小身上，一眼瞥见她眼中滚落的泪水，"你没事吧？"还没等田小小说话，床下的黑塑料袋中突然传来一阵尖利的音乐声，李长风心中大骇，一把抱住田小小滚下床来，右手抓住病床边沿用力一翻，将病床掀翻挡在两人身后，如果有爆炸，也许能减缓爆炸冲击力。

李长风紧咬牙关，将田小小死死抱在怀中，准备迎接身后的爆炸。谁知过了半天依然没有动静，田小小使劲瞪着李长风，从他的怀中挣脱出来，病床后面的音乐声还在响个不停，李长风慢慢从病床上探出头来，只见黑色塑料袋中一只电动玩具熊，正在伴着音乐手舞足蹈地跳舞。李长风哭笑不得，抓起玩具熊左看右看，确定没有爆炸装置后，将玩具熊塞给田小小，说："喏，这是郑恒来看病人的礼物。"

田小小痴痴地看着李长风，忽然间泪流满面，抱住李长风的脖子大哭起来。田小小此时终于明白柳晓京信中那句话的意思了，"……小小，善良与正直是你的大敌，不要相信自己之外的任何人……"原来柳晓京在写信的时候，已经察觉到问题可能出在周纯如身上，但是她并没有说破，只是提醒善良单纯的田小小不要相信任何人。

李长风被田小小紧紧抱住，他又惊又喜，以为自己英雄救美感动了田小小，他迟疑着伸出手，用力抱住田小小，谁知田小小立刻翻脸，一把将他推开老远，在地上乱作一团的被褥中找到自己的手机，打开按键，手机里立刻传来郑恒的声音："请原谅，和警察见面，我必须有一个护身符……"

田小小瞪着李长风："你是故意放他走的？"

李长风故意装糊涂，说："人家带礼物来的，要不我留他吃饭？"

田小小抓起玩具熊劈头盖脸打向李长风，说："你是警察，怎么能放走杀人犯？"

李长风连忙告饶，说："小小，你不认为郑恒这种人，比法律更有力量？"

与此同时，一个体态略显臃肿的中年人走进秦州南城的一间茶舍。

茶舍最深处的包间里面，高峰正在沏茶，看见那个体态臃肿的人进来，高峰起身相迎，两人握手，高峰说："周兄，好久不见，看你的身材是减肥成功了，祝贺啊！"

来人正是北江省周副省长，他一脸苦笑地说："受人所托，特意前来感谢高市长的帮忙，水电站即将如期开工，高市长立下了大功！"

高峰客气地摆手，说："哪里，我只是尽我所能，只是据我所知，水电站项目不是卡在省生态环境厅吗？"

周副省长微微一笑，轻声说："那个不知天高地厚的副厅长林寒江吧？

高市长，难道你不知道他现在的下场吗？"

高峰当然知道林寒江现在被停职调查，他故作疑惑地问："我听说林寒江被人举报受贿，正在接受调查，难道这事是你们……"高峰故意拉长了语调，观察对方的反应。

周副省长笑道："有人举报，无非是一个导火索，至于爆炸到什么程度，就需要有人掌控了。"周副省长这么说，就是默认了"系统"参与了林寒江被停职调查一事。周副省长喝口茶，继续说："在咱们国家，凡事要讲一个情面，姓林的若不是得到督察组王宬以及陈庭坚书记的赏识，只怕就不是停职这种轻描淡写的待遇了，哈哈！"

"不错，不错，凡事要讲一个情面。"高峰向周副省长举起茶杯，他自然听懂对方的话外之音，既是向他透露林寒江停职的原因，也是间接向他施加压力。

两人以茶代酒，轻轻碰杯，高峰问："老周，你此次深夜来秦州，就是为了水电站而来？"

周副省长神秘一笑，说："水电站少了林寒江这个障碍，已是万事俱备，只等督察组离开汉山省，就可以上马了。说到督察组嘛，这才是我此次前来的重点。"

高峰面露疑惑，周副省长解释说："督察组从汉山省离开后，下一站就要到我们北江省，我是未雨绸缪，前来取经学习的。"

高峰和周副省长相视而笑，有些话不需要说透，高峰是一个擅长揣摩别人心意的人，周副省长所说的取经学习不过是幌子，他来秦州只怕还有更深层次的目的，高峰猜测他多半是要通过某种渠道和督察组建立联系。

周副省长问高峰："高市长，我知道你素有鸿鹄之志，但是汉山省恐怕难以满足你的志向，所以我想介绍你认识一个新朋友。"周副省长注视着高峰的神态，他知道自己抛出的这一块肥肉，高峰没有理由不吞下去。高峰诧异对方竟然如此了解自己，他微微一笑，没有说话。

有时候，闭嘴比说话更能表达心意，周副省长也是笑而不语，他拍拍手，外面进来一个三十多岁的男子，此人脸色发青，像是一个沉迷酒色的纨绔子弟，神态中有几分倨傲，似是对自己在外面等候有些不耐烦。但是周副省长对他却是十分恭敬，主动起身拉住他的手，将他介绍给高峰，原来此人就是陈芝罘口中那个神通广大的水泥商人。周副省长在高峰耳边低声说了几句，高峰立刻也变得十分恭谨，主动为对方斟一杯茶，那个纨绔子弟颇为矜持地举起茶杯，向高峰说："高市长，我的小本生意，谢谢你的玉成。"

高峰双手端杯和对方轻轻一碰，立刻一饮而尽，高峰说："十几年前，我曾有幸见过令尊，他老人家现在身体还好吧？"

水泥商人并不回答高峰的问候，而是放下茶杯，笑眯眯地看着高峰，说："高市长，这一杯茶的价值，你可知道？"

高峰一愣，眼光凝重，落在那个空空的茶杯上，周副省长和那个水泥商人也都盯着那个茶杯，面露微笑……

半夜时分，三人从茶舍分手，各自谨慎地钻进自己的车中。那个水泥商人半躺在自己的商务车中，他习惯地向后一伸手，立刻有人将一根雪茄递了过来，火光闪亮，点火的人竟然是姚新元。

水泥商人使劲吐一口烟雾，并不回头看姚新元，懒洋洋地问他："老姚，你真的决定要把身家从房地产领域撤出来，投到我这个水泥行当？"

姚新元挤出一脸笑，脸上的黑痣翩翩起舞，说："龙岭山里不让再盖别墅了，我总不能把鸡蛋都放在一个筐里？"

"只是这个原因？"水泥商人终于回头瞄了一眼姚新元，说："老姚，你投到我的门下，却不和我说实话，不厚道啊！"

"不敢，不敢！"姚新元赶紧赔笑。

"你是不是和高峰那条线的人出了什么问题？"水泥商人一语捅破姚新元的难言之隐。

姚新元被人道破心事，只能尴尬地笑，说："良禽择木而栖，我是一个商人，自然不想将自己的心血和家底一一拱手让出，颗粒无收，那些人只关心自己的安危，没人在乎割谁的肉。以后，我老姚会以您马首是瞻，希望您多多提携关照。"

千穿万穿马屁不穿，水泥商人很是受用姚新元的奉承，发青的脸上绽出一丝难得的笑意，说："老姚，你还是有眼光的，做生意嘛，讲究一个格局和视野，不要局限在秦州，不要局限在汉山，毕竟中国的市场那么大……"

早晨，李长风回到局里，立刻提审王小江。

李长风向王小江放了一小段郑恒的录音——"……处理尸骨的地方，你们已经去过了，就是帽儿山的矿洞，王小江提炼稀土的地方，王天龙烧剩下的骨头都被扔进了硫酸池，然后冲进玉龙河。王小江说了，他不希望在地狱里遇见全须全尾的义父……"

李长风停止播放录音，问王小江："这个声音你该知道是谁吧？"

王小江冲地上吐了一口痰，骂道："妈的，我就知道这条狼早晚会坏事，真该早点弄死他！"

"说说吧，你为什么要杀王天龙？"

王小江装傻，抬头问李长风："谁说我杀了王天龙？杀人得有尸体吧，拿来对质啊？你这个录音里不也说了，冲进玉龙河了吗？李队长，赶紧组织人去捞啊，兴许还能找到点儿骨头渣子！"

"视频里杀死王天龙的人，明明就是你，你还想抵赖？"看着一脸无赖相的王小江，李长风真想抽他几耳光。

"李队，现在都什么年代了，AI换头，做一个假视频有那么难吗？信不信，我立马让人把凶手换成李队长您？"

"你举报林寒江那张照片，是不是你做假做出来的？"李长风见缝插针，立即逼问王小江。

"哎，李队，你是查命案的，领导干部腐败问题不在您这里吧？不过，我可以用人格向您保证，那张照片千真万确是真的！人格保证！"一听王小江拍着胸脯用人格担保，李长风不由气得笑了。

王小江知道最近因为他的原因，秦州市不少干部落马，这家伙果真像吴铁臣分析的那样，吐出一批小鱼小虾，达到了释放信号的目的，又开始撒泼无赖的行径，以此对抗拖延审讯。王小江闹了一阵子，又开始脸色发白，直冒虚汗，李长风不等他躺到地上，就喊来女警察给他打胰岛素。

王小江打胰岛素的时候，小马进来，故意在门口大声告诉李长风一个好消息：王天龙的弟弟王海龙在马来西亚涉嫌诈骗、走私、参与有组织犯罪活动伤人等罪名，已经被马来西亚警方逮捕，经中国警方与马方交涉，再有半个月就要将王海龙引渡回国。正在肚皮上注射的王小江，肚子上的肥肉一哆嗦，险些碰掉女警察的胰岛素笔。

李长风不去理会王小江，转身来到隔壁观察室，此时袁凯和赵震刚听完郑恒的录音，两人都是脸色凝重。李长风知道，郑恒关于公安局内部有"鬼"的话，肯定刺激到了两位局领导。

袁凯透过玻璃看着王小江，有些担心地说："如果郑恒说的是真的，那么王小江在这里恐怕有危险，老赵、长风，启动第二套预案吧，今天就转移。"

赵震和李长风点点头，两人默然，身边同事出了问题，这是谁都不愿意看到的结果，尤其是赵震这种工作几十年的老公安，他把局内同事当成自己的亲人一样。赵震满脸沉痛地说："袁局，刚才您和我商量的内部清查这件事，我思来想去，还是由我牵头吧，我对局内的人员情况最熟悉，责无旁贷，一定把这个败类给揪出来！"

袁凯问赵震："老赵，本来不想给你加任务，你儿子最近怎么样？哪天做手术？"

赵震苦笑着摇头，说："还好，还好，就这一两天做手术，医生让我等通知……"

李长风回到审讯室，对面的王小江还是冷汗涔涔，脸色灰白。李长风故意吓唬他："王小江，你演戏上头啊，这满脑袋的汗水不要钱呗，淌个没完没了呢？"

王小江使劲龇牙，露出一丝难看的笑容，哆嗦着说："李队，我是真不舒服……"

"王小江，我再问你一遍！"李长风使劲把本子扔在桌子上，喝道："你到底因为什么杀了王天龙？"

"因为，因为有人不想让王天龙……"王小江脸色愈发惨白，哆嗦着说："……有人不想让王天龙活……"话未说完，王小江已经"咕咚"一声摔倒在地。

"你还在演戏？"李长风怒斥，说："王小江，你这套把戏烦不烦啊，我都……"

李长风突然住口，因为他看出王小江这次晕倒明显不是假装的，李长风冲过去扶住王小江，只见王小江脸色白得像纸一样，嘴唇青紫，不但口吐白沫，而且瞳孔放大，四肢不断抽搐，很像是中毒的症状。

五十五

李长风一激灵，冲着外面喊道："不好，有人要杀人灭口！"其他几名警察立刻慌乱起来，桌椅碰得叮当乱响，那名注射胰岛素的女警察手里的药盒还没放下，吓得几乎要哭了。

"是谁不想让王天龙活？"李长风在王小江耳边急切地喊，但是王小江已无法回答。

李长风不敢耽搁，背起王小江冲了出去，整个楼层的同事都惊动了，纷纷挤到走廊上。袁凯和赵震听到报告也大吃一惊，他们赶出来的时候，只见到李长风的背影已经冲出了公安局大门。秦州市公安局对面街上就是市人民医院，李长风拿出当年在警校特训队的本事，背着王小江翻越护栏，跳过绿化带，闯过车流，脚不沾地一般冲进医院急诊室，李长风扯破了喉咙大声喊叫，值班的医生和护士慌忙将王小江推进抢救室抢救。

抢救室外面的李长风心脏狂跳，坐在椅子上直喘粗气，周纯如的语音留言，还有田小小的话，"警察里有坏人！"加上郑恒昨晚说的话，"李队长，你身边有鬼的！"这些话语走马灯般在李长风耳边轰响……

李长风用手揪住自己的头发，他相信"内鬼"确实存在，原来他认为"内鬼"不过是误入歧途的同事，一时糊涂被不法商人拉拢下水，无非是偶尔利用职务之便给这些人提供一些信息，但是李长风万万没有想到，"内鬼"竟然丧心病狂，铤而走险，竟然猖狂到在公安局内部杀人灭口！

李长风冷静下来，掏出电话喊来小马，还有一个自己信任的部下。王小江在审讯室里中毒，除了办案的同事，没有外人能接近他，他让小马立刻回局里向局领导汇报，同时调取监控录像，看看是谁接近的王小江。李长风和另一个人则守护在抢救室门前，禁止外人靠近。

此时，袁凯和赵震让人封锁了局内事发区域，查看监控录像，对涉及的有关人员立刻进行调查询问。为王小江注射胰岛素的女警察，赵震第一个找她去问话。

过了半个小时左右，回去查看监控的小马打来电话："李队，怀疑是王小江的胰岛素昨晚被人调包了。昨晚拘留室整个一层楼的所有监控都让人关掉了，夜间值班的同事偷懒，回办公室睡觉，没有任何发现……"

李长风默默挂断电话，一切都和他预想的一样，这绝对是"内鬼"所为，这个人不仅熟悉局内情况，掌握审讯王小江的细节，而且连夜间值班人员在岗情况都一清二楚。李长风恨恨地捶了自己一拳，怒骂自己："李长风，你要不把这个该死的'内鬼'揪出来，你他妈的就去跳狮子崖吧！"

抢救王小江一直持续到中午十一点半，医生从抢救室出来，对李长风说："不是中毒，是胰岛素注射过量，可能是注射了浓度远超标准单位的胰岛素……"

李长风把医生拽到一边，两人低声交谈几句，医生又回去继续抢救。过了一会儿，袁凯和赵震带着参与王小江案件的所有民警，都来到医院。李长风简单向他们介绍了救治情况，说医生正在尽全力抢救。袁凯和赵震等人从窗户望去，只见两个医生正满头大汗地忙活王小江，王小江身上插满了各种管线，床头的心电图仪器微弱地跳动着。袁凯和赵震等人想要进去看看，却被一个护士拦住，护士嫌他们说话声音大，把这些堵在门口的人全都赶走。

袁凯退到走廊外面，脸色铁青，他实在按捺不住火气，骂道："鬼，鬼！天天喊着有鬼，今天在我们的眼皮底下把最重要的证人几乎弄死！王天龙死了，这次再死一个，我们都他妈别干了！"袁凯指着躲在赵震身后的李长风呵斥道："李长风，你别往后面躲，给我过来！你说说，我是怎么强调加强王小江看护措施的？"

李长风涨红着脸，站到前面，低头说："袁局，对不起！是我大意了，没有重视您的命令，没有想到他们竟然把手伸进局里来了。"

"没有重视，没有想到，李长风同志，这要是在战场上，你要被执行战场纪律的！"袁凯依然怒不可遏，问他："王小江现在情况怎么样？"

"报告局长，正在抢救，医生说还没有脱离危险期。"李长风赶紧大声回答。

"李长风，王小江要是死了，你就把辞职报告放到我桌子上，然后去站马路去！"

赵震赶紧打圆场，连连承认错误，说："袁局，出事这几个部门都是我分管的，主要责任在我，是我带队伍不严，最近我工作懈怠了，才造成今天的严重后果，我请求处分。"袁凯平日里比较尊重赵震，因为赵震是局里资格最老的副局长，业务过硬，人缘也好，各个处室队所的负责人大都是赵震的弟子，盛怒之下的袁凯也要给赵震几分面子，见赵震主动出面承揽责任，袁凯终于不再骂李长风等人。

袁凯又问赵震和李长风："王小江在大家眼皮底下遭人暗算，你们怎么看这事？"

赵震解释说："来医院之前，我已经将问题大致了解清楚，昨天晚上有人利用值班人员的懈怠，先是破坏了楼层的监控设施，然后潜进来将王小江的胰岛素调包了，这个人算准了，每天早晨王小江都会注射胰岛素，所以今天早上的审讯过程中，王小江就在我们众目睽睽之下，中了这个人暗算，还好长风反应及时，否则……"

袁凯拧紧了眉毛，说："我们公安局不是集贸市场，谁都可以进来的，能做到这一切，只有我们内部人，而且是了解王小江案情细节的人。"袁凯环视一圈参与王小江案情的人，神色冷峻地说："也许此刻，这个人就站在我们身边！"

袁凯此言一出，十多个局内的同事立刻面面相觑，互相打量对方的眼神都变了，他们明白了来到医院的原因，因为这个"内鬼"就在他们中间。

袁凯见这些人彼此猜忌，说："从现在开始，你们所有人二十四小时在岗，不找到这个败类，谁也不许离开！"

赵震见这些人都被局长痛斥，有些不忍，又想打圆场求情，袁凯不等他开口，就挥手制止了他："老赵，现在不是讲责任、讲情面的时候，是砸饭碗、扒衣服的时候，那个值班脱岗睡觉的人是谁？让他把警服脱了，回家接着睡觉吧！"见袁凯这么严厉，赵震只好连连点头，不敢为部下开脱。

袁凯和赵震离开以后，李长风等人一直守在医院，王小江被推出抢救室的时候，已是临近黄昏。李长风和小马亲自将王小江推进一间单人病房，小马看着昏迷不醒的王小江，忍不住骂一句："妈的，让我给这种货色推床，想想就来气！李队，你为什么要救他啊？这样的人活下来，不是浪费粮食吗？"

李长风瞪他一眼，呵斥道："少废话，他死了，你能把他心里的秘密抠出来啊？"

小马不服气，嘟囔道："秘密就那么重要？他两腿儿一蹬死了，对某些人来说未必不是好事，至少那些被他拉拢下水的人能有一个重新做人的机会……"

"你什么意思？"李长风叉着腰问小马："我让你查的几个问题，你是不是查出什么东西来了？"

"不是，不是那个意思。"小马慌忙摆手，说："我就是觉得像林寒江那样的好官都被他害了……"

李长风截断他的话："谁给你写保证书了，说林寒江一定是个好官？你小子记住了，把'好人'二字写在脸上的人，多半不是好人，千万不要小看任何人，每一个人都比你想象中的还要坏。你是一个警察，要讲证据，不要讲感情！"

"警察就一定是冷血吗？惩恶扬善一定要那么教条吗？"小马还在嘟嘟囔囔，说："那你在天净山把姚新元带回来，不也没讲证据……"

"哎，你小子今天是怎么了？吃错药了？"李长风发火了，"赶紧给我回去查，昨晚是谁把胰岛素调包了？我去站马路，你也得陪我！"

小马看一眼昏迷不醒的王小江，一脸不情愿地离开了。

李长风安排了两个同事在王小江病房前值守，他自己连熬了几天几夜，有些坚持不住，在隔壁找了一张空闲的病床，躺上去呼呼大睡。

李长风刚进入梦乡，走廊里出现了一个身穿病号服的老年妇女，在王小江的门前来回走了两三趟，步履蹒跚，值守的警察见她举着挂点滴的金属架，手臂上正在输液，以为她是住院的患者在走廊里散步，并没有过多注意。

傍晚六点左右，正赶上医生护士下班、家属送饭的时候，病房区域显得乱糟糟的。一个值守的警察接到电话，局里派人给他们送晚饭来了，警察和同事交代一下，到电梯入口去取晚饭。剩下那名警察透过玻璃看了一眼昏迷不醒的王小江，然后来到病房对面的消防通道抽烟。

就在这一瞬间，那个在走廊里来回溜达的老年妇女，突然疾步而来，打开房门，从病号服下面掏出一把剪刀，直向王小江的病床扑去。可惜人算不如天算，她虽然等到了值守的漏洞，但是却忘了身边挂着输液袋的金属架，金属架被她带倒在地，发出"咣当"一声，那个正在低头点烟的警察猛然回头，见到这一幕，立即大喊一声，一个箭步冲了进来，一把攥住中年妇女的手腕。隔壁的李长风惊醒了，急忙冲进病房。老年妇女虽然被警察攥住手腕，依然咬着牙，披头散发拼力向王小江扑去，李长风从后面迅疾冲上，将她摔倒在地。

李长风扣住老年妇女双手，拂开她脸上的乱发，顿时吃了一惊："是你？"

原来这个老年妇女正是柳晓京的母亲，她因为胃癌手术，也在市人民医院治疗，得知王小江在这里抢救，她准备铤而走险，为女儿报仇。

柳母哭喊着："让我杀了这个浑蛋！是他害死了我女儿！"柳母挣扎着还要向王小江扑去，李长风夺下她手里的剪刀，将她从病房里抱出来，放在走廊里的长椅上。柳母的哭喊声，立刻引来一群人围观，医护人员和保安都围了过来。柳母声音凄厉："就是这个王小江害死了我女儿，我要杀了他偿命！"

取晚饭的警察赶了回来，掏出手铐就要把柳母铐起来，李长风向他使了个眼色，让他赶紧收起手铐。李长风蹲在柳母身前，轻声问她："阿姨，你怎么知道是王小江害死了你女儿，又从哪儿知道他在这里抢救？"

柳母慢慢稳定下来，想了想说："是一个老头子告诉我的，他说杀害我女儿的凶手就是王小江，就在五楼病房……"

李长风眼睛一亮，问："阿姨，您再想想，这个老头子有什么特征？"

柳母茫然地抬起头，使劲想了半天，说："我记得他戴了口罩，还有一顶帽子，耐克的。"

李长风心中一震，瞬间想起那晚在墓园的场景，车灯照耀之下，一个戴着耐克帽子的人，慌不择路躲进黑暗之中，当时自己只顾着追捕郑恒，让这个人逃之夭夭。今天，这个人竟然出现在医院里，暗中唆使柳母前来刺杀王小江，让走路都费劲儿的柳母行刺，注定不可能成功，此人到底在打什么算盘？

李长风让部下劝散围观的人群，将柳母送到局里做笔录。李长风来到医院的监控室，调取了柳母所在病区的监控录像，仔细查看一番，果然发现了一个头戴耐克帽子、身穿黑色运动衣的男人出现在视频一角，男人拦住了正在散步的柳母，和她低声说了几句话。李长风放大了视频查看，这个人非常谨慎，帽子下面的脸用口罩牢牢挡住，看身形大约六十岁左右，此人具有很强的反侦察经验，只瞥了一眼监控的位置，视频中就再也找不到他的踪影。李长风看着眼前的视频，陷入了沉思。

李长风回到王小江病房，围观的人群已经散去，两个同事正在狼吞虎咽地吃晚饭。李长风拿起筷子，只吃了一口，突然想起一件事，他掏出电话打给袁凯，想向他报告医院发生的情况，但是转念一想，又放下了电话。他对两个同事说："你们看好了王小江，我去一下隔壁住院楼，赵局的儿子正在那里等着手术呢，我去看一眼。"

初秋的秦州，雨水反而多了起来，整个夏天积攒的炎热和干燥，都让初秋的绵绵雨水洗刷干净。

　　田小小蜷在病床上酣睡，她又梦见了柳晓京，梦中的柳晓京坐在图书馆外面的花坛上，抱着憨态可掬的"山本太君"，"山本太君"正忙着用肉乎乎的爪子洗脸，对田小小伸过来的小饼干不屑一顾。柳晓京突然伸手指向田小小身后，说："小小，你身后那人是谁？"田小小回头一看，只见偌大的图书馆瞬间消失不见，只剩下一片无垠的荒草野树，在秋风中摇曳，田小小再回头，连柳晓京也消失，她坐的地方突然冒起一团烈火，"山本太君"惊慌地蹿上树顶，原来烈火中冲出一只硕大的非狼非犬的怪物，露着血红的獠牙向"山本太君"扑去……

　　"山本太君！"田小小惊叫一声，从梦中醒来，浑身都被汗水打湿。田小小赤脚跳下床，站在窗前看着外面的绵绵秋雨。田小小突然想起柳晓京在信中所写的那句话，"小小，当你无人可信的时候，不要忘了'山本太君'……"

　　柳晓京为什么在信中很突兀地提到"山本太君"？她是放心不下这只讨人喜欢的猫咪吗？梦中突然出现的"山本太君"，让田小小心生不祥的感觉。

　　田小小换上衣服，撑起雨伞，又一次走进秋雨之中。

五十六

晚上十点左右，王小江门口值守的两个警察哈欠连天，困得眼睛都睁不开了。一个警察对同伴说："哎，我怎么这么困呢？昨晚我也没熬夜啊？"另一个警察也抱怨："是啊，眼皮打架，我看东西都模糊了，你先盯会儿……"话音未落，他双手抱在胸前，已经耷拉着脑袋发出轻微的鼾声。另一个人挣扎着站起来，使劲揉揉眼睛，看看屋里的王小江，又困倦地坐了回去，他喝了一口水，闭着眼睛嘟囔道："这么困？怎么和吃了安眠药一样？"他拼命想睁大眼睛，却终于坚持不住，靠着椅子慢慢滑倒，也睡了过去。

对面消防通道的门慢慢打开，一双脚悄无声息地迈了出来，正是视频中那个一闪而逝的老人。他此时身披一件医生的白大褂，用耐克帽子和口罩遮住了脸，他见两个警察睡了过去，轻巧得像灵猫一样从两人身前走过，慢慢转动房门把手，一个闪身就进入了病房。

病房内没有开灯，只有床头仪器微弱的亮光投射下来，照在王小江那张死人一样的脸上。那人从衣兜里掏出一个针管，掀开被子，正要将手中的针管注射进王小江体内，却突然愣住了，因为一把手枪牢牢抵住了他的后腰。那人扭头一看，李长风正从身后的病床底下爬出来，原来他一直藏身在病床下面的狭小空间里。

"你终于来了！"李长风慢慢摘下那人的帽子，看一眼耐克标志，说："这顶帽子，我有印象，那天在墓园里和郑恒见面的人也是你吧？"

"你猜到了我会来？"那人并不慌张，背着身子问李长风。

"不错，昨晚把王小江胰岛素调包的人，就是你吧？"李长风问："因为只有你，在局里做什么事都不会有人阻挡你，更不会有人怀疑你。对吧？师傅！"

门口值守的两个警察惊醒过来，进到病房，一前一后堵住了那人。那人苦笑一声，颓然坐在病床上，把手中的针管扔在床上，然后自己动手摘下口罩，果然是副局长赵震！

那两个警察大吃一惊，手枪差点儿掉地上，不敢相信自己的眼睛。李长风早已知道来人是赵震，只是心中不想面对这个场景。

赵震一边脱下白大褂，一边骂道："他妈的，到底是让你这个三只眼给老子绕进去了。我心里琢磨着这出戏十有八九是个陷阱，可是心里越有鬼越爱瞎琢磨，不亲自看到王小江咽气，我实在没法安心啊！"

一个警察不想用枪对着赵震，他问："李队，这到底是怎么回事？"

李长风苦笑，说："师傅，您怎么会和这种人渣搅在一起？"

赵震举起双手并在一起，示意李长风给自己戴上手铐。李长风犹豫着，赵震训斥他："你这个刑警队长一点都不称职，王小江的内应能是谁？他来秦州十几年了，他刚到秦州时谁给他办的假身份？能是你们吗，你们当时都是一群毛孩子；能是袁凯吗？他才来秦州半年，除了我还能是谁，这不是秃子脑袋上的虱子，明摆着嘛！"

李长风依然犹疑，赵震自己伸手从李长风腰间摘下手铐，戴在自己的手腕上，说："当年，老子就是在你这个位置上，被王小江家里的人千方百计拉下了水，一步错，步步错，我也想改悔上岸，不给我机会啊。你们几个小崽子都给我听好了，千万别学我！"

李长风用白大褂将赵震的手铐包住，赵震低声问他："你给我交个实底，王小江是不是醒不过来了？你上午不让我们进去看他，我就怀疑他已经死了，你小子是不是要用死鱼来钓我这个活人？"

李长风说："师傅，这个人渣还真命硬，他妈的竟然挺过来了。不瞒你，我真的盼他咽气呢，我设这个圈套就是当他死了，刚才你进来时，我都想自己睡了过去，没想到……"李长风说到这里，声音有些哽咽，说不下去。

赵震长叹一口气，道："只要他不死，下一个挤出的牙膏就是我，跑不了。当年我拼命为秦州打掉了焦二爷团伙，没想到今天却栽在了王小江这个团伙身上，命该如此，命该如此！我这人啊，破案可以，要我亲自去杀人，我还真没有这天赋！"

　　其实，李长风在视频里看到那个老人的身影时，他就已经猜到老人是赵震，赵震唆使柳母前来行刺王小江，无非就是想引起混乱，当时他扮成医院清洁工，趁机将值守警察饮用的一箱矿泉水调包，换成了渗有少量安眠药的水。吃饭的时候，谨慎的李长风见到饭菜和矿泉水，心中生疑，他猜到了赵震的意图，故意利用柳母制造混乱，寻机在饭菜或饮水中做手脚。李长风借口去看望赵晓宇，其实去侦查赵震的行踪，赵晓宇手术在即，父亲赵震却不在身边，更加坚定了李长风的猜测。李长风没有声张，他不动声色地潜回病房，悄悄钻进床底，守株待兔，他相信只要王小江不死，这个"内鬼"一定会再次下手的。

　　午夜时分，田小小冒雨来到图书馆门前。图书馆院子里漆黑一片，田小小从铁栏杆上翻进院子，打开手电在山茶花树附近寻找"山本太君"。"咪咪，'山本太君'，你在哪儿？"田小小轻轻呼唤着，生怕惊醒了图书馆值班的人。

　　手电光尽头，一条灵巧的身影跃上了花坛，冲着田小小叫了一声，似乎对这个深夜打搅的不速之客很是不满，田小小惊喜地呼唤着："'山本太君'，快到我这里来，我有好吃的！"田小小赶紧掏出零食诱惑"山本太君"，但是"山本太君"的眼睛在手电照射下发出幽幽的绿光，警惕地躲着田小小，从花坛又躲到屋檐下面。田小小连哄带骗，忙活半天，最后总算把"山本太君"抱在怀里，摸着它的皮毛干爽顺滑，看来这个小家伙肯定是有藏身之所躲避这些天的绵绵秋雨。吃到了猫粮饼干，"山本太君"总算给了田小小几分好脸色，田小小借机仔细查看猫咪，她发现"山本太君"的脖子上有一个淡绿色的小圆球吊坠，田小小用手电一照，吊坠上隐约刻着"LXJ"三个英文字母，田小小眼睛一亮，这是柳晓京名字的拼音缩写。田小小仔细地摘下吊坠，凑近了手电查看，原来这是一个U盘！

　　田小小顿时明白了柳晓京为什么让她来看看"山本太君"，原来她在猫咪身上藏了东西。这个 U 盘里藏了什么？田小小满心疑惑，她要立刻回去查看一下。

田小小歪着脖子夹住雨伞，抱着"山本太君"从铁栏杆上爬下来，刚转身就遇见一个撑伞的人，两人同时惊呼一声："你怎么在这里？"

那人正是苏娜，突然见到田小小不由有些惊慌，田小小也是满心疑惑地看着苏娜。两个女人在下雨的深夜不期而遇，自然要猜疑对方的意图。

"难道晓京，也和你提过'山本太君'？"田小小见到苏娜的神情，似乎有些明白了，她心直口快，脱口就问。

苏娜没有回答，看着田小小怀里的猫咪，伸出手试图去摸它，"山本太君"警惕地向后缩着身子，发出一声抗拒的呜呜声。田小小冷笑说："动物最能分出人心善恶了，晓京姐生前最喜欢这只猫，它自然知道晓京姐的心意！"

苏娜尴尬地缩回手，说："你还在埋怨我？"

田小小冷哼一声，说："不仅是现在，我一辈子都不会原谅你！因为你的行为不仅背叛了晓京，更像她在你面前溺水求救，你却逃得远远的。"

"为什么这么说我？"苏娜并没有生气，平静地问。

"因为凭着晓京姐对你的信任，凭着我的直觉，我知道你手里一定有晓京姐的东西！她是信错了人，不该托付给你！"田小小抱着"山本太君"，心中压抑许久的怒火喷涌而出。对面的苏娜静静地听着田小小的发泄，只是看着伞角上滴落的雨水，不知道心里在想什么。

沉默良久，苏娜终于开口，轻声说："小小，这个世界不是非黑即白的，她有很多种你看不见的颜色，令人目盲，她还有很多种你看不见的力量，在维系平衡。你觉得，那些追杀你我的人，为什么销声匿迹了？"

田小小吃了一惊，问她："难道你和他们做了交易？用晓京姐的东西？"

苏娜没有正面回答，说："小小，你觉得像你和柳晓京，还有林寒江那种人，能改变这个世界吗？即便你们让一些破坏生态环境的大案露出水面，让一些贪官污吏绳之以法，可是你们呢，能得善终吗？想想晓京和林寒江的下场，还有你面临的危险。你们可能撕开了一道口子，可是马上就会被更深的黑幕重新包围！"苏娜转身面对田小小，田小小把她的伞大半遮挡在"山本太君"的身上，自己的肩膀却露在雨水中。"小小，一个对猫咪都心软的人，是无法和那些人对抗的！"

"你说的这些大道理，无非是给你自己的胆怯和懦弱找借口，我现在只知道，你是一个临阵脱逃的胆小鬼！我瞧不起你！"田小小声音哽咽着说。

"小小，你不觉得，为了你们心中虚幻的正义和良知，送掉了多少无辜的性命？你们想看到明天的太阳，而我却不想看到眼前的鲜血。"

苏娜不再与田小小争辩，踩过积水，转身离去。田小小冲着她的背影喊道："我知道你为什么下雨天来这里，因为你心不安，睡不着觉，你怕晓京出现在你的梦里，对不对？你可以离开，但是晓京的冤魂能离开吗？她还在山里浇着雨……"

田小小说不下去，脸上的泪水和雨水混在一起，滴落在怀中"山本太君"的身上。田小小看着路灯下苏娜的背影越走越远，终于转身，抱着"山本太君"向另一个方向走去。

灯光迷离，秋雨萧瑟，两个人背向而行，各自走进无边的黑夜。

袁凯带着小马等人连夜赶到医院，袁凯见到赵震手上的手铐时，震惊得说不出话来。小马有些愤怒失控，一把拽住李长风，两人欲言又止，李长风拍拍小马，两人来到院子里。

袁凯让其他人离开房间，他给赵震点上一根烟，二人相顾无言。一根烟快要吸完，袁凯终于打破沉默，他劝赵震好好向专案组坦白，争取有立功表现，也许组织上会有宽大处理。赵震狠吸两口，把香烟全都吸进肺里，他苦笑着把烟头踩熄，说他没当成杀人犯，已经是对他的最宽大处理了。前些年，王小江刚到秦州的时候，那时候赵震的妻子和儿子同时得病，在医院里躺了好几年，被两个病号榨干钱包的赵震急需用钱，王小江带着家族财力乘隙而入，赵震收了王家人不少钱，帮王小江改换身份，在秦州逐渐站稳脚跟。后来，赵震察觉到王小江越来越狂妄，野心越来越大，预感到他早晚要出事，有心想要摆脱王小江团伙，但是王小江手握他的把柄，当然不肯轻易放过他。王小江恩威并施，一方面用过去的把柄要挟赵震，一方面又为他儿子垫付治疗费用，赵震没有办法，只得暗中为王小江提供帮助。

郑恒在警校的时候，赵震曾经为他讲过课，所以两人有师生之谊。郑恒既感恩赵震暗中为自己安葬家人，又同情他摆脱不了王小江的控制，曾经想替他除掉王小江，但是赵震拒绝了。因为赵震和郑恒的这层关系，所以秦州市公安局通缉郑恒数月无果，每次搜捕行动郑恒都能轻松逃之夭夭。

赵震向袁凯坦率地承认："死了的柳晓京、周纯如那两个人的消息，也都是我告诉王小江和郑恒的，王天龙从机场逃跑的监控录像，本来我也是动了手脚的，不想被李长风发现了破绽。袁局，我就是局里的'内鬼'，我做的事情，我肯定不会抵赖。袁局，王小江这件事，到我这里为止吧。"

袁凯阴沉着脸，没有吭声，他也把没抽完的烟狠狠踩熄，说："老赵，当年我当一个小警察的时候，你和刘军强书记联手铲除了秦州焦二爷团伙，那时候我把你当成英雄、榜样，我想不明白，为什么你当年铲除了一个犯罪团伙，现在却又扶持起来另一个犯罪团伙？"

赵震摇头苦笑，说："这个问题，不止你问我，我在妻子的墓前、儿子的病床前，我也问过我自己。我想人这一辈子，可能有两个关口最难过，一个是他最潦倒的时候，一个是他最得意的时候，我就是倒在这两个关口上。潦倒的时候，他们会雪中送炭，得意的时候，他们会锦上添花，等你醒悟的时候已经晚了，因为送来的炭、添上的花都是带毒的诱饵，你已经被人牵着鼻子走上了歧路。"

袁凯说："老赵，凭我对你的了解，你能犯下这么低级的错误，一定是有人逼迫你，你没有选择，才会铤而走险的，这个人是谁？"

赵震苦笑，说："袁局，求求你，这件事到我身上就截止吧，我不会去检举别人的，这种事我做不来。"

医院外面的无人处，李长风和小马也在交谈。小马脸色难看，胸口起伏，似乎在强压心中怒火，这是他第一次和师傅李长风发生龃龉。李长风拍拍小马的肩膀，示意他有话尽管说，不用憋在心里。小马生气地一甩肩膀，坐到台阶上，不去理李长风。李长风走过去坐在他身边，递给他一袋薯片。

李长风说："当年我的拜师仪式之后，师傅赵震就给了我一袋薯片，然后我俩一起蹲点儿，猫在车里吃了个干净。"

小马没有接薯片，李长风说："你是不是有事瞒着我？我让你调查的三个问题，你一直都没有给我结果，其实你已经有了答案，对吧？"

小马想了想，问李长风："师傅，你上次让我调查的三个问题，都是关于赵震副局长的，其实你早就怀疑他有问题了，对不对？"

李长风默然点头，说："虽然我早就怀疑，但是一直过不了自己心里的坎儿，不敢面对。所以，我才让你去调查，而不是我自己，因为我怕自己会……"

小马慢慢从怀中掏出那张皱巴巴的纸条，说："第一个问题，郑恒家人的墓地是谁安葬的？我查了，墓园安葬登记簿上的签字只有三个字'赵先生'，我暗中让人核对过笔迹了，是赵震没错。"李长风黯然点点头，没有说话。那天夜里，李长风在墓园目送郑恒逃脱以后，发现了郑家三口墓地的奥秘，他了解过郑恒案卷情况，郑恒在秦州并没有别的亲人，郑恒入狱后，这个替郑恒料理家事的人，一定和郑恒关系非同寻常。

小马又说："第二个问题，赵震和王小江的关系。我查出王小江原名王又乾后，发现他来到秦州的身份信息都是赵震给办的，那时候赵震还是刑警队长。按照你纸条上的提示，我又查了赵震爱人和儿子以前住院的费用情况，其中有五笔是建江集团的财务总监结账的。"李长风依然没有说话，只是用拳头狠狠地捶了自己脑袋几下。

小马继续汇报："第三个问题，赵震和刘军强的关系。"小马摇摇头，说，"他们二人能查到有交集的，就是当年联手铲除秦州焦二爷团伙那段经历，在专案组里刘军强是赵震的上级，赵震最后时刻冒着生命危险救过刘军强一命，除此之外，我没有发现他们有什么异常。赵震平时连刘军强办公室都没去过，刘军强也从没刻意关照过赵震。"

李长风想起自己在医院里先后三次见过刘军强和赵震私下见面，心知这二人关系一定不会像表面那样清淡如水，但是却没有实质性证据。

李长风问小马："你既然查出了两个问题，为什么不和我说？"

小马说："没和你说，是担心你把事情搞砸了！"

"你是担心我祖护赵震？"

"我是担心你，害怕你把这个马上就要退休的老前辈弄得身败名裂，他要是进去了，他重病在床的儿子怎么办？你想过没有？"小马的声音有几分愤怒，原来这就是他和李长风生气的原因。

李长风愣住了，在这个问题上，他确实没有小马想得周到。小马平时看起来吊儿郎当，但是心思细腻缜密，比李长风更有人情味，他明明发现了赵震的问题，但是考虑到赵震的特殊情况，一直隐而不发。

小马说："我知道，我如果和你汇报这事，你一定会说'法不容情'，所以在抢救王小江的时候，我是真的希望他一命呜呼，他要是死了，反而会救很多人，像老赵，老赵虽然做了错事，可是他就必须为王小江陪葬吗？"

李长风不知道怎么回答小马，他撕开薯片袋子，递给小马，小马犹豫一下，还是捏起几块薯片塞进嘴里。师徒两人坐在台阶上嚼着薯片，小马转头时，发现李长风满眼的泪水。

李长风怀疑赵震有问题，其实是从那次郑恒在万达商城地下车库伏击田小小开始的。当时，李长风在与郑恒正面交锋之前，向局里请求增援，李长风当时自己都不知道面对的对手是郑恒，所以在电话里根本没有提及郑恒的名字，但是当赵震率队赶来时，赵震一张口就是"……你也不想想，半张脸郑恒是这么好对付的？"赵震竟然未卜先知，提前知道伏击他们的人是郑恒。所以，从那时候开始，李长风就对自己的师傅赵震起了疑心，但是他一直没有表露出来。

薯片呛得李长风一阵咳嗽，他借势抹去眼角的泪水，又在警服上擦干手上的泪水，说："其实，所有的可能，在我心里都已经推算千遍万遍，哪怕出现任何结局，我都不惊奇。唯一让我想不通的是，一个打黑成名的英雄，为什么最后又和涉黑团伙搅到一起？诱惑和腐蚀的力量，真的就不可抗拒？"

小马沉默一会儿，问："师傅，如果有一天，我没抵住诱惑，犯错了，你会不会抓我？"

李长风苦笑，说："就没有另外一种可能，是我这个师傅，有一天站在你的对立面？"

两人一起沉默不语，身后传来一阵纷乱的脚步声，原来是袁凯等人带着赵震走了出来。赵震看见李长风，走过来说："长风，把师傅抓了，你这个三只眼才算是正式出徒了，你心里别有负担，师傅是自己走错了路，不怨你。师傅最后有件事求你……"

"师傅，什么事？"李长风眼圈泛红。

"明天上午是晓宇换肾手术的日子，师傅不能陪他了，晓宇这孩子胆子小，手术醒了，身边没有人照顾，肯定害怕，长风，我……"赵震声音哽咽，说不下去。

李长风的眼泪涌出，他紧紧握住赵震的手，说："师傅，你放心吧，有我呢。"

赵震佝偻着腰，正要踏上警车，李长风突然在后边问了一句："师傅，是不是有人拿晓宇弟弟胁迫你，让你做这些事？"赵震脸上抽搐一下，但是没有转身，一咬牙钻进警车。

警车呼啸而去，看见赵震这般下场，好多他的部下都伤感不已，只能摇头叹息。

<h1 style="text-align:center">五十七</h1>

王小江一案牵扯出众多秦州市官员，尤其是公安局副局长赵震灭口不成被当场擒获，在秦州市的街头巷尾投下了一枚巨石，溅起的涟漪成为人们争相议论的话题。王小江以及在他背后隐藏的孙氏家族暴露出水面，这个家族不仅在秦州经营发展，而且在省外暗中盘踞多年，拉拢腐蚀众多领导干部，形成了一个具有涉黑涉恶性质的家族产业集团，涉及矿产开发、工程建筑、物流仓储等诸多领域，秦州市和省外共有三十多名各级官员牵扯其中，目前案件调查正在深入推进。

林寒江停职期间，除了配合省纪委开展调查问询，其余时间便一个人跑到龙岭山上，到处查访违建别墅数量。今天，林寒江来到上次袁凯讲述自己往事的大树下，林寒江站在树下，眺望着对面的别墅群。这个别墅群正是唐宫集团开发建设的，刚才林寒江企图从小区正门进去，没想到物业保安警惕性极高，见林寒江没有入门卡，毫不客气就将他轰走。林寒江无奈，只能爬到对面山顶，居高临下查数别墅数量。

林寒江正在表格里填写数字，忽然听到身后一阵声响，回头一看，只见树枝摇动，似乎有人正穿过树丛向他走来。林寒江警惕地把表格夹进本子，背在身后。树枝"哗哗"晃动，钻出来的竟是李亮。

李亮看着一脸紧张的林寒江，不由失笑，说："你啊，警惕性太差了，我从半山腰就跟着你，看看你到底要干什么，你都没发觉，我要是坏人，害你就是一块石头的事儿！"

林寒江见是李亮，松了一口气，问他："你怎么跑这里来了？也学时髦玩露营？"

李亮哈哈一笑，从林寒江手里拿过本子，说："领导，你可冤枉我了，我是在工作，默默无闻地工作！"

"工作？跑大山里工作？"

"啊，就许你查龙岭山里的违建别墅，难道我就不能？"原来李亮也是来山里核查违建别墅的数量，林寒江心中感到一阵温暖，没有放弃这座大山的人，并不只有他林寒江。

李亮翻看着林寒江的表格和地图，上面清清楚楚地标记出违建别墅的位置和数量，李亮一脸嘲笑："什么年代了，还手工计数绘图呢？你能不能跟上形势，用点高科技啊？"

李亮从背包里拿出无人机，熟练地操纵着无人机起飞，飞到对面别墅区上空，拍摄那一片密密麻麻的别墅。

李亮说："要是把国土部门的卫星遥感图片要来，那就更省事了，对比一下看看这些违建别墅到底侵占了多少绿地植被。"

林寒江说："这件事，我可以协调一下自然资源厅，我来负责解决。"

"你现在是戴罪之身，人家能给你面子吗？"

林寒江苦笑，说："那就看我人品值不值钱了？"

李亮提醒林寒江，省里一些消息灵通人士在传言，说林寒江这次可能得罪了什么人，这些人必须将林寒江整倒或踢出生态环境圈子。厅长张楚黔为林寒江抱不平，亲自找到省纪委领导说明情况，结果消息传了出去，张楚黔第二天就被人举报到中纪委，说他接受企业利益输送，举报人是一家被省厅处罚过的涉污企业老板，据说中纪委已经按照程序将问询单转给汉山省纪委。林寒江这几天没有回到厅里，不知道张楚黔为了自己竟然被人举报，接受纪委调查，不由心中一阵愤怒，他捏紧了拳头，恨恨地砸在面前的树干上，他看着树干上斑驳的"凯旋"二字，慢慢平静下来。

林寒江问李亮："你为什么一个人进行这项调查？"

李亮说："我倒是想带几个人一起来，可是现在李彦兵留置调查，局里风声鹤唳，乱成一团，没人搭理我。我想，不管谁来当书记市长、厅长局长，排查龙岭保护区内违建别墅侵绿占绿、破坏环境情况，本就是我们的职责，这个数据当领导的可以视而不见，但是干活的人必须心中有数，真的假不了，假的真不了。"

林寒江问："你们秦州市报上来的 202 栋违建别墅的数据，这里面藏着的猫腻，你知道不？"

李亮一脸嘲讽，指着对面的别墅群，用力画个圈，说："你看，这片别墅，再加上狮子崖下面的别墅，何止 202 栋？林厅长，你们当领导的平时都高高在上，不接地气，其实这个数据很简单，就是一个忽悠加欺骗的数据，也是一块投石问路的石头。"

"为什么这么说？"

"扔出 202 栋这个数据，既不得罪秦州市的人，又能应付省里的督办，同时也试探一下督察组整治的决心，如果督察组也认可这个数据，那就你好我好大家好，省、市、督察组都会心照不宣地抱团，合伙儿欺瞒上面。"

林寒江最后问李亮："你掌握的龙岭山中违建别墅大约多少栋？"

"我统计的数字是 1190 栋。"李亮说得轻描淡写，但是却让林寒江心中掀起波澜，几乎是上报数字的 6 倍，这些人胆子太大了，竟然如此欺瞒上级，如此敷衍中央批示。

林寒江问李亮："这些违建别墅都是谁建的？你知道吗？"

"龙岭山里三分之二的违建别墅，都是唐宫集团建设的，在龙岭山里野蛮开发，前前后后十几年，愣是没人敢管，怎么样？有兴趣没？"李亮故意调侃林寒江，"有兴趣，我就拉你过去看看这家秦州最牛的企业！"

李亮和林寒江来到唐宫集团办公园区，将车停在集团停车场。眼前的唐宫集团异常冷清，大部分员工都去了龙岭区的拆除现场，原来今天是常务副省长常知源到龙岭区视察违建别墅拆除进展情况。

李亮指着偌大的一片园区，向林寒江介绍说，这个唐宫集团能量不小，是汉山省内排名第一的民营企业，垄断了龙岭山区大部分的房地产开发业务，而且开发的楼盘全都占据了最好的地段位置，这么多年来，秦州市各个执法部门心照不宣，有的是睁只眼闭只眼，有的是井水不犯河水。

两人在车里正说话，林寒江突然看见苏娜从唐宫集团办公楼里出来。林寒江让李亮在车里等他，他从车上下来，站在那里等着苏娜过来，苏娜似乎心事重重，几乎撞到林寒江身上才发现是他。

"你怎么在这里？"苏娜一脸诧异。

"反映唐宫集团破坏生态环境的案卷，几乎在我办公桌上堆满了，我总要看看它的庐山真面目吧？"林寒江笑着说。

"你一个停职调查的人，还敢来捣乱？不怕保安把你请出去？"苏娜见到林寒江有闲心跑到唐宫集团，知道他平安无事，心里很是高兴，但是她面上故意装出冷淡，说："你是不是故意针对我啊？凡是我工作的公司、负责的项目，怎么都有你和我作对呢？"

"不是我和你作对，是你工作的公司总是挑战底线。"

"你是不是以为，天底下坚守底线的人只有你自己？"

两个人一见面，又习惯性开始争辩，林寒江赶紧岔开话题，说："你的危险还未解除，不要随意乱跑。"

苏娜一脸不屑，说："现在秦州人都知道，王小江进去了，公安局的黑警也揪出来了，还有谁能害我？"她看着林寒江认真的样子，心中一软，说："看在你关心我的份上，我不说你了。"

林寒江摇头，说："那个雇佣兵郑恒还没抓到，你万万不能大意！"

苏娜不想对林寒江提及自己已经和郑恒见过面，说："我希望那个雇佣兵不会和你一样坚守原则，除非他和你长了个一样的榆木脑袋！"

林寒江依然放心不下，说："听说你们姚总的弟弟就是他杀的，他一定还会对你们唐宫集团下手的。"

苏娜冷笑，说："万一我盼着他早点动手呢？难道你不知道，现在的唐宫集团只是一棵即将枯死的大树，不知道哪场暴风雨就会轰然倒塌！恭喜你，马上又要搞垮一家我工作的公司！"

原来，姚新元从弟弟死后，认识到了背后黑手的可怕，他听闻王天龙的死讯，以及死对头王小江的下场，加上随时可能找他复仇的郑恒，现在的姚新元已是风声鹤唳、草木皆兵，有一丝风吹草动都会胆战心惊，他每天躲在集团内部拼命套取现金，随时准备携款跑路。唐宫集团现在已经是人心惶惶，大厦将倾。

苏娜问起林寒江停职的事，埋怨他："你怎么那么不小心，又让人算计了？你老是招惹这些人，就不能安心消停一点儿？"

林寒江苦笑："认识王小江的那些人里面，我可能是唯一一个希望他活下来的人，他要是死了，就没有人能还我清白了。"

林寒江正要追问柳晓京邮件的事，苏娜包中的电话突然响起，她接通电话后瞬间脸色苍白，对林寒江说："我们的姚新元董事长，被绑架了！"

常务副省长常知源来龙岭山中视察违建别墅拆除现场，高峰提前给陈芝罘安排任务，让他务必做好接待工作，场面要热热闹闹，宣传要轰轰烈烈，维稳要平平安安。陈芝罘给高峰献计，说普通的宣传报道，常知源肯定不会关注，最好请姚新元出马，当着媒体的面亲自驾车拆除违建，说明在常省长的批评教育下，房地产开发商认识到侵绿占绿的危害，决心痛改前非，以实际行动保护龙岭山区的生态环境，这样就会给督察组送去一个活生生的例子。高峰听完，连称陈芝罘脑瓜儿灵活，他亲自给深居简出的姚新元打电话，给他安排角色任务。姚新元心里虽然有一万头羊驼滚滚而过，但是迫于高峰的压力，只能答应出场，配合他们演好这出戏。

龙岭山中的拆除现场，一片残垣断壁。常知源和高峰带领相关部门负责人站在瓦砾之上，远远看去，一片耀眼的白衬衫，每个人煞有其事地戴着安全帽。常知源和高峰两人正对着地图指指点点，纵横捭阖，似乎眼前这座万仞大山不过是一块小小沙盘。陈芝罘陪着一些省里的随员，站成一个半圆，既要陪衬背景，又不能阻挡视线，虽然他们根本听不清常知源和高峰的说话，但是依然此起彼伏地点头称是。最为可怜的就是姚新元，此时正孤零零地站在远处一辆推土机旁边，远离众人，他在等陈芝罘的信号，只要高峰讲解完毕，他就要登上足足有二层楼高的推土机，发动这个庞然大物推倒面前的墙壁，那时候各路媒体就会蜂拥而上，竞相报道汉山省和秦州市如何以强有力的举措落实中央批示。

常知源和高峰二人终于研究完了，陈芝罘赶紧向姚新元挥动手势，姚新元不敢怠慢，费力地爬上推土机，他指挥司机说："快，把前边的墙给我推倒！"司机踩下油门，推土机喷出一股黑烟，像一只巨大的怪兽冲了过去。

那边的陈芝罘凑到常知源的身边，汇报说："常省长，听说是您亲自督办违建别墅拆除工作，开发商是大力配合啊，为了恢复龙岭保护区的生态环境，他们痛改前非，公司老总亲自驾车拆除当年自己建的别墅！"

常知源一听，顿时来了兴趣，问："自己驾车拆除自己盖的别墅？"

"对！他们亲自动手拆除，绝不含糊！"

还没等陈芝罘解释，那辆二层楼高的推土机推倒墙壁之后，突然轰鸣一声，调转方向加足马力，竟然向这一群身穿白衬衫的人冲了过来。车上的姚新元吓得脸都变色了，叫道："怎么回事？搞错了，搞错了！"

推土机依然轰鸣着碾压过来，吓得这一群白衬衫鸡飞狗跳，随行人员簇拥着常知源和高峰狼狈地躲开。陈芝罘为了在领导面前逞英雄，跑到推土机前面拼命挥舞双手，试图提醒司机搞错了方向，但是推土机依然一路碾压过来，吓得陈芝罘一屁墩儿坐在地上，推土机巨大的轮胎贴着他的鞋尖碾了过去，陈芝罘的脸都白了。

推土机咆哮着向前冲去，一连铲翻几辆挡路的轿车，驾驶室里姚新元的安全帽晃掉下来，他只能拼命抓住座椅才能稳住身体。开车的司机转过头来，冲着姚新元"嘿嘿"一笑，姚新元当时就说不出话来，浑身一软，几乎滑到座位下面去。原来这个司机正是郑恒，他不知道什么时候替换了原来那个老实巴交的司机，姚新元一见到郑恒，顿时魂儿都没了。

推土机加足马力，直接冲进远处的停车场。郑恒跳下车，将瘫软如面条的姚新元拖进一辆黑色越野车，然后驾车向龙岭大山深处驶去。

后面那群人终于明白过来，姚新元这是被绑架了！

五十八

　　秦州城里的老百姓这些天一直生活在谣言与真相的拉锯战中。那些落马官员和倒台名人的名字，犹如走马灯一般，络绎不绝地登上街头巷尾的"龙门阵"，成为老百姓品茶饮酒的谈资。一些看似真相的最后散落成谣言，一些看似谣言的最后却变成了真相，世间的事本就诡谲莫测。

　　林寒江和李亮从唐宫集团回到市内，两人坐在一家街边烧烤摊上，点了一堆肉串涮肚，听着周围食客眉飞色舞地讲今天秦州最大的瓜，就是唐宫集团的董事长姚新元遭人绑架，而且是当着一群省市领导的面。林寒江和李亮相视苦笑，两人没想到消息传得比车轮子还快。一部分人猜测，姚新元是被死对头王小江麾下的境外杀手抓走的；另外一部分人分析，姚新元是步弟弟姚坤的后尘，遭到觊觎他们兄弟财富的人暗算的；更有人说，姚家兄弟是在偿还当年狮子崖上自杀的女学生的债，女学生的哥哥回来复仇了！

　　一瓶冒着泡沫的啤酒，"咣"的一声放在林寒江和李亮面前，溅出的泡沫洒了一桌子，林寒江吃惊地抬头，只见一脸怒气的田小小正站在桌子前，还没等二人打招呼，田小小已经大大咧咧地拽过椅子，坐在林寒江身边，说："今晚我想一醉方休，有没有人陪我？"

　　林寒江有些诧异，问她："小小，你这是怎么了？"

　　田小小说："王小江离死只差一口气，公安局的'内鬼'抓着了，现在姚新元也让人绑架了，你们不觉得应该庆祝一下吗？"

　　李亮赶紧给田小小倒满啤酒，说："没错，确实值得大醉一场！来，未来的小嫂子，我敬你！"李亮知道李长风和田小小的关系，故意打趣她。

　　"狗屁小嫂子！"田小小眼睛一瞪，说："抓不到害死晓京的凶手，李长风再献殷勤我也不理他，我去当一辈子尼姑！"李亮吐了吐舌头，不敢吭声。

林寒江问田小小："小小，听说你去我单位找过我，有事吗？"

田小小忍住泪水，将杯中酒一饮而尽，说："我是去找过你，不是一次，是三次！"

林寒江一愣，说："为什么不给我打电话？"

田小小从身后的包里掏出一沓材料，塞给林寒江："柳晓京用自己的命写的调查，我找到了！"

原来，田小小从"山本太君"身上找到的 U 盘，里面就是柳晓京生前写成的关于秦州市生态环境的调查，柳晓京曾经两次寄给督察组，田小小亲手送去督察组一次，但是核心部分都莫名其妙消失了，没想到完整的电子版竟然藏在"山本太君"身上。

林寒江吃了一惊，问田小小："难道这就是柳晓京最后发出的邮件？"

"我也不确定，但是我知道这是柳晓京用命换来的。"田小小抹了一把泪水，仰头又干了一杯酒，说："晓京托梦给我，我才明白她在信里写的意思，'小小，当你无人可信的时候，不要忘了山本太君'……我真蠢！"

林寒江一边翻看手中资料，一边安慰田小小，说："无人可信？不是还有我们吗？"

田小小"嗤"地冷笑一声，说："我们？一个停职调查的副厅长，一个靠边站的副处长，再加上我一个被单位开除的人，能改变什么？"她用手中的肉串指着街上的人流，冷笑说，"秦州市的男人们，躲在女人的身后太久了！"

李亮一脸羞愧，不敢去看田小小。林寒江苦笑，说："这话有些耳熟，小小，你是把自己当成苏联女狙击手柳德米拉了吗？"

田小小扭过头去，强忍住泛滥的泪水，说："我现在理解苏娜了，她明明接到了晓京的邮件，但是始终不敢拿出来，不是因为她胆怯，是她不忍心看我们这些人一败涂地，甚至和晓京一样白白送命！"

田小小悄悄拭去泪水，盯着林寒江说："拿到证据又怎么样？没有证据的时候，还残存一线希望，等证据真正攥在手里的时候，我才发现，还是没有办法改变结局！"

林寒江摇摇头，说："小小，不要灰心，你看王小江和他的爪牙内线，不都罪有应得了吗？"

田小小冷笑一声，说："这些喽啰和替罪羊，不过是被人抬上供桌的祭品，让老百姓快活一下口舌，那些真正隐藏在幕后的罪魁祸首，还在逍遥法外！"

林寒江掂了掂手中的资料，说："既然一个女孩子都能豁出命来做这件事，我们还有什么豁不出去的？"他仰头干了杯中酒，看看田小小和李亮，说："我现在就去督察组，亲手交给王戎，你们陪我去不？"

李亮立刻放下手中的酒杯，说："我陪你，我马上去开车！"李亮顾不得刚才喝了一杯啤酒，使劲灌了两口矿泉水冲淡嘴中的酒味，跑去开车。

田小小眼中忧郁之色更重，说："万一，督察组的人也不可靠呢？"

林寒江笑了，显得很自信，说："小小，你不要疑心太重，哪来的那么多坏人啊？我记得，你以前开朗乐观，愿意相信别人，帮助别人，不是现在这样的……"林寒江及时住口，把涌到嘴边的"多疑"二字又咽了回去。

田小小凝视着酒杯中一个个破灭的泡沫，说："除了你和我自己，我现在谁都不相信。我为什么变成这样，还不是被现实毒打出来的？"

……

林寒江三人连夜赶到督察组驻地的时候，正赶上王戎在门口送一个年轻人离开。王戎一直目送那个年轻人登车离去，才回头招呼林寒江等人。

王戎戴上老花镜翻阅那份材料，说："经历了这么多波折，我终于看到了这份材料的原貌，可惜没有机会和柳晓京这个女孩子面谈。"过了良久，王戎抬起头，面色沉重地摘下老花镜，说："从这份材料来看，秦州市乃至汉山省很多生态问题要比我们想象得更严重，既有已经暴露出来的白云矿场、龙岭别墅等问题，还有北部山区违规开发矿产资源问题、部分水电设施违法建设和违规运行的问题，以及故意瞒报、漏报30多个探采矿项目，将生态环境部和自然资源部对汉山省的联合约谈，置若罔闻，推诿应付，企图大事化小小事化了。由此看来，秦州市委市政府、汉山省委省政府并没有和督察组说实话。我们督察组也存在工作漏洞，只顾着督办前期摸排出的案件，却忽视了大量隐藏的问题。"

王戍心中激荡，使劲拍着厚厚的材料，说："要不是你们提供的调查材料，我可能要在汉山省犯错误了，险些让这些问题从眼皮底下溜走！"

林寒江敏锐地察觉到王戍的话外音，问："王组长，是不是督察组前期的调查摸底，忽视了很多问题？"

王戍面色凝重，点点头说："我作为督察组组长，必须要检讨！"

田小小依然有些怨气，盯着王戍手中的材料，说："王组长，您可要保管好了这些材料，万一再有个闪失，我就要去中纪委反映问题，或者在网上直接全部发出来！"

王戍哈哈一笑，说："你这个厉害丫头，我算是领教过了。你知道刚才那个年轻人是谁吗？他就是当初督察组来秦州市调查的时候，借调的工作人员常林，我把他请过来，就是为了调查当初柳晓京寄来的举报材料为什么会丢失？"

田小小的眼睛顿时放出光来，急切地问："有结果吗？到底是谁干的？这个人会不会和柳晓京的死有关系？"

王戍摇头，并没有正面回答田小小连珠炮般的发问，刚才常林向王戍证实了当初柳晓京确实两次寄来举报材料，常林为材料内容深深震惊，所以印象深刻，但是常林只是按照工作程序将举报材料登记交给分管领导，后面发生的事情他并不知晓。

王戍问林寒江和李亮，说："这段时间，有一个奇怪的现象，你们省市生态环境部门注意没？"

"什么奇怪的现象？"林寒江看了一眼李亮，有些诧异。

"就是汉山省原来已经停产或者限产的水泥加工企业，突然又开始加班加点突击生产，储备水泥，说是等督察组走了以后，要在玉龙河流域再建一座水电站。"王戍指着调查材料，说："柳晓京姑娘的调查，从侧面证实了这种现象是真实存在的，而且是有计划、有预谋的，他们要和我们环保部门打一场游击战、持久战啊！"

李亮气愤地说："原来在建的都没有竣工，怎么还要建一座？这不单是浪费，是祸害玉龙河流域！"

林寒江向王戎汇报，他已经正式拒绝了之前秦州市送来的建设水电站的请示，让秦州市政府副秘书长很是下不来台。王戎听完，摸着下巴思索一会儿，说："林寒江，你有没有想过，你为什么会被停职？仅仅是因为王小江举报你？现在看来，很可能与此事也有关系。"

田小小瞪大眼睛，说："哎哟喂，我的林厅长，你可真招人喜欢，看来除了王小江、姚新元，还有别人躲在幕后算计你！"

林寒江一脑袋雾水，压根儿不知道还有这么一股神秘力量，难道自己真的得罪了人还蒙在鼓里？

林寒江的电话突然响起，是李长风打来的，电话里的李长风焦急万分："林寒江，你在哪里？"

林寒江瞄了一眼田小小，说："我在督察组，和小小、李亮在一起，正向王组长……"

李长风并不理会女朋友和督察组领导在场，大声说："林寒江，十万火急，你站在那里别动，我马上过去了！"电话里立刻传来一阵尖利的警笛声。

林寒江冲着田小小苦笑，说："你男朋友让我站在这里别动，他开警车来抓我了！"

郑恒绑走姚新元后，秦州市警方撒下天罗地网，将郑恒和姚新元牢牢封锁在龙岭大山之中，山区各个进出口都加派警力严密检查，并抽调特警队员组成特战小队，进到山中跟踪搜索。有了天净山抓捕郑恒的经验，袁凯这次信心十足，纵使郑恒背生双翼，也决难逃出龙岭大山。

其实，郑恒这次进山根本没有打算藏匿踪迹，此时他在狮子崖的背面山上，正用夜视仪观察逐渐搜索靠近的特战小队。郑恒身后是一块巨大的石碴子，姚新元被牢牢捆在石头上，他的嘴巴用胶带封住，脸上青一块紫一块，身上的西装衬衫已经扯得支离破碎，看来他落到郑恒手里这段时间，没少吃苦头。

一个熟悉的人影慢慢出现在郑恒的夜视仪中，正是李长风，他带着特警小队已经前进到狮子崖半山腰，特警小队全部身着防弹衣和头盔，手握警用突击步枪。李长风第一个搜索区域就选择了狮子崖，他有强烈的预感，郑恒一定会在狮子崖上了结他和姚氏兄弟的恩怨。

郑恒用狙击步枪的瞄准镜套住李长风，瞄准镜的十字中心从李长风的头部慢慢移到腰腹，又下移到腿部。郑恒轻轻扣下扳机，一颗子弹呼啸而出……

一棵茶杯粗的树干突然炸裂，摇晃着倒在李长风和特警战士面前，然后他们才听到从崖顶传来的枪声。李长风和特警战士瞬间全部卧倒，寻找树木岩石掩护。一个特警提醒李长风："李队，郑恒有夜视装备，他在暗处，我们在明处，不能硬来，容易吃亏！"

李长风躺在石头后面，想了想，突然站起身来，身后的其他人拦阻不及，只能高声提醒他赶紧卧倒。李长风置若罔闻，他慢慢放下手中的枪，又脱下防弹衣和头盔，高举双手向前走去，李长风爬到一块石头上面，向崖顶大喊："郑恒，谢谢你枪下留情，我们扯平了！"

崖顶静悄悄的，郑恒没有接话。

李长风又提高声音："郑恒，姚新元还活着吗？"

郑恒还是没有答话，利用岩石掩护，小心地挪到姚新元身边，将姚新元嘴上的胶带扯下一半，姚新元半张着嘴嘶喊一嗓子："我在这里，快救……"郑恒"啪"一声又将胶带粘回去，顺手给了姚新元一记响亮的耳光，打得他鼻血长流。郑恒像灵猫一般，伏下身子又换了一个地方隐藏起来，他有丰富的丛林狙击作战经验，从不在对手面前轻易暴露自己。

一个特警匍匐着来到李长风脚下，递给他一个扩音喇叭。李长风举着喇叭喊道："郑恒，我和你来自同一个警校，我的编号和你只差 124 个数字，作为曾经的校友，我希望你冷静下来……"

一声枪响，李长风手中的喇叭碎成无数碎片，只剩一个把手还攥在手中。李长风低头看看手中残存的把手，只好扔到一边。身后的特警们调转枪口，齐齐瞄准山顶。

郑恒的喊声传下来："李长风，我要是现在开枪，你们谁也跑不了！你把你的人带下山去，我的枪不想沾你们的血！"

李长风知道他并非恫吓，赶紧向后面的特警挥挥手，示意他们向下撤，特警们利用树木掩护慢慢向下退去。

"郑恒，说说你的条件！"

"你也下去，我只和林寒江谈！"

李长风以为自己听错了，喊道："你说谁？"

"林寒江！"郑恒再次大喊："省生态环境厅副厅长林寒江！"郑恒又换个隐藏位置，"我的耐性有限，天亮时看不到林寒江，我就把姚新元大卸八块，丢出去喂鹰！"

看着夜视仪里李长风跌跌撞撞退向山下，郑恒冷笑着，往嘴里塞了一块口香糖。身后的姚新元吓着了，一阵挣扎扭动，嘴里"呜呜"喊叫，大概是哀求郑恒放过自己。郑恒把手掌伸到姚新元的眼前，将手掌上的伤疤展示给姚新元看，那是姚新元收买狱中的亡命之徒，趁着郑恒不备，用磨尖的牙刷刺向他的颈动脉，郑恒用手掌挡住这致命一击，逃过一劫。看见这处伤疤，姚新元的心越发冰冷，他知道自己今天恐怕是要步姚坤的后尘了。

郑恒出狱以后，一直处心积虑谋划报仇雪恨，他不但要杀了姚新元，还要摧毁唐宫集团在他老家旧址上建造的别墅园区。此时，郑恒和姚新元所在的石砬子，正位于狮子崖北面，山崖下面就是唐宫集团在龙岭山里最大的别墅园区，足足有 400 多栋别墅。此时，郑恒已经在石砬子周围埋下了 500 公斤炸药，郑恒早就计算好了爆炸范围和落石线路，只要他按下起爆器，数百吨的岩石将呼啸而下，把山脚的唐宫集团别墅园区砸成齑粉！

……

李长风把林寒江接到狮子崖下面时，天色已然放亮。田小小和李亮担心林寒江的安危，也随车来到现场。

袁凯见到林寒江，拉着他的手，用力拍打他的肩膀，说："老伙计，咱俩真是焦不离孟、孟不离焦，没想到这绑架案子也要你来谈判！"

林寒江被他拍打得直咧嘴，说："哎，你轻点儿，我又不是犯罪分子！现在是什么情况？"

袁凯把望远镜递给林寒江，林寒江不太会用这玩意儿，笨拙地透过镜头向崖顶望去，崖顶已经是一片耀眼的曙光，林寒江只看见衣衫褴褛的姚新元，却看不见郑恒。袁凯在旁边给他指点方位，林寒江总算看见姚新元身后露出来的一把狙击步枪。

郑恒身穿吉利服，脸上涂满油彩，他利用姚新元掩护，此时正木然地坐在巨石后面，身后数步就是高逾百米的悬崖绝壁，他眺望着远方影影绰绰的群山轮廓，不知道在想什么。郑恒将姚新元挡在面前，山下面警方所有的射击角度都在他的计算之内，这种地形简直就是一个死地，下面的人很难攻上来，上面的人也绝无逃生的可能，但是郑恒并不放在心上。

警方安排一个谈判专家来到巨石之下，举起喇叭仰着脖子喊："郑先生，我受山下园区居民的委托，前来……"

话未喊完，郑恒就粗暴地骂道："滚你娘的！我只和林寒江谈！"

"郑先生，山下有四百多户无辜居民，男女老幼近千人，请您三思……"

回答他的是一声枪响，子弹把谈判专家的帽子打飞，面无人色的专家双腿打颤，赶紧猫腰退了下去。

郑恒向山下喊道："袁凯局长，我知道你在下面，实话相告，我在山顶埋了 500 公斤炸药，我已经给你们时间疏散山下的居民，你们不要和我玩心眼儿，如果你们觉得你们警队的狙击手可以和我一较高低，尽管来战！"

郑恒从姚新元身后一个滚身，把枪架在石缝中间，瞄准百米开外的一块岩石，一声枪响，那块岩石轰然炸响，碎石飞上十数米高空，旁边的石块哗哗滚落，原来郑恒一枪命中了石下埋设的炸药。

此时，山下别墅区里警察和街道工作人员，正在组织园区居民疏散，居民不相信有人真的会炸山毁园，根本不听警察的劝导，但是见到山上真的炸响了，立刻惊慌失措，大呼小叫争相逃离园区。

山脚的袁凯和李长风都大吃一惊，两人不是吃惊郑恒的枪法，而是担心 500 公斤炸药真的爆炸，这里半个山头都要荡然无存，山下的别墅区会被瞬间抹去。

五十九

  此时，秦州市的一些领导、唐宫集团的高管，还有数十家媒体的记者，都赶到了山脚下，维持秩序的警察为了防止出现意外，将这些人拦在警戒线外面。

  苏娜和唐宫集团几个高管夹在人群中，她远远看见了林寒江，使劲向他招手，苏娜不明白山上的郑恒为什么点名要让林寒江上去谈判，难道要拉着他同归于尽？苏娜又向林寒江身边的田小小招手，田小小虽然看见了她，但是故意把脸扭过一边，不去理她。

  林寒江没有时间和苏娜说话，他整整衣衫，准备向崖顶走去。袁凯有些担心，说："老伙计，郑恒可是一个杀人不眨眼的雇佣兵，会不会对你不利？"

  林寒江安慰他说："他既然点名要见我，肯定不是为了送我一颗子弹，再说了，他如果想杀我，在玉龙河边早就下手了！"

  李长风过来，说："袁局，我陪林厅长上去。"

  袁凯点点头，命令李长风："李长风，你要务必保护好林寒江的安全，决不能让他少半根毫毛！"李长风庄重地敬礼领命。

  "等一等！"突然有人喊了一声，林寒江和李长风转头一看，竟然是田小小。李长风以为田小小也要跟着上去，赶紧摆手让她离开，谁知田小小说："林寒江，我有话对你说，也许能帮到你。"

  田小小推开阻拦她的警察，来到林寒江身边，翘起脚跟在林寒江耳边低语，众目睽睽之下，两人足足低声交谈了三分钟。两人的行为，不仅远处的苏娜满心疑惑，就连身旁的李长风也是一头雾水，要不是他了解田小小和林寒江的为人，几乎要误会二人是一对情侣，此刻在柔肠寸断地告别。

  林寒江和李长风刚爬到巨石下面，郑恒扬声警告李长风，让他马上退回原处，只能林寒江一个人上来。林寒江向李长风点点头，示意他离开。李长风虽然不放心，但是此刻不敢触怒郑恒，只能乖乖退了下去。

林寒江抓住巨石缝中的树根，用力登上石碇子。绑在巨石上面的姚新元，没想到来救他的竟是林寒江，一个自己曾经下令除掉的人，顿时心中百感交集，痛愧交加，不由泪水滚落，嘴里"呜里哇啦"不知道说些什么。郑恒嫌姚新元碍事，一枪托捣在姚新元肋骨上，姚新元顿时背过气去。

此时，狮子崖上虽是朝阳初升，但是从山谷中穿出的寒风呼啸不绝，山风从绝壁盘旋而上，令人倍感寒凉。林寒江站在崖顶巨石上远望，只见万山滚滚而来，奔腾东去，绵绵不绝的山峰烘托着云霞中一轮朝阳缓缓升起，而脚下就是云雾缭绕、深不见底的悬崖。林寒江心中涌起的不是"一览众山小"的豪迈，而是一股"天地无涯，人如蝼蚁"的苍凉，这种渺小的感觉使他一阵晕眩，几乎立足不稳。

郑恒见到林寒江，嘴角抽搐一下，算是他的笑意，说："那天在玉龙河边，你抓着那个女生不放手，不是你救了她，是她救了你！"

林寒江不解，问道："为什么这么说？"

郑恒说："那晚，我本想把你踢进玉龙河，但是你拼死抓着她不放，我就知道你和我是一路人！我的计划里，我只能完成一部分，还有一部分，我想交给你来完成！"

"让我帮你完成炸山毁园的壮举？"林寒江调顺了呼吸，忍不住反诘郑恒，"警校教给你的本领，你准备都用在祸害无辜百姓身上？"

"百姓无罪，但是这些别墅有罪！"郑恒指着山下的成片别墅，说："原来居住在这里的百姓，这里是他们祖辈生长的地方，他们现在都在哪里？他们可有一个人住上了这种别墅？"

郑恒抓起一块石头，精准地扔在姚新元头上，砸得他额头鲜血长流，发出一声又闷又长的惨叫。"当年，这个姚老板伙同他幕后的黑手，用尽了各种手段，撵走了居住在这里的百姓，没有手续就开发建设别墅，把自己的腰包撑得圆鼓鼓的，他们才是祸害百姓的罪人！"

林寒江说："郑恒，你如果有这些不法商人的罪证，就应该交诸法律，不能为了一己之私，去践踏法律，伤害别人。"

郑恒冷笑，说："法律？我曾梦想做一个好警察，是这些人害死了我的家人，毁了我的梦想，把我送进监狱。你说的法律，并没有给我公平，我只能用我的方式来解决问题。况且，我不相信那些身居高位的人，他们想的只是自己的前途乌纱，不会关心我们这些升斗小民！"

林寒江看过郑恒的案卷，知道他对社会恨意极深，说："郑恒，你想用自己的方式报复社会，但是你不能殃及无辜的人，这些住在园区的人，与你无冤无仇……"

"我让你来，不是听你说教的！"郑恒打断林寒江的话，"这些别墅，就不配长在龙岭山中！你们不管，我来管！"郑恒情绪有些激动，将起爆器牢牢攥在手中，遥遥指向山下别墅区。

林寒江举起双手，安抚郑恒激动的情绪，说："我看过你的案卷，我个人对你的遭遇很是同情，但是我不赞成你采取这种极端方式报复社会，你完全可以重新诉诸法律，我可以带你去督察组申诉，去纪委或公安部门反映问题……"

"督察组？不过和这些人是一丘之貉，我不相信！纪委？你林寒江自命清廉，不也是人家砧板上的鱼肉？"郑恒哈哈大笑，抬手一枪打在半山腰一块石头上，火星四溅，石头后面的李长风和一个警队狙击手赶紧低下头，又慢慢爬了回去。

原来，退回去的李长风不甘心，趁着郑恒和林寒江交谈，试图悄悄靠近大石砬子，却被眼观六路的郑恒发现。郑恒所处的位置是经过周密计算的，左右两侧都有岩石遮挡，身前又有姚新元这具肉盾，此时正是红日初升，郑恒身后刺目的阳光也为他起到了庇护作用，看来郑恒把空间、时间的优势都占尽了，李长风几次跃跃欲试，但都是无计可施。

山下，围观的百姓将这里发生的劫持人质案发到网络上，虽然都是远距离拍摄，但是在网络上造成了巨大轰动。省政法委、公安厅的主要领导得到消息，都赶赴现场。随着网络曝光，更多媒体蜂拥而至，其实这正是郑恒想要的效果，秦州市网络舆情监管部门如临大敌，像热锅上的蚂蚁一般化解各路自媒体的播报。王戍、陈庭坚、刘军强、高峰等人，此时都通过各种渠道密切关注此事。

山脚下的袁凯正在指挥部下继续扩大警戒范围，田小小和苏娜等人都被劝到对面的山腰上，两人终于站在一起，但是却没有心情交谈，两双眼睛焦急地眺望着对面山顶的林寒江，此时的林寒江在她们眼里只有筷子高矮，根本不知道他和郑恒在说着什么。

田小小看见李长风垂头丧气地从山上下来，一把拽住他："哎，三只眼，你不是吹自己是警队精英吗？你大显神威的时候到了，上啊？"

李长风苦笑："他可是我的前辈，当年的警校射击比武冠军，东南亚雇佣兵中赫赫有名的狙击高手！"他怕田小小不相信，又低声对她说："这要是撒在龙岭大山里开战，他一个人能干掉我们半个警队！"

田小小瞪他一眼："吹捧对手也是抬高自己身价的好办法！他是冠军，你输了也不是草包，那你是啥？吃草的？"

李长风被她一激，拍拍胸脯道："术业有专攻，他是玩山地丛林战的，我是玩近身格斗的。"

田小小"哼"了一声，不去理李长风。旁边的苏娜听见郑恒如此可怕，更加六神无主，不自觉抓住田小小的手。田小小发觉苏娜的手心里全是冷汗，本想甩开苏娜的手，但是见她一脸紧张担心的表情，不由心软下来。一个警察过来，让她俩继续撤离，说是如果爆炸，这里的山坡也会波及。苏娜关心则乱，听到爆炸威力如此巨大，顿时双腿酸软，几乎走不动路，田小小只好扶着她离开。

巨石之上，郑恒伸手拽住姚新元的领带，把他勒得直翻白眼，郑恒用领带擦拭狙击步枪，擦完了他又正反打了姚新元几个耳光，可怜的秦州市首富让郑恒折磨得鼻青脸肿，满脸是血。

林寒江心中不忍，说："郑恒，你与他虽然仇深似海，但是何苦如此折磨一个老人？"

郑恒冷笑，说："林寒江，你为他求情？你可知他对你做了什么？"

郑恒从身后包中掏出一台小摄像机，架在巨石上，他把姚新元解绑，拖到摄像机面前，厉声说："来，姚新元董事长，我们开始正题，我的规矩你懂的，说假话就要挨打！"他揭下姚新元嘴上的胶带，姚新元终于可以贪婪地呼吸一口空气，表情畅快又可怜。林寒江看着姚新元血肉模糊的脸，不由心生恻隐。

"姚董事长，在仁城天净山中，是谁指示快递货车要把林寒江和顾清云撞下山谷？"

姚新元看一眼林寒江，愧疚地说："是我，是我让货车把他俩撞下山谷的。"姚新元显然挨了不少打，明知郑恒在录像，却不敢丝毫隐瞒，说得清清楚楚。

郑恒转身乜斜一眼林寒江，说："这就是你为他求情的人，他可是想要杀了你的！"

林寒江苦笑，淡淡地说："其实，我在天净山车祸现场就已经猜到了，毕竟这种事，我不是第一次遭遇过。"林寒江虽然故作轻松，但是想起去世的妻子，不由得神色黯然。

"那你还为他求情？"郑恒重新上下打量林寒江，仿佛第一次见到他，"都说你是个怪胎，果然如此！"

郑恒把软瘫欲倒的姚新元提起来，问他："姚董事长，请你告诉我，你的幕后老大是谁？"

姚新元可以承认唆使杀人，却不敢回答这个问题，他拼命摇头，还想做最后的顽抗，郑恒一拳打在他脸上，打得他脸上的黑痣乱作一团，几枚牙齿带着血沫掉了下来。"请你告诉我，这些年你未批先建盖了这么多别墅，你赚来的钱，都送给了谁？"

往日里雍容富贵的姚新元，此时像一条丧家犬一样蜷在郑恒脚下，郑恒又狠狠地跺了他一脚，血流满面的姚新元终于挺不住，他冲着摄像机说出了一个名字，也许是牙掉了漏风，这个名字瞬间淹没在山风里，几步之遥的林寒江根本没有听清。

郑恒揪住姚新元的耳朵，大声喊道："大点声，我听不见！"

姚新元涕泪横流，闭上眼睛喊道："高峰，秦州市市长高峰！"这次山风没有淹没姚新元的声音，对面的林寒江听得清清楚楚。

此时，秦州市政府，市长高峰正在自己的办公室里焦急地转圈，他伸手去抓茶杯，却不小心将杯子碰掉，摔个粉碎，隔壁的秘书闻声过来，高峰怒吼一声："滚出去！"秘书不敢吭声，一溜烟躲远了。

杯子摔碎，是个不祥之兆。高峰拿起电话，拨通一个号码，那边有声音轻轻传来："事情我都知道了。"

高峰紧张地问："我该怎么办？"

"如果事情到你这里为止，你或许还有一线生机。"声音很轻，但是对高峰来说却重于千钧。高峰握着电话愣在那里，对方用意很明显，要舍卒保车，让他把事情扛住。

高峰声音干涩："101，请帮帮我！"

"我在，你就有机会。你懂吧？……"电话挂断了，那个神秘的101很明显希望高峰揽下一切，保护自己平安无事，然后才能图谋救助高峰。

高峰不甘心，又给北江省的周副省长打电话，他希望那个"系统"的力量能救就自己，但是电话无人接听，也许周副省长并不想卷进浑水之中。

高峰本以为自己周旋于几个派系之间，如鱼得水，进退有据，正满心踌躇规划自己的未来，没想到一块碎石陨落，引起了整座山峰的崩塌。为什么是他成了那个最先倒下的人？高峰想不明白，心中委屈、不甘、愤懑，犹如溺水之人，拼命想抓住身边的一切，他环顾办公室，突然感到一阵虚弱无力，颓废地靠在椅子上……

　　狮子崖上，林寒江的头发和衣衫在山风中跃跃欲飞，他止住了郑恒对姚新元的毒打，说："郑恒，他既然说出了幕后主使的人，不要再打他了。"

　　郑恒恨恨地说："他让我家破人亡，受尽冤屈，哪怕我在监狱里，他都没忘记派人杀我，我能放过他？"

　　林寒江对郑恒说："郑恒，我给你讲一个故事吧。"

　　郑恒冷笑说："我现在还有心思听故事？"

　　林寒江依然说下去："故事的主人公是一个弱女子，她是这个城市里唯有的几个想帮助你的人之一，她想用自己的笔和实际行动替你申诉冤屈。"

　　郑恒将呻吟不止的姚新元挡在自己面前，他半边脸抽搐了一下："我不信，这个该死的城市还有人会帮我？你说来听听。"

　　"这个城市里有一个弱小的女子，她柔弱、孤独，还有些抑郁，经常要服用药物才能睡去。但是这个柔弱的女子，她和她的朋友替这个城市扛起了一件事情，她去调查龙岭山中为什么长出这么多没有手续的别墅，她去调查那些毁坏草原的矿场到底是干什么的，她去调查玉龙河为什么出现大片死鱼死虾？"

　　刚才，田小小在众目睽睽之下和林寒江耳边低语，其实是抓住机会向林寒江讲述柳晓京和她调查龙岭违建别墅的缘由，是想为当年的郑家伸张正义，希望能以此打动郑恒。此时，很多问题在林寒江心中豁然贯通，他仿佛又回到阔别多年的讲台，面对着一排排青春的面孔，讲得用情用心。对面的郑恒一脸诧异的表情，他不敢相信这个世间还有人为自己打抱不平。

　　"她调查违建别墅的时候，写在报告里的是一个郑姓人家的征收案例，一个美满幸福的家庭在一场大火之后分崩离析，家破人亡，原本要成为警察的儿子因为失手伤人进了监狱，命运和他开了一个残酷的玩笑，他的父母走上多年告状之路，相继染病去世，可怜的妹妹被人欺凌又手刃仇人，最后就在这座狮子崖跳崖自尽。"

　　郑恒听到这里，用手捂住自己半张没有知觉的脸，一大滴眼泪从指缝里滑落。

　　"在她冒着生命危险替这个城市收集证据的时候，命运和这个弱女子开了一个玩笑，她的生命被人收走了，这个人恰恰就是她想帮助的人。我不知道她发现了什么，有什么东西值得她用生命去交换？"林寒江眼中泛红，他指着郑恒怒斥道："这个想帮你的女子就是柳晓京，夺走她生命的人就是你，你不仅杀了她，连她的同伴田小小，也几乎被你送进自缢的绳索之中！"

　　林寒江之所以这么斥责郑恒，是因为刚才田小小在他耳边最后说了一句话，"一定要让他讲出柳晓京的死因！"林寒江决定用这个残酷的故事，打动郑恒那颗冷酷的心，能打败冷酷的或许只有残酷。

　　郑恒慢慢举起手，用力地扇着自己僵硬的脸，一下、两下、三下，直到嘴角流出鲜血。郑恒没有想到，老天真的和他开了一个恶毒的玩笑，他处心积虑要报复这个社会，没想到首先害死了试图帮助自己的人。

　　郑恒突然向身后的巍巍群山大笑起来，声音凄厉而癫狂："我郑恒罪该万死，可是我心里不服，那些比我更坏的人，为什么还在逍遥法外？林寒江，你治得了山，治得了水，你能治得了人心吗？"

六十

终于，郑恒开口说话了，向林寒江讲述 6 月 20 日那天晚上发生的事情。

那天晚上，王小江把郑恒找去，说柳晓京偷拍了大人物的一张照片，很要命的照片！幸好王小江的两个手下发觉了偷拍者，因为柳晓京经常来白云矿场调查，他手下有人认识这个女记者。王小江让郑恒找到柳晓京，不仅要销毁照片，必要的时候连人也要销毁。王小江说话的时候，杀气腾腾，让郑恒也为之心惊。

柳晓京的住址，是周纯如提供给王小江的。郑恒带着王小江的两个心腹手下追到柳晓京家门口，正好遇见她背着笔记本电脑从家中出来，郑恒等人把她劫进面包车。在车上，郑恒检查了柳晓京的手机和电脑，都没有发现照片。后来，他们把柳晓京拉到王小江的别墅里，王小江威逼她交出照片，柳晓京拒绝了。其实，柳晓京那个时候已经通过邮件将照片发给苏娜，她知道自己如果说出来，苏娜也会陷入险境。柳晓京告诉王小江，如果自己有危险，这张照片就会在网上公开，她心里希望以此要挟王小江，保护苏娜和田小小等人。

"后来呢？"林寒江虽然已经知道结局，还是禁不住为这个勇敢的姑娘担忧。

那天晚上，柳晓京被带到王小江的私人别墅，王小江和保镖一边恐吓柳晓京，一边故意对她动手动脚。郑恒在隔壁房间将柳晓京的笔记本电脑连上网络，通过网络远程销毁了她办公室的电脑数据。等郑恒回来，看见王小江正趴在柳晓京身上撕扯她的衣服，企图侮辱她，柳晓京又喊又骂拼命反抗："王小江，你这个畜生，猪狗不如！"

郑恒大怒，奔过去把王小江像小鸡一样拎起来，怒叱道："王总，你可以杀了她，但是别欺辱一个弱女子！"郑恒因为妹妹的原因，平生最恨欺辱女子的人，他手上用力，几乎把王小江掐得翻白眼。

王小江的两个保镖冲过来，拔出手枪对准郑恒，郑恒并不想和他们冲突，将王小江推给他们，王小江捂着脖子咳了半天才喘过气来。

见保镖和郑恒对峙，王小江不想惹怒郑恒，赶紧过来打圆场，说："好了，好了，她瘦得和鬼一样，摸着硌手，老子对她没兴趣，不过是想吓唬她一下！"他吩咐手下："你们别大眼瞪小眼了，自家人不要伤了和气。郑老弟，麻烦你把她的手机、钱包什么的，再检查检查，所有的信息都给老子销毁了！以绝后患，一定要以绝后患！"

此时郑恒因为有求于王小江，并不想与他闹翻，依言去检查柳晓京的随身物品，销毁她手机里的所有信息。王小江还不放心，冲着他的背影喊："不管你用什么办法，都不能让那张照片传出去！"郑恒离开后，王小江让保镖撕下柳晓京的衣服，就在那尊关公像前拍下裸照。

"柳大记者，对不住了！"王小江一脸邪笑，说："你拍了我们的照片，我们也得拍你的照片，这样才算公平。"

遭受羞辱的柳晓京并没流泪，而是一口唾沫吐在王小江脸上。王小江一边用手帕擦拭唾沫，一边说："柳大记者，我是生意人，信奉一切都可以交易，要不我们做个交易吧？用照片换照片怎么样？很公平的！"

柳晓京冷笑拒绝，说："你曝光的不过是我没穿衣服的照片，而我曝光的是一群披着人皮的魔鬼，你说我能答应吗？"

王小江狞笑，说："你要是不答应，我就把你的裸照在网上公开，看看有多少点击率！"

柳晓京毫不示弱，说："那我就在我的照片后面做个链接，保证每个人都会看见你们的脸！"

王小江气急败坏，见威胁不了柳晓京，又开始用金钱收买她："柳大记者，你开个价吧，我可以拿钱买回来你拍的照片，算是你的劳动所得，怎么样？"

柳晓京以沉默和冷笑回答他，王小江不死心，继续诱惑柳晓京，在她面前不断做出手势："一千万？两千万？三千万？"柳晓京干脆闭上眼睛，懒得去看王小江。

王小江无计可施，绕着关二爷像转了好几圈，终于下了狠心，他让保镖去准备一间空屋子，用郑恒的登山绳索系在吊灯上，以此威逼柳晓京，不拿出照片就吊死她。赤身裸体的柳晓京被推进那间屋子，反锁在屋中。

王小江隔着房门大喊："姓柳的，既然你给脸不要，就怨不得小爷心黑！小爷耐心有限，我只给你半个小时考虑，就半个小时，要么交出照片，要么死路一条！否则从今天晚上开始，你就是秦州市的失踪人口！"

郑恒坐在监控室里，神情复杂地看着屏幕里的柳晓京。柳晓京坐在那条绳子下面开始低声哭泣，她肩膀耸动，一直在哭。郑恒心想，也许几分钟后，这个弱小的女生就会畏惧死亡的威力，不得不向王小江妥协低头。过了一会儿，柳晓京竟然慢慢站起来，她站到椅子上，把头伸进绳子里。郑恒透过监视器，吃惊地看到柳晓京此时已然停止了哭泣，脸上是一种冷静而决绝的笑容，那种笑容让郑恒胸口一痛，如遭重击。

"咣当"一声，柳晓京蹬翻了椅子，她已经做出了决定，宁肯舍弃性命，也不愿交出照片，更不能出卖朋友！柳晓京没有选择妥协，她选择了死！

郑恒冲出去要救下柳晓京，王小江和保镖在门口举枪拦住郑恒，王小江命人把门锁死，说："郑老弟，这你都看见了，怨不得当哥哥的，这是她自己寻死，好事啊！省得我们沾血……"

柳晓京死后，王小江让保镖和郑恒把柳晓京弄到山上，他们从柳晓京包里找到的 SSRI 类药物帕罗西汀，故意塞进她的兜里，将她伪装成抑郁症发作上吊自杀。但是冥冥之中自有天意，几个人所做的一切，竟然被王强夫妇拍了下来……

狮子崖上，林寒江听到柳晓京最后的选择，狠狠地捶了自己胸口一拳。

"郑恒，你就这么把自己的良心交给了豺狼，帮着王小江为虎作伥？"林寒江指着郑恒大喊："想想你的妹妹，这是一条命在你眼前没有了！"

"林寒江，不要拿你的高尚嘲笑别人，我有我的计划，为了复仇，我什么事情都可以做，谁死在我面前我都不会眨眼！你的高尚，不过是苦苦哀求别人替你主持正义，你自己又做了什么？"郑恒双目赤红，激动起来，"那天晚上在河边，是我的妹妹，还有死去的柳晓京，是她俩阻止了我，否则十个林寒江也喂了鱼！"

两人沉默一会，郑恒接着说道："接下来的事情你们都知道了，我帮王小江处理了柳晓京的尸体，但是没想到被王强夫妇发现，暗中拍了照片发给周纯如。后来，周纯如企图用照片勒索王小江，处置完周纯如之后，王小江担心事情败露，将他的两个保镖打发去了缅甸。而我继续追踪柳晓京的邮件，那个黑客就是我，柳晓京那个密码难不住我。本来王小江让我杀了田小小和苏娜，以绝后患，但是我只是吓唬吓唬她们，并没有真的下手，这个城市需要有制约王小江团伙的力量，如果她们都死了，谁还会揭露这一切？"

"郑恒，你良知未泯，为什么甘心为王小江卖命？"

郑恒苦笑一声："我为王小江干活，并不是因为钱，这个城市里，只有王小江能帮我实施复仇计划，枪支、车辆、炸药，他答应给我500公斤炸药，现在都埋在你的脚下……"

林寒江像被烫了脚一样，第一个念头就是跳起来，但是他瞬间冷静下来，站在那里纹丝未动。"炸药"二字让两人从故事中回到现实，林寒江向山下眺望，山下的别墅区已经疏散完毕，大批的警察将周边围得水泄不通。

林寒江道："郑恒，你罪不至死，放了人质，和我一起下山自首吧。"

郑恒冷笑："你觉得我是会投降的雇佣兵吗？"

"难道你真的要和这座山一起同归于尽？"

"山下，是我老家的地方，山顶，就是我妹妹跳崖自尽的地方，我怎么会随你下山？"

一直软瘫在地上的姚新元清醒过来，他似乎感觉到大难临头，恐惧地挣扎起来，想跳下巨石，郑恒一拳把他打倒在地，又加上一脚，姚新元再度昏死过去。郑恒不再遮掩身形，挺身而出，他笔直地站在巨石上，看着山下的别墅，又重复那句话："它们不配长在这里！林寒江，我是一个罪人，我参与了罪恶，我也制止了罪恶，我只希望这个世界上，我这样的人越少越好！"

看见郑恒露出身形，对面山坡上，袁凯用对讲机下达命令："狙击手就位，听我命令，准备射击！"立刻有三把狙击枪的瞄准镜，同时套住了郑恒。

岩石后面，李长风伸出手按住了身边的一把狙击枪，向执枪的同事摇摇头，示意他不要开枪。

在袁凯身后，一个沉稳的声音传来："不要开枪，无论如何要确保林寒江的安全！"原来王戍不放心林寒江，刚刚赶到现场。

有人在电话里逼迫袁凯下令，听声音是高峰，高峰气急败坏地厉声呵斥："袁凯，你还在等什么？开枪！你要对山下的百姓安全负责！"

袁凯握着电话左右为难，额头已经流下汗水。

王戍的话中透露出威严："袁局长，要确保林寒江的安全，郑恒身上有重大案件线索，谁也不能下令开枪！"

崖顶上的林寒江意识到了危险，他上前两步，张开双臂挡在郑恒面前。看见林寒江的举动，郑恒露出了笑容，他的笑容很狰狞，又很真诚，郑恒说："林寒江，你上来之前，我是铁了心要炸掉这座山头的！真的，我为了这一刻筹划了很多年，每天我都在幻想整座山崩裂，无数碎石滚下山坡，砸毁山下的别墅。那个场景太美了，那才是我要的复仇！是这个计划，支撑我从监狱熬出来，从东南亚丛林走到今天……"

林寒江听了郑恒的描述，有些不寒而栗。

"但是，自从那个姑娘死在我眼前，还有你，你真的不怕死，站在我面前的时候，我心里这个计划动摇了……"郑恒的语气里流露出犹豫彷徨，"我杀了姚家兄弟，毁了别墅，这个世界就真的干净了吗？"

"郑恒，现在收手还来得及，别忘了你曾立志当一名好警察，警校教给你的本事不是干这个的！"

"太晚了，从他们把燃烧瓶砸向我的那天晚上开始，我就无法收手了。"

郑恒摇摇头，有些遗憾，"这个计划，我的那部分已经完成了，剩下的交给你了！林寒江，不要让我失望。"

郑恒把那个摄像机交给林寒江，说："这里有发生的一切，今天的，还有以前的，我都做了记录。我的计划里，真的没想让无辜的人送命，可是我还是变成了魔鬼……"郑恒眼中涌满了泪水，"我无法回头了。"

郑恒轻声在林寒江耳边说："这里有我留给你的礼物，你千万不要弄丢了！"

林寒江忽然明白了郑恒话里的意思，郑恒来到狮子崖那一刻，就没想活着下山。

对面山坡上，高峰还在电话里催促袁凯下令开枪，声音焦急而绝望："袁凯，你他妈的还在等什么？快开枪！"

袁凯看着王宬坚定的眼睛，慢慢关掉电话。袁凯在对讲机里下达命令："我是袁凯，没有我的命令，任何人不得开枪！重复一遍，没有我的命令，任何人不得开枪！"

林寒江向郑恒伸出手，郑恒笑了，将起爆器交给他。林寒江用汗津津的手紧紧攥住起爆器，郑恒闪电般掏出一把手枪，指在自己的太阳穴上。林寒江对郑恒的举动并不吃惊，他还想最后尝试劝郑恒回头，大声说："郑恒，住手，你不该这样的！"

"我曾梦想当一名好警察，我有解决敌人的方式，我也有解决自己的方式。一颗子弹，就是我最好的归宿！"郑恒声音平和淡定，他最后敬了一个礼，向着龙岭大山。

枪声震动山谷，郑恒像一片落叶一样从绝壁之上缓缓飘落……

那里，正是他妹妹跳崖自尽的地方。

下山后的林寒江将自己锁在办公室，他一遍又一遍看郑恒的摄像机，屏幕里郑恒详细描述了那几起命案的情况。林寒江把屏幕定格在姚新元对着镜头喊出"高峰"名字的画面，他双手捂住自己的脸，使劲搓着，久久沉思。

袁凯带着李长风敲门进来，袁凯冲林寒江伸出手，林寒江迟疑着，最后还是把摄像机交给袁凯，说："你要小心点，这是一枚会爆炸的原子弹！"

袁凯握住他的手，还是重重地拍了他一下，说："不怕，不砸毁旧的黑恶势力，哪来的新世界？"

原子弹真的爆炸了！秦州市官场仿佛遭遇了核弹轰击，在最短时间内被炸得七零八落。

省委常委、市委书记刘军强，他的秘书"二书记"曹兵以及一群党羽因为王小江案件，被扫黑除恶专项斗争小组立案审查，其中涉及赵震、刘一功等多名警务人员，以及秦州市政法委副书记何健设等人。

王小江从鬼门关捡了一条命回来，愤怒之下将刘军强等人的所作所为全盘托出，他不仅交代出这些年对刘军强等人的利益输送情况，还供出刘军强指使自己除掉王天龙的真相。

原来，督察组进驻汉山省以后，王天龙的天龙集团名列督办企业名单第一位，刘军强唯恐王天龙将自己牵扯出来，便提前透露消息给王天龙，力劝王天龙逃出境外躲避风头，没想到王天龙突然变卦，在机场玩了一出"金蝉脱壳"的戏。6 月 20 日那天，王天龙让弟弟王海龙顶替自己，登机逃奔马来西亚，而他虚晃一枪，在夜间悄悄潜回秦州。路上王天龙和过去的搭档姚新元联系，姚新元答应在"潜龙庄园"别墅给他提供一个藏身之所，不料姚新元通话时被姚坤听到片言只语。王天龙来到王小江的别墅，和前来参加酒宴的刘军强密谈了很久，王天龙要挟刘军强，两人在秦州秘密保持了多年的利益输送关系，刘军强不能白拿了多年的好处，他要刘军强动用关系为自己摆平督察组的调查。刘军强担心王天龙鱼死网破，拖累自己翻船，便巧言安慰对方，说是要请示上面的人，以此稳住王天龙。

那天晚上，王天龙坐在黑暗的房间中闷闷抽雪茄，等待刘军强的消息，刘军强则在隔壁房间摸黑给别人打电话，不知电话那端的神秘人物究竟是谁。两个房间都没有开灯，一红一蓝两点微弱的亮光，仿佛一只野兽窥视的双眼。

刘军强："计划有变，王天龙没有去马来西亚，他回来了，就在隔壁！"

电话那端的神秘人："他威胁你了？"

刘军强沉默不语，此时沉默更能传导压力。果然，神秘人率先打破沉默，说："让王天龙出逃，就是要拿天龙集团作为祭品，献给督察组，以此吸引住督察组和王宬的注意力，掩护汉山省和秦州市其他的问题，这是一盘牵扯各方利益的大棋，决不能让王天龙的任意妄为，破坏了我们的棋局！"

刘军强轻声说："你能过来吗？我俩一起劝说王天龙，或许还有转机……"

电话那端传来一声冷笑："你是想要我也陪你一起跳水吧？"

刘军强被人点破心事，却并不慌张，冷冷地说："船如果翻了，你还能干着身子上岸吗？"

神秘人冷哼一声，犹豫一会儿，说："等着我，马上过去！"

刘军强放下电话，按住隐隐作痛的胃部，看着别墅外面黑沉沉的龙岭大山轮廓，犹如一条渡劫之前的巨大黑色虬龙，正将他吸进黑不见底的巨口之中，他长叹一口气，不知道自己能不能渡过这一劫。别墅前院，王小江和一群狐朋狗友正喝得面红耳赤，大声喧哗，声浪不可阻挡地传了过来，刘军强厌恶地皱皱眉头，他暗暗发誓，如果成功渡过这次劫难，他一定洗心革面，规规矩矩做个好官，至于能否升迁，已经不是他在意的事情了。

时间仿佛静止了，不知过了多久，一个人影悄悄出现在刘军强身后，手里影影绰绰拎着一件东西，似乎随时要将这件东西砸向刘军强的后脑。刘军强没有转身，也没有说话，径直向隔壁走去，那个神秘人幽灵一样跟在后面。

刘军强推开房门，打开灯光，那个神秘人立刻发出一阵爽朗的大笑："老王，听说你回来了，我带来一瓶好酒，咱三个今晚不醉不归！"

王天龙看着那人手中的红酒，疑惑地站起身来……

那天晚上，王天龙和刘军强两人到底谈了什么，王小江并不知道。半夜时分，王小江接到刘军强的电话——"有的人既然走了，就不该再回来！"

王小江闻言，身体里的酒顿时化作热汗涌出，他早就想寻机做掉义父王天龙，此时有了刘军强的指示，他怎能错过这千载难逢的机会？王小江眯起眼睛，犹如一只暗夜里的独狼看向幽暗的龙岭大山，王小江知道，此时他的眼睛一定闪着嗜血的绿光，他相信自己拥有这种近乎兽性的本领。

黑暗中的刘军强放下电话，问身后的人："走到这一步，你不后悔？"

那人幽幽地说："棋局已开，无论是流血还是流泪，我们都要走下去！没有回头路！"

刘军强叹了一口气，不再说话。

王天龙一人开车上路，驶向姚新元提供的"潜龙庄园"隐藏住所，王小江立刻带着郑恒追了上去，在荒郊野地撞翻王天龙的车后，王小江亲手用高尔夫球杆杀死王天龙。郑恒将尸体焚烧，又把残渣送到帽儿山稀土提炼基地用硫酸销毁，冲进玉龙河中，彻底毁尸灭迹。

姚坤得知王天龙失踪以后，一直心中怀疑，他不知道是姚新元还是王小江藏匿甚至杀死了王天龙，所以姚坤自作聪明地设计了一个"一石二鸟"的计策，一边想整倒姚新元，独霸唐宫集团，一边揣测模仿王小江的作案手段，想趁机"敲山震虎"，驱走王小江。但是，姚坤低估了王小江的狠辣，王小江点燃了郑恒的复仇怒火，抢先下手做掉了姚坤和大熊。

王小江交代出这些后，适逢国际刑警组织将王海龙引渡回国，交给汉山省警方，王海龙将顶替王天龙潜逃的情况彻底供出，证实了王小江的证词。

当年的打黑英雄刘军强，是怎么沦为王小江团伙的幕后保护伞？

刘军强担任秦州市委书记时，正逢王小江在秦州寻找靠山的时候，王小江利用一切机会巴结刘军强，但是刘军强很是鄙视王小江的流氓习气，对他十分戒备，多次拒绝王小江的吃请拉拢。王小江见刘军强不易突破，就专攻刘军强的秘书曹兵，曹兵在金钱面前毫无抵抗力，他主动向王小江透露出刘军强的夫人正在英国陪女儿读书的情况。王小江于是飞赴英国，聘请了一个女留学生主动接近母女二人，历时数月之久终于获得了母女二人的信任，将二人拉拢下水。据说，刘军强得知自己后院被王小江攻破后，并不甘心，曾经想利用警方的力量反制王小江，王小江向他亮出其妻女在英国收贿的视频，威胁要向上级纪检委举报刘军强，并在网络上公开，利用舆论的力量搞臭刘军强。刘军强内心犹豫彷徨挣扎多日，最后还是滑落深渊，这个曾经的扫黑英雄在王小江手中的证据面前低下头来，成为王小江的幕后靠山……

六十一

李长风去看望羁押在审的赵震，师徒二人对面而坐，相视无语。

李长风掏出一袋薯片递给赵震，但是赵震拒绝了，赵震苦笑说："这里有规矩，不吃了。"李长风默默地把薯片揣回兜里。

"师傅，晓宇手术很成功，现在恢复得也很好，你放心吧。"

赵震眼角流下一滴浑浊的泪水，哽咽着点头："谢谢你，长风。"

"师傅，其实我早就猜到了，指使你除掉王小江灭口的人，应该是刘军强，他自己和身边的人，与王小江牵扯太深，不除掉王小江，一定会被王小江反噬的。"

赵震苦笑，既不承认也不否认，只有沉默。

"师傅，如果我猜得不错，晓宇弟弟的肾源应该是刘军强联系的吧？他用别的要挟不了你，只有这个，才能迫你就范。"

赵震依然苦笑，笑得老泪纵横，但是依然没有说话。

身穿病号服的刘军强躲在医院里，最后还是被扫黑除恶专项斗争专案组带走。刘军强被定性为黑恶势力保护伞，将面临法律的严惩。刘军强当年靠"打黑"成名，最后被"扫黑"打倒，令人扼腕叹息。一些法律界资深人士私下传言，说刘军强牵扯太深，罪孽深重，这次很可能被判无期徒刑甚至死缓。

市长高峰是在办公室被省纪委带走的，高峰以及姚新元、楚天林和陈芝罘等人，因为收受企业贿赂，官商勾结，分别被省纪委留置审查，案件正在深入调查。

王小江向纪委交出了"行贿"林寒江的完整视频，林寒江终于洗清了冤屈。林寒江虽然洗清了不白之冤，但是并没有马上恢复工作，那股看不见的神秘力量，还是不希望林寒江重返岗位。

王宬得知林寒江的境遇，深感不平，他私下里去见了一次省委书记陈庭坚，将林寒江的情况告诉陈庭坚。此时的陈庭坚虽然内外交困，但是仍然亲自给纪委和组织部门分别打去电话。有了省委书记的过问，林寒江很快恢复原职，当然这背后发生的事情，林寒江并不知道。

林寒江恢复工作后，立即下令全面关停王小江盗采稀土的白云矿场，在矿场区域马上开展土壤沙化、植被水系的恢复整治工作。林寒江停职期间，厅长张楚黔也因举报而遭到调查，秦州市上报的水电站项目趁机蒙混过关，得到了生态环境厅的批准，林寒江回来后，立即叫停项目审批，并请纪委对厅内相关处室进行追责调查。同时，林寒江安排李亮带人开展龙岭保护区内的违建别墅清查工作，立即将真实数据报给中央督察组。

林寒江停职这段时间没有闲着，他将关于天净山那些山民迁出深山，空间腾挪后，如何实现居美人和生活的规划，结合自己进行的绿色生态产业调查中发现的问题，形成了一个详细的调查报告，反馈给仁城市生态环境局，请顾清云向市委市政府汇报，在实际工作中予以调整完善。在报告中，林寒江特意提到了天净山地区的"禁种玉米"事件，他强调"优化农村生态产业结构"，并不是简单的一刀切，急功近利急于求成，而是要实事求是、因地制宜，既要尊重当地天气水文环境、尊重农民的种植习惯，也要科学引导、循循善诱。

林寒江发出会议通知，把汉山省各地级市生态环境局主要领导和相关部门负责人请到天净山召开现场会，实地观摩生态环境保护与绿色生态产业发展。顾清云为了尽好地主之谊，在当初 IUCN 专家吉姆·桑赛尔考察天净山的位置，请观摩人员通过望远镜观察对面山坡上的黔金丝猴活动的区域，黔金丝猴未能赏脸露面，就在屏幕上播放黔金丝猴群出没的视频。顾清云有些得意地介绍："看看吧，这就是号称'地球独生子'，比大熊猫还要珍贵的黔金丝猴！"

林寒江在会上提出要把"生态优先、绿色发展理念"融入全省现代化建设过程，协同推进降碳、减污、扩绿、增长，以高品质生态环境支撑高质量发展，为汉山省人民造福、为美丽中国建设做出更大贡献。尤其要深入推进环境污染防治和发展方式转型，持续建设"山水林田湖草沙"生命共同体，绘就大美绿色生态画卷。在全省持续推进蓝天绿水、臭氧、黑臭水体、矿山、草场、农业农村等领域污染防治攻坚战，全面推进产业结构、能源结构、生产生活方式等领域向绿色低碳转型。因地制宜持续加快发展山水经济、林业经济、生态旅游等产业，不断提升绿美汉山生态建设综合效益，实现绿水青山就是金山银山的发展目标。

顾清云代表仁城市政府将天净山申评国家公园的请示，郑重地交给林寒江，请林寒江呈交给国家生态环境部。林寒江看着"国家公园"几个红字，内心一阵激动，他期盼已久的梦想，没有在自己手中实现，却在顾清云手中一点点清晰地展现出来，他看着面前的顾清云，就像看见了当年的自己，倔强又热切，即便站在污泥里，也相信终有一天会鲜花遍地。

下山之前，林寒江再次来到老杨的墓前，在那里久久伫立，没有人知道他和老杨说了些什么。黄狗花花一如既往地冲上山来，高兴地在林寒江身边撒欢儿……

女儿笑笑通过视频向林寒江展示自己创作的《山色》图，近两米长的画卷中，气势磅礴的龙岭大山宛如一条巨龙逶迤而来，画面中依次展现出龙岭大山的春夏秋冬四季景色，层次分明，波澜起伏。林寒江平时不怎么过问女儿的绘画课程，没想到女儿展现出过人的绘画天赋，进境迅速。林寒江心中既惊又喜，目光沉陷在《山色》图中，久久不能自拔。

笑笑注意到父亲的眉头微微皱起，就抢先撒娇说："要是有批评意见，你可得抓紧时间说，我只给你一次机会！"

林寒江说："颜色、线条什么的，我挑不出毛病，但是整体看下来，

我觉得好像有一点不足。”

“什么不足？”

“我也说不准。”林寒江有些犹豫，说：“我认识的龙岭大山，它应该是有骨头的……”

笑笑有些理解不了父亲的话，撅起了嘴：“骨头？山的骨头是什么，岩石吗？”

林寒江一时也无法解释，他心中的大山骨头是什么样子？

苏娜敲响了林寒江的房门，她是向林寒江告别的。苏娜说她已经将自己所知道的唐宫集团违建别墅的情况，以及转移资金投入水泥矿产行业的内幕，全都告诉了田小小，田小小会执笔完成柳晓京没有完成的调查报告。但是苏娜实现财富自由的梦想再次毁在了林寒江手中，她本想做一只逐利高飞的鸟儿，可惜却折翼在林寒江面前。苏娜觉得林寒江真的是一个不祥的人，她要从此离开汉山省，远离林寒江。苏娜的告别让林寒江怅然若失，他心中明白，两人已经从知己走向陌生人。

苏娜说：“我不想你再因为我，被那些人威胁逼迫，现在不想，以后也不想。”

林寒江苦笑，说：“王小江用你威胁我的事，你知道了？”苏娜点点头，没有说话。

林寒江问苏娜：“那天在狮子崖上，郑恒告诉我了，柳晓京最后的邮件是一张照片，你真的没见过那张照片吗？”

苏娜并不否认，只是苦笑着说：“那张照片杀伤力太强，你林寒江承受不住。”

林寒江问她：“那是柳晓京慨然赴死，用生命换来的证据，你怎么能忍心将它吞没了？你原来的正义和良知呢？”

苏娜眼中涌出了泪水，反问林寒江：“为了你心中的正义和良知，难道就应该付出自己的性命吗？我们活着的目的，就是义无反顾地寻死吗？”

苏娜向林寒江坦承："我手中确实有柳晓京的照片，但是这张照片如果公布出去，你林寒江和我，包括田小小，都会大祸临头。为了这张照片，已经死了好多人，你难道还想看见更多的尸体吗？"林寒江默然了。

苏娜告诉林寒江："这张照片的内幕不是你林寒江能揭开的，你去碰它只能自寻死路，连人带照片都会消失。柳晓京担心自己遭遇不测，希望我能找几个媒体朋友公开这张照片，可是那样，只怕会牵连更多无辜的人。我承认我害怕了……"苏娜话语中流露着恐惧。

林寒江对苏娜说："你和我的能量或许不够，但是这世间总有能揭开这个内幕的人。"

苏娜："好吧，这个城市里你认为谁可以信赖？我把照片交给他，让他来揭开黑幕。"

"督察组组长王戎。"林寒江脱口而出。

苏娜眼中闪过一丝嘲笑，摇摇头。林寒江心中一沉，难道王戎也变质了？他心中又闪过陈庭坚的名字，但是他自己给否决了，他对陈庭坚已经没有信心。

林寒江思考半天，说："也许有一个人，你可以试一下……"

"谁？"

"秦州市副市长、公安局长袁凯，他可以直接将照片交给省扫黑除恶专项斗争领导小组，省里不行，还有中央！"

苏娜想了想，最后毅然点点头："好，我最后一次相信你，我们赌一次吧。"

"赌什么？"

"赌你标榜的人性，还有良知！"

……

两天后，苏娜突然消失了。

林寒江无数次拨打苏娜的电话，却总是无法拨通。

林寒江站在秦州市公安局门前，在雨中久久凝望着袁凯的办公室，他终于放弃了报警的念头……

林寒江终于理解了苏娜为什么不把照片交给他，苏娜真的是为了保护他。

林寒江和苏娜都赌输了。

秦州市大雨如注，林寒江和田小小在雨中疯狂寻找苏娜可能去的地方，却一无所获。

大雨之中，林寒江来到龙岭山上，站在那棵刻着"凯旋"二字的大树下，看着对面山脚下的别墅群。同样站在雨中眺望别墅群的还有一人，正是袁凯。

林寒江看着袁凯的侧脸，问道："我们还是朋友吗？"

袁凯沉默了一会儿，摇了摇头，说："反目的朋友，可能比最危险的敌人还可怕。"

"你把苏娜怎么样了？"林寒江问袁凯。

"放心吧，她很安全。"袁凯头也不回地回答："苏娜是一个很特别的女子，终于实现了她的财富自由梦，现在已经彻底退隐江湖了。"

"我凭什么相信她还活着？"

"你应该相信我的话，我们斗智不斗力，能交易绝不交手，能用钱解决的问题，我们不会去沾染血腥。这个世界上，并不都是像王小江、赵震和郑恒那样的蠢人。我是这么想的，苏娜也是这么想的，所以她才敢把那张照片紧紧攥在手里，她认为利益才是安全的保证。"

"你已经骗了我两次，我不会相信你的话。"林寒江想起袁凯带他来查看违建别墅时的真诚，想起他主动把苏娜推给这个隐藏极深的伪君子，不由得不寒而栗。

袁凯回头看他，还是很诚恳："苏娜真的很安全，是我作保，某人出高价买走了那张照片。苏娜离开了秦州，她不想再见到你，她拜托我转告你，说以后每年元旦跨年夜的时候，她会给你报平安。"袁凯看着林寒江，笑得很真诚，"我很羡慕你林寒江，她这么做其实是保护你，她宁肯自己背上贪财背叛的骂名，也不想你受到伤害。你有这样的红颜知己，已经是汉山省最成功的人了，有知己如此，夫复何求？"

"你说的某人，其实就是你背后的操控者，你不过是出卖了自己的灵魂，替他做事，对吗？"林寒江明白了袁凯现在的角色。

"林寒江，你不要高估自己，易位而处，也许你也会这么做的。汉山省只有你和我最相像，你不拉帮不站队，凭着你的良知一路行来，你给人的外在印象是傻、直、倔，但是你又会隐忍等待，你会冷静观察，抓住时机果断出击，直至一击必胜！你与当年的书生意气相比，现在已经学坏了，变得越来越狡猾。刘军强把你的简历发给团伙成员学习琢磨你，高峰组织了一个班子专门研究你，但是他们还是没研究到点子上。"袁凯的语气很是自负，看来他对林寒江进行了更为透彻的研究。"最了解你的人，只有我！"

"袁凯，你巧妙周旋于省、市的派系之间，表面上廉洁奉公，兢兢业业，正直威严，不阿谀不媚上，但是这一切都是你的假面具，真实的你其实一直在寻找时机，你在待价而沽！"

"待价而沽？"袁凯似乎对这个词很感兴趣。

"与你相像的人不是我，是郑恒。"林寒江冷冷地道："郑恒是用仇恨支撑自己苟活世间，而你是把仇恨转化成了野心，你用野心支撑你前行，维系你脸上的面具不掉落下来。袁凯，你一直在寻找真正值得你投靠的大树！"林寒江情绪激动，狠狠踢了一脚眼前刻字的大树，树干摇晃，无数雨滴震落，洒在林寒江和袁凯的身上，"这一次你肯定是把那张照片，还有你自己，都卖了一个好价钱，对吧？"

袁凯拍起了巴掌，由衷地对林寒江竖起大拇指，说："真正了解我的人，也只有你，无论是高峰还是刘军强，他们如果知道你如此洞察人心，肯定会后悔低估了你。"袁凯又说："你猜对了，照片加我，确实卖了一个好价钱。现在秦州市出价最高的人不是王小江了，最高纪录保持者也不是你林寒江，是苏娜！因为我不喜欢钱，钱不是我的目标。"

"你的目标到底是什么？"林寒江不禁对袁凯也有了几分敬佩，袁凯心思缜密，善于伪装，隐忍待机，这样的人真的很可怕。

"秦州市的官场已经砸烂了，省里也好不到哪里去，你林寒江已经不是把水搅浑的鲇鱼，是兴风作浪的蛟龙。有的人恨你、怕你，可是也有人喜欢你，就像我，我的机会是你创造出来的，你在前面横冲直撞，我在后边寻找机会。今年年底，省里要换届选举，那时候你就知道我的目标了。"

"袁凯，你是什么时候下定决心，把自己标上价码出售的？"林寒江问："至少在仁城时，你还没有出卖自己。"

袁凯笑了笑，说："那天晚上，姚坤在停车场堵住我，向我举报他的亲哥哥姚新元要除掉你林寒江，我突然发现，这是一个很难得的机会，一个平步青云的机会，因为幕后遥控高峰和姚新元的人，就是我想接近的目标，是姚家兄弟和你，一起给我创造出这样一个机会……"

"所以，你就变得和高峰那些人一样？"

"错了，我和高峰不一样，他的时代已经过去了，因为他即将被新人替换掉，而替换他的人可能是陌生人，也可能是我！"

"所以，你利用隐瞒的矿难事故突袭拿下王小江，扳倒了王小江和他身后那些人，替你的新主子扫除政敌；还有，你不同意我清查违建别墅，其实也是在维护你新主子的利益吧？"

"哈哈，林寒江，你有时候其实也是很聪明的，聪明到我都钦佩你，可惜，你我再也不能成为朋友了……"

"袁凯，你别忘了，你在这棵树下给我讲的故事，你的弟弟还埋在对面的山上，难道你把这一切都忘了？"

袁凯凝望对面雨雾中的山坡，过了半晌，说："以前，我看的只是这面山坡，但是现在，我看的是整个龙岭大山！哎，我从来没注意过，雨中的龙岭真的很漂亮……"

袁凯背着手，冒着大雨施施然而去，他谋的不是钱财，是自己的晋身之阶，看来那个人已经给了他仕途上的许诺。

袁凯攀附的大树到底是谁？

林寒江在大雨之中茫然远眺，心中充满了挫败感，这种感觉不仅是因为他失去了袁凯、苏娜这样的朋友，更是因为自己心中恪守的信仰发生了动摇，如果他面对袁凯、苏娜那样的诱惑，还能守得住底线吗？

对面山上雾气弥漫，苍翠的山色若有若无，大山如此，人间兴衰亦不过是云缈雾幻……

中央领导的第六次批示摆在陈庭坚等汉山省领导面前，陈庭坚和众人默然对视，面对批示上的话，所有人都不再镇静——"首先从政治纪律查起，彻底查处整而未治、阳奉阴违、禁而不绝的问题。"

陈庭坚等人知道，汉山省的生态环境问题已经上升到政治纪律的高度，这是中央前所未有的严厉批评。陈庭坚环视在座的省委常委、副省长等人，没有一个人敢迎接他的目光。最后，陈庭坚目光落到那张批示上，黯然长叹一口气，显得憔悴、惭愧、屈辱、无奈，这是陈庭坚从政四十年，第一次在别人面前暴露自己的软弱。

林寒江再次向督察组汇报汉山省生态环境整治工作，除了前期整治进度之外，他还正式向督察组递交了龙岭保护区违建别墅摸排情况，一共1190座违建别墅，以及通过卫星图片测量出来的龙岭大面积植被破坏情况，还有保护区内水系污染的分析。除此之外，林寒江主动自揭家丑，将之前督察组没有重点关注的汉山省北部山区滥采矿产资源、违规批建水电站等诸多问题，一并向督察组作了汇报。

汇报完工作以后，林寒江主动提出请王戒出去走走。二人并肩走在林荫小道上，王戒问："以前都是我喊你散步，今天是你拽我出来，说吧，到底是什么重要情况？"

林寒江盯着王戒问："请您先告诉我，'王阎王'还是'王阎王'吗？"

王戒的眼神瞬间凌厉："什么意思？"

"因为汉山省，我不知道谁是可以信任的。"

　　王戌的眼神像针一样直刺林寒江，过了良久，他一字一句地说道："即便你身边的人都黑掉了，我依然是你可以信赖的！"

　　林寒江看着满头银发、瘦小干枯的王戌，从头打量到脚，王戌的脚上还是那双皱皱巴巴的旧皮鞋，鞋上隐约可见一块黄泥痕迹，这块黄泥让林寒江想起了当年第一次见到王戌时，那时两人并肩站在垃圾场里，看着身边如山的垃圾。

　　林寒江终于下定了决心，从怀中掏出一张照片，郑重地交给王戌。

　　这张照片就是柳晓京最后发出的加密邮件，郑恒在邮箱里破译截取了它，但是郑恒并没有交给王小江，而是作为"礼物"留给了林寒江。林寒江知道这张照片的重要性，那天从狮子崖下来，他在袁凯和李长风找他之前，把照片单独保存起来。

　　照片中间有三个人，一起举着酒杯勾肩搭背亲热地交谈，第一个人是原秦州市委书记刘军强，第二个人是"金蝉脱壳"又惨遭毁尸灭迹的王天龙，第三个人竟然是督察组副组长吴铁臣！

　　6月20日那天夜里，柳晓京悄悄来到王小江的私人别墅，别墅里虽然亮着灯，但是院子里静悄悄的。一个秃脑袋的胖子慌慌张张地穿过院子，走进别墅里面，柳晓京悄无声息地跟在他后面，因为她认出这个鬼鬼祟祟的人正是王天龙。这时的王天龙刚从机场潜逃回来，偷偷来王小江这里和刘军强见面。刘军强受到王天龙要挟后，不肯独自承担风险，又将吴铁臣叫来，一起劝说王天龙。王天龙舍不得自己在秦州的产业，不甘心一走了之，他依旧心存幻想，希望刘军强和吴铁臣能帮助自己摆脱困境，自己这些年在他们身上不计其数的投入，现在到了回报的时候。王天龙当时心想，就算到了鱼死网破的时候，也要拉着这两个人给自己陪葬。但是王天龙并不知道，吴铁臣和刘军强为了自身利益着想，已经将王天龙和他的天龙集团视作弃子。

　　为了方便这次见面，王小江让别墅里的服务人员暂时避开，这无形中给跟踪的柳晓京提供了方便。当吴铁臣、刘军强、王天龙三个人在别墅房间里，心怀叵测地共同举起酒杯时，柳晓京隔着玻璃拍下了这一幕。

柳晓京不知道，照片定格的瞬间，很多人的命运也从此定格了……

柳晓京拍照的时候，不小心被王小江的手下发现了，他们认出了偷拍者是那个阴魂不散的女记者，这些人一边向王小江汇报，一边分头围堵柳晓京，惊恐的柳晓京驾车逃跑，她微弱的车灯在黝黑的龙岭大山里，显得绝望又可怜。

王小江接到电话时，正带着郑恒在野地里，猫捉老鼠一样追逐戏弄王天龙，看着王天龙身上燃起的大火，王小江命令郑恒带人调头回去，不择手段解决柳晓京和她手中的照片。

王小江打电话给周纯如："姓周的，快告诉我柳晓京的住址！十万火急！"

电话那端的周纯如迟疑了一下，还是把柳晓京的住址告诉了王小江，王小江得意地大笑："好姐妹，真是好姐妹！"

……

王戒看着照片，手哆嗦了一下，很多困扰他的问题一瞬间都想通了，从王天龙潜逃死亡、柳晓京和田小小举报材料丢失、柳晓京惨死、田小小遭到追杀、督察组内部消息走漏、有人故意栽赃给无辜的年轻人常林，再到林寒江被王小江"绑架"威逼，遭到停职调查，林寒江洗清冤屈后依然有人不想他恢复工作，这一系列问题都指向自己的副手吴铁臣，很可能是他在背后作祟。

王戒端详照片良久，最后默默把照片揣进怀里。

林寒江问王戒："有一个问题，始终困扰我，我想向您请教。"

"什么问题？"

"刘军强和高峰，明明是面和心不和，都盼着对方出事，为什么他们在龙岭违建别墅、白云矿场和化工产业园等问题上，竟然摒弃成见，互相替对方打掩护？"

王戍微微一笑，说："你观察到了这个现象，但是没有找到答案，那是因为你始终是一个局外人，没有换位思考，如果站在他们的位置上承受压力，你就会明白的……"王戍往前走了几步，站在一块尺许见方的地砖上，使劲踩了一脚，说："这块地砖下面的世界，就像秦州一样，根须交错，蝼蚁横行，派系林立，本来它们藏在地砖之下，互相争斗吞噬，势同水火，但是突然有一只脚踏了上来，它们同时感受到了危险，地砖下面的各个派系自然会唇亡齿寒，兔死狐悲，共同抗衡外面的压力。你说的那些人就是这种心态，危险来时，他们会默契对外，危险消失，他们又会故态复萌，重新争斗不休。"

林寒江点点头，明白了这些人为了生存的心态，如果没有督察组这只脚重重踏下来，外边的人谁也不知道地砖下面发生了什么。林寒江说："我们挂在嘴边的'生态'二字，不仅是自然界的生态，还包括人的生态，以及社会道德和意识的生态，缺一不可。"

王戍点头，长叹了一口气，似乎也是忧心忡忡，说："天净山申遗成功，说明天净山不仅是中国的，更是世界的，龙岭大山何尝不是如此？龙岭地处中国心腹位置，界分南北，襟江带河，不仅直接影响中国的生态环境，更是全世界人民眼中的标尺，评价我们国家治理生态环境决心的标尺，所以，龙岭决不能毁在我们这一代人手中！"

林寒江默然，他从没有站在王戍的高度去思考龙岭、天净山的生态问题，虽然有如醍醐灌顶，却同时感到肩上的责任重逾万钧。

王戍想了想说："林寒江，我也有一个问题想问你。"

林寒江诧异道："什么问题？"

"林寒江，我看了王小江在别墅里威逼你的视频，如果那天晚上你点一下头，其实这一切都会风平浪静，不留痕迹，秦州还是原来的秦州，龙岭还是原来的龙岭。你能告诉我，是什么原因让你拒绝了？"

林寒江反问道："那天晚上，我点一下头不难，因为那天我也曾经那样想过，动摇过。但是，支撑我没有点头的，是那些为了秦州、为了龙岭死去的人，像柳晓京等人就会死得毫无意义，而我林寒江，泯灭了良心，从此也不是原来的林寒江。今天，王组长，如果你漠视这一切，你还会是原来的你吗？"林寒江牢牢盯着王戎，问他："多年前，曾经有一个朋友问我，遇见魔鬼，你是选择逃避还是与魔鬼对视？王组长，你会如何选择？"

王戎没有正面回答，沉默一会儿，问林寒江："你看过意大利作家卡尔维诺的小说《黑羊》吗？"

林寒江点点头，说："你是想让我在那个人人是贼的国度里，做那个最后饿死的诚实人？"

王戎笑着摇头，说："你错了，一个诚实人改变不了人人是贼的国度，我们要做的，是防止出现那样的国度！"

王戎不再说话，拍拍林寒江的肩膀，转身走了。

当天夜里，王戎独自一人返回北京，向中央汇报了汉山省发生的一切。

一周后，王戎再次返回汉山省，与他一起在秦州机场降落的还有中央派出的专项整治工作组，正副组长由中纪委派出的领导担任。

六十二

　　两个月后，龙岭保护区违建别墅整治工作，面向社会公开进行，在齐广德等群众的监督下，大批机械车辆轰鸣进场，一栋栋违建别墅应声倒下。

　　王小江那栋豪华阔气的别墅，轰然倒塌。王小江那天夜里在客厅里的话语，就像尘土一样飘散无影。林寒江想起那夜的情形，站在飞扬的尘土里，几乎咳弯了腰。

　　在拆除完毕的空地上，李亮等人组织社会各界进行植树补绿，修复龙岭山上一块一块的"疮疤"。

　　与此同时，汉山省、秦州市一批领导干部因为敷衍塞责、阳奉阴违、禁而不绝等问题被严肃追责，省委书记陈庭坚代表省委省政府向中央深刻检讨。包括省委书记陈庭坚、常务副省长常知源等一批党政领导干部，分别被予以党纪处分。

　　令社会震动的是生态环境督察组副组长吴铁臣落马，他因为收受贿赂、泄露机密等问题被立案审查，同时牵连出吴铁臣在地方任职期间与企业相互勾结，为企业和个人在项目开发、承揽工程、职位提拔等方面谋取利益，直接或通过他人非法收受财物超过 4 亿元。

　　消息传出来，正在接受审查的刘军强为了争取立功表现，主动供出了吴铁臣在王天龙一案中，也受到王天龙的要挟，是吴铁臣和刘军强两人一起向王小江发出除掉王天龙的指令，警方立即对吴铁臣进行深入调查，追究吴铁臣的刑事责任。

　　省纪委办案中心，得知吴铁臣落马的高峰不住摇头，说："顽固程度四星半，这半颗星的差距就是长堤蚁穴，阿喀琉斯之踵啊。"

　　旁边的人听不懂，问高峰什么意思？高峰苦笑着摇头，眼角的泪水悄悄溢出。高峰知道，刘军强开口指证吴铁臣，说明他们这些人都已经身陷"囚徒困境"之中，互相指证、推卸、撕咬，而吴铁臣落马，他的后台"101"还能平安无事吗？

周末休息时，田小小跑来找林寒江，说要带他去完成一个心愿。

田小小把林寒江带到柳晓京的墓前，将一束鲜花摆在柳晓京墓碑前，田小小和林寒江一起向柳晓京的遗像鞠躬。

田小小见墓地旁边一小朵纤弱的黄色菊花正在迎风而舞，不由想起柳晓京绝笔信中那句话，"……来日坟前黄花青草舞动，便是我来见你了……"田小小顿时悲从中来，泣不成声。

林寒江见柳晓京墓碑上的年龄只有 27 岁，不由感慨万千，说："其实 800 万秦州人，都欠您一个鞠躬。"

田小小想起了苏娜，有些怨气，说："柳姐姐，您说预留的后手那个人，她辜负了您，她见利忘义，不配做您的朋友！"

田小小将林寒江推到墓碑前面，说："不过，我今天把她的替罪羊林寒江给您抓来了，她为了林寒江选择逃跑，但是最后帮您申冤的也是林寒江。哎呀，我说不明白了，林寒江，你道歉吧！"田小小已经泪流满面，语无伦次。

林寒江整肃衣衫，再次向柳晓京的墓碑三鞠躬。

林寒江起身时，忽然发现王戌不知道什么时候来到墓前。此时的王戌白发更多，神色愈加憔悴，仿佛生过一场大病，得力副手吴铁臣落马，对王戌无疑是一次沉重的打击。

王戌走上前来，满怀愧疚地向柳晓京遗像鞠躬，王戌说："谢谢晓京姑娘，我也欠您一个鞠躬。"

王戌转身对林寒江和田小小说："我也谢谢你们，你们帮我揪出了身边的蠹虫，我投桃报李，告诉你们一个消息，高峰终于把他的幕后之人说出来了，你们猜是谁？"

"陈庭坚？"林寒江试探着问。

王宬微微一笑，摇摇头道："那个老杂毛确实在工作中犯过错误，得到了应有的处分，但是总体上还是一个好干部，他没有回避自己的错误，已经主动向中央请求处分。"

林寒江心中闪过一个名字，但是不敢肯定，只能摇摇头。

王宬说："其实你想到了，这个人被高峰等人称作'101'，不是效仿某个大人物，而是他办公室的房间号，这个人就是常务副省长常知源。"

林寒江并没有吃惊，常知源是幕后之人，在意料之中，也在意料之外。常知源这个人不像陈庭坚锋芒毕露，为人儒雅和气，他平日里躲在陈庭坚的身后，但是野心放得更远。陈庭坚即将卸任，现任省长李天成大概率递补书记，竞争对手刘军强倒台，常知源几乎是板上钉钉的新任省长。没想到常知源竟然热衷于暗中拉帮结派，成为高峰、姚新元等人的幕后主使。常知源隔岸观火，巴不得刘军强和陈庭坚斗得头破血流，无论谁胜谁败都不会影响他的晋级。近年，龙岭违建别墅大规模蔓延，主要责任在常知源，他当副省长这几年利用手中职权，通过高峰等人在龙岭山区违规批建了大量别墅，他伙同党校同学吴铁臣，密谋想把责任转嫁到陈庭坚身上，因为当年第一道口子确实是陈庭坚开的。当龙岭保护区的拆除违建别墅工作陷入僵局时，常知源在省委常委会上表态，主动来到秦州协调省、市形成合力，他表面上是主动承担责任，其实暗中是为唐宫集团撑开保护伞，企图帮助高峰、姚新元等人蒙混过关，共同对付中央越来越严的批示。

吴铁臣此人左右逢源，黑白通吃，他与刘军强是老乡关系，两人暗地里沆瀣一气，企图用王天龙和天龙集团吸引督察组注意，以此掩盖其他问题。吴铁臣提前透露督察消息给刘军强，刘军强又通知王天龙，吓跑了王天龙，但是王天龙逃跑途中反悔，反过来要挟二人时，二人便指使王小江除掉了王天龙。林寒江盯上白云矿场时，吴铁臣再次暗中通知刘军强，试图以关停白云矿场等手段应付督察组检查。同时，吴铁臣还暗中与党校同学常知源互帮互利，他为了帮助常知源逃避中央问责，一直遮掩龙岭保护区内违建别墅的实际情况，致使拆违工作拖延塞责。常知源知恩图报，得知吴铁臣因为柳晓京偷拍照片而惶恐不安，便命令自己的亲信替吴铁臣出钱，利用主动投靠过来的袁凯，由袁凯出面威逼利诱苏娜，最终从她手中买走柳晓京偷拍的照片。

听完王戌的介绍，林寒江和田小小俱是沉默无语，笼罩在秦州上空的黑幕终于被撕破了，露出了清澈的苍穹。但是谁又知道，撕破的黑幕是全部还是一角？苍穹之下还有没有依然作恶的人？

田小小冷笑道："那么多衣冠楚楚、道貌岸然的'正人君子'，其实都是钩心斗角、毫无气节的龌龊小人。"

林寒江也慨叹，说："无根本的气节，便如醉汉殴人，醉时悍勇，醒时绵软无力。希望这样的人，越少越好啊。"

王戌点头赞同，说："这些人其实都是行走的垃圾，在行为和内心都污染着这个世界，所以'治环境易，治人心难'，我们治好了环境，只是迈出了第一步，任重道远啊。"王戌告诫林寒江："林寒江，眼睛不要总是盯在这些人身上，我再告诉你一个好消息吧，天净山申评国家公园的请示，国家生态环境部已经正式接收了，近期就要派出考评团队，你和顾清云做好准备吧。"

林寒江微微一笑，并不激动，他摘下眼镜，抬头向天，和太阳对视了几秒钟，几秒钟很长，足以让他回顾自己几年来的经历，是悲是喜，只有他自己心里清楚。林寒江慢慢戴上眼镜，似乎抖落了一身的烦恼和颓废。

田小小用手绢仔细擦拭着柳晓京的墓碑，喃喃自语："晓京姐，你为什么这么傻，为什么宁愿自杀也不愿意交出照片？"

林寒江在后面轻声说："也许我能理解她的心情，道德洁癖的人宁肯自我了断，也不愿意与肮脏的世间握手言和，也许，那时的她是真的失望了……"

田小小细心地擦去"柳晓京"三个字上的灰尘，不知是问林寒江还是问自己："你说，会不会有一天，我们也会伸出手去和肮脏的世间握手，妥协、言和？"

　　汉山省政府楼内，一缕头发从常知源的额头垂下，挡住了他的眼，常知源在纪委立案审查书上签名，按下指印。

　　秦州市公安局会议礼堂，正在主席台上慷慨陈词"用铁的纪律打造铁的队伍"的袁凯，突然声音变弱，几百名警察包括李长风等人，一起扭头看着走进来的数名纪委工作人员，袁凯慢慢站起身来，脸上写满了惊疑和遗憾，他向台下敬了一个礼，然后步履踉跄地走下台来。李长风心中明白，袁凯最后的敬礼，是告别，袁凯在和同事告别，和过往的一切告别，就像狮子崖上的郑恒一样。

　　千里之外的北江省，周副省长刚走出大楼，迎面遇见几名纪委工作人员，"你多次插手汉山省玉龙河流域水电站建设的问题，请你配合我们的调查……"

　　南方某机场，那名神秘的水泥商人依然一副纨绔子弟相，挎着一名漂亮的女子，有些惊恐地回头看了身后几眼，急急忙忙登上飞机……

　　瑞士，阿尔卑斯山脚下。一架黄绿相间的滑翔伞从山崖上飞起，像一只山鹰冲上云霄，操纵滑翔伞的人是突然消失的苏娜。滑翔伞借助阿尔卑斯山鼓荡的山风，轻巧地掠过层层山峦，苏娜贪婪地看着身下的风景，近处是如茵的草地，远处是浴雪的山峰，原来大地可以如此俯瞰。此时的苏娜终于成了一只高飞的鸟儿，她的梦想实现了，可惜无人欣赏。苏娜慢慢解开滑翔伞的安全绳，滑翔伞失去了重量，瞬间升高而去，苏娜像一片秋叶，慢慢旋转而落，她转过身来，面向苍穹伸开双臂，似乎想拥抱什么，又像是告别。"我是一只逐利高飞的鸟儿……"

　　王宬蹲下身，怜惜地抚摸着墓碑上柳晓京的照片，说："对不起，晓京姑娘，不该由你来扛这副担子啊，你还那么年轻，和我儿子去世时一般大……"

　　王宬站起来，腰身明显有些佝偻，他哽咽着说："十几年前，我在南方查案，我的独生儿子在老家水库游泳，不明不白就溺亡了，那年他也27岁。唉，我们王家，绝后了……"

林寒江心神激荡，想起了自己去世的妻子，那个在车祸中飞起来的娇弱无助的身影，"你在天堂还好吗？"

田小小捂住了自己的嘴，泪水夺眶涌出，她体会到了坚持正义和良知的背后，其实都是流血的代价。田小小眼前再度浮现柳晓京的身影，柳晓京笑语盈盈地站在阳光下，说："小小，还有那些我未曾体验过的美好，拜托你了。"

……

"林寒江，都说龙岭山色冠绝天下，我还从来没有仔细看看，你陪我去看一眼龙岭山色，就算对我这次督察工作的嘉奖吧。"王戍向林寒江发出邀请。

二人慢慢走上山巅，看龙岭绵延起伏，万峰雄峙，一派山色雄浑巍峨，两只苍鹭排空而上，带走满山秋色，直入万里碧空。

林寒江和王戍二人在山风中白发飞舞，感慨万千，林寒江不由吟道："龙岭峰上回头立，无限秋风吹白须。"

王戍微微一笑，接道："欲为天下除弊事，肯将衰朽惜残年。"

远处龙岭山下隐约可见的人群，那是正在拆除违建、植树补绿的人们，齐广德等几个老哥们精神抖擞，走在人群最前面，一面"青年环保志愿者协会"的旗帜下，李亮和齐佳等年轻人正在种植一棵水杉树苗，李长风陪着田小小走了过来，田小小把一块刻着柳晓京名字的小铜牌挂在水杉树上，四个人在树前默立。

三个年轻的女大学生手拉着手路过，好奇地问："柳晓京是谁？"

田小小看见三个女大学生，就像看到了自己和柳晓京、周纯如当初的影子……

笑笑打来电话："爸爸，你还没告诉我，大山的骨头到底是什么样子的？"

林寒江心中一片茫然，不知如何回答，他敷衍女儿："也许，到我这个年纪，你就会看懂大山的骨头是什么。"林寒江放下电话，把问题抛给身边的王宬，问他："你说，大山的骨头到底是什么样子的？"

王宬微笑，指着山脚下的人群，说："林寒江，我们曾经对大山犯了错，我们不能逃避错误，要直面改正错误。你不要对这座大山失望，这座大山的骨头、灵魂和未来的希望是他们，不是我们，有他们在，这座大山一定会越来越好！"

林寒江点点头，说："我知道。在天净山时，曾经有一位老大哥问我，我们在守护什么？我困惑了很久，现在我知道答案了，因为有他们，有这座大山，我才相信自己不是在黑暗中寻找光明，而是用光明驱散黑暗！"

林寒江抬头向天，用尽全身力气高喊一声，吐出胸中郁闷，群山回应，林壑共鸣。林寒江的视线随着龙岭大山蜿蜒而去，在龙岭北段，巨大的白色冷气团汹涌而来，犹如惊涛拍岸，云飞雾走，遮天蔽日无边无垠，却被横亘千里的龙岭大山阻住了脚步，龙岭大山犹如一道不可逾越的天然长城，将来势汹汹的冷气团拦在身前，用自己的身体挡住一波又一波的侵袭攻击，让冷气团踟蹰徘徊，削弱减退，直至驯化退散。林寒江第一次站在龙岭山巅欣赏"一山划分南北"的奇景，原来龙岭大山不仅是中华大地的脊梁，更是拱卫天下的屏障，她阻滞冬季的寒冷空气南侵，保护南方的河湖盆地少受寒流袭扰；她延缓夏季的海洋气流不能轻易进入北方，保护北方的千里平原温暖干燥。

林寒江心中一亮，他心中苦苦思索的"大山的骨头"原来就在这里，纵然云海变幻莫测，世间总有抵挡它的山峰。

林寒江环视绵延无尽的龙岭大山，大声对王宬说："我有过失望，甚至绝望，但从未放弃希望！"

（全书完）

www.ingramcontent.com/pod-product-compliance
Lightning Source LLC
Chambersburg PA
CBHW082121180726
48291CB00011B/2796